Maßstab ca. 1 : 75 000 000

westermann

Gesellschaft bewusst 2

Nordrhein-Westfalen
Gesellschaftslehre
Differenzierende Ausgabe

Moderatorin
Dr. Norma Kreuzberger

Autorinnen und Autoren
Julia Bohlmann
Peter Gaffga
Christine Kreuzberger
Dr. Norma Kreuzberger
Patrick Mund
Annika Overhaus
Ulrike Schmitz
Dr. Frank Schweppenstette
Karin Zumpfort

unter Mitwirkung der Verlagsredaktion

westermann GRUPPE

Druck A[1] / Jahr 2022
Alle Drucke der Serie A sind im Unterricht parallel verwendbar.

Redaktion: Lektoratsbüro Eck, Berlin, und Ines Nové, Leipzig
Umschlaggestaltung: LIO Designagentur, Braunschweig
Layout: LIO Designagentur, Braunschweig
Druck und Bindung: Westermann Druck GmbH, Braunschweig

ISBN 978-3-14-**105342**-5

Tipps zur Arbeit mit diesem Buch

Einstieg in die Kapitel

Jedes Kapitel beginnt mit einer Auftaktseite. Auf dieser siehst du ein großes Foto, das dich in das Kapitel einführt. Die Fragen zu dem Foto auf der linken Seite haben etwas mit dem Thema des Kapitels zu tun. Du kannst und sollst aber auch selbst Fragen zum Foto und Thema des Kapitels stellen. Diese wirst du später vielleicht selbst beantworten können.

Der **Westfälische Friede** von 1648 sorgte für eine neue Ordnung, die Europa ...

Fachbegriffe

Du wirst im Fach Gesellschaftslehre viele Fachbegriffe lernen. Sie sind in den Texten auf den Seiten fett gedruckt. Du findest sie auch unten rechts auf den Seiten, auf den Gewusst? – Gekonnt!-Seiten am Ende des Kapitels und im Minilexikon.

1 Ⓦ Wähle aus:
A Notiere, warum die Bauern immer unzufriedener wurden.
B Entwirf ein Flugblatt mit den Forderungen.
2 Beschreibe den Ablauf des Krieges.
3 Ⓩ Recherchiere über Thomas Müntzer ...

Aufgaben

Die Aufgaben findest du rechts unten auf den Doppelseiten. Die **Operatoren** helfen dir, die Aufgabenstellung zu verstehen. Du kannst im hinteren Einband nachlesen, was die Operatoren bedeuten.
Es gibt **Wahlaufgaben**, die mit Ⓦ gekennzeichnet sind. Hier kannst du auswählen, welche Aufgabe du bearbeiten möchtest. Es gibt **Zusatzaufgaben**, die mit Ⓩ gekennzeichnet sind. Diese Aufgaben kannst du zusätzlich zu den anderen Aufgaben bearbeiten.
Auf vielen Seiten findest du auch **Hilfen zur Formulierung** deiner Antworten. Sie stehen rechts neben den Aufgaben.

Wenn du diese ...
... beschreiben, wie ...
... die Fachbegriffe ...

Kompetenzcheck

Wenn du wissen möchtest, was du gelernt hast, brauchst du nur auf den Doppelseiten unten rechts nachzuschauen.

WAHLTHEMA 1

Wahlthemen

Die Wahlthemen in den Kapiteln erkennst du an den Überschriften. Wahlthemen können zusammen in Gruppen bearbeitet werden. Das Ergebnis der Gruppenarbeit wird dann in der Klasse präsentiert. Du erhältst Tipps für die Bearbeitung immer unten auf der rechten Seite.

Die Aufgabe konnte ich
nicht lösen.
mit Hilfe lösen.
ohne Hilfe lösen.

Gewusst? – Gekonnt!-Seiten

Am Ende eines Kapitels kannst du **selbst überprüfen**, was du gelernt hast. Bei den Aufgaben auf diesen Doppelseiten gibt es Verweise auf andere Seiten im Buch. Diese kannst du nutzen, wenn du die Aufgabe nicht gleich lösen kannst. Du kannst dann auf den angegebenen Seiten im Buch nachlesen.

WES-105342-033
westermann.de/webcode

schueler.diercke.de | 100870-080-01

QR-Codes und Web-Codes

Auf den Gewusst? – Gekonnt!-Seiten findest du unten rechts einen **QR-Code** und, falls du diesen nicht einscannen kannst, einen **Web-Code**. Den Web-Code gibst du auf der Webseite www.westermann.de/webcode ein. Hinter diesem Code verbergen sich interaktive Aufgaben, die du mithilfe eines Smartphones oder an einem Computer bearbeiten kannst.
Außerdem sind auf vielen Seiten unten **Web-Codes** in roter Schrift angegeben. Wenn du den Web-Code unter der Adresse schueler.diercke.de eingibst, gelangst du auf die passende Seite im aktuellen **Diercke Drei Universalatlas**. Dort erhältst du Hinweise zu ergänzenden Atlaskarten mit Informationen zu diesen Karten sowie weiterführende Materialien.

auflisten
Wenn du etwas auflisten sollst, dann musst du eine Liste mit Stichwörtern aufschreiben.

Der Anhang

Im hinteren Teil des Buches findest du
- eine Übersicht über die Methoden aus Band 1 (Jg. 5/6) (Seite 310 – 312),
- das Minilexikon, in dem die Fachbegriffe erklärt werden (Seite 313 – 317).

Noch weiter hinten, im Einband des Buches, findest du die Beschreibung der Operatoren und die Zeitepochen, die bei der zeitlichen Einordnung von Ereignissen helfen.

Inhalt

1. Lecker, aber auch nachhaltig?

Die Vegetation – von vielen Faktoren abhängig ____ 10
Orientierung Die Landschaftszonen der Erde und ihre Nutzung ____ 12
Ackerbau im tropischen Regenwald ____ 14
Nachhaltig wirtschaften im tropischen Regenwald ____ 16
Wahlthema 1 Bananen aus Amerika ____ 18
Wahlthema 2 Soja und Fleisch aus Amazonien ____ 20
Methode Mit Satellitenbildern arbeiten ____ 22
Methode Ein Wirkungsgefüge erstellen ____ 23
Oasen – Inseln in der Wüste ____ 24
Datteln – das süße Brot der Wüste ____ 26
Oliven aus Kreta ____ 28
Obst und Gemüse aus Almería ____ 30
Gewusst? – Gekonnt! ____ 32

2. Unberechenbare Natur?

Die Erde – immer in Bewegung ____ 36
Orientierung Schwächezonen der Erde ____ 38
Die Türkei – durch Erdbeben gefährdet ____ 40
Japan – ein Tsunami mit katastrophalen Folgen ____ 42
Methode Einen Film auswerten ____ 43
Katastrophenvorsorge – Was ist möglich? ____ 44
Methode Diskussion im Regenbogen-Vierer ____ 45
Wahlthema 1 Der Vulkan Merapi – Fluch oder Segen? ____ 46
Wahlthema 2 Die Eifel – Vulkanismus vor der Haustür ____ 48
Methode Eine virtuelle Exkursion durchführen ____ 50
Gewusst? – Gekonnt! ____ 52

3. Nachhaltig konsumieren – Wie geht das?

Leben auf großem Fuß ____ 56
Ressourcen schonen – Wie kann es gelingen? ____ 58
Gütesiegel – Geben sie eine Orientierung? ____ 60
Methode Sich ein Urteil bilden ____ 61
Wirtschaften im Kreislauf ____ 62
Methode Zukunftswerkstatt ____ 64
Wahlthema 1 Gekauft ist gekauft? ____ 66
Wahlthema 2 Verbraucherschutz ____ 68
Gewusst? – Gekonnt! ____ 70

4. Produktion und Handel um jeden Preis?

Die Hanse – Handelsbeziehungen im Mittelalter ____ 74
Wahlthema 1 Handelsmetropole Timbuktu ____ 76
Wahlthema 2 Handelsmetropole Augsburg ____ 78
Die Seidenstraße – nicht nur ein Handelsweg ____ 80
Methode Beurteilen – Argumentationswippe ____ 81
Rohstoffe – in Europa verarbeitet ____ 82
Die Industrialisierung verändert das Leben ____ 84
Gewerkschaften und Arbeitgeberverbände ____ 86
Der Staat greift ein ____ 88
Methode Ein Erklärvideo erstellen ____ 89
Treffpunkt Markt ____ 90
Methode Mit Modellen arbeiten ____ 91
Marktplätze im digitalen Zeitalter ____ 92
Unternehmen in Wirtschaft und Gesellschaft ____ 94
Praxis Wir erkunden ein Unternehmen ____ 96
Projekt Wir gründen eine Schülerfirma ____ 97
Gewusst? – Gekonnt! ____ 98

5. Das Recht – Orientierung und Sicherheit

Gleiches Recht für alle? 102
Jugendkriminalität – Ursachen und Formen 104
Praxis Besuch einer Gerichtsverhandlung 106
Die digitale Welt – ein rechtloser Raum? 108
Methode Daten recherchieren und zitieren 109
Wahlthema 1 Stadtluft macht frei 110
Wahlthema 2 Recht und Gesetz in mittelalterlichen Städten 112
Methode Historische Darstellungen auswerten 114
Gewusst? – Gekonnt! 116

6. Klima – Ist das noch normal?

Unsere Erde – ein Himmelskörper im Weltall 120
Methode Orientierung mit dem Gradnetz 121
Wie entstehen die Jahreszeiten? 122
Unterschiedliche Temperaturen auf der Erde 124
Bewölkung und Niederschlag 126
Winde – vom Hoch zum Tief 128
Methode Klimadiagramme lesen 129
Orientierung Die Klimazonen der Erde 130
Es wird wärmer auf der Erde 132
Methode Reziprokes Lesen 133
Wahlthema 1 Gletscher schmelzen, der Meeresspiegel steigt 134
Wahlthema 2 Extreme Wetterereignisse 136
Klimaschutz – ein Ziel, viele Möglichkeiten 138
Methode Karikaturen auswerten 139
Gewusst? – Gekonnt! 140

7. Alles nur virtuell?

Das digitale Zeitalter 144
Selbstbestimmung und Fremdbestimmung 146
Vorbilder – Was macht sie so besonders? 148
Facebook & Co – Kommunikation ohne Probleme? 150
Was passiert mit meinen Daten? 152
Methode Feedback geben 153
Wahlthema 1 Wer bestimmt, was ich kaufe? 154
Wahlthema 2 Digital bezahlen – ohne Probleme? 156
Die Rolle der Medien in der Demokratie 158
Gewusst? – Gekonnt! 160

8. Freiheit, Gleichheit, Einheit

Ideen der Aufklärung – ein neues Denken? 164
Die Vorgeschichte der Französischen Revolution 166
Methode Eine historische Karikatur auswerten 167
Die Französische Revolution – Aufbruch zu Freiheit und Gleichheit? 168
Der Wiener Kongress 1815 – eine Neuordnung Europas? 170
Wahlthema 1 Die Revolution von 1848 – Einheit und Freiheit auch in Deutschland? 172
Wahlthema 2 Die deutsche Reichsgründung 1871 – nationale Einheit „von oben“? 174
Gewusst? – Gekonnt! 176

Inhalt

9. Freiheit und Gleichheit in der BRD

Die BRD – ein demokratischer Staat 180
Methode Ein Verfassungsschaubild erschließen 181
Nordrhein-Westfalen – ein Bundesland 182
Warum sind Wahlen wichtig? 184
Wählen mit 16? 186
Methode Eine Debatte führen 187
Wahlthema 1 Wahlrecht für Frauen 188
Wahlthema 2 Freiheitsrechte für alle 190
Jeder kann sich engagieren 192
Ist die Demokratie in Gefahr? 194
Gewusst? – Gekonnt! 196

10. Entdeckt, erobert, ausgebeutet?

Auftakt in eine neue Zeit 200
Dorthin, wo der Pfeffer wächst 202
Methode Ein historisches Bild auswerten 204
Wahlthema 1 Eroberungen in Lateinamerika 206
Wahlthema 2 Große Reiche werden Kolonien 208
„Wettlauf um Afrika" 210
Das Deutsche Reich wird Kolonialmacht 212
Deutschland und Namibia – heute 214
Methode Historische Fragestellungen beurteilen 215
Was kennzeichnet Entwicklung? 216
Orientierung Eine Erde – verschiedene Welten 218
Methode Mit einem WebGIS arbeiten 220
Peru – Ursachen der Disparitäten 222
Strategien zur Entwicklung 224
Raumentwicklung bei uns 226
Gewusst? – Gekonnt! 228

11. Erster Weltkrieg und Weimarer Republik

Europas langer Weg in den Ersten Weltkrieg 232
Methode Ein historisches Planspiel durchführen 234
Der erste industrialisierte Krieg 236
Die USA und die UdSSR im Epochenjahr 1917 238
Pariser Friedensregelungen – ein neues Europa? 240
Praxis Wir besuchen einen Erinnerungsort 242
Weimarer Republik – demokratischer Neuanfang? 244
Wahlthema 1 Weimar – eine überforderte Republik? 246
Wahlthema 2 Weimar – die Krisenrepublik? 248
Gewusst? – Gekonnt! 250

12. Europa – Was geht mich das an?

Europa – der Naturraum 254
Europa – Einheit und Vielfalt 256
Praxis Spurensuche – Europa bei dir im Wohnort 257
Orientierung Europa – Agglomerationsräume 258
Orientierung Strukturunterschiede in Europa 259
Europa – Idee und Wertegemeinschaft 260
Der EU-Binnenmarkt 262
Eine Währung – eine Einheit? 264
Methode Einen Sachtext fragegeleitet auswerten 265
Die Institutionen der Europäischen Union 266
Die EU – eine Gemeinschaft mit Zukunft? 268
Die Euregio CENTROPE – Wandel im Grenzraum 270
Dresden – Globalisierung und Digitalisierung 272
Methode Fragengeleitete Raumanalyse 274
Fragengeleitete Raumanalyse Norwegen 276
Gewusst? – Gekonnt! 278

13. Individuum und Gesellschaft

Glauben im Mittelalter – miteinander, nebeneinander, gegeneinander? 282
Humanismus und Renaissance – Innovationen verändern die Welt 284
Die Reformation – Spaltung oder Neubeginn? 286
Bauern fordern Rechte – der Bauernkrieg 288
Der Dreißigjährige Krieg – nur ein Streit der Konfessionen? 290
Menschen jüdischen Glaubens im 19. Jahrhundert 292
Die „Goldenen Zwanziger“ – neue Freiheiten, eine bessere Gesellschaft? 294
Methode Mit unterschiedlichen historischen Medien arbeiten 296
Wahlthema 1 Ich – du – wir: Jugendliche in der Gesellschaft 298
Wahlthema 2 Jugendliche in einer vielfältigen Gesellschaft 300
Gewusst? – Gekonnt! 302

14. Schule aus! Und was dann?

Mein Weg in eine vielfältige Berufswelt 306
Methode Ein Projekt durchführen 308
Projekt Mein Weg in die Berufswelt 309

Anhang

Methoden aus 5/6 310
Minilexikon 313
Bild- und Textquellenverzeichnis 318

Hinterer Einband:
Verwendete Operatoren
Zeitepochen – Ereignisse in der Vergangenheit zeitlich einordnen

Lecker, aber auch nachhaltig?

Unsere Ernährung hat sich gewandelt. Sie ist vielfältiger geworden. Auf unserem Speiseplan stehen heute auch Gerichte, die typisch für andere Länder waren, zum Beispiel die Pizza.
Obst und Gemüse kommen oft aus anderen Ländern und sind das ganze Jahr hindurch im Supermarkt erhältlich. Manchmal haben sie einen langen Weg hinter sich, bis sie bei uns ankommen.
Woher kommen unsere Lebensmittel? Wie werden Obst und Gemüse in diesen Ländern angebaut? Warum werden sie nicht bei uns angebaut? Das erfährst du in diesem Kapitel.
Auf dem Bild siehst du einen reichhaltig gedeckten Tisch. Weißt du, welche Speisen das sind? Und weißt du, woher die Nahrungsmittel stammen?

rechts: Speisen aus verschiedenen Ländern der Welt

Die Vegetation – von vielen Faktoren abhängig

Ohne Licht, Wärme und Wasser können Pflanzen nicht wachsen, aber nicht überall auf der Erde sind diese Bedingungen für das Wachstum gleich. Wie haben sich die Pflanzen angepasst?

Andere Wachstumsbedingungen – andere Vegetation

Klima, Boden, Gewässer, Vegetation, Tierwelt, aber auch der Mensch sind Geofaktoren, die sich gegenseitig beeinflussen. Diese Gefüge aus **Geofaktoren** nennt man **Ökosysteme**.

Verändert sich ein Geofaktor, wirkt sich das auf das Ökosystem aus. Die Pflanzenwelt verändert sich zum Beispiel, wenn sich das Klima verändert. Das wirkt sich dann auf den Boden und die Tierwelt aus. Gebiete mit gleicher oder ähnlicher Pflanzenwelt werden in **Vegetationszonen** zusammengefasst. In einer Vegetationszone sind also die Geofaktoren ähnlich.

INTERNET

Schau dir die Vegetationszonen der Erde in einem Film an. Suchbegriff: → Vegetationszonen
Ermittle die Klimawerte von Düsseldorf.
Suchbegriff: → Klimatabelle Düsseldorf

M2 Wechselspiel der Geofaktoren im Modell

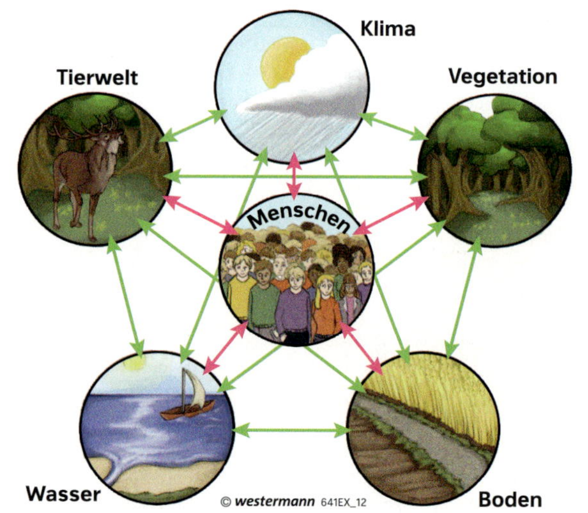

Ein Modell ist ein vereinfachtes Abbild der Wirklichkeit. In diesem Modell ist das Wechselspiel der Geofaktoren durch Pfeile dargestellt. Das Modell kann man auf alle Ökosysteme anwenden: auf die Vegetationszonen, aber auch auf den heimischen Garten, denn diesen kann man auch als Ökosystem betrachten.

INFO

In Klimatabellen kannst du die durchschnittlichen **Monatstemperaturen** (errechnet aus den Tagestemperaturen) und die **Monatsniederschläge** (Summe der Niederschläge aller Tage des Monats) ablesen.

M1 Die Vegetationszonen der Erde

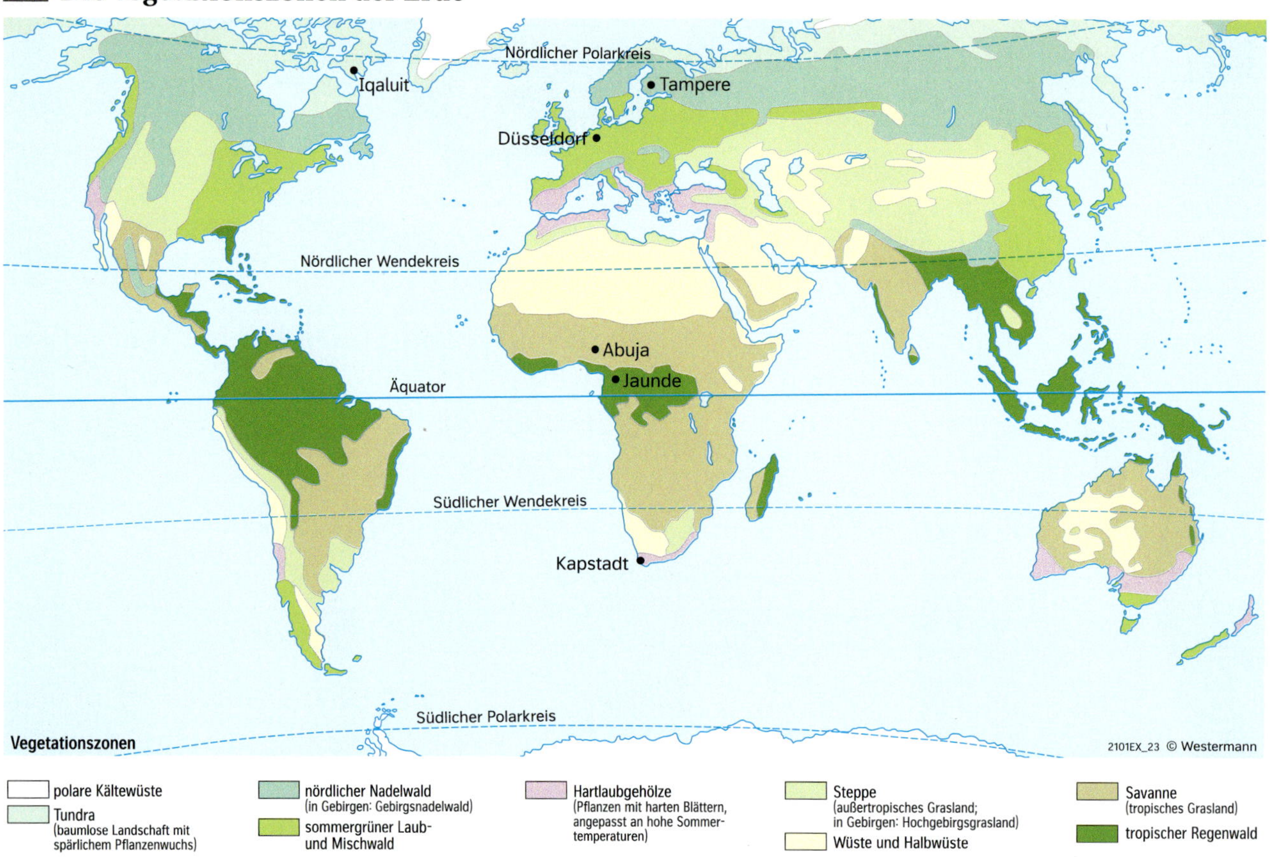

M3 Vegetation in der Tundra

	°C	mm
J	-25,9	24
F	-25,7	20
M	-20,5	27
A	-12,2	32
M	-3,5	45
J	3,6	63
J	9,0	74
A	7,7	94
S	1,7	79
O	-4,8	53
N	-12,7	46
D	-19,5	35

In der Tundra ist es kalt. Der Winter dauert über acht Monate. Die Zeit, in der Pflanzen wachsen können, ist kurz. Die durchschnittliche Monatstemperatur muss über 5 °C liegen. Zum Schutz vor Kälte und Wind stehen die Gräser, Moose und Flechten eng zusammen und bilden Kissen und Polster. Sie nutzen die wärmeren Temperaturen am Boden und können so auch eine höhere Schneelast tragen.

M4 Nördlicher Nadelwald

	°C	mm
J	-6,0	49
F	-6,1	38
M	-3,0	37
A	3,1	38
M	9,7	50
J	14,4	80
J	17,8	88
A	16,1	81
S	11,4	57
O	5,1	64
N	1,0	56
D	-2,8	53

Nadelbäume können dort noch wachsen, wo es zu kühl für Laubbäume ist. Da Nadeln eine kleinere Oberfläche als Blätter haben, sind Nadelbäume besser gegen Frost und Kälte geschützt. Außerdem sind die Nadeln mit einer dicken Wachsschicht überzogen. Nadelbäume werfen ihre Nadeln im Herbst nicht ab.

M5 Savanne mit Schirmakazien

	°C	mm
J	27,0	2
F	28,6	6
M	29,6	20
A	28,6	57
M	26,5	138
J	24,5	205
J	23,4	269
A	22,9	326
S	23,6	290
O	24,7	144
N	26,4	11
D	26,7	1

In den trockenen Regionen der Erde sind die Pflanzen darauf spezialisiert, sich gut mit Wasser zu versorgen. Sie haben zum Beispiel ein weit verzweigtes und tief reichendes Wurzelsystem, um an Grundwasser zu gelangen. Die Wurzeln der Akazien können bis zu 80 Meter tief in die Erde reichen.

M6 Vegetation im tropischen Regenwald

	°C	mm
J	24,0	49
F	24,5	63
M	24,1	133
A	23,6	179
M	23,2	183
J	22,5	161
J	22,0	133
A	22,0	136
S	22,1	192
O	22,2	253
N	22,7	182
D	23,4	63

Die Bäume im tropischen Regenwald haben Brettwurzeln, die meterhoch sein können. Dadurch haben sie im feuchten Boden einen sicheren Halt. Die Brettwurzeln stützen den Baum zur Seite hin ab. Pflanzen können das ganze Jahr hindurch wachsen, denn es gibt keine Jahreszeiten im tropischen Regenwald. Es ist immer heiß und feucht.

Aufgaben

1. Unternimm eine Flugreise vom nördlichen Polarkreis über Düsseldorf bis zum Äquator in Afrika. Notiere, welche Vegetationszonen das Flugzeug überfliegt (M1).
2. Wähle zwei Beispiele aus M3 bis M6 aus und erkläre, wie sich die Geofaktoren gegenseitig beeinflussen.
3. Beschreibe die Lage der Vegetationszonen auf der Erde (M1).
4. Vergleiche die Temperaturen und Niederschläge mit der Vegetation und erkläre (M3 – M6).
5. Ⓩ Die Höhenstufen der Vegetation in den Alpen sind auch auf das Wechselspiel der Geofaktoren zurückzuführen. Nimm Stellung zu dieser Aussage.

Formulierungshilfen zu Aufgabe 2:
Im/In der ... ist es ... (kalt/kühl/warm/heiß).
Es ist ... (trocken/feucht).
Deshalb wachsen dort Pflanzen/Bäume, die ...
Der Boden ist ...
Deshalb brauchen die Bäume ...

Wenn du diese Aufgaben erfolgreich bearbeitet hast, kannst du ...
... die Vegetationszonen der Erde benennen.
... die Lage der Vegetationszonen beschreiben.
... das Wechselspiel der Geofaktoren an Beispielen erklären.
... die Fachbegriffe **Geofaktor**, **Ökosystem**, **Vegetationszone**, **Monatstemperatur** und **Monatsniederschlag** erklären.

ORIENTIERUNG Die Landschaftszonen der Erde ...

Die Vegetationszonen der Erde hast du bereits kennengelernt. Es sind Gebiete mit einer ähnlichen natürlichen Vegetation. Die Menschen nutzen ihren jeweiligen Lebensraum, sie passen ihre Nutzung den natürlichen Bedingungen an und sie verändern den Naturraum. Es entstehen Landschaften. Gleichartige Landschaften fasst man zu **Landschaftszonen** zusammen. In einer Landschaftszone sind die Geofaktoren Klima, Vegetation, Tierwelt, Gewässernetz und Böden ähnlich und die landwirtschaftliche Nutzung ist ähnlich beziehungsweise vergleichbar.

M1 Die Landschaftszonen der Erde

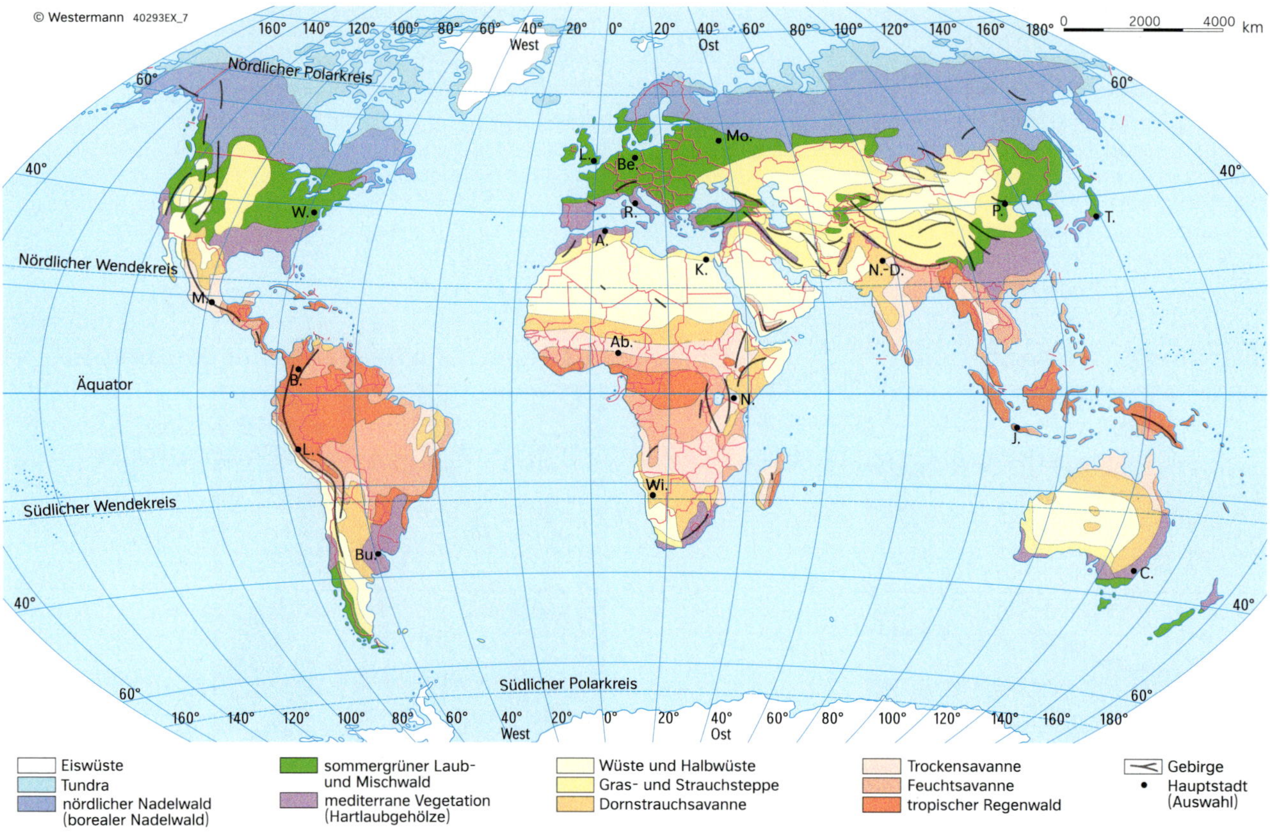

M2 Gleiche Bedingungen, ähnliche Nutzung, unterschiedliche Nutzungsform: in der Savanne in Afrika

Die Trockensavanne in Afrika wird von Hirten genutzt. Sie treiben ihre Herden über die weiten Ebenen. Wenn das Gras abgeweidet ist, ziehen sie weiter und schlagen ihre Zelte woanders auf. Sie sind Nomaden. Ihre Tiere liefern ihnen Milch und Fleisch.

M3 Gleiche Bedingungen, ähnliche Nutzung, unterschiedliche Nutzungsform: in der Savanne in Australien

Die Trockensavanne in Australien wird von Farmern als Rinderweide genutzt. Die Farmer treiben ihre Tiere mithilfe von Helikoptern zusammen. Das Fleisch wird in mobilen Schlachthöfen an Ort und Stelle verarbeitet. Im Gegensatz zu den Nomaden produzieren die Farmer marktorientiert.

... und ihre Nutzung

M4 Natürliche Vegetation und landwirtschaftliche Nutzung in den Landschaftszonen (Auswahl)

nördlicher Nadelwald (borealer Nadelwald)

Vegetation:
Lärchen, Fichten, Moose

Anbauprodukte:
(Ackerbau eingeschränkt durch die Kälte)
Getreide, Kartoffeln, Raps

Viehhaltung:
Rinder, Schweine

sommergrüner Laub- und Mischwald

Vegetation:
Eichen, Buchen, Tannen

Anbauprodukte:
Getreide, Kartoffeln, Mais, Raps, Obst, Gemüse

Viehhaltung:
Rinder, Schweine

mediterrane Vegetation (Hartlaubgehölze)

Vegetation:
Pinien, Agaven, Stein- und Korkeichen, Ölbaum, Lorbeer

Anbauprodukte:
(z. T. mit Bewässerung) Wein, Oliven, Obst, Zitrusfrüchte, Reis

Viehhaltung:
Schafe, Ziegen

Wüste und Halbwüste

Vegetation:
vegetationslos oder vereinzelte Zwergsträucher, Gräser

Anbauprodukte:
(mit Bewässerung) Oasenkulturen (Datteln, Obst, Gemüse), Baumwolle, Reis

Feuchtsavanne

Vegetation:
mannshohes Gras, Baumgruppen, Wälder

Anbauprodukte:
Maniok, Mais, Erdnüsse, Baumwolle

Viehhaltung:
Rinder

tropischer Regenwald

Vegetation:
unterschiedlich hohe Sträucher und Bäume

Anbauprodukte:
Maniok, Kakao, Kaffee, Zuckerrohr, Bananen und andere Tropenfrüchte

Viehhaltung:
Rinder

Aufgaben

1 a) Wähle eine Landschaftszone aus. Stelle die Informationen zu den Geofaktoren, zur landwirtschaftlichen Nutzung und zur Lage auf der Erde zusammen (M1 – M4).
b) Ergänze die Informationen durch Bilder oder Zeichnungen.
c) Bildet Gruppen und tauscht eure Ergebnisse aus.
d) Erstellt eine Präsentation (vgl. S. 311, 312).

2 Ⓦ Wähle aus:
A Notiere zu jeder Landschaftszone mindestens zwei Länder aus jedem Kontinent (M1, Atlas).
B Notiere die Namen der Städte in M1 (Atlas).

Wenn du diese Aufgaben erfolgreich bearbeitet hast, kannst du ...
... die Landschaftszonen der Erde beschreiben.
... die Nutzung der Landschaftszonen an Beispielen erklären.
... den Fachbegriff **Landschaftszone** erklären.

Ackerbau im tropischen Regenwald

„Der tropische Regenwald mit seiner üppigen Vegetation wächst auf schlechtem Boden?“ Inga ist erstaunt, als sie das erfährt. Wie kann das sein? Und wie betreiben die Menschen Landwirtschaft unter diesen Bedingungen?

INFO

Das Klima im tropischen Regenwald ist feucht-heiß. Es gibt keinen Herbst und keinen Winter. Die Temperaturen und die Niederschläge sind das ganze Jahr hindurch sehr hoch (vgl. S. 11 M6).

INTERNET

Im Internet findest du weitere Informationen über den tropischen Regenwald.
Suchbegriff: → Planet Wissen tropischer Regenwald

M1 Der Stockwerkbau des tropischen Regenwaldes

Die Pflanzen im tropischen Regenwald wachsen in Stockwerken: Über der Kraut- und Strauchschicht folgen drei Baumschichten unterschiedlicher Höhe. Das dichte Blätterdach der oberen Baumschicht wird von einzelnen Bäumen, den Urwaldriesen, überragt. Man spricht vom **Stockwerkbau** des tropischen Regenwaldes.

M2 Bevor angebaut werden kann, muss das Feld in mühevoller Arbeit angelegt werden.

Wanderfeldbau mit Brandrodung – eine angepasste Nutzung im tropischen Regenwald?

Der tropische Regenwald hat einen geschlossenen **Nährstoffkreislauf**. Die Pflanzen wachsen ständig und werfen fortwährend Blätter und Äste ab. Diese werden in dem feucht-heißen Klima sofort zersetzt. Es entsteht Humus. Darin sind Nährstoffe enthalten. Sie werden von den Wurzeln mithilfe von Wurzelpilzen aufgenommen.
Seit Jahrtausenden leben Völker im tropischen Regenwald. Sie betreiben **Ackerbau**. Sie bauen Früchte für den Eigenbedarf an. Das nennt man **Subsistenzwirtschaft**.
Um ein Feld anlegen zu können, muss zuerst der Wald abgeholzt und abgebrannt werden. Das nennt man **Brandrodung**. Die Asche ist ein guter Dünger. Auf dem Feld können allerdings nur wenige Jahre Früchte angebaut werden, weil der Nährstoffkreislauf unterbrochen ist. Die Nährstoffe werden mit den Früchten abtransportiert, neue Nährstoffe gelangen nicht in den Boden.
Ist der Boden ausgelaugt, legen die Bauern ein neues Feld im Wald an. Wenn der Weg zum neuen Feld zu weit wird, verlagern die Bauern auch das Dorf. Auf dem alten Feld wächst Wald nach. Lässt man dem Wald genug Zeit, um sich zu erholen, ist der **Wanderfeldbau** eine nachhaltige Nutzung des tropischen Regenwalds. Allerdings ist die Zahl der Menschen gestiegen, die im tropischen Regenwald leben. Es werden immer mehr Flächen für den Anbau von Nahrungsmitteln benötigt. Dann werden aufgegebene Felder zu früh wieder genutzt.

M3 Gerodete und abgebrannte Fläche im tropischen Regenwald

M5 Wanderfeldbau (modellhaft dargestellt)

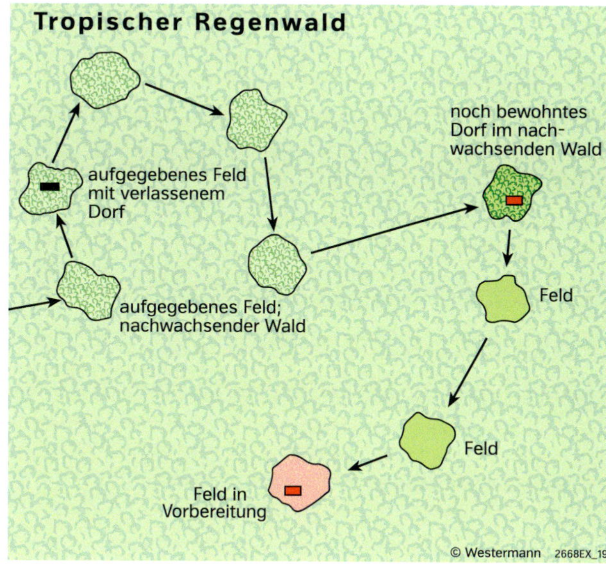

M4 Der unberührte tropische Regenwald ...

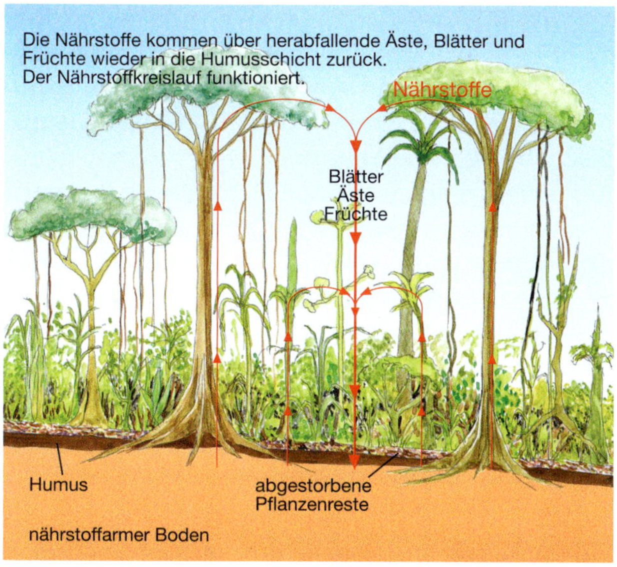

Die Bodenschicht (Humus), aus der die Pflanzen die Nährstoffe entnehmen, ist nur etwa 10 cm dick.

M6 ... und Folgen seiner landwirtschaftlichen Nutzung

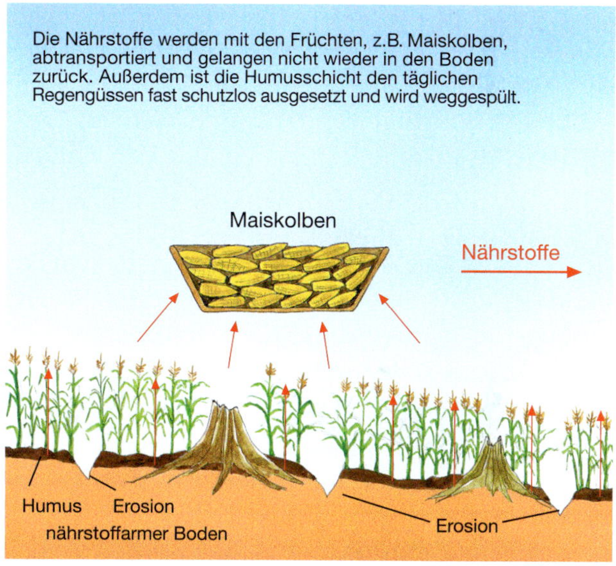

Sind die Nährstoffe aufgebraucht, bringt der Boden keinen Ertrag mehr. Die dünne Humusschicht wird vom Regen fortgespült.

Aufgaben

1. Ⓦ Wähle aus:
   Beschreibe den Ackerbau im tropischen Regenwald (M2, M3, M5).
   A Liste die einzelnen Schritte nacheinander auf.
   B Berichte aus der Sicht des Mannes in M2.
2. Erkläre, warum schon nach wenigen Jahren immer weniger geerntet werden kann (M4, M6).
3. Beurteile, ob der Wanderfeldbau eine nachhaltige Nutzung des tropischen Regenwalds ist (M5, Text).
4. Ⓩ Vergleiche den tropischen Regenwald mit Wäldern bei uns in Deutschland (M1).

Formulierungshilfen zu Aufgabe 2:
Die Nährstoffe im tropischen Regenwald ...
Pflanzen entnehmen dem Boden ...
Die Nährstoffe werden bei der Ernte ...
Deshalb ...

Wenn du diese Aufgaben erfolgreich bearbeitet hast, kannst du ...
... den Nährstoffkreislauf im tropischen Regenwald beschreiben.
... den Wanderfeldbau beschreiben.
... Probleme nennen, die beim Ackerbau im tropischen Regenwald auftreten.
... die Fachbegriffe **Stockwerkbau**, **Nährstoffkreislauf**, **Ackerbau**, **Subsistenzwirtschaft**, **Brandrodung** und **Wanderfeldbau** erklären.

Nachhaltig wirtschaften im tropischen Regenwald

Heute leben viel mehr Menschen als früher im tropischen Regenwald. Sie alle müssen sich ernähren. Es wird immer schwieriger, neue Flächen für den Anbau zu finden. So geben viele Bauern den Wanderfeldbau auf. Wie kann man aber nachhaltig auf derselben Fläche viele Jahre lang Ackerbau betreiben?

INFO

Beim **Dauerfeldbau** im tropischen Regenwald werden die Felder dauerhaft (ohne Unterbrechung) genutzt.

M2 Der Anbau unterschiedlicher Pflanzen in der Agroforstwirtschaft

Landwechselwirtschaft statt Wanderfeldbau

Bauern, die Landwechselwirtschaft betreiben, handeln nach einem Prinzip, das im Mittelalter auch schon bei uns angewendet wurde. Bei der **Dreifelderwirtschaft** teilten die Bauern ihre Anbauflächen in drei Felder auf. Auf zwei Feldern wurde angebaut, ein Feld lag brach, das heißt, es wurde nicht genutzt. Auf diesem Feld konnte sich der Boden erholen. Die Anbaufrüchte und die Brache wechselten von Jahr zu Jahr.

Bei der **Landwechselwirtschaft** im tropischen Regenwald werden auch mehrere Felder angelegt. Die Bauern bauen in jedem Jahr andere Früchte im Wechsel auf den einzelnen Feldern an. Zwei Felder bleiben immer brach liegen.

Im Gegensatz zum Wanderfeldbau werden dieselben Felder im Wechsel bearbeitet und die Dörfer bleiben an einem Ort.

Den Nährstoffkreislauf nachahmen

In einigen Ländern Afrikas, zum Beispiel Ruanda, haben die Menschen eine Möglichkeit gefunden, den Regenwald im **Dauerfeldbau** nachhaltig zu nutzen. Sie ahmen den Nährstoffkreislauf des tropischen Regenwalds nach.

Auf einem Feld wachsen Getreide und Gemüse als unterstes Stockwerk. Dazwischen stehen Obstbäume und Ölpalmen. Sie bilden ein zweites Stockwerk. Einige Bäume rodet man erst gar nicht, denn sie bilden das oberste Stockwerk. Aus den herabfallenden Blättern der Bäume kann neuer Humus entstehen. Allerdings reicht das noch nicht aus, um die Nährstoffe im Kreislauf zu halten. Hier kommt ein zweites Standbein der Landwirtschaft ins Spiel, die Viehhaltung. Sträucher werden an das Vieh verfüttert, die Tiere liefern natürlichen Dünger. Der Stalldung wird auf dem Feld verteilt. Und die Tiere liefern außerdem Milch und Fleisch.

M1 Die Landwechselwirtschaft (modellhaft dargestellt)

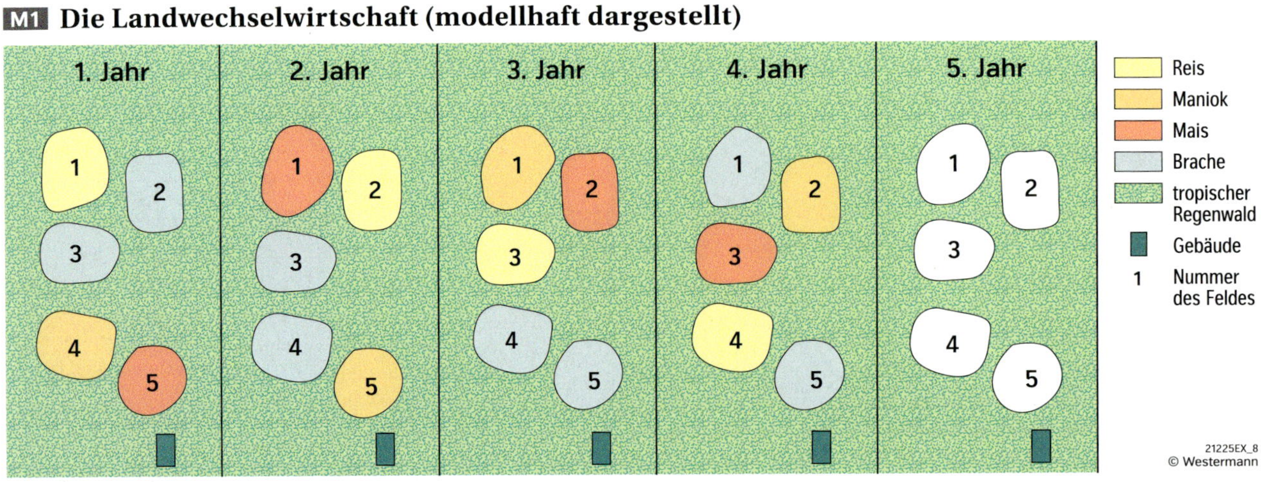

M3 Die Agroforstwirtschaft (modellhaft dargestellt)

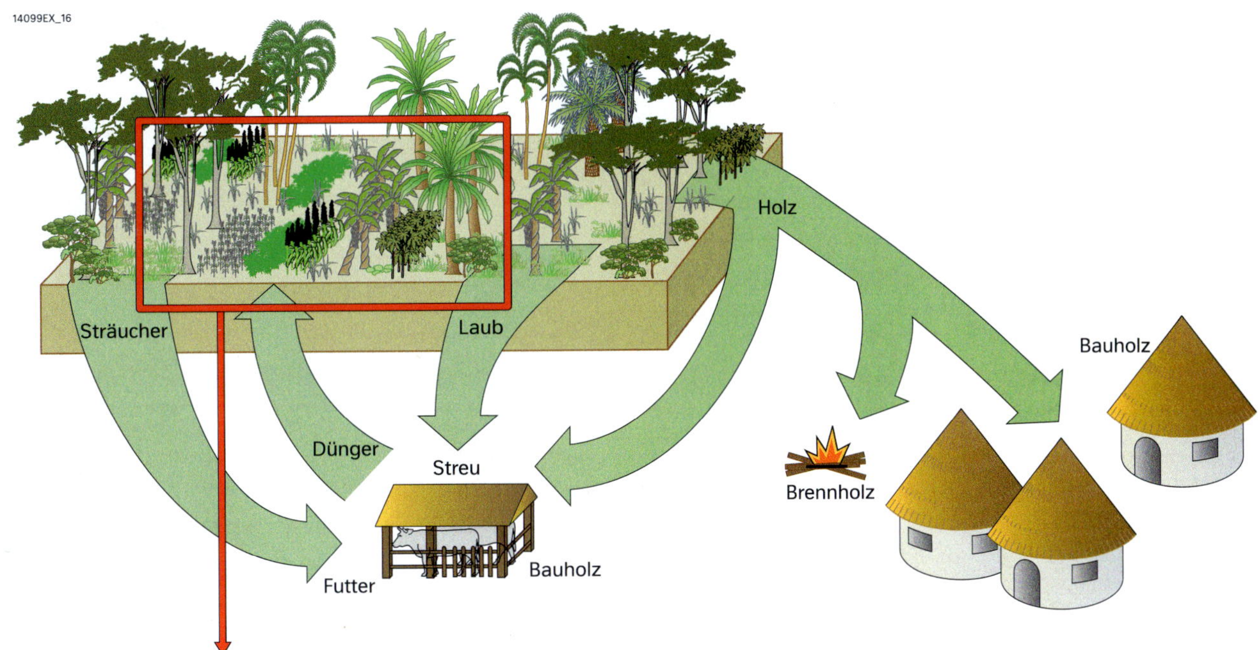

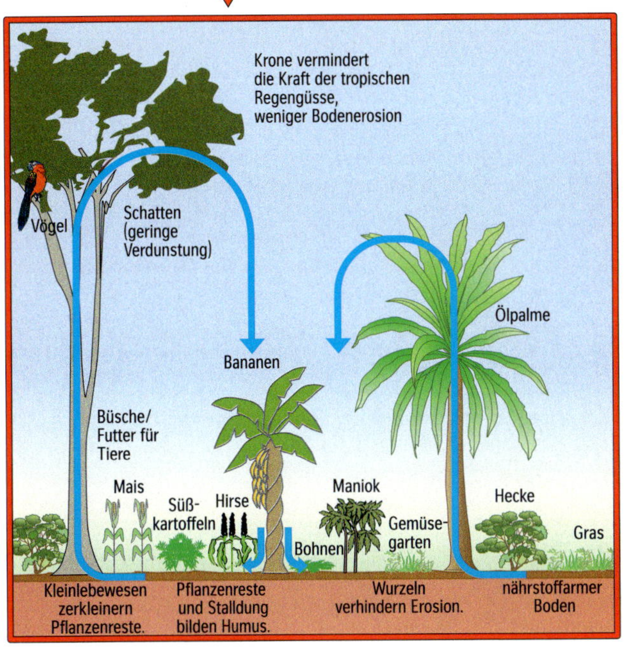

Die Agroforstwirtschaft – eine Landwirtschaft „auf drei Beinen“

Ackerbau und Viehhaltung sind zwei Standbeine der **Agroforstwirtschaft**. Sie sind wichtig für die Ernährung der Familien. Überschüsse können auf Märkten in der Umgebung verkauft werden. Die Bauern bauen Mais, Hirse, Süßkartoffeln und Gemüse an sowie Bananen und Ölpalmen.

Ein drittes Standbein ist die Nutzung der Bäume. Die Bäume liefern Brennholz und Bauholz sowie Streu für die Ställe. Sie sind außerdem wichtig für den Erhalt des Bodens. Ihre Wurzeln halten den Boden fest, das Blätterdach ist ein Schutz bei starken Regenfällen. So kann der Boden nicht so schnell fortgeschwemmt werden. Die Gefahr der **Bodenerosion** ist also geringer. Die Sträucher und Büsche werden als Viehfutter genutzt. Streu aus den Ställen ist natürlicher Dünger.

Aufgaben

1. Überlege, wie die Felder im 5. Jahr genutzt werden. Erstelle eine Skizze (M1).
2. Ⓦ Wähle aus: Erkläre den Unterschied zwischen dem Wanderfeldbau und der Landwechselwirtschaft (M1, S. 15 M5, Text), indem du
   - **A** eine Tabelle anlegst.
   - **B** einen Text schreibst.
3. Erstelle eine Liste mit den Vorteilen der Agroforstwirtschaft (M3, Text).
4. Vergleiche die Landwechselwirtschaft mit der Agroforstwirtschaft in Bezug auf Nachhaltigkeit.
5. Ⓩ Beschreibe die Lage von Ruanda.

Formulierungshilfen zu Aufgabe 4:
Nachhaltigkeit bedeutet ...
Bei der ... entsteht Humus durch ...
Bei der ... wird der Boden mit ... gedüngt.
... wird der Nährstoffkreislauf ...
Die ... ist also nachhaltiger.

Wenn du diese Aufgaben erfolgreich bearbeitet hast, kannst du ...
... unterschiedliche Nutzungsformen im tropischen Regenwald vergleichen.
... die landwirtschaftliche Nutzung im tropischen Regenwald in Bezug auf Nachhaltigkeit beurteilen.
... die Fachbegriffe **Dreifelderwirtschaft**, **Landwechselwirtschaft**, **Dauerfeldbau**, **Agroforstwirtschaft** und **Bodenerosion** erklären.

WAHLTHEMA 1 Bananen aus Amerika

Beim Gang durch die Obstabteilung in einem Supermarkt kannst du die Vielzahl an Angeboten sehen: Ananas, Papayas, Bananen, Avocados, Mangos ... Das ganze Jahr kannst du Früchte einkaufen, die bei uns gar nicht wachsen. Woher kommen diese Früchte? Wie werden sie angebaut?

INTERNET

Lernt die vielen Tropenfrüchte kennen. Ihr könnt auch Steckbriefe anfertigen. Im Internet findet ihr viele Informationen.
Suchbegriff: → exotische Früchte

M2 Bananenplantage in Guatemala

Erarbeitet diese Fragen am Beispiel der Banane.
Präsentiert der Klasse eure Ergebnisse mithilfe einer Wandzeitung (vgl. S. 312).

Agrarfabriken im Regenwald

Tropenfrüchte wie Bananen werden auf **Plantagen** angebaut. Das sind viele Quadratkilometer große Betriebe, die meistens auf eine Anbaufrucht spezialisiert sind. Die Besitzer sind häufig internationale Firmen. Zu einer Plantage gehören Wege und Straßen, kleine Dörfer und Verarbeitungsanlagen. Auf den riesigen Flächen werden als **Monokultur** immer dieselben Bäume oder Sträucher gepflanzt. Diese müssen jedoch regelmäßig gedüngt und mit Pflanzenschutzmitteln behandelt werden, weil sie besonders anfällig für Krankheiten und Schädlinge sind. Der Dünger und die Gifte gelangen nicht nur in den Boden, sondern auch ins Grundwasser und in die Flüsse.

Die Produkte einer Plantage sind für den **Weltmarkt** bestimmt. Es handelt sich um eine **marktorientierte Produktion**. Am Verkauf der Produkte verdienen die Firmen deutlich mehr als zum Beispiel die Plantagenarbeiter. Einige Firmen beteiligen sich am **fairen Handel** und setzen sich so für mehr Gerechtigkeit ein.

M3 Wer verdient an der Banane?

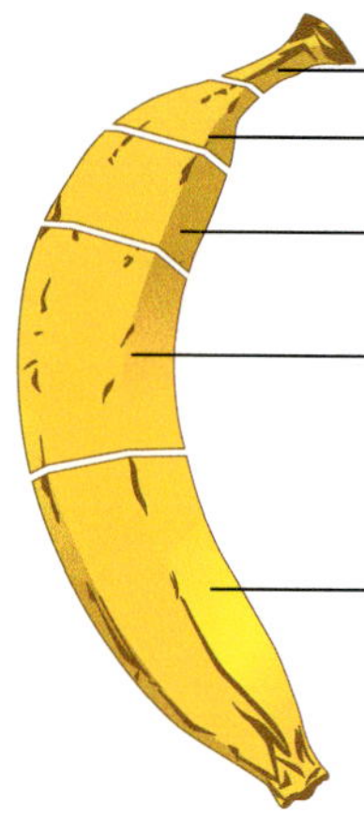

M4 Transport nach Europa

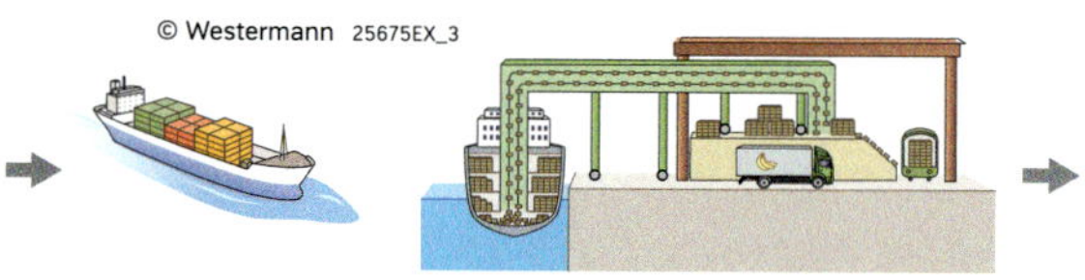

12–16 Tage im Kühlschiff bei 13,2 °C

M1 Manuel erzählt

Ich bin Manuel aus Guatemala. Ich lebe auf einer Bananenplantage. Meine Mutter arbeitet in der Verpackstation. Seit dem Tod meines Vaters muss ich mitverdienen. Ich muss jeden Tag schwere Bananenstauden schleppen. So eine Staude kann 50 kg wiegen. Meine Augen brennen, weil Flugzeuge giftige Pflanzenschutzmittel versprühen. Ich bekomme drei Dollar am Tag.

M5 **Bei der Ernte: Bananenstauden werden abgeschnitten.**

M7 **Raúl erzählt**

Ich bin Raúl aus Ecuador. Mein Vater ist Bauer und unsere Familie lebt vom Anbau und Verkauf von Bananen. Im Vergleich zu früher hat sich unser Leben deutlich verbessert. Wir waren sehr arm, bis sich mein Vater einem Bauernverband angeschlossen hat. Der Verband hat dafür gesorgt, dass jeder ein kleines Stück der Bananenplantage als Eigentum bekam. Viele kleine Bauernverbände haben sich in dem großen Verband UROCAL zusammengeschlossen. UROCAL verkauft unsere Bananen nicht mehr an die Großkonzerne, sondern an kleine Firmen oder Vereine in Europa. Diese bezahlen einen fairen Preis. Der Bauernverband hat uns gezeigt, wie man Bananen ganz ohne chemische Düngemittel anbaut. Wir haben seitdem viel besseres Trinkwasser. Es wurden auch eine Schule und eine Apotheke eingerichtet.

M6 **Wer verdient an der Bio-Banane aus fairem Anbau?**

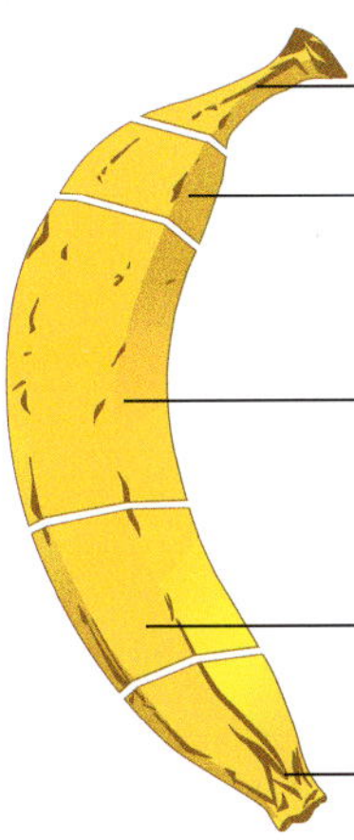

INFO

Fairer Handel (Fairtrade; fair, englisch = gerecht; trade, englisch = Handel) ist eine Handelspartnerschaft, die nach mehr Gerechtigkeit im Welthandel strebt. Das Fairtrade-Siegel zeigt, dass Bauern und Beschäftigte in weniger entwickelten Ländern gefördert werden und die Umwelt geschont wird.

INTERNET

Suchbegriff:
→ Quarks Banane

Tipps für die Erarbeitung

1. Beschreibt, wie Bananen angebaut werden (M2, Text).
2. Informiert euch über den Transport der Bananen von der Plantage bis zum Supermarkt bei uns und stellt den Weg in Skizzen dar (M4, Atlas, Internet: Diercke Atlas Bananen).
3. Seht euch eine Bananenreifungsanlage im Internet an.
4. Beschreibt die Arbeitsbedingungen auf der Bananenplantage in Guatemala (M1).
5. Beschreibt, wie Bananen in Ecuador fair angebaut werden (M7).
6. Vergleicht, wer an der Banane verdient (M3, M6).
7. Erkundet im Supermarkt, welche Bananen dort angeboten werden.
8. Der Kunde entscheidet und seine Entscheidung wirkt sich aus. Nehmt Stellung zu dieser Aussage.
9. Stellt eure Ergebnisse zu eurer Präsentation zusammen und überlegt, wer eure Wandzeitung vorstellt.

Wenn du diese Aufgaben erfolgreich bearbeitet hast, kannst du ...
... beschreiben, wo und wie Bananen angebaut werden.
... erläutern, wie sich der Kauf von fair gehandelten Bananen auswirkt.
... die Fachbegriffe **Plantage**, **Monokultur**, **Weltmarkt**, **marktorientierte Produktion** und **fairer Handel** erklären.

WAHLTHEMA 2 Soja und Fleisch aus Amazonien

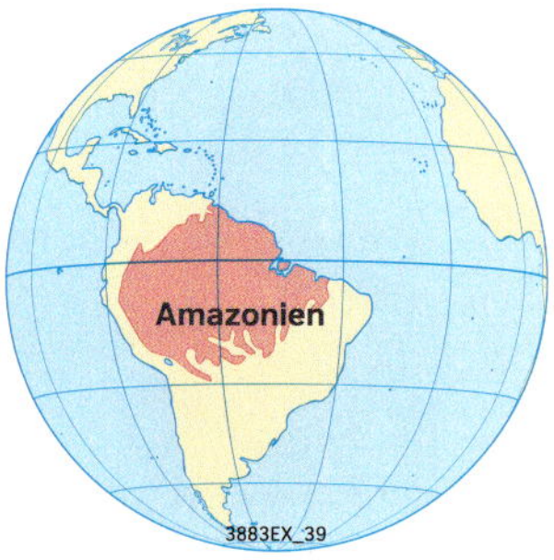

Amazonien ist das größte zusammenhängende Regenwaldgebiet der Erde. Doch immer mehr Regenwald wird abgeholzt, oft auch illegal. Dafür verantwortlich sind unter anderem wenige brasilianische Agrarunternehmen. Sie legen Soja-Plantagen oder Rinderfarmen an. Warum ist das so? Welche Auswirkungen hat das und inwiefern sind wir in Deutschland mit dafür verantwortlich?

M3 Sojaanbau im tropischen Regenwald in Amazonien

Erarbeitet diese Fragen.
Präsentiert der Klasse eure Ergebnisse mithilfe einer Wandzeitung (vgl. S. 312).

M1 Soja-Importe der Europäischen Union wirken sich auch auf das Klima aus.

Mit 13,6 Millionen Tonnen stammen 41 Prozent der Soja-Importe der Europäischen Union aus Brasilien. Beim Rindfleisch stammen 25 bis 40 Prozent der europäischen Einfuhren aus Brasilien.

M2 Karikatur

Sojaanbau in Amazonien

Die klimatischen Bedingungen für den Anbau von Soja sind in Amazonien gut. Dort wird Soja auf riesigen Flächen (Plantagen) angebaut. Die Sojapflanze hat ein kräftiges Wurzelwerk und kann Nährstoffe gut aus dem Boden aufnehmen. Sie wächst also auch auf den nährstoffarmen tropischen Böden. Gezielte Düngergaben erhöhen den Ertrag.
Um eine Sojaplantage anlegen zu können, muss der tropische Regenwald abgeholzt werden. Die großflächigen Rodungen wirken sich auf die Artenvielfalt und das Klima aus.
Die Sojabohne ist proteinhaltig und wird vor allem als Futter in der Viehhaltung eingesetzt. Die Besitzer der Plantagen sind überwiegend Großgrundbesitzer. Sie produzieren für den **Weltmarkt**. Es handelt sich um eine **marktorientierte Produktion**.

M4 Weltweiter Fleischkonsum

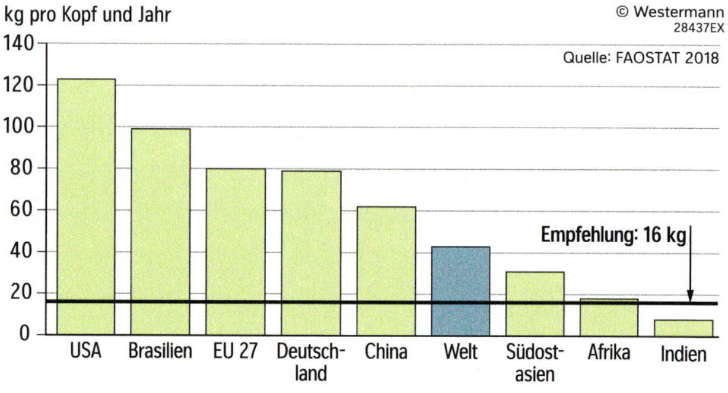

Ein Team internationaler Wissenschaftler empfiehlt, den durchschnittlichen Konsum von Fleisch pro Person auf etwa 300 Gramm pro Woche (16 kg/Jahr) zu reduzieren. Nur so könne man die Auswirkungen auf das Klima verringern.

M5 Rinderhaltung in Amazonien: Zerstörung des tropischen Regenwaldes

Rinderfarmen in Amazonien

Mehr als die Hälfte aller abgeholzten Flächen im Amazonasgebiet sind heute Weidegebiete. Um eine Weide anzulegen, werden zunächst die Bäume gefällt und die Fläche wird abgebrannt. Dann werden mit Flugzeugen Grassamen ausgesät. Schon bald ist das Gras so hoch, dass man Rinder darauf weiden lassen kann.

Die **Viehwirtschaft** ist eine nicht angepasste Nutzung. Ein Rind braucht eine relativ große Fläche, weil die Böden schlecht sind und das Gras auf diesen Böden nicht so gut wächst. Deshalb sind die Rinderfarmen in Amazonien riesengroß.

Der weltweit steigende Fleischkonsum wird zu noch mehr Rodungen in Amazonien führen. Die niedrigen Preise für Fleisch im Supermarkt tragen dazu bei, dass ein Verzicht auf Fleisch für viele Konsumenten nicht in Frage kommt.

M6 Auswirkungen der Abholzung des tropischen Regenwalds

Wissenschaftler bezeichnen den Amazonas-Regenwald als die Klimaanlage unserer Erde. Der Regenwald gibt jährlich rund sieben Billionen Tonnen Wasser in die Atmosphäre ab und reguliert so nicht nur das Klima in Südamerika, sondern weltweit. Die Zerstörung des Amazonas-Regenwaldes schadet dem Klima daher gleich doppelt. Mit der Brandrodung wird die Welt-Klimaanlage zerstört und die Brände verursachen zudem die Emission großer Mengen des Klimakillers CO_2 [Kohlenstoffdioxid]. […]

Die in Brasilien angebaute Soja wächst meist auf großflächigen **Monokulturen**: Soja-Bohnen – soweit das Auge reicht und Totenstille. Denn auf solchen Feldern gibt es keinen Lebensraum für Vögel und andere Nützlinge. Die einzigartige Vielfalt von Pflanzen und Tieren wurde durch eine kleine Bohne ersetzt. Doch Monokulturen sind auch verantwortlich für Bodenerosion und den massiven Einsatz von chemischen Düngern und Pestiziden. […]

Zusammenfassung des Greenpeace-Reports „Eating up the Amazon", Hamburg: Greenpeace e. V. 2006

INFO

Ein Anbau in **Monokultur** bedeutet, dass auf einer Fläche nur eine und immer die gleiche Kulturpflanze angebaut wird.

INTERNET

Suchbegriffe: → NDR Soja Brasilien
→ wwf Soja Brasilien
→ Faszination Regenwald Soja
→ Film ARD Panorama Brasilien Soja
→ Film ZDF Regenwald Soja Brasilien

Tipps für die Erarbeitung

1. Beschreibt den Sojaanbau in Amazonien (M3, Text).
2. Beschreibt die Rinderhaltung in Amazonien (M5, Text).
3. Stellt dar, inwiefern sich unser Konsum auf Amazonien auswirkt (M1, M4, Text).
4. Erörtert die Empfehlung der Experten zu unserem Fleischkonsum (M4).
5. Erarbeitet ein Interview mit einem Rinderzüchter oder einem Besitzer einer Sojaplantage in Amazonien. Geht bei den Fragen auf die Auswirkungen ihrer Landwirtschaft ein und formuliert ihre Antworten (M6, Text).
6. Erstellt ein Wirkungsgefüge zum Text in M6 (vgl. S. 23).
7. Beurteilt die Darstellung des Zeichners (M2).
8. Entwerft selbst Zeichnungen zum Thema.
9. Stellt eure Ergebnisse zu eurer Präsentation zusammen und überlegt, wer eure Wandzeitung vorstellt.

Wenn du diese Aufgaben erfolgreich bearbeitet hast, kannst du …
… den Sojaanbau und die Rinderhaltung in Amazonien beschreiben.
… erläutern, wie sich unser Fleischkonsum auf Amazonien auswirkt.
… die Fachbegriffe **Weltmarkt**, **marktorientierte Produktion**, **Viehwirtschaft** und **Monokultur** erklären.

METHODE Mit Satellitenbildern arbeiten

M1 Satellitenbild von Amazonien (Echtfarbenbild)

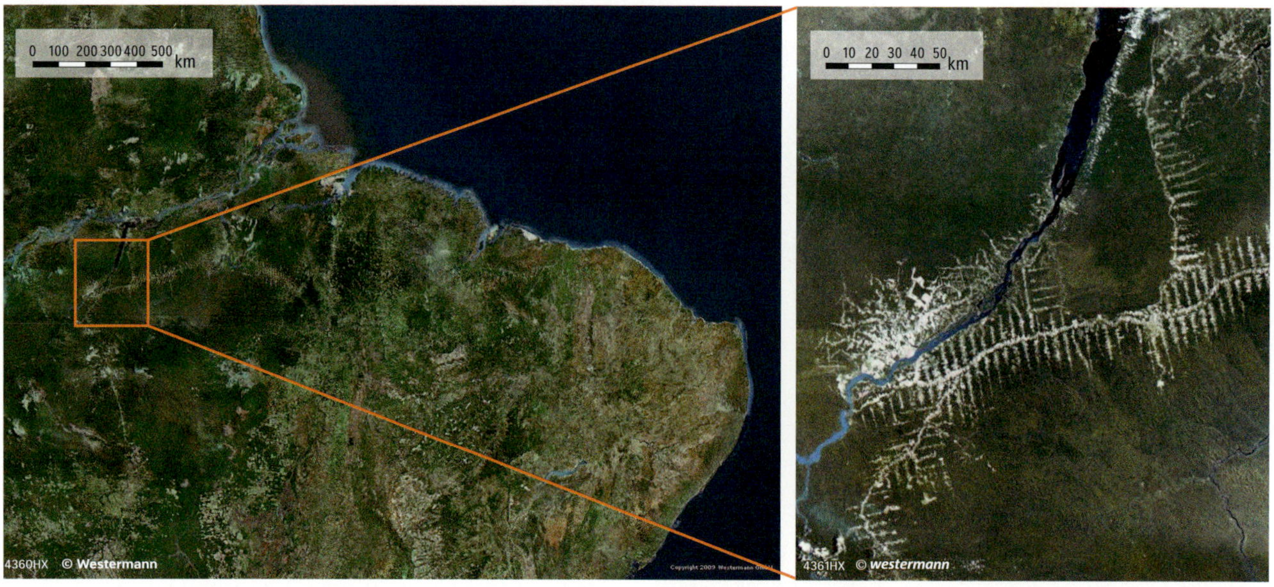

Die Erde wird ständig von Satelliten umkreist. Diese Satelliten machen Bilder von der Erde aus dem Weltraum, die Satellitenbilder. Man unterscheidet diese Bilder nach Echtfarbenbildern und Falschfarbenbildern. Auf einem Echtfarbenbild sieht man alle Bildelemente in der Farbe, wie das Auge sie in der Natur sieht. Falschfarbenbilder enthalten Bereiche des Lichts, die wir Menschen nicht wahrnehmen. Gebiete mit Vegetationsschäden erscheinen zum Beispiel in Rosa.

M2 Formulierungshilfen

Formulierungshilfen zur Beschreibung des Satellitenbilds:

... zusammenhängende dunkelgrüne Flächen ...
... wahrscheinlich Waldflächen
... in Blau ist ...
... helle Flächen sind ... zu erkennen.
Dies sind wahrscheinlich ...
Das Gebiet ist durchzogen von ...
... parallel verlaufende helle Linien
Dies sind wahrscheinlich ...

Formulierungshilfen zur Interpretation:

... tropischer Regenwald
... Siedlung am Fluss
... Straßen und Rodungen entlang von Erschließungswegen
... die Erschließung des tropischen Regenwalds durch Straßen
... geplant angelegte Rodungen und Siedlungen

Drei Schritte bei der Auswertung eines Satellitenbildes

1. Schritt Den Raum einordnen
Ordne das Bild mithilfe des Atlas und anhand der Bildüberschrift räumlich ein. Wenn möglich, ordne es auch zeitlich ein. Stelle fest, wie groß der Ausschnitt in Wirklichkeit ist. Aus welcher Höhe wurde das Bild aufgenommen?

2. Schritt Einzelheiten beschreiben
Gliedere das Satellitenbild in Teilräume, zum Beispiel Gebiete mit gleicher Bedeckung (Wald, Felder, Siedlung, ...). Beschreibe einzelne besonders auffällige Objekte (Städte, Flughäfen, Seen usw.). Achte auf Farbe, Muster und Anordnung der Einzelheiten.

3. Schritt Merkmale und Zusammenhänge erklären
Deute die im Bild erkennbaren Merkmale mithilfe von Zusatzinformationen (aus Texten, Atlaskarten), finde Ursachen und Gründe.

INTERNET

Mit Google Maps kannst du dir auch Satellitenbilder ansehen.
Die Veränderung von Räumen kann man mit Google Earth Timelapse im Zeitraffer beobachten.

METHODE Ein Wirkungsgefüge erstellen

In einem Wirkungsgefüge stellt man die Beziehungen zwischen Ursachen und Wirkungen grafisch dar. Dadurch kann man die Zusammenhänge veranschaulichen und das Wirkungsgefüge auch als Merkhilfe einsetzen.
Am Beispiel des Ackerbaus in der Trockensavanne kannst du sehen, wie man ein Wirkungsgefüge erstellt: In der Trockensavanne sind die Ackerbauern auf die Regenfälle in der Regenzeit angewiesen. Reichen die Niederschläge nicht aus, müssen die Bauern ihre Felder bewässern.

INTERNET

Du kannst Wirkungsgefüge auch am Computer erstellen mithilfe der App „yEd live“: www.yworks.com/yed-live

Fünf Schritte zur Anfertigung eines Wirkungsgefüges

1. Schritt Markiere im Text wichtige Begriffe und Aussagen.

2. Schritt Notiere die Begriffe und Aussagen stichwortartig.

3. Schritt Bringe die Stichwörter in eine logische Reihenfolge (Ursache → Wirkung).

4. Schritt Schreibe die Stichwörter nacheinander auf und verbinde die Aussagen mit Pfeilen. Diese haben die Bedeutung „bewirkt“ oder „hat zur Folge“.

5. Schritt Sind mehrere Ursachen für eine Wirkung verantwortlich, dann zeichne mehrere Pfeile zum entsprechenden Stichwort. Ergeben sich mehrere Auswirkungen aus einer Ursache, dann zeichne mehrere Pfeile ausgehend von der Ursache zu den Auswirkungen.

M3 Tiefbrunnen mit Motorpumpen und Folgen

Mit Sorge blicken die Dorfältesten in den einzigen Brunnen, der sie und ihre Nachbarn in einem Umkreis von zehn Kilometern mit Wasser versorgt. Seit Jahren sinkt der Grundwasserspiegel beständig ab.
„In meiner Jugend förderten wir Wasser aus 20 Metern Tiefe. Heute müssen die Brunnen mindestens 60 Meter tief gegraben werden“, sagt einer der Ältesten. „Wann wird unser Brunnen versiegen?“ Fehlt das Brunnenwasser, dann können wir unsere Pflanzen nicht bewässern und ohne Pflanzen droht eine Hungersnot. Die Mango- und Papayabäume, die wir vor 20 Jahren pflanzten, beginnen bereits an Wassermangel zu leiden und tragen kaum noch Früchte. Wenn der Grundwasserspiegel weiter sinkt und die Büsche und Gräser vertrocknen, dann ist der Boden schutzlos und dem heißen Wüstenwind ausgeliefert. Der Boden wird abgetragen. Die Wüste dehnt sich aus. Dies bezeichnet man als **Desertifikation**.
Viele glauben, dass der Bau von Tiefbrunnen für die Absenkung des Grundwasserspiegels in benachbarten Dörfern verantwortlich ist.“

Grundwasserspiegel sinkt

Wasser fehlt

Hungersnot

Büsche und Gräser vertrocknen

Boden ist schutzlos dem Wind ausgeliefert

Boden wird abgetragen

Wüste dehnt sich aus → Desertifikation

Bau von Tiefbrunnen

M4 Wirkungsgefüge

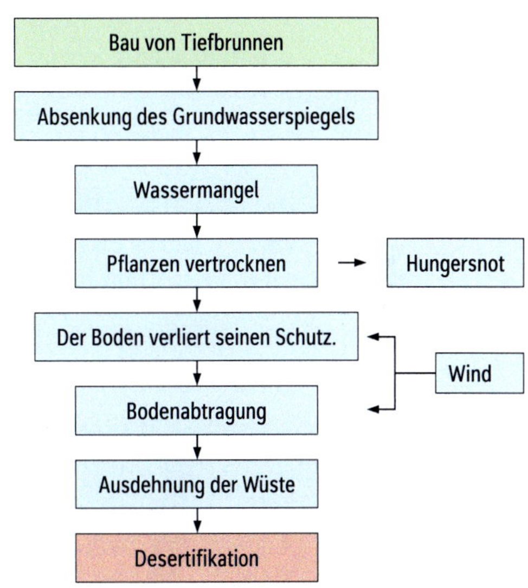

Wenn du diese Aufgaben erfolgreich bearbeitet hast, kannst du …
… Satellitenbilder auswerten.
… Wirkungsgefüge erstellen.
… den Fachbegriff **Desertifikation** erklären.

Oasen – Inseln in der Wüste

Viele Menschen stellen sich die Wüste Sahara als eine große Sandwüste vor. So sieht die Sahara aber nicht aus, sie hat verschiedene Gesichter. Obwohl sie ein lebensfeindlicher, trockener Raum ist, leben etwa fünf Millionen Menschen hier. Wie sieht die Wüste Sahara aus? Wie können Menschen hier leben?

M2 **Eine Oase in der Wüste**

Die Wüste hat viele Gesichter

Die Sahara ist die größte Wüste der Erde. Sie ist 30-mal größer als Deutschland. Die Sahara ist nur zu einem Fünftel eine Sandwüste. Den größten Teil nehmen Kieswüsten und Felswüsten ein. Aufgrund großer Temperaturschwankungen zwischen Tag und Nacht zerspringt das Gestein in scharfkantige Stücke. Das Gestein wird weiter zerkleinert, bis es schließlich vom Wind weggetragen werden kann.

Die seltenen Niederschläge fallen als kurze heftige Schauer. Die großen Wassermassen fließen dann in den **Wadis** ab. Diese sonst trockenen Täler verwandeln sich in reißende Sturzbäche.
Mittags wird es häufig mehr als 50 °C heiß. Menschen können nur mit genügend Wasser und Schutz vor der Gluthitze überleben. Nachts fallen die Temperaturen unter den Gefrierpunkt.

M1 **Die Dattelpalme wird vielfältig genutzt.**

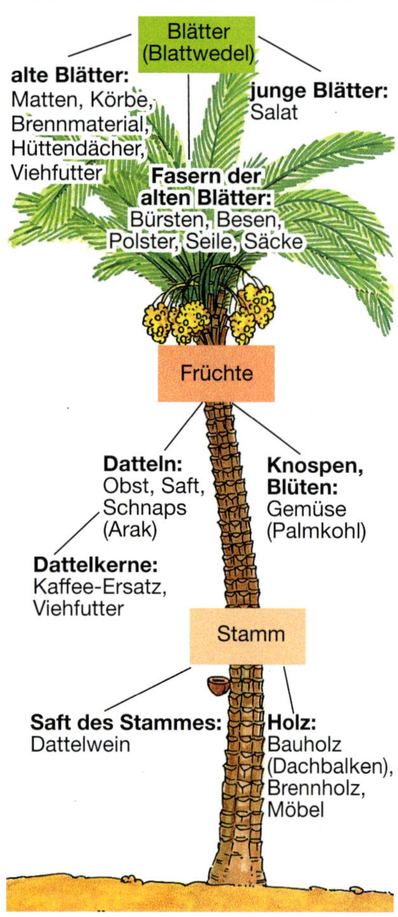

Die Dattelpalme nennt man auch „Königin der Oasen". Sie ist die Lebensgrundlage der Menschen, die in den Oasen leben. Eine Dattelpalme erreicht eine Höhe von bis zu 30 Metern. Dattelpalmen haben lange, tief reichende Wurzeln.

M3 **Schema einer Grundwasseroase**

M4 **Stockwerkanbau in einer Oase**

M5 Wüstenformen und ihre Entstehung

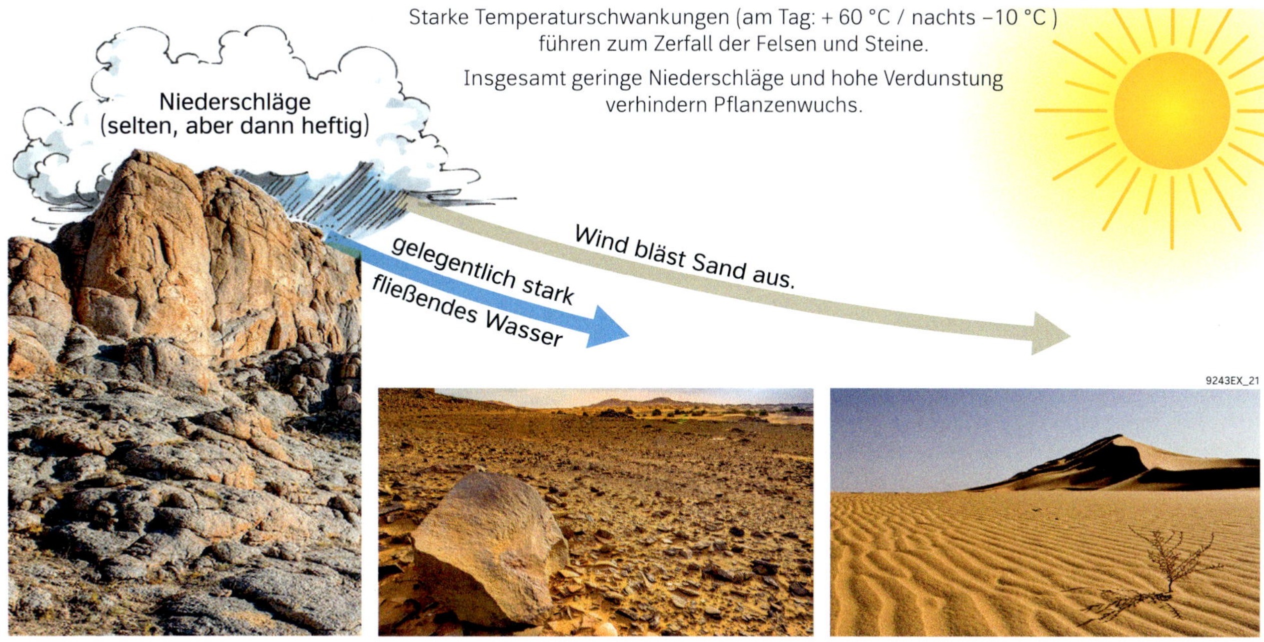

Name: Felswüste
Anteil: etwa 70 % aller Wüsten
Material: Felsen, Steine

Name: Kieswüste
Anteil: etwa 10 % aller Wüsten
Material: Kies

Name: Sandwüste
Anteil: etwa 20 % aller Wüsten
Material: Sand

M6 Tag- und Nachttemperaturen in der Sahara im Dezember

Uhrzeit	8:00	10:00	12:00	14:00	16:00	18:00	20:00	22:00	24:00	2:00	4:00	6:00
Temperatur	6 °C	12 °C	20 °C	26 °C	25 °C	19 °C	10 °C	0 °C	−3 °C	−7 °C	−8 °C	−4 °C

Oasen – ohne Wasser geht es nicht

In der Sahara gibt es zahlreiche Oasen. Sie liegen dort, wo das Grundwasser bis nahe an die Erdoberfläche reicht. In diesen **Grundwasseroasen** erreichen Dattelpalmen mit ihren langen Wurzeln das Grundwasser. Die Dattelpalmen werden vielfältig genutzt. Obstbäume, Getreide und Gemüse müssen bewässert werden. Das geförderte Grundwasser fließt in zahlreichen Gräben durch die Oase.
Auf den Anbauflächen in den Oasen bilden die Anbaufrüchte Stockwerke. Durch den **Stockwerkanbau** werden die Felder optimal genutzt.

Vor einigen Jahren wurden in einer Tiefe von 1 000 bis 4 000 Meter riesige Wasservorräte entdeckt. Dieses Wasser ist etwa 20 000 Jahre alt. Es stammt aus der Zeit, als die Sahara noch keine Wüste war. Mit starken Motorpumpen fördert man heute dieses Wasser. Allerdings steht das Wasser nur zur Verfügung, solange die Vorräte reichen.
Die starke Sonneneinstrahlung in der Sahara wird auch zur Gewinnung von Energie genutzt. In **Solarkraftwerken** wird die Energie nachhaltig gewonnen.

Aufgaben

1. Erkläre, wie die Wüstenformen entstehen (M5).
2. In der Wüste Sahara sind mehr Menschen erfroren oder ertrunken als verdurstet. Erkläre diesen Widerspruch (M6, Text).
3. Die Häuser wurden am Rand der Oase in der Wüste gebaut (M2). Begründe.
4. (W) Wähle aus:

   A Beschreibe, wie in einer Oase angebaut wird (M3, M4).

   B Beurteile den Anbau in einer Oase.
5. Lege eine Tabelle an und trage ein, wie die Dattelpalme genutzt wird (M1).
6. (Z) Recherchiere und erstelle einen Bericht über die Nutzung der Sonnenenergie in der Sahara (Internet).

Wenn du diese Aufgaben erfolgreich bearbeitet hast, kannst du …
… die natürlichen Bedingungen in der Wüste beschreiben.
… den Anbau in Oasen beschreiben und beurteilen.
… die Fachbegriffe **Wadi**, **Grundwasseroase**, **Stockwerkanbau** und **Solarkraftwerk** erklären.

Datteln – das süße Brot der Wüste

Nur mit Datteln und Wasser kann man mehrere Wochen in der Wüste überleben. Datteln haben einen hohen Zucker- und Kaloriengehalt. Deshalb sollte man nicht mehr als drei bis fünf Datteln am Tag essen. Sie enthalten doppelt so viel Kalium wie Bananen und sind reich an Eisen, Magnesium und Vitaminen. Woher kommen die Datteln in unserem Supermarkt? Wie werden sie angebaut? Welche Probleme können beim Anbau auftreten?

M2 Datteln

Datteln – marktorientierte Produktion

Tunesien produziert zwar nicht die meisten Datteln, das Land ist aber der größte Exporteur von Datteln. Rund 130 000 Tonnen Datteln wurden 2018 exportiert. Tunesien exportiert in 84 Länder. An der Spitze liegen Marokko und Spanien. Es sind aber auch neue Märkte erschlossen worden wie die USA, das Sultanat Oman, Slowenien, Indien und Mali. Deutschland importiert jährlich rund 5 000 Tonnen Datteln, und die Nachfrage steigt. Datteln für den Export werden auf Plantagen auf riesigen Flächen angebaut.

Es gibt aber auch viele Familienbetriebe in den Oasen. Diese bewirtschaften in der Regel nur einen Hektar. Die Datteln werden auf dem lokalen Markt verkauft. Die Oasenbauern könnten höhere Einnahmen erzielen, wenn sie ihre Datteln als Bio-Datteln zertifizieren lassen würden. Dies ist aber ein Schritt, zu dem sich bisher nur wenige Oasenbauern entschließen konnten.

Ein Problem ist in den letzten Jahren aufgetreten. Im Sommer gibt es immer länger andauernde Hitzeperioden. Die Datteln reifen zu schnell und zu früh. Sie haben dann eine mindere Qualität. Die Folgen des Klimawandels sind so auch auf den Dattelplantagen zu spüren.

M1 Datteln: wichtige Anbauländer (2018)

Land	Produktion in Tonnen
Ägypten	1 562 171
Saudi-Arabien	1 302 859
Iran	1 204 158
Algerien	1 094 700

INTERNET

Recherchiere weitere Informationen zur Dattelpalme.
Suchbegriff: → helles koepfchen Dattelpalme
Schau dir die Oase Ouargla auf einem Satellitenbild an (Online-Kartendienst).

ERSTAUNLICH

Die Dattelpalme ist seit 5 000 Jahren eine Kulturpflanze. Forscher fanden unter den Resten einer ehemaligen Festung am Toten Meer Samen einer Dattelpalme, die hier ungefähr 2 000 Jahre lagen.

M3 Dattelpalmen – Anbau auf Plantagen

Die Oase Ben Chabbat in Tunesien ist ein Beispiel dafür, dass es auch Dattelpalm-Plantagen gibt. Die Plantage ist so groß wie 90 Fußballfelder. Ungefähr 6 400 Dattelpalmen stehen auf dieser Plantage.

Die Bewirtschaftung erfolgt im biologischen Anbau. Man verwendet keinen Mineraldünger und keine chemischen Schädlingsbekämpfungsmittel. Spezielle Kräuter- und Mistmischungen werden für die Düngung und Schädlingsbekämpfung eingesetzt. Palmwedel nutzt man zur Kompostierung. Die vertrockneten Palmwedel werden zerkleinert und mit dem Dung aus der Schafhaltung und Erde vermischt. Dann dauert es ungefähr drei Monate, bis die Palmwedel zu Kompost verrottet sind. Damit düngt man dann die Plantage. Der Kompost verringert außerdem die Gefahr der Versalzung.

M4 Plantage mit Dattelpalmen und Dauerbegrünung in Tunesien

Bei einseitiger Bewirtschaftung tritt in Plantagen das Problem der **Bodenversalzung** auf. Durch das Ausbringen von Kompost und Dauerbegrünung verringert man die Gefahr der Versalzung.

M6 Die Ernte der Datteln ist eine mühsame Arbeit.

Die Palmen sind 15 bis 20 Meter hoch und die Dattelrispen werden von Hand abgeschnitten. Eine einzelne Dattel wiegt zwischen 7 und 10 Gramm.

M5 Bewässerung kann zur Bodenversalzung führen.

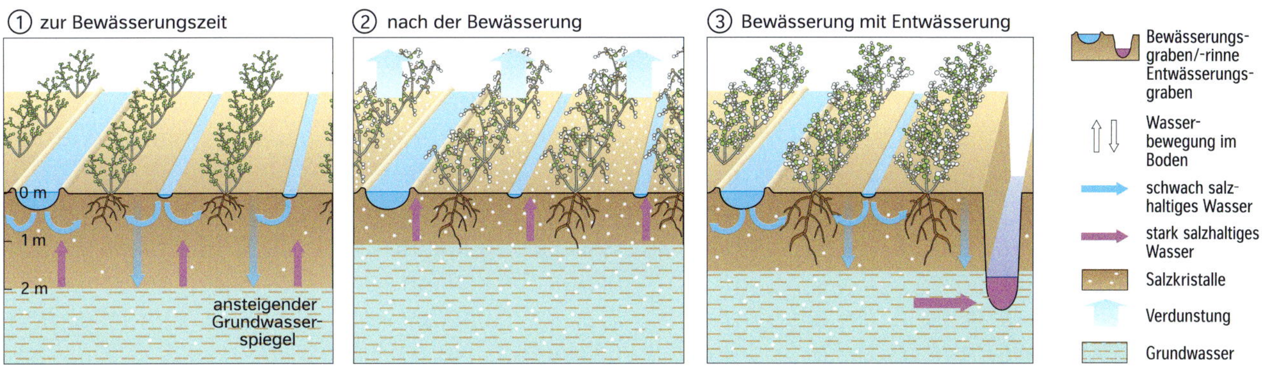

A Entwässerungsgräben leiten das überschüssige Wasser ab, damit der Grundwasserspiegel nicht steigt. Die im Wasser gelösten Salzkristalle fließen mit ab.

B Das Bewässerungswasser wird zum Teil von den Pflanzen aufgenommen, ein großer Teil versickert aber im Boden und gelangt ins Grundwasser.

C Der Grundwasserspiegel ist erhöht und Wasser dringt durch Risse im Boden nach oben. Es verdunstet und zurück bleiben die Salzkristalle, die im Wasser gelöst waren. Es tritt Bodenversalzung ein.

Aufgaben

❶ a) Ordne die Länder in M1 den Kontinenten zu.
b) Ermittle weitere wichtige Anbauländer (Internet).

❷ Ⓦ Wähle aus:

A Beschreibe den Anbau von Dattelpalmen auf einer Plantage (M4).

B Beschreibe, wie die Datteln geerntet werden (M6).

❸ Die Plantage Ben Chabbat kann ein Vorbild für andere Plantagen sein. Nimm Stellung zu dieser Aussage (M3).

❹ Erkunde, woher die Datteln bei euch im Supermarkt kommen.

❺ a) Erkläre, wie es zur Versalzung kommt, indem du die Texte A bis C den Abbildungen ① bis ③ in M5 zuordnest.
b) Notiere Möglichkeiten, wie man der Versalzung entgegenwirken kann (M4, M5).

❻ Beschreibe, wohin in der Oase Ouargla in Algerien das Entwässerungswasser geleitet wird (Atlas: S. 189).

❼ Ⓩ Suche nach Dattel-Rezepten im Internet und probiere ein Rezept aus.

Wenn du diese Aufgaben erfolgreich bearbeitet hast, kannst du ...
... erläutern, wie Dattelpalmen angebaut und vermarktet werden.
... Probleme aufzeigen, die durch die einseitige Bewirtschaftung, Bewässerung und den Klimawandel auftreten.
... den Fachbegriff **Bodenversalzung** erklären.

Oliven aus Kreta

Grüne und schwarze Oliven, mit Tomaten oder Paprika gefüllte Oliven und Olivenöl gibt es in den Supermärkten in reichlicher Auswahl. Woher kommen die Oliven? Wie werden sie angebaut? Wie wird aus den Oliven Olivenöl?

M3 Olivenhain mit Bewässerungsschläuchen

M1 Klimatabelle Heraklion (Kreta)

	J	F	M	A	M	J	J	A	S	O	N	D
°C	10,1	10,5	12,5	15,6	19,8	23,8	25,9	25,6	23,1	19,1	15,3	11,7
mm	72	71	56	37	32	13	4	6	21	38	45	69

Der Olivenbaum – angepasst ans Klima

Der Olivenbaum, auch Ölbaum genannt, kann Hitze ertragen, aber keinen Frost. Im Mittelmeerraum ist das Klima günstig, sodass Olivenbäume in allen Gebieten um das Mittelmeer zu finden sind.

Auf Kreta werden Oliven schon seit ungefähr 4000 Jahren angebaut. Der Olivenbaum braucht viel Zeit zum Wachsen. Bis zur ersten Ernte dauert es oft sieben Jahre. Er kann aber mehrere hundert Jahre alt werden. Den ältesten Olivenbaum auf Kreta schätzt man auf 4000 Jahre.

Der Olivenbaum stellt keine hohen Ansprüche an den Boden. Er hat Wurzeln, die tief in den Boden reichen, sodass sie an das Grundwasser gelangen. Olivenbäume müssen also nicht bewässert werden. Dennoch werden Olivenbäume im Sommer bewässert, um den Ertrag zu steigern. Dazu verlegen die Olivenbauern Schläuche in die Olivenhaine. Aus den Löchern in den Schläuchen gelangt das Wasser direkt an die Olivenbäume.

Die Ernte findet ab Mitte Oktober statt. Oliven, die zu Öl verarbeitet werden sollen, werden von den Bäumen geschüttelt. Dazu braucht man viele Erntehelfer. Die Arbeit ist sehr anstrengend. Die Oliven fallen in Netze, die unter den Bäumen ausgelegt sind. Dann schüttet man die Oliven in Säcke. Ein voller Sack wiegt 55 Kilo. Schafft man am Tag 20 Säcke, dann kann man daraus 200 Liter Ölivenöl pressen.

Speiseoliven werden von Hand und in mehreren Durchgängen gepflückt, grüne Oliven im Oktober, schwarze Oliven bei Vollreife im Dezember.

M2 Nutzung des Olivenbaums

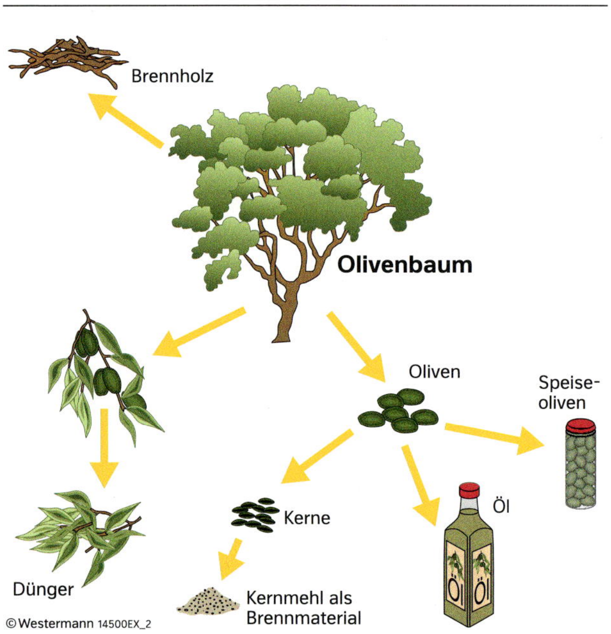

M4 Wurzelwerk des Olivenbaums

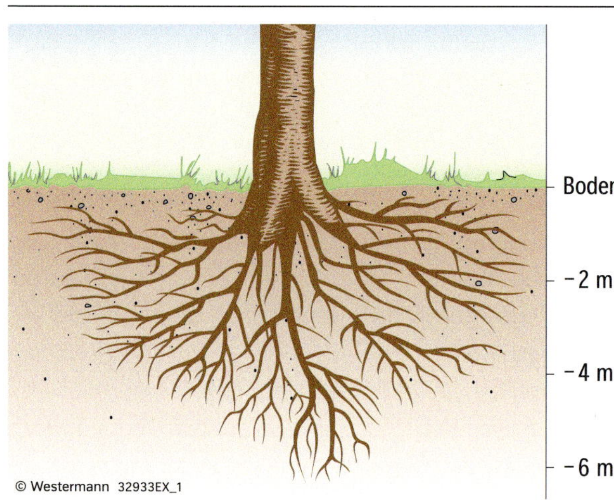

Der Wuchs der Wurzeln ist abhängig von der Bodenbeschaffenheit. Bei einem lockeren Boden wachsen die Wurzeln bis zu 7 m tief ins Erdreich; bei festem oder felsigem Untergrund breiten sie sich in geringer Tiefe großflächig aus, um dem Baum ausreichend Halt zu bieten.

M5 Olivenernte

M7 Die Olivenbauern in Adele (Kreta) wirtschaften gemeinsam.

Die Olivenbauern des Dorfes Adele haben sich zu einer **Genossenschaft** zusammengeschlossen und gemeinsam eine Ölpresse gekauft. Die Bauern bringen ihre Oliven zur Sammelstelle der Genossenschaft. Das Öl wird abgefüllt und von der Genossenschaft verkauft. Jeder Bauer erhält seinen Anteil. Die Bauern zahlen nicht mit Geld für diese Leistung, sondern geben sechs Prozent des Olivenöls an die Genossenschaft ab. Die Heizanlage für den Antrieb der Ölpresse wird mit Kernmehl betrieben, das bei der Ölgewinnung anfällt. So wird Energie gespart.

M6 Der Weg von der Olive zum Olivenöl

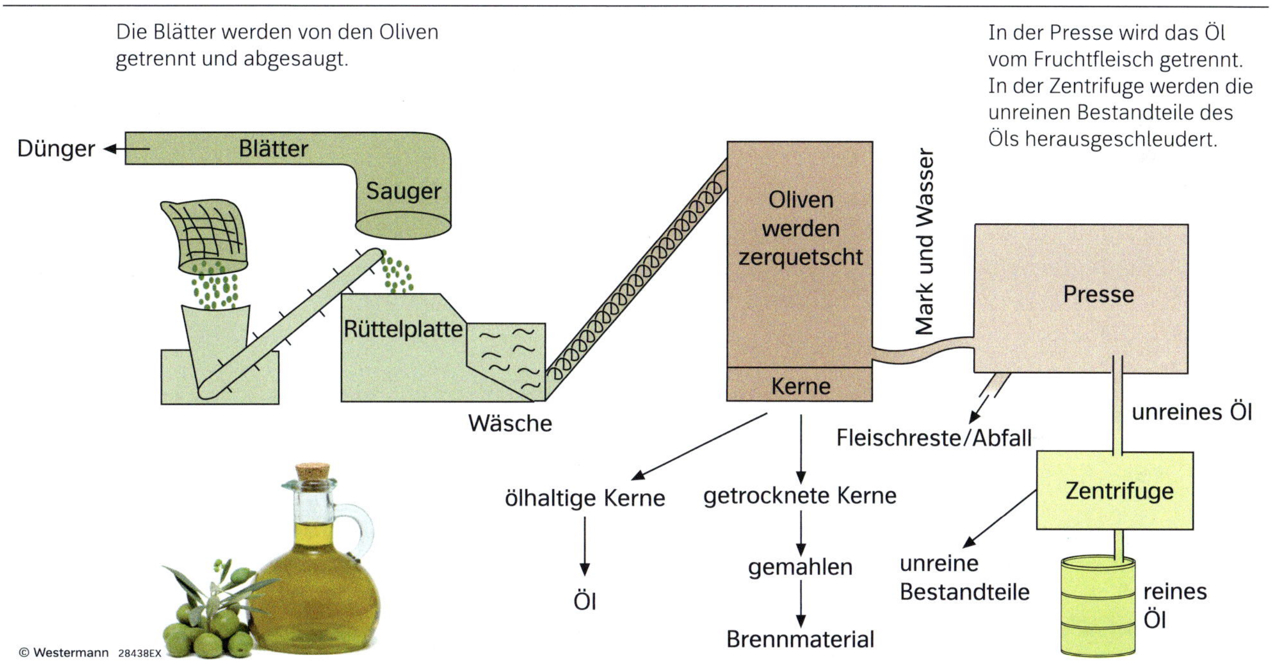

Aufgaben

1. Beschreibe die Nutzung des Olivenbaums (M2).
2. Ⓦ Wähle aus:
   - **A** Beschreibe den in M3 abgebildeten Olivenhain.
   - **B** Beschreibe, wie Oliven geerntet werden (M5).
3. Erkläre, warum der Mittelmeerraum geeignet ist, um Olivenbäume anzubauen (M1, M4, Text).
4. a) Beschreibe, wie aus den Oliven Öl hergestellt wird (M6).
   b) Die Ölpresse in Adele ist ressourcenschonend. Nimm Stellung zu dieser Aussage (M7).
5. Stelle die Vorteile der Genossenschaft in Adele dar (M6).
6. Ⓩ Recherchiere, wie Oliven im Intensivanbau angebaut werden (Internet: Oliven Intensivanbau). Schreibe einen Bericht. Gehe dabei auch auf Probleme ein.
7. Ⓩ Kreta ist auch ein beliebtes Urlaubsziel. Begründe mithilfe von M1.

Formulierungshilfe zu Aufgabe 3:
Das Klima im Mittelmeerraum ...
Der Ölbaum kann ...
Die Wurzeln des Ölbaums ...
Deshalb können die Wurzeln ...

Wenn du diese Aufgaben erfolgreich bearbeitet hast, kannst du ...
... beschreiben, wie Oliven angebaut und geerntet werden.
... erklären, warum Oliven im Mittelmeerraum angebaut werden.
... den Fachbegriff **Genossenschaft** erklären.

Obst und Gemüse aus Almería

Ein „Plastikmeer“ – so weit das Auge reicht! Das Gebiet um El Ejido liegt im Süden Spaniens. Sogar aus dem Weltall ist das große Meer aus Gewächshäusern sichtbar. Wie wird dort angebaut? Welche Auswirkungen hat der Anbau?

INTERNET

Schau dir das „Plastikmeer“ mithilfe eines Online-Kartendienstes im Satellitenbild an (vgl. Seite 311).

M2 Das „Plastikmeer“ von El Ejido

Aus einem Dorf wurde ein agrarindustrielles Zentrum

Das Anbaugebiet Campo de Dalías liegt in der Provinz Almería nahe der Stadt El Ejido. Das Gebiet war vor 30 Jahren noch eine wenig fruchtbare Einöde. Heute ist es die weltweit größte bewässerte Anbaufläche für Obst und Gemüse unter Plastikplanen. Die klimatischen Voraussetzungen sind günstig. Im Sommer liegen die Temperaturen durchschnittlich bei 27 °C, im Winter bei 15 °C und in den **Treibhäusern** kann man das ganze Jahr hindurch ideale Bedingungen schaffen. Man kann ernten, wenn in Mitteleuropa noch keine Ernten möglich sind. So kann man während dieser Zeit hohe Verkaufspreise erzielen. Problematisch ist jedoch der gewaltige Wasser- und Energieverbrauch.

M3 Arbeitskräfte für das Anbaugebiet

Für den Anbau in den Plastikgewächshäusern braucht man sehr viele Arbeitskräfte. Im Gebiet um El Ejido sind ungefähr 80 000 beschäftigt. Viele Arbeitskräfte sind illegale Einwanderer. Sie arbeiten als billige Hilfskräfte unter harten Bedingungen. Die Stundenlöhne liegen weit unter dem Mindestlohn. Nur so ist es möglich, dass Obst und Gemüse in unseren Supermärkten zu einem niedrigen Preis angeboten werden können.
Die illegalen Einwanderer haben keine Aufenthaltsgenehmigung. Deshalb sind sie rechtlos. Ihre Hütten am Rand des „Plastikmeers“ sind einfach und aus Holz zusammengezimmert.

M1 Treibhauskulturen um El Ejido

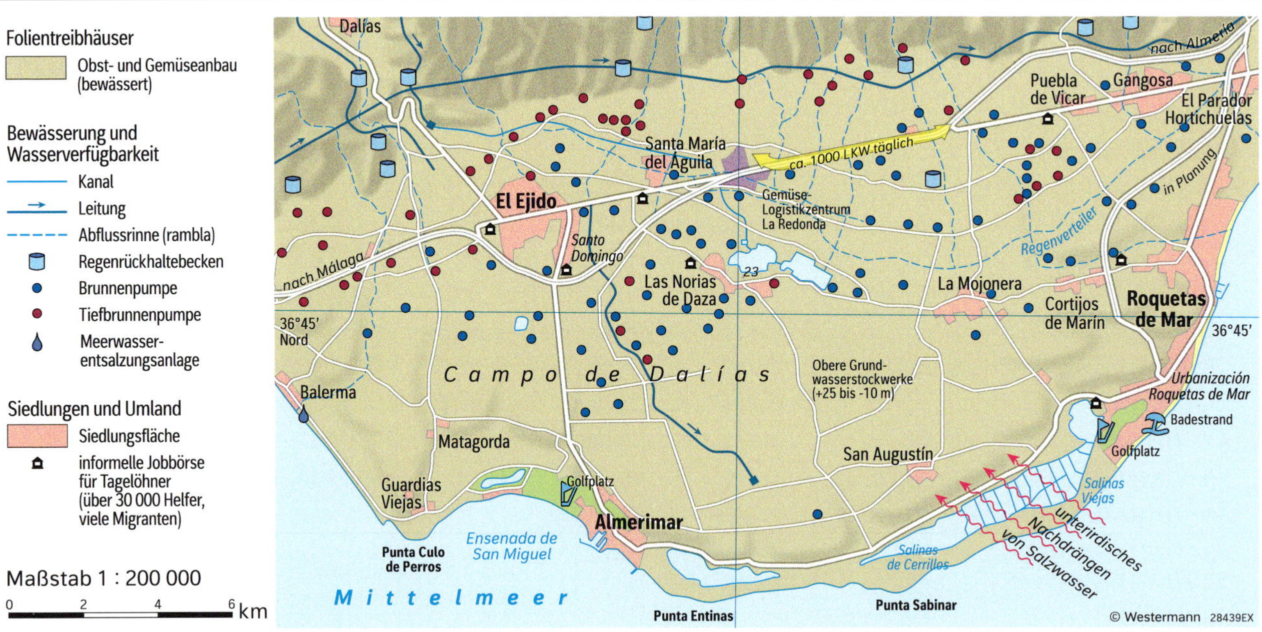

M4 Die Treibhauskulturen belasten die Umwelt.

Die Provinz Almería ist eine der trockensten Gegenden Europas. Die Anbauflächen um El Ejido werden deshalb bewässert.
Für die Bewässerung benötigt man sehr viel Wasser. Aus zahlreichen Brunnen wird Grundwasser hochgepumpt und auf die Anbauflächen geleitet. Der Grundwasserspiegel ist dadurch gesunken und im Küstenbereich ist salziges Meerwasser in die Grundwasserschicht eingedrungen.
Man fördert deshalb heute schon Wasser aus 100 Metern Tiefe. Dabei handelt es sich um fossiles Grundwasser. Es ist vor mehreren Jahrtausenden entstanden und steht nicht unendlich zur Verfügung.
Um die Grundwasservorräte nicht weiter zu belasten, wird heute Bewässerungswasser aufgefangen, recycelt und wiederverwertet. Auch gereinigtes Abwasser und entsalztes Meerwasser sollen den Grundwasserverbrauch reduzieren. Der Energieverbrauch für die Entsalzungsanlagen ist enorm. Durch die Energiekosten verteuert sich das Wasser für die Landwirte.
Ein weiteres Problem ist, dass das Obst und Gemüse in den Treibhäusern eine intensive Düngung und eine Behandlung mit Pflanzenschutzmitteln benötigen, denn die feucht-heißen klimatischen Bedingungen in den Gewächshäusern begünstigen den Schädlings- und Pilzbefall. Die chemischen Mittel gelangen in die Böden und in das Grundwasser und führen zu Verunreinigungen.

M5 Roquetas de Mar – Badetourismus am Mittelmeer

Im Jahr 2000 wohnten 40 000 Menschen in Roquetas de Mar. Heute leben hier fast 95 000. Durch die steigende Bevölkerungszahl werden mehr Wasser und Energie verbraucht. Auch durch den Tourismus sind der Wasserverbrauch und der Energieverbrauch gestiegen.

M6 Tourismus am Mittelmeer

Der Tourismus ist der zweite wichtige Wirtschaftszweig in der Provinz Almería. Roquetas de Mar ist ein beliebtes Urlaubsziel vieler Touristen aus Deutschland. Die Stadt hat einen langen Sandstrand, das Wasser des Mittelmeeres ist warm, im Sommer regnet es fast nie und die Temperaturen sind hoch. Es gibt einen großen Sportboothafen und einen Golfplatz. Zu den Sehenswürdigkeiten gehört die Burg „Castillo de Santa Ana“.
Für die Touristen wurden viele Hotels gebaut. Auch Restaurants und Freizeiteinrichtungen entstanden.

Aufgaben

1. Beschreibe den Anbau von Obst und Gemüse um El Ejido (M1, M2, Text).
2. Tomaten aus dem Campo de Dalías liegen im Februar in der Gemüsetheke im Supermarkt. Was sollte man vor dem Kauf bedenken?
3. Schau dir das „Plastikmeer“ mithilfe eines Online-Kartendienstes an. Vergleiche das Satellitenbild mit der Karte (M1, vgl. S. 22, 311).
4. Stelle die Informationen in M4 in einem Wirkungsgefüge dar (vgl. S. 23).
5. Beschreibe die Lage von Roquetas de Mar (M1).
6. Ⓦ Wähle aus: Erkläre, warum Roquetas de Mar ein beliebtes Touristenziel ist (M6).
   - A Fasse die Gründe in einem Text zusammen.
   - B Erstelle einen Werbetext.
7. Beurteile den Tourismus in Roquetas de Mar in Bezug auf den Ressourcenverbrauch (M1, M6).

Formulierungshilfe zu Aufgabe 5:
... liegt am ...
... liegt ... (Himmelsrichtung) von El Ejido.
... ist ... km von ... entfernt.
... an der Straße nach ...
Westlich und nördlich ... liegen die ...

Wenn du diese Aufgaben erfolgreich bearbeitet hast, kannst du ...
... den Anbau von Obst und Gemüse in der Provinz Almería erläutern.
... den Tourismus in der Provinz Almería beschreiben und in Bezug auf den Ressourcenverbrauch beurteilen.
... den Fachbegriff **Treibhaus** erklären.

Gewusst? – Gekonnt!

Interpol sucht Räuber – wer kennt den Aufenthaltsort?

In den tropischen Regenwäldern auf Borneo wurde die Wunderpflanze „Eznalfprednuwa“ gestohlen. In Verdacht steht ein gewisser Richy, der Interpol schon seit langem bekannt ist. Der Gangster war an mehreren internationalen Diebstählen beteiligt und hinterlässt sein Zeichen an den Tatorten: einen verknoteten Schnürsenkel. Interpol bittet, bei der Verfolgung des Täters zu helfen.

M1 Fluchtroute von Räuber Richy

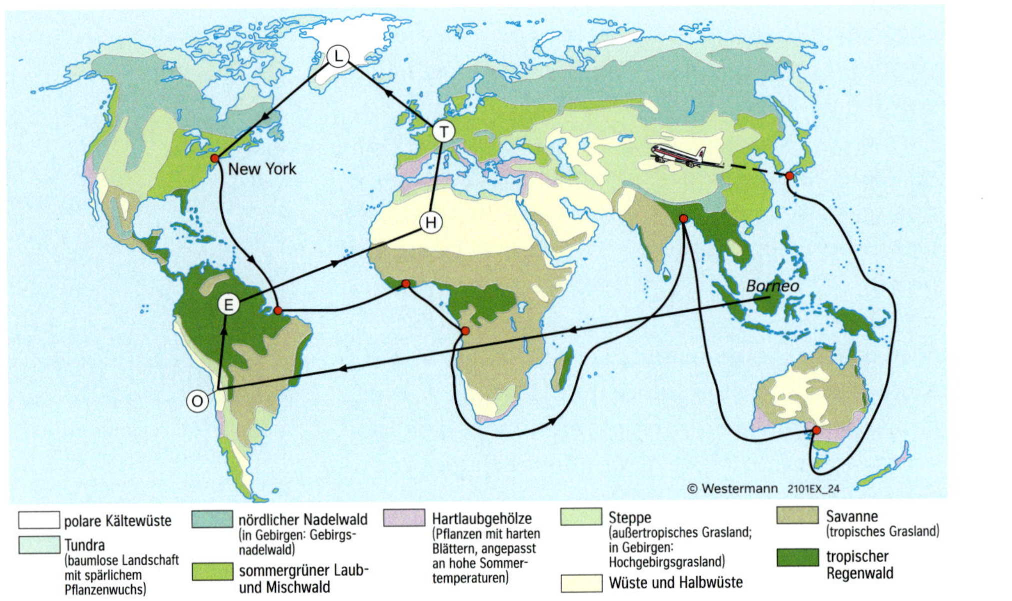

Spur 1:

In New York ließ der Räuber Richy sein Smartphone mit fünf Bildern zurück, die er auf seiner Flucht aufgenommen hat. Wenn man die Bilder in der Reihenfolge 1 – 5 den Buchstaben der jeweiligen Aufnahmeorte (M1) zuordnet, erhält man den ersten Teil des Aufenthaltortes.

Spur 2:

Interpol konnte folgenden verschlüsselten Funkspruch von Richy an seine Bande empfangen. Es handelt sich um Hafenstädte, die der Gangster bei seiner weiteren Flucht aufgesucht hat. Man findet den zweiten Teil des Aufenthaltsortes, wenn man die ersten Buchstaben der Städte zusammenfügt. (Achtung: Die Städte sind als Punkte in der Karte eingetragen!)

STOP --- MELBE --- STOP --- JADINAB --- STOP --- DANLAU --- STOP --- TAKKALUT --- STOP --- LIDAEDAE --- STOP --- GANASIKA --- STOP

Spur 3:

Jetzt musst du die folgenden Fragen richtig beantworten. Der jeweils angegebene Buchstabe ergibt dann den letzten Teil des Verstecks von Richy.

a) Wodurch wird auf Grönland das Pflanzenwachstum eingeschränkt? (Umlaut als 1 Buchstabe!; 4. Buchstabe)

b) In welcher Landschaftszone wachsen die abgebildeten Pflanzen? (5. Buchstabe)

c) In welcher Landschaftszone wachsen nur niedrige Sträucher, Moose und Flechten? (5. Buchstabe)

d) In welcher Landschaftszone wächst mannshohes Gras? (8. Buchstabe)

e) Welche Landschaftszone hat Richy gemieden, weil er keine Nadeln mag? (1. Buchstabe)

f) Welche Gehölze wachsen im Mittelmeerraum? (2. Buchstabe)

Bewerte dich selbst mit dem Ampelsystem, das du bereits kennengelernt hast.

Die Aufgabe konnte ich

- nicht lösen. Das muss ich noch üben.
- mit Hilfe lösen.
- ohne Hilfe lösen.

M2 Bewässerungsarten

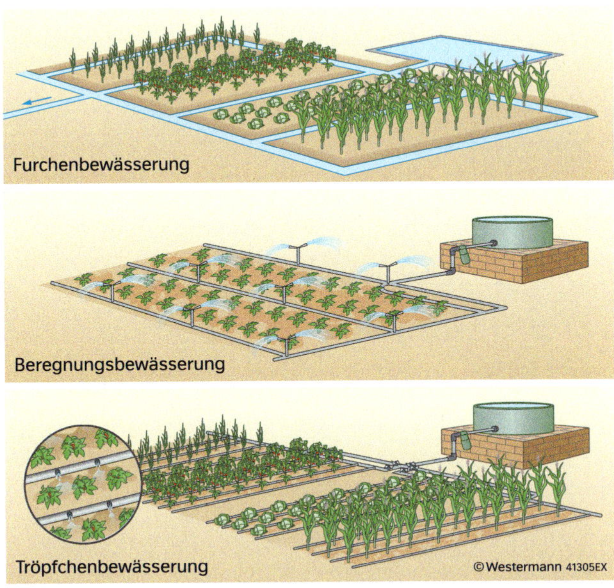

❶ a) Beschreibe, wie die Felder bewässert werden (M2).
b) Ordne dem Olivenanbau auf Kreta die richtige Bewässerungsart zu.
c) Vergleiche die Bewässerungsarten in Bezug auf den Einsatz von Wasser und die Gefahr der Versalzung.
Schülerbuch, Seiten 24 – 25 und 28 – 29

M3 Bananen

M5 Datteln

M4 Sojabohnen

M6 Oliven

❷ a) Erkläre, warum nicht alle abgebildeten Früchte bei uns angebaut werden (M3 - M6).
b) Beschreibe, wie Bananen auf Plantagen angebaut werden.
c) Stelle am Beispiel einer Frucht den fairen Handel dar.
d) Stelle am Beispiel einer Frucht dar, welche Überlegungen zu einem nachhaltigeren Konsumverhalten führen können.
Schülerbuch, Seiten 18 – 21, 26 – 31

❸ Beschreibe den Nährstoffkreislauf im tropischen Regenwald
Schülerbuch, Seiten 14 – 15

❹ Stelle die Auswirkungen der Abholzung des tropischen Regenwalds in einem Wirkungsgefüge dar.
Schülerbuch, Seiten 14 – 15 und 21

❺ Erörtere, welche Möglichkeiten es gibt, sein Konsumverhalten nachhaltiger zu gestalten.
Schülerbuch, Seiten 18 – 21 und 26 – 31

Fachbegriffe

die Agroforstwirtschaft
die Bodenerosion
die Bodenversalzung
die Brandrodung
der Dauerfeldbau
die Desertifikation
die Dreifelderwirtschaft
der faire Handel
die Genossenschaft
der Geofaktor
die Grundwasseroase
die Landschaftszone
die Landwechselwirtschaft
die marktorientierte Produktion
der Monatsniederschlag
die Monatstemperatur
die Monokultur
der Nährstoffkreislauf
das Ökosystem
die Plantage
das Solarkraftwerk
der Stockwerkanbau
der Stockwerkbau
die Subsistenzwirtschaft
das Treibhaus
die Vegetationszone
das Wadi
der Wanderfeldbau
der Weltmarkt

WES-105342-33
westermann.de/webcode

Unberechenbare Natur?

Der Ätna ist der höchste aktive Vulkan Europas. Die Vulkanausbrüche begannen vor etwa 500 000 Jahren und dauern bis heute an.
Der Ätna zählt zu den weniger gefährlichen Vulkanen der Erde, weil er regelmäßig ausbricht. So kann sich im Erdinneren weniger Druck aufbauen als bei einem inaktiven Vulkan, der dann plötzlich und unerwartet ausbricht.
Gebiete um Vulkane sind häufig dicht besiedelt. Warum leben die Menschen mit der Gefahr von Vulkanausbrüchen? Warum gibt es nur in bestimmten Gebieten Vulkane?
Es gibt allerdings noch andere Naturgefahren. Darüber wirst du in diesem Kapitel mehr erfahren.

rechts: Vulkanausbruch des Ätna auf Sizilien im Jahre 2014. Im Hintergrund ist die Stadt Catania zu sehen.

Die Erde – immer in Bewegung

Die grüne Meeresschildkröte lebt an der Küste Brasiliens. Seit 100 Millionen Jahren legt sie ihre Eier am Strand der Insel Ascension ab, die östlich im Atlantischen Ozean liegt. Dieses Verhalten ist angeboren. Die Eier sollen so vor Räubern am Festland geschützt werden. Grüne Meeresschildkröten schwimmen deshalb jedes Jahr von Brasilien zur Insel Ascension, aber dieser Weg wird immer länger. Woran liegt das?

INTERNET

Suchbegriff:
→ Planet Schule Kontinente auf Wanderschaft
→ Simplyscience Wanderung der Kontinente

M3 Die grüne Meeresschildkröte

M1 Alfred Wegener und seine Entdeckung

Am 1.11.1880 wurde der deutsche Wissenschaftler Alfred Wegener in Berlin geboren. Er starb auf einer Expedition in Grönland im November 1930. Er glaubte, dass die Kontinente ihre Lage verändert hatten. Als Beweis führte er ähnliche Gebirgszüge in Westafrika und im Osten Südamerikas an. Deshalb schloss er auf einen „Urkontinent", der zerbrochen sein musste. Er nannte ihn „Pangäa" („ganze Erde"). Die einzelnen Teile drifteten seiner Annahme nach auseinander. Eine Erklärung dafür konnte Wegener jedoch nicht liefern. Deshalb glaubten ihm viele nicht. Seine Theorie der Kontinentalverschiebung ist die Grundlage für das heutige Modell der **Plattentektonik**. Sie wurde aber erst nach seinem Tod anerkannt.

M2 Südamerika und Afrika passen wie Puzzleteile zusammen.

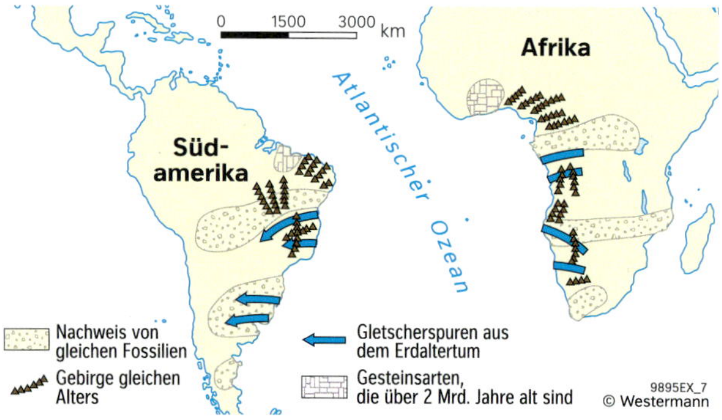

Die Erde – ein Puzzle aus Erdplatten

Alfred Wegener nahm an, dass sich die Kontinente bewegen. Heute weiß man, dass diese Annahme nicht ganz richtig war. Die Kontinente liegen auf mehreren großen und kleinen Erdplatten und diese Erdplatten bewegen sich.

Dabei gibt es drei Möglichkeiten: Die Platten bewegen sich voneinander weg (a), sie bewegen sich aufeinander zu (b) oder sie schieben sich aneinander vorbei (c).

Wenn Magma im Ozean durch die Erdplatten nach oben drückt, driften die Erdplatten auseinander. Es bildet sich hier durch das austretende Magma neuer Meeresboden. Dieser kann zu hohen Unterwassergebirgen anwachsen. Diese **Ozeanischen Rücken** sind teilweise als Inseln im Meer erkennbar.

Bewegen sich zwei Erdplatten aufeinander zu, dann taucht die schwerere Erdplatte unter die leichtere ab. Dies nennt man **Subduktion**. Ozeanische Erdplatten sind schwerer als kontinentale Erdplatten. Der Rand der leichteren Erdplatte wird zu einem Gebirge zusammengeschoben.

Bewegen sich zwei Erdplatten aneinander vorbei, entsteht ein Riss in der festen Gesteinshülle der Erde.

ERSTAUNLICH

Die feste Gesteinshülle der kontinentalen Erdplatten ist nur bis zu 70 km dick, die der ozeanischen Erdplatten nur bis zu 10 km. Bis zum Mittelpunkt der Erde sind es ungefähr 6370 km. Mit zunehmender Tiefe nehmen Temperatur und Druck zu. In 250 km Tiefe beträgt die Temperatur schon 1400 °C.

M4 Lage der Kontinente im Laufe der Zeit

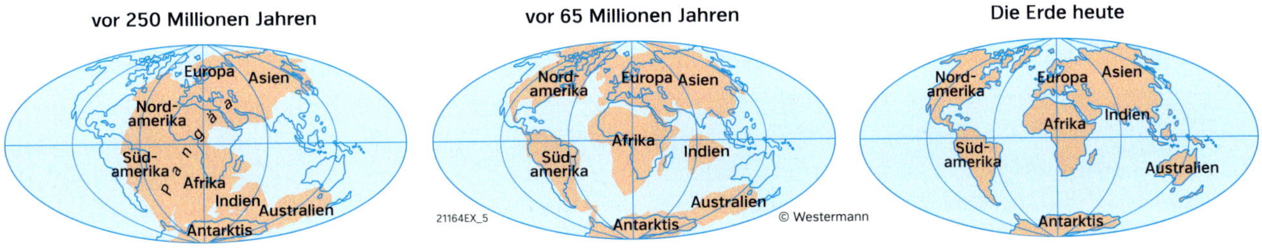

M5 Querschnitt durch die Gesteinshülle der Erde

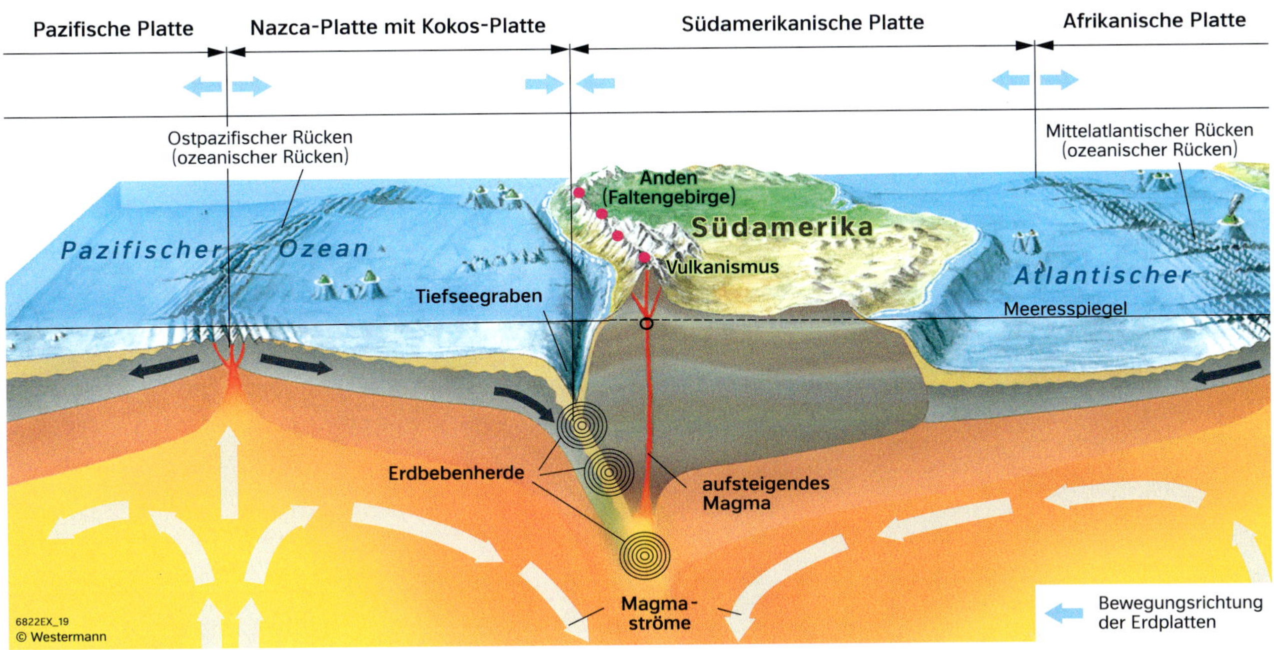

M6 Die drei möglichen Plattenbewegungen

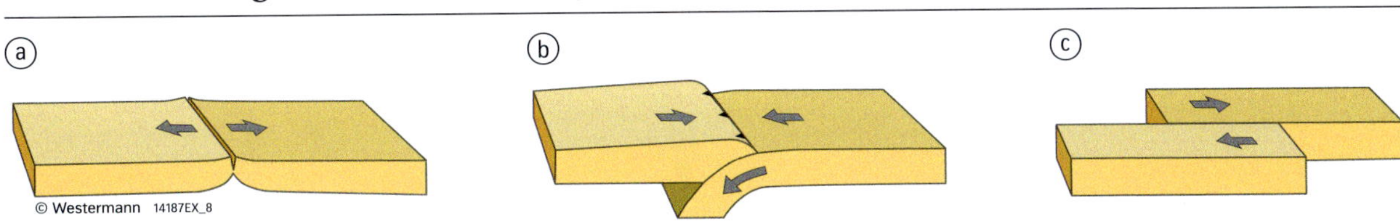

Aufgaben

1. Beschreibe die drei Möglichkeiten der Plattenbewegungen (M6).
2. Erkläre, welche Beweise Alfred Wegener für seine Theorie der Kontinentalverschiebung gefunden hatte (M1, M2, M4).
3. (W) Wähle aus: Beschreibe die Vorgänge
   - **A** an der südamerikanischen Westküste (M5).
   - **B** am Ostpazifischen Rücken (M5).
4. Erkläre, warum die grünen Meeresschildkröten immer längere Wege schwimmen müssen (M5, M6).
5. (Z) Recherchiere Informationen über Tiefseegräben und ihre Lage (Internet, vgl. S. 310). Präsentiere deine Ergebnisse (vgl. S. 311).

Formulierungshilfen zu Aufgabe 1:
Die Erdplatten bewegen sich ...
Dabei entsteht ...
Es schiebt sich ...
Es bildet sich ...
Dies nennt man ...

Wenn du diese Aufgaben erfolgreich bearbeitet hast, kannst du ...
... die Bewegung der Erdplatten beschreiben.
... die Fachbegriffe **Plattentektonik**, **Ozeanischer Rücken** und **Subduktion** erklären.

ORIENTIERUNG Schwächezonen der Erde

M1 **Auf Island**

M2 **In Kalifornien**

M3 **Im Himalaya**

M4 **Erdplatten und ihre Bewegungen**

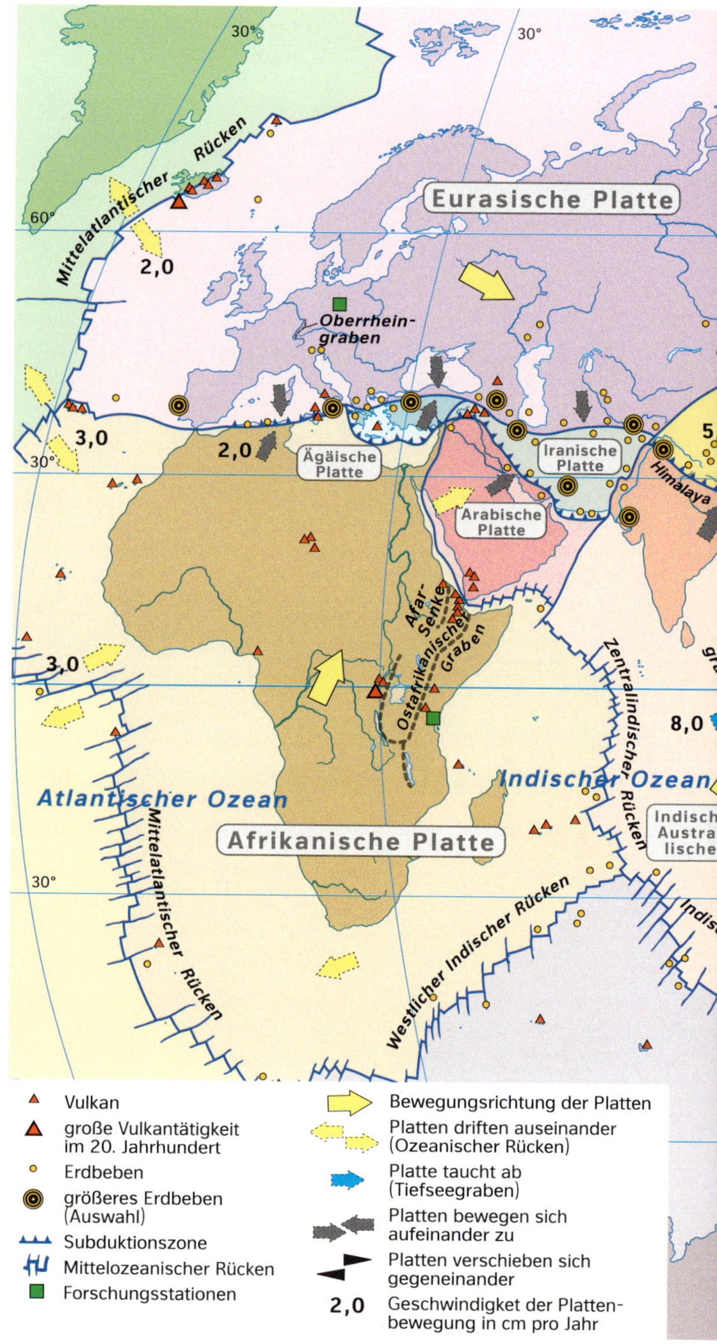

ERSTAUNLICH

- In etwa 10 Millionen Jahren liegen Los Angeles und San Francisco direkt nebeneinander.
- Indien war am schnellsten – mit 20 cm pro Jahr knallte die indische Platte vor 50 Millionen Jahren gegen die eurasische und chinesische Platte.
- Der tiefste Punkt der Erde liegt ungefähr 11 000 m unter dem Meeresspiegel im Marianengraben.
- In ein paar Millionen Jahren wird Freiburg am Oberrheingraben eine Stadt am Meer sein.
- Die eurasische Erdplatte ist die größte Erdplatte, die kleinste ist die Manusplatte im Pazifischen Ozean. Sie liegt an der Bismarckplatte.

schueler.diercke.de | 100870-010-01, 100870-010-02

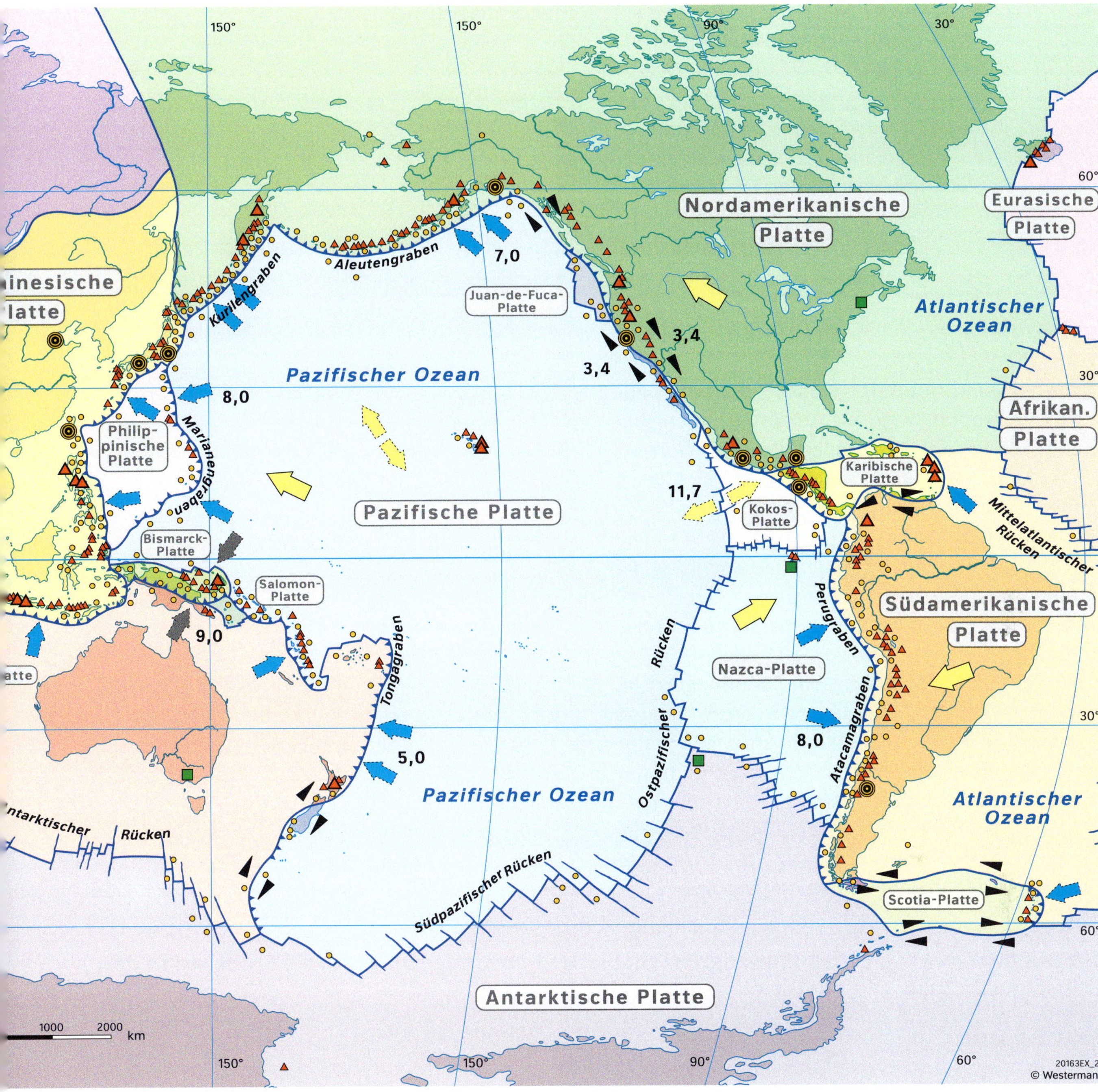

Aufgaben

1. Ordne die drei Fotos den drei Möglichkeiten der Plattenbewegungen zu (M1 – M4, S. 37 M6).
2. Notiere jeweils ein weiteres Beispiel für jede Plattenbewegung (M4).
3. Stelle mithilfe der Legende fest, was an den Plattengrenzen passieren kann (M4).
4. Die Schwächezonen um den Pazifischen Ozean nennt man auch Pazifischer Feuerring.
   a) Erkläre den Namen.
   b) Notiere die Länder, die am Pazifischen Feuerring liegen (M4, Atlas).
5. Ermittle, auf welchen Platten die folgenden Länder liegen: Chile, Kanada, Ägypten, Australien.
6. Ⓩ Am 19.9.2021 brach ein Vulkan auf La Palma aus, einer Insel der Kanarischen Inseln. La Palma liegt nicht an einer Plattengrenze und doch gibt es hier Vulkane.
   a) Recherchiere und berichte über den Vulkanausbruch und die Folgen (Internet, vgl. S. 310).
   b) Die Ursache des Vulkanismus auf den Kanarischen Inseln soll ein Hotspot sein. Recherchiere, was ein Hotspot ist (Internet, vgl. S. 310).

Wenn du diese Aufgaben erfolgreich bearbeitet hast, kannst du …
… die Lage der Schwächezonen der Erde beschreiben.

Die Türkei – durch Erdbeben gefährdet

Am 30. Oktober 2020 ereignete sich ein schweres Erdbeben in Izmir (Türkei). Häuser stürzten ein, es gab Tote und Verletzte. Rettungsmannschaften waren tagelang im Einsatz, um Überlebende aus den Trümmern zu retten. Wie kommt es zu einem Erdbeben? Welche Auswirkungen hat solch ein Ereignis?

Wenn die Erde bebt

Erdbeben sind Naturereignisse. Sie werden zur Naturkatastrophe, wenn Menschen betroffen sind oder große Schäden entstehen. Da sie unvorhersehbar sind, kann die Bevölkerung nicht gewarnt werden. Eine rechtzeitige Evakuierung eines Ortes oder einer Stadt ist deshalb nicht möglich. Innerhalb weniger Sekunden können Städte vollständig zerstört werden.

Erdbeben entstehen besonders häufig an Erdplatten, die sich aneinander vorbeibewegen. Dabei verhaken sie sich. Es bauen sich Spannungen auf. Diese entladen sich ruckartig, wenn die Spannung zu groß wird. Wir nehmen das als Erdbeben wahr. Die Stärke eines Erdbebens wird als Zahl auf der **Richterskala** angegeben. Erdbeben mit einer Stärke von 5,0 bis 6,0 ereignen sich über tausendmal pro Jahr. Große Erdbeben mit einer Stärke von über 8 gibt es hingegen ungefähr einmal pro Jahr.

M3 Ausbreitung von Erdbebenwellen (nicht maßstabsgetreu)

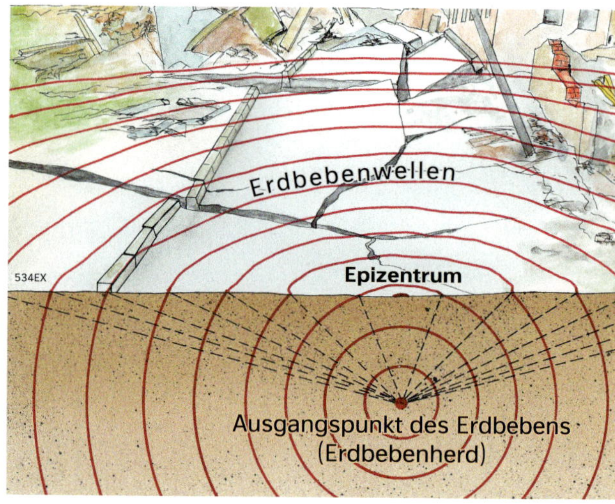

Der Ausgangspunkt eines Erdbebens (Erdbebenherd) liegt unter der Erdoberfläche. Genau über diesem Punkt an der Erdoberfläche liegt das Epizentrum. Hier kommt es zu den größten Schäden, weil sich die Erdbebenwellen vom Erdbebenherd kreisförmig in alle Richtungen ausbreiten.

INFO

Der US-Amerikaner Charles Francis Richter hat im Jahr 1930 die **Richterskala** erfunden. Mit ihr kann man die Stärke von Erdbeben messen. Ein Erdbeben der Stärke 2,0 ist zehnmal stärker als ein Erdbeben der Stärke 1,0. Das bisher stärkste Erdbeben auf der Erde war 1960 in Chile mit einem Wert von 9,5 auf der Richterskala. Die Skala ist nach oben hin offen. Höhere Werte sind eigentlich kaum möglich, weil die Erdkruste diese Kräfte nicht aushalten würde.

M1 Die stärksten Erdbeben seit 2000

2004	Sumatra	9,1
2005	Indonesien	8,6
2007	Indonesien	8,4
2010	Chile	8,8
2011	Japan	9,0
2012	Nord-Sumatra	8,6
2021	Haiti	7,2

M2 Plattengrenzen, Plattenbewegungen und starke Erdbeben in der Türkei

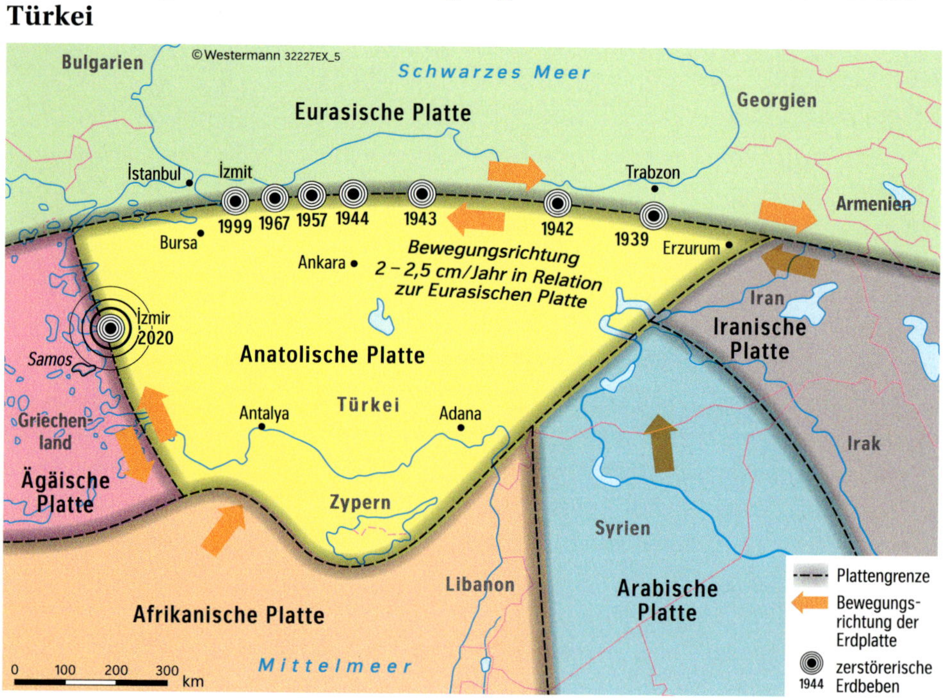

M4 **Beschädigtes Haus nach dem Erdbeben in Izmir am 30.10.2020**

M5 **Rettungsmannschaften suchen in den Trümmern nach Überlebenden**

Izmir wurde schwer getroffen

Das Erdbeben in Izmir am 30. Oktober 2020 hatte eine Stärke von 6,4 auf der Richterskala. Das Epizentrum lag 13 km nordöstlich der griechischen Insel Samos. Der Erdbebenherd lag in 16,5 km Tiefe. Mehrere Gebäude stürzten ein. Dabei wurden viele Menschen verschüttet. 70 Personen konnten lebend aus den Trümmern geborgen werden. Es gab 709 Verletzte, aber auch 17 Tote. Viele Häuser in der Türkei sind nicht erdbebensicher gebaut.

Das Ereignis verschob die Stadt Izmir um 4 Zentimeter nach Norden. Im Gegensatz dazu wurden Orte auf Samos ungefähr 37 Zentimeter nach Süden versetzt. In einer Erdölraffinerie brachen Leitungen. Es kam zu Bränden.

Die Türkei ist besonders erdbebengefährdet, weil hier mehrere Erdplatten aneinanderstoßen oder aneinander vorbeigleiten. The Big One, ein besonders starkes Erdbeben, wird für Istanbul vorhergesagt. Wissenschaftler schließen das aus dem Verlauf der bisherigen Erdbeben entlang der Plattengrenze der Eurasischen und Anatolischen Platte.

M6 **Ein Augenzeuge berichtet:**

Ich dachte, dass der Boden zusammenbricht. In diesem Moment habe ich einfach nur versucht, aus dem Haus zu kommen. Häuser fielen einfach zusammen! Überall fiel irgendetwas auf den Boden. Zum Glück ist unser Haus stehengeblieben. Das Beben dauerte ungefähr 30 Sekunden.
Auf der Straße traf ich auf meine Nachbarn. Alle waren froh, heil aus ihren Häusern gekommen zu sein. In der angrenzenden Straße waren viele Gebäude eingestürzt. Die Menschen suchten verzweifelt nach Verschütteten. Es folgten noch mehrere Nachbeben. Wir verbrachten die ganze Nacht im Freien.

INTERNET

Suchbegriffe:
→ Aktuelle Erdbeben Geologischer Dienst NRW
→ Bundesverband Geothermie Richterskala Schäden
→ Film Quarks Erdbeben Istanbul

Aufgaben

1. Erkläre, wie ein Erdbeben entsteht (Text).
2. Erkläre, warum Erdbeben auch weiter entfernt vom Epizentrum zu spüren sind (M3).
3. Ⓦ Wähle aus.
   - **A** Beschreibe mithilfe der Abbildungen M4 und M5 die Auswirkungen des Erdbebens in Izmir.
   - **B** Berichte über das Erdbeben in Izmir und seine Auswirkungen (M6, Text).
4. Erkläre, warum die Türkei erdbebengefährdet ist (M2, Text).
5. Experten sagen ein großes Erdbeben in Istanbul voraus. Sie wissen aber nicht, wann es stattfinden wird. Erstelle eine Präsentation zur Erdbebengefahr in Istanbul. Nutze die Karte M2 und das Internet.
6. Ⓩ Recherchiere im Internet (vgl. S. 310) die Stufen der Richterskala mit den entsprechenden Schäden. Erstelle eine Liste.

Wenn du diese Aufgaben erfolgreich bearbeitet hast, kannst du ...
... Ursachen und Folgen eines Erdbebens beschreiben.
... die Ausbreitung von Erdbebenwellen beschreiben.
... die Fachbegriffe **Erdbeben** und **Richterskala** erklären.

Japan – ein Tsunami mit katastrophalen Folgen

Ein Schiff auf einem Haus? Das Foto wurde am 11.03.2011 in Sendai (Japan) aufgenommen. Was war passiert? Was hat so viel Kraft, dass es ein Schiff auf ein Haus heben kann?

M2 **In Japan am 11.03.2011**

Eine riesige Welle kommt nach dem Beben

Ungefähr 5 000 Mal im Jahr bebt in Japan die Erde. Das liegt daran, dass Japan im Grenzbereich von vier Erdplatten liegt. Am 11.03.2011 kam es um 14:45 Uhr zu einem Seebeben vor der japanischen Küste, also einem Erdbeben unter dem Ozean. Das Epizentrum lag 130 km vor der Küste der Insel Honshu. Honshu wurde dabei um 2,5 Meter nach Osten verschoben. Dem Seebeben folgte kurz darauf eine riesige Welle, ein **Tsunami**.

Japan liegt an den Plattengrenzen der Pazifischen und der Nordamerikanischen Erdplatte. Beide Platten bewegen sich aufeinander zu. Die Pazifische Platte schiebt sich unter die Nordamerikanische Platte. Im Laufe der Zeit bauten sich Spannungen auf. Diese entluden sich in einem heftigen Seebeben der Stärke 9,0 auf der Richterskala. Dabei schnellte die Nordamerikanische Platte nach oben. Die Wassermassen des Ozeans wurden in Bewegung gesetzt. An der Küste Japans wurden sie abgebremst. Sie stauten sich zu riesigen Wellen von bis zu 10 Metern auf. Der Tsunami entwickelte enorme Kräfte. Er verwüstete Honshu bis ins Landesinnere auf einer Fläche von 470 Quadratkilometern.

M1 **Die Plattengrenzen bei Japan im Modell**

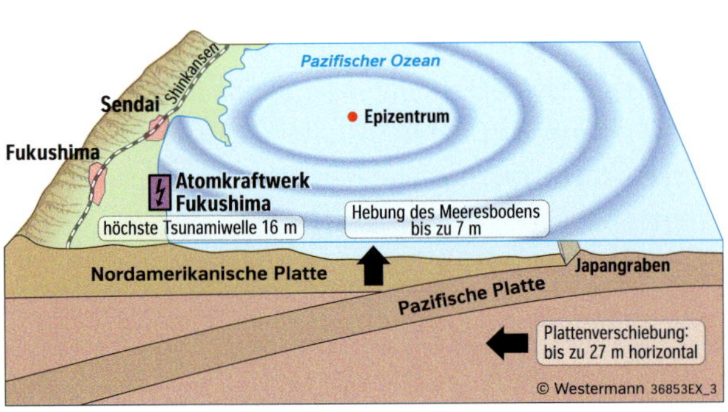

Verheerende Folgen für Fukushima

Der Tsunami unterbrach die Stromversorgung des Atomkraftwerks in Fukushima. Dadurch fiel das Kühlsystem für die Reaktoren aus. Es folgte eine Kernschmelze, sodass vier von sechs Reaktoren explodierten. Radioaktive Gase gelangten in die Luft. Auch das Löschwasser wurde radioaktiv verseucht. Im Umkreis von 20 Kilometern wurden 130 000 Menschen evakuiert. Das Gebiet ist unbewohnbar.

Durch den Tsunami kamen rund 20 000 Menschen ums Leben.

M3 **Folgen des Tsunamis 2011 in Japan (Auswahl)**

		Zerstört wurden:	
Tote	19 630	Wohnhäuser	127 261
Vermisste	2 569	Schulen	5 582
Verletzte	8 219	Brücken	726
Obdachlose	98 000	Eisenbahnverbindungen	747
		Schiffe	1 350

M4 **Entstehung eines Tsunamis**

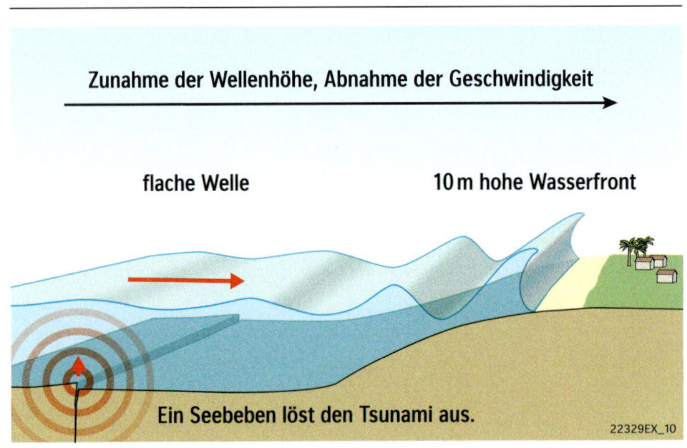

METHODE **Einen Film auswerten**

M5 Der Ort Fujitsuka bei Sendai vor und nach dem Tsunami

FILMTIPPS

FWU Tsunami – Die große Flut
Die Kinder von Fukushima
Aktuelle Stunde Erdbeben Japan 2011

Einen Film auswerten

Du hast nun schon viele Abbildungen angesehen und ausgewertet. Im Gegensatz dazu zeigen Filme Vorgänge und Abläufe in animierter Form. Dadurch kannst du verschiedene Zusammenhänge besser verstehen. Szenen können langsamer, beispielsweise in Zeitlupe, gezeigt werden, damit der Ablauf besser verständlich ist. Aber in Filmen können Prozesse auch im Zeitraffer schneller ablaufen. Wie wertet man einen Film aus?

Fünf Schritte zur Auswertung eines Films

1. Schritt **Sich einen Überblick verschaffen**
Schaut euch den gesamten Film an. Notiert dabei Stichwörter, damit ihr Wichtiges behaltet.
Beantwortet dann folgende Fragen:
- Wovon handelt der Film?
- Was finde ich besonders interessant?
- Was verstehe ich nicht?

2. Schritt **Beobachtungsaufträge festlegen**
Bevor ihr den Film ein zweites Mal anschaut, überlegt in einer Kleingruppe, auf was ihr besonders achten wollt. Formuliert Fragen oder notiert Schwerpunkte. Legt nun fest, wer welche Frage oder welchen Schwerpunkt übernimmt.

3. Schritt **Den Film ein zweites Mal ansehen**
Schaut nun den Film ein zweites Mal. Macht euch Notizen zu eurem Beobachtungsauftrag.
Tipp: Ihr solltet festlegen, ob es sinnvoll ist, den Film an einigen Stellen anzuhalten. Dann könnt ihr euch besser Notizen machen.

4. Schritt **Auswertung**
Tauscht euch in der Kleingruppe aus. Präsentiert anschließend eure Ergebnisse in der Klasse.

5. Schritt **Nachbereitung**
Fasst nun die Kernaussage der einzelnen Schwerpunkte zusammen.
Beurteilt abschließend den Film:
Welche Zielgruppe soll der Film ansprechen?
Werden die Informationen sachlich oder emotional vermittelt?
Wodurch wird deutlich, welches Interesse der Produzent des Films hat?

Aufgaben

❶ Beschreibe die Auswirkungen des Tsunamis am 11.03.2011 (M2, M3, Text).

❷ Ⓦ Wähle aus.
Erkläre, wie ein Tsunami entsteht (M1, M4, Text), indem du
A ein Wirkungsgefüge erstellst (vgl. S. 23)
B einen Text schreibst.

❸ Werte die Satellitenbilder in M4 vergleichend aus (vgl. S. 22)

❹ Recherchiere die Auswirkungen der Katastrophe in Fukushima bis heute (Internet, vgl. S. 310).

❺ Wertet einen Film über den Tsunami in Japan vom 11.03.2011 in fünf Schritten aus (Filmtipps).

❻ Ⓩ Ⓦ Wähle aus:
A Recherchiere zum Tsunami in Südostasien am 26.12.2004, notiere Fragestellungen und erstelle einen Bericht (Internet, vgl. S. 310). Deine Fragestellungen kannst du als Gliederungshilfe nutzen.
B Werte einen Film über den Tsunami in Südostasien am 26.12.2004 aus.

Wenn du diese Aufgaben erfolgreich bearbeitet hast, kannst du ...
... die Entstehung eines Tsunamis erklären.
... die Auswirkungen eines Tsunamis beschreiben.
... einen Film auswerten.
... den Fachbegriff **Tsunami** erklären.

Katastrophenvorsorge – Was ist möglich?

Tsunamis stellen für Küstenregionen eine große Gefahr dar. Die Menschen müssen sich im Notfall in Sicherheit bringen und auf höher gelegene Gebiete flüchten. Wie aber erfahren sie von der großen Gefahr, die sich über den Ozean nähert?

Sensoren warnen vor einem Tsunami

Auf dem Meeresboden ist ein Drucksensor angebracht. Dieser registriert sofort, wenn sich die Meereshöhe verändert. Über Schallwellen werden die Daten an eine Boje im Meer weitergeleitet. In der Boje sind Messgeräte und eine Funkanlage. Diese Funkanlage übermittelt die Daten zur Veränderung des Meeresspiegels an einen Satelliten. Er überträgt die Daten an das japanische Tsunami-Warncenter. Dort werden die eingegangenen Daten mithilfe von Computern verarbeitet. Dabei wird berechnet, ob und für welche Teile der japanischen Küste gegebenenfalls eine Tsunami-Warnung ausgelöst werden muss. Die Bevölkerung wird durch Sirenen und über Radiosender gewarnt. Wenn sich das Seebeben in Küstennähe ereignet, bleibt allerdings oft nicht genug Zeit, um die Bevölkerung zu warnen und zu evakuieren. Nach der Warnung bleiben für die Evakuierung der Bevölkerung manchmal nur 15 Minuten.
Ein weiteres Problem ist, dass viele kleine Inseln im Pazifik keine Warnzentren haben. Deshalb können die Menschen nicht gewarnt werden. Man kann sie nicht erreichen.

INTERNET

Schau dir bei Quarks & Co den Film über erdbebensicheres Bauen an.
Suchbegriff:
→ Quarks Wie man Gebäude erdbebensicher macht
Bei Quarks & Co gibt es einen weiteren Film über Erdbeben.
Suchbegriff:
→ Quarks Erdbeben leben mit der Gefahr
Im Internet findest du auch weitere Informationen zum Tsunami-Frühwarnsystem.
Suchbegriff:
→ Tsunami-Warnsystem

M1 Tsunami-Frühwarnsystem

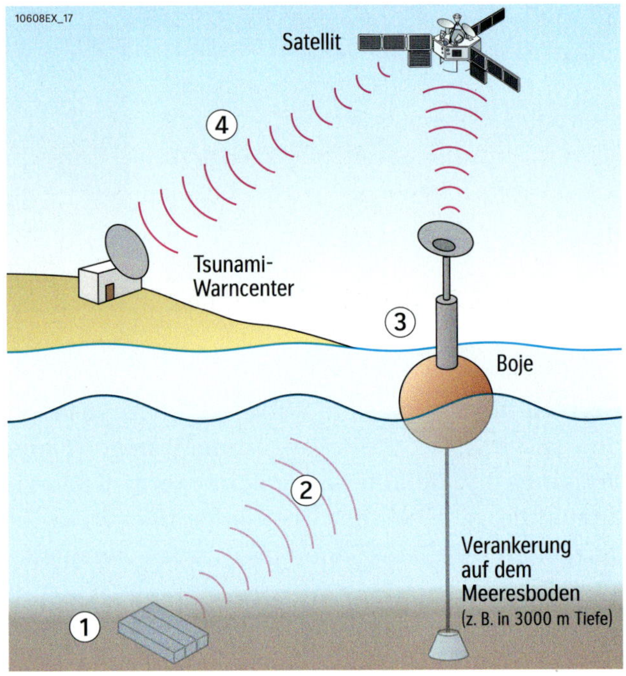

M2 Textpuzzle zur Abbildung M1

A Das Funkgerät der Boje übermittelt die Daten an einen Satelliten.

B Ein Drucksensor am Meeresboden registriert geringste Veränderungen der Meereshöhe.

C Der Satellit schickt die Daten zum Tsunami-Warncenter.

D Die Daten werden per Schallwellen zur Boje übertragen.

M3 So ist ein erdbebensicheres Haus konstruiert.

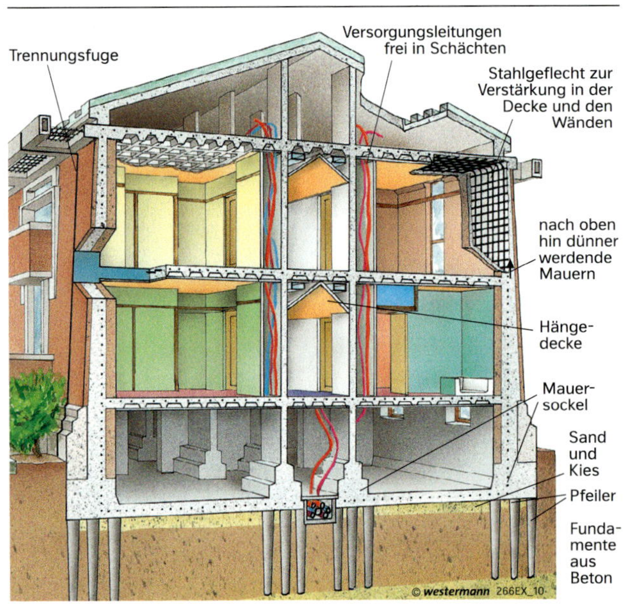

METHODE

Diskussion im Regenbogen-Vierer

Es gibt viele Themen, über die man diskutieren kann. Es finden sich immer Argumente, die für oder die gegen eine Meinung sprechen. In einer Diskussion sollten aber alle gleichermaßen zu Wort kommen. Damit das gelingt, könnt ihr die Methode Regenbogen-Vierer anwenden.

M4 Sitzordnung in der Kleingruppe

M5 Verteilung der Rollen in den Kleingruppen

1 **Beobachter/Beobachterin**
Aufgabe:
Achte auf die Einhaltung der Regeln, die Zeit und fasse am Ende das Gruppenergebnis zusammen, gib deinen Gruppenmitgliedern nach der Diskussion ein Feedback.

2 **Diskussionsteilnehmer/Diskussionsteilnehmerinnen**
Aufgabe:
Argumentiert mit Pro- und Kontra-Argumenten in der Diskussion.

M6 Vorbereitung von Redekarten

Für jede Gruppe müssen Redekarten aus farbiger Pappe vorbereitet werden, und zwar

- 5 Karten in Rot,
- 5 Karten in Gelb
- 5 Karten in Grün und
- 5 Karten in Blau.

Die Redekarten sollten ungefähr so groß wie Spielkarten sein.

M7 Regeln für die Diskussion im Regenbogen-Vierer

- Reden darf nur, wer eine seiner farbigen Redekarten in die Mitte gelegt hat.
- Es dürfen niemals zwei gleichfarbige Redekarten übereinander liegen, denn das Rederecht muss wechseln.
- Jeder hat fünfmal das Rederecht, gleichzeitig aber auch die Pflicht, sich fünfmal an der Diskussion zu beteiligen.
- Die erste Diskussionsrunde endet, wenn alle Karten gelegt sind. Je nach Zeitabsprache kann die Diskussion fortgesetzt werden. Dann werden die Redekarten wieder aufgenommen, um sie erneut einzusetzen.

Aufgaben

1. a) Beurteile, ob die Abbildung M1 oder der Text das Tsunami-Frühwarnsystem verständlicher erklärt.
   b) Erkläre, warum oft Abbildungen mit Text kombiniert werden.
   c) Ordne die Sätze aus M2 den Nummern in der Abbildung M1 zu.
2. Schreibe einen erklärenden Text, wie ein erdbebensicheres Haus konstruiert ist.
3. Experten sagen voraus, dass ein starkes Erdbeben Istanbul zerstören wird, wahrscheinlich in den nächsten Wochen, aber sicher ist es nicht. Diskutiert, ob die Menschen in der Stadt evakuiert werden sollten. Bedenkt jeweils die Folgen.
4. Wählt selbst eine Streitfrage zum Thema, über die ihr diskutieren wollt.

Wenn du diese Aufgaben erfolgreich bearbeitet hast, kannst du ...
... beschreiben, wie man erdbebensichere Häuser konstruiert.
... das Tsunami-Frühwarnsystem erklären.
... im Regenbogen-Vierer diskutieren.

WAHLTHEMA 1 Der Vulkan Merapi – Fluch oder Segen?

Zuerst eine große, heiße Aschewolke im Himmel, dann laute Explosionsgeräusche, schließlich heiße Lava am Berghang – so verlief ein Ausbruch des Merapi. Dieser Vulkan ist einer der gefährlichsten und aktivsten Vulkane der Erde. Am Merapi wohnen sehr viele Menschen. Doch warum leben sie in dieser ständigen Gefahrenzone? Wie kommt es zu einem Vulkanausbruch?

M2 Heiße Lava läuft den Hang des Merapi hinunter.

Bearbeitet die Fragestellungen.
Präsentiert eure Ergebnisse der Klasse, wählt selbst eine Präsentationsform (vgl. S. 310).

M1 Blockschema eines Schichtvulkans

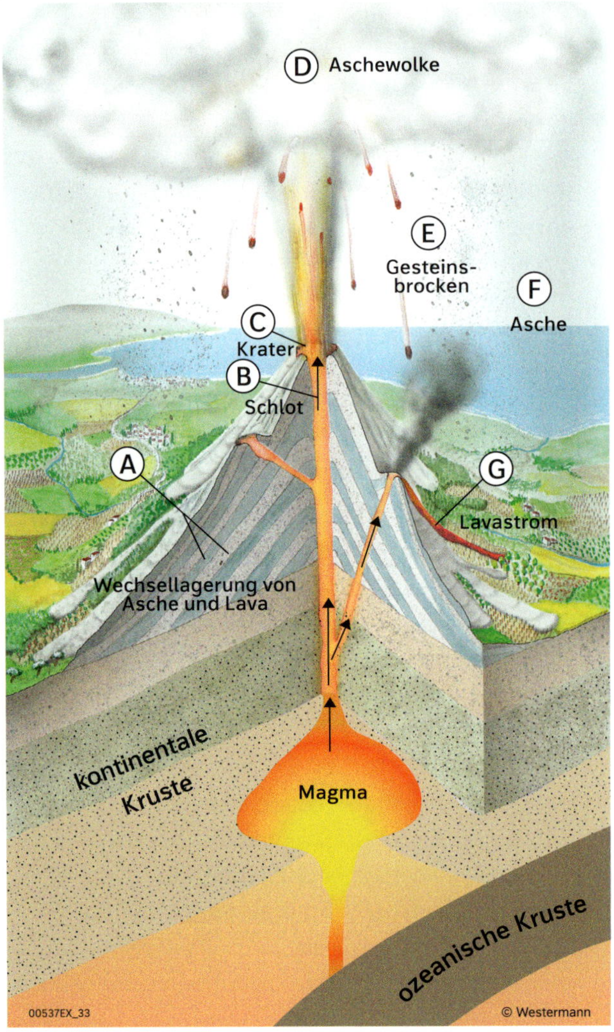

Zerstörerische Kraft aus dem Erdinneren

Die meisten **Vulkane** der Erde liegen auf dem **Pazifischen Feuerring**. Das ist ein etwa 40 000 Kilometer langer Halbkreis um den Pazifischen Ozean (S. 38 M4). Hier bewegen sich an vielen Stellen Erdplatten aufeinander zu. Dabei taucht die schwerere ozeanische Platte unter die leichtere kontinentale Platte ab (Subduktion). In ungefähr 100 Kilometern Tiefe wird die ozeanische Platte dann aufgeschmolzen. Das entstandene **Magma** dringt durch Risse in der Erdkruste wieder nach oben (S. 37 M5). Es sammelt sich in der Magmakammer des Vulkans. Wenn der Druck zu groß wird, kommt es zu einem Vulkanausbruch. Dieser kann explosionsartig sein. Aschewolken mit Gesteinsbrocken werden ausgeschleudert. Beim Ausbruch im März 2020 war die Aschewolke des Merapi sechs Kilometer hoch. Durch die Gesteinsbrocken in der Aschewolke können Häuser zerstört werden. Auch die Anbaufrüchte auf den Feldern werden vernichtet. Der Flugverkehr ist gefährdet und muss eingestellt werden.
Das Magma, das an die Oberfläche gelangt, fließt als **Lava** den Vulkanhang hinunter. Besonders gefährlich sind Glutwolken, die sich mit Geschwindigkeiten von bis zu 1 000 Kilometern pro Stunde ausbreiten können.

INTERNET

Erkundet den Merapi mithilfe eines Online-Kartendienstes (3D-Ansicht) (vgl. S. 311).
Filmtipp: → Planet Wissen Vulkan

M3 Landwirtschaft um den Merapi. Trotz der Gefahr leben hier viele Menschen.

M4 Beim Ausbruch des Merapi wurde das Gebiet durch die heiße Aschewolke zerstört.

Leben mit der ständigen Gefahr

Der Merapi ist gefährlich. Er kann immer wieder ausbrechen. Weltweit gibt es ungefähr 550 aktive Vulkane. Sie stellen eine dauerhafte Gefahr für die Menschen in der Umgebung dar. Trotzdem sind die Regionen am Fuße der Vulkane oft dicht besiedelt. Weltweit leben ungefähr 500 Millionen Menschen in der Nähe eines Vulkans. Am Fuß des Merapi wohnen etwa eine Million Menschen und die Millionenstadt Yogyakarta ist nur 30 Kilometer vom Vulkan entfernt.

Die Gebiete um den Vulkan bieten Vorteile für die Landwirtschaft. Aus der erkalteten Lava können sich fruchtbare Böden entwickeln. Außerdem enthält die vulkanische Asche wichtige Mineralien. Asche kann auch gut Wasser speichern. Untergepflügt wirkt sie wie Dünger. Für eine landwirtschaftliche Nutzung sind vulkanische Böden also gut geeignet. Außerdem entstehen bei Vulkanausbrüchen vulkanische Rohstoffe. Diese werden seit Jahrtausenden von den Menschen genutzt. In Indonesien wird zum Beispiel Schwefel gewonnen.

Kann man Vulkanausbrüche vorhersagen?

Durch Messungen von Erdstößen versuchen Wissenschaftler, Vulkanausbrüche vorherzusagen. Wenn sich das Magma einen Weg durch den Vulkanschlot bahnt, kann das gemessen werden. Je nach Stärke dieser Erdstöße steht der Vulkanausbruch bald bevor. Dann wird die lokale Bevölkerung gewarnt und evakuiert. Da die Aschewolke ein Gebiet von bis zu 100 Kilometern Entfernung vom Vulkan erreichen kann, müssen eventuell sehr viele Menschen evakuiert werden.

M5 Lebensgefahr bei Vulkanausbrüchen

Ursache	Todesfälle in %	Ursache	Todesfälle in %
Lava	1	Schlammstrom	15
Gas	1	Tsunami	20
Aschefall	2	Glutwolke	23
Schuttlawine	2	Sonstige	36

Tipps für die Erarbeitung

1. Beschreibt die Abbildungen (M2, M3, M4).
2. Stellt die Auswirkungen eines Vulkanausbruchs dar (M2, M4, M5, Text).
3. Erklärt, wie ein Vulkan ausbricht (M1, Text).
4. Erklärt, warum es besonders viele Vulkane am Pazifischen Feuerring gibt (S. 38 M4, Text).
5. Beschreibt, wie ein Schichtvulkan aussieht (M1).
6. Erklärt, warum so viele Menschen in der Nähe von Vulkanen leben (M3, Text).
7. Erläutert, warum Vulkanausbrüche eher vorhersagbar sind als Erdbeben (Text).
8. Erstellt eure Präsentation.
9. (Z) Eure Mitschülerinnen und Mitschüler können nach eurer Präsentation eine Diskussion im Regenbogen-Vierer durchführen. Fragestellung: Sind Vulkane ein Segen oder ein Fluch?

Wenn du diese Aufgaben erfolgreich bearbeitet hast, kannst du ...
... beschreiben, welche Folgen ein Vulkanausbruch hat.
... erklären, warum ein Vulkan ausbricht.
... erklären, warum viele Menschen in der Nähe von Vulkanen leben.
... die Fachbegriffe **Vulkan**, **Pazifischer Feuerring**, **Magma** und **Lava** erklären.

WAHLTHEMA 2 Die Eifel – Vulkanismus vor der Haustür

Vulkanismus – bei dir zu Hause: vor der Haustür, im Badezimmer und sogar in Getränken! Du hast bestimmt noch nicht bemerkt, dass du in deinem täglichen Leben den Vulkanismus nutzt. Inwiefern ist der Vulkanismus in der Eifel für uns von Nutzen?

M2 Verwendungsmöglichkeiten vulkanischer Rohstoffe

Bearbeitet die Fragestellung.
Präsentiert eure Ergebnisse der Klasse, wählt selbst eine Präsentationsform (vgl. S. 310).

Basalt, Bims und Tuff – das Gold der Eifel?

Auch in Deutschland gibt es Vulkane, zum Beispiel in der Eifel. Vor 13 000 Jahren brach der bekannteste und jüngste Vulkan der Eifel aus, der Laacher-See-Vulkan. Die Vulkane in der Westeifel waren schon vor etwa 700 000 Jahren ausgebrochen. Die Gesteinsbrocken und die Asche des Laacher-See-Vulkans wurden bis zu 40 Kilometer in die Höhe geschleudert. Man fand ihre Ablagerungen sogar in Schweden. Um den Vulkan lagerten sich Tuff und Bims in einer 30 Meter hohen Schicht ab. Basalt entstand aus dem erkalteten Lavastrom.

Für die Menschen in der Eifel brachte der Vulkanismus viele Vorteile: vulkanische Rohstoffe, Mineralquellen und eine interessante Landschaft für den Tourismus.
Schon die Römer nutzten die Rohstoffe aus der Eifel für den Straßenbau und den Bau von Häusern. Heute ist der Rohstoff Bims weitgehend abgebaut. Die Bimsindustrie importiert Bims, um die letzten Lagerstätten zu schonen.

ERSTAUNLICH

Unter der Stadt Mendig gibt es in 32 Metern Tiefe ein Netz von unterirdischen Lavakellern. Die unterirdische Landschaft ist einmalig in der Welt. Sie wurde von den Einwohnern von Mendig geschaffen. Sie bauten bis ins 19. Jahrhundert unterirdisch die Basaltlava ab. Der Verkauf des Gesteins war für sie ein wichtiger Broterwerb. Heute kann man den Lavakeller als Tourist besuchen. Man kann dort sogar heiraten.

M1 Der Ausbruch des Laacher-See-Vulkans, projiziert in eine heutige Karte

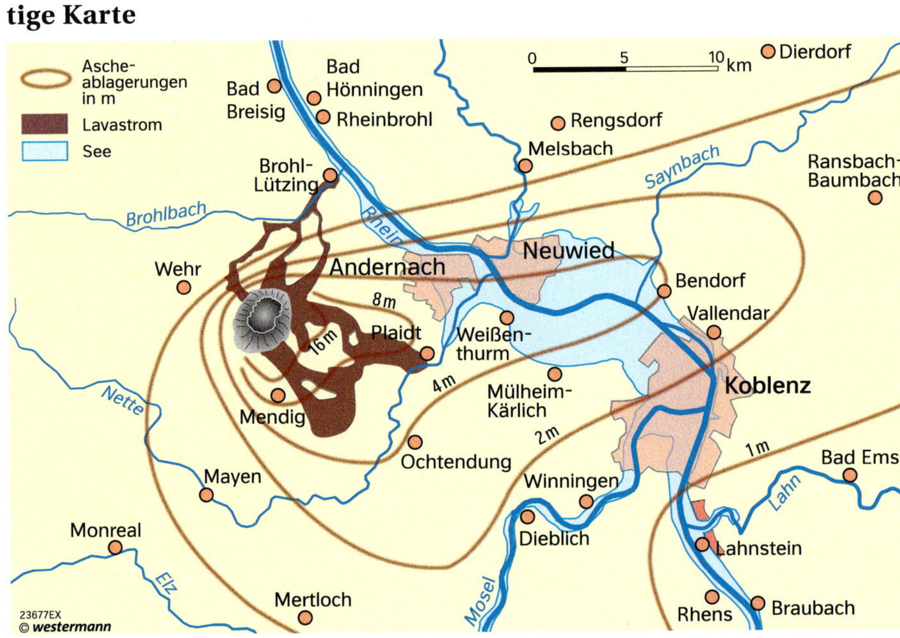

M3 Luftbild vom Laacher See – einem ruhenden Vulkan

M4 Vulkanische Rohstoffe

Aus Lava und vulkanischen Aschen entstanden wertvolle Rohstoffe, die abgebaut werden.

- Basalt: dunkles Gestein, das aus erkalteter Lava entstand. Eigenschaften: schwer, hart, witterungsbeständig. Verwendung: Straßenbelag, Bodenplatten, Bausteine, Straßen- und Eisenbahnbau.
- Bims: helles Gestein, das aus Lava entstand, die durch die Luft geschleudert wurde. Eigenschaften: porös, sehr leicht, schwimmt und isoliert gut. Verwendung: Mauersteine, Schornsteine, Gartenmauern.
- Tuff: helles Gestein, das aus Vulkanasche entstand. Eigenschaften: leicht, speichert Wärme gut, leicht zu bearbeiten. Verwendung: Fassadenverkleidungen, Beton, Zement.

INTERNET

Schaut euch die Vulkanlandschaft beim Laacher See und beim Eppelsberg mithilfe eines Online-Kartendienstes an (3D-Ansicht) (vgl. S. 311).
Filmtipp: → Planet Schule Vulkanismus Eifel

M5 Mineralquellen und Mineralheilbäder in der Eifel

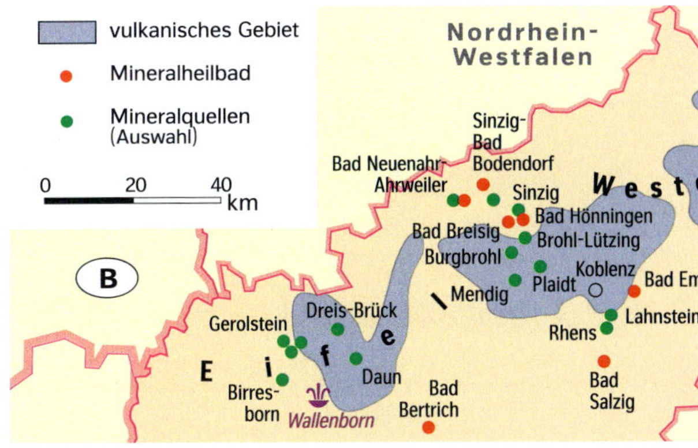

Das Regenwasser nimmt beim Versickern durch das vulkanische Gestein Mineralien auf. Deshalb enthalten die Mineralwässer in der Vulkaneifel viele Mineralien.

Vulkanismus in der Eifel – Nutzungskonflikte

Durch den Abbau von Bims und Basalt sind bereits viele Vulkankegel vollständig verschwunden. Tiefe Löcher bleiben in der Landschaft zurück. Naturschutzverbände und Anwohner haben immer wieder gegen den Abbau vulkanischer Rohstoffe protestiert. Sie befürchten zum Beispiel auch, dass die interessante Vulkanlandschaft für Touristen verlorengeht.

M6 Mineralwasser aus der Eifel

Tipps für die Erarbeitung

1. Beschreibt, wie vulkanische Rohstoffe genutzt werden (M4).
2. Erklärt, warum es in der Eifel Hersteller von Mineralwasser gibt (M5, M6).
3. Erläutert die Auswirkungen des Laacher-See-Vulkans (M1, Text).
4. Berichtet darüber, wie die Vulkanlandschaft außerdem genutzt wird (Text).
5. a) Beschreibt die Landschaft am Eppelsberg (Internet).
   b) Erklärt, warum es in der Eifel einen Nutzungskonflikt gibt (Text).
6. Erstellt eure Präsentation.

Wenn du diese Aufgaben erfolgreich bearbeitet hast, kannst du ...
... beschreiben, wie die Vulkanlandschaft und vulkanische Rohstoffe genutzt werden.
... die Auswirkungen des Laacher-See-Vulkanausbruchs erklären.
... erklären, welchen Nutzungskonflikt es in der Eifel gibt.

METHODE

Eine virtuelle Exkursion durchführen

M1 **Der Vulkan Pico del Teide auf Teneriffa**

Es ist für viele Menschen reizvoll, einen Vulkan zu besteigen. Sogar geführte Wanderungen für Reisegruppen zu Vulkankratern werden angeboten. Bei einer solchen Tour starben im Dezember 2019 in Neuseeland 17 Menschen, weil der Vulkan plötzlich ausbrach. Würde es dich auch reizen, einen Blick in den Krater zu werfen? Du kannst völlig gefahrlos einen Vulkan besteigen – im Internet.

Virtuelle Exkursionen im Internet

Im Internet findest du eine Vielzahl virtueller Exkursionen. Auf diversen Seiten kannst du fremde Städte besuchen, Nationalparks erkunden oder Vulkane besteigen und das mit wenigen Klicks in kurzer Zeit. Neben den Zusatzinformationen zur virtuellen Exkursion auf der Internetseite kannst du parallel auch weitere interessante Fakten zu den Stationen der Exkursion recherchieren. So sammelst du viele Informationen über verschiedene Orte. Die virtuellen Exkursionen eignen sich außerdem zur Planung der eigenen Urlaubsreise.

Die neuesten virtuellen Exkursionen im Internet und in Apps bieten dir viele weitere Möglichkeiten. So kannst du dich auf 360°-Bildern umschauen und die ganze Welt erkunden oder dich auf einem Pfad fortbewegen. Einige Exkursionen kannst du sogar mit einer VR-Brille machen. Dann fühlst du dich, als wärst du wirklich auf einer Entdeckungstour.

M2 **Die Internetseite „Stromboli online“**

Stromboli ist eine kleine Vulkaninsel nördlich von Sizilien. Auf der Internetseite „Stromboli online“ findest du interessante Informationen über Vulkane. Du kannst Seiten von Wissenschaftlern, von Fotoreportern und von Erdbebenmessstationen anklicken. Vulkanbegeisterte Lehrerinnen und Lehrer und Vulkanologen aus verschiedenen Ländern betreiben die Internetseite. Sie stellen jedes Jahr neue Bilder, Exkursionen und Informationen auf die Seite. Du kannst zu mehreren Vulkanen virtuelle Exkursionen unternehmen. Klicke auf „Virtuelle Exkursionen“ und wähle dort einen Vulkan aus. Dann kannst du dir die Fotos auf der angegebenen Route auf den Vulkan ansehen.

M3 **Mit der VR-Brille im virtuellen Raum**

M4 Eine von vier virtuellen Wanderungen auf den Vulkan Stromboli

INTERNET

Du kannst dir Vulkane auch mit einem Online-Kartendienst ansehen (3D-Ansicht) (vgl. S. 311).

Vier Schritte zur Durchführung einer virtuellen Exkursion

1. Schritt Vorbereitung
Gehe auf die Seite „Stromboli online".
Wähle einen Vulkan aus, den du besteigen möchtest.
Stelle mithilfe des Atlas fest, wo dieser Vulkan liegt.
Entscheide dich für eine Route, falls mehrere angeboten werden.

2. Schritt Durchführung
Führe die virtuelle Exkursion durch.
Klicke die Stationen auf der Route nacheinander an.
Notiere, was du auf der Route Interessantes entdeckst.
Welche Spuren des Vulkanismus kannst du zum Beispiel erkennen?
Gibt es Anzeichen, dass der Vulkan aktiv ist?

3. Schritt Auswertung
Erstelle einen Erlebnisbericht.
Bringe auch ein, was du bereits über Vulkane gelernt hast.

4. Schritt Präsentation
Präsentiere deinen Erlebnisbericht deinen Mitschülerinnen und Mitschülern.

Aufgaben

1. Arbeitet in Gruppen zu viert.
   Es gibt vier virtuelle Routen auf den Stromboli.
   Teilt die verschiedenen Routen unter euch auf.
   Führt die virtuellen Exkursionen durch.
   Berichtet euch gegenseitig.
   Findet Gemeinsamkeiten und Unterschiede.
2. Führe eine virtuelle Exkursion zu einem Vulkan deiner Wahl nach den vier Schritten durch.
3. (W) Wähle aus. Erstelle selbst eine virtuelle Exkursion
   A durch deine Schule.
   B durch deinen Heimatort.
   C durch ein Gebiet deiner Wahl.
   Gehe die einzelnen Stationen ab und mache Fotos.
   Füge alle Fotos und Stationen in eine digitale Präsentation ein.

Wenn du diese Aufgaben erfolgreich bearbeitet hast, kannst du ...
... virtuelle Exkursionen durchführen.

Gewusst? – Gekonnt!

Bewerte dich selbst mit dem Ampelsystem, das du bereits kennengelernt hast.

M3 Foto 1 für die Ausstellung

M5 Foto 2 für die Ausstellung

1 (W) Die Fotos M1 und M2 sollen in einer Ausstellung zum Thema „Die Erde – immer in Bewegung“ gezeigt werden. Schreibe zu den Bildern

A M3

B M5

einen kurzen Text. Gehe dabei auch auf die Ursache der Naturkatastrophe ein.

Schülerbuch, Seiten 36 – 37 und 40 – 43

M1 Rätsel

1 vulkanischer Rohstoff, schwimmt auf Wasser, meistens helles Gestein, aus dem Mauersteine hergestellt werden.

2 dunkles Gestein, das aus erstarrter Lava entstanden ist.

3 Name der Insel, auf der der Vulkan Ätna liegt.

4 Material, das ein Vulkan bei einem Ausbruch sehr hoch in die Luft schleudert.

5 Fachbegriff für ein Naturereignis, wenn dabei Menschen ums Leben kommen und große Schäden angerichtet werden.

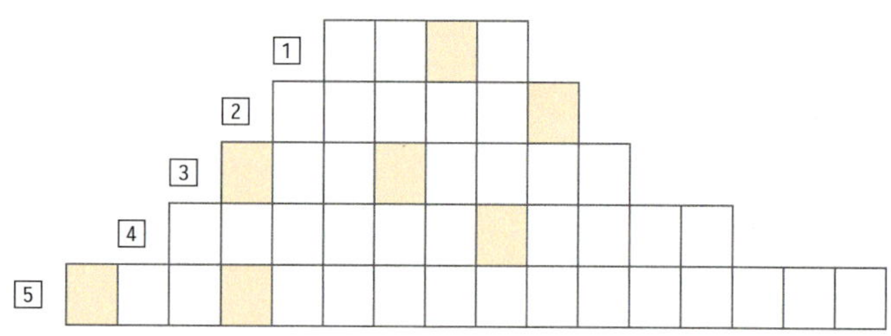

2 Löse das Rätsel. Notiere die Lösung und das Lösungswort in deinem Heft.

Schülerbuch, Seiten 46 – 49

M2 Begriffe der Plattentektonik

- Bewegung der Erdplatten
- Tiefseegraben
- Ozeanischer Rücken
- Vulkane
- Faltengebirge
- Magmaströme
- Subduktion

3 Beschreibe die Situation bei ① und ② in der Abbildung M4. Verwende die Fachbegriffe in M2.

Schülerbuch, Seiten 36 – 37

M4 Schnitt durch die oberen Schichten der Erde

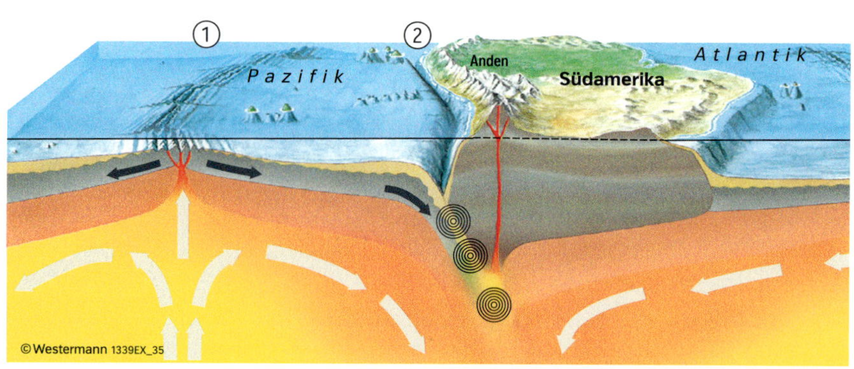

M6 Am 12.4.1992 ereignete sich ein Erdbeben in der Region Bonn.

Dieser PKW in Bonn wurde durch herabfallende Steine eines Gebäudes stark demoliert. Das stärkste Erdbeben seit nahezu 240 Jahren hatte in der Nacht zum Montag (13.4.1992) zahlreiche Bürger in Deutschland in Angst und Schrecken versetzt.

M8 Erdbeben in Deutschland und angrenzenden Gebieten seit 1000 n. Chr.

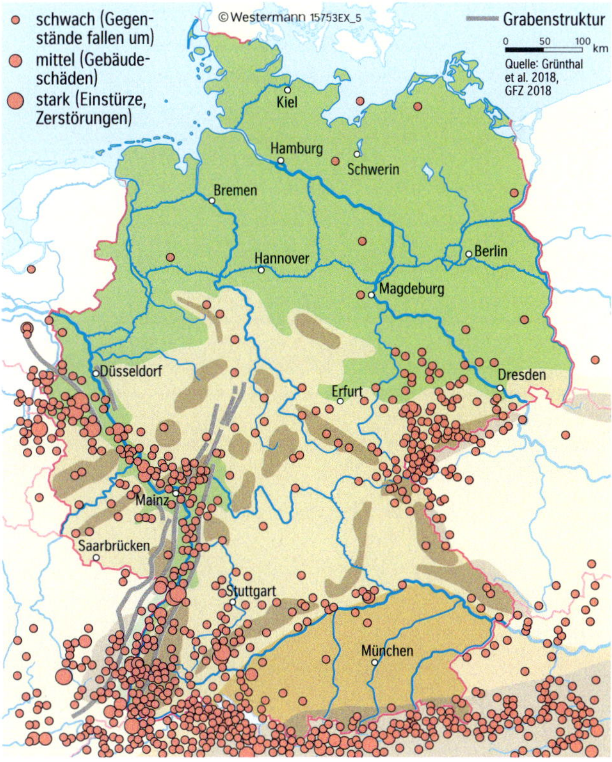

4 a) Beschreibe die Schäden nach dem Erdbeben in Bonn (M6).
b) Beschreibe, wo sich in Deutschland häufig Erdbeben ereignen (M8).
c) Überprüfe, ob dein Wohnort in einem erdbebengefährdeten Gebiet liegt (M8).
Schülerbuch, Seiten 40 – 41

M7 Vulkanausbruch auf La Palma (2021)

5 a) Beschreibe den Ausbruch des Vulkans auf La Palma (M7).
b) Liste mögliche Folgen eines Vulkanausbruchs auf.
c) Erkläre, warum Menschen in der Nähe von Vulkanen leben.
Schülerbuch, Seiten 46 – 47

6 Zeichne eine Skizze eines Vulkans und beschrifte sie.
Schülerbuch, Seite 46

7 a) Erläutere, welche vulkanischen Rohstoffe in der Eifel genutzt werden.
b) Nicht alle Menschen in der Eifel freuen sich über den Abbau vulkanischer Rohstoffe. Begründe.
Schülerbuch, Seiten 48 – 49

8 Vor den Auswirkungen von Erdbeben und Tsunamis kann man sich schützen. Erläutere anhand von Beispielen. Beurteile die Wirksamkeit von Schutzmaßnahmen.
Schülerbuch, Seiten 44 – 45

Fachbegriffe

das Erdbeben
die Lava
das Magma
der Ozeanischer Rücken
der Pazifischer Feuerring
die Plattentektonik
die Richterskala
die Subduktion
der Tsunami
der Vulkan

WES-105342-53
westermann.de/webcode

Nachhaltig konsumieren – Wie geht das?

Viele unserer Nahrungsmittel haben einen langen Weg hinter sich, bis sie bei uns auf dem Tisch landen. Wir können nur erahnen, wie viel Energie und Wasser bei der Produktion und beim Transport verbraucht wurden, aber denken wir darüber nach?
Mittlerweile kaufen viele Menschen lokal ein, das heißt, sie gehen zum Beispiel zum Hofladen eines Bauern. Dort kann man zumindest die Früchte kaufen, die bei uns in den Mittelbreiten wachsen können.
Wir konsumieren aber auch Produkte aus anderen Ländern und solche, die industriell hergestellt werden. Dadurch verbrauchen wir Ressourcen.
Wie wirkt sich unser Konsum auf die Umwelt aus? Hast du schon einmal darüber nachgedacht, wie umweltbewusst du konsumierst? In diesem Kapitel geht es darum, welche Möglichkeiten es gibt, um nachhaltig zu konsumieren. Es geht aber auch darum, wie Verbraucher geschützt werden.

rechts: Bei der Möhrenernte

Leben auf großem Fuß

Eine neue Jacke, ein neues Smartphone – kaufen macht Spaß und kurbelt die Wirtschaft an. Doch unser Konsum hat erhebliche Schattenseiten. Je mehr wir verbrauchen, desto stärker schädigen wir unsere Lebensgrundlagen. Ändern wir unser Konsumverhalten nicht, werden die natürlichen Ressourcen (Naturgüter) der Erde nicht mehr lange für alle Menschen reichen. Wie können wir feststellen, wie sich unser Konsum auf die Umwelt auswirkt? Was können wir tun, um Ressourcen zu sparen?

M3 Karikatur

Fußabdrücke auf unserer Erde

Wenn du im Sommer am Strand entlangläufst, siehst du deine Fußabdrücke im Sand. Auch im Winter, wenn du durch Schnee läufst, hinterlässt du Fußabdrücke. Jeder Mensch hat unterschiedlich große Fußabdrücke. Das Bild des menschlichen Fußabdrucks wurde von Wissenschaftlern übernommen. Sie haben 1994 daraus ein Konzept entwickelt, das Konzept des **ökologischen Fußabdrucks**. Dieses anschauliche Bild steht für den Verbrauch von **Ressourcen** auf der Erde durch den Menschen.

Der ökologische Fußabdruck stellt also die Umweltbelastung dar. Die Fläche des ökologischen Fußabdrucks gibt an, wie viel verbraucht wird, um all das herzustellen und zu entsorgen, was ein Mensch oder die Menschen eines Landes oder alle Menschen auf der Erde konsumieren.

Der ökologische Fußabdruck wird weltweit immer größer, die Erde aber nicht. Anhand des ökologischen Fußabdrucks lässt sich der sogenannte Earth Overshoot Day, der Erdüberlastungstag, berechnen. Es ist der Tag, an dem die Menschen durch ihren Konsum genau das an natürlichen Ressourcen verbraucht haben, was sich in der Natur innerhalb eines Jahres regenerieren kann. Dieser Tag ändert sich von Jahr zu Jahr

M1 Datum, das den Earth Overshoot Day angibt

Jahr	Datum
1970	29. Dezember
1980	4. November
1990	11. Oktober
2000	23. September
2010	7. August
2015	5. August
2017	1. August
2019	29. Juli
2020*	22. August

* Corona-Krise

M2 Wie viele Erden bräuchten wir, wenn alle so leben würden, wie die Menschen in ...

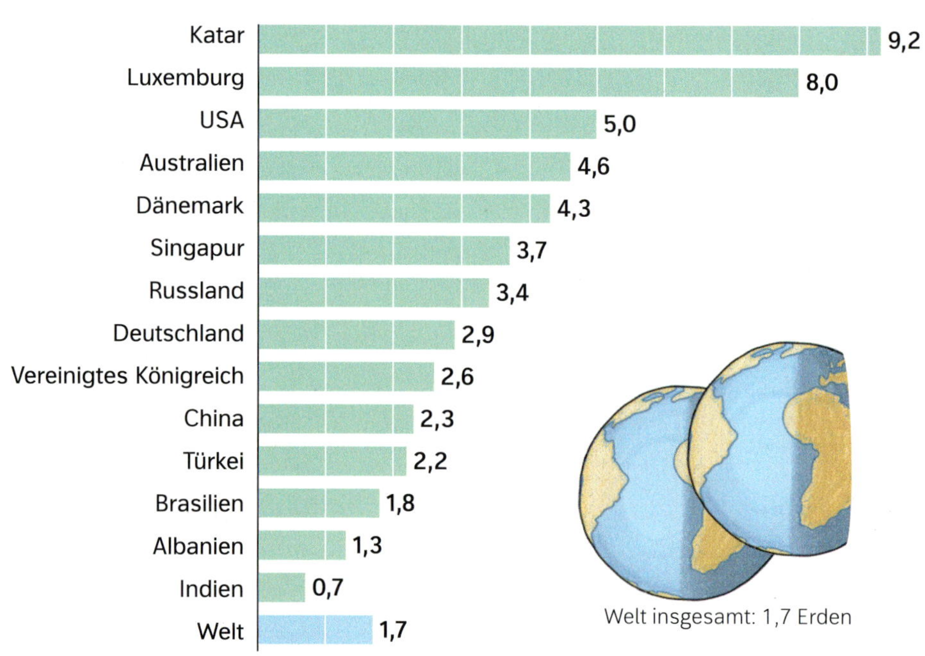

Quelle: overshootday.org (2021)

M4 Der ökologische Fußabdruck

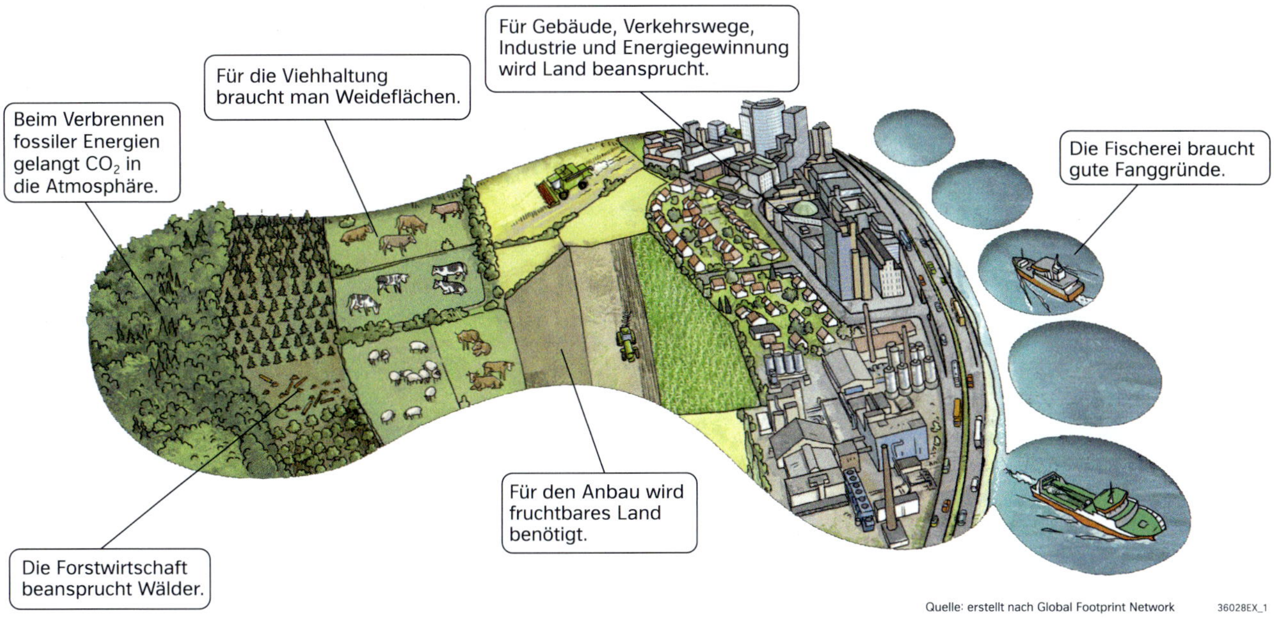

Quelle: erstellt nach Global Footprint Network 36028EX_1

M5 Ökologischer Fußabdruck im Ländervergleich (in Hektar pro Person = ha p. P.)

Land	Fußabdruck	Fußabdruck	Land
Pakistan	0,86 ha p. P.	4,5 ha p. P.	Deutschland
Bangladesch	0,80 ha p. P.	9,6 ha p. P.	USA
Burundi	0,63 ha p. P.	12,9 ha p. P.	Luxemburg

M6 Zusammensetzung des Fußabdrucks in Deutschland

18 %	22 %	25 %	35 %
Konsum	Mobilität	Wohnen	Ernährung

INFO

Die Berechnung des **ökologischen Fußabdrucks** geht davon aus, dass jeder Mensch Ressourcen verbraucht: für seine Versorgung sowie für die von ihm verursachten Emissionen. Wichtigster Faktor ist dabei der Ausstoß des Treibhausgases CO_2. Der Verbrauch an Ressourcen wird in Landfläche umgerechnet (Größe des ökologischen Fußabdrucks).

INTERNET

Du kannst deinen ökologischen Fußabdruck im Internet ermitteln.
Suchbegriff: → ökologischer Fußabdruck Rechner

Aufgaben

1. Beschreibe, wie die Gesamtgröße des ökologischen Fußabdrucks entsteht (M4, M6, Info).
2. Vergleiche die ökologischen Fußabdrücke der ausgewählten Länder (M5).
3. a) Ermittle deinen eigenen ökologischen Fußabdruck (Internet).
   b) Vergleicht eure ökologischen Fußabdrücke in der Klasse.
   c) Sammelt Ideen, wie ihr ressourcenschonender leben könnt.
4. a) Erläutere, wie und warum sich der Earth Overshoot Day verändert (M1, Text).
   b) Erkläre, was man aus dieser Veränderung schlussfolgern kann.
5. Analysiere den Ressourcenverbrauch in Deutschland (M2, M5, M6).
6. (W) Wirtschaftswachstum und ressourcenschonendes Handeln stehen in einem Zielkonflikt. Diskutiere aus der Sicht
   - **A** eines Unternehmers,
   - **B** eines Politikers,
   - **C** eines Umweltschützers.
7. (Z) Erkläre, was die Karikatur aussagt (M3).

Wenn du diese Aufgaben erfolgreich bearbeitet hast, kannst du ...
... den Ressourcenverbrauch in Deutschland und der Welt beschreiben.
... deinen eigenen ökologischen Fußabdruck ermitteln und bewerten.
... Möglichkeiten zur Ressourcenschonung aufzeigen.
... die Fachbegriffe **ökologischer Fußabdruck** und **Ressource** erklären.

Ressourcen schonen – Wie kann es gelingen?

Wenn wir zum Beispiel ein Smartphone benutzen, ist uns oft gar nicht bewusst, wie viele Ressourcen und wie viel Energie bei der Produktion verwendet wurden und beim Gebrauch eingesetzt werden. Und am Ende landet das Gerät auf dem Müll. Wie können wir Ressourcen und Energie besser nutzen? Welche Möglichkeiten gibt es und wie sind sie zu bewerten?

ERSTAUNLICH

2017 landeten mehr als 15,8 Millionen Tonnen Grünabfälle in deutschen Kompostieranlagen und wurden zu 4,2 Millionen Tonnen Humus.

Ressourcen und Energie schonen und optimal nutzen

Jeder Deutsche kauft im Durchschnitt 60 Kleidungsstücke im Jahr und sortiert 16 Kleidungsstücke aus. Das macht jährlich 1,1 Millionen Tonnen Altkleider. Wir leben in einer „Wegwerfgesellschaft“. Wir wissen zwar alle, dass wir mit den Rohstoffen und mit Wasser, Strom, Wärme und Lebensmitteln möglichst verantwortungsbewusst umgehen müssen, vergessen das aber oft. Bei der Herstellung, im Gebrauch und in der Entsorgung von Produkten liegt folglich ein großes Potenzial, das wir nutzen könnten, um die Umweltbelastung zu verringern.
Viele Unternehmen werben damit, dass ihre Produkte nachhaltig produziert sind. Immer mehr Verbraucherinnen und Verbraucher achten darauf, ob erklärt wird, mit welchen Maßnahmen die Unternehmen dies erreichen wollen. Das betrifft die Herkunft von Rohstoffen ebenso wie eine energiesparende Produktion mit erneuerbaren Energien.
Auch in den politischen Gremien wird das Problem des Ressourcenverbrauchs diskutiert. Als eine Lösungsmöglichkeit wird die Verbesserung der **Ressourceneffizienz** und **Energieeffizienz** angesehen. Dies kann durch Information, Gesetze, Verbote und Anreize erreicht werden.

M2 Verbraucherinnen und Verbraucher handeln.

Salima (16 Jahre, Schülerin) (A)

... fährt im Sommer mit dem Skateboard in die Schule, im Winter mit dem Bus.
... bemüht sich, nur noch notwendige Kleidung zu kaufen.
... kauft oft in Secondhand-Shops ein.
... hat ein Smartphone und ein Tablet.
... muss die Geräte oft aufladen.

Frau Meier (42 Jahre, Busfahrerin) (B)

... fährt im Sommer mit dem Fahrrad zur Arbeit.
... beteiligt sich am Carsharing.
... kauft Lebensmittel in Geschäften ohne Verpackung oder auf dem Wochenmarkt.
... achtet beim Kauf von Elektrogeräten auf die Energieeffizienz.
... wandert in ihrer Freizeit.

Herr Schmitz (58 Jahre, Arzt) (C)

... ist verheiratet und hat zwei Kinder.
... hat eine Fotovoltaikanlage auf dem Dach.
... hat immer einen Thermo-Becher dabei.
... zieht sich einen Pullover an, wenn es ihm im Haus zu kalt wird.
... macht mit seiner Familie Urlaub in Deutschland.

M1 Kriterien zur Beurteilung der nachhaltigen Nutzung von Energie und Ressourcen

- Rohstoffe werden geschont, zum Beispiel durch Recycling,
- Energie wird gespart, zum Beispiel durch Ausschalten von elektrischen Geräten,
- Energie wird effizient genutzt, zum Beispiel durch energiesparende Geräte,
- lange Transportwege werden vermieden,
- erneuerbare Energien werden genutzt,
- langlebige Produkte werden gekauft, die lange genutzt und auch repariert werden können,
- Nahrungsmittel werden nicht fortgeworfen, sondern verwendet,
- durch Mülltrennung wird Abfall vermieden,
- Unnötiges wird nicht gekauft.

M3 Unternehmen handeln.

Die Freiburger Taifun-Tofu GmbH ①

... stellt das pflanzliche Bio-Lebensmittel Tofu her, das ein Ersatz für Fleisch sein kann.

... stellt ein Produkt her, das eine günstige CO_2-Bilanz hat.

... verwendet als Rohstoff Sojabohnen aus Deutschland, Österreich und Frankreich.

... verwendet Sojabohnen, die ohne Gentechnik produziert werden.

... nutzt bei der Produktion erneuerbare Energien.

Die bayrische Firma Vaude ②

... produziert Outdoor-Kleidung und Outdoor-Ausrüstung.

... verwendet umweltfreundliche, recycelte Materialien.

... verwendet wenig Wasser.

... verwendet wenige Chemikalien.

... produziert Strom mit einer Fotovoltaikanlage.

... recycelt Abfall fachgerecht.

Firma Wipak in Walsrode ③

... stellt hochwertige und innovative Verpackungen für Nahrungsmittel und Medizinprodukte her.

... verwendet zu 80 % Zellulose (Pflanzenfasern) als Material, kein Plastik.

... produziert Verpackungen, die voll recycelbar sind.

... reduziert den Materialverbrauch durch effiziente Nutzung.

... verwendet Verpackungen, die voll recycelbar sind.

... nutzt Kreislauflösungen.

... nutzt erneuerbare Energien.

INFO

Die **Energieeffizienz** gibt an, ob ein bestimmter Nutzen mit einem minimalen Energieaufwand erreicht wird. Der Energieverbrauch eines Kühlschranks kann zum Beispiel gesenkt werden, wenn das Gerät so konstruiert ist, dass es wenig Energie verbraucht.

INFO

Ressourcen können wir schonen, wenn wir sie effizienter, also besser ausnutzen. Eine Verbesserung der **Ressourceneffizienz** kann mithilfe neuer Technologien und Verfahren sowie Recycling gelingen.

M4 Die Politik handelt.

Maßnahmen

Information zum Beispiel
- zu Umweltzeichen wie dem Bio-Siegel der „Blaue Engel" oder dem „Grünen Knopf",
- zur Kennzeichnung des Energieverbrauchs bei Elektrogeräten.

Gesetze zum Beispiel
- Erneuerbare-Energien-Gesetz (EEG),
- Verpackungsgesetz (2019),
- UN-Agenda 2030: globale Nachhaltigkeitsziele,
- Gesetz zur Umsetzung der Abfallrahmenrichtlinie.

Anreize/Förderung zum Beispiel
- Förderung von Solaranlagen auf privaten Dächern,
- Anreize zum Kauf von Elektroautos.

Verbote, zum Beispiel
- von Plastikbesteck, Plastikgeschirr, Trinkhalmen und Styropor-Essensverpackungen (Juli 2021),
- von Plastiktragetaschen (Januar 2022).

Aufgaben

❶ a) Analysiere mithilfe der Kriterien in M1, ob die Verbraucher Ⓐ bis Ⓒ Energie und Ressourcen effizient nutzen.
b) Notiere, wie du selbst Energie und Ressourcen effizienter nutzen kannst.

❷ Ⓦ Wähle aus: Untersuche, welche Möglichkeiten die Unternehmen ① bis ③ nutzen, um Ressourcen und Energie effizient zu nutzen, indem du
A eine Tabelle erstellst.
B eine Bewertung in Form eines Textes formulierst.

❸ a) Beschreibe, welche politischen Möglichkeiten es gibt, um zu erreichen, dass Ressourcen effizient genutzt werden (M4).
b) Beurteile die Möglichkeiten.

Formulierungshilfen zu Aufgabe 3b:
Einerseits ... andererseits ...
... ist zwar ..., aber ...
Positiv zu bewerten ist/sind ...
Kritisch zu sehen ist, dass ...
Problematisch ist ...
Vorausgesetzt werden muss, dass ...

Wenn du diese Aufgaben erfolgreich bearbeitet hast, kannst du ...
... Möglichkeiten zur Ressourcenschonung und Energieeinsparung beschreiben.
... Möglichkeiten zur Energieeinsparung und Ressourceneffizienz beurteilen.
... die Fachbegriffe **Ressourceneffizienz** und **Energieeffizienz** erklären.

Gütesiegel – Geben sie eine Orientierung?

Es gibt eine Vielzahl von Gütesiegeln oder speziell „Nachhaltigkeitssiegeln" auf Produkten. Besonders bekannt sind zum Beispiel der „Blaue Engel" und das „Biosiegel". Noch relativ neu ist der „Grüne Knopf" für Textilien, viele kennen ihn noch nicht. Gütesiegel sollen Orientierung geben – gelingt das?

INTERNET

Suchbegriffe: → siegelklarheit
→ label-online

Gütesiegel – grundsätzlich nützlich

Verbraucher wünschen sich verlässliche Informationen über die Umweltqualität konkreter Produkte. Die meisten Menschen sind sich auch bewusst, dass sie durch ihre Kaufentscheidungen Ressourcen schonen, Müll vermeiden oder sogar die Arbeitsbedingungen in fremden Ländern verbessern können. **Gütesiegel** helfen ihnen bei ihren Entscheidungen.

Auch Unternehmen sind sehr an vertrauenswürdigen Umweltsiegeln interessiert. Sie können damit dokumentieren, dass sie mit wirtschaftlich sinnvollen Prozessen die negativen Auswirkungen auf die Umwelt verringert haben. Sie können damit werben. Das verbessert ihren Ruf und bringt oft langfristigen wirtschaftlichen Erfolg.

Und der Staat hat ebenfalls ein Interesse an Gütesiegeln. Sie sollen helfen, ein nachhaltiges Wirtschaften zu fördern. Unternehmen, die ohne Rücksicht auf soziale und ökologische Standards produzieren, sollen keinen Wettbewerbsvorteil erhalten.

M1 Ein neues Siegel für Textilien

Der „Grüne Knopf" ist ein Siegel für Textilien. Dieses staatliche Textilsiegel soll es Verbrauchern erleichtern, umweltfreundliche und unter fairen Arbeitsbedingungen hergestellte Kleidung, also **nachhaltige Produkte**, zu erkennen. In der Einführungsphase können Unternehmen die Erfüllung der Standards mithilfe bereits erlangter Zertifikate nachweisen. Anerkannt werden einzelne Siegel, die zugleich soziale und ökologische Kriterien abdecken oder die Kombination von zwei Siegeln, die entweder soziale oder ökologische Kriterien berücksichtigen. Es wurde vom Bundesministerium für wirtschaftliche Zusammenarbeit und Entwicklung (BMZ) entwickelt.

M2 Das Gütesiegel „Grüner Knopf" für Textilien

Gütesiegel – kann man sich darauf verlassen?

Es gibt nicht für alle Gütesiegel und Zertifikate verbindliche gesetzliche Vorgaben und Kontrollen. Deshalb ist es für einen Verbraucher oft nicht möglich, das jeweilige Gütezeichen ohne Beratung zu bewerten.

Man kann sich als Verbraucher auf staatlich vergebene oder vom Staat kontrollierte Nachhaltigkeitssiegel verlassen, zum Beispiel den „Blauen Engel". Vertrauenswürdig sind auch Siegel, die von unabhängigen Prüfern wie dem Öko-Institut verliehen werden. Die Stiftung Warentest hält die Siegel, „Fairtrade" „Natural fair" und „Hand in Hand" für vertrauenswürdig.

Die Politik sollte Regelungen einführen, die die Qualität und Glaubwürdigkeit von Nachhaltigkeitssiegeln fördern. Hilfe bei der Orientierung bei der Vielzahl von Siegeln findet man auf dem Internetportal der Bundesregierung oder der Internetplattform vom Bundesverband „die Verbraucherinitiative e. V.".

M3 Der „Grüne Knopf"

Als erstes staatliches Siegel verbindet der „Grüne Knopf" Anforderungen an das Produkt (zum Beispiel an T-Shirts oder Bettwäsche) und das Unternehmen.

Ein Produkt muss 26 soziale und ökologische Kriterien einhalten – von A wie Abwassergrenzwerte bis Z wie Zwangsarbeitsverbot.

Darüber hinaus wird das Unternehmen als Ganzes anhand 20 weiterer Kriterien geprüft: Kommt es seinen menschenrechtlichen und ökologischen Sorgfaltspflichten in der textilen Lieferkette nach? Schafft es Missstände ab? Gibt es Beschwerdemöglichkeiten für die Näherinnen vor Ort?

METHODE Sich ein Urteil bilden

Ein Sachverhalt, viele Meinungen. Diese Situation hast du bestimmt auch schon erlebt. Maßnahmen zur nachhaltigen Entwicklung können zum Beispiel aus verschiedenen Perspektiven betrachtet werden. Wie kann ich mir ein Urteil über einen Sachverhalt bilden?

M5 Das Energieeffizenzlabel A ist die höchste Energieeffizienzstufe.

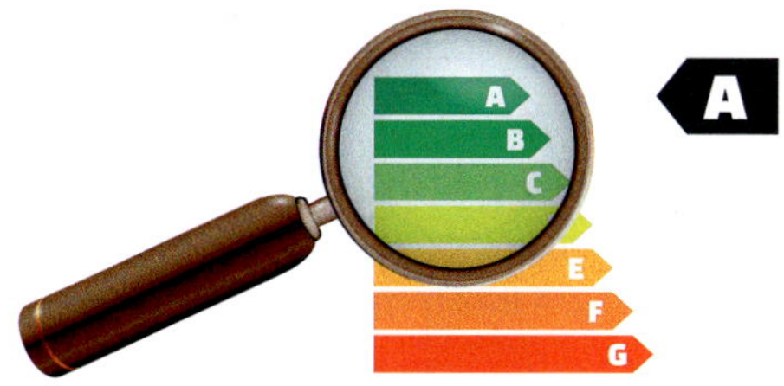

M4 Mögliche Sichtweisen

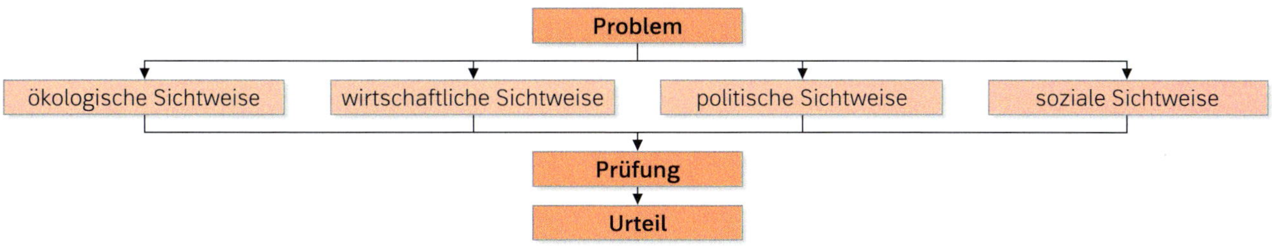

Vier Schritte zur Urteilsbildung

1. Schritt Das Problem formulieren
Formuliere das Problem, das du beurteilen möchtest.

2. Schritt Die möglichen Sichtweisen notieren
Lege eine Tabelle mit vier Spalten an.
Trage in die obere Zeile die unterschiedlichen Sichtweisen ein: ökologische, wirtschaftliche, politische, soziale.

3. Schritt Informationen sammeln
Notiere Argumente, die du zu der Problemstellung schon kennst und trage sie in die entsprechenden Spalten der Tabelle ein.
Sammle Informationen zu den unterschiedlichen Sichtweisen (Bücher, Internet).
Trage die Informationen, die dir wichtig erscheinen, in die entsprechenden Spalten in der Tabelle ein.

4. Schritt Abwägen und urteilen
Markiere alle Pro-Argumente in der Tabelle mit einem Plus.
Markiere alle Kontra-Argumente mit einem Minus.
Gewichte die Argumente. Welche sind für dich am wichtigsten? Du kannst sie farblich markieren.
Bilde dir dein Urteil.
Überprüfe, ob du dein Urteil auf andere Fälle ganz allgemein anwenden kannst.
Formuliere dein Urteil in einem kurzen Text.

Aufgaben

1. a) Beschreibe, wie Gütesiegel vergeben werden.
   b) Erkläre das spezielle Verfahren für das staatliche Textilsiegel „Grüner Knopf“ (M1, M2, M3).
   c) Schildere die grundsätzliche Problematik bei der Einschätzung von Gütesiegeln.
2. (W) Wähle aus:
   Welche Interessen haben Verbraucher, Unternehmen und die Politik an der Vergabe von Gütesiegeln?
   A Notiere die Interessen der Verbraucherinnen und Verbraucher.
   B Beschreibe die Interessen der Unternehmen.
   C Erläutere die Interessen der Politik.
3. Bilde dir ein Urteil: Können Gütesiegel eine Maßnahme sein, um nachhaltig zu wirtschaften und zu handeln?
4. Bilde dir ein Urteil: Seit März 2021 gibt es ein neues Energieeffizienzlabel für eine Reihe von elektronischen Geräten (M5). Brauchen jetzt alle Haushalte neue Geräte?
5. (Z) Recherchiere andere Gütesiegel (Internet, vgl. S. 310). Zeichne die Siegel und notiere in Stichworten, wofür sie vergeben werden.

Wenn du diese Aufgaben erfolgreich bearbeitet hast, kannst du …
… Vorgaben für Gütesiegel beschreiben.
… verschiedene Sichtweisen bei der Urteilsbildung berücksichtigen.
… die Fachbegriffe **Gütesiegel** und **nachhaltiges Produkt** erklären.

Wirtschaften im Kreislauf

Als Schüler braucht ihr viele Hefte und ihr bekommt viele Kopien. Auch eure Lehrerinnen und Lehrer und andere Menschen haben einen hohen Papierverbrauch. Aber die Herstellung von Papier belastet die Umwelt stark. Zur Herstellung von Papier braucht man viel Holz, Energie und Wasser. Wie kann man Papier nachhaltiger produzieren?

ERSTAUNLICH

Pro Jahr werden in Deutschland mehr als 200 Millionen Schulhefte verbraucht. Aus einem Baum kann man durchschnittlich 714 Kilogramm Papier herstellen. Ein Schüler verbraucht nur für die Schule etwa 27 Kilogramm Holz pro Jahr.

Kreislaufwirtschaft ist mehr als Recycling

Papier ist ein Beispiel für die praktische Umsetzung der **Kreislaufwirtschaft**. Holzfasern können bis zu sechs Mal recycelt und erneut zur Papierherstellung verwendet werden. Sogar die Reststoffe können dann noch verwertet werden und zwar zur Erzeugung erneuerbarer Bioenergie. Die anfallende Asche kann außerdem noch in der Bauindustrie verwendet werden. Die Kreislaufwirtschaft bietet ökologische und ökonomische Vorteile: Die Ressourcen werden geschont, Transportwege werden vermieden und recycelte Rohstoffe sind kostengünstiger als neue Rohstoffe.
Du kannst leicht selbst prüfen, ob deine Hefte oder dein Schreibblock aus Recyclingpapier hergestellt wurden. Das Siegel „Blauer Engel" garantiert, dass sie zu hundert Prozent aus Altpapier bestehen. Aber auch Recyclingpapier solltest du sparsam verwenden.

M1 Papierverbrauch, Entstehung und Nutzung von Altpapier in Deutschland

	1990	2017	2019
Papierverbrauch pro Person	194 kg	246 kg	227 kg
entstandenes Altpapier	6 800 000 t	15 300 000 t	18 915 000 t
Von 100 Seiten Papier wurden ... Seiten aus Altpapier recycelt.	49	75	78

Quelle: Umweltbundesamt

M2 Rohstoffbedarf und Abwasser der Papierproduktion aus Zellstoff und aus Altpapier

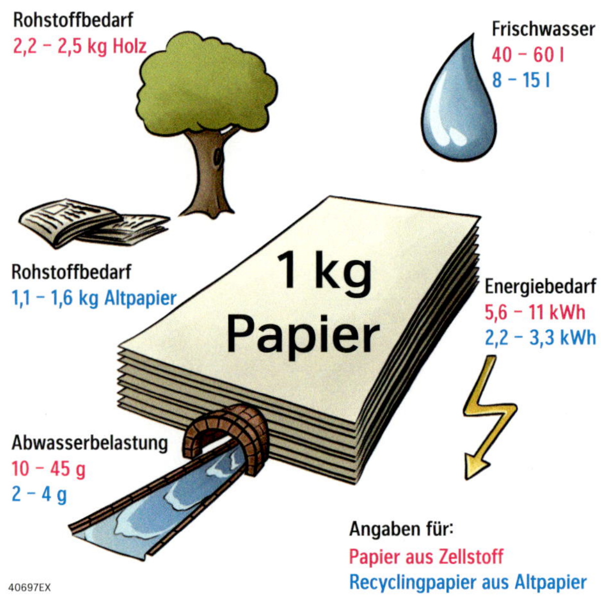

1 kg Papier entspricht etwa 200 DIN A4-Blättern. 1 kWh entspricht zum Beispiel der Energie für 45 Minuten Haare fönen.

M3 Ressourcen und Energie sparen mit Recyclingpapier

Wer beim Kauf von einem Paket Papier mit 500 Blatt, das etwa 2,5 Kilogramm (kg) wiegt, zu Recyclingqualität greift, spart 5,5 kg Holz. Mit den 7,5 Kilowattstunden Energie, die man bei Kauf eines Paketes Recyclingkopierpapier zusätzlich spart, kann man 525 Tassen Kaffee kochen.

Umweltbundesamt: Grafische Papiere

M4 Das Umweltzeichen der „Blaue Engel"

Für diese Papierprodukte [Papierprodukte mit dem Umweltzeichen „Blauer Engel"] müssen keine zusätzlichen Bäume gefällt werden, denn sie bestehen zu 100 % aus Altpapier. Außerdem werden bei der Herstellung rund 60 % weniger Energie und 70 % weniger Wasser verbraucht als bei der Herstellung von Frischfaserpapier.

Blauer Engel / Das Umweltzeichen

M5 Daten zur Papierherstellung in Deutschland (2019)

Herstellung von Papier	22,1 Mio. t
Kohlenstoffdioxid-Emissionen pro Tonne Papier	593 kg CO_2
Anwendungsbereiche:	
• Papier zum Drucken und Beschreiben	35,6 %
• Verpackungen	51,5 %
• Hygienepapiere	6,6 %
• Spezialpapiere	6,3 %

Quelle: Umweltbundesamt und Bundesministerium für Umwelt, Naturschutz und nukleare Sicherheit

M6 Entsorgung von Papiermüll in einer Wegwerfwirtschaft

M8 Entsorgung von Papiermüll in einer Kreislaufwirtschaft

M7 Wie entsorgt man Papier richtig?

Papier gehört in die Papiertonne? Das stimmt nicht ganz. Tapetenreste, Pappteller mit Essensresten und Pizzakartons mit Fettrückständen können zum Beispiel nicht recycelt werden. In die Papiertonne gehören auch nicht Tiefkühlkartons, weil diese oft mit Metall oder Kunststoff beschichtet sind. Stark beschichtetes Papier wie Backpapier, Kassenzettel und Fahrkarten sind ebenfalls nicht geeignet für das Recycling. Taschentücher sollte man nicht in die Papiertonne werfen, weil sich bei der Papiermüllverarbeitung Menschen mit Bakterien oder Viren infizieren können. Taschentücher gehören in den Restmüll.

INFO

Der Grundgedanke der **Kreislaufwirtschaft** ist, dass die eingesetzten Rohstoffe nach dem Konsum wieder in den Produktionsprozess eingebracht werden. Sie werden also immer wieder recycelt und verwendet.

INTERNET

Suchbegriffe:
→ Blauer Engel
→ Umweltbundesamt Kreislaufwirtschaft Papier
Du kannst dir einen Erklärfilm zur Kreislaufwirtschaft im Internet ansehen:
→ europarl.europa Kreislaufwirtschaft Definition Vorteile

Aufgaben

1. a) Beschreibe die Entsorgung von Papiermüll in einer Wegwerfwirtschaft (M6).
   b) Erkläre die Entsorgung von Papiermüll in einer Kreislaufwirtschaft M8).
2. Ⓦ Wähle aus: Vergleiche den Rohstoffbedarf und die Abwassermenge der Papierproduktion aus Zellstoff und aus Altpapier, indem du
   A eine Tabelle erstellst (M2).
   B einen Text schreibst (M2).
3. Stelle die Veränderungen im Papierverbrauch sowie der Entstehung und Nutzung von Altpapier in Deutschland dar (M1).
4. Bewerte die Kreislaufwirtschaft in der Papierindustrie (M2, M3, M4, M5).
5. Erstelle ein Informationsblatt:
   Erkläre, wie man Recyclingpapier, erkennen kann (M4).
   Erkläre, wie man Papiermüll richtig entsorgt (M7).
6. Ⓩ Papier sollte so sparsam benutzt werden wie möglich, damit wenig Abfall entsteht. Erst dann sollte man an Recycling denken. Nimm Stellung zu dieser Aussage.

Wenn du diese Aufgaben erfolgreich bearbeitet hast, kannst du …
… die effiziente Nutzung von Ressourcen in der Kreislaufwirtschaft erläutern.
… den Fachbegriff **Kreislaufwirtschaft** erklären.

METHODE Zukunftswerkstatt

M3 Schülerinnen und Schüler in einer Zukunftswerkstatt

Der beste Weg, die *Zukunft* vorauszusagen, ist sie zu *gestalten*.

Abraham Lincoln

Die Zukunft kann man nicht vorhersagen. Man kann sich aber bestimmte Situationen in der Zukunft wünschen. Man kann sich zum Beispiel vorstellen, wie Probleme gelöst werden sollen. Ob diese Vorstellungen dann auch wirklich eintreten, ist ungewiss. Alle Menschen kennen Situationen, die sie verändern möchten. Sie stellen sich Lösungen vor, sie haben Vorstellungen von der Zukunft, aber diese sind meistens verschieden. Welche Vorstellungen von der Zukunft hast du?

M1 Wortwolke

Vorstellungen von der Zukunft – in der Zukunftswerkstatt

Wissenschaftler beschäftigen sich auch mit der Zukunft. Sie entwerfen Vorstellungen zu bestimmten Problemen und deren Lösung. Es gibt zum Beispiel Zukunftsentwürfe zum Bevölkerungswachstum, zur Entwicklung der Produktion in der Industrie, zum Ressourcenverbrauch und zur Umweltbelastung.

Wissenschaftler setzen Fantasie und Mut ein, um Zukunftsentwürfe zu entwickeln. Sie betrachten aber auch die Vergangenheit, um eventuell aus Entwicklungen in der Vergangenheit Schlüsse zu ziehen. Was heute möglich ist, konnten sich die Menschen vor 300 Jahren nicht vorstellen. Was wird also in Zukunft möglich sein?

Die Zukunftswerkstatt ist eine Methode, mit der ihr – auch mit Fantasie – einen Blick die Zukunft werfen könnt.

M2 Ideensammlung

Welche Kreislaufwirtschaften könnten Realität werden?

Wie könnten in Zukunft Personen und Waren transportiert werden?

Wie könnte die Energieversorgung in Zukunft aussehen?

Wie könnte in Zukunft der Einkauf aussehen?

Wie könnte Recycling aussehen?

Wie sehen die Verkehrsmittel der Zukunft aus?

M4 „Vertical forests“ in der Stadt

M5 Mit dem Fahrrad statt Auto und Nutzung erneuerbarer Energien

M6 Autonomes Transportkonzept

Selbstfahrende Autos und Lastwagen auf Stadtstraßen und Verkehrsknotenpunkte mit Fahrzeugen, die mit dem Internet, digitalen Technologien und miteinander verbunden sind.

Drei Schritte zur Durchführung einer Zukunftswerkstatt

1. Schritt Kritik äußern

Wählt eine Idee aus.
Schreibt auf Zettel, was euch an der gegenwärtigen Situation nicht gefällt.
Sammelt die Zettel und heftet sie an eine Pinnwand.
Vergleicht und stellt das Problem heraus.
Bildet Gruppen für die weitere Arbeit.

2. Schritt Ideen entwickeln

Überlegt nun gemeinsam in den Gruppen, wie man das Problem lösen könnte.
Ihr könnt alle möglichen Vorschläge einbringen, auch wenn sie noch so unmöglich erscheinen.
Auch die verrücktesten Ideen sind erlaubt.
Stellt euch vor, ihr hättet genug Geld, Maschinen und Macht, um euer Problem zu lösen.
Überlegt nun, wie ihr eure Zukunftsvorstellungen darstellen könnt. Ihr könnt
- ein Bild malen,
- einen Text schreiben,
- ein Lied schreiben,
- eine Wandzeitung erstellen,
- eine digitale Präsentation erstellen,
- euch eine andere Darstellungsform überlegen.

Präsentiert eure Zukunftsvorstellungen.

3. Schritt Verwirklichung prüfen

Stellt nun im Plenum fest, ob eure Zukunftsvorstellungen realisierbar sind.
Möglicherweise sind nur einige Ideen umsetzbar. Listet sie auf.
Überlegt, ob eure Vorstellungen mit entsprechenden Veränderungen realisierbar wären. Müssten zum Beispiel Wertmaßstäbe und Interessen verändert werden?
Notiert eure Vorschläge.
Diskutiert eure Vorschläge.
Recherchiert gegebenenfalls im Internet nach Informationen.
Tragt zum Schluss euer Problem und eure Lösungsvorschläge zu einem Konzept zusammen.
Überprüft abschließend, ob euer Konzept auf andere Probleme übertragbar ist (Verallgemeinbarkeit).

Aufgaben

1. Erkläre, warum Zukunftsentwürfe in der Wissenschaft untersucht werden (Text).
2. Sammelt Ideen für eine Zukunftswerkstatt.
3. Führt eine Zukunftswerkstatt durch.

Wenn du diese Aufgaben erfolgreich bearbeitet hast, kannst du ...
... eine Zukunftswerkstatt durchführen.

WAHLTHEMA 1 Gekauft ist gekauft?

M1 Fall 1

Timos Schwester Miriam (18 Jahre) hat sich im Internet einen Laptop bestellt. Sie wartet sehnsüchtig auf das Gerät. Dann wird es geliefert und sie ist enttäuscht: Der Laptop hat die falsche Farbe und über den Monitor läuft ein dicker Kratzer. Dieses Gerät möchte sie nicht haben. „Wenn ich 17 Jahre alt wäre, hätte ich kein Problem. Dann könnte ich den Laptop einfach zurückschicken." Welche Möglichkeiten hat sie nun, den Laptop wieder loszuwerden? Welche Rolle spielt dabei ihr Alter?

M5 Fall 2

Noah (18 Jahre) freut sich über sein neues Smartphone. Er hat es kostengünstig erhalten, musste aber einen Mobilfunkvertrag abschließen. Er plant, die monatliche Zahlung mit einem Aushilfsjob im Supermarkt zu finanzieren. Bei einem Online-Händler sieht er ein tolles Angebot für einen Elektroroller. Er vereinbart eine Zahlung in Raten. Leider bekommt er den Aushilfsjob nicht und sein Taschengeld reicht nicht für die monatlichen Zahlungen. Er leiht sich Geld von einem Freund. Wie kann er aus der Schuldenfalle wieder herauskommen?

Bearbeitet die beiden Fälle und die Fragestellungen. Am besten teilt ihr die Fälle unter euch auf. Erstellt eine Präsentation am Computer und tragt sie vor (vgl. S. 311).

M2 Welcher Mangel liegt vor?

Mängelarten

- **Art** = falsche Ware
- **Menge** = zu viel oder zu wenig
- **Qualität** = andere Qualität
- **Beschaffenheit** = verdorbene oder beschädigte Ware

M3 Geschäftsfähigkeit

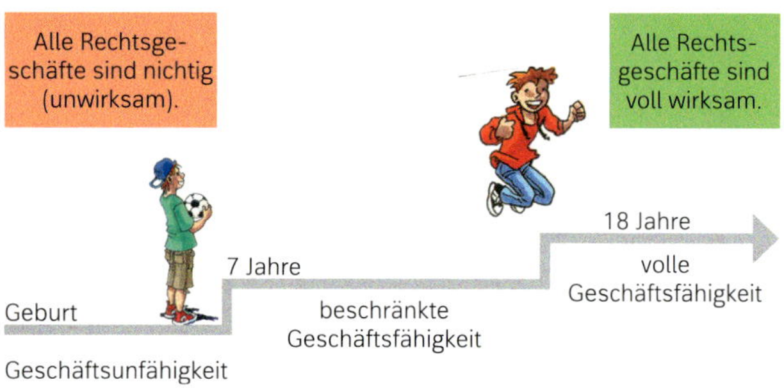

M4 Der Taschengeldparagraf

Der Paragraf 110 des Bürgerlichen Gesetzbuches (BGB) regelt die Rechte von Jugendlichen beim Einkaufen. Er lautet sinngemäß: Ein Jugendlicher unter 18 Jahren kann ohne Zustimmung der Eltern selbstständig einkaufen, wenn sich der Preis der Ware in den Grenzen des Taschengeldes bewegt, das in seinem Alter üblich ist. Eltern können Kaufverträge, mit denen sie nicht einverstanden sind, rückgängig machen.

Das „Kleingedruckte" ist wichtig

Die **Allgemeinen Geschäftsbedingungen** (AGB) werden umgangssprachlich als das „Kleingedruckte" bezeichnet, weil sie häufig in kleiner Schrift unter dem **Kaufvertrag** oder auf der Rückseite vermerkt sind. Es sind Bedingungen, die der Verkäufer festgelegt hat und die bei einem Kaufvertrag gelten. Hierzu gehören die Preisgestaltung, die Zahlungsmöglichkeiten, Angaben zur Garantie und zum Umtausch. Der Käufer akzeptiert die Allgemeinen Geschäftsbedingungen, wenn er den Kaufvertrag abschließt. Stimmt er nicht zu, kommt kein Vertrag zustande.

Miriam hat Mängel am Laptop festgestellt, der ihr geliefert wurde. Ein Händler muss die Ware umtauschen, wenn sie fehlerhaft ist. Viele Händler haben in ihren Allgemeinen Geschäftsbedingungen festgelegt, dass ein Umtausch nur im Originalkarton möglich ist. Miriam müsste also den Laptop originalverpackt zurückschicken. In den AGBs könnte auch stehen, dass es dem Händler freisteht, ein Gerät in einer anderen Farbe zu liefern, wenn die gewünschte Farbe nicht geliefert werden kann.

M6 Ursachen der Verschuldung von Jugendlichen

- hohe Konsumausgaben
- zu früh Dispokredite
- schlechtes Vorbild der Eltern
- Arbeitslosigkeit
- zu wenig Eigenverantwortung
- kaum Kenntnisse über Verträge
- schlechtes Wirtschaftswissen
- zu niedriges Einkommen
- schlechte Zukunftsperspektiven
- unsichere/gescheiterte Arbeits- und Ausbildungsverhältnisse

Warum verschulden sich Jugendliche?

Jugendliche geben oft mehr Geld aus, als ihnen zur Verfügung steht. Reicht das Taschengeld nicht, um alle Wünsche zu erfüllen, nehmen Jugendliche oft Gelegenheitsjobs an. So können sie Geld hinzuverdienen. Diese Jobs sind aber meistens keine feste Einnahmequelle. Man sollte nicht fest mit ihnen planen.

Angebote in der Werbung, die Suche nach Anerkennung in der Peergroup und das Gefühl, ohne einen bestimmten Gegenstand gar nicht mehr leben zu können, führen häufig dazu, dass sich Jugendliche verschulden. Noah ist in eine **Schuldenfalle** getappt. Er kann seine **Schulden** nicht mehr aus eigener Kraft zurückzahlen. Seine Ausgaben sind höher als seine Einnahmen, also sein Taschengeld.

INFO

Wenn die Ausgaben höher sind als die Einnahmen und man sich Geld leiht, das man später zurückzahlen will, macht man **Schulden**.

INFO

Bei jedem Einkauf kommt ein **Kaufvertrag** zustande. Dabei gibt es feste Regeln. An diese müssen sich Käufer und Verkäufer halten. Der Käufer verpflichtet sich, den vereinbarten Preis zu bezahlen. Der Verkäufer verpflichtet sich, die Ware herauszugeben.

M7 So kannst du Schuldenfallen vermeiden.

Am besten solltest du gar nicht erst in eine Schuldenfalle tappen. Beachte folgende Tipps:

- Verschaffe dir einen Überblick über deine Einnahmen und deine Ausgaben. Notiere genau, wie viel Geld dir zur Verfügung steht und wie viel du wofür ausgibst.
- Gib nicht mehr Geld aus, als du wirklich hast.
- Teile dein Geld gut ein, damit du auch am Monatsende noch genug zur Verfügung hast.
- Überlege dir bei jedem Einkauf: „Brauche ich das wirklich? Was passiert, wenn ich darauf verzichte?“
- Mache keine Schulden. Wenn du kein Geld hast, dann verzichte. Es ist leicht, Schulden zu machen, aber schwer, aus der Schuldenfalle wieder herauszukommen.
- Vermeide Geschäfte mit Ratenzahlungen. Hier besteht die Gefahr, den Überblick über eigene finanzielle Verpflichtungen zu verlieren. Solange du nicht volljährig bist, ist das für dich sowieso nicht möglich.
- Prüfe vermeintlich günstige Angebote genau auf versteckte Kosten. Es lohnt sich immer, mehrere Angebote zu vergleichen, auch wenn das Erstbeste besonders verlockend klingt.
- Zahle lieber bar als mit der EC-Karte. Andernfalls besteht die Gefahr, dass du den Überblick über deine Finanzen verlierst.

Tipps für die Erarbeitung

1. Stellt fest, ob Miriam den Kaufvertrag abschließen durfte (M1, M3).
2. Stellt fest, welche Mängelart vorliegt (M2).
3. Überprüft, ob Miriam ein Umtauschrecht hat. Erklärt in diesem Zusammenhang, was man unter den Allgemeinen Geschäftsbedingungen versteht und warum sie in diesem Fall wichtig sind.
4. Überprüft, ob Noah voll geschäftsfähig ist (M5, M3).
5. Stellt fest, wie Noah in die Schuldenfalle geraten ist.
6. Vergleicht mit anderen Jugendlichen: Warum verschulden sich Jugendliche (M6)?
7. Wie hätte Noah die Schuldenfalle vermeiden können (M5)?
8. Bereitet eure Präsentation vor. Beginnt mit dem Vorstellen der beiden Fälle.

Wenn du diese Aufgaben erfolgreich bearbeitet hast, kannst du ...

... gesetzliche Regelungen bezüglich des Alters begründen.
... darstellen, warum Allgemeine Geschäftsbedingungen wichtig sind.
... Ursachen für Verschuldung nennen.
... Möglichkeiten nennen, wie man eine Verschuldung vermeiden kann.
... die Fachbegriffe **Allgemeine Geschäftsbedingungen (AGB)**, **Kaufvertrag**, **Schuldenfalle** und **Schulden** erklären.

WAHLTHEMA 2 Verbraucherschutz

Hannah (19 Jahre) hat ein Problem. Sie wurde im Internet abgezockt. Sie wollte ihrem Freund eine E-Card mit Glückwünschen zum Geburtstag schicken. Nun hat sie einen Brief mit einer Rechnung über 35 Euro bekommen. Angeblich gab es auf der Homepage des Grußkarten-Anbieters den Hinweis, dass sie beim Absenden der Grußkarte ein Jahresabo für Grußkarten abschließt. Diesen Hinweis hat sie übersehen. Was kann sie nun tun? Wo kann sie sich Hilfe und eine Beratung holen? Warum ist es wichtig, dass Verbraucher und Verbraucherinnen wie Hannah geschützt werden?

M3 Damit hat Hannah nicht gerechnet.

Bearbeitet den Fall und die Fragestellungen.
Erstellt eine Präsentation am Computer und tragt sie vor (vgl. S. 311).

M1 Was ist eine Verbraucherzentrale?

Eine Verbraucherzentrale

- ist ein Verein, keine Behörde.
- arbeitet nicht wie ein Supermarkt, um Gewinn zu machen.
- arbeitet unabhängig und für die Menschen („Verbraucher“).
- bekommt Geld vom Staat.
- nimmt Geld für die Beratung; wer wenig Geld hat, muss auch weniger oder gar nichts bezahlen.
- gibt es überall in Deutschland.

Was ist eine Verbraucherzentrale? Düsseldorf: Verbraucherzentrale Nordrhein-Westfalen e.V. Juni 2017, S. 2 (verändert)

M2 Was macht eine Verbraucherzentrale?

- Wir beraten und informieren Verbraucher. Die Beratung bleibt geheim.
- Wir unterstützen Verbraucher rechtlich.
- Wir helfen beim Schreiben von Briefen.
- Wir möchten, dass Verbraucher gut informiert sind und etwas lernen.
- Wir beantworten Ihre Fragen, bevor Sie einen Vertrag abschließen.
- Wir vertreten Ihre Interessen gegenüber Anbietern und Politik.

Was ist eine Verbraucherzentrale? Düsseldorf: Verbraucherzentrale Nordrhein-Westfalen e.V. Juni 2017, S. 2

Verbraucherschutz ist wichtig

Hannah ist nicht die Einzige, die auf eine Abo-Falle im Internet hereingefallen ist. Da sie voll geschäftsfähig ist – sie ist über 18 Jahre alt – gilt der geschlossene Vertrag zunächst einmal. Sie fühlt sich getäuscht und abgezockt, aber hat sie eine Chance, das Abo abzulehnen? Sie geht zu einer **Verbraucherzentrale**. Dort rät man ihr, nicht zu zahlen, sondern dem angeblichen Vertrag zu widersprechen. Der Anbieter des Abos muss nämlich nachweisen, dass es zu einem Vertragsabschluss gekommen ist. Wenn der Abschluss des Abos in den Hinweisen auf der Homepage „versteckt“ war, wird er das wohl nicht nachweisen können. Die Beraterin in der Verbraucherzentrale rät ihr auch, keine Angst vor Drohungen und Mahnbriefen zu haben.
Verbraucherzentralen haben ein besonderes Interesse, junge Menschen zu unterstützen, wenn sie auf Kostenfallen reingefallen sind, und sie zu beraten, damit sich so etwas nicht wiederholt.
Hannah kann sich auch an den Verbraucherzentrale Bundesverband e.V. (vzbv) wenden und den Fall melden. Der Bundesverband hat schon viele erfolgreiche Prozesse gegen solche Kostenfallen-Betreiber im Internet geführt.

INTERNET

Suchbegriffe:
→ Bundesministerium der Justiz und für Verbraucherschutz
→ Verbraucherzentrale NRW
→ Verbraucherzentrale Bundesverband

M4 Arbeitsteilung zwischen den drei großen Verbraucherorganisationen

M5 Das Verbraucherinformationsgesetz – ein weiterer Schutz für Verbraucher

Wie gelangte der Obstsalat von seiner Herstellung in die Frischetheke des Supermarktes? Und aus welchen Textilien wurde der neue Teppich hergestellt? Für Verbraucherinnen und Verbraucher sind Produktion- und Lieferbedingungen von Lebensmitteln und anderen Verbraucherprodukten oft nur schwer nachvollziehbar. Nach dem **Verbraucherinformationsgesetz** (VIG) haben Sie daher das Recht, von bestimmten Behörden Auskunft über Herkunft, Eigenschaften, Kennzeichnung oder den Herstellungsprozess eines Produkts zu verlangen.

Verbraucher-Informationsgesetz (VIG). Berlin: Bundesministerium der Justiz 2021

M6 Organisationen des Verbraucherschutzes in Deutschland

Verbraucherzentralen gibt es in Nordrhein-Westfalen wie auch in den anderen Bundesländern an vielen Orten. Ihr Ziel ist es, den Verbraucher in Fragen des Konsums zu informieren, zu beraten und ihm im Notfall zu helfen.
Der Verbraucherzentrale Bundesverband (vzbv) vertritt 41 Verbraucherverbände. Seine Aufgabe ist es, über die Probleme der Verbraucher zu informieren und die Verbraucherinteressen gegenüber Wirtschaft und Politik zu vertreten.
Besonders bei größeren Anschaffungen sollte man vor dem Kauf die Testergebnisse der Stiftung Warentest studieren. Die Stiftung Warentest arbeitet unabhängig. Sie untersucht, prüft und vergleicht Waren und Dienstleistungen. Unabhängige Institute übernehmen die Prüfungen. Sie arbeiten nach wissenschaftlichen Methoden. Bei Dienstleistungen wird verdeckt geprüft. Projektleiter der Stiftung fordern die Dienstleistung an und bewerten die Angebote. Auf der Grundlage von Untersuchungsergebnissen vergeben die Tester Qualitätsurteile von „sehr gut" bis „mangelhaft". Die Zeitschriften „test" und „Finanztest" sowie die Internetauftritte der Stiftung stellen diese Analysen und deren Ergebnisse regelmäßig vor.

M7 Eine Verbraucherzentrale in Nordrhein-Westfalen

Tipps für die Erarbeitung

1. Ermittelt, wie Hannah geholfen werden kann (M1, M2, M7).
2. Erklärt, warum Verbraucherschutz wichtig ist.
3. Stellt die Aufgaben der Verbraucherzentrale zusammen (M1, M2, M4).
4. Erläutert, welche Aufgaben die Stiftung Warentest hat (M4, M6).
5. Untersucht, welche gesetzliche Regelung es gibt, um Verbraucher zu informieren (M5).
6. Bewertet die Möglichkeiten, die Hannah hat, um aus dem Abo-Vertrag herauszukommen.
7. Bereitet eure Präsentation vor. Beginnt mit dem Vorstellen des Falls.

Wenn du diese Aufgaben erfolgreich bearbeitet hast, kannst du ...
... erklären, warum Verbraucherschutz wichtig ist.
... Regelungen zur Verbraucherinformation beschreiben.
... die Aufgaben von Verbraucherschutzzentralen nennen.
... die Durchsetzungsmöglichkeiten der Interessen von Verbraucherinnen und Verbrauchern bewerten.
... die Fachbegriffe **Verbraucherzentrale** und **Verbraucherinformationsgesetz** erklären.

Gewusst? – Gekonnt!

M1 Gründe für Konsum

Ich kaufe und ärgere mich später manchmal über das Gekaufte.

Ich könnte täglich shoppen gehen.

Nach einem Kauf ärgere ich mich oft über die Tatsache, dass ich überhaupt was gekauft habe.

Wenn ich traurig oder wütend bin, kaufe ich mir was.

Ich kaufe manche Dinge nur, damit ich in der Klasse bewundert werde.

Ich kaufe mir mehr, als ich mir finanziell leisten kann.

Ich bin nach einem Kauf meistens zufrieden mit dem, was ich erstanden habe.

Bewerte dich selbst mit dem Ampelsystem, das du bereits kennengelernt hast.

❶ a) Notiere die Aussagen in M1, die auf dich zutreffen.
b) Formuliere eigene Aussagen über dein Konsumverhalten.
Schülerbuch, Seiten 56 – 59

❷ a) Notiere die Äußerungen der Jugendlichen in M1, die dir problematisch erscheinen.
b) Erläutere, was genau problematisch ist und was mögliche Hintergründe sind.
Schülerbuch, Seiten 56 – 59

M2 Karikatur

„... don't worry, be happy ..."
„So leben wir, so leben wir, so leben wir alle Tage ..."

M3 Der „Weg" eines Handys

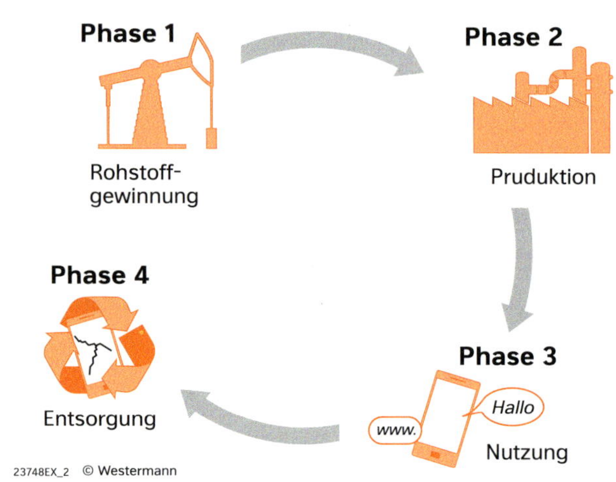

❸ a) Beschreibe den „Weg" eines Handys (M3).
b) Erläutere das Problem bei diesem „Weg".
c) Was müsste geändert werden, damit eine Kreislaufwirtschaft entsteht?
Schülerbuch, Seiten 62 – 63

❹ Vervollständige folgenden Satzanfang sinnvoll: Für einen nachhaltigen Umgang mit Ressourcen muss zukünftig ...
Schülerbuch, Seiten 56 – 59 und 62 – 63

❺ a) Beschreibe, was in der Karikatur M2 zu sehen ist.
b) Erkläre die Kernaussage der Karikatur.
c) Die Karikatur hat eine englische und eine deutsche Bildunterschrift. Notiere eine weitere mögliche Bildunterschrift.
Schülerbuch, Seiten 56 – 57

M4 Jeder kann etwas zum nachhaltigen Konsum beitragen.

6 Erläutere, inwiefern die Jugendlichen zum nachhaltigen Konsum beitragen (M4).
Schülerbuch, Seiten 56 – 59 und 62 – 63

7 Beurteile, ob Gütesiegel zum nachhaltigen Wirtschaften beitragen.
Schülerbuch, Seiten 60 – 61

8 a) Erkläre den ökologischen Fußabdruck.
b) Was ist der Overshoot Day und warum rückt er von Jahr zu Jahr immer weiter nach vorne?
Schülerbuch, Seiten 56 – 57

9 Unternehmen sollten gezwungen sein, nachhaltig zu produzieren, auch wenn das mehr Kosten verursacht.
a) Bilde dir ein Urteil.
b) Diskutiert im Regenbogen-Vierer.
Schülerbuch, Seiten 61 und 45

M5 Alles auf Pump?

Der Anteil der Jugendlichen, die Schulden haben, ist besonders stark bei den unter 20-Jährigen gestiegen. Jeder achte in dieser Gruppe gibt mehr Geld aus, als ihm zur Verfügung steht. Ein Grund ist darin zu sehen, dass Waren auf Raten gekauft werden. Einkäufe im Internet verleiten zu Ratenkäufen, wenn zum Beispiel das Tablet in 24 Monatsraten zu bezahlen ist und nur ein Klick nötig ist, um es zu bestellen.

10 a) Leon ist 16 Jahre alt. Darf er auf Raten kaufen (M5)?
b) Erkläre, wie man in eine Schuldenfalle geraten kann.
c) Zeige an einem Beispiel auf, wie die Verbraucherschutzzentrale helfen kann.
Schülerbuch, Seiten 66 – 69

11 Der Werbespruch eines Elektronikhändlers lautet: „Heute kaufen, erst in einem Jahr bezahlen." Nimm Stellung zu dieser Vermarktungsstrategie.
Schülerbuch, Seiten 68 – 69

Fachbegriffe

die Allgemeinen Geschäftsbedingungen (AGB)
die Energieeffizienz
das Gütesiegel
der Kaufvertrag
die Kreislaufwirtschaft
das nachhaltige Produkt
der ökologische Fußabdruck
die Ressource
die Ressourceneffizienz
die Schulden
die Schuldenfalle
das Verbraucherinformationsgesetz
die Verbraucherzentrale

WES-105342-71
westermann.de/webcode

Produktion und Handel um jeden Preis?

Der Marktplatz war früher der wichtigste Platz in einer Stadt. Hier verkauften die Bauern und Handwerker ihre Waren, hier boten die Händler ihre Waren an. In den Häusern am Marktplatz befanden sich im Erdgeschoss oft Geschäfte, manchmal an einem überdachten Gang (weißes Haus). Die älteren Fachwerkhäuser stehen in der Regel mit der Giebelseite zum Marktplatz. Am Giebel war oben ein Flaschenzug angebracht. Das war eine Hilfe, um Waren ins Lager unter dem Dach hochzuziehen oder von dort hinunterzulassen. Wochenmärkte gibt es zwar heute immer noch, doch wir kaufen die meisten Waren in Geschäften oder sogar im Internet ein. Wie sehen heute Marktplätze aus, also Plätze, an denen mit Waren gehandelt wird? Und wie hat sich die Herstellung von Waren verändert? Welche Folgen hatten diese Veränderungen?

rechts: Frankfurter Römerberg am Markttag – Ölgemälde von Christian Georg Schütz d. Ä. aus dem Jahre 1754

Die Hanse – Handelsbeziehungen im Mittelalter

Warum heißt die deutsche Luftfahrtgesellschaft eigentlich Lufthansa? Warum haben einige Städte ein H im Autokennzeichen, obwohl ihr Name gar nicht mit H beginnt? Und warum haben viele Städte die Farben Rot und Weiß im Stadtwappen? Habt ihr euch das auch schon einmal gefragt? Findet heraus, was es damit auf sich hat!

M2 Was hat das zu bedeuten?

Die Farben Rot und Weiß im Stadtwappen.

Städte organisieren ihren Handel gemeinsam

Der Transport von Waren war im Mittelalter beschwerlich und gefährlich. Die Kutschen wurden oft überfallen. An vielen Stellen musste man Zölle bezahlen. Auch der Seeweg war gefährlich wegen der Seeräuber. So schlossen sich Ende des 12. Jahrhunderts mehrere Städte in Norddeutschland zu einem Bund zusammen, der **Hanse**. Gemeinsam konnten sie sich besser vor Überfällen schützen und auch die Kosten für den Transport verringern. „Hansa" bedeutet im Althochdeutschen „die Kriegsschar". Anfangs stand auch der Schutz der Kaufleute im Vordergrund des Städtebunds. Mit zunehmender Bedeutung der Hanse entstanden Stützpunkte in anderen Ländern, um dort Waren lagern, kaufen und verkaufen zu können. Die Hanse existierte bis zum 17. Jahrhundert.

Lübeck, die führende Hansestadt

Lübeck wurde 1143 auf einer Halbinsel am Zusammenfluss von Trave und Wakenitz gegründet. Die geographische Lage an Flüssen, Handelsstraßen und in der Nähe der Ostsee war günstig, um den Land- und Seehandel zu verbinden. Waren aus dem Landesinneren wurden mit Booten oder Karren in die Stadt gebracht. Umgeladen auf Schiffe konnten sie im gesamten Ost- und Nordseeraum gehandelt werden. Besonders der Handel mit Salz und Heringen trug zum Aufschwung Lübecks bei. 1226 wurde Lübeck vom deutschen Kaiser zur freien Reichsstadt ernannt. Dadurch erlangte die Stadt einen weiteren Vorteil. Niemand konnte sich mehr in die Angelegenheiten der Stadt und ihrer Kaufleute einmischen.

M1 Hansestädte und Seerouten um 1400 (Auswahl)

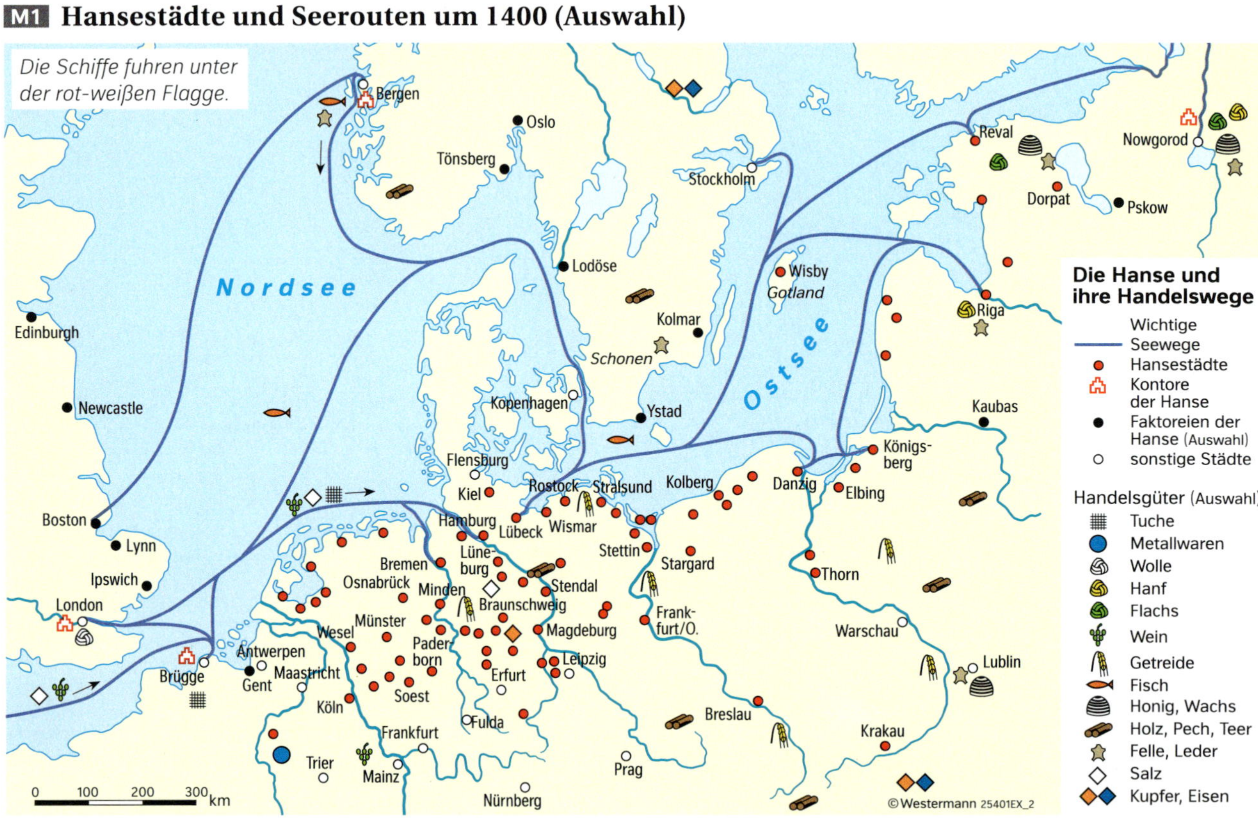

M3 Lagergebäude des Salzlagers in Lübeck

Die Häuser wurden mit dem Giebel zur Straße gebaut. Oben am Giebel war ein Flaschenzug angebracht. Damit konnte man die Waren leicht in die Lagerräume unter dem Dach schaffen.

M5 Hansehäuser und Krantor in Danzig

Das Krantor war ein Stadttor der Stadt mit Kranfunktion. Hier wurden Schiffe be- und entladen. Das Krantor ist das Wahrzeichen von Danzig.

M4 Interview – Aufstieg und Niedergang der Hanse

Warum wurden die Kaufleute so reich?
Europaweit wuchs die Nachfrage nach vielen Waren. Die Hansekaufleute lieferten diese Waren. Dabei trieben sie einen direkten Handel ohne Zwischenhändler. Der Gewinn war groß. Sie wurden reich und erlangten Macht und Ansehen.
Was veränderte sich für die Menschen in Norddeutschland?
Das Konsumverhalten der Menschen änderte sich. Man konnte jetzt Waren aus den Mittelmeerländern kaufen und Rohstoffe aus dem Norden und Osten.
Kam es durch die Hanse auch zu kulturellen Kontakten?
Natürlich. Auf den Hansetagen, die in Lübeck stattfanden, trafen sich Menschen aus allen Hansestädten und dort kam es auch zu einem kulturellen Austausch. Lübeck ist übrigens heute noch von Bedeutung als Treffpunkt. Wie wichtig die alten Beziehungen heute noch sind, sieht man daran, dass 194 Hansestädte in 16 Ländern 1980 den Verbund „DIE HANSE" gründeten. Sie möchten einen Beitrag zur wirtschaftlichen, kulturellen, sozialen und staatlichen Einigung Europas leisten.
Und wie ging es damals weiter?
Die Hanse wurde auch politisch immer mächtiger. Es wurde sogar ein gemeinsames Rechtssystem eingeführt. Als aber die Freiheiten im Reich und in anderen Königreichen eingeschränkt wurden, begann der Niedergang der Hanse. Neue Handelswege und die Konkurrenz aus England, Holland und Süddeutschland sowie eine zunehmende Uneinigkeit trugen zum Niedergang bei.

INTERNET

Suchbegriff: → Planet Wissen Hanse

Aufgaben

1 (W) Wähle aus:
A Beschreibe den Aufstieg und Niedergang der Hanse (M4, Text).
B Beschreibe die Handelsbeziehungen der Hanse (M1).

2 a) Stelle die Probleme dar, die zur Gründung der Hanse führten (Text).
b) Beurteile die Lösung der Probleme durch die Hanse.

3 Begründe Lübecks Aufstieg zur bedeutendsten Hansestadt (M1, Text).

4 a) Stelle die wirtschaftlichen, politischen und gesellschaftlichen Interessen der Kaufleute der Hanse dar (M4).
b) Vergleiche ihre Wertvorstellungen mit den Wertvorstellungen heutiger Unternehmer (M4, Internet).
c) Beurteile die Bedeutung der Hanse in Bezug auf kulturelle Kontakte (M4).

5 a) Beschreibe die Auswirkungen der Hanse auf die Städte in Norddeutschland (M1,M3, M4, M5).
b) Beurteile die Folgen des Niedergangs der Hanse für diese Städte (Atlas, Karte: Deutschland – Physische Karte).

6 (Z) Werte den Film über die Hanse aus (Internet: Schulfilm: Die Hanse im Mittelalter – Handelsmacht) (vgl. S. 43).

Wenn du diese Aufgaben erfolgreich bearbeitet hast, kannst du ...
... die Bedeutung der Hanse im Mittelalter erläutern und beurteilen.
... den Begriff **Hanse** erklären.

WAHLTHEMA 1 Handelsmetropole Timbuktu

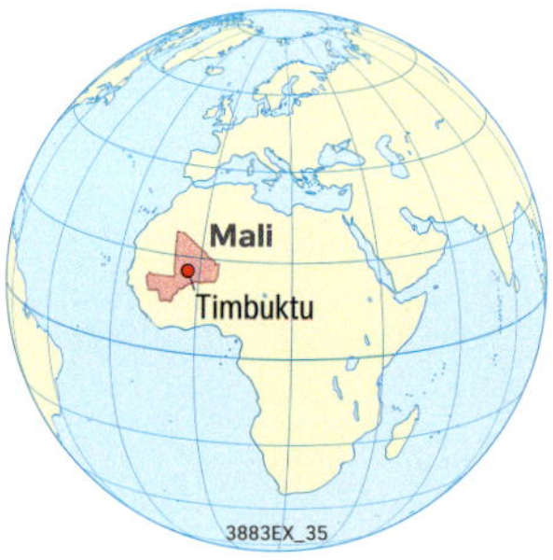

Timbuktu ist ein Ort in der Wüste, der auch heute noch eine Station auf Reiserouten von Touristen ist. Wer heute als Tourist nach Timbuktu kommt, stellt sich die Stadt vielleicht noch als geheimnisvoll und abenteuerlich vor. So wurde Timbuktu in überlieferten Berichten beschrieben. Wie sah Timbuktu damals aus? Welche Bedeutung hatte der Ort?

INTERNET

Suchbegriffe:
→ Kinderzeitmaschine Timbuktu
→ Timbuktu die Perle der Wüste

M2 Lage von Timbuktu im Netz der Karawanenrouten

Erarbeitet die Fragen. Formuliert während der Erarbeitung selbst weitere Fragen und bearbeitet diese. Präsentiert eure Arbeitsergebnisse aus der Sicht eines Zeitgenossen. Versetzt euch in die Lage eines Händlers, der im 15. Jahrhundert nach Timbuktu kommt.

M1 Timbuktu im 15./16. Jahrhundert

- Einwohner (geschätzt): 15 000 – 25 000
- Hauptquelle des Reichtums: Handel mit Salz, Sklaven und Gold.
- geistiges und religiöses Zentrum:
  - drei Moscheen
  - mehrere Universitäten
  - 150 bis 180 Koranschulen
  - Bibliotheken
- Zielort für Pilger
- Handelswaren im Einzelnen:
  - Sklaven aus dem Süden (für Marokko und Ägypten)
  - Metalle und Metallfertigwaren aus dem Norden
  - Pferde, Waffen, Seide, Schmuck, Literatur, Datteln aus dem Norden
  - Gold aus Westafrika
  - Elfenbein, Moschus, Kolanüsse, Pfeffer, Gummi, Lederwaren, Hirse aus dem Süden Westafrikas
  - Kolanüsse aus Ägypten
  - Kupfer und Baumwolle aus Arabien

Timbuktu, ein Handelszentrum in der Wüste

Timbuktu war eine Oase mit einem Brunnen am südlichen Rand der Sahara. Der Niger, ein wichtiger Verkehrsweg, war nicht weit entfernt. Aus der Oase wurde schnell eine Handelsstation mit einem Markt. Man baute einen Kanal, der die Oase mit dem Niger verband. So konnten Waren auf Schiffe verladen und zum Meer transportiert werden. Umgekehrt wurden Waren von Schiffen ausgeladen und mit Kamelkarawanen nach Norden gebracht.

M3 Salzkarawane

Die Kamele sind mit Steinsalzplatten beladen. Auch heute noch ist Timbuktu ein Umschlagplatz an der Route der Salzkarawanen. Das „weiße Gold" wird hier auf Schiffe verladen und auf dem Niger verschifft.

M4 Quelle: Aus dem Reisebericht von René Caillié (20.4.1828)

Ich hatte mir von der Ausdehnung und dem Reichtum der Stadt eine viel großartigere Vorstellung gemacht, als es der Wirklichkeit entsprach. Auf den ersten Blick sah ich nur schlecht gebaute Lehmhäuser und um die Stadt herum riesige, wüstenhafte Ebenen mit gelblich-weißem Sand, die bis zum Horizont reichten. […]

Wegen der großen Hitze findet der Markt erst am späten Nachmittag, so gegen drei Uhr, statt. […]

In Timbuktu findet man hauptsächlich Waren, die auf Booten herbeigebracht werden, die den Niger hinauf- und hinunterfahren. […] Diejenigen, die ihren Stand auf dem Marktplatz haben, schützen sich vor der Sonne mittels kleiner Hütten, die aus einfachen Pflöcken und darüber befestigten Matten bestehen. […] Timbuktu kann als der größte Stapelplatz dieses Teils von Afrika angesehen werden. Man lagert hier all das Salz, das aus den Bergwerken von Toudeyni stammt. Kamel-Karawanen bringen das Salz nach Timbuktu. […]

Timbuktu hat wohl drei Meilen Umfang. Die Stadt bildet eine Art Dreieck. Die Häuser sind flach, aber geräumig. Bei manchen befindet sich über der Eingangstür noch ein kleines Zimmer. Runde Ziegel, die mit der Hand geformt und in der Sonne getrocknet werden, bilden das Baumaterial. […]

Die Straßen von Timbuktu sind sauber und so breit, dass drei Reiter nebeneinander herreiten können. Innerhalb und außerhalb der Stadt sieht man zahlreiche Strohhütten […]. Es sind die Behausungen der Armen und der Sklaven.

Heinrich Pleticha (Hrsg.): Reise nach Timbuktu. Übersetzer: Susanne Zanker, 1824 – 1828. Der erste Bericht über die sagenumwobene Stadt. Wiesbaden 2012, S. 223 – 229

M5 Timbuktu auf dem ersten europäischen Bild (René Caillié, 1799–1838)

M6 Markt in Timbuktu heute. So könnte es auch früher ausgesehen haben.

Tipps für die Erarbeitung

1. Schildert euren Eindruck von der Stadt (M1, M4, M5).
2. Berichtet über den Handel aus eurer Sicht als Händler (M3, M4, M6).
3. Recherchiert Informationen zu euren Fragen (Internet, vgl. S. 310).
4. Fasst die Eindrücke des Händlers zusammen:
   Wie beurteilt er die Bedeutung der Stadt?
   Wie beurteilt er die Lage der Stadt und die Handelsbeziehungen?
   Wie beurteilt er das Leben in Timbuktu?
5. Überlegt, wie ihr die Präsentation durchführen wollt, und übt sie.

Formulierungshilfen zu Aufgabe 1:
Als ich die Stadt vor mir sah, ...
überraschte/enttäuschte/beeindruckt
Ich hatte mir ... vorgestellt.
stattdessen/genauso
Besonders ist mir ... aufgefallen.

Wenn du diese Aufgaben erfolgreich bearbeitet hast, kannst du ...
... Timbuktu als eine afrikanische Handelsmetropole beschreiben.
... das Leben der Menschen in Timbuktu beschreiben.
... Handelsgüter im Saharahandel benennen.

WAHLTHEMA 2 Handelsmetropole Augsburg

„Ich will Gewinn machen, solange ich lebe", sagte Jakob Fugger (1459–1525). Seine Vorfahren waren 1367 als Weber nach Augsburg gezogen. Die Familie begann mit dem Tuchhandel. Jakob Fugger wurde ein erfolgreicher Fernhändler und Augsburg wurde eine europäische Handelsmetropole. Was war sein Erfolgsrezept? Welche Merkmale kennzeichnen Augsburg als Handelsmetropole?

M3 Darstellung des Marktgeschehens auf dem Augsburger Perlachplatz (Gemälde, um 1540)

Erarbeitet die Fragen. Formuliert während der Erarbeitung selbst weitere Fragen und bearbeitet diese. Präsentiert eure Arbeitsergebnisse aus der Sicht eines Zeitgenossen. Versetzt euch in die Lage eines Besuchers der Stadt Augsburg im Jahre 1520.

M1 Große Städte um 1550 (Auswahl)

Lübeck	25 000	Augsburg	45 000
Hamburg	29 000	Florenz	100 000
Köln	35 000	London	125 000
Magdeburg	40 000	Venedig	200 000

INFO

In der frühen Neuzeit trat eine vernetzte „Weltgesellschaft" an die Stelle der örtlichen, geschlossenen Gesellschaften des Mittelalters. Mit **Globalität** gibt man den Grad an Vernetzung an.

Augsburg – Metropole am Lech

Augsburg lag an einer wichtigen Handelsstraße von Oberitalien über die Alpen nach Stettin an der Ostsee. Die Händler brachten feinste italienische Stoffe in die Stadt, wie Brokate und Damaste. Die Stoffe wurden in der Stadt gehandelt oder verarbeitet. Über die Verbindungen mit Italien kamen die Augsburger nicht nur mit Neuerungen im Handel und Finanzwesen in Kontakt. Die reichen Augsburger Kaufmannsfamilien, zum Beispiel die Fugger und die Welser, lernten von der italienischen Kaufmannsfamilie der Medici aus Florenz, wie man ein Handelshaus aufbaut und führt.

M2 Das Geschäftsmodell der Fugger

Auswertungsbeispiel:
Die Fugger kauften Rohstoffe wie Flachs und Baumwolle.
Sie beauftragten Bauern und Weber mit der Verarbeitung in Heimarbeit.
Dann verkauften sie die Fertigwaren mit Gewinn.

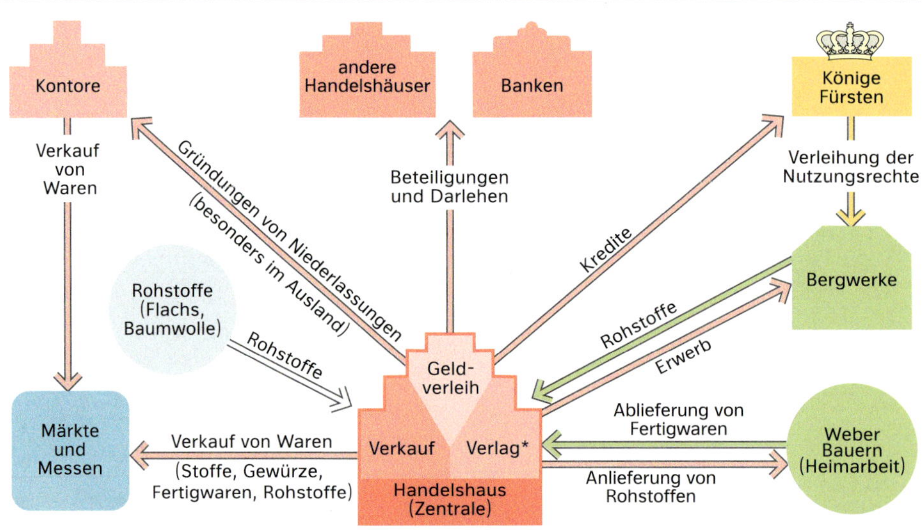

*damals Begriff für Handelshaus mit Rohstoffen und daraus hergestellten Waren

M4 **Stadtansicht von Augsburg im Mittelalter (Holzschnitt, um 1493)**

Austausch von Kultur und Lebensart durch den Handel

Mit den italienischen Waren kam auch ein Stück der italienischen Lebensart und Architektur aus Florenz, Mailand und Venedig nach Augsburg. Man baute prächtige Zunfthäuser, Krankenhäuser, Brücken und das Rathaus.

Wichtig war auch die Erfindung von Johannes Gutenberg, der 1450 den Buchdruck mit beweglichen Metall-Lettern und die Druckerpresse erfand. Der Buchdruck trug zur Bildung der Bevölkerung bei. Durch Handel und Finanzwesen wurde es erforderlich, dass die Menschen lesen, schreiben und rechnen konnten.

Jakob Fugger dehnte sein Handelsnetz bis Ostindien aus. Dadurch kamen exotische Waren nach Europa und Berichte über fantastische, ferne Welten. Es entstand **Globalität**.

M5 **Jakob Fugger mit seinem Buchhalter Matthäus Schwarz (Miniatur, 1520)**

Auf den Schildern am Aktenschrank stehen die Namen einiger wichtiger Handelsniederlassungen.

Tipps für die Erarbeitung

1. Schildert euren Eindruck von der Stadt (M3, M4).
2. Erstellt ein fiktives Interview eines Besuchers der Stadt mit Jakob Fugger (M2, M5, Text).
3. Berichtet über die Handelsbeziehungen, nennt Länder, Kontinente und Waren (M2, Atlas, Karte: Handel und Wirtschaft im 15. Jahrhundert).
4. Recherchiert Informationen zu euren Fragen (Internet, vgl. S. 310).
5. Fasst die Eindrücke des Besuchers zusammen:
   Wie beurteilt er die Bedeutung der Fugger für die Stadt?
   Wie beurteilt er die Handelsbeziehungen, auch in Bezug auf kulturelle Kontakte und den Beginn von Globalität?
   Wie beurteilt er das Leben in Augsburg?
6. Überlegt, wie ihr die Präsentation durchführen wollt, und übt sie.

Wenn du diese Aufgaben erfolgreich bearbeitet hast, kannst du ...
... Augsburg als eine europäische Handelsmetropole beschreiben.
... das Geschäftsmodell der Fugger erklären.
... den Handel im 15. Jahrhundert beschreiben.
... den Fachbegriff **Globalität** erklären.

Die Seidenstraße – nicht nur ein Handelsweg

Mehr als ein Jahrtausend war die Seidenstraße der bedeutendste länderübergreifende Handelsweg der Erde. Ab 115 v. Chr. wurden auf dieser Karawanenstraße Waren zwischen China und Europa transportiert. Inwiefern war aber die Seidenstraße mehr als ein Handelsweg zwischen Ostasien und Europa?

M1 Güterzug von China nach Duisburg

Seit 2020 verkehren bis zu 60 Züge pro Woche zwischen Duisburg und Shenzhen in China auf der Neuen Seidenstraße. Der erste Testzug fuhr schon 2008.

INTERNET

Suchbegriff:
→ Neue Seidenstraße Duisburg

Die Bedeutung der historischen Seidenstraße

Die Seidenstraße führte mit mehreren Verzweigungen von China bis zum Mittelmeer. Sie verlief hauptsächlich durch Steppen und Halbwüsten, die von Nomaden bewohnt waren. Entlang der Route gab es zahlreiche Oasenstädte, die Schmelzwasser aus den benachbarten Hochgebirgen erhielten. Kamele, aber streckenweise auch Pferde, wurden als Lasttiere verwendet.

Seide war eines der wichtigsten Waren, die von China aus nach Europa transportiert wurden. Deshalb bekam der Karawanenweg auch den Namen Seidenstraße. Es kamen aber auch Gewürze und Porzellan nach Europa. In umgekehrter Richtung wurden vor allem Wolle, Gold, Silber und Glas transportiert.

Reisende auf der Seidenstraße förderten aber auch den kulturellen Austausch zwischen verschiedenen Gesellschaften. Nahrungsmittel (Esskultur), philosophische Ansichten und Wissen wurden ausgetauscht sowie Religionen. Der Buddhismus kam zum Beispiel über die Seidenstraße nach China.

Technische Errungenschaften gelangten aus Asien nach Westen, zum Beispiel die Papierherstellung, die Destillation (chemisches Trennverfahren für Flüssigkeiten) und die Erzeugung von Schwarzpulver (Schießpulver).

M2 Die „Neue Seidenstraße" aus chinesischer Sicht

Wang Yiwei [von] der Renmin-Universität in Peking: „Beim Konzept der „Neuen Seidenstraße" geht es vor allem um neue Märkte. Wir brauchen Diversifizierung [Erweiterung der Produkte und Dienstleistungen], wir brauchen Europa. Also überqueren wir den eurasischen Kontinent – wie der Trans-Eurasia-Express", sagt er. Es gehe dabei um mehr Märkte für China, aber es trage auch zum Wachstum der Weltwirtschaft bei. Die Länder brauchten China, um Zugstrecken und Infrastruktur zu bauen. „Wenn wir gemeinsam reich werden wollen, müssen wir unsere Straßen verbinden."

Axel Dorloff: Seidenstraße als Einbahnstraße. Tagesschau. Hamburg: NDR 16.01.2020

M3 Kommentar von Axel Dorloff, ARD-Studio Peking

Es sollen Zugstrecken, Straßen und Häfen entstehen, oder werden schon gebaut – sowie Kraftwerke, Pipelines und Flughäfen. Die Infrastrukturprojekte sind meist finanziert durch Kredite von chinesischen Staatsbanken und gebaut von chinesischen Unternehmen. Bis zu 90 Prozent aller Seidenstraßen-Projekte gehen an Firmen aus China.

Die „Neue Seidenstraße" ist Kern der chinesischen Außenpolitik, ein wirtschafts- und geopolitisches Megaprojekt. China will ein neues Handelsnetzwerk zwischen Asien, Afrika und Europa schaffen und verspricht den Ländern Investitionen und Entwicklung. Gleichzeitig möchte China seinen globalen Einfluss ausbauen und die internationale Ordnung stärker auf China zuschneiden.

Axel Dorloff: Was ist eigentlich die „Neue Seidenstraße"? Tagesschau. Hamburg: NDR 27.04.2019

METHODE Beurteilen – Argumentationswippe

M4 Die „Neue Seidenstraße"

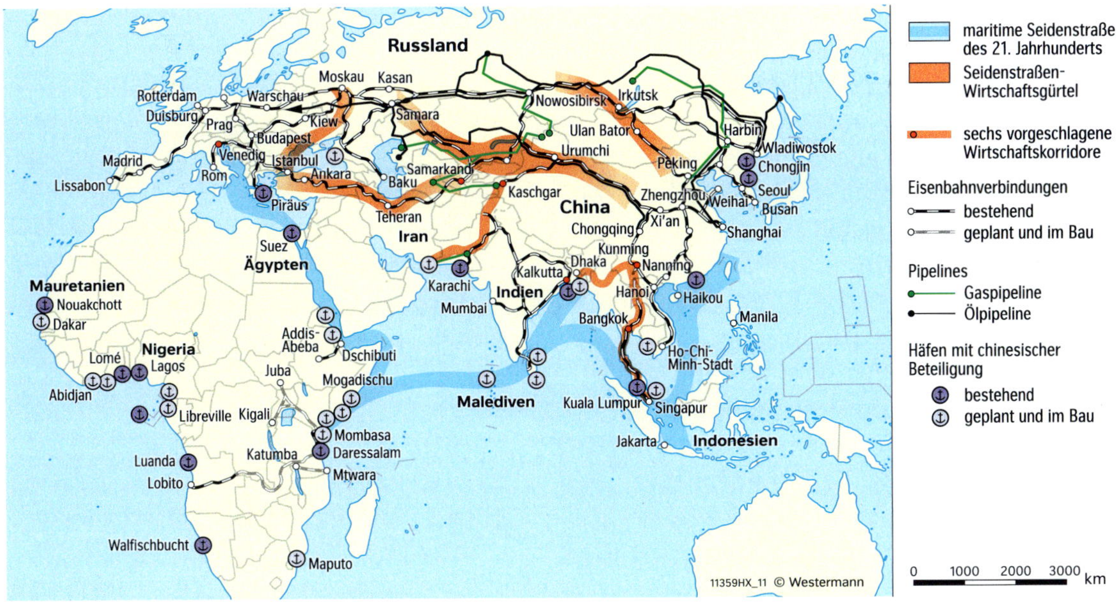

Drei Schritte zur Arbeit mit der Argumentationswippe

1. Schritt: Argumente sammeln
Suche aus den Materialien Argumente heraus, die für und die gegen ein Projekt oder eine Maßnahme sprechen. Schreibe die Argumente auf Kärtchen.

2. Schritt: Argumente ordnen
Ordne die Argumente zunächst nach Pro- und Kontra-Argumenten. Gewichte dann die Argumente. Welches Argument ist deiner Meinung nach am bedeutsamsten, welches ist weniger bedeutsam? Lege die Kärtchen an die Argumentationswippe. Ganz außen werden die bedeutsamsten Argumente platziert. Sie haben wie bei einer Wippe auf dem Spielplatz das größte Gewicht.

3. Schritt: Die Zuordnung auswerten und diskutieren
Werte deine Zuordnung aus. Auf welcher Seite der Wippe liegt das größte Gewicht? Wie ist also deine Bewertung ausgefallen? Vergleiche mit den anderen Argumentationswippen in der Klasse. Diskutiert über eure Bewertung.

M5 Argumentationswippe

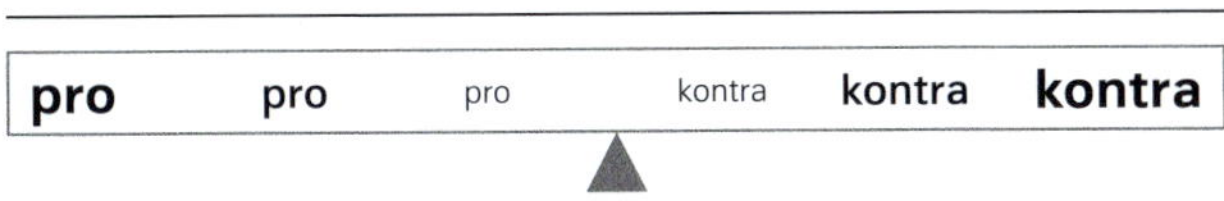

Ein schwerwiegendes Argument kann mehrere weniger schwerwiegende Argumente „auswippen".

Aufgaben

1. Notiere die Namen der heutigen Länder, durch die die historische Seidenstraße führte (Atlas).
2. Ⓦ Wähle aus:
   A Liste auf, welche Waren auf der Seidenstraße transportiert wurden (Text, Atlas).
   B Durch welche Landschaftszonen führte die Seidenstraße (S. 12)?
3. Die Seidenstraße war mehr als ein Handelsweg. Nimm Stellung zu dieser Aussage (Text).
4. a) Beschreibe den Verlauf des Seewegs der „Neuen Seidenstraße" von China aus nach Europa (M4).
   b) Begründe, warum der Tiefwasserhafen von Karachi in Pakistan wichtig für China ist (M4).
5. Stelle die Vorteile der „Neuen Seidenstraße" aus chinesischer Sicht dar (M2, M4).
6. Fasse den Kommentar von Axel Dorloff in Kernaussagen zusammen (M3).
7. Bilde dir selbst ein Urteil zur „Neuen Seidenstraße", indem du mit der Argumentationswippe arbeitest.

Wenn du diese Aufgaben erfolgreich bearbeitet hast, kannst du …
… die Bedeutung der historischen Seidenstraße erläutern.
… das Projekt „Neue Seidenstraße" aus verschiedenen Perspektiven beurteilen.

Rohstoffe – in Europa verarbeitet

Über die Handelswege kamen viele Rohstoffe nach Europa. Baumwolle kam zum Beispiel aus Indien und Afrika und man konnte mit diesem Rohstoff leichtere Bekleidung herstellen als mit Wolle. Die Rohstoffe mussten aber verarbeitet werden. Wie veränderte sich die Produktion? Wie veränderte sich die Gesellschaft?

M1 Die sozialen Unterschiede nehmen zu.
Proteste der Heimarbeiter gegen ihre Ausbeutung durch Textilfabrikanten hatte es in Schlesien schon oft gegeben. Doch im Juni 1844 war vieles anders: Diesmal schlugen nicht die bitterarmen Leinenweber, sondern die Baumwollweber Krawall, deren Löhne aufgrund der überlegenen Konkurrenz sächsischer und englischer Großbetriebe beständig sanken.

Bert-Oliver Manig: Verzweifelter Aufruhr gegen den Frühkapitalismus. Deutschlandfunk Kultur, Köln: Deutschlandradio, 04.06.2019

Heimindustrie verändert die Gesellschaft

Die Nachfrage nach Textilien und anderen Produkten stieg mit der ansteigenden Bevölkerungszahl. Die Handwerksbetriebe konnten nicht in großen Mengen produzieren, sie hatten auch nicht das Kapital, Rohstoffe in größeren Mengen einzukaufen. Vom 14. Jahrhundert an setzte sich das **Verlagssystem** immer mehr durch, insbesondere im Textilgewerbe. Ein Verleger, wie zum Beispiel Jakob Fugger, stellte Werkzeuge und Rohstoffe zur Verfügung, legte fest, welche Qualität er forderte, und bestimmte den Zeitpunkt der Lieferung der fertigen Ware. Die Rohstoffe und die Werkzeuge waren sein privates Eigentum. Der Preis für die Rohstoffe und der Preis für die fertige Ware waren vom Markt abhängig.

M3 Weber in Heimarbeit (14. Jahrhundert)

Jakob Fugger (vgl. S. 40/41) kaufte Wolle und Baumwolle ein, gab sie an Bauern und Weber, die daraus in Heimarbeit Stoffe webten. Die Bauern und Weber bekamen einen geringen Lohn, der Gewinn durch den Verkauf der Stoffe war groß.

M2 Beim Schuhmacher (Holzschnitt, 16. Jahrhundert)

Handwerker, wie der Schuhmacher, hatten im Mittelalter ihre Werkstatt in ihrem Wohnhaus. Sie verkauften ihre Waren von ihrer Werkstatt aus. Der Meister und seine Gesellen führten alle Arbeitsgänge bei der Herstellung der Schuhe aus. Eine Arbeitsteilung gab es nicht.

M4 Rasiermessermanufaktur (Kupferstich, 1783)

In einer Manufaktur wurde arbeitsteilig gearbeitet. Spezialisierte Arbeiter erledigten unterschiedliche Arbeitsgänge, um ein gemeinsames Endprodukt herzustellen. Die Arbeiter kamen zur Arbeit in die Manufaktur, sie wohnten aber bei ihren Familien.

Manufakturen verändern die Gesellschaft

Mit einer zunehmenden Globalität veränderten sich die Produktion und das Leben der Menschen. Rohstoffe und Fertigwaren wurden weltweit gehandelt. Die Nachfrage stieg.

Ab dem 17. Jahrhundert, insbesondere aber zwischen 1780 und 1820, entstanden **Manufakturen**. Das waren Produktionsstätten, in denen Arbeiter und Arbeiterinnen beschäftigt waren. Arbeiten und Wohnen waren also getrennt. Es gab auch Manufakturen, in denen nur die Endfertigung erfolgte. Die Produktion einzelner Teile fand im Verlagssystem in Heimarbeit statt.

In Manufakturen wurden Waren in größeren Mengen hergestellt, auch Luxusartikel. So gab es Samt- und Seidenmanufakturen, Gold- und Silbermanufakturen, Stickereien und Leinwandmanufakturen.

M5 Rohstoffe aus aller Welt

	Rohstoffe aus Afrika	Rohstoffe aus Asien
im 15. Jh.		

INFO

In einer **Manufaktur** (lat. manus = Hand, factura = machen) wird ein Produkt mit der Hand hergestellt. Eine Manufaktur unterscheidet sich von einem traditionellen Handwerksbetrieb dadurch, dass Maschinen eingesetzt werden. Dafür braucht man große Hallen. Der Unterschied zur Fabrik besteht darin, dass noch jeder Arbeiter oder jede Arbeiterin für mehrere Arbeitsschritte zuständig ist und dass noch für viele Arbeitsschritte Handarbeit nötig ist. Die Arbeiterinnen und Arbeiter mussten strenge Regeln befolgen und wurden kontrolliert.

Aufgaben

1. Übertrage die Tabelle in M5 in dein Heft und trage die Rohstoffe ein (Atlas, Karte: Handel und Wirtschaft im 15. Jahrhundert).
2. Ⓦ Wähle aus:
   A Beschreibe M2.
   B Beschreibe M4.
3. a) Beschreibe das Verlagssystem.
   b) Erkläre den Unterschied zwischen dem Verlagssystem und Manufakturen.
4. a) Begründe, warum die zunehmende Globalität eine andere Art der Produktion von Waren erforderte.
   b) Beurteile die Auswirkungen der Verflechtung von Handelsräumen in der frühen Neuzeit.
5. Ⓩ Ihr da oben – wir da unten. Erkläre, was mit dieser Aussage gemeint sein könnte (M1).

Formulierungshilfen zu Aufgabe 3:
Beim Verlagssystem gehören die Werkzeuge und Rohstoffe ...
Die Rohstoffe werden ...
Die Fertigwaren werden ...
Der Verleger zahlt ...
Der Verleger verkauft ... mit Gewinn.
Während beim Verlagssystem ....
Im Unterschied zum Verlagssystem ...

Wenn du diese Aufgaben erfolgreich bearbeitet hast, kannst du ...
... den Unterschied zwischen dem Verlagssystem und Manufakturen beschreiben.
... die Auswirkungen der Vernetzung von Handelsräumen beurteilen.
... die Fachbegriffe **Verlagssystem** und **Manufaktur** erklären.

Die Industrialisierung verändert das Leben

Als James Watt 1769 die Dampfmaschine erfand, wusste er wahrscheinlich noch nicht, wie sich seine Erfindung auswirken würde. Auch die Menschen, die 1835 die erste Lokomotive in Deutschland bestaunten, ahnten noch nichts von den Folgen dieser neuen Mobilität. Wie wirkten sich die technischen Neuerungen auf die Wirtschaft, das Arbeitsleben, die Menschen und die Umwelt aus?

Die Dampfmaschine verändert die Arbeit

Vor rund 250 Jahren gab es noch keine Maschinen. Der Mensch musste schwere Arbeiten durch Muskelkraft verrichten. Das änderte sich mit der Erfindung der Dampfmaschine. Die Kraft des Dampfes konnte in Bewegung umgewandelt werden. Nun entstanden Fabriken, in denen Rohstoffe mit Maschinen verarbeitet wurden. Eine Produktion in großen Mengen (Massenproduktion) war möglich. Die **Industrialisierung** begann.
In Deutschland begann dieser Prozess etwas später als in England. Im Ruhrgebiet wurden ab etwa 1800 Dampfmaschinen im Bergbau und bei der Herstellung von Eisen und Stahl verwendet. Die Folgen dieser Erfindung waren so bedeutsam, dass die Veränderungen als **industrielle Revolution** bezeichnet werden.
Dampfmaschinen setzte man nicht nur in Fabriken ein, sondern auch für den Antrieb von Lokomotiven und Schiffen. Dampfbetriebene Pumpen entwässerten nun Bergwerke und ermöglichten den Abbau von Steinkohle und Erzen. Industriegebiete entstanden, zum Beispiel das Ruhrgebiet.
Die Produktion wurde im Laufe der Zeit immer weiter automatisiert. Durch die Automatisierung konnte man Arbeitskräfte einsparen.

M1 Aus einer Stellungnahme deutscher Industrieller zur Kinderarbeit 1884

Es scheint vernünftiger, die Kinder Arbeit verrichten zu lassen, weil
- ihnen Verwilderung droht;
- die Not in den Arbeiterfamilien ansonsten größer wäre;
- ungenügende Nahrung für die Kinder schlechter ist als Fabrikarbeit.

M2 Kinder in einer Baumwollspinnerei

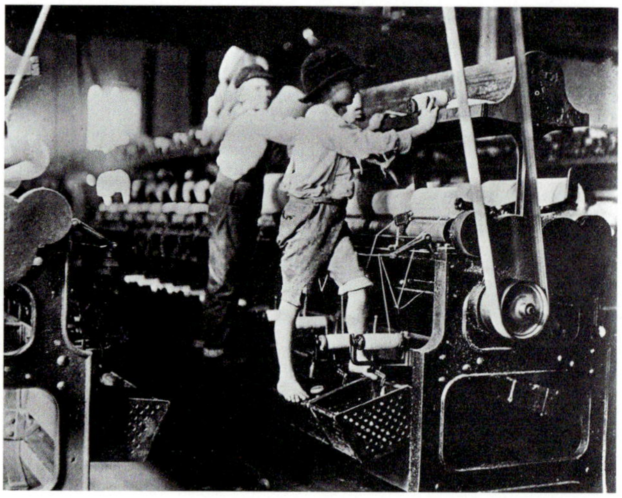

Arbeiten, um zu überleben

Immer mehr Menschen zogen aus den ländlichen Gebieten in die Städte. Sie hofften auf Arbeit und Verdienst in den neuen Fabriken. Sie lebten dort beengt in Mietswohnungen. Die Wohnungsnot war groß.
Die Arbeitskräfte waren den Unternehmen meistens schutzlos ausgeliefert. Diese konnten den Beschäftigen jederzeit kündigen. Also arbeiteten die Menschen zu geringen Löhnen und unter schlechten Arbeitsbedingungen. Die Tätigkeit in einer Fabrik bestand aus den immer gleichen Handgriffen. Kinderarbeit war billig und deshalb bei den Unternehmen beliebt. In den Fabriken standen Neunjährige bis zu vierzehn Stunden am Tag an den Maschinen, sechs Tage in der Woche. Auch Frauen arbeiteten in den Fabriken. Nur so reichte das Familieneinkommen zum Überleben. Die neue Bevölkerungsschicht wurde **Proletariat** genannt. Die Benachteiligung der Arbeiter und ihr großes Elend fasst man unter dem Begriff „soziale Frage“ zusammen.

M3 Arbeiterwohnung: 24 Quadratmeter für sieben Personen

M4 **Industrielle Produktionsweise in einer Spinnfabrik um 1830 in England**

M5 **Bericht über die Leistung der Dampfmaschine**

Wir sehen eine Dampfmaschine mit der Stärke von 100 Pferden, die bis zu 50 000 Spindeln in Bewegung setzt. Das Ganze bedienen 750 Arbeiter. Diese Maschinen können aber so viel Garn erzeugen, wie früher kaum 200 000 Menschen hätten spinnen können, sodass ein Mensch nun so viel zu leisten vermag wie früher 266 Menschen.

Wilhelm Treue, Herbert Pönicke, Karl-Heinz Manegold (Hrsg.): Quellen zur Geschichte der industriellen Revolution. 1966

INTERNET

Suchbegriffe:
→ Klexikon industrielle Revolution
→ YouTube Wie verlief die Industrialisierung

M6 **Auswirkungen der Industrialisierung auf die Umwelt**

- Durch die Gewinnung von Rohstoffen und den Bau von Verkehrswegen und Industrieanlagen wurden Landschaften zerstört.
- Wälder wurden abgeholzt.
- Viele Flüsse wurden begradigt, kanalisiert, gestaut und verschmutzt.
- Der Rauch und giftige Abgase aus Schornsteinen von Fabriken verschmutzten die Luft.
- Industrie- und Haushaltsmüll wurde achtlos beseitigt.
- Gesundheitsschädliche Schwermetalle (Blei, Quecksilber, Arsen) gelangten in den Boden und verseuchten das Trinkwasser.

Aufgaben

1. Beschreibe, wie die Dampfmaschine die Arbeitswelt veränderte (M2, M4, Text, Internet, vgl. S. 310).
2. Ein Unternehmer führt einen Besucher stolz durch seine Fabrik und erklärt, wie er wirtschaftet. Versetze dich in seine Situation und beurteile sein Handeln (M1, M5, Text).
3. Ⓦ Wähle aus:
   A Erläutere, wie sich die Industrialisierung auf die sozialen Verhältnisse auswirkte (M3, Text).
   B Erläutere und bewerte, wie sich die Industrialisierung auf die Umwelt auswirkte (M6).
4. Beurteile die Mitwirkungsmöglichkeiten der Arbeiterinnen und Arbeiter (Text).
5. a) Recherchiere, welche Fabriken in deiner oder einer benachbarten Stadt während der Zeit der Industrialisierung gegründet wurden (Internet, vgl. S. 310).
   b) Was ist aus diesen Fabriken geworden?

Formulierungshilfen zu Aufgabe 2:
Mir gehören ...
Mein Ziel ist ...
Dafür muss ich ...
Das gelingt mir nur, wenn ...
Wie Sie sehen, arbeiten ...
Die Kinder ...
Mein Gewinn ist groß, weil ...

Wenn du diese Aufgaben erfolgreich bearbeitet hast, kannst du ...
... das Leben der Menschen und die Situation der Arbeiterinnen und Arbeiter beschreiben.
... die Auswirkungen der Industrialisierung aus verschiedenen Perspektiven erörtern.
... die ökonomischen, ökologischen und sozialen Auswirkungen bewerten.
... die Fachbegriffe **Industrialisierung**, **industrielle Revolution** und **Proletariat** erklären.

Gewerkschaften und Arbeitgeberverbände

So machtlos wie früher sind heute die Arbeitnehmerinnen und Arbeitnehmer nicht mehr. Sie können sich organisieren und gemeinsam die Arbeit niederlegen. Durch Warnstreiks kann auch der öffentliche Verkehr lahmgelegt werden. Dadurch bist vielleicht auch du betroffen. Sind Warnstreiks rechtmäßig? Welche Macht haben heute Arbeitnehmer und Arbeitnehmerinnen?

ERSTAUNLICH

Im Deutschen Gewerkschaftsbund, kurz DGB, sind acht Einzelgewerkschaften mit insgesamt über sechs Millionen Mitgliedern vereinigt.

M2 Gewerkschafter und Gewerkschafterinnen beim Warnstreik

Verträge regeln das Arbeitsverhältnis

Am 8. Mai 1873 wurde der erste **Tarifvertrag** in der deutschen Geschichte durch einen **Streik** (Arbeitsniederlegung) erkämpft.
Ein Tarifvertrag regelt die Rechte und Pflichten von Arbeitnehmern/Arbeitnehmerinnen und Arbeitgebern/Arbeitgeberinnen. Dazu gehören Arbeitsbedingungen wie Löhne, Gehälter, Arbeitszeit und Urlaubsanspruch.
Gewerkschaften und Arbeitgeberverbände haben das Recht, Tarifverträge eigenständig abzuschließen, ohne dass der Staat sich einmischt. Das bezeichnet man als **Tarifautonomie**.

Tarifverträge gelten für die Mitglieder der Gewerkschaften und die Unternehmen, die Mitglied in einem Arbeitgeberverband sind.
In besonderen Fällen können Tarifverträge auch für allgemeinverbindlich erklärt werden. Ein Beispiel ist der gesetzliche Mindestlohn.
Tarifverhandlungen werden oft hart und lange geführt. Wenn sich die beiden Seiten nicht einigen, versucht ein unabhängiger Schlichter, einen Kompromiss auszuhandeln. Führt auch das nicht zu einer Einigung, droht ein Streik. Die Unternehmen können mit **Aussperrung** darauf reagieren.

M1 Gewerkschaften und Arbeitgeberverbände

Gewerkschaften		Arbeitgeberverbände
Zusammenschluss von Arbeitnehmern/Arbeitnehmerinnen, um gemeinsame Interessen zu vertreten	**Funktion**	Zusammenschluss von Arbeitgebern/Arbeitgeberinnen (Unternehmern/Unternehmerinnen), um gemeinsame Interessen zu vertreten
Die Gewerkschaften		**Die Arbeitgeberverbände**
• vertreten die Ansprüche der Arbeitnehmer/Arbeitnehmerinnen in Bezug auf bessere Löhne und Arbeitsbedingungen, • sichern die Mitbestimmungsrechte der Arbeitnehmer/Arbeitnehmerinnen in ihrem Betrieb, • vertreten die Arbeitnehmer/Arbeitnehmerinnen in Tarifverhandlungen, • zahlen Streikgeld.	**Aufgaben**	• vertreten die Interessen der Arbeitgeber/Arbeitgeberinnen gegenüber den Gewerkschaften und dem Staat, • vertreten die Arbeitgeber/Arbeitgeberinnen in Tarifverhandlungen.
• Sicherung der Arbeitsplätze • Schaffung von neuen Arbeitsplätzen • sichere Einkommen • Anpassung der Löhne • Verbesserung der Arbeitsbedingungen (z. B. Arbeitszeit)	**Interessen**	• Konkurrenzfähigkeit • Gewinne (Erhöhung der Gewinnspanne) • Kostendämpfung (z. B. durch Einsparung von Personal) • effiziente Produktion

M3 Ablauf eines Arbeitskampfes

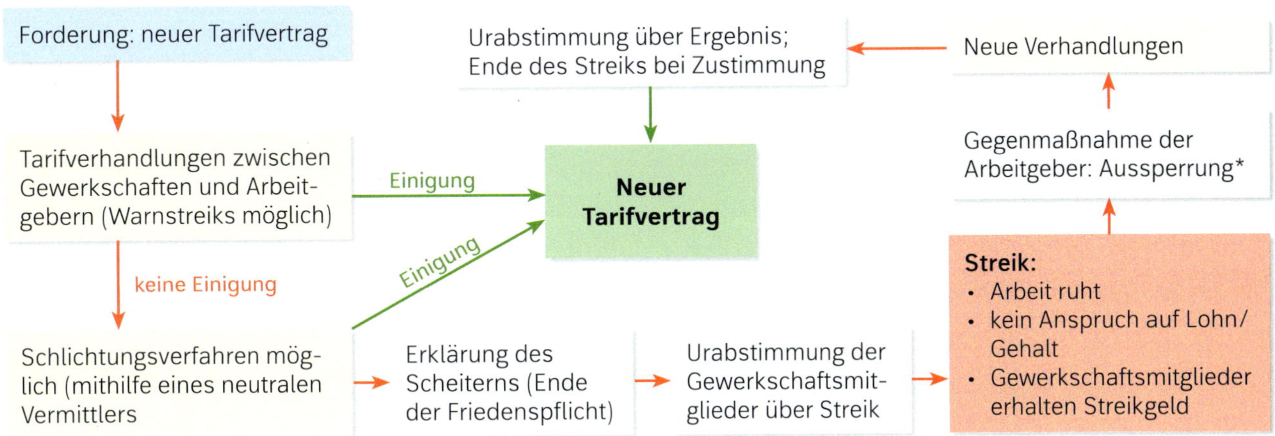

* im öffentlichen Dienst nicht praktiziert

M4 Fiktiver Tarifvertrag

Tarifvertrag
vom 25.11.2020

Zwischen
der Gewerkschaft der Zeitungsausträger

und
dem Arbeitgeberverband Zeitungen

wird vereinbart:

- Die Zeitungsausträger bestimmen ihre Arbeitszeit selbst.
- Die Zeitungsausträger erhalten 2 Eurocents pro Zeitung.
- Die Zeitungsausträger haben keinen Urlaubsanspruch.
- Die Zeitungsausträger haben keinen Anspruch auf eine Zahlung während einer Krankheit.

M5 Wichtige Daten der Arbeiterbewegung

1830	erste Arbeitsniederlegungen (Streiks).
1848	Gründung der ersten Gewerkschaft: der Nationale Buchdrucker-Verein
1850 – 1900	Arbeiteraufstände
1869	Gründung der Sozialdemokratischen Arbeiterpartei (SDAP)

INFO

Arbeitgeber/Arbeitgeberinnen können Arbeitnehmer/Arbeitnehmerinnen vorübergehend von der Arbeit ausschließen. Während dieser Zeit werden keine Löhne oder Gehälter gezahlt. Dies nennt man **Aussperrung.**

Aufgaben

1. Notiere die Namen der acht Gewerkschaften, die Mitglied im DGB sind (Internet, vgl. S. 310).
2. a) Die öffentlichen Verkehrsmittel fahren wegen eines Streiks nicht. Die Arbeitnehmer und Arbeitnehmerinnen fordern höhere Löhne. Diskutiert, ob die Folgen des Streiks gerechtfertigt sind (vgl. S. 45).
   b) Recherchiert, wann in eurer oder in einer benachbarten Stadt gestreikt wurde (Internet, vgl. S. 310).
3. Bildet zwei Gruppen:
   Gruppe 1: Ihr seid Zeitungsausträger und habt eine Gewerkschaft der Zeitungsausträger gegründet.
   Gruppe 2: Ihr seid ein Unternehmen, das Zeitungsausträger beschäftigt.
   Situation: Der Tarifvertrag (M4) läuft aus, es muss ein neuer Tarifvertrag ausgehandelt werden.
   a) Bereitet euch auf die Tarifverhandlung vor (M3). Notiert eure Forderungen beziehungsweise Zugeständnisse (M1).
   b) Führt den Arbeitskampf durch (M3). Bestimmt gegebenenfalls einen neutralen Schlichter.

Wenn du diese Aufgaben erfolgreich bearbeitet hast, kannst du ...
... die Funktionen und Interessen von Gewerkschaften und Arbeitgeberverbänden vergleichen.
... den Ablauf eines Arbeitskampfes beschreiben.
... Auswirkungen von Tarifkonflikten beurteilen.
... die Fachbegriffe **Tarifvertrag**, **Streik**, **Gewerkschaft**, **Tarifautonomie** und **Aussperrung** erklären.

Der Staat greift ein

Kinderarbeit ist heute in Deutschland verboten. Preisabsprachen unter Unternehmen sind verboten. Umweltrichtlinien müssen eingehalten werden. Wirtschaftliche Ausbeutung muss verhindert werden. Wie regelt der Staat diese Forderungen?

INTERNET

Suchbegriffe:
→ YouTube „Soziale Marktwirtschaft? Wirtschaft einfach erklärt" BMWi (2:37 Minuten)
→ Zentralverwaltungswirtschaft

M2 Erklärvideo des Bundesministeriums

Die Wirtschaftsordnung der freien Marktwirtschaft

Aus einer bäuerlichen Gesellschaft wurde während der Industrialisierung eine Industriegesellschaft. Bei diesem Wandel bildete sich die Wirtschaftsordnung der **freien Marktwirtschaft** heraus. Merkmal dieser Marktwirtschaft sind freie und nach größtmöglichem Gewinn strebende Unternehmen. Es gibt einen uneingeschränkten Wettbewerb zwischen den Unternehmen. Der Staat garantiert mit seinen Gesetzen die unternehmerische Freiheit. Ansonsten mischt er sich nicht ins Wirtschaftsgeschehen ein. Die Folge waren große soziale Ungerechtigkeiten. Ein Fabrikbesitzer konnte in seinem Betrieb frei bestimmen. Er setzte die Arbeitszeiten und die Höhe der Löhne fest. Er bestimmte über die Arbeitsbedingungen und konnte Arbeiter und Arbeiterinnen einstellen und entlassen.

M1 Karikatur

Die Wirtschaftsordnung der sozialen Marktwirtschaft

„Die Würde des Menschen ist unantastbar. Sie zu achten und zu schützen ist Verpflichtung aller staatlichen Gewalt." So steht es in Artikel 1 des Grundgesetzes der Bundesrepublik Deutschland. Um dies zu garantieren, wurde nach dem Zweiten Weltkrieg die **soziale Marktwirtschaft** eingeführt. Soziale Gerechtigkeit und soziale Sicherung sollten die grundlegenden Werte der neuen Wirtschaftsordnung sein. In der sozialen Marktwirtschaft bleibt das Recht erhalten, ein privates Unternehmen zu gründen und Produkte eigener Wahl herzustellen. Preise bilden sich durch Angebot und Nachfrage. Es gibt aber Grenzen. Die Preise für bestimmte Produkte, zum Beispiel Trinkwasser, Gas und Strom, dürfen nicht beliebig erhöht werden. Für Berufstätige gibt es die Unfall-, Kranken-, Renten-, Arbeitslosen- und Pflegeversicherung. Und es gibt gesetzliche Regelungen, die die Arbeitsbedingungen betreffen.

M3 Meinungen zur sozialen Marktwirtschaft

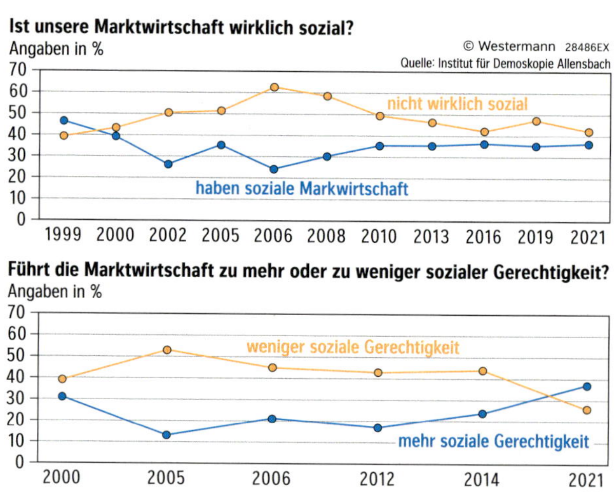

METHODE Ein Erklärvideo erstellen

Ein Erklärvideo ist ein kurzer Film, in dem ein Sachverhalt anschaulich erklärt wird. Da zwei Sinne (sehen und hören) angesprochen werden, kann man sich die Erklärungen gut merken. Außerdem ist ein Film beliebig oft wiederholbar.

M4 Wie funktioniert die Legetechnik?

Ein Erklärvideo mit der Legetechnik ist relativ einfach herzustellen. Man schneidet Formen (zum Beispiel kleine Figuren, Sprechblasen) aus Papier aus sowie Kärtchen mit Fachbegriffen. Sie werden auf eine Unterlage gelegt und kurz gefilmt. Dann wird die nächste Einstellung gedreht.

Oder:

Es wird durchgehend gefilmt. Die Formen werden mit Händen auf einer Unterlage hin- und hergeschoben oder ins Bild hineingeschoben oder weggewischt. Dabei wird der erklärende Text gesprochen.

Vier Schritte zur Erstellung eines Erklärvideos

1. Schritt: Planung des Erklärvideos
- Wählt die Art des Videos (Legetechnik oder Spielfilm).
- Grenzt das Thema genau ein.
- Reduziert das, was ihr erklären wollt, auf das Wesentliche. Bedenkt, wer die Zielgruppe ist.
- Gliedert das Thema.
  Überlegt einen Einstieg und das Ende.
- Erstellt eine Tabelle, in der jede einzelne Szene aufgeführt wird (Material, Bewegungen, Geräusche, Musik, Sprechertext).
- Beschafft alle Requisiten.
  Am besten teilt ihr euch die Arbeit auf.
- Zeigt euer Drehbuch eurer Lehrerin oder eurem Lehrer und holt euch ein Feedback ein. (So werden Fehler in der Erklärung vermieden.)

2. Schritt: Durchführung
- Dreht das Video.
- Wenn sinnvoll: Schneidet das Video.

3. Schritt: Präsentation
- Präsentiert den Film
- Holt ein Feedback ein.

4. Schritt: Reflexion
- Wertet das Feedback aus.
- Überlegung/Diskussion: Was hätte man besser machen können?
- Gab es inhaltliche Ungenauigkeiten?
- Waren die Art des Videos und die Form der Darstellung angemessen?
- Hätte es bessere Wege der Erklärung gegeben?

Aufgaben

1. Schau dir das Erklärvideo zur sozialen Marktwirtschaft des Bundesministeriums an (M2, Internet).
   a) Welche Technik wird angewendet?
   b) Wie gut ist der Sachverhalt erklärt?
   c) Was hättest du besser gemacht?
2. Ⓦ Wähle aus:
   A Begründe, warum in der Bundesrepublik Deutschland die soziale Marktwirtschaft eingeführt wurde (Text).
   B Erkläre die Kernaussage der Karikatur und bewerte die Darstellung (M1).
   C Zeichne eine Karikatur zur sozialen Marktwirtschaft.
3. Stelle in einer Tabelle die Unterschiede zwischen der freien und der sozialen Marktwirtschaft dar.
4. Arbeitet in Gruppen:
   Eine andere Wirtschaftsordnung ist die Zentralverwaltungswirtschaft.
   a) Informiert euch über die Merkmale dieser Wirtschaftsordnung (Internet, vgl. S. 310).
   b) Erstellt ein Erklärvideo zur Zentralverwaltungswirtschaft.
5. Ⓩ Erörtere die Meinungen zur sozialen Marktwirtschaft (M3).

Wenn du diese Aufgaben erfolgreich bearbeitet hast, kannst du ...
... den Unterschied zwischen der freien und der sozialen Marktwirtschaft erklären.
... ein Erklärvideo erstellen.
... die Fachbegriffe **freie Marktwirtschaft** und **soziale Marktwirtschaft** erklären.

Treffpunkt Markt

Du hast bereits gelernt, wie Angebot und Nachfrage den Preis bestimmen (M2). Aber umgekehrt kann der Preis auch die Nachfrage und das Angebot beeinflussen. Und es wird noch komplizierter: Das Verhalten der Käufer und das Verhalten der Anbieter hängen noch von anderen Einflüssen ab. Welche sind es und wie wirken sie?

INFO

Als **Markt** wird jedes Zusammentreffen von Angebot und Nachfrage bezeichnet. Das kann auf einem Wochenmarkt sein, in einem Geschäft, aber auch im Internet.

M2 **Erdbeeren auf dem Wochenmarkt**

um 9:00 Uhr **um 13:00 Uhr**

Anbieter und Nachfrager auf dem Markt

Familie Schmitz braucht einen Schuhschrank, Tim möchte sich ein Smartphone kaufen. Sie prüfen unterschiedliche Angebote auf dem **Markt**. Familie Schmitz hat sich die Angebote und Preise in Werbeprospekten von Möbelhäusern angeschaut. Sie haben sich für einen Schrank des Möbelhauses Geert entschieden.

Tim hat die Modelle und Preise im Internet verglichen und sich für ein Angebot entschieden, dass er im Elektronikgeschäft Elektrica kaufen kann. Seine Eltern müssen ihn beim Einkauf begleiten, weil er noch nicht voll geschäftsfähig ist.

Familie Schmitz bezahlt den Schrank aus der Haushaltskasse. Herr und Frau Schmitz zahlen ihre Löhne, die sie von ihrem Arbeitgeber bekommen, in die Haushaltskasse ein. Tim hat das Geld gespart, das er für das Austragen von Zeitungen bekommt. Seine Oma hat noch etwas dazugelegt.

Familie Schmitz, Tim, das Möbelhaus Geert und das Elektronikgeschäft Elektrica sind Akteure (Handelnde) in einem wirtschaftlichen Vorgang. Diesen Vorgang kann man im Modell des einfachen **Wirtschaftskreislaufs** darstellen.

M3 **Einflüsse auf die Preisbildung (Auswahl)**

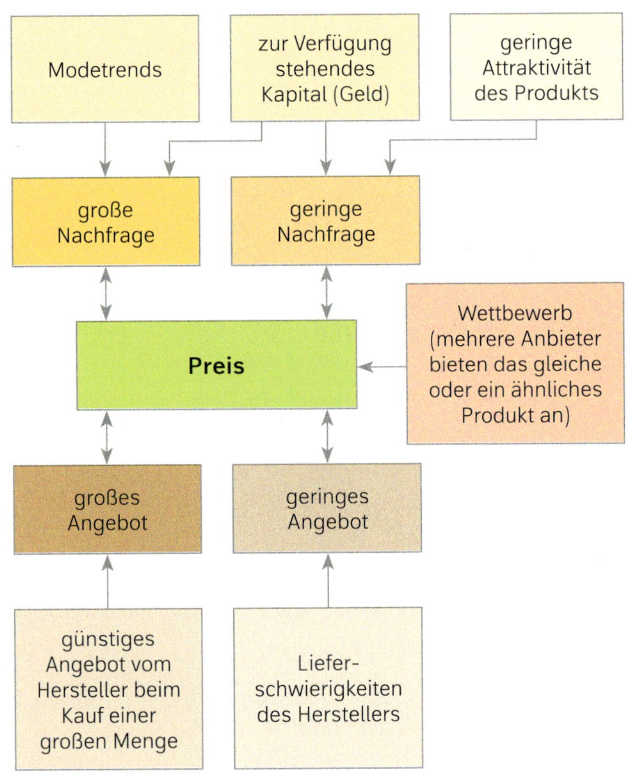

M1 **Der Staat im Wirtschaftskreislauf**

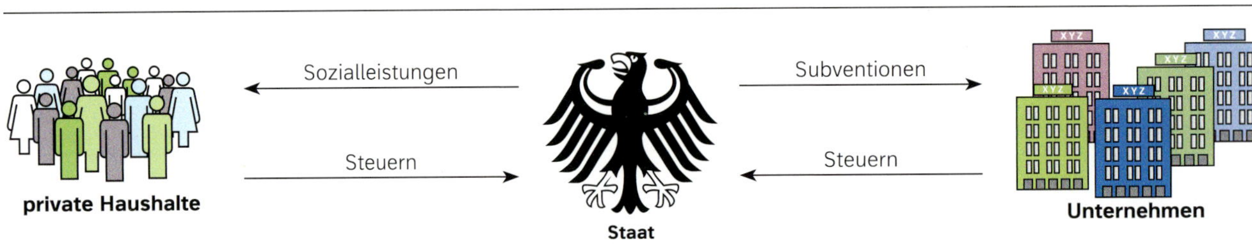

METHODE Mit Modellen arbeiten

Ein Modell vereinfacht und verallgemeinert einen Sachverhalt. Es soll übertragbar sein und nicht einen Einzelfall darstellen.

M4 Der Einkauf von Familie Schmitz

Familie Schmitz kauft einen Schuhschrank vom Möbelhaus Geert. Sie bezahlt den Schrank mit dem Geld, das sie verdient haben. Sie sind Akteure in einem Wirtschaftskreislauf.

M6 Der Einkauf von Tim

Tim kauft ein Smartphone im Elektronikgeschäft Elektrica. Er bezahlt mit dem Geld, das er für das Austragen von Zeitungen bekommen hat, und dem Geldgeschenk seiner Oma. Er ist ein Akteur in einem Wirtschaftskreislauf.

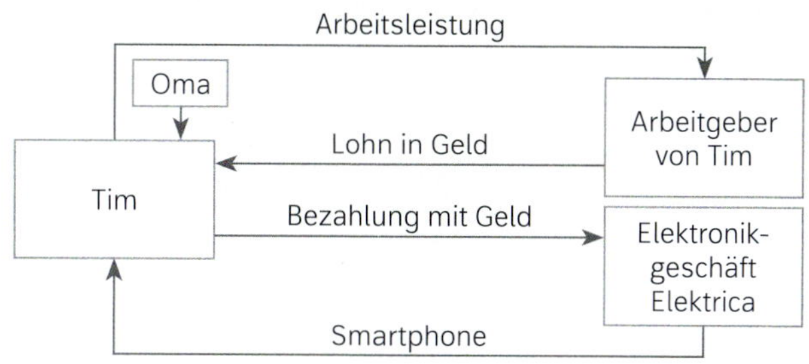

M5 Der einfache Wirtschaftskreislauf im Modell

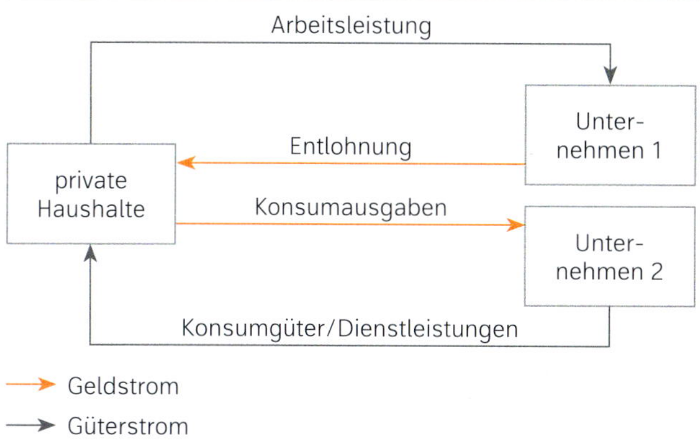

INFO

Eine **Subvention** ist ein Zuschuss aus öffentlichen Mitteln, um Unternehmen zu unterstützen.

Drei Schritte zur Arbeit mit Modellen

1. Schritt: Das Thema des Modells notieren
Hinweise dazu gibt die Bezeichnung des Modells.

2. Schritt: Den Inhalt beschreiben
- Sieh dir die Beschriftungen genau an, die Farben, die Verbindungen zwischen einzelnen Begriffen.
- Beschreibe das Modell. Was wird verallgemeinert dargestellt?
- Zu welchen Einzelheiten aus der Wirklichkeit passt das Modell?

3. Schritt: Die Kernaussage zusammenfassen
Fasse die Aussage des Modells in ein bis zwei Sätzen zusammen.

Aufgaben

1. Stelle die Zusammenhänge zwischen Angebot und Nachfrage an Beispielen dar (M3).
2. Erkläre, wie sich der Wettbewerb auf die Preisbildung auswirkt (M3).
3. (W) Wähle aus:
   Ein Kleinunternehmen und ein großer Konzern stehen im Wettbewerb zueinander, denn sie bieten ähnliche Produkte an. Beurteile die Situation
   A aus der Sicht des Konsumenten.
   B aus der Sicht des Kleinunternehmers.
   C aus der Sicht des großen Konzerns.
4. Erkläre, wie der Staat durch Steuersenkungen Einfluss auf die Nachfrage nehmen kann (M1, M3).
5. M4 und M6 sind modellhafte Darstellungen von Einzelfällen, aber keine Modelle. Überprüfe, ob die Darstellung in M5 ein Modell ist.
6. Wende die Schritte zur Arbeit mit Modellen auf M1 an.

Wenn du diese Aufgaben erfolgreich bearbeitet hast, kannst du ...
... erklären, wie sich auf dem Markt Preise bilden.
... die Bedeutung des Wettbewerbs erörtern.
... die Fachbegriffe **Markt**, **Wirtschaftskreislauf** und **Subvention** erklären.

Marktplätze im digitalen Zeitalter

Wieder schließt ein Geschäft in der Fußgängerzone – für immer. In den letzten Jahren kamen immer weniger Kunden, der Umsatz brach ein. Der Einkauf im Internet von zu Hause aus ist bequemer für die Kunden. Die Fußgängerzone verödet, der Online-Handel boomt. Wie verändert sich das Marktgeschehen durch die Online-Geschäfte? Was geschieht mit den Daten der Kunden? Welche Vor- und Nachteile bringt der digitale Marktplatz?

M2 Schild an einem Geschäft in der Fußgängerzone

Daten – die neue Ware

Auf dem digitalen Marktplatz treffen Käufer und Verkäufer nicht mehr direkt aufeinander. Internetplattformen übernehmen die Funktion eines Vermittlers. Diese Plattformen sind Unternehmen. Sie gehören zu den mächtigsten Unternehmen weltweit. Sie treiben nicht nur Handel mit Waren, sondern sammeln auch Daten von Kunden und anderen Unternehmen. Diese Daten sind eine begehrte Handelsware, man kann sie verkaufen. Die Internetplattformen finanzieren damit ihr Geschäftsmodell.
Informationen über Konsumenten sind für Unternehmen wichtig. Sie können gezielt Werbung an den Konsumenten schicken. Für den Konsumenten hat das positive und negative Auswirkungen. Einerseits wird er über Angebote informiert, die ihn interessieren könnten. Andererseits aber wird er zum „gläsernen" Menschen. Er verliert die Kontrolle über seine Daten.
Eine Gefahr besteht auch darin, dass Cyber-Kriminelle Daten abgreifen. Sie hacken sich in Computer oder Computernetzwerke ein, um auf diese Art an Geld zu kommen.

M1 Der Umsatz im Online-Handel

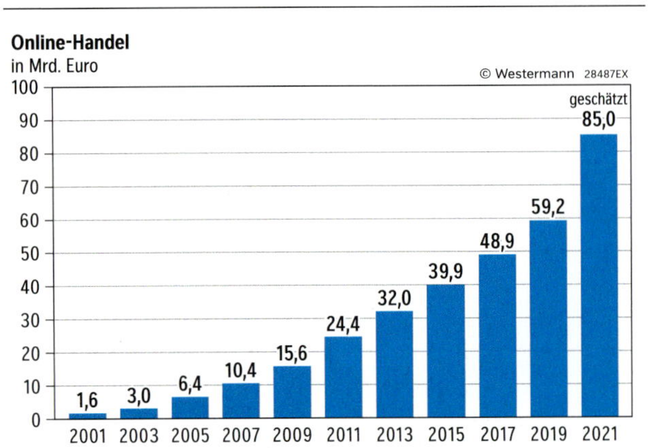

Wettbewerb auf dem digitalen Marktplatz

Die soziale Marktwirtschaft kann nicht ohne den Wettbewerb funktionieren. Gäbe es zum Beispiel nur einen Anbieter für ein Produkt, dann könnte dieser Anbieter den Preis beliebig hoch festlegen. Er hätte das **Monopol**. Gibt es aber mehrere Anbieter, dann kann der Konsument wählen. Er wird bei seiner Entscheidung nicht nur den Preis vergleichen, sondern auch die Qualität der Ware. Das ist auf dem digitalen Marktplatz schnell und ohne großen Aufwand möglich.
Für die Unternehmen kann der Wettbewerb unbequem sein. Sie können sich aber einen Vorteil verschaffen, wenn sie Kundendaten gezielt auswerten und Werbung verschicken. Sie können mit Sonderangeboten locken oder auch Gutscheine ausgeben. Durch das Internet können sie viele Konsumenten schnell erreichen.
Für die Einzelhändler in den Innenstädten ist der digitale Marktplatz ein Problem. Sie können im Wettbewerb nicht mithalten und verlieren Kunden. Die Folge sind Geschäftsaufgaben. Viele Einzelhändler haben aber die Chance erkannt, ihre Waren auch online anzubieten.

INFO

Inflation (Lat. = aufblähen) bedeutet, dass sich die Preise „aufblähen". Viele Produkte werden immer teurer.

INFO

Die **Kaufkraft** ist ein Maßstab für den Wert des Geldes. Die Kaufkraft gibt an, welche Menge an Gütern man mit einem bestimmten Geldbetrag kaufen kann.

M3 Warum mischt sich der Staat eigentlich ein? Einstellungen des Erklärvideos

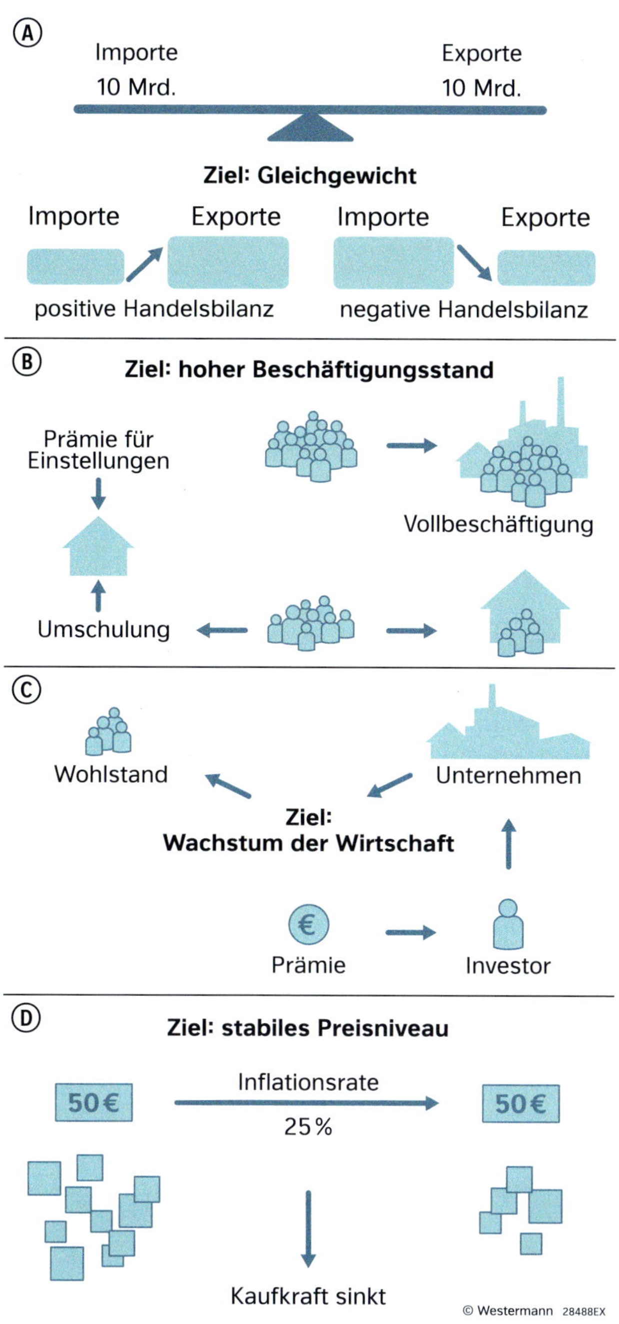

M4 Erklärende Texte zum Erklärvideo

(1) Der Staat möchte, dass die Wirtschaft wächst, denn das bringt den Menschen mehr Wohlstand. Der Staat kann das Wachstum der Wirtschaft fördern, zum Beispiel durch Prämien, wenn ein Investor in ein Unternehmen investiert, oder durch die Senkung von Steuern, damit die Konsumenten mehr Geld zur Verfügung haben.

(2) Der Staat möchte, dass das Preisniveau stabil bleibt, damit der Wert des Geldes stabil bleibt. Erhält man zum Beispiel im Vergleich zum Vormonat weniger für sein Geld, weil die Preise gestiegen sind (**Inflation**), sinkt die **Kaufkraft**. Die Inflationsrate wird in Prozent angegeben. Sie sollte zwei Prozent nicht übersteigen.

(3) Der Staat möchte, dass möglichst viele Menschen einen Arbeitsplatz bekommen. Wenn alle Arbeitswilligen einen Arbeitsplatz haben, nennt man das Vollbeschäftigung. Der Staat kann mit Maßnahmen einen höheren Beschäftigungsstand erreichen, zum Beispiel mit Hilfen für Arbeitslose, die sich für einen anderen Beruf umschulen lassen wollen. Der Staat kann auch Prämien an Unternehmen zahlen, wenn diese mehr Beschäftigte einstellen.

(4) Der Staat möchte, dass die Importe (Einfuhren) und Exporte (Ausfuhren) im Gleichgewicht sind. Der Unterschied zwischen den Ausgaben für Importe und den Einnahmen aus den Exporten soll möglichst gering sein. Man spricht von einer positiven **Handelsbilanz**, wenn die Einnahmen aus den Exporten über den Ausgaben für Importe liegen. Bei einer negativen Handelsbilanz ist es umgekehrt.

Aufgaben

1. Beschreibe die wirtschaftliche Bedeutung von Daten.
2. Beschreibe die unterschiedlichen Interessen von Unternehmen und Kunden im Online-Handel.
3. Bewerte die Chancen und Risiken der Digitalisierung von Märkten mit der Argumentationswippe (vgl. S. 81).
4. Ordne die erklärenden Texte den Einstellungen des Erklärvideos zu (M4, M3).
5. Erstelle ein Wirkungsgefüge zum digitalen Marktplatz (Text, vgl. S. 23).
6. Ⓦ Wähle aus:

   A Erörtere, ob das Ziel des hohen Beschäftigungsstands durch den Online-Handel gefährdet ist (M2).

   B Erörtere, ob durch den Online-Handel das Ziel des Wirtschaftswachstums erreicht wird (M1, M3).

Wenn du diese Aufgaben erfolgreich bearbeitet hast, kannst du ...
- ... die wirtschaftliche Bedeutung von Daten beschreiben.
- ... Chancen und Risiken der Digitalisierung von Märkten beschreiben und beurteilen.
- ... die Fachbegriffe **Monopol**, **Inflation**, **Kaufkraft** und **Handelsbilanz** erklären.

Unternehmen in Wirtschaft und Gesellschaft

Unternehmen unterscheiden sich in vieler Hinsicht. Sie haben aber auch viele Gemeinsamkeiten. Wie sind Unternehmen strukturiert? Was sind ihre Ziele? Wie können die Beschäftigten mitbestimmen?

INFO

Eine **Aktiengesellschaft**, abgekürzt **AG**, ist ein Unternehmen, das Aktionären gehört. Man wird zu einem Aktionär, wenn man eine Aktie des Unternehmens kauft. Ein Aktionär ist also ein Mitbesitzer des Unternehmens.

INFO

GmbH bedeutet **Gesellschaft mit beschränkter Haftung**. Eine oder mehrere Personen, die Gesellschafter, bringen ihr Kapital in das Unternehmen ein und haften nur in der Höhe ihrer Einlage.

M1 Ziele von Unternehmen

Wirtschaftliche Ziele: Das wichtigste wirtschaftliche Ziel ist das Streben nach Gewinn.

Soziale Ziele: Ein angenehmes Betriebsklima, Sicherheit am Arbeitsplatz, flexible Arbeitszeiten, Gleichstellung, Inklusion und Integration innerhalb des Unternehmens können soziale Ziele sein.

Ökologische Ziele: Umweltschutz, Recycling und Nachhaltigkeit gehören zu den ökologischen Unternehmenszielen.

M3 Rechtsformen von Unternehmen – Beispiel Krupp

- 1811 **Familienunternehmen:** Gründung einer Gussstahlfabrik durch den Kaufmann Friedrich Krupp in Essen
- 1848 **Alleininhaber:** Sein Sohn Alfred Krupp übernimmt das Unternehmen.
- 1887 danach dessen Sohn Friedrich Alfred Krupp
- 1902 danach dessen älteste Tochter Bertha Krupp
- 1903 **Aktiengesellschaft:** Umwandlung in die Friedrich Krupp AG, Leitung durch Vorstand und Aufsichtsrat
- 1967 **GmbH:** Umwandlung in die Friedr. Krupp GmbH nach dem Tod von Alfried Krupp von Bohlen und Halbach
- 1992 **Aktiengesellschaft:** Umwandlung in die Friedr. Krupp AG. Fusion mit der Hoesch AG.
- 1999 Fusion der Thyssen AG und der Friedr. Krupp AG zur Thyssen Krupp AG.

M4 Die gesellschaftliche Verantwortung von Unternehmen

Alfred Krupp fühlte sich verantwortlich für seine Beschäftigten. Er richtete schon 1836 eine Hilfskasse für Krankheits- und Todesfälle ein. Er baute Wohnheime und Arbeitersiedlungen mit Schulen und Geschäften.
Die Verantwortung, die heute Unternehmen tragen, ist mehr als eine soziale Verantwortung. Sie sind mitverantwortlich für eine nachhaltige Entwicklung. Verantwortungsbewusst handeln bedeutet, international anerkannte Sozial- und Umweltstandards einzuhalten. Dazu gehört auch die Kontrolle der Arbeitsbedingungen in Ländern, in denen für das Unternehmen produziert wird.

M2 Der Aufbau eines Unternehmens

Geschäftsleitung
trägt die Verantwortung

Technische Abteilung
u. a. Forschung und Entwicklung

Kaufmännische Abteilung
u. a. Organisation, Rechnungswesen, Personalverwaltung

Einkauf	**Produktion**	**Vertrieb**	**Auslieferung**
Beschaffung der benötigten Materialien	Herstellung der Waren	Organisation des Verkaufs der Waren	Auslieferung und Versand der Waren

M5 Rechte im Unternehmen

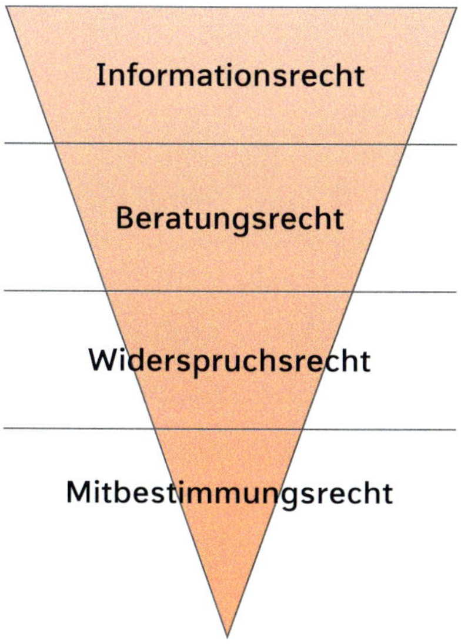

1. Informations- und Planungsrechte
Plant ein Unternehmen Änderungen im Betriebsablauf, dann muss der Betriebsrat informiert werden und es muss mit ihm beraten werden.

2. Zustimmungsverweigerungs- und Widerspruchsrecht bei Kündigungen
Der Betriebsrat muss vor jeder Kündigung angehört werden, ohne dies ist die Kündigung unwirksam. Widersprechen kann der Betriebsrat, wenn
- soziale Gesichtspunkte nicht oder nicht genügend berücksichtigt werden,
- die Arbeitnehmerin oder der Arbeitnehmer, der oder dem gekündigt werden soll, an einem anderen Arbeitsplatz beschäftigt werden könnte.
- eine Weiterbeschäftigung unter geänderten Arbeitsbedingungen möglich wäre.

3. Erzwingbares Mitbestimmungsrecht
In sozialen Angelegenheiten hat der Betriebsrat Mitbestimmungsrechte, so etwa dann,
- wenn es um Arbeitszeiten geht,
- bei Bewerbungen oder
- wenn Arbeitssysteme eingeführt werden, die es ermöglichen, das Verhalten oder die Leistung der Mitarbeiter zu kontrollieren.

M6 Wer darf im Betrieb mitbestimmen?

Viele Entscheidungen, die in einem Unternehmen gefällt werden, betreffen auch die Arbeitnehmerinnen und Arbeitnehmer. Deshalb sollen sie an diesen Entscheidungen beteiligt werden.
Gesetze regeln die Mitbestimmung im Betrieb. Es gibt zum Beispiel das Betriebsverfassungsgesetz. Dieses Gesetz gilt für Betriebe mit mehr als fünf Beschäftigten.
Die Gesetze dienen dem Schutz der Arbeitnehmerinnen und Arbeitnehmer. Für die Mitbestimmung bei betrieblichen Entscheidungen sorgt der **Betriebsrat**. Die Arbeitnehmerinnen und Arbeitnehmer wählen ihre Vertreterinnen und Vertreter in den Betriebsrat.

M7 Ein Fall für den Betriebsrat

Eine Stelle in einem Betrieb soll neu besetzt werden. Der Arbeitgeber möchte diese Stelle mit einem externen Kandidaten besetzen. Gleichzeitig hat sich ein interner Kandidat auf diese Stelle beworben. Der Betriebsrat stimmt der Besetzung der Stelle durch den externen Kandidaten nicht zu, da der interne Kandidat genauso gut geeignet ist.

Kevin Schroer: Mitbestimmung im Betrieb. Berlin: BWL-Lexikon.de

INFO

Der **Betriebsrat** vertritt die Interessen der Belegschaft eines Betriebes gegenüber dem Arbeitgeber. Ein Betriebsrat kann in Betrieben mit mehr als fünf Personen gegründet werden. Betriebsräte werden alle vier Jahre gewählt.

Aufgaben

1. Erläutere den Aufbau von Unternehmen (M2).
2. Ⓦ Analysiere die Ziele von Unternehmen (M1)
   A aus der Sicht eines Unternehmers.
   B aus der Sicht eines Beschäftigten.
3. Beurteile die gesellschaftliche Verantwortung von Unternehmen (M4).
4. Ordne das Beispiel in M7 dem zutreffenden Recht in M5 zu. Begründe.
5. Ⓩ Alfred Krupp war ein vorbildlicher Unternehmer. Diskutiert im Regenbogen-Vierer (M4, vgl. S. 45).

Formulierungshilfen zu Aufgabe 1:
Ein Unternehmen besteht aus ...
... wird geleitet von ...
Es gibt verschiedene Abteilungen, die ...
... ist zuständig für ...
Die Aufgabe des / der ... ist ...

Wenn du diese Aufgaben erfolgreich bearbeitet hast, kannst du ...
... erläutern, wie ein Unternehmen aufgebaut ist.
... die Ziele von Unternehmen erläutern.
... die gesellschaftliche Verantwortung von Unternehmen beurteilen.
... Möglichkeiten der betrieblichen Mitbestimmung erläutern.
... die Fachbegriffe **Aktiengesellschaft**, **Gesellschaft mit beschränkter Haftung (GmbH)** und **Betriebsrat** erklären.

PRAXIS Wir erkunden ein Unternehmen

Von der Theorie in die Praxis, die Situation eines Unternehmens erkunden – das kann interessante Einblicke bringen. Es muss nicht ein Großbetrieb sein, es kann auch ein Geschäft oder Handwerksbetrieb sein. Unternehmen sind in der Regel gerne bereit, Schülerinnen und Schülern ihren Betrieb vorzustellen. Wie kannst du einen Betrieb erkunden?

M2 Produktionshalle einer Elektronikfabrik

Drei Schritte zur Durchführung einer Erkundung

1. Schritt: Vorbereitung

- Überlegt, welche Unternehmen für die Erkundung infrage kommen.
- Legt fest, wer den Kontakt mit dem Unternehmen aufnimmt.
- Informiert euch über das Unternehmen im Internet.
- Überlegt, welche Fragen ihr stellen wollt.
- Legt fest, wer die Antworten aufschreibt.
- Nehmt einen Notizblock für eure Beobachtungen mit.
- Überlegt, wie ihr die Ergebnisse der Erkundung auswerten und präsentieren wollt.

2. Schritt: Durchführung vor Ort

- Fragt nach, ob ihr Fotos machen dürft.
- Haltet eure Beobachtungen schriftlich fest.
- Stellt eure Fragen und notiert die Antworten.
- Bedankt euch am Ende der Betriebserkundung.

3. Schritt: Auswertung

- Schreibt zu den Fotos passende Texte.
- Fasst eure Beobachtungen und die Antworten auf die gestellten Fragen in kurzen Texten zusammen.
- Stellt Fotos und Texte zu einer Präsentation zusammen.
- Reflektiert euer Vorgehen im Hinblick auf den Arbeitsprozess und den Ertrag.

M1 Beispiele von Aspekten für einen Fragenkatalog

Zum Unternehmen

- Inhaber, Rechtsform
- Produktion oder Dienstleistung
- Abteilungen des Betriebs
- Beschäftigtenzahl
- Einkauf und Vertrieb
- Standortbedingungen des Unternehmens
- Mögliche Probleme

Zur Arbeit und Mitbestimmung

- Belegschaft: Alter, Geschlecht
- Tätigkeitsbereiche
- Arbeitszufriedenheit
- Arbeitszeiten
- Belastungen am Arbeitsplatz
- Personalpolitik
- Betriebsrat

Zu Ausbildung und Qualifikation

- Qualifikationen für die Tätigkeiten im Betrieb
- Ausbildung im Betrieb
- Ausbildungsberufe
- Weiterbildung im Betrieb
- Aufstiegsmöglichkeiten
- Unternehmenskultur, soziale Leistungen

PROJEKT Wir gründen eine Schülerfirma

M3 Bei der Planung des Projekts

Einen praxisnahen Einblick in die Wirtschaftswelt könnt ihr erfahren, wenn ihr selbst einmal eine Schülerfirma gründet. Ihr findet dazu viele Hinweise und Tipps im Internet. Also, los geht's!

INTERNET

Suchbegriffe:
→ Schülerfirma Plattenspiel
→ Schülerfirmen Beispiele

M4 Am Anfang steht eine Geschäftsidee – Beispiele

Möchtet ihr etwas produzieren oder eine Dienstleistung anbieten?

Produktideen:
- Schmuck
- Praktisches für den Haushalt
- Taschen aus Jeans (Upcycling)
- Spielzeug
- Spiele
- Handbuch mit Tipps zu ...

Dienstleistungen:
- Schülercafé
- Schülernachhilfe
- Einkaufsservice für Senioren
- T-Shirt-Druck
- Tauschbörse
- Parkplatzmanagement

Drei Schritte zur Durchführung des Projekts

1. Schritt: **Vorbereitung**
- Informiert euch im Internet über Schülerfirmen.
- Überlegt euch eine Geschäftsidee für eure Schülerfirma und benennt die Zielgruppe.
- Denkt euch einen Namen für eure Firma aus und entwickelt ein Firmenlogo.
- Überprüft, dass eure Schülerfirma keine Konkurrenz zu einem bestehenden Unternehmen in eurer Nähe ist.
- Prüft die praktische Umsetzbarkeit innerhalb der Schule. Eure Schülerfirma muss von der Schulleitung genehmigt werden.
- Ermittelt den Bedarf nach eurem Angebot, prüft also die Marktchancen.
- Listet auf, was ihr für die Werbung, Herstellung und Vermarktung braucht, notiert auch die Kosten.
- Überlegt die Preisgestaltung und eure Werbung.
- Überlegt, woher ihr das Startkapital bekommt und was ihr mit dem Gewinn machen wollt. Eine gute Idee wäre zum Beispiel eine Spende an eine soziale Einrichtung.
- Legt fest, welche Abteilungen es in eurer Firma geben soll und wer in eurem Unternehmen welche Position einnehmen soll.
- Beschreibt das Arbeitsfeld jeder Position.

2. Schritt: **Durchführung vor Ort**
- Führt euer Projekt nach eurer Planung durch.
- Dokumentiert euer Projekt mit Fotos, Interviews und Notizen.

3. Schritt: **Auswertung**
- Fasst eure Erfahrungen zusammen.
- Stellt Fotos und Texte zu einer Präsentation zusammen.
- Reflektiert euer Vorgehen im Hinblick auf den Arbeitsprozess und den Ertrag.

M5 Beispiel für: Arbeitsplatzbeschreibung

Geschäftsführung:
Leitung: ______________________
Stellvertretung: ______________________
Aufgaben:
____
____
____

Gewusst? – Gekonnt!

Bewerte dich selbst mit dem Ampelsystem, das du bereits kennengelernt hast.

M1 Streik: Arbeitnehmer vor dem Haus eines Unternehmers (Gemälde von R. Koehler, 1886)

1 a) Beschreibe, was im Gemälde dargestellt ist (M1).
b) Erläutere das dargestellte Geschehen.
Schülerbuch, Seiten 84 – 85

2 (W) Wähle aus:
Beschreibe die Handelsbeziehungen und kulturellen Kontakte
A der Hanse.
B durch die Seidenstraße.
Schülerbuch, Seiten 74 – 75 und 80 – 81

3 Vergleiche die Handelsmetropole Timbuktu mit der Handelsmetropole Augsburg. Übertrage dazu die Tabelle in dein Heft und fülle sie aus.
Schülerbuch, Seiten 76 – 79

	Timbuktu	Augsburg
Lage		
Aussehen der Stadt		
Handelswege		
Transportmittel		
Handelswaren		
Marktplatz		
Organisation des Handels		
Beteiligte am Handel		

4 Ergänze die folgenden Sätze. Notiere im Heft.
Unternehmen streben nach ...
Zu den ökologischen Zielen von Unternehmen gehören ...
Ein Unternehmen kann auch soziale Ziele haben, nämlich ...
Der Betriebsrat vertritt ...
Schülerbuch, Seiten 94 – 95

5 a) Beschreibe die Auswirkungen der Vernetzung von Handelsräumen in der frühen Neuzeit.
b) Beurteile die Auswirkungen im Hinblick auf die Entstehung von Globalität.
Schülerbuch, Seiten 82 – 83

M2 Es begann mit ...

6 a) Ergänze die Bildüberschrift (M2).
b) Erläutere, welche Entwicklung einsetzte.
Schülerbuch, Seiten 84 – 85

7 a) Erörtere die Bedeutung der technischen Entwicklungen der Industrialisierung für das Leben der Menschen und die Arbeitswelt.
b) Bewerte die Auswirkungen der Industrialisierung für die Umwelt.
Schülerbuch, Seiten 84 – 85

8 a) Beschreibe, was in M4 dargestellt ist.
b) Erkläre, welcher Sachverhalt gemeint ist.
c) Beurteile die Darstellung in Bezug auf ihre Aussagekraft.
Schülerbuch, Seiten 84 – 85

9 (W) Wähle aus:
Erkläre den Ablauf eines Arbeitskampfes, indem du
A einen Text schreibst.
B eine Skizze anfertigst.
Schülerbuch, Seiten 86 – 87

10 a) Stelle den Aufbau eines Betriebs in einer Skizze dar.
b) Notiere fünf unterschiedliche Berufe in einem Betrieb.
Schülerbuch, Seite 94

M3 Karikatur

11 a) Erkläre, wie der Zeichner der Karikatur die Auswirkungen des Online-Handels auf die Kunden, den Einzelhandel und die Zustellung dargestellt hat (M3).
b) Beurteile seine Darstellung.
Schülerbuch, Seiten 92 – 93

M4 Karikatur

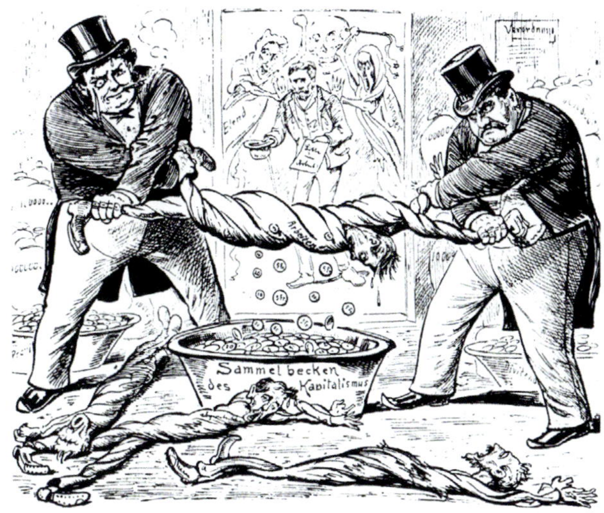

M5 Modell: Die soziale Marktwirtschaft

12 Werte das Modell (M5) in Schritten aus.
Schülerbuch, Seite 91

Fachbegriffe

die Aktiengesellschaft
die Aussperrung
der Betriebsrat
die freie Marktwirtschaft
die Gesellschaft mit beschränkter Haftung (GmbH)
die Gewerkschaft
die Globalität
die Handelsbilanz
die Hanse
die Industrialisierung
die industrielle Revolution
die Inflation
die Kaufkraft
die Manufaktur
der Markt
das Monopol
das Proletariat
die soziale Marktwirtschaft
der Streik
die Subvention
die Tarifautonomie
der Tarifvertrag
das Verlagssystem
der Wirtschaftskreislauf

WES-105342-99
westermann.de/webcode

Das Recht – Orientierung und Sicherheit

In den 1980er-Jahren wurden Graffiti als Kunstform anerkannt. Graffiti, zum Beispiel an Gebäuden, wurden als Auftragsarbeiten vergeben, die teilweise gut bezahlt wurden. Viele Gebäude und Wände werden aber illegal bemalt. Handelt es sich dabei um Kunst oder eine Straftat?
Hierzu die Meinung eines Sprayers:
„Ich kenne keinen, der nur legal malt. Und ich kenne andersherum auch keinen, der nur illegal malt. Wir nutzen es vor allem zur Meinungsäußerung und als demokratisches Mittel."
Was ist im Grundgesetz dazu zu finden?
Grundgesetz, Artikel 2:
„(1) Jeder hat das Recht auf die freie Entfaltung seiner Persönlichkeit, soweit er nicht die Rechte anderer verletzt und nicht gegen die verfassungsmäßige Ordnung und das Sittengesetz verstößt."
In der Abbildung ist eine bemalte Hauswand zu sehen. Ist das nun Kunst oder eine Sachbeschädigung? Diskutiert und berücksichtigt dabei verschiedene Sichtweisen.

rechts: Graffiti an einer Hauswand

1A
Rauch
IN MEXIKO.

Gleiches Recht für alle?

Julia (14 Jahre) hat mit ihren Freundinnen und Freunden eine Hauswand besprüht. Der Hausbesitzer hat sie erwischt und Anzeige erstattet. Julia hat sich bei ihm entschuldigt und versprochen, beim Entfernen des Graffitis mitzuhelfen. Was passiert nun mit Julia?

M2 Das Recht gibt Orientierung und Schutz

Warum brauchen wir Gesetze?

In einer Gesellschaft leben viele Menschen zusammen. Ohne Regeln würde es ein Chaos geben. Der Stärkere würde seine Interessen rücksichtslos durchsetzen. Regeln schaffen also Ordnung, sie geben eine Orientierung für das Zusammenleben. Sie vermitteln aber auch ein Gefühl von Sicherheit, denn jeder weiß, wie er sich verhalten muss und wie andere sich verhalten müssen. Die Gesamtheit aller Regeln und **Gesetze** nennt man **Rechtsordnung**. In der Verfassung der Bundesrepublik Deutschland ist das Grundgesetz die Grundlage der Rechtsordnung.

INFO

Als **Recht** bezeichnet man die Regeln, die in einem Gemeinwesen (zum Beispiel Staat) gelten, um das Zusammenleben der Menschen zu organisieren. Das Recht besteht aus **Gesetzen** und anderen Vorschriften. Auch Verträge, zum Beispiel Kaufverträge, sind ein Teil des Rechts.

M1 Die besondere Stellung von Kindern und Jugendlichen vor dem Gesetz

Kinder (unter 14 Jahre)	Sie sind schuldunfähig, sie sind strafunmündig und strafrechtlich nicht verantwortlich. Eltern können wegen Vernachlässigung der Aufsichtspflicht bestraft werden.
Jugendliche (14 bis 18 Jahre)	Sie sind strafrechtlich verantwortlich, wenn sie die entsprechende Einsichtsfähigkeit haben. Für sie gilt das Jugendstrafrecht. Sie werden verurteilt nach dem Jugendgerichtsgesetz.
Heranwachsende (18 bis 21 Jahre)	Sie sind grundsätzlich voll strafrechtlich verantwortlich. Sie können aber nach dem Jugendstrafrecht bestraft werden, wenn sie zur Tatzeit in ihrer geistigen und sittlichen Entwicklung noch einem Jugendlichen entsprachen oder die Tat eine typische Jugendstraftat ist.

Warum gibt es für Jugendliche besondere Regelungen?

Du hast bereits einige Regelungen kennengelernt, die für Kinder und Jugendliche gelten, zum Beispiel die beschränkte Geschäftsfähigkeit, den Taschengeldparagrafen und das Jugendschutzgesetz. Der Gesetzgeber hat auch bei strafbaren Handlungen berücksichtigt, dass Kinder und Jugendliche erst mit zunehmendem Alter einsichtsfähig werden. Sie sollen also einen gewissen Schutz erfahren, bevor sie als Volljährige voll verantwortlich für ihr Handeln werden und die volle **Deliktsfähigkeit** erreichen.

Das **Jugendstrafrecht** nimmt Rücksicht auf die Entwicklung junger Straftäter. Das Gericht kann flexibel entscheiden, ob eine Erziehungsmaßregel, ein Zuchtmittel oder eine Jugendstrafe verhängt wird. Beim Jugendstrafrecht steht der Erziehungsgedanke im Vordergrund. Der Strafrahmen ist niedriger als beim allgemeinen Strafrecht. Ziel ist es, weitere Straftaten durch Einsicht zu verhindern. Das Jugendstrafrecht ist also vor allem ein Erziehungsstrafrecht.

Bei ganz schweren Fällen oder wiederholten Straftaten kann das **Jugendgericht** eine Haftstrafe mit oder ohne **Bewährung** verhängen. Jugendstrafen von bis zu einem Jahr werden zur Bewährung ausgesetzt, allerdings muss die Sozialprognose positiv sein. Das bedeutet, dass man erwarten kann, dass der oder die Jugendliche künftig keine Straftaten mehr begehen wird. **Repressive Maßnahmen** sollen also bewirken, dass weitere Straftaten unterdrückt werden.

Mit **präventiven Maßnahmen**, die zum Beispiel von der Polizei durchgeführt werden, sollen Straftaten verhindert werden. Aber polizeiliche Aufklärungsarbeit reicht nicht aus. Jeder Einzelne kann einen Beitrag zur Vorbeugung von Kriminalität leisten.

M3 Mögliche Maßnahmen des Jugendgerichtsgesetzes

Anwendung des Jugendstrafrechts:
- auf Jugendliche (14 – 17 Jahre)
- auf Heranwachsende (18 – 20 Jahre) mit noch nicht voll ausgereifter Persönlichkeit und bei typischen Jugendverfehlungen

Erziehungsmaßregeln	Zuchtmittel	Jugendstrafe
Weisungen z. B. Heimunterbringung, Aufnahme einer Ausbildung, Arbeitsleistung, sich einem Betreuungshelfer unterstellen, soziales Training, Täter-Opfer-Ausgleich, Verbot des Besuches bestimmter Gaststätten oder des Umgangs mit bestimmten Personen **Hilfe zur Erziehung** z. B. Erziehungsbeistandschaft, betreutes Wohnen	**Verwarnung** **Auflagen** z. B. Geldbuße, Arbeitsauflagen, Wiedergutmachung des Schadens **Jugendarrest** • Freizeitarrest: bis 2 Wochenenden • Kurzarrest: mindestens 2, maximal 4 Tage • Dauerarrest: mindestens 1, höchstens 4 Wochen	**Jugendstrafe ohne Bewährung** Freiheitsentzug in einer Jugendstrafanstalt (mindestens 6 Monate, höchstens 5 Jahre, bei einem Verbrechen höchstens 10 Jahre) *Jugendstrafe bei Heranwachsenden:* wegen Mordes Freiheitsentzug bis zehn Jahre bei Feststellung der besonderen Schwere der Schuld **Jugendstrafe mit Bewährung** daneben zusätzlich Warnschussarrest von bis zu vier Wochen

M4 Justitia, die römische Göttin der Gerechtigkeit

Die Waage in der Hand dient dazu, Schuld und Unschuld abzuwägen. Das Schwert stellt das Zeichen ihrer Macht dar. Die Augenbinde verdeutlicht ihre Neutralität. Diese Macht üben in Deutschland nur die Gerichte durch Rechtsprechung aus.

M5 Sichtweise einer Richterin oder eines Richters

Man muss genau überlegen, wie sich eine Strafe auswirken kann. Kann die Strafe wirklich vor weiteren Taten abschrecken? Wie kann erreicht werden, dass sich der Täter oder die Täterin wieder in die Gesellschaft einordnet? Die Strafe soll also vor allem zur Erziehung beitragen.

INFO

Das **Jugendgericht** ist eine besondere Art von Gericht für junge Menschen zwischen 14 und 21 Jahren. Erst wenn Erziehungsmaßregeln und Zuchtmittel nicht ausreichen, darf das Jugendgericht eine Jugendstrafe aussprechen.

INFO

Bei einer Strafe auf **Bewährung** muss der Verurteilte nicht ins Gefängnis. Er muss sich aber an strenge Regeln halten.

Aufgaben

1. Wiederholt, was ihr bereits über die Rechte von Kindern und Jugendlichen gelernt habt (Text). Recherchiert – wenn nötig – im Internet.
2. Formuliere eine Überschrift für den kleinen Regenschirm in M2.
3. Wie würdest du im Fall „Julia“ entscheiden? Begründe deine Antwort (M3, M5).
4. a) Überlege und notiere mögliche präventive Maßnahmen.
   b) Diskutiert eure Vorschläge.
5. Begründe, warum Gesetze für das Zusammenleben nötig sind.
6. Ⓦ Wähle aus:
   Informiere dich über die Entwicklung des Jugendstrafrechts in Deutschland (Internet, vgl. S. 310).
   A Bereite einen kurzen Vortrag vor (vgl. S. 311).
   B Gestalte eine Wandzeitung (vgl. S. 312).
7. Ⓩ Justitia steht symbolisch für die Rechtsprechung in einem Rechtsstaat. Begründe.

Wenn du diese Aufgaben erfolgreich bearbeitet hast, kannst du …
… kannst du Ziele und Aufgaben des Jugendstrafrechts beschreiben.
… die Fachbegriffe **Recht**, **Gesetz**, **Rechtsordnung**, **Deliktsfähigkeit**, **Jugendstrafrecht**, **Jugendgericht**, **Bewährung**, **repressive Maßnahme** und **präventive Maßnahme** erklären.

Jugendkriminalität – Ursachen und Formen

Kinder und Jugendliche begehen häufig leicht nachweisbare Delikte wie Schwarzfahren, Ladendiebstahl, Sachbeschädigung. Bei Gewalt sind es überwiegend Konflikte innerhalb einer Gruppe. Warum begehen Kinder und Jugendliche Straftaten?

INFO

Mit **Jugendkriminalität** bezeichnet man alle Straftaten, die von Jugendlichen (14 – 17 Jahre) und Heranwachsenden (18 – 20 Jahre) begangen werden.

Die Ursachen von Jugendkriminalität

Der Kriminologe Klaus Boers hat sich in einer Langzeitstudie zur **Jugendkriminalität** intensiv damit beschäftigt, warum Jugendliche straffällig werden. Er hat festgestellt, dass Regeln und Normen ja erst erlernt werden müssen. Wird im Elternhaus oder in der Schule darüber gesprochen, kann ein Jugendlicher diese besser verinnerlichen.

Überraschend für ihn war es, dass sogar viele Intensivtäter schon bald wieder einen Ausstieg aus der Kriminalität fanden. Entscheidend war bei dieser Gruppe von Jugendlichen, dass sie weniger Gewalt zu Hause erfuhren und in der Schule besser mitkamen.

Wichtig war auch, dass sie neue soziale Beziehungen aufbauen konnten. Der Freundeskreis spielt eine große Rolle.

Und wer sich selbst und seine Rolle in der Gesellschaft hinterfragt, hat größere Chancen, sich in die Gesellschaft einzufinden.

M1 Warum werden Kinder und Jugendliche straffällig?

- Leichtsinn, Übermut
- Abenteuerlust, Neugier
- Mutprobe
- Sucht nach Anerkennung
- Schwierigkeiten in der Familie
- Probleme in der Schule
- Rauflust
- Drogenkonsum, Alkoholmissbrauch
- Computersucht
- fehlende Zukunftsperspektive
- Anstiftung, Androhung von Gewalt

M2 Ein Mädchen beim Ladendiebstahl

M3 Interview mit dem Jugendrichter Ludwig Kretzschmar

Worin sieht Ludwig Kretzschmar die Gründe für kriminelles Verhalten? [...]

„Schwierig wird es schon mal zum Beispiel, wenn die Leute in einer schwierigen Familie aufwachsen, sogenannten ‚broken homes', wenn zu Hause Gewalt erfahren wird, wenn sie in eine Peer Group kommen, wo immer wieder Straftaten begangen werden, wenn sie Drogenmissbrauch haben", sagt Ludwig Kretzschmar.

„Das sind alles sogenannte kriminogene Faktoren, das heißt also landläufig, dass, wenn die verstärkt auftreten, die Wahrscheinlichkeit größer ist, dass sie auch Straftaten begehen. Was naheliegt. Wobei man auch sagen muss, es können alle Faktoren zusammenkommen und jemand führt ein wunderbares, straffreies Leben. Also man kann es nie runterbrechen wie in der Naturwissenschaft, sondern das kann man halt allgemein feststellen, dass das schwierigere Faktoren sind."

In den vergangenen Jahren konnte Ludwig Kretzschmar keine steigende Jugendkriminalität beobachten, im Gegenteil.

„Mein Eindruck ist, und der ist meines Erachtens statistisch belegbar, dass die Zahlen eher sinken, was die Kriminalität betrifft, dass sie seit etwa zehn Jahren jedenfalls in der Tendenz rückläufig sind. Also gelegentlich steigen sie für ein Jahr in einem Deliktsbereich wieder. Aber im großen Ganzen gehen sie doch zurück und auch spürbar zurück, meine ich."

Eine Ausnahme bildet der Rauschgiftbereich, also der Besitz und Erwerb von Drogen sowie das Dealen. Hier sind die Zahlen gestiegen.

Georg Gruber: Das Ende der Unschuld. Deutschlandfunk Kultur, Köln: Deutschlandradio 9.9.2021

M4 Tatverdächtige junge Menschen nach Alter und Geschlecht 2019

Alter	insgesamt	davon männlich in %	davon weiblich in %
unter 14 Jahre	72 890	69,5	30,5
14 bis unter 18 Jahre	177 082	72,3	27,7
18 bis unter 21 Jahre	177 774	78,9	21,1

M5 Verurteilte Jugendliche (14 bis 18 Jahre) nach Deliktgruppen 2019

Deliktgruppen	in Prozent
Straftaten im Straßenverkehr	5
Diebstahl und Unterschlagung	30
Betrug und Urkundenfälschung	3
Raub, Erpressung, Hehlerei, Sachbeschädigung usw.	17
Körperverletzung	24
Mord, Totschlag usw.	2
Straftaten nach dem Betäubungsmittelgesetz	13
übrige: gegen die öffentliche Ordnung usw.	6

M7 Der Fall Steve

Steve hat die Schule geschwänzt, weil er keine Lust auf Unterricht hatte. Er hat die Unterschrift seines Vaters auf der Entschuldigung für die Schule gefälscht.

INFO

Wer eine Urkunde (darunter versteht man auch eine Bescheinigung) fälscht, also zum Beispiel die Unterschrift eines anderen nachahmt, begeht eine **Urkundenfälschung**.

M6 Der Kinder- und Jugendpsychiater Helmut Remschmidt berichtet

„Es gibt Bedingungen, unter denen die Wahrscheinlichkeit höher wird, dass bestimmte Jugendliche gewalttätig werden können. Dazu gehört ein gewalttätiges Milieu der Familie, zum Beispiel ein gewalttätiger Vater, dazu gehören auch häufig sozial prekäre Umstände“, sagt Helmut Remschmidt.

„Dazu gehört ein Gruppenphänomen. Zum Beispiel: Es gibt ja auch delinquente Banden. Und viele Tötungsdelikte, die gar nicht so als Tötungsdelikte geplant sind, kommen durch Gruppendruck zustande, dass zum Beispiel eine Gruppe von fünf oder sechs Leuten, sich zusammentut und dass die dann irgendwelche Gewalthandlungen begehen, und jeder ist verpflichtet, daran teilzunehmen.“

Der Gruppenkontext, die Peergroup, ist also ein wichtiger Faktor, wenn es um Jugendkriminalität geht. Und auch wenn es bei diesen jungen Menschen keine generellen Gemeinsamkeiten gebe, könnten individuelle Eigenschaften Gewalt begünstigen.

Georg Gruber: Jugendliche Straftäter. Das Ende der Unschuld. Deutschlandfunk Kultur, Köln: Deutschlandradio 9.9.2021

Aufgaben

1. a) Welche Straftat hat Julia durch ihr Graffiti begangen? (S. 102)
   b) Warum hat Julia diese Straftat begangen? Notiere mögliche Gründe.
2. Ermittle Ursache und Form der Straftat von Steve (M7).
3. a) Beschreibe, warum Kinder und Jugendliche Straftaten begehen (M1, M3, M6, Text).
   b) Analysiere die Deliktgruppen (M5).
4. Vergleiche die tatverdächtigen jungen Menschen nach Alter und Geschlecht (M4).
5. ⓩ a) Ermittelt mithilfe der Materialien präventive Maßnahmen.
   b) Vergleicht mit euren Vorschlägen (S. 103 Aufgabe 4).

Formulierungshilfen zu Aufgabe 4:
Die meisten Tatverdächtigen waren ... Jahre alt.
Die Zahl / der Anteil ... betrug ...
Der Anteil der ... lag über dem Anteil der ...
Der Anteil der ... war wesentlich geringer als ...

Wenn du diese Aufgaben erfolgreich bearbeitet hast, kannst du ...
... Ursachen und Formen der Jugendkriminalität beschreiben.
... unterschiedliche Maßnahmen zur Bekämpfung der Jugendkriminalität diskutieren.
... die Fachbegriffe **Jugendkriminalität** und **Urkundenfälschung** erklären.

PRAXIS Besuch einer Gerichtsverhandlung

Du hast vielleicht schon einmal eine Gerichtsverhandlung im Fernsehen gesehen. Diese Verhandlungen sind allerdings gestellt und dienen der Unterhaltung. Wie läuft eine richtige Gerichtsverhandlung ab?

M2 Im Jugendgerichtssaal bei der Vernehmung einer Zeugin

M1 Vorschlag für einen Erkundungsbogen

- Welche Atmosphäre herrscht im Verhandlungsraum?
- Wer ist anwesend?
- Wie ist die Sitzordnung bei der Verhandlung?
- Wie sind die Beteiligten angezogen: die Richterin oder der Richter, die Staatsanwältin oder der Staatsanwalt, die Verteidigerin oder der Verteidiger, die Mitarbeiterin oder der Mitarbeiter der Jugendgerichtshilfe, die oder der Angeklagte?
- Wie lautet die Anklage?
- Was sagt die oder der Angeklagte zu den Vorwürfen? Nimmt sie oder er Stellung oder schweigt sie oder er?
- Welche Beweise werden vorgebracht?
- Wie viele Zeugen gibt es?
- Welche Strafe beantragt die Staatsanwaltschaft?
- Welchen Antrag stellt die Verteidigung?
- Wie lange dauert die Beratung, bevor das Urteil verkündet wird?
- Welches Urteil wird verkündet?
- Wie ist die Stimmung nach dem Urteil?
- Wie lange dauerte die Verhandlung?

Drei Schritte zur Planung und Durchführung

1. Schritt: Vorbereitung
- Wählt zunächst das Gericht und die Verhandlung aus. Dazu solltet ihr gemeinsam mit eurer Lehrerin oder eurem Lehrer Kontakt mit einem Jugendgericht in der Nähe aufnehmen.
- Fragt nach einer geeigneten Verhandlung, an der ihr als Zuschauer teilnehmen dürft.
- Vereinbart einen Termin. Fragt die Richterin oder den Richter, ob sie oder er nach der Verhandlung noch Zeit für ein Gespräch mit euch hat.
- Erstellt einen Erkundungsbogen mit Beobachtungsaufgaben.

2. Schritt: Durchführung
- In der Verhandlung müssen sich die Zuschauerinnen und Zuschauer vollständig ruhig verhalten. Ihr dürft daher nicht miteinander sprechen.
- Macht euch Notizen zu den Beobachtungsaufgaben.
- Notiert euch Fragen, die ihr gegebenenfalls nach der Verhandlung der Richterin oder dem Richter stellen könnt.

3. Schritt: Auswertung im Unterricht
- Diskutiert über eure Eindrücke anhand der Erkundungsbögen.
- Diskutiert über das Urteil. Wird es die angestrebte Wirkung haben, den Angeklagten so zu „erziehen“, dass er nicht wieder straffällig wird?

M3 Wer kann Schöffe werden? (Auszug aus den Eignungsvoraussetzungen)

- Zu Jugendschöffen sollen nur erzieherisch befähigte und in der Jugenderziehung erfahrene Personen vorgeschlagen werden. Vorschlagen kann der Jugendhilfeausschuss.
- Bewerber müssen die deutsche Staatsangehörigkeit besitzen.
- Sie dürfen keine Vorstrafen haben.
- Sie dürfen nicht gegen die Grundsätze der Menschlichkeit oder der Rechtsstaatlichkeit verstoßen haben.
- Sie müssen gesundheitlich, das heißt geistig und körperlich geeignet sein, das Amt auszuüben.
- Sie die deutsche Sprache beherrschen.
- Schöffen müssen bei ihrem Amtsantritt mindestens 25 Jahre alt und dürfen nicht älter als 69 Jahre sein

Deutsche Vereinigung der Schöffinnen und Schöffen, Bund ehrenamtlicher Richterinnen und Richter BW (verändert)

M5 Welche Eigenschaften sollte ein Schöffe haben?

- Soziale Kompetenz
- Menschenkenntnis und Einfühlungsvermögen
- Logisches Denkvermögen und Intuition
- Berufliche Erfahrung
- Vorurteilsfreiheit auch in extremen Situationen
- Kenntnisse über die Grundlagen des Strafverfahrens, die Bedeutung von Kriminalität und Strafe sowie die Bedeutung der Rolle der Schöffen
- Mut zum Richten über Menschen, Verantwortungsbewusstsein für den Eingriff in das Leben anderer Menschen.
- Gerechtigkeitssinn, Denken in gerechten Kategorien
- Standfestigkeit und Flexibilität im Vertreten der eigenen Meinung
- Kommunikations- und Dialogfähigkeit.

Deutsche Vereinigung der Schöffinnen und Schöffen, Bund ehrenamtlicher Richterinnen und Richter BW, Karlsruhe

M4 Ablauf einer Verhandlung vor dem Jugendgericht

1. Eröffnung der Verhandlung
Die Richterin oder der Richter stellt die Anwesenheit der beteiligten Personen fest und nimmt die Personalien der oder des Angeklagten auf. Wenn es um die Verhängung einer Jugendstrafe geht, gehören dem Gericht zusätzlich zwei Laienrichter (Schöffen) an: ein Mann und eine Frau.

2. Vernehmung der oder des Angeklagten
Die Richterin oder der Richter befragt die angeklagte Person zu ihren persönlichen Verhältnissen.

3. Verlesung der Anklage
Die Staatsanwältin oder der Staatsanwalt verliest die Anklage. Sie oder er beschreibt die begangene Handlung und nennt den oder die entsprechenden Paragrafen des Strafgesetzbuches.

4. Beweisaufnahme
Die angeklagte Person hat das Recht, sich zu dem Vorwurf der Anklage zu äußern. Sie kann aber auch schweigen, um sich nicht selbst zu belasten. Anschließend werden möglicherweise Zeugen befragt. Manchmal müssen auch noch Sachverständige gehört werden oder der Tatort muss aufgesucht werden.

5. Stellungnahme der Jugendgerichtshilfe
Schon zu Beginn des Verfahrens hat ein Vertreter der Jugendgerichtshilfe (eine Sozialarbeiterin oder ein Sozialarbeiter) mit der angeklagten Person und – falls sie noch nicht volljährig ist – mit ihren Eltern Kontakt aufgenommen und ausführliche Gespräche über die Persönlichkeit, die Entwicklung und das Umfeld geführt. Die Jugendgerichtshilfe schlägt dem Gericht die zu ergreifenden Maßnahmen vor und sorgt anschließend dafür, dass die oder der Jugendliche den verhängten Weisungen und Auflagen nachkommt.

6. Plädoyer der Staatsanwaltschaft
Die Staatsanwaltschaft stellt das Ergebnis der Beweisaufnahme aus ihrer Sicht dar, berücksichtigt dabei alles, was für und was gegen die oder den Angeklagten spricht und setzt sich mit dem Vorschlag der Jugendgerichtshilfe auseinander.

7. Eventuell: Plädoyer der Verteidigung
Falls der oder die Beschuldigte eine Verteidigerin oder einen Verteidiger hat, bewertet diese oder dieser die Ergebnisse der Beweisaufnahme im Sinne der angeklagten Person.

8. Die oder der Angeklagte hat das letzte Wort
Bevor das Gericht über das Urteil entscheidet, erhält die oder der Angeklagte noch einmal die Gelegenheit, sich zur Tat oder zur Beweisaufnahme zu äußern.

9. Beratung des Urteils
Das Gericht zieht sich zur Beratung zurück.

10. Verkündung des Urteils
Das Gericht verkündet das Urteil.

Die digitale Welt – ein rechtloser Raum?

Die digitale Welt beeinflusst nahezu alle Lebensbereiche. Sie macht einerseits die Kommunikation einfacher und schneller, sie verleitet andererseits aber auch zu Rechtsverstößen – bewusst oder unbewusst. Welche Persönlichkeitsrechte sind gefährdet? Gegen welche Urheber- und Nutzungsrechte kann verstoßen werden?

INFO

Grundgesetz Artikel 1, Abs. 1
(1) Die Würde des Menschen ist unantastbar. Sie zu achten und zu schützen ist Verpflichtung aller staatlichen Gewalt.

Grundgesetz Artikel 2, Abs. 1
(1) Jeder hat das Recht auf die freie Entfaltung seiner Persönlichkeit, soweit er nicht die Rechte anderer verletzt und nicht gegen die verfassungsmäßige Ordnung oder das Sittengesetz verstößt.

M1 Jeder ist für seine Mediennutzung verantwortlich

Was vielen nicht klar zu sein scheint: Wer selber Inhalte ins Internet stellt, ist dafür voll und ganz verantwortlich.

Findet man ein lustiges Bild im Internet, lädt es unbedacht bei Facebook hoch und teilt es so mit der ganzen Welt, ist man selbst derjenige, der das Urheberrecht und/oder Persönlichkeitsrecht von jemandem verletzt hat. […] Sind auf dem Bild Personen zu erkennen, sollte man sie vorher um Erlaubnis für eine Veröffentlichung gefragt haben. […] Sonst verletzt man das Recht dieser Personen am eigenen Bild.

[…] Veröffentlichte Inhalte können Im Internet häufig von anderen kommentiert und dabei natürlich auch kritisiert werden. […] Viele scheinen zu glauben, sie würden völlig anonym agieren und lassen sich deshalb schneller zu verletzenden Äußerungen hinreißen. […] Es gibt regelrechte Hass-Gruppen, die angelegt werden, um über andere herzuziehen. […] Fügt man […] Sätze hinzu wie „Richtig so!" oder „Endlich sagt es mal jemand!", muss man sich den Beitrag beziehungsweise den Inhalt der verlinkten Seite inklusive aller Verletzungen zurechnen lassen, da man sich die Inhalte durch derlei Stellungnahmen zu eigen macht. Das heißt, man wird dann so behandelt, als hätte man selbst die Verletzung begangen. Dasselbe gilt, wenn man den Beitrag mit „Gefällt mir" markiert.

Philipp Otto u. a.: Persönlichkeitsrechte bei Facebook und anderen sozialen Netzwerken. Bonn: bpb 10.3.2017

M2 Begriffe rund um das Internet

INFO

Urheberrechtsgesetz (UrhG)
§1 Die **Urheber** von Werken der Literatur, Wissenschaft und Kunst genießen für ihre Werke Schutz nach Maßgabe dieses Gesetzes.
§7 Urheber ist der Schöpfer des Werkes.
§11 Das Urheberrecht schützt den Urheber in seinen geistigen und persönlichen Beziehungen zum Werk und in der Nutzung des Werkes. Es dient zugleich der Sicherung einer angemessenen Vergütung für die Nutzung des Werkes.

Persönlichkeitsrecht und Urheberrecht

Ein wesentliches Grundrecht ist das Persönlichkeitsrecht, das jeden Menschen vor Eingriffen in sein Privatleben und Angriffe auf seine Person schützen soll. Damit ist auch gemeint, dass persönliche Daten geschützt sind. Jeder soll selbst entscheiden, was er über sich preisgibt und wer seine Daten verwenden darf.

Mithilfe des Internets ist es heute besonders einfach, Fotos und Informationen über eine andere Person zu verbreiten. Man kann anonym bleiben und fühlt sich sicher.

Da viele Nutzer einen Beitrag teilen können, ist der angerichtete Schaden wesentlich größer als bei einer persönlichen Auseinandersetzung. Und was einmal im Netz steht, kann auch nicht so schnell wieder entfernt werden.

Das Urheberrecht ist ein weiteres wesentliches Recht, das die Leistungen von zum Beispiel Autoren, Journalisten, Filmemachern und Komponisten schützen soll. Der Urheber entscheidet, ob sein Werk genutzt werden darf. Er muss auch an der Nutzung finanziell beteiligt werden.

Das Nutzungsrecht bezieht sich auch auf digitale Spiele und Programme. Sie dürfen nicht über Privatkopien vervielfältigt werden. Ein Austausch von digitalen Spielen und Programmen mit anderen ist verboten.

METHODE Daten recherchieren und zitieren

Wie recherchiere ich Daten?

Recherche bedeutet, dass man gezielt nach Informationen sucht. Man kann in Bibliotheken recherchieren, aber auch im Internet. Im Gegensatz zu gedruckten Fachbüchern sind die Informationen aus dem Internet häufig fehlerhaft oder nicht glaubhaft. Besonders häufig werden Internetseiten von Wikipedia aufgerufen. Hier gibt es aber keine Redaktion, jeder kann an Artikeln mitarbeiten. Deshalb ist der Wahrheitsgehalt manchmal zweifelhaft.
Anzeichen für unseriöse Internetseiten sind:

- Es gibt kein Impressum, der Autor ist unbekannt.
- Die Rechtschreibung ist fehlerhaft.
- Bilder, Tabellen, Diagramme und Texte haben keine Quellenangabe, obwohl sie nicht von demjenigen stammen, der die Seite erstellt hat.
- Die Informationen sind so zusammengestellt, dass sie für etwas werben und nicht mehr objektiv wirken.
- Es gibt keine Angaben zum Erstelldatum.

Drei Schritte zum Recherchieren

1. Schritt: **Was will ich wissen?**
- Grenze das Thema ein.
- Formuliere Fragen und eine übergeordnete Fragestellung.

2. Schritt: **Schlüsselwörter finden**
- Überlege, welche Schlüsselwörter du bei der Recherche verwenden kannst.

3. Schritt: **Suchmaschinen füttern**
- Schau dir nun die (ersten zehn) Suchergebnisse an und bewerte sie: Sind sie vertrauenswürdig? Liefern sie genügend Informationen?
- Gib die Suchbegriffe gegebenenfalls in eine andere Suchmaschine ein oder ändere die Reihenfolge der Schlüsselwörter in der Suchmaske.

Wie verfasse ich Quellenangaben?

Alle Informationen und Daten sind urheberrechtlich geschützt. Du musst belegen, woher du die Informationen und Daten hast. Deshalb ist es wichtig, dass du weißt, wie man richtig zitiert. Für die Form der Quellenangabe gibt es genaue Regeln. Aus den Beispielen für Quellenangaben kannst du die Regeln entnehmen.
Nimmst du Veränderungen an der Quelle vor, handelt es sich um ein indirektes Zitat, dann musst du „Vgl.“ (= vergleiche) vor die Quellenangabe setzen.

Zitate aus Büchern:

Nachname des Autors, Vorname des Autors: Titel des Werkes. Verlagsort Erscheinungsjahr, Seite.
Beispiel: Hausmann, Oswald: Cyberkriminalität. Mainz 2000, S. 20.

Zitate aus Zeitschriften:

Nachname des Autors, Vorname: Titel des Zeitungsartikels. In: Titel der Zeitschrift, Heftnummer (Jahr), Seite/n.
Beispiel: Meier, Sigrid: Klimaschutz. In: Zeitschrift für Klimaforschung, 3 (2019), S. 5–10.

Zitate aus dem Internet:

Name des Autors, Vorname: Titel des Beitrags. In: Titel der Webseite. Erstelldatum. URL [Zugriff: Datum].
Das Datum des Zugriffs ist wichtig. Es gibt an, wann du diese Internet-Quelle übernommen hast. Es ist nämlich möglich, dass nach ein paar Monaten eine Internetseite nicht mehr vorhanden ist.
Beispiel: Rühle, Alex: Es gibt ihn doch, den guten digitalen Unterricht. In: Süddeutsche Zeitung. 4.9.2020. https://www.sueddeutsche.de/kultur/unterricht-digital-corona-1.5019384 [Zugriff: 30.11.2020].
Oder bei einem Internetlexikon:
http://de.wikipedia.org/wiki/Franz-Ulrich_Hartl [Zugriff: 09.09.2014].

Aufgaben

1. a) Nico S. hat auf einer Party Fotos von einem 15-jährigen Mädchen aufgenommen, ohne dass dieses es bemerkte. Er hat die Fotos an seine Freunde verschickt. Drei Jungen klickten den „Gefällt mir“ Button an. Wer hat sich strafbar gemacht (M1)?
   b) Diskutiert Maßnahmen gegen Cybergewalt.
2. Beurteile dein Mediennutzungsverhalten bezüglich der Persönlichkeits-, Urheber- und Nutzungsrechte.
3. Recherchiere Informationen und Daten zur Cyberkriminalität. Stelle alles zu einem Informationsblatt zusammen. Zitiere korrekt.

Wenn du diese Aufgaben erfolgreich bearbeitet hast, kannst du ...
... dein Mediennutzungsverhalten bezüglich der Persönlichkeits-, Urheber- und Nutzungsrechte beurteilen.
... Quellen korrekt angeben.
... den Fachbegriff **Urheber** erklären.

WAHLTHEMA 1 Stadtluft macht frei

Die Stadt Nördlingen liegt in einem Meteoritenkrater, der vor 14,7 Mio. Jahren entstand. Das allein ist aber nicht der Grund, warum viele Touristen die Stadt besuchen. In Nördlingen kann man noch sehr gut nachvollziehen, wie die Menschen im Mittelalter in Städten lebten. Warum lebten immer mehr Menschen in Städten?

INFO

Das **Bürgerrecht** beinhaltete Rechte und Pflichten der Bürger. Zu den Rechten zählte die Möglichkeit zu wählen. Frauen durften allerdings nicht wählen. Die Zahlung von Steuern, die Bereithaltung eigener Waffen und der Waffendienst zur Verteidigung der Stadt gehörten zu den Pflichten.

M2 Nördlingen – Luftbild

„Nordilinga" wurde im Jahr 898 zum ersten Mal urkundlich erwähnt. Die Siedlung wurde im Nördlinger Ries, dem großen Einschlagkrater des Meteoriten, an einer Furt durch den Fluss Eger angelegt.

Erarbeitet, warum die Stadt an dieser Stelle gegründet wurde und warum so viele Menschen in die Stadt zogen. Ermittelt, warum die Stadt ihre einstige Bedeutung verlor. Überlegt, wie ihr eure Ergebnisse präsentieren wollt. Denkt an das korrekte Zitieren (vgl. S. 109)!

Wirtschaftliche Interessen

Um 1150 lebten etwa zwei Prozent der Menschen in Städten. 250 Jahre später waren es bereits etwa zwölf Prozent.
Städte mit ihren Märkten übten auf Kaufleute und Handwerker eine große Anziehungskraft aus. Sie fanden auf dem Markt in der Stadt Käufer für ihre Waren und sie hatten **Rechtssicherheit**, denn Rechtsgeschäfte und Finanzangelegenheiten waren rechtlich geregelt. Im Stadtrecht waren auch die persönlichen Freiheiten der Bürger garantiert, zum Beispiel ihr Recht auf Grundbesitz und das Erbrecht. Hörige konnten in der Stadt ihre Freiheit erlangen. Ein Unfreier, der ein Jahr und einen Tag unerkannt von seinem bisherigen Grundherrn in einer Stadt gelebt hatte, konnte von diesem nicht mehr zurückgefordert werden.

M1 Anzahl der Stadtgründungen in Deutschland

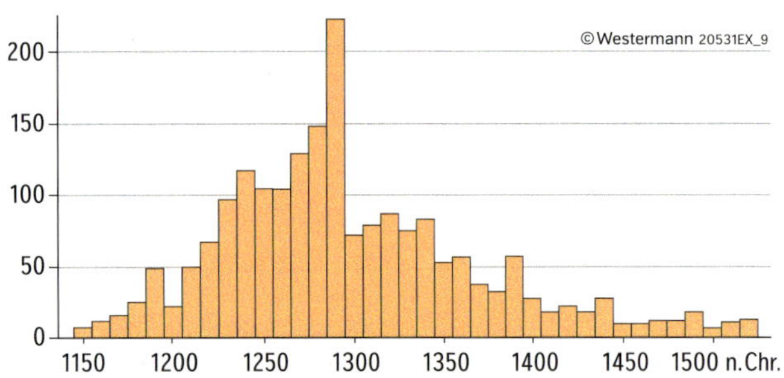

Frei, aber nicht gleich

Nicht alle Bewohner der Stadt konnten das **Bürgerrecht** erwerben. Dazu brauchte man ein Mindestvermögen und eine „ehrliche" Geburt. Man durfte nicht von Eltern mit „unehrlichen" Berufen abstammen. Angehörige unehrlicher Berufe mussten abends die Stadt verlassen und wurden, ebenso wie Bettler und bedürftige Kranke, verachtet.
Nach und nach erwarben Bürger aus der Oberschicht viele Rechte in der Stadt. Sie bildeten den Rat der Stadt und trafen dort ihre Entscheidungen. In vielen Städten mussten sich die anderen Bürger ihr Wahlrecht erst erstreiten.

M3 Aufbau der Gesellschaft in einer Stadt im Mittelalter

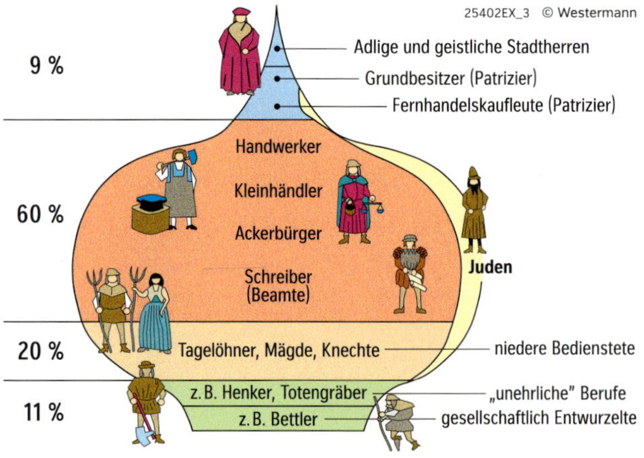

M4 Gasse an der Stadtmauer in Nördlingen

Ab 1327 wurde die Stadtmauer von Nördlingen gebaut. Mithilfe des Turms auf dem Stadttor kannst du feststellen, wo der Fotograf stand. Vergleiche mit dem Stadtplan.

M6 Die Entwicklung der Stadt Nördlingen

Lage an der Kreuzung zweier großer Handelsstraßen (Frankfurt – Würzburg – Augsburg und Nürnberg – Ulm).

Lage an einer Furt über die Eger.

898 Nördlingen wird erstmalig in einer Urkunde erwähnt, und zwar als karolingischer Königshof.

1215 Verleihung der Markt- und Stadtrechte von König Friedrich II.

1434 Reichsstadt

Wichtiger Handelsplatz (Getreide, Salz, Wein, Vieh, Textilien, Pelze und Metallwaren)

1634 Belagerung der Stadt (Dreißigjähriger Krieg), Kapitulation

Nach dem Krieg: Verlagerung der Handelsrouten zu den Seehäfen

M5 Stadtplan und Funktionen der mittelalterlichen Stadt Nördlingen – die heutige Innenstadt

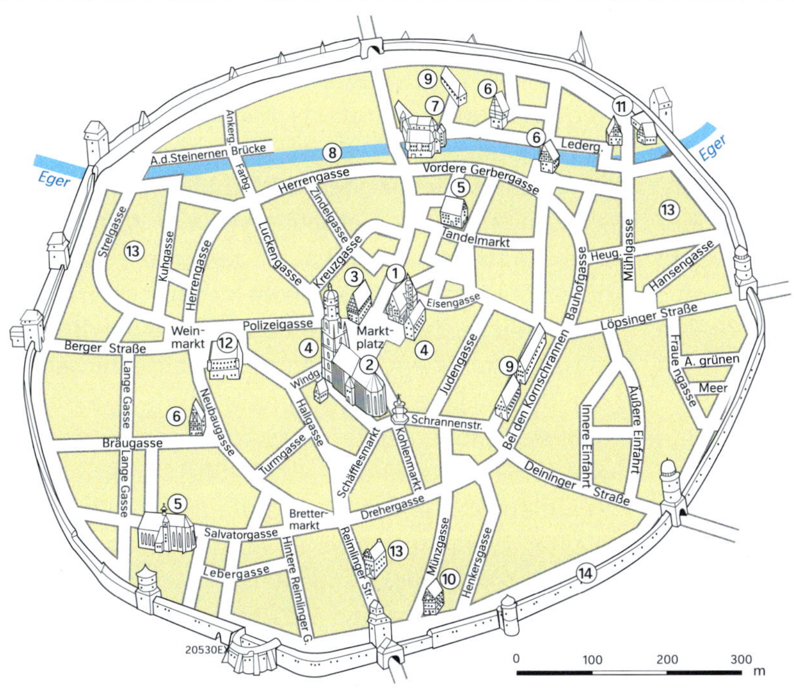

(1) Rathaus	(9) Kornspeicher
(2) Stadtkirche St. Georg	(10) Münzhaus
(3) Brot- und Tanzhaus	(11) Mühle
(4) Patrizierhäuser	(12) Salz- und Weinspeicher
(5) Klöster	(13) Ackerbürgerhäuser
(6) Gerberhäuser	(14) Stadtmauer mit Toren, Türmen und Bastionen
(7) Spital	
(8) Pferdetränke	

M7 Entwicklung der Einwohnerzahl von Nördlingen im Mittelalter

1406	5200
1459	5500
1491	6150
1550	7430
1600	8790
1652	4352

Tipps für die Erarbeitung

1. Beschreibt die Entwicklung der Stadtgründungen im Mittelalter (M1).
2. Erläutert die Gründe für den Zuzug in die Städte im Mittelalter.
3. a) Beschreibt die Lage von Nördlingen (Atlas).
   b) Erklärt, warum Nördlingen an dieser Stelle gegründet wurde (M6).
4. Erläutert die Entwicklung der Einwohnerzahl von Nördlingen (M6. M7).
5. Beschreibt mithilfe des Beispiels von Nördlingen, wie eine mittelalterliche Stadt aussah und wie die Menschen darin lebten (M2 – M5).
6. Überlegt selbst Fragestellungen zu Spuren der Vergangenheit in eurer Stadt oder einer Stadt in der Nähe und findet die Antworten.

Wenn du diese Aufgaben erfolgreich bearbeitet hast, kannst du ...
... die Gründe für den Zuzug in die Städte erläutern.
... die Stadtgründung von Nördlingen erläutern.
... Fragestellungen zu Spuren der Vergangenheit selbstständig entwickeln und Antworten finden.
... die Begriffe **Rechtssicherheit** und **Bürgerrecht** erklären.

WAHLTHEMA 2 Recht und Gesetz in ...

Soest liegt an einer alten Handelsstraße, dem Hellweg. Diese Handelsstraße verlief von Duisburg über Dortmund, Soest und Paderborn nach Corvey. Sie war Teil eines größeren europäischen Straßennetzes. Soest liegt in der Soester Börde. Die Böden sind sehr fruchtbar. Im Umland gibt es zahlreiche Quellen, sodass genug Wasser vorhanden war. Außerdem gibt es Solequellen, die man zur Salzgewinnung nutzte. Welche Bedeutung hatte Soest im Mittelalter? Inwiefern ist Soest ein Beispiel für die besondere Stellung von Städten im Mittelalter?

M1 Soest um 1600, Kupferstich koloriert

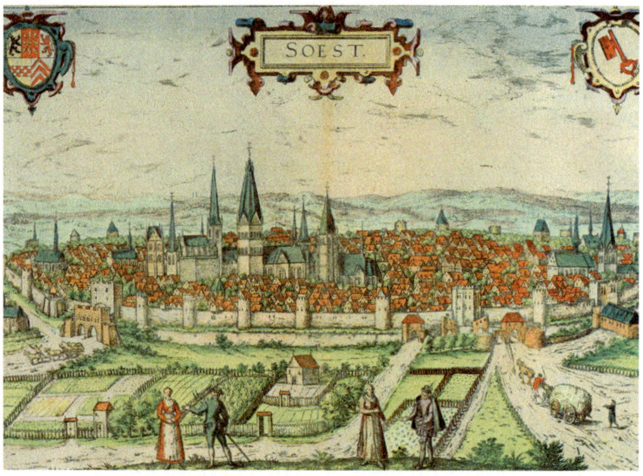

Erarbeitet die Fragestellungen.
Geht auch auf die besondere Stellung von Städten im Mittelalter allgemein ein.
Überlegt, wie ihr eure Ergebnisse präsentieren wollt. Denkt an das korrekte Zitieren (vgl. S. 109)!

Das Zusammenleben in der Stadt wird geregelt

In den Städten lebten schon im Mittelalter viele Menschen auf engem Raum zusammen. Für das Zusammenleben musste es Regeln geben, damit die Sicherheit und die Ordnung gegeben waren. Reichsstädte unterstanden allein dem König oder Kaiser. In diesen Städten gab es einen Bürgermeister und Stadtrat. Diese regelten die Angelegenheiten der Stadt weitgehend selbstständig. In Reichsstädten gab es eigene Gesetze und eine eigene Gerichtsbarkeit.
Außer den Reichsstädten gab es Städte, die einem Landesherrn unterstanden. Landesherr konnte ein Fürst, Markgraf oder Graf sein. Die landesherrlichen Städte konnten ihre Angelegenheiten einschließlich der Gerichtsbarkeit nur in begrenztem Umfang selbst regeln. Die Gesetze und Ordnungen wurden meistens von der Landesherrschaft festgelegt.
Die Herren der Stadt konnten das **Marktrecht**, das Münzrecht und das **Stadtrecht** verleihen. Das geschah auch aus Eigeninteresse, denn sie erhielten ihren Anteil an Zöllen, Steuern und Standgeldern auf dem Markt.
Hatte eine Stadt das Marktrecht, dann durfte in der Stadt ein Markt abgehalten werden. Für den Marktplatz galt ein besonderes Recht, der sogenannte Marktfrieden. Die Besucher des Markts wurden vom Herrn der Stadt geschützt. Den Händlern wurde **Rechtssicherheit** gewährleistet. Dazu gehörten eine sichere An- und Abreise und ein Marktgericht. Maße und Gewichte wurden kontrolliert. In Städten, die das Münzrecht verliehen bekommen hatten, durften Münzen geprägt werden.

Die Verleihung des Stadtrechts war für eine Stadt von besonderer Bedeutung. Mit dem Stadtrecht waren besondere Privilegien (Vorteile) verbunden, zum Beispiel Handelsfreiheit und Zollfreiheit, Rechtssicherheit und die Befreiung von der Wehrpflicht. Das Stadtrecht von Soest ist das erste nachweislich aufgezeichnete Stadtrecht im deutschen Raum. Viele Städte übernahmen das Soester Stadtrecht.
Mit zunehmendem Wohlstand in den Städten wuchs der Unmut über die Herren der Stadt. Die Bürger wollten unabhängig sein. Es kam sogar zu Kämpfen gegen den Grundherrn. Schließlich übernahmen in vielen Städten reiche Kaufleute, die Patrizier, die Regierung der Stadt. Es wurden Bürgermeister und Stadträte gewählt und Ratsordnungen verfasst. Die Handwerker waren in **Zünften** organisiert und zunächst nicht an der Regierung der Städte beteiligt. Deshalb kam es häufig zu Unruhen. Ab dem 14. Jahrhundert wurden dann auch Zünfte am Rat beteiligt.

M2 Quelle: Auszug aus der Ratsordnung der Stadt Köln von 1341

Die 15 Herren des engen Rats und die 2 Bürgermeister sollen schwören, der Mehrheit zu gehorchen, Gesetze und Verträge zu lesen und zu halten. Sie sollen drei Tage in der Woche Rat halten. [...] Wer das, was im Rat behandelt wird, in der Stadt heimlich preisgibt, soll nicht mehr in den Rat kommen.

Urkunden zur städtischen Verfassungsgeschichte. Berlin: Emil Felber 1899, S. 220

schueler.diercke.de | 100870-056-01

M3 Luftbild der heutigen Stadt Soest

M4 Entwicklung der mittelalterlichen Stadt Soest

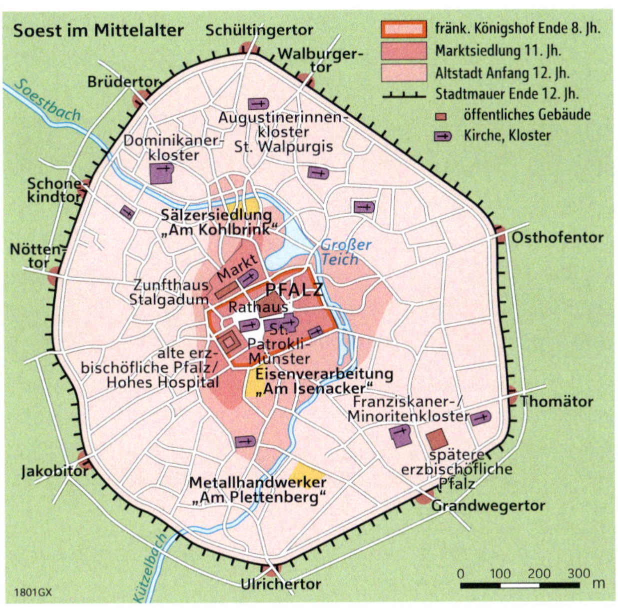

INTERNET

Suchbegriff:
→ Soest webcam

M5 Auszug aus der Stadtgeschichte von Soest

8. Jh.* n. Chr.	fränkische Königspfalz
um 800	Errichtung der ersten Kirche
836	erste urkundliche Erwähnung als villa Sosat
9. Jh.	Bau einer rechteckigen Befestigung
960	Ausbau zur Pfalz des Erzbischofs Bruno von Köln
965	Gründung des Klosters und der Kirche St. Patrokli, Kaufleute und Handwerker siedeln sich an
ca. 1100	Marktrecht, Münzrecht
1158	Beteiligung an der Gründung der Hanse, als Hansestadt Handelsbeziehungen bis Wisby auf Gotland und Nowgorod sowie nach Flandern und England
letztes Drittel des 12. Jh.	Bau einer neuen Pfalz durch Erzbischof Philipp von Heinsberg und Bau einer Stadtbefestigung (Stadtmauer mit 10 Toren)
1180	Hauptstadt des Kölner Westfalen
ca. 1210	Verleihung des Stadtrechts durch den Kölner Erzbischof Engelbert I. von Berg
1225	Zerstörung der Pfalz durch Soester Bürger, Kirchenbann, Freikauf durch Zahlung eines Lösegelds
1226	Bestätigung des Stadtrechts durch den Kölner Erzbischof Heinrich I.
1444–1449	Soester Fehde: Die Soester Bürger wollten sich von der Herrschaft des Kölner Erzbischofs befreien. Sieg der Soester, Bündnis mit dem Herzog von Kleve
ab 1450	allmählicher Niedergang der Stadt (Niedergang der Hanse, Seuchen, Kriege)

* Jh. = Jahrhundert

INFO

Die Handwerker des gleichen Berufs schlossen sich im Mittelalter zu einer **Zunft** zusammen, um sich gegenseitig im Alter oder bei Krankheit zu unterstützen. Die Zünfte regelten Qualitätsmerkmale, Preise, Ausbildung, Arbeitszeiten, Höchstzahl von Lehrlingen und Gesellen, Herstellungsmengen und Produktionsmethoden. Jeder Handwerker musste sich der Zunftordnung unterordnen. Verstöße wurde hart bestraft.

Tipps für die Erarbeitung

1. Beschreibt die Entwicklung von Soest (M1, M3 – M5). Fertigt zum Beispiel auch Skizzen zur Entwicklung an (M5).
2. Stellt die Bedeutung von Soest im Mittelalter dar.
3. Beschreibt typische Merkmale einer mittelalterlichen Stadt am Beispiel von Soest (M4, Text, Info).
4. Erläutert die Bedeutung des Marktrechts und des Stadtrechts für eine mittelalterliche Stadt.
5. Erklärt, inwiefern Städte im Mittelalter Rechtssicherheit boten (Text).
6. Überlegt selbst Fragestellungen zu eurer Stadt und findet die Antworten.
7. Stellt eure Präsentation zusammen.

Wenn du diese Aufgaben erfolgreich bearbeitet hast, kannst du ...
... die Entwicklung der Stadt Soest beschreiben.
... am Beispiel von Soest Interessen und Motive bei der Gründung von Städten erläutern.
... die Fachbegriffe **Marktrecht**, **Stadtrecht**, **Rechtssicherheit** und **Zunft** erklären

METHODE Historische Darstellungen auswerten

Darstellungen vergangener Ereignisse werden rückblickend aus der Perspektive der Gegenwart verfasst. Dabei werden diese Ereignisse vom Verfasser der Darstellung gedeutet. Es gibt verschiedene Formen von Darstellungen: Sachtexte, Schaubilder, Bilder oder auch Filme.

Drei Schritte zur Auswertung einer Darstellung

1. Schritt Die historische Darstellung vorstellen
- Stelle fest, wer der Autor oder Produzent ist.
- Stelle fest, um welche Form der Darstellung es sich handelt.
- Finde heraus, an wen sich die Darstellung richtet.
- Wer ist der Adressat?
- Benenne das Thema.

2. Schritt Den Inhalt erfassen
- Fasse die Kernaussagen knapp zusammen.
- Gliedere – wenn möglich – die Darstellung in Abschnitte und beschreibe, um was es jeweils geht.
- Fasse die Schlussfolgerung (das Fazit) des Autors knapp zusammen. Welche Argumente werden angeführt, um die Schlussfolgerung zu stützen?

3. Schritt Zur Darstellung kritisch Stellung nehmen
- Vergleiche die Darstellung mit deinen Kenntnissen und prüfe, ob alle Tatsachen richtig und für die Adressaten verständlich dargestellt sind.
- Überprüfe, ob die Schlussfolgerungen und Argumente sachlich begründet sind.
- Bilde dir ein eigenes Urteil und formuliere deine Stellungnahme.

M1 Mittelalterliche Hafenstadt (Gemälde von August von Siegen, Anfang 20. Jahrhundert)

Auch das ist eine Darstellung einer mittelalterlichen Stadt.

M2 Darstellung der mittelalterlichen Stadt Johannes Eberhorn: Leben im Mittelalter

„Stadtluft macht frei“

Der Mensch des Mittelalters blieb, wenn er nicht gerade Mönch oder Nonne wurde, ein Leben lang in seinem Stand – ein Aufstieg war so gut wie unmöglich. Dies änderte sich erst mit dem Aufschwung der Städte ab dem 12. Jahrhundert.

Wenn ein unfreier Bauer in eine mittelalterliche Stadt zog und von dort ein Jahr lang nicht von seinem Herrn zurückbeordert wurde, war er ein freier Stadtbürger. Daher rührt auch der viel zitierte Ausspruch „Stadtluft macht frei“. Um diese Freiheit auszukosten und am wirtschaftlichen Aufschwung teilzuhaben, strömten im Hochmittelalter immer mehr Menschen vom Land in die Stadt.

Als „Keimzelle der hochmittelalterlichen Stadt“, wie es der Schriftsteller Rolf Schneider ausdrückt, gilt der Markt. Dieser Platz, an dem Händler aus verschiedenen Regionen zusammentrafen, war nicht selten Ausgangspunkt für eine Stadtgründung. Die Städte entwickelten sich zu den wichtigsten Wirtschaftszentren des Reiches, in denen Handel und Handwerk blühten.

So ist es auch kein Wunder, dass aus einem Zusammenschluss von Städten einer der mächtigsten Wirtschaftsverbände des Mittelalters hervorging: die Hanse. Zur Blütezeit der Hanse – zwischen dem 14. und 16. Jahrhundert – gehörten ihr etwa 200 Städte an, darunter Hamburg, Lübeck, Köln, Dortmund und Berlin.

Johannes Eberhorn: Leben im Mittelalter. planet wissen. Köln: WDR 26.4.2021

M3 Formulierungshilfen

Der Autor heißt ...
Es handelt sich um ...
Der Text richtet sich an ...
Der Text handelt von ...
Die Kernaussagen sind ...
Im ersten Abschnitt geht es um ...
Das Fazit des Autors ist ...
Er begründet seine Schlussfolgerung mit dem Argument ...
Einerseits ..., andererseits ...
Meiner Meinung nach ...

M4 Film über die mittelalterliche Stadt

INTERNET

→ planet-schule Film 4115
Handel, Handwerk, Marktgeschehen
(Film online verfügbar bis 26. November 2025)

Vier Schritte zur Auswertung eines Dokumentarfilms

1. Schritt: Die historische Darstellung vorstellen

- Stelle fest, wer der Autor oder Produzent ist.
- Stelle fest, um welche Form der Darstellung es sich handelt.
- Finde heraus, an wen sich die Darstellung richtet.
- Wer ist der Adressat?
- Benenne das Thema.

2. Schritt: Den Inhalt erfassen

- Schau dir den gesamten Film an und notiere deine Eindrücke.
- Fasse die Kernaussagen knapp zusammen.

3. Schritt: Den Film untersuchen

- Analysiere die filmischen Mittel: Greife einige Schlüsselszenen heraus.
- Vergleiche den Inhalt mit der Umsetzung im Film.
- Finde heraus, welche Wirkung mit den filmischen Mitteln erreicht werden soll.
- Schau dir den Film abschnittsweise ein zweites Mal an und beschreibe, um was es jeweils geht.

4. Schritt: Zur Darstellung kritisch Stellung nehmen

- Vergleiche die Szenen des Films mit deinen Kenntnissen und prüfe, ob alle Tatsachen richtig und für die Adressaten verständlich dargestellt sind.
- Überprüfe, ob das Thema im Film schlüssig aufbereitet ist.
- Beurteile, ob die Informationen im Film glaubwürdig sind.
- Bilde dir ein eigenes Urteil über die Darstellung und formuliere deine Stellungnahme.

M5 Screenshot einer Filmszene aus dem Film 4115 (Planet Schule)

Einleitung
Gut organisierte Handswerksmeister: Die Zünfte
Der Mittelpunkt der Stadt: Der Markt
Zahlungsmittel Geld
Kaufleute
Die Bedeutung von Papier und Buchdruck.

M6 Screenshot der ersten Szene aus dem Film 4115 (Planet Schule)

Einleitung
Gut organisierte Handswerksmeister: Die Zünfte
Der Mittelpunkt der Stadt: Der Markt
Zahlungsmittel Geld
Kaufleute
Die Bedeutung von Papier und Buchdruck.

Aufgaben

1. Werte die Darstellung in M2 mithilfe der Schritte aus.
2. Werte den Dokumentarfilm mithilfe der Schritte aus.
3. Ⓦ Wähle aus:

A Beschreibe das Gemälde (M1).

B Entwirf selbst Schritte zur Auswertung einer bildlichen Darstellung und werte das Gemälde aus (M1).

Wenn du diese Aufgaben erfolgreich bearbeitet hast, kannst du ...
... eine historische Darstellung kritisch auswerten.

Gewusst? – Gekonnt!

Bewerte dich selbst mit dem Ampelsystem, das du bereits kennengelernt hast.

M2 Karikatur 2

M1 Karikatur 1

❶ a) Beschreibe die Ziele und Aufgaben des Jugendstrafrechts.

b) Das Jugendstrafrecht kennt drei Arten von Maßnahmen. Nenne diese und erkläre die Unterschiede.

c) Beschreibe, wie das Jugendstrafrecht in den Karikaturen (M1, M2) dargestellt ist.

d) Beurteile diese Darstellungen.

Schülerbuch, Seiten 102 – 103

❷ a) Warum werden Jugendliche straffällig? Liste mögliche Ursachen auf.

b) Welche Straftaten werden von Jugendlichen häufig verübt?

c) Beurteile mögliche Maßnahmen zur Bekämpfung von Jugendkriminalität.

Schülerbuch, Seiten 104 – 105

M3 Einkaufen in der Stadt im Mittelalter

❸ Ⓦ Wähle aus:

A Vergleiche das Einkaufen in der Stadt im Mittelalter mit dem Einkaufen heute, indem du das Bild auswertest (M3).

B Vergleiche einen Wochenmarkt heute mit dem Markt im Mittelalter. Notiere Unterschiede und Gemeinsamkeiten.

Schülerbuch, Seiten 110 – 113

M4 Die Kaiserstraße in Siegburg, im Hintergrund der Michaelsberg mit der Abtei

4. Vergleiche die Interessen und Motive der Stadtgründung von Siegburg mit denen von Nördlingen oder Soest.
   Schülerbuch, Seiten 110 – 113

5. Stelle mithilfe von Beispielen dar, dass die digitale Welt kein rechtloser Raum ist.
   Schülerbuch, Seiten 108 – 109

M6 Aus der Geschichte der Stadt Siegburg

Erzbischof Anno gründete im Jahr 1064 auf dem Michaelsberg ein Kloster. Unterhalb des Michaelsbergs entwickelte sich eine Siedlung. König Heinrich IV. verlieh 1069 den Äbten des Klosters die Rechte des Marktes, des Zolls und der Münze. Diese Urkunde kann man als eine Art Gründungsurkunde der Stadt Siegburg bezeichnen. Im Jahr 1071 erhielt die Abtei auf dem Michaelsberg die Gerichtshoheit über ihren Bannbezirk. Dadurch sollte der Markt in Siegburg geschützt werden. Ungefähr um 1182 wurde die Stadtmauer fertiggestellt. Siegburg wird in Urkunden erstmalig als „oppidum" (= Stadt) bezeichnet.

6. a) Lege eine Tabelle zu den Anlässen der Stadtgründungen an und trage jeweils drei Beispiele (Stadtgründungen) ein (M5).
   b) Erkläre, warum viele Menschen in dieser Zeit vom Land in die Städte zogen.
   Schülerbuch, Seiten 110 – 111 und 114

M5 Stadtgründungen im Mittelalter (Auswahl)

Fachbegriffe

die Bewährung
das Bürgerrecht
die Deliktsfähigkeit
das Gesetz
das Jugendgericht
die Jugendkriminalität
das Jugendstrafrecht
das Marktrecht
die präventive Maßnahme
das Recht
die Rechtsordnung
die Rechtssicherheit
die repressive Maßnahme
das Stadtrecht
der Urheber
die Urkundenfälschung
die Zunft

WES-105342-117
westermann.de/webcode

Klima – Ist das noch normal?

Jeden Tag erlebst du, wie sich das Wetter ändert. In den Nachrichten wird über extreme Wetterereignisse berichtet, zum Beispiel über Überschwemmungen nach starken Regenfällen.
Von welchen extremen Wetterereignissen kannst du berichten?
Man spricht aber auch vom Klimawandel. In diesem Kapitel erfährst du, was der Unterschied zwischen Wetter und Klima ist. Was hast du bisher über den Klimawandel gehört? Welche Ursachen und welche Folgen hat der Klimawandel?

rechts: Bei einem Starkregen wurde ein Bach zu einem reißenden Fluss. Die Wiese am Bach wurde innerhalb von wenigen Minuten überschwemmt.

Unsere Erde – ein Himmelskörper im Weltall

In klaren Nächten kann man am Himmel die „Milchstraße" sehen, ein Band von vielen Sternen. Unsere Sonne ist ein Stern in dieser Sternenansammlung. Und diese Sternenansammlung ist nicht die einzige im Weltall! Das Weltall scheint unendlich groß zu sein und unsere Erde ist winzig klein in diesem Weltall. Warum gibt es Leben auf der Erde? Kann es noch auf anderen Himmelskörpern Leben geben?

Das Weltall – nur in Lichtjahren zu messen

Die kürzeste Entfernung von der Erde zum Mars beträgt 56 Millionen Kilometer. Alle 16 Jahre kommt der Mars der Erde am nächsten. Ein Raumschiff braucht im günstigsten Fall etwa neun Monate, um von der Erde zum Mars zu gelangen. Der Durchmesser unserer Galaxie beträgt 100000 Lichtjahre, in Kilometern kann man diese Entfernung nicht mehr messen. Man misst in Lichtjahren. Ein Lichtjahr ist die Strecke, die das Licht in einem Jahr zurücklegt. Das sind 9500000000000 Kilometer!
Entfernungen im Weltall sind unvorstellbar groß. Von der **Sonne** zur Erde benötigt das Licht etwa 8,3 Minuten. Wir sehen also den Zustand der Sonne vor 8,3 Minuten. **Sterne**, die wir am Nachthimmel sehen, sind viele Lichtjahre von uns entfernt. Was wir sehen, hat sich also schon vor langer Zeit ereignet. Vielleicht gibt es den Stern gar nicht mehr.

Warum ist auf der Erde Leben möglich?

Die Erde ist ein **Planet** in unserem **Sonnensystem**. Sie ist weit genug von der Sonne entfernt und trotzdem nahe genug an der Sonne, um günstige Temperaturen für das Wachstum von Pflanzen zu ermöglichen. Die Durchschnittstemperatur auf der Erde beträgt etwa +15 °C (Mars: –55 °C). Die Erde besitzt genug Anziehungskraft, sodass sich eine Lufthülle (Atmosphäre) bilden konnte. In der Lufthülle ist das für uns lebenswichtige Gas Sauerstoff enthalten. Ein Großteil der Erde ist von Ozeanen bedeckt. Durch Verdunstung über den Ozeanen, Wolkenbildung und Niederschlägen auf den Kontinenten entsteht Süßwasser. Süßwasser ist lebensnotwendig. Die Erde hat eine feste Oberfläche, sodass wir darauf leben können.

INFO

Die Planeten unseres Sonnensystems erhielten die Namen antiker Gottheiten: Merkur ist der Götterbote und Gott der Händler, Venus ist die Göttin der Liebe. Wofür stehen die anderen Planetennamen?

M1 Die Erde im Weltall

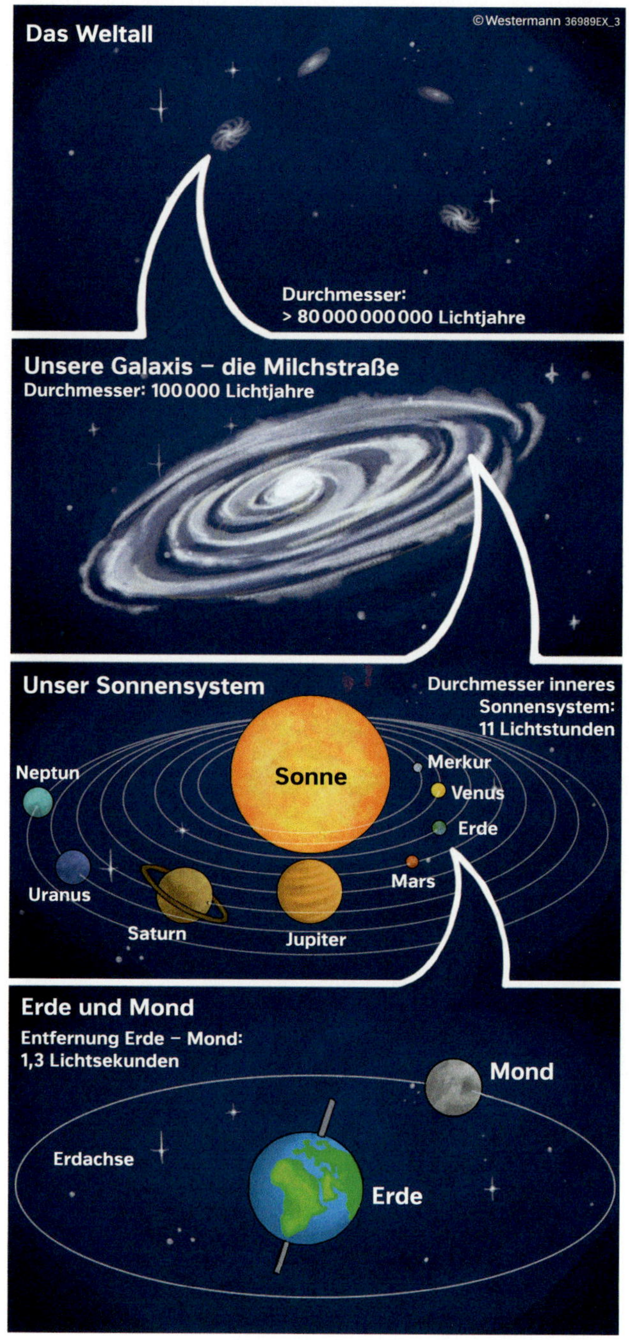

INFO

Alle Himmelskörper, die sich um eine **Sonne** drehen, gehören zum **Sonnensystem** dieser Sonne. Unsere Sonne ist ein **Stern**. Sterne sind glühende Gaskugeln, die selbst leuchten. Eine Sternenansammlung nennt man **Galaxie** oder Galaxis. Unsere Galaxie wird auch Milchstraße genannt. Himmelskörper, die sich um eine Sonne bewegen, nennt man **Planeten**. Ein Planet leuchtet nicht, er wird von der Sonne angestrahlt. Es gibt Planeten, die von einem oder mehreren Trabanten umkreist werden. Der Mond ist ein Trabant unserer Erde.

METHODE Orientierung mit dem Gradnetz

Früher orientierte man sich an Land mithilfe von Landmarken (zum Beispiel Bäumen, Bergen), Wegen, Flüssen und Ortschaften. Auf dem Meer orientierten sich die Seeleute mithilfe der Sonne und der Sterne. Die genaue Position ihres Schiffes konnten sie allerdings nicht angeben. Wie kann man heute jeden Ort auf der Erde exakt angeben?

INFO

Die Erde dreht sich in 24 Stunden einmal um ihre **Erdachse**. Das nennt man **Erdrotation**. Die Erdachse ist eine gedachte Linie zwischen dem Nordpol und dem Südpol, die durch den Erdmittelpunkt verläuft. Die Erdachse steht schräg.

M2 Breitengrade, Längengrade, Gradnetz

ⓐ

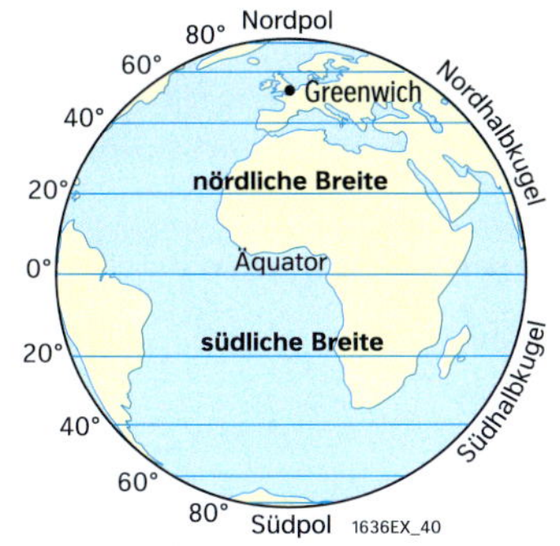

ⓑ

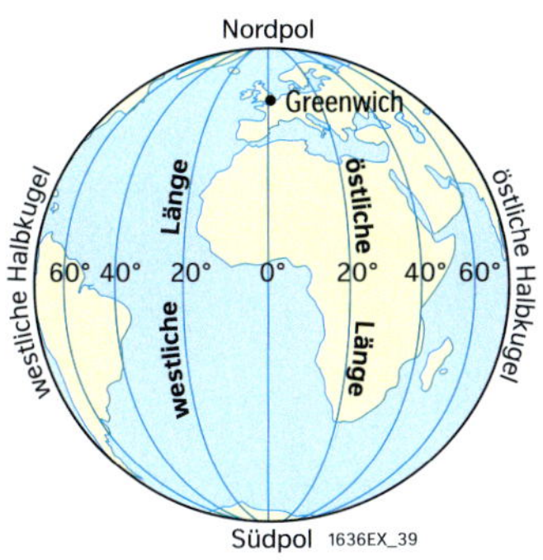

ⓒ

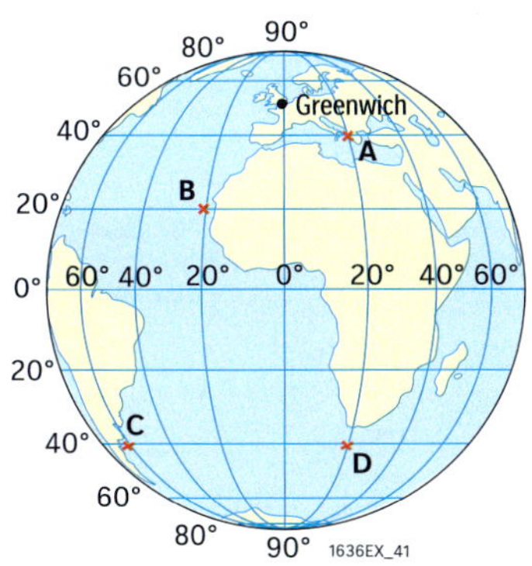

M3 Mit geographischen Koordinaten die Lage eines Ortes angeben

Zwischen Nordpol und Südpol kann man parallel zueinander Breitenkreise um die Erde ziehen (M2ⓐ). Der längste Breitenkreis heißt Äquator. Er teilt die Erde in zwei Halbkugeln, die Nordhalbkugel und die Südhalbkugel. Der Äquator erhält die Bezeichnung Null Grad, die anderen Breitenkreise sind nach Norden und Süden bis 90 Grad durchnummeriert. Einen Ort gibt man mit dem Zusatz „nördliche Breite“ beziehungsweise „südliche Breite“ an.
Vom Nordpol zum Südpol kann man Längenhalbkreise (Meridiane) ziehen (M2ⓑ). Diese sind alle gleich lang. Um die Längenhalbkreise nummerieren zu können, musste man einen als Nullmeridian auswählen. Vom Nullmeridian ausgehend bezeichnet man die Längenhalbkreise von 0 bis 180 Grad in westlicher und östlicher Richtung. Insgesamt gibt es also 360 Längengrade. Einen Ort gibt man mit dem Zusatz „östliche Länge“ oder „westliche Länge“ an.
(M2ⓒ). Man nennt die **geographischen Koordinaten**. Zuerst wird der Breitengrad genannt. Dann wird der Längengrad angegeben. Auf den meisten Karten im Atlas ist das **Gradnetz** eingezeichnet. Die Gradzahlen kann man an den Kartenrändern ablesen.
Beispiel:
A: 40° nördliche Breite, 20° östliche Länge.

Aufgaben

1. Erforsche unser Sonnensystem und das Weltall! Was interessiert dich? Recherchiere und halte einen Vortrag (Internet, vgl. S. 310).
2. Notiere mithilfe des Atlas je drei Länder,
   a) durch die der Nullmeridian verläuft.
   b) durch die der Äquator verläuft.
3. Bestimme die Koordinaten der Orte B, C und D in M2ⓒ.
4. Bestimme mithilfe eines Online-Kartendiensts die geographischen Koordinaten von deinem Zuhause (vgl. S. 311).

Wenn du diese Aufgaben erfolgreich bearbeitet hast, kannst du …
… die Erde als Himmelskörper im Weltall einordnen.
… die Lage von Orten im Gradnetz angeben.
… die Fachbegriffe **Sonne**, **Stern**, **Planet**, **Sonnensystem**, **Erdachse**, **Erdrotation**, **Gradnetz** und **geographische Koordinaten** erklären.

Wie entstehen die Jahreszeiten?

Der Tag der Sommersonnenwende wird in einigen Ländern besonders gefeiert, zum Beispiel in Norwegen. Auch in Deutschland werden in einigen Orten Sonnenwendfeuer entzündet. Es ist der längste Tag des Jahres. Ab diesem Datum werden die Tage wieder kürzer bis zur Wintersonnenwende. Warum ist das so? Warum gibt es überhaupt Sommer und Winter?

Die Erde im Verlauf eines Jahres

Die Erde bewegt sich mit einer Geschwindigkeit von 30 Kilometern pro Sekunde um die Sonne. Nach 365,25 Tagen hat sie eine Umrundung geschafft. Die Bewegung um die Sonne nennt man **Erdrevolution**. Das allein ist aber nicht die Ursache dafür, dass es bei uns Jahreszeiten gibt. Die Schrägstellung der Erdachse ist entscheidend. Dadurch ist im Juni die Nordhalbkugel der Sonne zugewandt und im Dezember die Südhalbkugel. Dies wirkt sich auf die Erwärmung der Erde durch die Sonnenstrahlen aus. Es entstehen die Jahreszeiten.

Je senkrechter die Sonnenstrahlen auf die Erdoberfläche treffen, desto stärker ist die Erwärmung. Nur zwischen den Wendekreisen, in den Tropen, gibt es Tage, an denen die Sonne senkrecht am Himmel steht. Man sagt, sie steht im **Zenit**. Dann siehst du deinen Schatten genau unter dir. Der Zenitstand der Sonne wandert im Jahresverlauf zwischen den Wendekreisen. Wenn die Sonne am nördlichen Wendekreis (23,5° nördliche Breite) im Zenit steht, ist bei uns Sommersonnenwende.

M2 Feier der Sommersonnenwende in Lettland

M3 Beginn der Jahreszeiten

Jahr	Frühling	Sommer	Herbst	Winter
2021	20.3.	21.6.	22.9.	21.12.
2022	20.3.	21.6.	23.9.	21.12.
2023	20.3.	21.6.	23.9.	22.12.
2024	20.3.	21.6.	22.9.	21.12.
2025	20.3.	21.6.	22.9.	21.12.
2026	20.3.	21.6.	23.9.	21.12.

Da die Erde die Sonne nicht in genau 365 Tagen umkreist, ist das Datum des Herbstanfangs und des Winteranfangs nicht immer gleich.

INTERNET

Du kannst dir die Entstehung der Jahreszeiten als Animation im Internet ansehen.
Suchbegriff:
→ Planet Schule Jahreszeiten

M1 Die Beleuchtungszonen der Erde

Polare Zone: kein Zenitstand; Sonnenstrahlen treffen höchstens in flachem Winkel auf die Erdoberfläche. Zwei Jahreszeiten: Polartag, Polarnacht	am Nordpol ein halbes Jahr Tag (Polartag) und ein halbes Jahr Nacht (Polarnacht)
Mittelbreiten (gemäßigte Zone): kein Zenitstand, es gibt Jahreszeiten. Sonnenstrahlen treffen in flachem bis steilem Winkel auf die Erdoberfläche.	lange Tage im Sommer, kurze Tage im Winter
Nur in den **Tropen** kann die Sonne im Zenit stehen. Sonnenstrahlen fallen in steilem bis rechtem Winkel auf die Erde. Es gibt keine Jahreszeiten.	fast immer 12 Stunden Tag und 12 Stunden Nacht
Mittelbreiten (gemäßigte Zone): kein Zenitstand, es gibt Jahreszeiten. Sonnenstrahlen treffen in flachem bis steilem Winkel auf die Erdoberfläche.	lange Tage im Sommer, kurze Tage im Winter
Polare Zone: kein Zenitstand; Sonnenstrahlen treffen höchstens in flachem Winkel auf die Erdoberfläche. Zwei Jahreszeiten: Polartag, Polarnacht	am Südpol ein halbes Jahr Tag (Polartag) und ein halbes Jahr Nacht (Polarnacht)

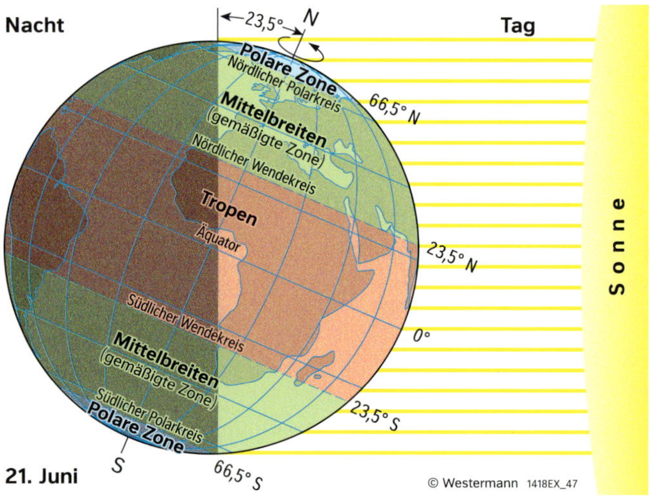

Dargestellt ist die Situation am 21. Juni. Die Sonne steht am nördlichen Wendekreis im Zenit. Im Nordpolargebiet scheint die Sonne Tag und Nacht. Es herrscht **Polartag**. Im Südpolargebiet bleibt es Tag und Nacht dunkel. Es herrscht **Polarnacht**.

M4 Modell der Erdumlaufbahn

23. September | Frühlingsanfang
21. Dezember | Winteranfang
21. Juni | Herbstanfang
20. März | Sommeranfang

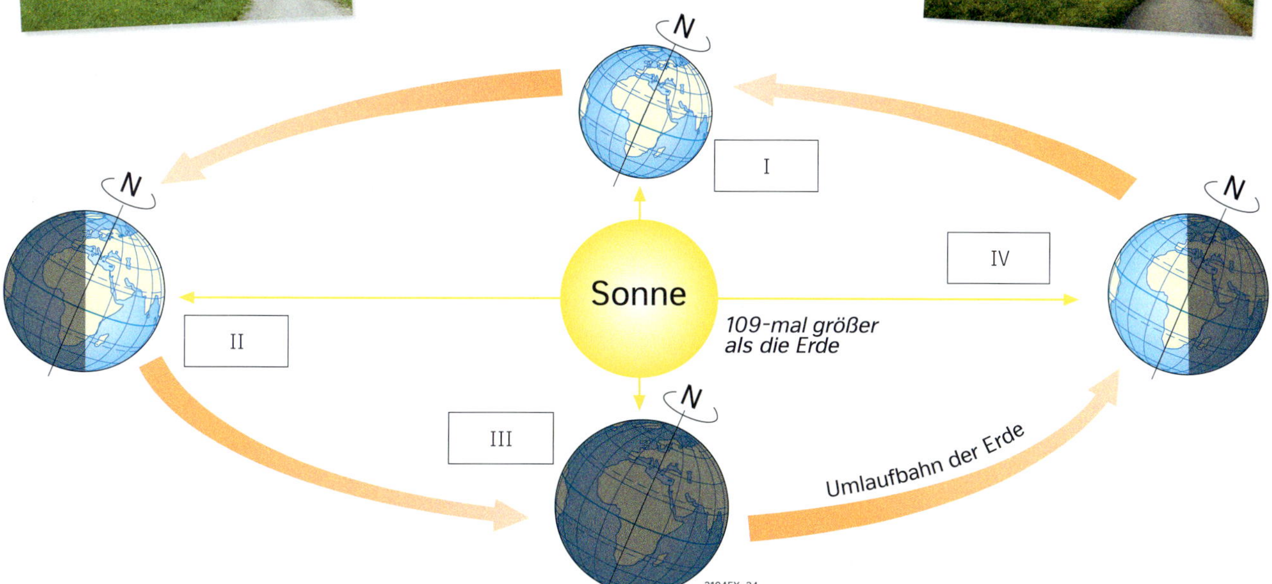

Zenitstand der Sonne am südlichen Wendekreis

Zenitstand der Sonne am Äquator

Zenitstand der Sonne am Äquator

Zenitstand der Sonne am nördlichen Wendekreis

Aufgaben

1. Beschreibe die Beleuchtungszonen der Erde (M1).
2. Notiere: Wie oft steht die Sonne im Verlauf eines Jahres im Zenit
   a) zwischen den Wendekreisen?
   b) an den Wendekreisen?
   c) bei uns?
3. Lege eine Tabelle mit drei Spalten an. Trage ein: Jahreszeiten, Datum des Beginns auf der Nordhalbkugel, Ort des Zenitstands der Sonne (M3, M4). Fülle die Tabelle aus.
4. Übertrage das Modell in M4 in dein Heft und beschrifte es.
5. Arbeit in Gruppen:
   Überlegt, wie ihr mit einem Globus die Erdrevolution und die Entstehung der Jahreszeiten in einem Versuch darstellen könnt. Welche Materialien benötigt ihr noch? Beschreibt euren Versuch.

Formulierungshilfen zu Aufgabe 1:
Es gibt ... unterschiedliche Beleuchtungszonen.
Die ... wird fast immer ... Stunden von der Sonne beschienen.
In den ... gibt es ...
Hier kann die Sonne (nicht) im Zenit stehen.
In der ... treffen die Sonnenstrahlen ...

Wenn du diese Aufgaben erfolgreich bearbeitet hast, kannst du ...
... die Beleuchtungszonen der Erde benennen und beschreiben.
... die Entstehung der Jahreszeiten erklären.
... die Fachbegriffe **Erdrevolution**, **Zenit**, **Mittelbreiten** (**gemäßigte Zone**), **Tropenzone**, **Polartag** und **Polarnacht** erklären.

Unterschiedliche Temperaturen auf der Erde

In jeder Minute strahlt die Sonne auf unseren Planeten 17 Billionen Kilowatt ab – eine unvorstellbare Menge. Es ist mehr Energie, als die gesamte Menschheit im Jahr an Elektrizität, zum Heizen, zum Autofahren usw. braucht. Doch nur etwas mehr als die Hälfte der Strahlung erreicht die Erdoberfläche. Und auch die Wirkung der Sonnenstrahlen, die auf die Erdoberfläche treffen, ist nicht überall gleich. Warum gibt es Temperaturunterschiede auf der Erde?

INFO

Als **Wetter** bezeichnet man den Zustand der Atmosphäre zu einem bestimmten Zeitpunkt. Über das Wetter erfährt man zum Beispiel etwas in der Wettervorhersage im Fernsehen.
Das **Klima** ist der „langjährige Mittelwert aller Wetter" an einem Ort, das heißt der durchschnittliche Zustand der Atmosphäre. Dazu misst man über mindestens 30 Jahre die Wetterelemente und errechnet dann den Mittelwert.

M1 Die Bausteine von Wetter und Klima

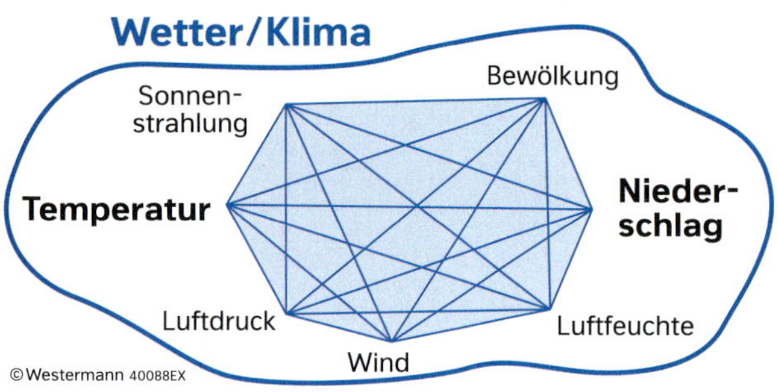

Die **Wetterelemente** werden mit speziellen Messgeräten gemessen. Informationen hierzu findest du im Internet.

M2 Einfallswinkel der Sonnenstrahlen (Polargebiet, Mittelbreiten, Äquator)

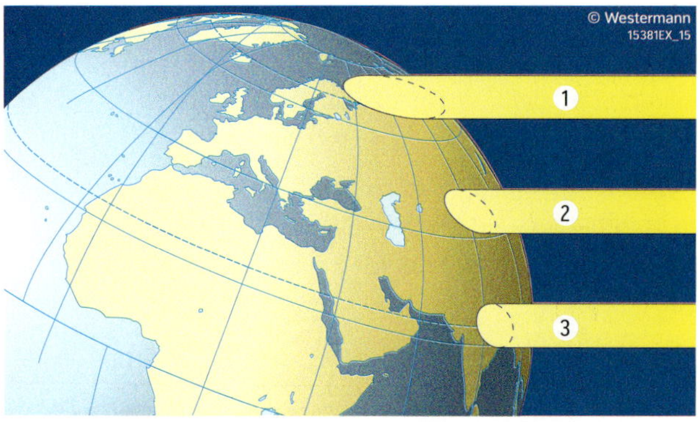

Je größer die Fläche ist, auf die sich die Sonnenenergie verteilt, desto weniger stark wird die Erdoberfläche erwärmt.

M3 Polartag (Mitternachtssonne) am Nordkap in Norwegen

Warum ist es am Äquator heißer als an den Polen?

Die Erwärmung der Erdoberfläche hängt vom Einfallswinkel der Sonnenstrahlen ab. Du hast vielleicht schon bemerkt, dass dein Schatten im Winter länger ist als im Sommer. Im Winter ist der Einfallswinkel der Sonnenstrahlen flacher als im Sommer. Bei einem flacheren Einstrahlungswinkel muss sich die Energie über eine größere Fläche verteilen und kann diese nicht so stark aufheizen. Die Folge ist, dass es im Winter kälter als im Sommer ist.

ERSTAUNLICH

Der heißeste Ort der Erde ist das Death Valley in den USA. Dort ist es durchschnittlich 41,9 °C heiß. Der höchste jemals dort gemessene Wert war 56,7 °C. Die tiefste Temperatur wurde auf der Forschungsstation Wostok in Antarktika mit -89,7 °C gemessen.

M4 Der Weg der Sonnenstrahlen durch die Atmosphäre

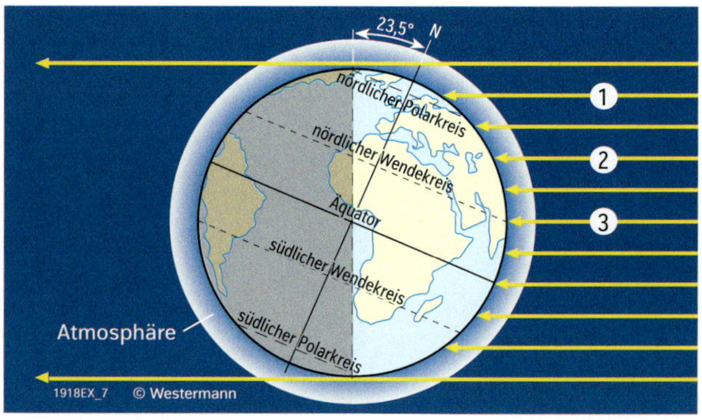

Je länger der Weg der Sonnenstrahlen durch die Atmosphäre ist, desto mehr Energie geht verloren.

M5 Der Jahresgang der Temperatur ...

im Polargebiet

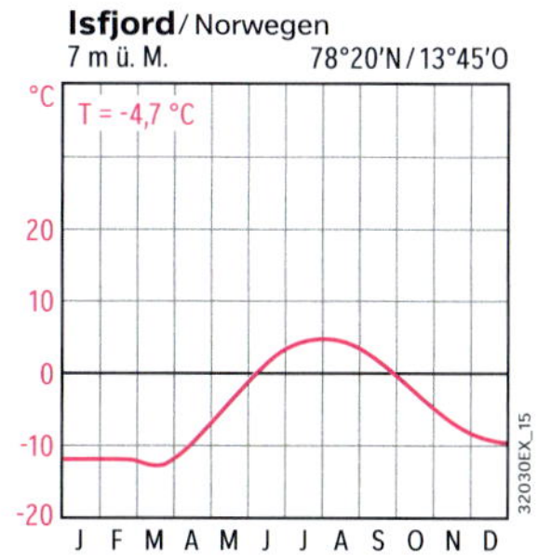

in den Mittelbreiten (gemäßigte Zone)

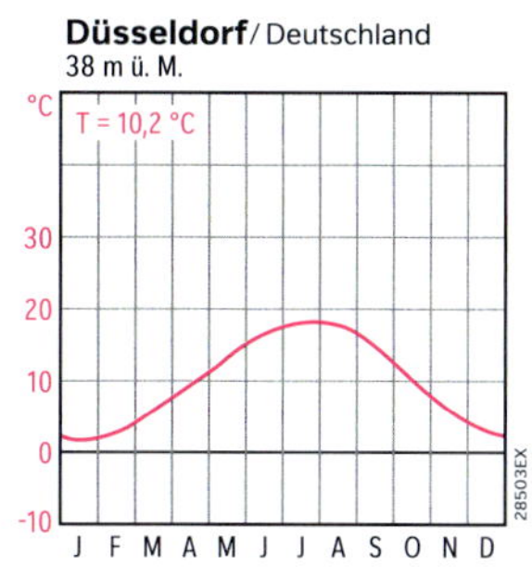

am Äquator

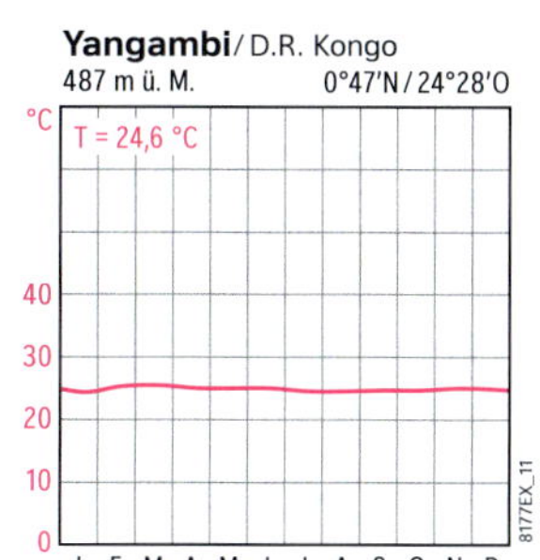

M6 Die jährlichen Durchschnittstemperaturen

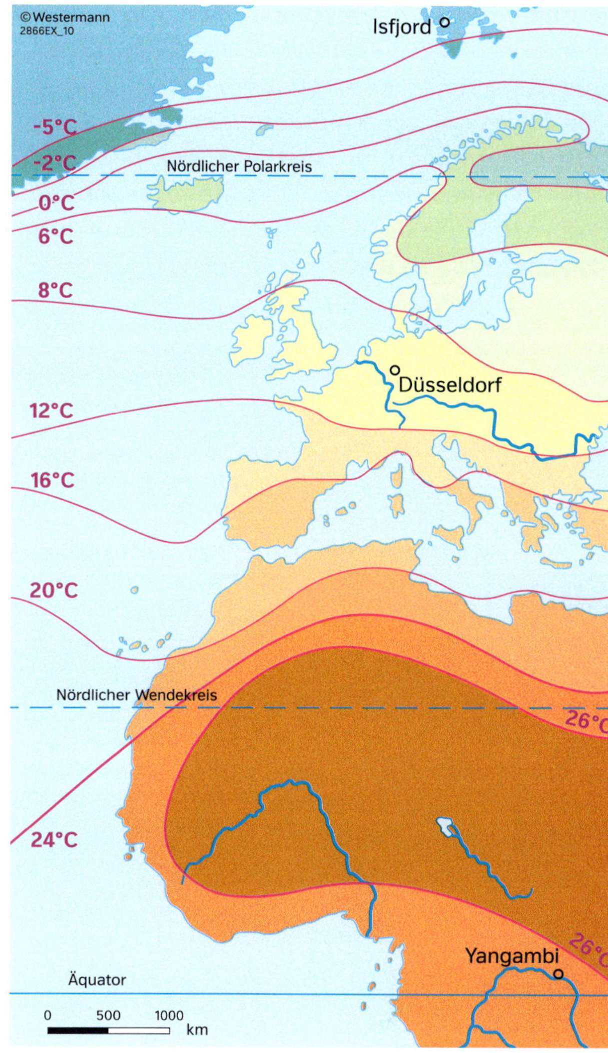

Aufgaben

❶ Beschreibe die Unterschiede zwischen den jährlichen Durchschnittstemperaturen am Äquator und im Polargebiet (M6).

❷ Vergleiche den Verlauf der monatlichen Durchschnittstemperaturen von Isfjord, Stuttgart und Yangambi (M5).

❸ Ⓦ Wähle aus:

A Erkläre in Stichworten, warum die Erdoberfläche unterschiedlich stark erwärmt wird (M2, M3, M4, Text).

B Überlege, wie du mithilfe eines Versuchs die unterschiedliche Erwärmung der Erdoberfläche erklären kannst (M2).

❹ Arbeite die Kernaussagen aus dem Modell in M1 heraus (vgl. Seite 91).

❺ a) Schau dir die Wettervorhersage im Fernsehen an und notiere, was über die Wetterelemente gesagt wird.

b) Notiere Fragen, die du noch klären möchtest.

c) Recherchiere Informationen, um deine Fragen zu beantworten (Internet, vgl. S. 310, 109).

Formulierungshilfen zu Aufgabe 2:

Von ... bis ... steigen die durchschnittlichen Monatstemperaturen an.

Das Maximum wird im ... erreicht.

Von ... bis ... sinken die ...

Das Minimum ...

Wenn du diese Aufgaben erfolgreich bearbeitet hast, kannst du ...

... die unterschiedliche Erwärmung der Erdoberfläche beschreiben.

... erklären, warum die Erdoberfläche unterschiedlich erwärmt wird.

... die Fachbegriffe **Wetter**, **Klima** und **Wetterelement** erklären.

Bewölkung und Niederschlag

Bei einer Fahrt mit dem Bus im Winter habt ihr vielleicht schon bemerkt, dass die Scheiben beschlagen. Beim Warten auf den Bus in der Kälte könnt ihr euren Atem sehen. Beides hat etwas mit der Temperatur der Luft und mit Wasserdampf zu tun. Warum könnt ihr euren Atem nur bei niedrigen Temperaturen sehen? Was haben diese Beispiele mit Bewölkung und Niederschlag zu tun?

ERSTAUNLICH

Eine große Wolke kann über 1000 Tonnen Wasser enthalten.

M1 Von der Messung bis zur Darstellung im Diagramm

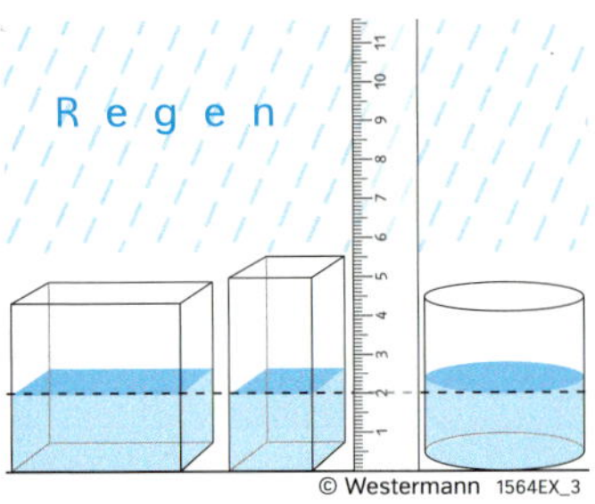

Der Niederschlag wird in Sammelbechern aufgefangen. Steht das Wasser 1 mm hoch, bedeutet das, dass sich 1 Liter Regenwasser über einer Fläche von 1 m² verteilt.

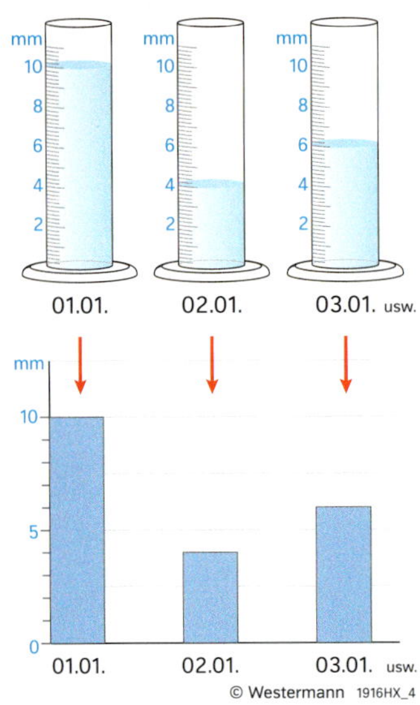

Zeichnung von Tagesniederschlägen

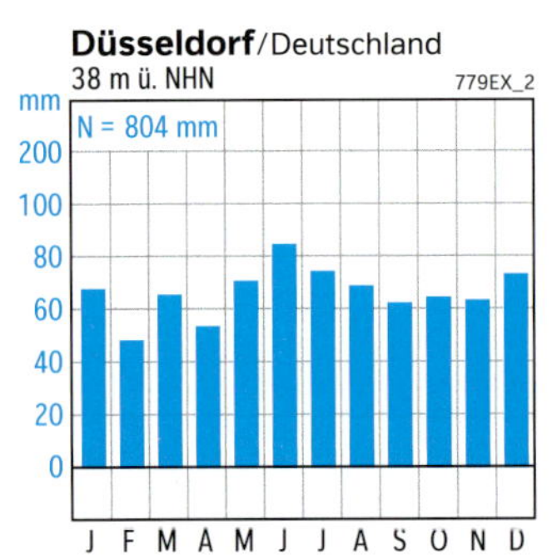

Darstellung des Niederschlags in einem Säulendiagramm.
Die Tagesniederschläge eines Monats werden addiert.

M2 Niederschlagsarten

Ohne Wolken kein Regen

Wasser aus Seen und Flüssen verdunstet, wenn die Sonne die Wasserfläche erwärmt. Aus Wasser wird Wasserdampf. Je wärmer die Luft ist, desto mehr Wasserdampf kann sie aufnehmen. Solange sie Wasser aufnehmen kann, bleibt der Wasserdampf unsichtbar.

Kühlt feuchte Luft ab, dann kommt es zur **Kondensation**. Aus dem Wasserdampf wird wieder Wasser. Es bildet sich zunächst Dunst, dann entstehen Wolken und schließlich – wenn die Wassertröpfchen groß genug sind – fällt **Niederschlag**. Die Abkühlung feuchter Luft ist also die Grundbedingung für Niederschlag.

Eine Wolke besteht aus Millionen kleiner Wassertröpfchen. Je dunkler die Wolken sind, desto mehr Wassertröpfchen enthalten sie.

M3 Maximal möglicher Wasserdampfgehalt der Luft bei unterschiedlichen Temperaturen

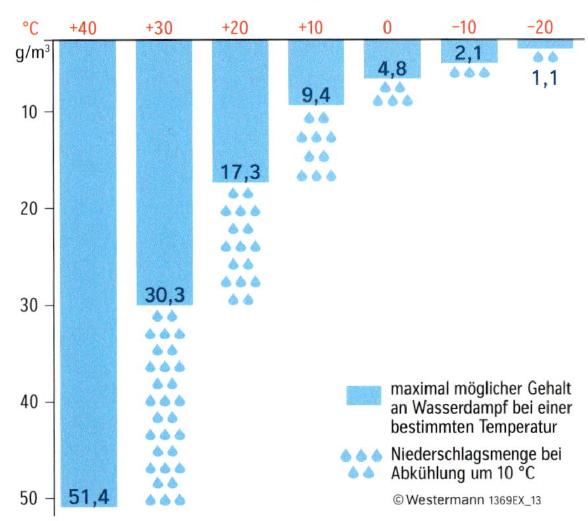

1 m³ = 1000 Liter

Lesebeispiel: Kühlt man 40 Grad warme Luft auf 30 Grad ab, dann kann sie nur noch 30,3 Gramm Wasserdampf pro Kubikmeter aufnehmen. 21,1 Gramm pro Kubikmeter fallen als Niederschlag aus.

M4 Der Wasserkreislauf

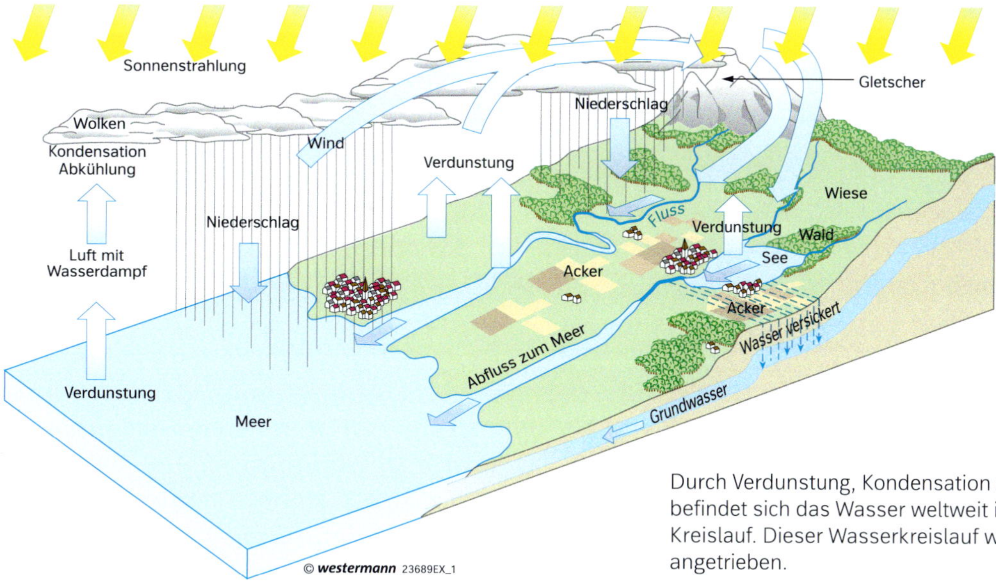

Durch Verdunstung, Kondensation und Niederschlag befindet sich das Wasser weltweit in einem ständigen Kreislauf. Dieser Wasserkreislauf wird durch die Sonne angetrieben.

M5 Versuche: Wasser in der Luft

A Das braucht ihr:

- Kühlschrank
- Handspiegel

B Das braucht ihr:

- heißes Wasser
- Metallschale
- Eiswürfel
- Glas

A So geht ihr vor:

1. Legt einen Handspiegel in den Kühlschrank.
2. Nehmt ihn heraus und haucht auf die kalte Oberfläche des Spiegels.
3. Notiert, was ihr beobachtet.
4. Erklärt, was passiert ist.
5. Übertragt eure Ergebnisse auf die Situation im Bus im Winter.

B So geht ihr vor:

1. Füllt eine Metallschale mit Eiswürfeln.
2. Stellt sie auf ein Glas mit heißem Wasser.

3. Notiert, was ihr beobachtet.
4. Erklärt, was passiert ist.
5. Übertragt eure Ergebnisse auf die Entstehung von Wolken und Niederschlag.

Tipps:

Luft enthält immer Wasser in Form von unsichtbarem Wasserdampf.

Warme Luft kann mehr Wasserdampf aufnehmen als kalte Luft. Wenn die Luft abkühlt, wird der Wasserdampf sichtbar. Der Wasserdampf kondensiert.

Kleine Wassertröpfchen sind als weißer Nebel sichtbar. Viele Wassertröpfchen bilden Wolken.

Aufgaben

❶ Beschreibe den Wasserkreislauf (M4). Beginne mit der Sonneneinstrahlung und der Verdunstung.

❷ Erkläre, wie Wolken und Niederschlag entstehen (Text).

❸ ⓦ Wähle aus:

A Ordne die Niederschlagsarten Regen, Nebel, Tau, Raureif, Schnee und Hagel den Zeichnungen in M2 zu.

B Wandle das Diagramm in M3 in eine Tabelle um. Trage den maximal möglichen Wasserdampfgehalt und die Niederschlagsmengen ein.

❹ Beschreibe, wie Niederschlag gemessen wird und wie die Messergebnisse in einem Diagramm dargestellt werden (M1).

❺ Führt die Versuche nach der Anleitung durch (M5). Arbeitet in Kleingruppen oder führt die Versuche zu Hause durch.

❻ ⓩ Wird Wasser in einem Topf auf dem Herd zum Kochen gebracht, steigt Wasserdampf auf. Warum ist der Wasserdampf sichtbar?

❼ ⓩ Führt zu Hause folgenden Versuch durch: Erhitzt Wasser in einem Topf und haltet dann einen kalten Topfdeckel (vorher in den Kühlschrank gelegt) über den Wasserdampf. Was passiert?

Wenn du diese Aufgaben erfolgreich bearbeitet hast, kannst du ...
... erklären, wie Niederschlag entsteht.
... den Wasserkreislauf beschreiben.
... die Fachbegriffe **Kondensation** und **Niederschlag** erklären.

Winde – vom Hoch zum Tief

„Es zieht!" „Dann mach doch die Tür zu!" Warum zieht es eigentlich, wenn die Tür auf ist? Was hat dieses Beispiel mit dem Wetter zu tun?

ERSTAUNLICH

Auf einem Quadratmeter Grundfläche auf Meereshöhe lasten bei einer zehn Kilometer hohen Luftsäule etwa zehn Tonnen Luft.

M3 Zugluft in einem Raum

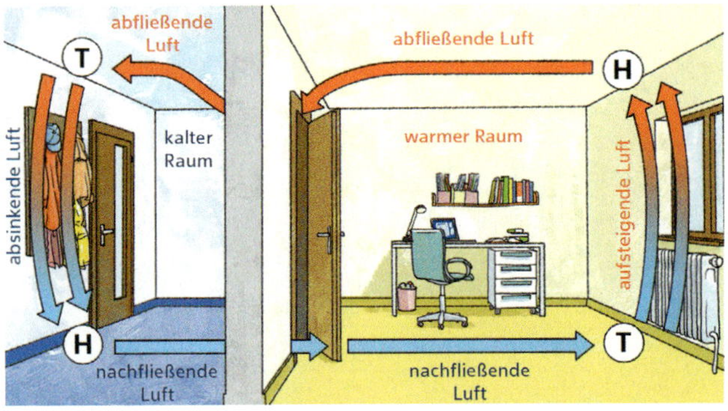

Luftdruckunterschiede verursachen Wind

Die Erde ist von einer Lufthülle umgeben. Luft ist zwar ein unsichtbares Gasgemisch, hat aber ein Gewicht. Eine riesige Luftsäule lastet auf jedem Punkt der Erdoberfläche. Das ist der Luftdruck. Man misst den Luftdruck mit einem Barometer und gibt ihn in Hektopascal (hPa) oder Millibar (mbar) an. Der Normaldruck auf Meereshöhe beträgt 1013 hPa. So viel wiegt die Luft im Durchschnitt auf einer Fläche von 1 cm Breite und 1 cm Länge.

Der Luftdruck nimmt mit zunehmender Höhe ab. Deshalb gibt es zwischen einer Messung auf einem Berg und im Tal Druckunterschiede.

Wenn die Sonne die Erdoberfläche erwärmt, dehnt sich die erwärmte Luft aus, sie strömt nach oben. Dann verringert sich der Luftdruck an der Erdoberfläche. Es herrscht niedriger Luftdruck, Tiefdruck oder Tief (T) genannt.

Wenn kalte Luft nach unten sinkt, erhöht sich der Luftdruck an der Erdoberfläche. Es entsteht dort hoher Luftdruck. Es herrscht Hochdruck, Hoch (H) genannt.

Luft strömt immer von einem Gebiet mit hohem Luftdruck zu einem Gebiet mit niedrigem Luftdruck. Diese Luftbewegung nehmen wir als Wind wahr. Wind ist also nichts anderes als ein Druckausgleich zwischen Hoch und Tief. Je größer der Druckunterschied ist, desto stärker weht der Wind.

Winde werden nach der Himmelsrichtung bezeichnet, aus der sie kommen. Ein Westwind kommt also aus Westen. Durch die Erdrotation werden Winde jedoch abgelenkt. Luft dreht sich aus einem Hoch hinaus und in ein Tief hinein.

M1 Windstärken und ihre Auswirkungen

Windstärke	Bezeichnung	Auswirkung
0	Windstille	Rauch steigt senkrecht auf
1–2	Zug	Blätter bewegen sich
3–4	Brise	Zweige bewegen sich
5–6	Wind	Fahnen flattern
7–8	stürmischer Wind	Bäume werden gebogen
9–10	Sturm	Bäume werden entwurzelt
11–12	Orkan	Zerstörung und Verwüstung

M2 Heißluftballon: Warme Luft steigt auf.

M4 Die Entstehung von Seewind

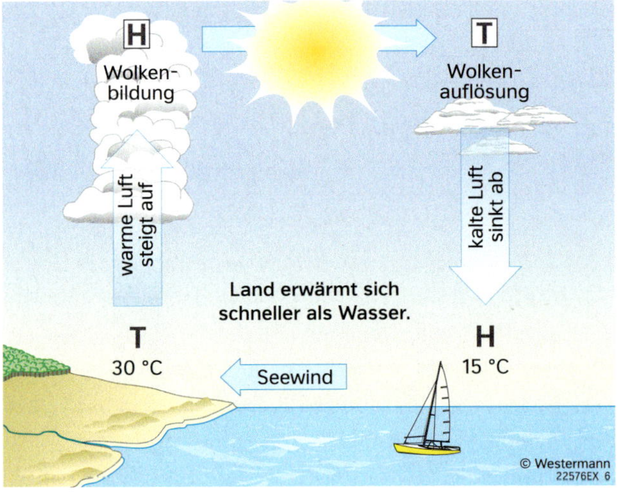

METHODE Klimadiagramme lesen

Klimadiagramme liefern uns Informationen über das Klima der verschiedenen Orte auf der Erde. So können wir das Klima der Orte vergleichen und die Auswirkungen des Klimas beschreiben.

INTERNET

Klimadiagramme selbst erstellen.
→ diercke.westermann Klimagraph

M5 Das Klimadiagramm in seinen einzelnen Bestandteilen

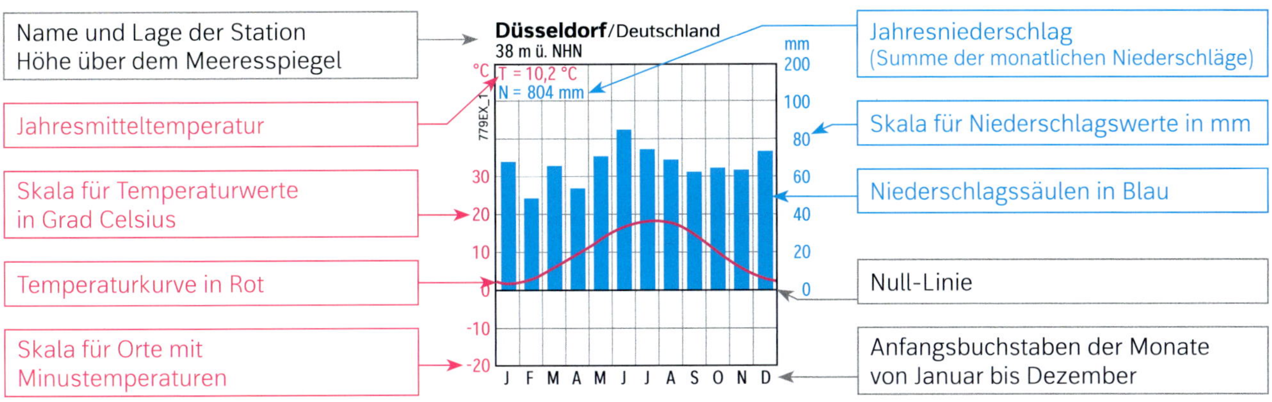

Vier Schritte zum Lesen eines Klimadiagramms

1. Schritt: Allgemeine Angaben
- Notiere den Namen der Klimastation.
- Notiere die Lage der Klimastation: Gib das Land an und die Höhenlage über dem Meeresspiegel.

2. Schritt: Die Temperaturen
- Notiere die Jahresmitteltemperatur (rote Zahl).
- Notiere die Temperatur des wärmsten Monats.
- Notiere die Temperatur des kältesten Monats.
- Beschreibe den Verlauf der Temperatur während des Jahres. Achte dabei auch auf Temperaturschwankungen.

3. Schritt: Die Niederschläge
- Notiere die Jahresniederschlagsmenge (blaue Zahl) sowie den niederschlagsreichsten und -ärmsten Monat.
- Beschreibe den Verlauf der Niederschläge des Jahres. Achte dabei auch auf Niederschlagsschwankungen.

4. Schritt: Die Auswertung
Erläutere, welche Auswirkungen das Klima an diesem Ort hat:
- für die Vegetation,
- für die Landwirtschaft,
- für den Tourismus,
- für das Leben und Wirtschaften der Menschen.

Aufgaben

1. Beschreibe die Luftbewegung zwischen einem warmen und einem kalten Raum (M3).
2. Erkläre, warum Heißluftballone aufsteigen können (M2).
3. Erkläre, wie an der Küste Seewind entsteht (M4).
4. Beobachte die aktuelle Auswirkung des Winds draußen und bestimme die Windstärke (M1).
5. Lies das Klimadiagramm von Düsseldorf (M5).
6. (Z) Lies das Klimadiagramm einer anderen Klimastation in Deutschland, zum Beispiel das vom Feldberg oder vom Kahlen Asten (Atlas).

Formulierungshilfen zu Aufgabe 5:
Die Jahresmitteltemperatur beträgt ...
Der ... ist mit ... °C der Monat mit der niedrigsten/höchsten ...
Von ... bis ... steigen/sinken die Temperaturen an.
Der höchste/niedrigste Niederschlag fällt im ...

Wenn du diese Aufgaben erfolgreich bearbeitet hast, kannst du ...
... erklären, wie Wind entsteht.
... Klimadiagramme lesen.

ORIENTIERUNG

Die Klimazonen der Erde

Du hast schon die Vegetationszonen der Erde kennengelernt und erfahren, dass die unterschiedliche Vegetation etwas mit dem Klima zu tun hat (vgl. S. 12). Wie hängen Klima und Vegetation zusammen? Welche Klimazonen gibt es?

M1 Die Küste bei Pontianak (Indonesien)

M2 Landschaft bei Kap Barrow (Alaska, USA) im Sommer

M4 Das Klimadiagramm von Kap Barrow

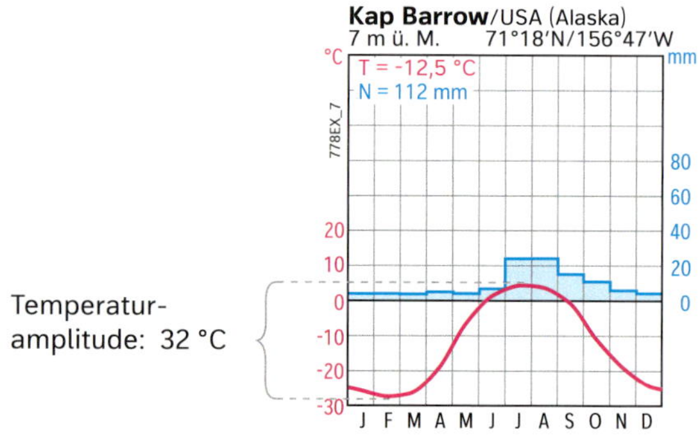

Das Klima in Streifen

Die **Klimazonen** der Erde sind Gebiete, in denen das Klima ungefähr gleich ist. Sie müssten sich theoretisch in parallelen Streifen um die Erde legen, also parallel zu den Breitenkreisen verlaufen. Die tatsächliche Ausbreitung der Klimazonen ist aber unregelmäßiger. Oft ragt eine Zone in die nächste hinein. Die wichtigsten Gründe dafür sind die unterschiedliche Verteilung von Land und Meer sowie warme und kalte Meeresströmungen. Schließlich spielen auch die Gebirge und ihre Lage eine Rolle. Das Klima in Nordeuropa wird zum Beispiel durch den warmen Golfstrom beeinflusst. Hier reichen die Mittelbreiten, auch gemäßigte Zone genannt, bis weit in den Norden.

INTERNET

Suchbegriffe:
→ Klimahaus Bremerhaven Bilder
→ Königlicher Burgers' Zoo Bilder

M3 Modell der Klimazonen

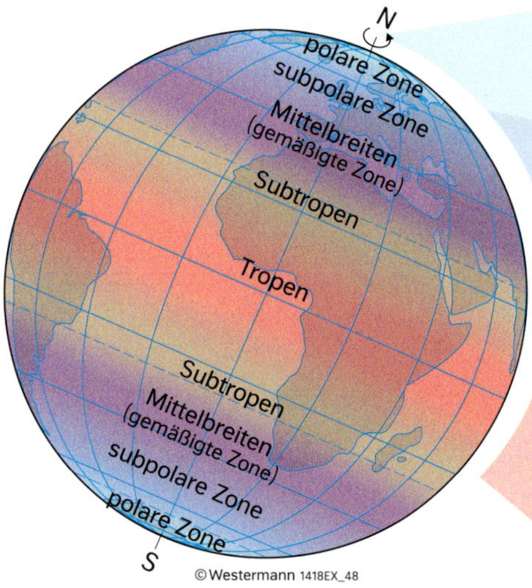

In den **polaren Zonen** ist es das ganze Jahr über kalt. Es gibt große Temperaturunterschiede zwischen dem Sommer- und dem Winterhalbjahr. Der wenige Niederschlag fällt als Schnee. Die Polarzonen werden ungefähr von den Polarkreisen und den Polen begrenzt.

Die **subpolare Zone** ist eine Übergangszone.

In den **Mittelbreiten** (gemäßigten Zonen) herrschen in der Regel gemäßigte Temperaturen. Es gibt ausgeprägte Jahreszeiten. Das ganze Jahr über fallen Niederschläge, im Winter auch als Schnee.

Die **Subtropen** sind Übergangszonen. Hier befinden sich besonders viele trockene Gebiete.

In den **Tropen** ist es das ganze Jahr über warm. Es gibt keine Jahreszeiten. Die **Temperaturamplitude** ist minimal. Weite Gebiete der Tropen werden von Regen- und Trockenzeiten geprägt. Die Tropenzone wird ungefähr von den Wendekreisen begrenzt.

schueler.diercke.de | 100870-014-02

M5 Das Klimadiagramm von Essen

Temperaturamplitude: 18 °C

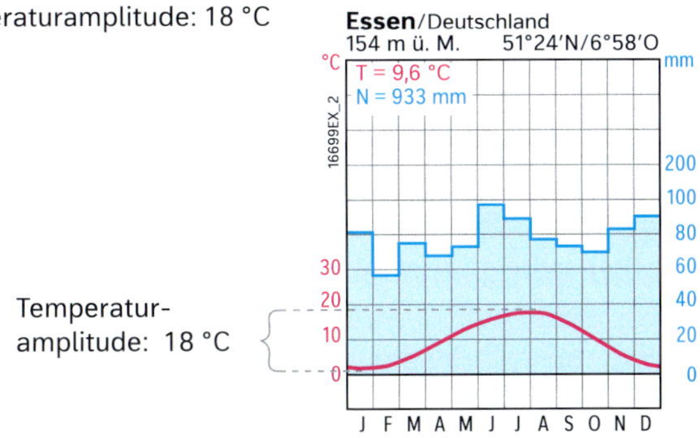

M7 Das Klimadiagramm von Pontianak

Temperaturamplitude: 1 °C

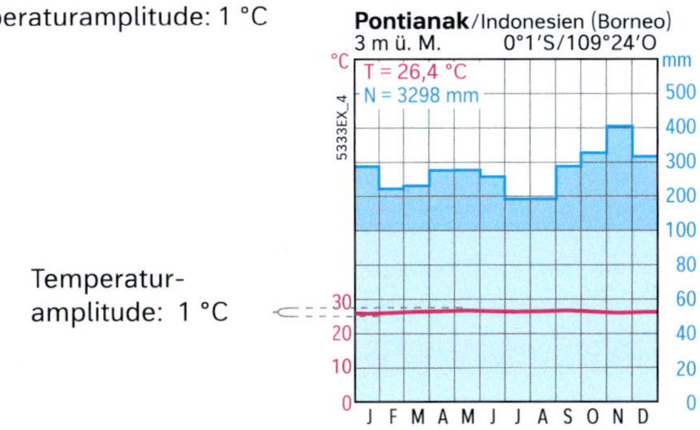

M6 Die Klimazonen der Erde

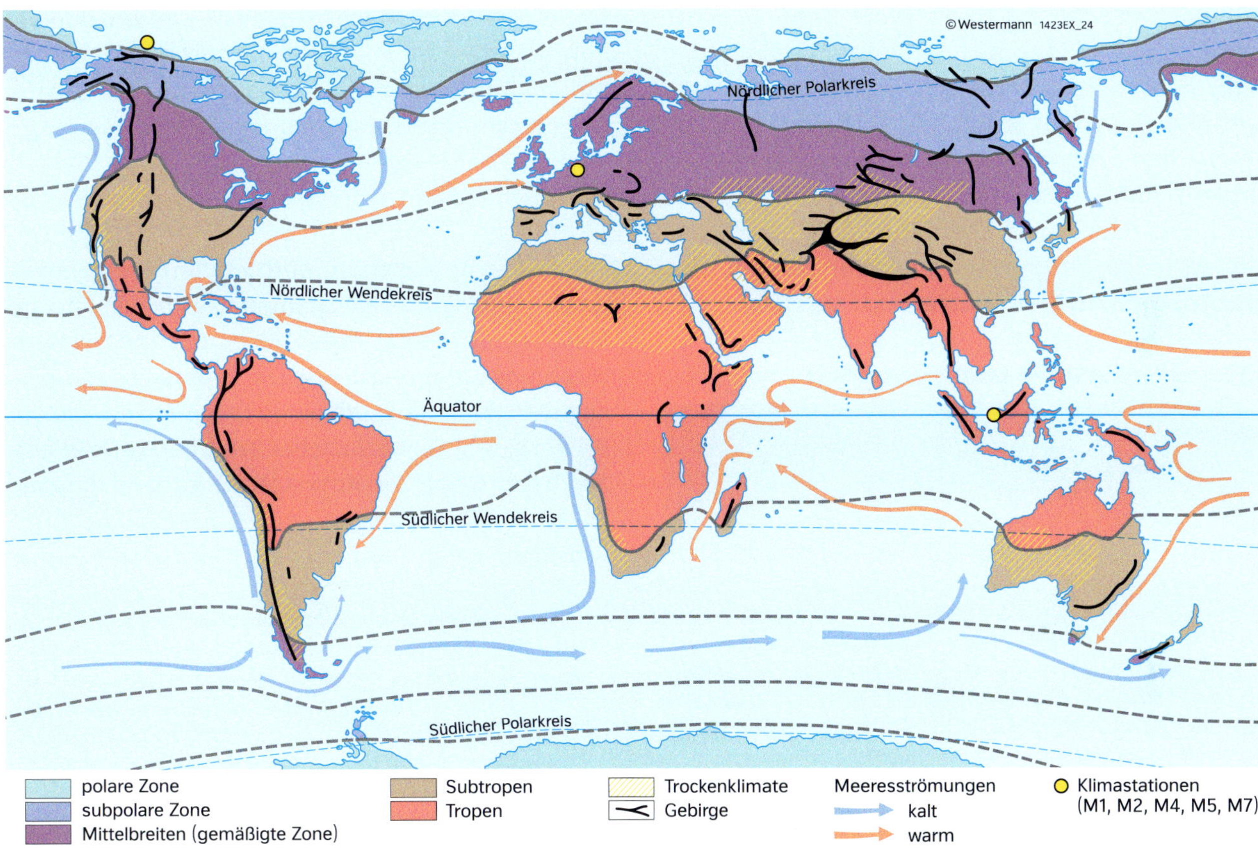

Aufgaben

1. Beschreibe die modellhafte Darstellung der Klimazonen (M3).
2. Begründe, warum die Klimazonen nicht genau breitenkreisparallel verlaufen (M6).
3. Wähle aus:
   Erkläre den unregelmäßigen Verlauf der Klimazonen (M6)
   A an der Westküste von Südamerika.
   B an der Westküste von Afrika.
4. a) Vergleiche den Verlauf der Temperaturkurven in den Klimadiagrammen von Essen, Kap Barrow und Pontinanak (M4, M5, M7).
   b) Vergleiche die Niederschläge während des Jahres (M4, M5, M7).
   c) Erkläre die Unterschiede (M6, Atlas).
5. ⓩ Erkläre, warum die Niederschläge in Pontianak sehr hoch und in Kap Barrow sehr gering sind (S. 126 M3).

Formulierungshilfen zu Aufgabe 4:
Die Temperaturkurve von ... ist ausgeglichen/zeigt große/leichte Temperaturunterschiede.
Die Temperaturen schwanken zwischen ... und ... °C.
Die Temperaturamplitude ...
Die Temperaturen in ... liegen ganzjährig um °C.

Wenn du diese Aufgaben erfolgreich bearbeitet hast, kannst du ...
... die Lage der Klimazonen auf der Erde beschreiben.
... die Fachbegriffe **Klimazone** und **Temperaturamplitude** erklären.

Es wird wärmer auf der Erde

Ohne die Atmosphäre wäre ein Leben auf der Erde nicht denkbar, denn ohne sie läge die globale Durchschnittstemperatur nicht bei +15 °C, sondern bei −18 °C. Aber warum ist das so? Und warum steigt die globale Durchschnittstemperatur an?

Klimawandel durch den Treibhauseffekt?

Weltweit wird es messbar wärmer. Der **Klimawandel** zeigt schon Auswirkungen: Gletscher schmelzen, der Meeresspiegel steigt. Ist der Mensch daran schuld? Tatsächlich gab es in der Erdgeschichte schon immer Klimaschwankungen. Die Zunahme der Durchschnittstemperatur in den letzten 20 Jahren kann die Wissenschaft aber nicht eindeutig mit natürlichen Gründen erklären. Die meisten Klimawissenschaftler gehen davon aus, dass der Mensch das Klima beeinflusst. Sie sehen die Ursache des Klimawandels im vom Menschen verstärkten, also **anthropogenen Treibhauseffekt.**

M1 Der natürliche Treibhauseffekt

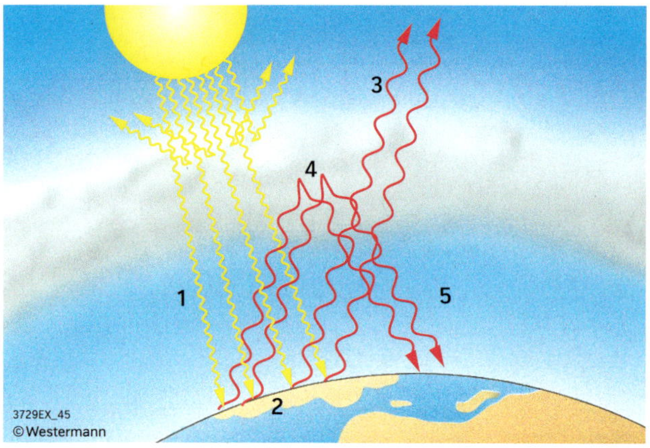

M3 Texterarbeitung durch reziprokes Lesen: Der natürliche Treibhauseffekt

Die Erde erhält ihre Energie von der Sonne. Das Sonnenlicht ist eine kurzwellige Strahlung. Durchdringt diese Strahlung die Atmosphäre, wird ein Teil von ihr sofort ins Weltall reflektiert oder von Wolken oder Staubteilchen absorbiert (aufgenommen). Auch Kohlenstoffdioxid und Ozon absorbieren einen Teil der kurzwelligen Strahlung.

Nur etwa die Hälfte der kurzwelligen Strahlung erreicht die Erdoberfläche. Dort wird sie vom Boden, von Bäumen, Straßen, Häusern und Gewässern aufgenommen und als langwellige Strahlung wieder an die Atmosphäre abgegeben. Diese langwellige Strahlung nehmen wir als Wärme wahr.

Die in der Atmosphäre enthaltenen **Treibhausgase** (Wasserdampf, Kohlenstoffdioxid, Ozon, Methan, Lachgas) reflektieren die langwellige Strahlung zur Erde zurück. Die Treibhausgase wirken wie die Glaswände eines Treibhauses. Dieser Prozess wird als **natürlicher Treibhauseffekt** bezeichnet. Ohne die Atmosphäre gäbe es keinen Treibhauseffekt und die Temperaturen auf der Erde wären eisig.

INTERNET

Suchbegriff:
→ UBA-Erklärfilm Treibhauseffekt

M2 Der anthropogen verstärkte Treibhauseffekt

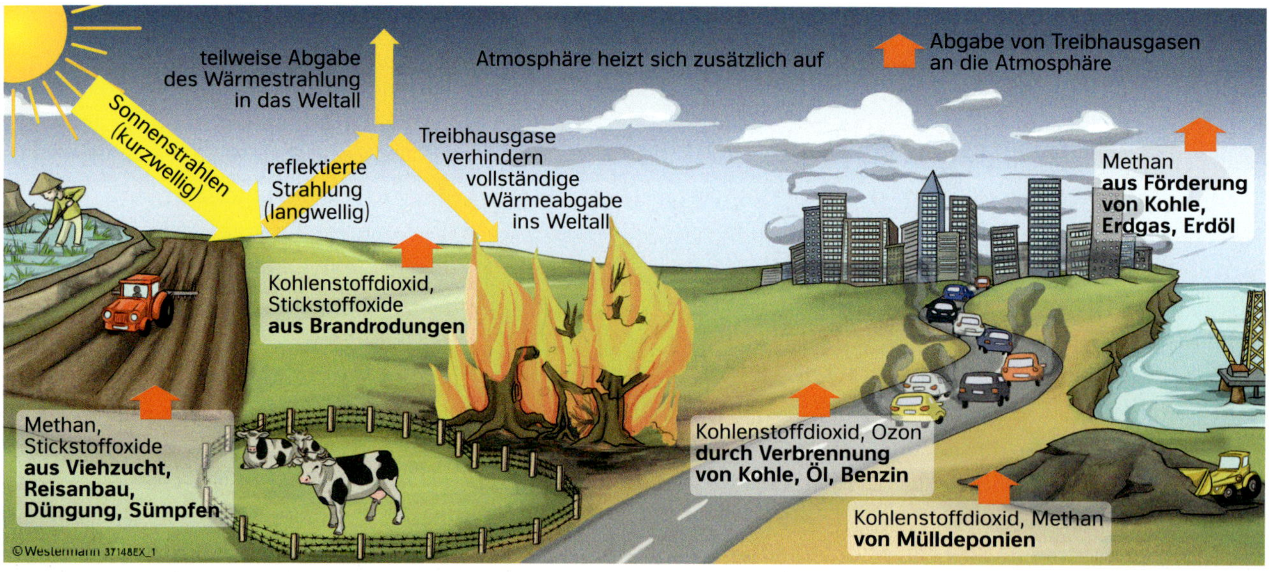

METHODE # Reziprokes Lesen

Das reziproke Lesen ist eine kooperative Methode. Du erschließt einen Textinhalt gemeinsam in Gruppenarbeit. Bildet dazu möglichst Dreiergruppen.

Drei Schritte zum reziproken Lesen

1. Schritt: **Vorbereitung**
- Teilt den Text in Abschnitte ein.
- Verteilt die Rollen in eurer Gruppe: A Zusammenfasser, B Fragesteller, C Nachhaker.

2. Schritt: **Analyse des ersten Textabschnitts**
- Jeder liest still den ersten Abschnitt des Textes durch und macht sich entsprechend seiner Rolle Notizen.
- Besprecht den ersten Textabschnitt, dabei nimmt jeder seine Rolle wahr.

3. Schritt: **Analyse der nächsten Textabschnitte**
- Tauscht die Rollen im Uhrzeigersinn und besprecht den nächsten Textabschnitt wie in Schritt 2 beschrieben.
- Der Ablauf beginnt danach von vorne. Die Rollen werden so lange getauscht, bis alle Textabschnitte erarbeitet wurden.

M4 Versuch zum Treibhauseffekt

Material:
- zwei Einmachgläser
- drei Thermometer
- drei feste Unterlagen (Karton)
- drei Stück weißes Papier

M5 Erklärung der Rollen

A Zusammenfasser: fasst den Abschnitt zusammen, die anderen prüfen die Zusammenfassung und ergänzen oder/und verbessern die Inhalte bei Bedarf.
Formulierungshilfen: In dem Textabschnitt wird erklärt, wie/warum/wodurch ...
In dem Abschnitt geht es darum, dass ...
Die wichtigsten Punkte sind ...
B Fragesteller: stellt Fragen, die nur beantwortet werden können, wenn der Text verstanden wurde. A antwortet.
Formulierungshilfen: Was passiert, wenn ...?
Warum ist ... ?
Wie kommt es dazu, dass ...?
Wodurch entsteht ...?
Wo findet ... statt? Womit ...? Inwiefern ...?
C Nachhaker: fordert auf, schwierige Begriffe zu erklären. A antwortet.
Formulierungshilfen: Erkläre den Begriff ...
Was ist mit ... gemeint?

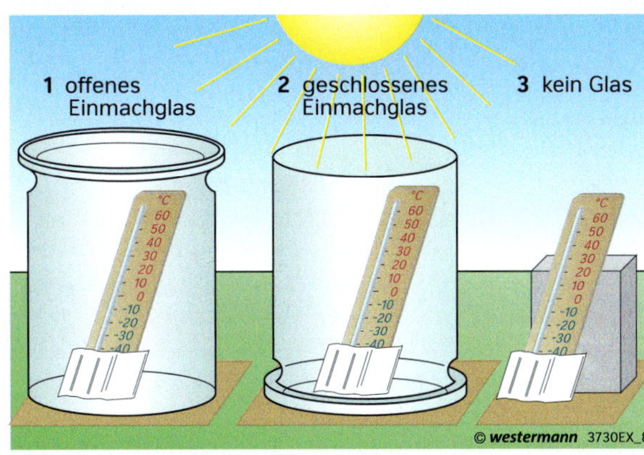

Aufgaben

1. Erarbeitet den Text zum natürlichen Treibhauseffekt (M3) mithilfe des reziproken Lesens.
2. (W) Wähle aus:
   A Übertrage das Modell (M1) in dein Heft und notiere die Erklärungen zu den Ziffern im Modell.
   B Zeichne ein Treibhaus und veranschauliche den Treibhauseffekt.
3. Führt den Versuch zum Treibhauseffekt an einem Tag mit Sonnenschein durch.
   Beschreibt die Versuchsanordnung.
   Notiert eure Beobachtungen und wertet eure Ergebnisse aus.
4. (W) Wähle aus:
   Erkläre den anthropogen verstärkten Treibhauseffekt, indem du
   A eine Tabelle mit den Produzenten von Treibhausgasen, den Aktivitäten und den Emissionen anlegst (M2).
   B einen Text dazu schreibst (M2).
5. Reflektiere dein eigenes Verhalten. Inwiefern bist du selbst am anthropogenen Treibhauseffekt beteiligt?

Wenn du diese Aufgaben erfolgreich bearbeitet hast, kannst du ...
... den natürlichen Treibhauseffekt erklären.
... den anthropogenen Einflusses auf das globale Klima erklären.
... die Folgen des anthropogen verstärkten Treibhauseffekts beschreiben.
... die Fachbegriffe **Klimawandel, anthropogener Treibhauseffekt, Treibhausgas** und **natürlicher Treibhauseffekt** erklären.

WAHLTHEMA 1 Gletscher schmelzen, ...

Die Folgen des Klimawandels sieht man in den Alpen, aber auch auf Grönland: die Gletscher schmelzen. Auch das Meereis am Nordpol schmilzt, und zwar mit tragischen Folgen für zum Beispiel die Eisbären. Sie verlieren ihren Lebensraum. Die Bewohner der Küstenregionen der Erde und der Inseln sind ebenfalls vom Klimawandel betroffen. Ihr Lebensraum ist von Überflutung bedroht. Wie hängt die Eisschmelze mit dem Meeresspiegelanstieg zusammen? Welche Lebens- und Wirtschaftsräume sind bedroht?

M3 Der Pasterze-Gletscher schmilzt ab.

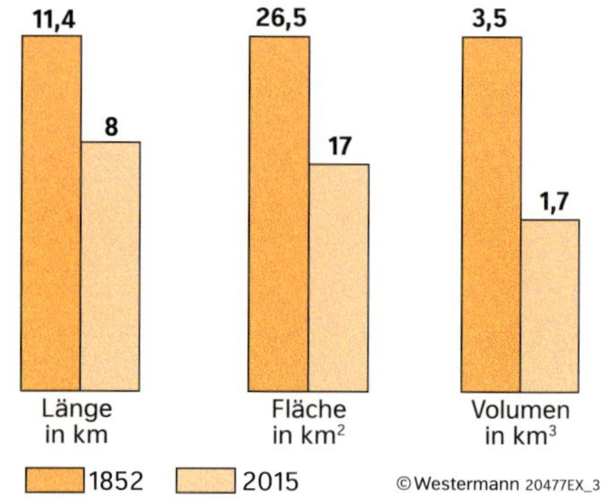

Erarbeitet die Fragen. Formuliert während der Arbeit selbst weitergehende Fragen und versucht, sie zu beantworten.
Erstellt ein Erklärvideo und präsentiert es der Klasse (vgl. S. 89).

M1 Der Pasterze-Gletscher (1897)

1856 unternahm der österreichische Kaiser Franz-Josef mit der Kaiserin Elisabeth, genannt Sissi, eine Wanderung an den Rand des Gletschers. So sah sein Blick auf den Gletscher damals aus.

M2 Der Pasterze-Gletscher (2010)

Dies war der Blick von der Franz-Josefs-Höhe auf den abgeschmolzenen Gletscher 2010.

Gletscherschmelze – eine Folge des Klimawandels

Am deutlichsten zeigt sich der globale Anstieg der Temperaturen am Rückzug der Gebirgsgletscher überall auf der Welt. In den Anden und Alaska schmelzen die Gletscher ebenso wie im Himalaya und in den Alpen. Mittlerweile schmelzen die Gletscher viermal so schnell wie noch vor 30 Jahren. Gletscherforscher rechnen damit, dass der Großteil der Alpengletscher noch in diesem Jahrhundert vollständig verschwinden könnte.

M4 Auswirkungen der Gletscherschmelze

- Gletscher sind natürliche Wassersspeicher, durch das Abschmelzen der Gletscher verschwinden Süßwasserreserven.
- Die aufgetauten Hänge werden instabil. Geröll wird vom Regen ins Tal gespült. Es kommt auch vermehrt zu Felsstürzen und Geröllawinen.

M5 Querschnitt durch den Pasterze-Gletscher

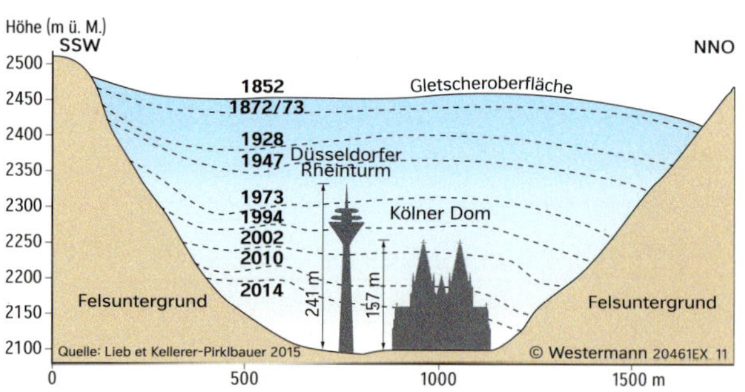

... der Meeresspiegel steigt

M6 **Majuro (Marshallinseln), die Heimat von Selina**

Die Marshallinseln liegen nur zwei Meter über dem Meeresspiegel.

M7 **Der Anstieg des Meeresspiegels**

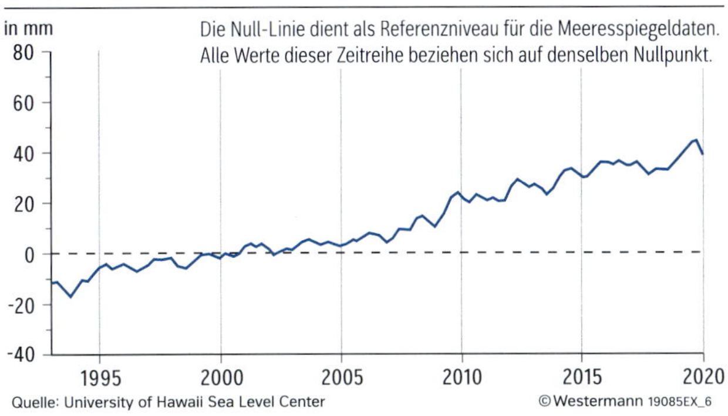

M8 **Die wichtigsten Ursachen für den gegenwärtigen Meeresspiegelanstieg**

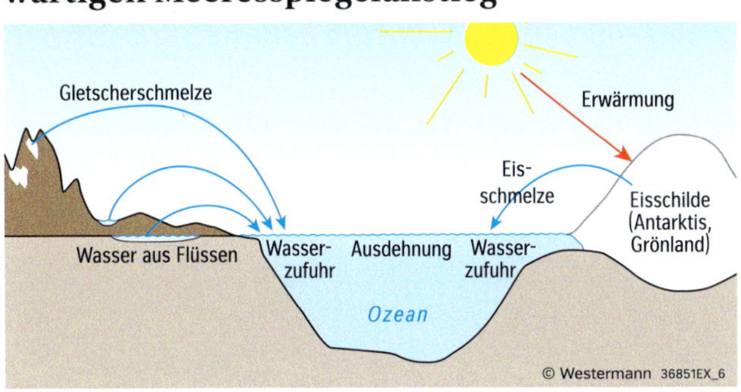

M9 **Interview mit Selina (16 Jahre alt), Klimaaktivistin. Sie lebt auf einer der Marshallinseln.**

Wie erlebst du den Klimawandel?

Schon als ich ein Kind war, kamen regelmäßig Fluten, dann hat mein Großvater meine Großmutter und uns Kinder in ein Hotel geschickt, das höher liegt. [...]
Mit der Zeit kamen die Fluten immer häufiger, das Wasser reichte immer höher. 2014 [habe ich] zwei Tage mit meinen Eltern und meinen sieben Geschwistern in einer höher gelegenen Kirche verbringen müssen. Die Angst, vielleicht für immer mein Zuhause zu verlieren, [...] das hat mich seitdem nicht mehr losgelassen.

Interview mit Selina Leem, Klimaschutz-Aktivistin von den Marshallinseln: Hamburg: Greenpeace e. V. 29.9.2017

INTERNET

Suchbegriffe:
→ YouTube Alpengletscher schmelzen rapide
→ YouTube Meeresspiegel steigt schneller an als erwartet
→ YouTube Meeresspiegel steigt viel schneller als erwartet

Tipps für die Erarbeitung

1. Ermittelt die Lage des Pasterze-Gletschers und der Marshallinseln. Fertigt jeweils eine Lageskizze an.
2. Überlegt, wie ihr die Veränderungen des Pasterze-Gletschers seit 1852 im Erklärvideo darstellen könnt (M1 – M3, M5).
3. Fertigt Zeichnungen und Erklärungen zu den Auswirkungen der Gletscherschmelze (M4).
4. a) Erklärt, wie sich das Abschmelzen der Gletscher in den Gebirgen auf den Meeresspiegel auswirkt.
   b) Nehmt die anderen Ursachen für den Meeresspiegelanstieg in das Erklärvideo auf (M8).
5. a) Beschreibt den Anstieg des Meeresspiegels (M7).
   b) Stellt die Auswirkungen des Meeresspiegelanstiegs dar (M6, M9).
6. Bearbeitet eure Fragen und stellt alle Informationen zusammen.
7. Erstellt das Erklärvideo.

Wenn du diese Aufgaben erfolgreich bearbeitet hast, kannst du ...
... die Auswirkungen des Klimawandels auf die Gebirgsgletscher beschreiben.
... die Ursachen des Anstiegs des Meeresspiegels erklären.
... die Auswirkungen des Meeresspiegelanstiegs beschreiben.

WAHLTHEMA 2 Extreme Wetterereignisse

Entwurzelte Bäume, abgedeckte Dächer und Überschwemmungen – das sind Folgen von extremen Wetterereignissen. Der Deutsche Wetterdienst rechnet in Zukunft mit mehr Stürmen und extremen Regenfällen, aber auch Hitzeperioden. Viele Klimaforscher nehmen an, dass die Häufung solcher Ereignisse mit den steigenden globalen Temperaturen zu tun hat. Bei einer Erhöhung der durchschnittlichen Temperatur um ein Grad kann die Luft sieben Prozent mehr Wasser aufnehmen. Wie wirkt sich das regional bei uns aus? Welche Maßnahmen kann man zur Vorsorge ergreifen?

M2 Flutkatastrophe an der Ahr nach starkem Dauerregen im Juli 2021 – 6 Wochen später

Erarbeitet die Fragen. Formuliert während der Arbeit selbst weitergehende Fragen und versucht, sie zu beantworten. Erstellt ein Erklärvideo und präsentiert es der Klasse (vgl. S. 89).

Wie gefährlich sind extreme Wetterereignisse?

Starkregen oder Dauerregen sind nicht an sich gefährlich. Sie werden aber zu einer Gefahr für Siedlungs- und Wirtschaftsräume, wenn die enormen Wassermassen nicht abfließen können. Kann zum Beispiel das städtische Kanalsystem die Wassermassen nicht aufnehmen, dann werden die Straßen und die Keller der Häuser überflutet. Bäche und Flüsse, deren Verlauf vom Menschen begradigt wurde, können die Wassermassen nicht aufnehmen. Sie treten über die Ufer und überschwemmen die Siedlungen am Ufer.

Bei einem Sturm sind es vor allem die Böen, die große Schäden anrichten können. Herabfallende Trümmer und herumfliegende Gegenstände verursachen die meisten Todesfälle bei einem Sturm. Zu den extremen Wetterereignissen gehören auch Hitzewellen. Bei einer Hitzewelle im Sommer 2003 gab es ungefähr 7000 Todesfälle. Bleiben Niederschläge über einen längeren Zeitraum aus, kommt es zu Dürren. Die landwirtschaftliche Produktion ist gefährdet und die Waldbrandgefahr steigt.

M1 Hochwasserschutz

M3 Sturmschäden in Hamburg 2020

M4 Wie kann man Schäden durch Sturm vorbeugen?

- Dächer regelmäßig auf lose Dachziegel überprüfen,
- Schornsteine auf lose Bleche überprüfen,
- Gerüste, Werbetafeln, Partyzelte und Abdeckplanen vor einem Sturm entfernen.
- Markisen einfahren.
- Autos nicht in der Nähe von Häusern oder hohen Bäumen parken.

INTERNET

Suchbegriffe:
→ Deutscher Wetterdienst Warnungen aktuell
→ Unwetterereignisse Deutschland Unwetterzentrale
→ Planet Wissen Hitze und Dürre
→ br Wissen Extremwetter

M5 Extreme Wetterereignisse: gefährdete Gebiete

Tipps für die Erarbeitung

1. Bearbeitet die Materialien, schlagt unbekannte Begriffe nach.
2. Notiert eure Fragen und führt eine Internet-Recherche durch (vgl. S. 310, S. 109).
3. Fertigt Zeichnungen und Erklärungen zu den Auswirkungen extremer Wetterereignisse an (M2, M3, Text).
4. Wertet die Karte in M5 aus. Berücksichtigt insbesondere das Gebiet von Nordrhein-Westfalen.
5. a) Beschreibt Maßnahmen zum Hochwasserschutz (M1).
   b) Beschreibt Maßnahmen zur Vorsorge bei einem Sturm (M4).
   c) Erörtert die Maßnahmen.
6. Stellt Informationen zu Auswirkungen von Hitzewellen zusammen und erörtert Vorsorgemaßnahmen.
7. Erstellt das Erklärvideo.

Wenn du diese Aufgaben erfolgreich bearbeitet hast, kannst du ...
... die Auswirkungen von extremen Wetterereignissen beschreiben.
... Vorsorgemaßnahmen erörtern.

Klimaschutz – ein Ziel, viele Möglichkeiten

M1 Klimaschutz – Maßnahmen, die einer globalen Erwärmung entgegenwirken und mögliche Folgen abmildern oder verhindern

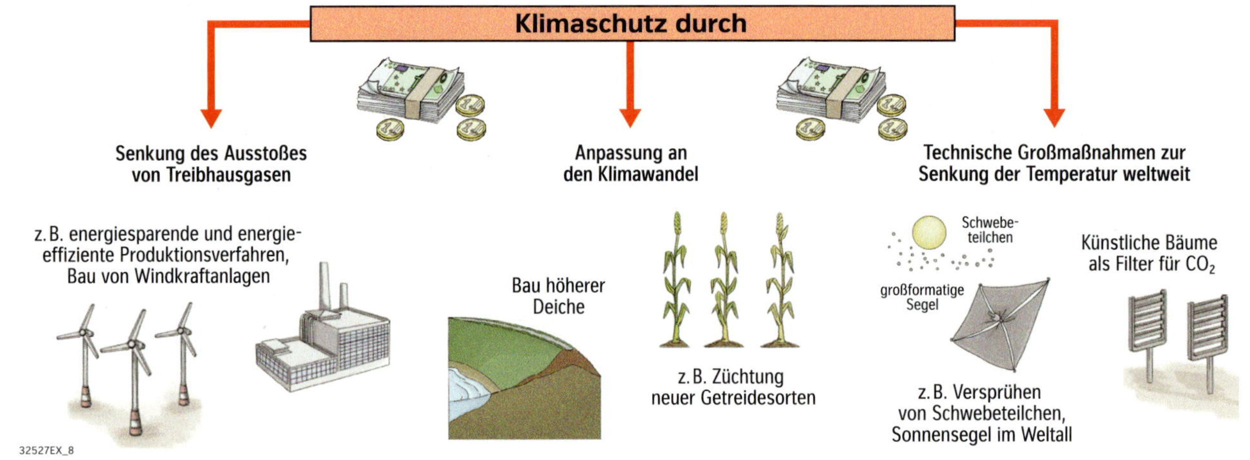

Infolge des Klimawandels werden künftig mehr Menschen unter Hitzewellen, Stürmen, Dürren und Überflutungen leiden und die wirtschaftlichen Schäden werden enorm sein. Wie können wir das Klima schützen? Wie können wir mit den Folgen der Erderwärmung umgehen?

M2 Deutschland soll klimaneutral werden.

[...] Erneuerbare Energien [...] sollen bis 2050 rund 60 Prozent am Bruttoendenergieverbrauch und 80 Prozent am Bruttostromverbrauch ausmachen. [...]
Da Sonne und Wind nicht kontinuierlich zur Verfügung stehen, ist eine regenerative Stromerzeugung unbeständiger als die der Großkraftwerke. Für Überschüsse, die zu sonne- oder windreichen Zeiten erzeugt werden, müssen Speicherlösungen oder intelligente Netze entwickelt werden.

Energiewende. Berlin: Bundesministerium für Bildung und Forschung

M3 Durchschnittlicher CO_2-Ausstoß einer Familie

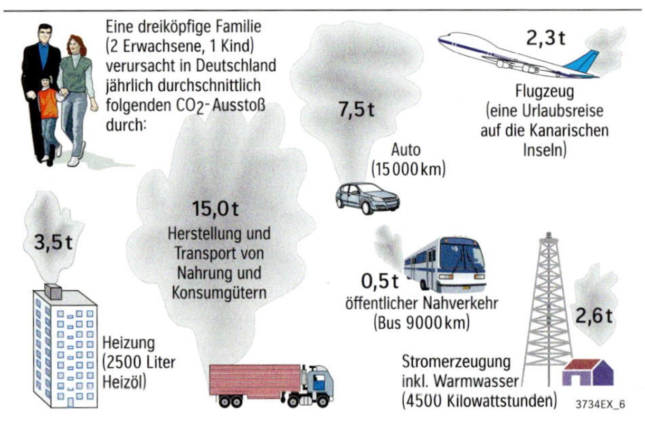

Klimaschutz – aber wie?

Gase in der Luft wie das Kohlenstoffdioxid (CO_2) machen nicht an Staatsgrenzen halt. Ein wirksamer **Klimaschutz** ist nur durch internationale Vereinbarungen möglich.
Deshalb finden jährlich UNO-Klimakonferenzen statt. Auf der Weltklimakonferenz in Paris 2015 schlossen 195 Staaten das erste Klimaschutzabkommen. Man einigte sich darauf, die globale Erwärmung auf deutlich unter 2 °C im Vergleich zum vorindustriellen Zeitalter zu begrenzen. Nach Möglichkeit sollte sie nicht mehr als 1,5 °C betragen. Jedes Land sollte ab 2020 Klimaschutzpläne vorlegen, in denen festgelegt ist, in welchem Maße der Ausstoß an Treibhausgasen im eigenen Land gesenkt werden soll. Alle fünf Jahre müssen die Länder ihre Ziele überprüfen und neue vorlegen.
Die Bundesregierung will ihre Klimaziele durch die **Energiewende** erreichen, also die verstärkte Nutzung erneuerbarer Energien.
Damit die ärmeren Staaten ihre Ziele erreichen können, sollen sie von den Industriestaaten bis zunächst 2025 finanzielle Hilfen in Höhe von 100 Milliarden US-Dollar jährlich bekommen.

M4 Klimaschutz muss finanziert werden

Obwohl der Anteil der Erneuerbaren am Stromverbrauch im Jahr 2019 auf mehr als 40 Prozent gestiegen ist [...], ist der Wechsel auf Strom als Energieträger preislich unattraktiv. Die höheren Kosten für den Kauf einer Wärmepumpe oder eines Elektroautos rentieren sich angesichts hoher Stromkosten bisher nur sehr langsam.

Thilo Schaefer: Den Ausbau der Erneuerbaren sollten alle Steuerzahler mitfinanzieren. Köln: Institut der deutschen Wirtschaft e.V. (iwd) 28.1.2020

METHODE Karikaturen auswerten

In allen Tageszeitungen und in vielen Zeitschriften werden Karikaturen abgedruckt. Die Zeichnerinnen und Zeichner der Karikaturen greifen Themen auf, die die Menschen bewegen und die in der Öffentlichkeit gerade diskutiert werden. In der Karikatur wird eine bestimmte, überspitzt und humorvoll dargestellte Meinung vertreten.

Drei Schritte zur Auswertung einer Karikatur

1. Schritt Beschreiben
- Nenne einzelne Personen, Sachverhalte oder Gegenstände (Bildelemente), die dargestellt sind.
- Beschreibe, wie sie dargestellt sind.
- Nenne Bildinhalte, die übertrieben dargestellt sind und beschreibe die Übertreibung.
- Werte auch die Textelemente und die Bildunterschrift aus.

2. Schritt Interpretieren
- Erläutere den Sachverhalt, auf den aufmerksam gemacht werden soll.
- Weise Bildelementen eine mögliche Bedeutung für die Gesamtaussage zu.
- Erläutere die Aussageabsicht der Karikatur.

3. Schritt Stellung nehmen
- Erläutere deine Meinung zu den Aussagen der Karikatur.
- Begründe dein Urteil zum Thema.
- Recherchiere gegebenenfalls nach zusätzlichen Informationen.

M5 Karikatur 1

M6 Karikatur 2

INFO

Eine **Karikatur** (lat. caricare = überladen) ist eine Zeichnung, die ein bestimmtes Thema übertrieben, oft humorvoll darstellt. Sie stellt einen Sachverhalt nicht objektiv dar, sondern vertritt eine bestimmte Meinung.

Aufgaben

1. (W) Wähle aus:
   Erörtere, welche Maßnahmen zum Klimaschutz
   - A jeder Einzelne in seinem Alltag ergreifen kann (M3).
   - B Unternehmen ergreifen können.
   - C die Politik ergreifen kann.
2. a) Stelle die Probleme der Nutzung erneuerbarer Energien in Deutschland dar (M2, M4).
   b) Beurteile diese Lösungsstrategie, auch im Hinblick auf mögliche Konflikte.
3. Erörtere, ob die Anpassung an den Klimawandel als Klimaschutz bezeichnet werden kann (M1).
4. Recherchiere, welche technischen Großmaßnahmen zur Senkung der Temperatur diskutiert werden (M1, vgl. S. 109). Stelle einen kurzen Bericht zusammen.
5. Werte die Karikatur 1 aus.
6. (Z) Werte die Karikatur 2 aus.

Formulierungshilfen zu Aufgabe 5:
In der Karikatur sind ... dargestellt.
Das Schiff trägt den Namen ...
Aus dem Schornstein ...
Von Bord flattern ...
Ein ... klammert sich ...
Der Kopf hat die Form ...
Die Karikatur stellt ... überspitzt dar.
Die ... symbolisieren / stehen für ...
Die Kernaussage der Karikatur ist ...
Ich finde die Karikatur ...

Wenn du diese Aufgaben erfolgreich bearbeitet hast, kannst du ...
... Maßnahmen zum Klimaschutz beschreiben und erörtern.
... die Fachbegriffe **Klimaschutz**, **Energiewende** und **Karikatur** erklären.

Gewusst? – Gekonnt!

Bewerte dich selbst mit dem Ampelsystem, das du bereits kennengelernt hast.

M1 Das Gradnetz der Erde

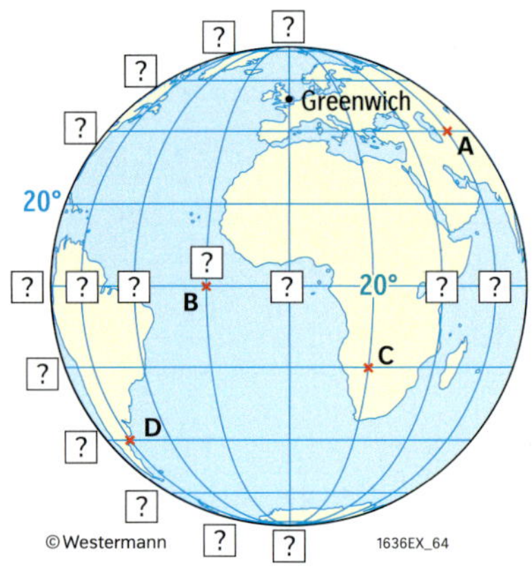

1. a) Übertrage M1 in dein Heft und beschrifte die Breitenkreise und Längenhalbkreise.
   b) Ermittle die Koordinaten von A, B, C und D.
   Schülerbuch, Seite 121

M2 Ein Urlaubstag am Meer

2. Stimmt das, was der Urlauber am Strand sagt (M2)? Erkläre.
   Schülerbuch, Seite 128

3. (W) Wähle aus:
   A Notiere die Namen der Planeten unseres Sonnensystems, geordnet nach der Entfernung von der Sonne.
   B Zeichne eine Skizze zu den Planeten des Sonnensystems.
   Schülerbuch, Seite 120

M3 Im Heißluftballon über den Wolken

4. Der Inder Vijaypat Singhania hat einen Höhenrekord mit einem Heißluftballon aufgestellt. Zwei Stunden nach dem Start erreichte er eine Höhe von mehr als 21 000 Metern.
   Erkläre, warum Heißluftballone aufsteigen können.
   Schülerbuch, Seite 128

5. Erkläre die Entstehung der Jahreszeiten.
   Schülerbuch, Seiten 122 – 123

6. Notiere Auswirkungen des globalen Temperaturanstiegs.
   Schülerbuch, Seiten 134 – 137

M4 Der Wasserkreislauf

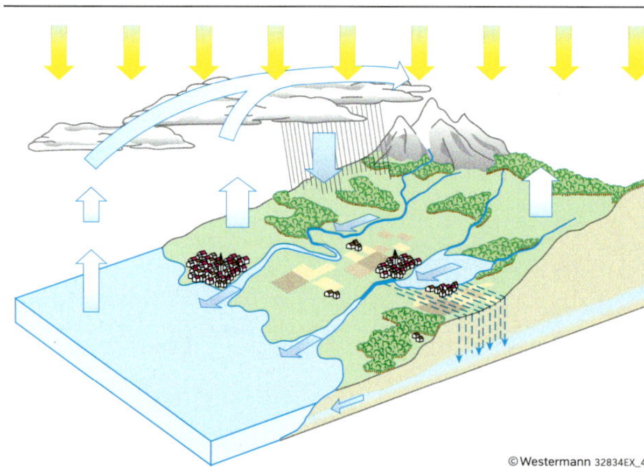

7. Erkläre den Wasserkreislauf (M3).
   Schülerbuch, Seiten 126 – 127

M5 Klimadiagramm von Sydney (Australien)

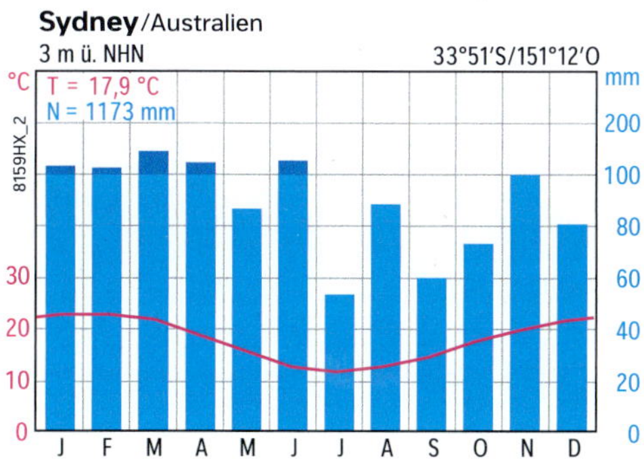

8 a) Werte das Klimadiagramm aus (M5).
b) Woran erkennst du, dass Australien auf der Südhalbkugel liegt?
Schülerbuch, Seite 129

M6 Karikatur

9 Lies die Karikatur (M6). Gehe in Schritten vor.
Schülerbuch, Seite 139

10 Zeichne ein Modell der Klimazonen der Erde.
Schülerbuch, Seite 130

11 (W) Wähle aus:
A Zeiche eine Skizze zum natürlichen Treibhauseffekt und erkläre ihn.
B Zeichne eine Skizze zum anthropogenen Treibhauseffekt und erkläre ihn.
Schülerbuch, Seite 132

M7 Klimawandel – Wir haben kein Problem!

Den Klimawandel gibt es gar nicht. Das Klima hat sich immer schon verändert, auch lange bevor die Menschen CO_2 in die Atmosphäre geblasen haben.

Wir müssen uns nur an die Erderwärmung anpassen und beispielsweise höhere Dämme bauen.

12 Nimm Stellung zu den Aussagen des Mannes (M7).
Schülerbuch, Seite 138

13 Begründe die Notwendigkeit von Klimakonferenzen.
Schülerbuch, Seite 138

Fachbegriffe

der anthropogene Treibhauseffekt
die Energiewende
die Erdachse
die Erdrevolution
die Erdrotation
die geographischen Koordinaten
das Gradnetz
die Karikatur
das Klima
der Klimaschutz
der Klimawandel
die Klimazone
die Kondensation
die Mittelbreiten (die gemäßigte Zone)
der natürliche Treibhauseffekt
der Niederschlag
der Planet
die Polarnacht
der Polartag
die Sonne
das Sonnensystem
der Stern
die Temperaturamplitude
das Treibhausgas
das Wetter
das Wetterelement
der Zenit

WES-105342-141
westermann.de/webcode

Alles nur virtuell?

Die Schnelligkeit, in der sich die Digitalisierung der Welt vollzogen hat, kann daran gemessen werden, welche Medien noch euren Großeltern zur Verfügung standen und welche heute zur Verfügung stehen. Fragt eure Großeltern, wie sie die Digitalisierung erlebt haben. Recherchiert, wie die ersten Computer aussahen. Vergleicht, welche Medien ihr nutzt. Wie prägen digitale Medien euer Leben?

Mit der Digitalisierung hat sich auch die Sprache verändert. Viele englische Begriffe sind mit digitalen Medien verbunden. Tauscht euch über Begriffe aus und überlegt, wie sie wohl auf Deutsch heißen könnten.

In diesem Kapitel geht es um die Bedeutung der digitalen Medien, aber auch um die Gefahren, die mit ihrer Nutzung verbunden sind.

rechts: Steht uns eine vollständige Digitalisierung der Welt bevor?

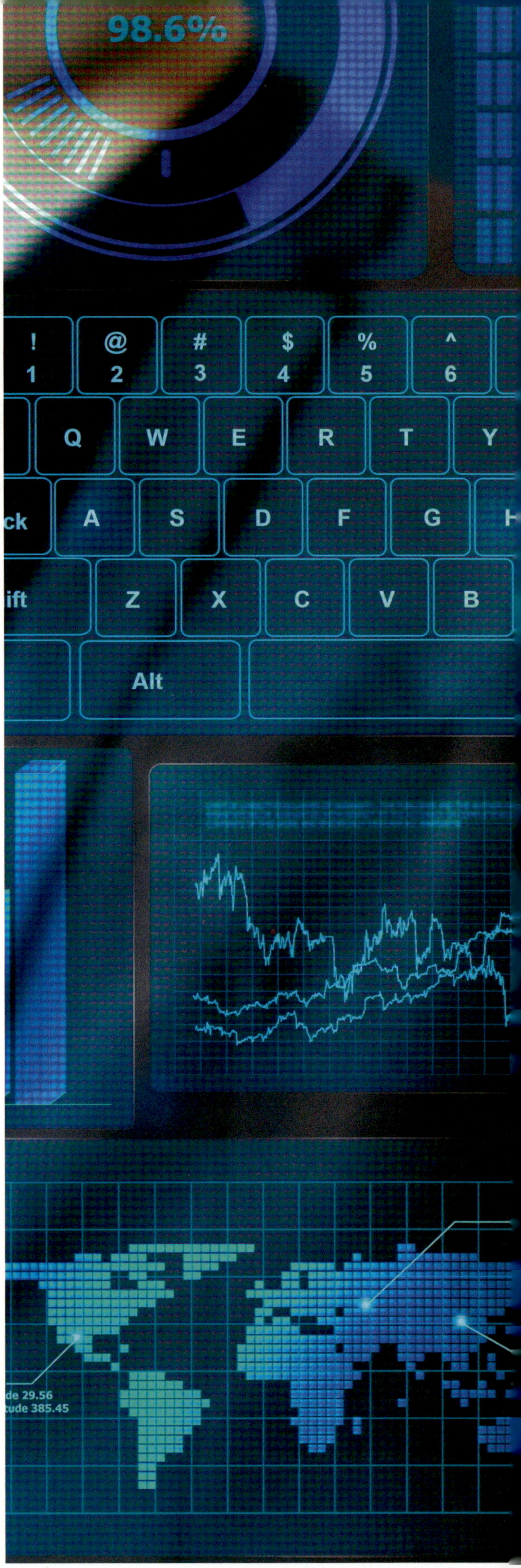

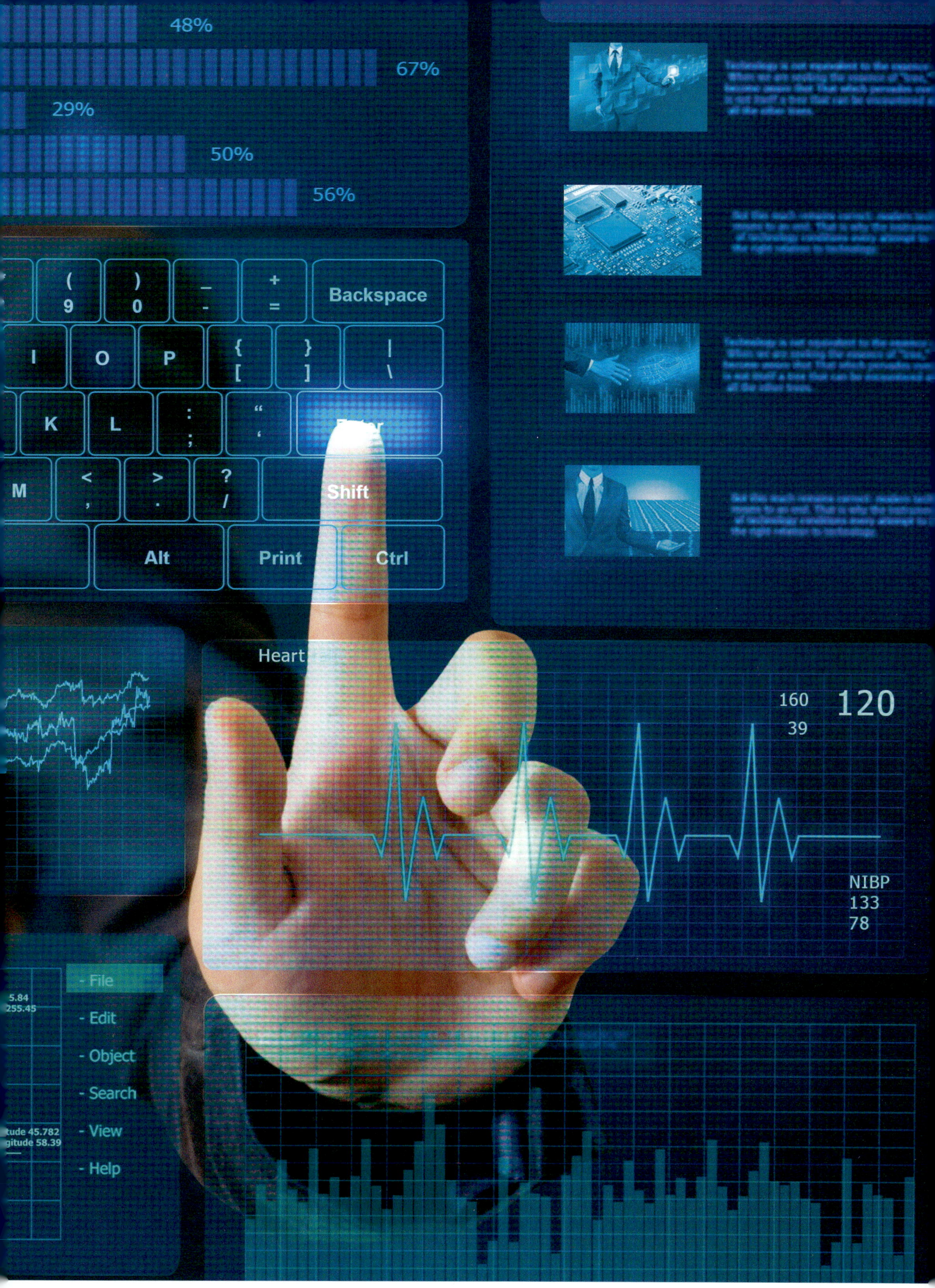
48%
67%
29%
50%
56%
(9
) 0
_ -
+ =
Backspace
I
O
P
{ [
}]
| \
K
L
: ;
M
< ,
> .
? /
Shift
Alt
Print
Ctrl
Heart
160
39
120
NIBP
133
78
5.84
255.45
- File
- Edit
- Object
- Search
- View
- Help

Das digitale Zeitalter

Smartphones, Computer, Tablets und Smartwatches sind aus unserem Alltag nicht mehr wegzudenken. Wir befinden uns heute unmittelbar im digitalen Zeitalter. Wie wird unsere Welt wohl in 20 Jahren aussehen? Möglicherweise gibt es dann nur noch selbstfahrende Autos und Roboter im Supermarkt. Doch was bedeutet digitales Zeitalter?

M1 **Computerschulung 1992**

Die Anfänge und die Entwicklung des digitalen Zeitalters

Das **digitale Zeitalter** setzte ungefähr Anfang der 1990er-Jahre ein. Es begann ein Zeitraum, der durch digitale Informations- und Kommunikationssysteme geprägt ist. Die **Digitalisierung** beeinflusste verstärkt den Alltag der Menschen und die Berufswelt, sie veränderte alle Wirtschafts- und Lebensbereiche. Man spricht sogar von einer dritten industriellen Revolution.

Die ersten Personal Computer (PC), die für Privatpersonen und Unternehmen erschwinglich und von der Größe her einsetzbar waren, kamen Mitte der 1970er-Jahre auf den Markt. Die Vernetzung der Geräte war das Entscheidende, um den „digitalen Wandel", die Veränderung unseres Lebens durch **digitale Technologien** einzuleiten. Banken und die Finanzwelt hatten sich bereits in den 1980er-Jahren digital vernetzt. Mitte der 1990er-Jahre begann die kommerzielle Nutzung des Internets und schon Ende des 20. Jahrhunderts verschickten mehrere hunderttausend Nutzer E-Mails statt Briefe.

Die Digitalisierung erfasste jedoch nicht alle Bereiche gleich stark und entwickelte sich auch unterschiedlich in den verschiedenen Ländern. Dies zeigte sich besonders deutlich während der Corona-Pandemie.

Durch die Digitalisierung wird die Gesellschaft vor einige Herausforderungen gestellt. Wichtige Themen sind zum Beispiel der Datenschutz sowie der Wandel im Hinblick auf Berufsbilder.

Digitale Medien – mehr Wissen für alle?

Das Internet ist mittlerweile großflächig im Alltag verfügbar. Mithilfe von Suchmaschinen kann man sich schnell Informationen beschaffen. Durch das Internet haben mehr Menschen auf der Welt Zugang zu immer mehr Wissen. Unser Zugang zu Wissen hat sich verändert: Mit ein paar Mausklicks holen wir uns die gewünschten Informationen auf den Bildschirm. Wissen hat eine bisher nie dagewesene Bedeutung für die Gesellschaft. Sie wandelt sich zu einer Wissensgesellschaft.

Die wachsende Informationsflut erschwert jedoch den Zugriff auf relevante Informationen. Es gibt mittlerweile zahlreiche Unternehmen, die ein Wissensmanagement anbieten. Sie strukturieren Wissen und machen Wissen bedarfs- und nutzergerecht verfügbar. Die wirtschaftliche Bedeutung des Informationssektors wächst.

Das Wissen selbst hat sich auch gewandelt, und zwar in Bezug auf seine Produktion und Veröffentlichung. Jeder kann Informationen ins Internet stellen, zum Beispiel bei Wikipedia. Der Nutzer muss entscheiden, ob er der Veröffentlichung trauen kann. Themen im Internet können interessengeleitet verbreitet werden. Dies kann sich auf politische Entscheidungen und die Meinungsbildung in der Gesellschaft auswirken.

Wer selbst Informationen einstellt, muss bedenken, dass ein unbekannter Personenkreis weltweit Zugang zu diesen Informationen hat.

ERSTAUNLICH

Der Deutsche Konrad Zuse baute 1941 den ersten programmgesteuerten Computer der Welt mit der Bezeichnung Z3. Ab 1942 wurde der ENIAC-Rechner im Auftrag der US-Armee gebaut. Er war 10 mal 17 Meter groß, wog 27 Tonnen und hatte über 17 000 Elektronenröhren! Seine vollständige Rechenkapazität brachten 1996 Studenten in Philadelphia auf einen sechs mal sechs Millimeter großen Chip!

INFO

Unter **digitalen Technologien** versteht man alle Technologieformen, die mit Hardware, Software und Netzwerken zu tun haben. Werden analoge Werte in digitale Formate umgewandelt, in einem digitalen System verarbeitet oder gespeichert, spricht man von **Digitalisierung**.

Erfolgt die Überwachung, Steuerung und Regelung automatisch, spricht man von **Automatisierung**.

M2 Arbeit am Computer heute

M4 Wie verändert uns das digitale Zeitalter?

Durch das digitale Zeitalter wird unser Alltag in verschiedenen Bereichen verändert. Besonders deutlich werden diese Veränderungen in der Kommunikation und Information. Im Zuge von diversen Messengerdiensten, wie WhatsApp und Telegram, können wir uns in Sekundenschnelle mit anderen vernetzen. Wir sind immer und überall erreichbar, wir können weltweit kommunizieren. Über die sozialen Netzwerke können Informationen unmittelbar mit anderen Menschen geteilt werden.
Außerdem werden wir durch den Besitz von Smartphones und Tablets mit Games, Serien und Filmen dauerhaft unterhalten.

M3 Die vier Entwicklungsstufen des digitalen Zeitalters

1. Stufe der Entwicklung

Zeit: 1990 – 2000
Vernetzung von PCs

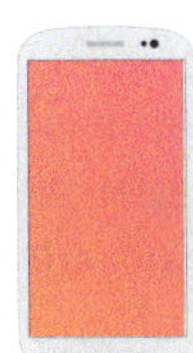

2. Stufe der Entwicklung

Zeit: ca. 2000 – 2015
Allgemeine Akzeptanz, Einführung und Nutzung mobiler Endgeräte

3. Stufe der Entwicklung

Zeit: ca. 2015 – 2030
„Reifestadium", Verbesserung der Systeme und des Internets, **Künstliche Intelligenz (KI)**

4. Stufe der Entwicklung

Zeit: ca. ab 2030
Vollständige Verschmelzung der realen und digital vernetzten Welt

Aufgaben

1. Beschreibe die Bilder. Gehe dabei auf die Veränderungen ein (M1, M2).
2. Ⓦ Wähle aus:
   Erläutere die Entwicklungsstufen des digitalen Zeitalters (M3, Text)
   A in einem Kurzvortrag (vgl. S. 311).
   B in einem Text.
3. a) Erkläre die Veränderungen der Gesellschaft im digitalen Zeitalter (M2, M4, Text).
   b) Beurteile die Veränderungen (M4).
4. Begründe, inwiefern man von einer Explosion des Wissens durch die Digitalisierung sprechen kann (Text).
5. Die Digitalität hat Folgen für Politik und Gesellschaft. Nimm Stellung zu dieser Aussage.
6. Künstliche Intelligenz – Fortschritt oder Gefahr? Recherchiere und halte einen Kurzvortrag (Internet, vgl. S. 109, 311).
7. Ⓩ Analysiere, wie Themen interessengeleitet veröffentlicht werden. Gib folgenden Suchbegriff ein: Umweltschutz Thema.

Wenn du diese Aufgaben erfolgreich bearbeitet hast, kannst du ...
... die Entwicklungsstufen des digitalen Zeitalters beschreiben.
... die Veränderungen der Gesellschaft durch das digitale Zeitalter erklären.
... dir eine eigene Meinung zu dem Thema bilden.
... die Fachbegriffe **digitales Zeitalter, Digitalisierung, digitale Technologie, Automatisierung** und **Künstliche Intelligenz (KI)** erklären.

Selbstbestimmung und Fremdbestimmung

TikTok, Instagram und Snapchat sind aus dem Leben vieler Jugendlicher nicht mehr wegzudenken. Die eigene Darstellung im Netz und die Vernetzung mit anderen stehen dabei im Mittelpunkt. Die sozialen Medien scheinen eine Orientierung geben zu können, nach denen Jugendliche suchen. Wie wichtig sind soziale Netzwerke für die Entwicklung von Jugendlichen? Wie beeinflussen sie die Entwicklung?

Soziale Netzwerke und Identitätsbildung

Soziale Netzwerke wie Instagram und TikTok haben das Leben von Kindern und Jugendlichen geprägt und verändert wie keine andere Errungenschaft der modernen Technik. Für Jugendliche, die sich in einer Zeit des Übergangs von der Kindheit zum Erwachsenen befinden, ist die Entwicklung ihrer **Identität** von besonderer Bedeutung. Hierbei bieten soziale Netzwerke Jugendlichen einen Raum, sich zu orientieren und ihre Identität auszuprobieren. Sie chatten, bloggen, gestalten ihr Profil, drehen Videos und laden Bilder hoch. Rollenbilder und Werte werden so abgeglichen. Dahinter verbirgt sich das menschliche Grundbedürfnis, akzeptiert zu werden und dazu zu gehören.

M1 Wortwolke zur Identität

INFO

Unter **Identität** (lat.: identitas = Wesenseinheit) versteht man das, was jemanden als einzigartige und unverwechselbare Person ausmacht: die persönlichen Eigenschaften, Daten und Fähigkeiten.

M3 Angepasst oder eigener Stil?

M4 Fremdbestimmung durch soziale Medien

Der soziale Druck der Gesellschaft wird zunehmend von Werbung und den sozialen Medien angefeuert. Das Schwierige dabei ist, dass die psychologischen Tricks der Medien immer raffinierter werden, um unser Unterbewusstsein zu erreichen, sodass wir Fremdbestimmung gar nicht mehr aktiv wahrnehmen können:

- Man kauft sich Gegenstände, die man sich gar nicht leisten kann. [...]
- Im Urlaub wird der Standort geteilt und eine Story erstellt, anstatt sich zu erholen und die Momente zu genießen.
- Das Selbstbewusstsein wird von oberflächlichen Klicks abhängig gemacht und nicht von der Meinung echter Freunde und der Familie.
- Man kleidet sich so, dass man anderen gefällt und nicht sich selbst.
- Es werden Fitnessprogramme gestartet, um andere zu beeindrucken, und nicht, um sich wohler zu fühlen und etwas für seine Gesundheit zu tun.
- Man pflegt viele falsche Freundschaften, anstatt wenige echte und dafür wertvolle. [...]
- Man vergleicht sein äußeres Erscheinungsbild und sein Verhalten mit Models und Filmstars, die im Extremfall sogar nicht einmal real sind.

Daniel Weiß: Warum Du fremdbestimmt bist und wie Du Dich davon lösen kannst. Leipzig: Be-Rocket.de 15.12.2018 (29.12.2018)

M2 Fremdbestimmung und Selbstbestimmung

Mit **Fremdbestimmung** ist gemeint, dass man das tut bzw. tun muss, was andere von einem wollen. Das kann durch Zwang oder Verbote geschehen, aber auch durch Überredung oder Beeinflussung, die man kaum merkt.

Mit **Selbstbestimmung** ist gemeint, dass man das tut, was man will, was man für richtig hält. Selbstbestimmung ist nur dann möglich, wenn man die Freiheit hat, über sein Handeln selbst zu entscheiden.

M5 Ergebnis der JIM-Studie zur Kommunikation von Jugendlichen im Internet

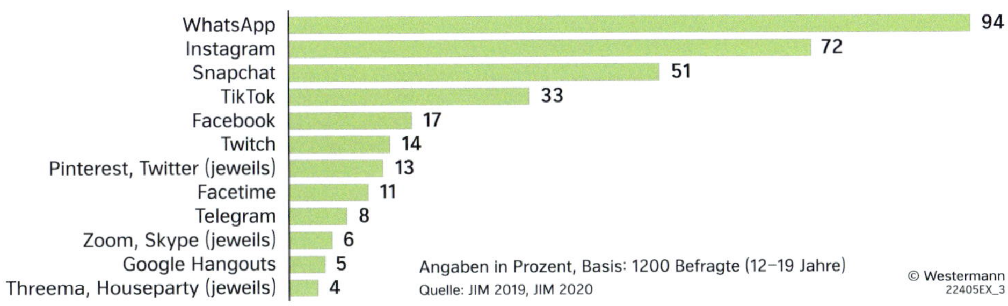

Die Jugendlichen wurden von Juni bis August 2020 telefonisch und online befragt.

M10 Instagram ist aus dem Alltag vieler Jugendlicher nicht mehr wegzudenken

M6 Schönheitswahn

Die Kritik [am Schönheitswahn] richtet sich [...] nicht primär an jene, die sich solchen Praktiken unterwerfen, sondern an die Konsum- und Mediengesellschaft, die die ästhetischen Normen setzt und den eigenen Körper nicht selten als mangelhaft erscheinen lässt. Die Mängel ließen sich beheben, wird suggeriert: Schönheit sei machbar. Der Weg zum Glück in der Liebe, zu größeren Chancen am Arbeitsmarkt, zu einem höheren Sozialprestige führe über die aktive Arbeit am Körper.

Katharina Belwe: Körperkult und Schönheitswahn. Bonn: Bundeszentrale für politische Bildung 30.4.2007(verändert)

M8 Influencerin vor dem Spiegel

Im Märchen „Schneewittchen" der Brüder Grimm sagt die böse Stiefmutter: Spieglein, Spieglein an der Wand, wer ist die Schönste im ganzen Land?

M7 YouTube-Star als Traumberuf

Menschen hätten schon immer das Bedürfnis gehabt, sich in Szene zu setzen, erklärt der New-Media-Experte Christian Stiegler [...], „Aber durch das Internet geschieht vieles davon in leicht zugänglichen sozialen Netzwerken, in denen Bestätigung, Ablehnung und Verbreitung der eigenen Inszenierung eine große Rolle spielen."

Anna Fastabend: Social Media: Die neuen Päpstinnen. Hamburg: Zeit online 21.7.2017

M9 Zitate

Die Sängerin Beth Ditto: „Nur weil man schlank ist, ist man doch nicht automatisch glücklicher."

Oscar Wilde (irischer Schriftsteller, 1854–1900): „Sei du selbst. Alle anderen sind bereits vergeben."

Aufgaben

1. Liste Kriterien auf, die ein Foto von dir haben muss, damit du es in den sozialen Medien posten würdest.
2. Erläutere, welchen Zusammenhang es zwischen der Stiefmutter im Märchen und dem heutigen Schönheitswahn gibt (M6, M7, M8).
3. (W) Wähle aus:
   - A Nimm Stellung zur Aussage von Beth Ditto (M9).
   - B Nimm Stellung zur Aussage von Oscar Wilde (M9).
4. a) Erkläre, inwiefern soziale Medien eine Fremdbestimmung verursachen können (M2, M4).
   b) Wer könnte ein Interesse an der Fremdbestimmung haben? Nimm Stellung.
5. Beurteile die Bedeutung digitaler Medien für Jugendliche.

Formulierungshilfen zu Aufgabe 3:
... sagt, dass ...
Damit meint sie/er, dass ...
Er/sie spielt darauf an, dass ...
Das Problem, dass er/sie meint, ist folgendes: ...
Ich finde, dass ...
Meiner Meinung nach ...

Wenn du diese Aufgaben erfolgreich bearbeitet hast, kannst du ...
... beschreiben, wie digitale Medien eine Fremdbestimmung verursachen können.
... die Bedeutung digitaler Medien für Jugendliche beurteilen.
... die Fachbegriffe **Identität, Fremdbestimmung** und **Selbstbestimmung** erklären.

Vorbilder – Was macht sie so besonders?

Deutschlands erfolgreichste YouTuberin, Bianca Claaßen, die mit ihrem Beauty- und Fashionkanal BibisBeautyPalace bekannt wurde, hat knapp sechs Millionen Fans. Für viele Teenies ist sie ein Vorbild. Warum ist sie so erfolgreich? Kann sie ein Vorbild sein?

INFO

Vorbild ist eine Person oder Sache, die als richtungsweisendes und idealisiertes Muster oder Beispiel angesehen wird.

M1 Vorbilder und Spiegelbilder

[Die Identitätsentwicklung] funktioniert größtenteils über zwei Mittel: **Vorbilder** und Spiegelbilder. An beiden orientieren sich Kinder und Jugendliche. Vorbilder prägen Verhaltensweisen, die wiederum an Spiegelbildern ausprobiert und getestet werden.

Identitätsfindung. Bayreuth: Bayerischer Erziehungs Ratgeber. Zentrum Bayern Familie und Soziales (Hrsg.)

M2 Mit diesen Tricks arbeiten YouTuber

Das *Vorschaubild* (Thumbnail) muss Interesse wecken. Es sollte wie die erste Seite eines Magazins aussehen. Ein *kurzer Titel* (Headline) soll die Zuschauer neugierig machen. Die ersten Sekunden des Videos sind die wichtigsten. Diese müssen gut gestaltet sein. Es muss deutlich werden, worum es geht. Zum Video gehört ein *guter Beschreibungstext*, damit das Video schnell bei Suchanfragen angezeigt wird.

M3 Was Jugendliche an Vorbildern wichtig finden

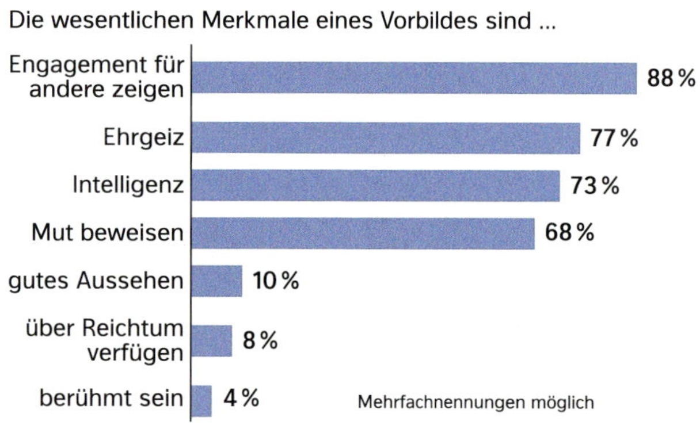

Quelle: TNS Emnid 2015 © Westermann 28553EX

Befragt wurden 501 Kinder und Jugendliche zwischen 14 und 20 Jahren, 2015.

M4 YouTuber als Vorbild?

Vorbilder – Orientierung und Verführung

Vorbilder sind für alle Menschen wichtig. Sie können dabei helfen, die eigenen Ziele zu erreichen und neue Impulse zu geben. Gemeinsame Vorbilder können eine Gruppe verbinden. Die Mitglieder der Gruppe kleiden sich dann zum Beispiel im Stil ihrer Vorbilder, sie hören die gleiche Musik oder tragen gemeinsame Abzeichen. Das hilft manchmal, Freunde zu finden.
Dennoch bieten auch Vorbilder Gefahren. Viele Influencer im Internet nutzen es aus, dass sich Kinder und Jugendliche an ihnen orientieren. Sie bieten sich ganz bewusst als Vorbild an. An den Produkten, die sie „nebenbei“ vorstellen, verdienen sie Geld. Sie nutzen so ihre Rolle als Vorbild aus.
Kinder und Jugendliche, die sich an Influencern orientieren, möchten ein Spiegelbild ihres Vorbilds sein. Sie ahmen ihr Vorbild nach. Oft fehlt ihnen dabei eine kritische Distanz zu ihrem Vorbild.

M5 Vorbilder von Jugendlichen

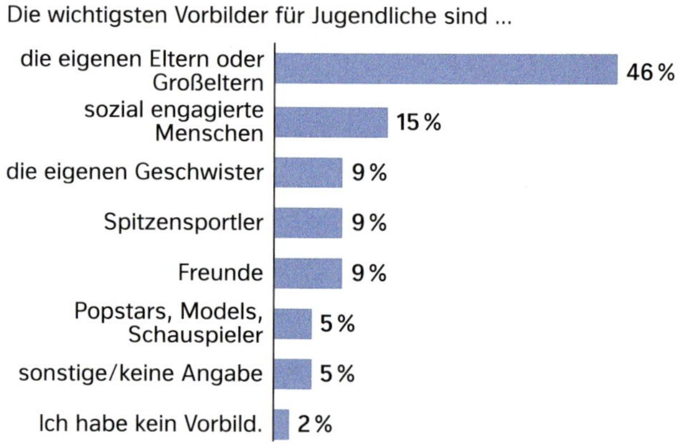

Quelle: TNS Emnid 2015 © Westermann 28553EX_1

Befragt wurden 501 Kinder und Jugendliche zwischen 14 und 20 Jahren, 2015.

M6 Interview: Brauchen Kinder Vorbilder?

Wozu sind Vorbilder gut?

Johanns Mutter: Kleine Kinder lernen nach und nach, sich in der Welt zurechtzufinden. Dies gelingt ganz automatisch: Sie schauen ihren Eltern oder anderen Bezugspersonen zu und ahmen deren Verhalten nach. Sie tun so, als ob sie Auto fahren, fegen oder telefonieren. Später kommt das situative Verhalten hinzu. Wie verhalten sich die Eltern in bestimmten Situationen, zum Beispiel in Konflikten? Reden sie miteinander oder schreien sie sich an? Versuchen sie, sich zu einigen oder will jeder nur Recht behalten?

Kinder brauchen also Orientierung und lernen aus ihren Beobachtungen. Aber die Eltern sind ja nicht die Einzigen, an denen sich Kinder orientieren?

Johanns Mutter: Das ist richtig. Im Kindergarten und in der Grundschule kommen andere Vorbilder hinzu. Das können zum Beispiel Figuren aus Zeichentrickserien sein oder ältere Kinder. Deren Sprache wird nachgeahmt, bestimmte Redewendungen werden bevorzugt verwendet oder es gibt plötzlich Wünsche für bestimmte Kleidung oder Freizeitaktivitäten. Zum Beispiel muss auf dem T-Shirt eine Prinzessin abgebildet sein oder das Kind möchte zum Fußballtraining.

Kannst du dich noch erinnern, wie das bei dir war?

Johann: Na ja, nicht so richtig. Ich weiß nur, dass wir in der Grundschule immer mit Atomicrons-Figuren gespielt haben. Die Serie lief damals im Fernsehen. Und im Kindergarten wollte ich unbedingt ein Spiderman-Kostüm zum Fasching tragen. Und zum Fußball wollte ich natürlich auch. Ich hatte auch ein Barca-Dress.

M7 Vorbild für Kinder

Und wie geht es mit den Vorbildern weiter?

Johanns Mutter: Mit dem Wechsel auf die weiterführende Schule werden die Kinder selbstständiger. Sie finden neue Vorbilder, zum Beispiel im Internet bei YouTube oder TikTok.

Hast du auch YouTuber, denen du folgst? Und warum siehst du dir sie an?

Johann: Ja, ein paar folge ich schon. Ich finde die oft lustig. Manchmal verschenken die auch Geld an Menschen auf der Straße. Und die Reaktionen dieser Menschen sind interessant.

Wärst du auch gern YouTuber?

Johann: Das weiß ich nicht genau. Eigentlich schon, weil viele von denen viel Geld haben. Meine Mutter meint aber, dass sei nicht gut, wenn man so berühmt ist. Dann kann man nirgendwo mehr unerkannt hingehen und muss auf alles achten, was man in der Öffentlichkeit sagt oder tut. Und das hört sich ganz schön anstrengend an.

Dieses Interview führte Norma Kreuzberger mit Johann Hinger (7. Klasse) und seiner Mutter.

Aufgaben

1. a) Beschreibe in eigenen Worten, was ein Vorbild ist.
   b) Erkläre, warum Vorbilder eine Peergroup zusammenhalten können.
   c) Ist die YouTuberin für dich ein Vorbild (M4)? Begründe.
   d) Welches Vorbild hat das Kind in M7?
2. Werte M3 und M5 aus (vgl. S. 312).
3. a) Führt eine Umfrage in der Klasse durch. Wer ist für dich ein Vorbild?
   b) Vergleicht mit den Ergebnissen in M5.
4. (W) Wähle aus:
   Welche Eigenschaften muss ein Vorbild für dich haben (M3)?
   - A Fertige einen Steckbrief an.
   - B Schreibe einen Text.
5. Bildet Gruppen und diskutiert, ob Kinder Vorbilder brauchen (M6) (vgl. S. 45).
6. Erkläre, warum Vorbilder zur Identitätsentwicklung beitragen (M1).
7. (Z) Fördern Vorbilder in digitalen Medien die Fremdbestimmung oder die Selbstbestimmung? Erörtere.

Wenn du diese Aufgaben erfolgreich bearbeitet hast, kannst du ...
... die Bedeutung von Vorbildern für die Identitätsbildung erklären.
... erklären, wie die Medien Vorbilder schaffen.
... Vorbilder in den Medien kritisch beurteilen.
... den Fachbegriff **Vorbild** erklären.

Facebook & Co – Kommunikation ohne Probleme?

Kira ist gern in den sozialen Netzwerken unterwegs. Sie interessiert sich für aktuelle Nachrichten, die sie hier besonders schnell bekommt. Insbesondere während der Corona-Pandemie wurden tagtäglich etliche neue Nachrichten verbreitet. Ihre Freundin Nathalie meint, dass man nicht alles glauben könne, was im Internet steht. Doch wie kann ich falsche von wahren Nachrichten unterscheiden? Woran erkenne ich, ob eine Nachricht, ein Bild oder Video gefälscht wurde?

Wer bestimmt, was ich sehe und lese?

Facebook, Google oder Twitter haben einen großen Einfluss auf die öffentliche Debatte, wie das Beispiel der Twitter-Botschaften und **Fake News** des ehemaligen US-amerikanischen Präsidenten Trump zeigen. Politiker forderten deshalb mehr Kontrolle für die sozialen Medien. Seit 2017 gibt es das Netzwerkdurchsetzungsgesetz (NetzDG).

Die sozialen Medien bieten optimale Voraussetzungen, um Nutzerinnen und Nutzer zu beeinflussen. Neben Fake News können auch Hassbotschaften verbreitet werden. Die Grenze zwischen Meinungsfreiheit und Beleidigung ist fließend.

Unternehmen machen sich ebenfalls die sozialen Medien zunutze. Sie möchten sich durch hohe Fanzahlen und positive Bewertungen profilieren. Fans kann sich ein Unternehmen aber im 1000er-Pack kaufen. Dadurch wird natürlich der Wettbewerb verzerrt. Darüber hinaus bekommen Nutzerinnen und Nutzer passende Werbung in den sozialen Netzwerken sowie auf verschiedenen Internetseiten eingeblendet.

M2 **Das Internet – ein ...**

M3 **Wie kann ich Fake News erkennen?**

1. Gestaltungsmerkmale: Wie ist die Nachricht gestaltet?
2. Herkunft prüfen: Wer ist der/die Autor/in? Gibt es ein Impressum?
3. Quellenrecherche: Was sagen andere Quellen?
4. Suchmaschinencheck: Wo liegt der Ursprung einer Meldung?
5. Zahlen und Fakten: Sind die Informationen plausibel und aktuell?
6. Bilder, Videos und Audio-Dateien: Fälschungen technisch prüfen.

INFO

Ein **Algorithmus** (Mehrzahl: Algorithmen) ist eine Handlungsvorschrift zur Lösung eines Problems. Eine Handlungsvorschrift können zum Beispiel die Schritte sein, wie man schriftlich multipliziert. Ein Algorithmus bestimmt, wie ein Computerprogramm sich verhalten soll. Der Computer wertet die Daten nach bestimmten Regeln aus.

M1 **Karikatur: Soziale Netzwerke ...**

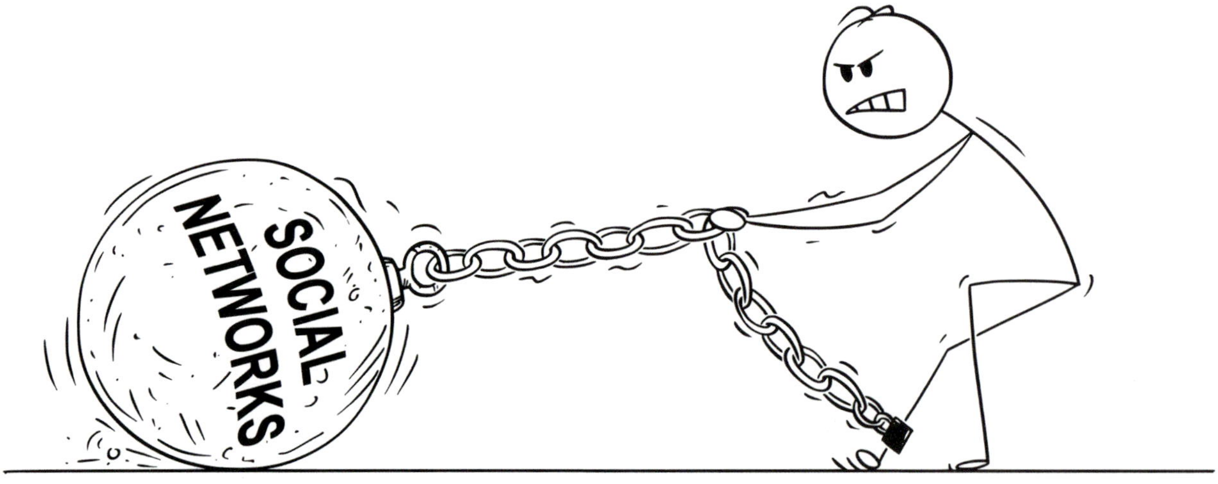

M4 Kommentar von Alexandra Föderl-Schmid

Es braucht staatliche Auflagen für Facebook & Co
Gefälschte Nachrichten und Hassbotschaften verbreiten sich immer rasanter im Netz und stellen eine Herausforderung für die Demokratie dar. Im US-Wahlkampf hat sich gezeigt, wie sich falsche Informationen über Immigranten und Muslime viral verbreiten und einen beträchtlichen Beitrag dazu geleistet haben, dass Donald Trump Präsident wird. Auch im zunehmend inhaltsleerer und schmutziger werdenden Bundespräsidentenwahlkampf werden Falschinformationen gezielt verbreitet nach dem Motto: Irgendwas wird schon hängenbleiben. Vor allem Facebook steht in der Kritik – und das zu Recht. Dass Facebook [...] die Meinungsbildung beeinflussen kann, ist ein Faktum. [...] Facebook hat das Problem anfangs geleugnet und nun doch reagiert: Ein Team von Faktencheckern soll sich nun um Falschmeldungen kümmern. Ob das reicht? Wer jemals versucht hat, bei Facebook oder Twitter die Löschung einer Meldung zu erreichen, die man selbst als sexistisch, gewaltverherrlichend oder gar als Bedrohung einstuft, weiß, wie schwierig das ist. Im Regelfall kommt die Antwort, dass dieses Posting „nicht gegen unsere Gemeinschaftsstandards verstößt“.

Alexandra Föderl-Schmid: Es braucht staatliche Auflagen für Facebook & Co. Wien: Der Standard 25.11.2016

INTERNET

Suchbegriffe:
→ SWR-Fakefinder (Nachrichtenmeldungen)
→ hoaxmap.org (Übersicht über Fake News aus Deutschland und Österreich)
→ Youtube Data Viewer von Amnesty International (findet versteckte Daten in YouTube-Videos)
→ Landesmedienzentrum Baden-Württemberg: Wie kann man Fake News erkennen

M5 Das Netzwerkdurchsetzungsgesetz (NetzDG)

Das Netzwerkdurchsetzungsgesetz (NetzDG) soll dafür sorgen, dass illegale Aussagen wie Hassbotschaften und Fake News möglichst schnell aus dem Netz gelöscht werden. Marc Liesching, Medienrechts-Professor, hat das Gesetz untersucht. Er hat herausgefunden, dass die praktische Umsetzung des Gesetzes sehr beschränkt ist. Facebook & Co. löschen im Zweifel mehr, als sie müssen, weil sie Bußgelder befürchten. Das geht dann zu Lasten der Meinungsfreiheit.

M6 Fake News werden produziert.

I was a Macedonian fake news writer.
If you ignored the content, the typical day of a „fake news“ writer would seem like any office job. Every morning, Tamara would open her laptop to a fresh email with a link to a spreadsheet. This document contained eight stories based on the other side of the world from her, in the US.

Erik Meyer: Presseschau zur Europawahl 2019: Digitale Desinformation und Fake News. Bonn: Bundeszentrale für politische Bildung 30.5.2019

Aufgaben

1. Diskutiert: Wann klickt ihr „gefällt mir“? Wann nicht? Findet ihr einen Artikel seriös, wenn ein Freund/eine Freundin ihn geteilt hat? Begründet eure Erfahrungen.
2. a) Arbeitet zu zweit.
   Prüft mithilfe des SWR-Fakefinders, wie sicher ihr im Erkennen von Fake News seid.
   b) Diskutiert in der Klasse, welche Meldungen leicht und welche schwer zu identifizieren waren. Woran könnte das liegen?
3. a) Liste die Argumente von Alexandra Föderl-Schmid auf.
   b) Nimm Stellung zu ihrem Kommentar (M4).
4. Liste Pro- und Kontra-Argumente zum NetzDG auf (M5, Internet, vgl. S. 310).
5. Nimm Stellung zum NetzDG.

Formulierungshilfen zu Aufgabe 3:
Ihre Hauptargumente sind ...
Sie führt folgende Beispiele an ...
Diese Beispiele sind ...
Ihre Argumentation ist (nicht) überzeugend.
Dem Argument ... kann ich (nicht) zustimmen.
Wenn ich das Problem ... betrachte, ...
Insgesamt gesehen ...
Ihr Kommentar überzeugt mich (nicht).
Ich stimme ihr (nicht) zu, denn ...

Wenn du diese Aufgaben erfolgreich bearbeitet hast, kannst du ...
... beschreiben, wie sich Fake News schnell verbreiten.
... erklären, wie man Fake News erkennen kann.
... erklären, warum Fake News gefährlich sind.
... den Fachbegriff **Fake News** erklären.

Was passiert mit meinen Daten?

M1 Luca ist in eine „Falle“ getappt.

Luca: Ist das nicht toll? Ich habe im Internet gesurft und von einem Händler ein kostenloses E-Book bekommen. Ich musste nur meinen Namen, Alter, Adresse und E-Mail-Adresse angeben.

Sirin: Hast du nicht gemerkt: Du hast dich als Gegenleistung verkauft! Mit deinen Daten kann der Händler Geld verdienen.

Daten sind wertvoll

Jedes Mal, wenn du dich im Internet bewegst, hinterlässt du deinen **digitalen Fußabdruck**. Firmen speichern deine Daten. Das Wissen über dich ist ihre „Ware“, die man verkaufen kann.

Produkte und Dienstleistungen sollen vermarktet werden. Dies ist leichter für ein Unternehmen, wenn es Daten von möglichen Kunden hat und diese gezielt mit Informationen versorgen kann. Je mehr Daten zur Verfügung stehen, desto besser kann man absehen, ob sich ein möglicher Kunde unter den Internet-Nutzern befindet.

Wer im Internet surft, gibt indirekt Daten von sich preis, und zwar dadurch, dass er bestimmte Suchbegriffe eingibt. Er zeigt also Interesse für diese Informationen. Und schon erhält er bei seinem nächsten „Besuch“ im Internet Werbung für bestimmte Produkte und Dienstleistungen.

Wer Daten in ein Online-Formular einträgt, zum Beispiel bei der Anmeldung in einem sozialen Netzwerk, beim Online-Einkauf, bei einer Online-Versteigerung oder bei einem Gewinnspiel, weiß nicht, was mit seinen Daten passiert. Auch diese Daten könnten für Werbung genutzt werden.

Das Internet vergisst nichts

Nicht nur die Werbeindustrie ist an deinen Daten interessiert, sondern auch andere Menschen interessieren sich für deine Daten. Ein Betrieb, der einen neuen Mitarbeiter sucht, kann sich zum Beispiel im Internet über dich informieren. So kann es passieren, dass du von einem zukünftigen Arbeitgeber abgelehnt wirst, weil ein fragwürdiges Bild oder eine bestimmte politische Äußerung von dir im Netz zu finden ist.

M2 Datenhandel – ein Geschäft wie jedes andere?

Bei jeder digitalen Anwendung, sei es das Mobiltelefon, das Surfen im Internet oder die Nutzung einer Kundenkarte, entstehen Daten. Manche dieser Daten werden von den Unternehmen gesammelt, aufbereitet und verkauft. Dadurch kann das Recht auf informationelle Selbstbestimmung oder auch der Datenschutz beeinträchtigt werden.

Johann Čas, Walter Peissl: Datenhandel – ein Geschäft wie jedes andere? Bonn: Bundeszentrale für politische Bildung 12.3.2010

M3 Datenarten und Datenquellen

Es gibt grundsätzlich zwei Arten, zu Daten mit Personenbezug zu gelangen. Erstens kann man die betroffenen Personen veranlassen, Auskünfte über sich selbst zu erteilen; zweitens kann man versuchen, deren Handeln und Verhalten zu analysieren und daraus ein Bild zu gewinnen. Beispiele für die erste Methode sind das Versenden von Fragebögen oder die Veranstaltung von Gewinnspielen, sei es in der Online- oder Offline-Welt. Natürlich werden bei dieser Art der Datensammlung häufig unlautere Methoden angewandt, indem etwa Fragebögen ein amtlicher Anschein verliehen wird oder Gewinne bloß vorgetäuscht werden. […]

Die wichtigste Methode, möglichst umfangreiche Sammlungen über das Surfverhalten der Nutzerinnen und Nutzer zu bekommen, sind so genannte „Third Party Cookies“. Diese sind sehr häufig mit gezielten Werbeangeboten verbunden. Betreiber von Internetseiten vermieten dabei Flächen zur Einblendung von Bannerwerbung.

Johann Čas, Walter Peissl: Datenhandel – ein Geschäft wie jedes andere? Bonn: Bundeszentrale für politische Bildung 12.3.2010

METHODE Feedback geben

Feedback ist der englische Ausdruck für einen aufbauenden, kritischen Kommentar. Die Zuhörerinnen und Zuhörer teilen der oder dem Vortragenden ihre Eindrücke mit. Das soll der oder dem Vortragenden helfen, den nächsten Vortrag zu verbessern. Ein Feedback kann sich aber auch auf einen schriftlichen Beitrag beziehen.

M4 Der Vortrag ist beendet.

Acht Beobachtungsschwerpunkte, um ein gutes Feedback zu einem Vortrag zu geben

1. Punkt: Hat die Rednerin oder der Redner deutlich, nicht zu schnell und frei gesprochen?

2. Punkt: Hat die Rednerin oder der Redner zu den Zuhörern Blickkontakt gehalten?

3. Punkt: War die Rednerin oder der Redner gut vorbereitet?

4. Punkt: War der Vortrag gut gegliedert?

5. Punkt: Wurden wichtige Informationen gut hervorgehoben?

6. Punkt: Wurden geeignete Medien eingesetzt, um das Thema zu veranschaulichen?

7. Punkt: War der Vortrag einprägsam?

8. Punkt: Gab es einen guten Abschluss?

Drei goldene Regeln für ein gelungenes Feedback

1. Regel:
Beginnt mit einer positiven Rückmeldung. Stellt gelungene Aspekte an den Anfang.

2. Regel:
Stellt Kritik sprachlich freundlich dar.
Statt „du musst ...“ lieber „Ich habe bemerkt, dass ...“ sagen.

3. Regel:
Formuliert klar, genau und sachlich mit konkreten Beispielen.

Aufgaben

1. Erkläre den Begriff digitaler Fußabdruck.
2. Beschreibe, inwiefern Daten eine wirtschaftliche Bedeutung haben (M1, M2, M3, Text).
3. Erkläre, in welche „Falle“ Luca getappt ist (M1, M2).
4. Erstellt gemeinsam ein Flugblatt, das über ein vernünftiges Verhalten im Umgang mit den eigenen Daten informiert.
5. Diskutiert die These in der Klasse: Die Erwachsenen haben keine Ahnung von Internet und wollen uns nur unseren Spaß verderben, wenn sie immer von der Sicherheit reden.
6. Erstellt einen Beobachtungsbogen, in den ihr euer Feedback zu einem Vortrag eintragen könnt.
7. Erstellt eine Liste mit Aspekten, um ein gutes Feedback zu einem schriftlichen Beitrag zu geben.
8. Bereitet einen Kurzvortrag zum Datenhandel im Internet vor und lasst euch ein Feedback geben (vgl. S. 311).

Formulierungshilfen zu Aufgabe 8:
Mein Thema ist ...
Ich werde insbesondere auf ... eingehen.
Zunächst werde ich ...
Dann werde ich ...
Zum Schluss ...
Ich beginne mit ...
Nachdem ich ..., werde ich nun ...
Ich komme zum Schluss und ...
Abschließend möchte ich feststellen
...

Wenn du diese Aufgaben erfolgreich bearbeitet hast, kannst du ...
... die wirtschaftliche Bedeutung von Daten beschreiben.
... ein Feedback geben.
... den Fachbegriff **digitaler Fußabdruck** erklären.

WAHLTHEMA 1 Wer bestimmt, was ich kaufe?

Bearbeitet die Fragen der Jugendlichen. Präsentiert eure Ergebnisse in einem Vortrag. Fordert ein Feedback ein. Erstellt außerdem ein Merkblatt mit den wichtigsten Informationen und verschickt es digital an eure Mitschülerinnen und Mitschüler. Fordert auch dafür ein Feedback ein.

Der „gläserne" Online-Kunde

Kunden erhalten nicht dieselben Angebote, wenn sie auf der Webseite eines Händlers nach Produkten suchen. Und auch die Preise für dasselbe Produkt können unterschiedlich sein. Algorithmen sind dafür verantwortlich, was auf dem Rechner oder Smartphone angezeigt wird.

Ein Schnäppchenjäger bekommt Produkte zu reduzierten Preisen angeboten. Ein Kunde, der schon öfter teure Artikel gekauft hat, bekommt höherpreisige Produkte angeboten.

Ein Algorithmus berechnet auch, wie wahrscheinlich es ist, dass jemand demnächst ein bestimmtes Produkt benötigen wird. Dann wird dieses Produkt schon jetzt angezeigt.

Bei einem Online-Shop kann man Artikel in einem digitalen Warenkorb sammeln. Bestimmte **Cookies** speichern die Information. Sie ordnen den Warenkorb der betreffenden Person zu. Der Online-Shop weiß dann, was eventuell nachgefragt wird. Wenn der Kunde die Webseite des Online-Shops wieder aufruft, bekommt er die Artikel noch einmal angezeigt. Es ist auch möglich, dass ein Artikel aus dem Warenkorb auf einer anderen Webseite als Angebot angezeigt wird.

INFO

Cookies speichern, welche Webseiten der Nutzer besucht hat. Es gibt Firmen, die die Daten aus den Cookies verkaufen. Manche Cookies sind dazu da, damit eine Webseite richtig funktioniert. Ein Nutzer hat die Möglichkeit, nur notwendige Cookies zu akzeptieren.

INTERNET

Suchbegriff:
→ neues Cookie- und Datenschutzgesetz

M1 Ergebnisse zum Suchbegriff „Sneakers“

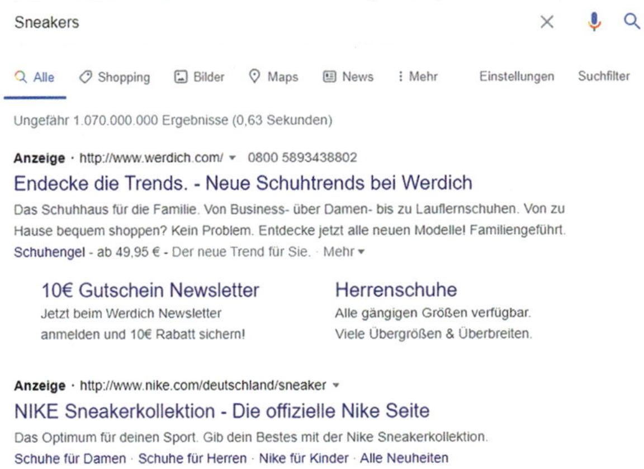

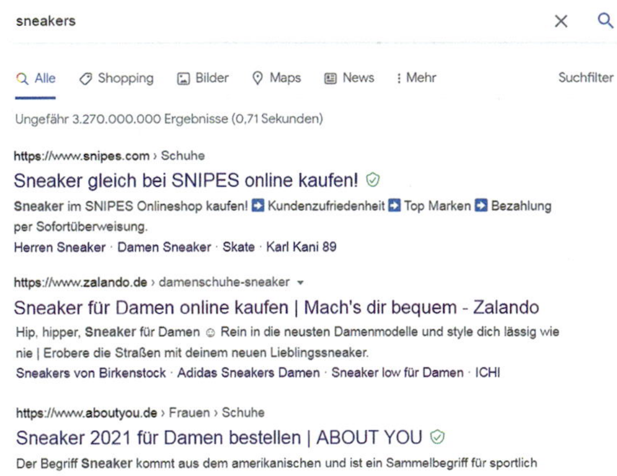

Online-Händler platzieren geschickt ihre Produkte

Wenn du durch eine Einkaufsstraße in der Innenstadt gehst, wecken große Schilder in den Schaufenstern oder vor den Geschäften mit Angeboten dein Interesse. In den Kaufhäusern ziehen die Produkte am Eingang die Blicke der Kunden auf sich. Deshalb bezahlen viele Hersteller von Produkten die Einzelhändler für die besten Plätze in den Regalen oder im Eingangsbereich.
Im Online-Handel gibt es keine Schaufenster und keine Regale. Deshalb ist es besonders wichtig, Daten von möglichen Kunden zu bekommen. Und die riesigen Datenmengen müssen verglichen und sortiert werden. Das übernehmen Computer und **Algorithmen**. Wird eine Webseite aufgerufen, dann muss sie das Interesse wecken wie ein Angebot im Schaufenster.
Algorithmen treffen auch die Entscheidung, in welcher Reihenfolge die Webseiten beim Aufrufen gelistet werden. Diese Reihenfolge ist nicht bei allen Nutzern gleich, sondern hängt vom bisherigen Kaufverhalten ab.
Wer einen Suchbegriff in eine Suchmaschine eingibt, kann feststellen, dass Anzeigen immer an erster Stelle aufgelistet werden.

M2 Beispiele für Algorithmen (Handlungsanweisungen)

Wenn jemand dieses Produkt anklickt, schick ihm Werbung für …
Wenn jemand dieses Produkt von einem Smartphone aus anklickt, gib ihm diesen Preis an. (Für Smartphone-Kunden sind die Preise höher als für Computer-Kunden.)
Wenn jemand dieses Produkt anklickt und immer nach Rabatten sucht, biete das Produkt als Werbung an.

M3 Chancen und Risiken des Online-Handels für Verbraucherinnen und Verbraucher

Chancen:
- bequemes Einkaufen
- Zeitersparnis
- …

Risiken:
- kein Anprobieren, keine Beratung
- Rücksendung notwendig
- …

Tipps für die Erarbeitung

1. Erklärt mithilfe von Beispielen, was Algorithmen sind (M2, Text).
2. a) Gebt denselben Suchbegriff in den Rechner oder euer Smartphone ein und vergleicht die Ergebnisse.
   b) Gebt dasselbe Produkt in den Rechner oder euer Smartphone ein und vergleicht die Ergebnisse.
   c) Erklärt die Unterschiede.
3. Untersucht, wie das Interesse bei Suchanfragen geweckt wird (M1).
4. Ergänzt die Chancen und Risiken (M3).
5. Erstellt eure Präsentation, also den Vortrag und das Informationsblatt. Legt fest, wer den Vortrag hält.

Wenn du diese Aufgaben erfolgreich bearbeitet hast, kannst du …
… Möglichkeiten des Einsatzes von Algorithmen in Onlineangeboten beschreiben,
… Chancen und Risiken im Online-Handel für Verbraucherinnen und Verbraucher beurteilen.
… die Fachbegriffe **Cookies** und **Algorithmus** (Algorithmen) erklären.

WAHLTHEMA 2 Digital bezahlen – ohne Probleme?

Jonas holt sich sein Mittagessen in der Mensa. Er bezahlt mit einer Geldkarte für die Mensa, die er jede Woche aufladen muss. Für die Fahrt mit dem Bus benutzt er eine Monatskarte, die seine Eltern mit einem Dauerauftrag bei der Bank bezahlen. Nur im Schreibwarengeschäft braucht er noch Bargeld, denn er hat noch keine Girocard. Welche Chancen und Risiken sind mit dem bargeldlosen Bezahlen verbunden? Wie ist die Digitalisierung zu beurteilen?

M3 Mit Girocard und Smartphone

Erarbeitet diese Fragen. Präsentiert eure Ergebnisse in einem Vortrag. Fordert ein Feedback ein. Erstellt außerdem ein Merkblatt mit den wichtigsten Informationen und verschickt es digital an eure Mitschülerinnen und Mitschüler. Fordert auch hier dafür Feedback ein.

M1 Bargeldlose Zahlungen

- Überweisungen kann man am Terminal in der Bank eingeben, mit Bank-Apps auf dem Smartphone oder am Rechner im Online-Banking ausführen.
- Eine Girocard ist „Plastikgeld“. Mit einer Girocard können Jugendliche bezahlen, solange ein Guthaben auf dem Konto ist.
- Eine Girocard kann man als Kind oder Jugendlicher nur erwerben, wenn die Eltern einverstanden sind.
- Mit Smartphones, Tablets oder Smartwatches kann man bargeldlos bezahlen. Man braucht eine App und als Datenübertragung NFC (= Near Field Communication).

Hat das Sparschwein ausgedient?

In den letzten Jahren hat die Bedeutung des **digitalen Zahlungsverkehrs** stark zugenommen. In einigen Ländern, zum Beispiel Schweden, werden sogar kleine Beträge nicht mehr bar bezahlt.
Das bargeldlose Bezahlen ist bequem, aber nicht problemlos. Man kann leicht den Überblick über seine Ausgaben verlieren. Betrüger nutzen jede Sicherheitslücke, um Daten zu stehlen. Sie kaufen dann im Namen des Betrogenen ein. Karten werden gestohlen und die Pinn-Nummern ausgespäht, um Geld vom Konto des Bestohlenen abzuheben. Die Banken unternehmen große Anstrengungen, um **Online-Banking** sicherer zu machen.

M2 Kind verzockt 1 400 Euro am Smartphone – Müssen Eltern zahlen?

Da staunten die Eltern nicht schlecht, als auf der Mobilfunkrechnung über 1 400 Euro für Einkäufe [im Internet] standen. Dabei haben die Eltern mit einer Guthabenkarte […] an die Sicherheit und mögliche Kostenfallen gedacht. Trotzdem gab die Minderjährige über 1 400 Euro für Spiele aus. Wer muss die Rechnung zahlen?
Was war passiert […]? Die Eltern haben ihrer minderjährigen Tochter ein Smartphone überlassen, damit diese das Handy unter anderem auch für Onlinespiele nutzen kann. […] Sie [haben] ihrer Tochter eine Guthabenkarte […] geschenkt. […] Offensichtlich konnte die Tochter über das Guthaben der ihr überlassenen Guthabenkarte hinaus […] einkaufen. Zustande kamen die Kosten über die sogenannten Drittanbieterkosten. In Spielen auf dem Smartphone kann sich der Spieler oft zusätzliche Vorteile erkaufen, um das Spiel schneller beenden zu können oder eine Hilfe zu bekommen. […] Diese lassen sich mit wenigen Klicks auslösen. Ist der Nutzer im Mobilfunknetz eingebucht, werden die Kosten über die Mobilfunkrechnung abgerechnet. […]
Die Verbraucherzentrale Niedersachsen konnte die Forderung […] zu großen Teilen zurückweisen. […] Für die über das Handy durchgeführten Handlungen der minderjährigen Tochter konnten die Eltern [in diesem Fall] nicht verantwortlich gemacht werden.

Kai Sommer: Kind verzockt 1400 Euro am Smartphone – Müssen Eltern zahlen? Berlin: Team Verbraucherschutz.com, Markus Müller 2.8.2019

M4 Mit Lesegerät oder Smartphone

M7 Entwicklung der Zahlungsarten

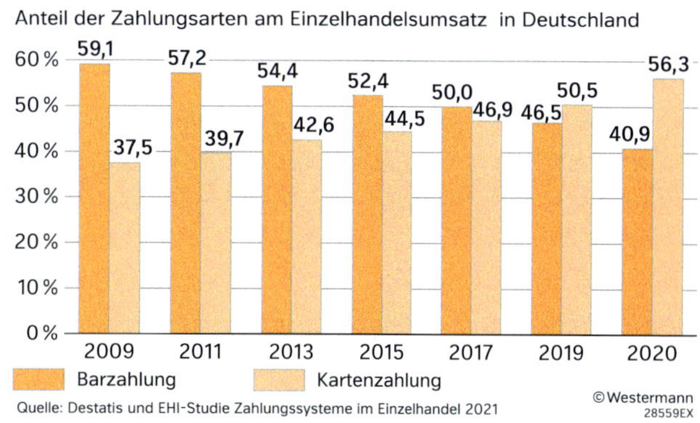

M5 Eine App für das Taschengeld

Hierzulande hat der Deutsche Sparkassenverlag mit der KNAX-Taschengeld-App eine Möglichkeit geschaffen, Kinder mit virtuellem Geld vertraut zu machen. Nach einer Registrierung können Eltern für ihre Kinder beliebig viele Konten eröffnen und festlegen, wann wie viel Geld darauf eingehen soll. So ist sichergestellt, dass niemand den Zahltag des Taschengeldes verpasst. Ein echtes Konto ist nicht notwendig, als Bank fungieren die Eltern: Zusammen mit ihnen können Kinder den Kontostand einsehen, Sparziele festlegen und auch von unterwegs Beträge ein- oder auszahlen lassen.

Alena Hecker: Von App bis Sparschwein: So lernen Kinder den richtigen Umgang mit Geld. Hannover: RND 24.8.2020

M8 Die vier beliebtesten Online-Bezahldienste

PayPal	95 %
Klarna	42 %
Amazon Pay	25 %
Giropay	15 %

Befragt wurden 1 570 Nutzer im Alter von 18 bis 64 Jahren in Deutschland zwischen dem 17.2. und 25.3.2020.
Quelle: Statista Global Consumer Survey 2020

M6 Überweisungsformular

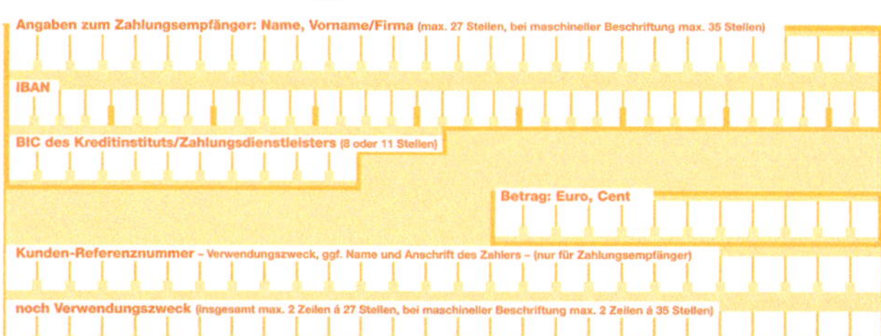

Die Eingabemaske für eine Überweisung am Terminal in der Bank sieht wie ein Überweisungsformular aus.

INFO

Als **digitalen Zahlungsverkehr** bezeichnet man alle Formen des bargeldlosen Geldverkehrs, die über das Internet abgewickelt werden.

INFO

Beim **Online-Banking** werden alle Geldgeschäfte, zum Beispiel Überweisungen, am Rechner bzw. mit Apps auf dem Smartphone erledigt.

Tipps für die Erarbeitung

1. Beschreibt, welche Möglichkeiten es gibt, digital zu bezahlen (M1).
2. Beschreibt, wie man ein Überweisungsformular ausfüllt (M6).
3. a) Erläutert die Chancen, die digitales Bezahlen bietet.
   b) Zeigt auch die Risiken auf.
4. Wertet M7 und M8 aus.
5. Erklärt, wie die Taschengeld-App funktioniert (M4).
6. Beurteilt die fortschreitende Digitalisierung des Zahlungsverkehrs.
7. Führt eine Umfrage in der Klasse durch und arbeitet die Ergebnisse in euren Vortrag ein. Ermittelt unter anderem, wer welche Bezahlkarten besitzt, ob es Probleme gab, wie die Eltern die Freizeitaktivitäten und Einkäufe der Familie bezahlen.
8. Stellt eure Ergebnisse zu einem Vortrag zusammen und erstellt das Merkblatt. Legt fest, wer den Vortrag hält.

Wenn du diese Aufgaben erfolgreich bearbeitet hast, kannst du ...
... bargeldloses Bezahlen erläutern.
... Chancen und Risiken der Digitalisierung des Zahlungsverkehrs beurteilen.
... die Fachbegriffe **digitaler Zahlungsverkehr** und **Online-Banking** erklären.

Die Rolle der Medien in der Demokratie

In keinem Land der Erde wird die Internetfreiheit so stark unterdrückt wie in China. An zweiter Stelle folgen Syrien und der Iran. Google und seine Dienste sind in China weitgehend blockiert. Auch die Webseiten vieler westlicher Medien sind gesperrt, zum Beispiel die der „New York Times". Welche Folgen hat das für die Meinungsbildung der Menschen? Warum sind Medien in der Demokratie wichtig?

M2 Zeichnung zum „World Press Freedom Day"

Die Aufgabe der Massenmedien im Staat

Menschen haben ihr Wissen über ein Ereignis meistens aus den Massenmedien. Aus diesen Informationen bilden sich die Menschen eine Meinung. Aufgrund dieser Meinung entscheiden sie beispielsweise, wen sie wählen oder wie gut sie ihre eigene Regierung finden.

Deshalb haben Medien eine verantwortungsvolle Rolle in der Gesellschaft.

Das wissen natürlich auch die Machthaber in einem Staat. Politiker und Führer in undemokratischen Staaten versuchen, die Medien zu lenken. Sie wollen nicht, dass Negatives über sie berichtet wird, und unterdrücken daher Nachrichten, die ihrem Ansehen oder ihrer Politik schaden könnten. Das nennt man **Zensur**.

Meinungsbildung

Bei der Meinungsbildung fällt den Massenmedien ebenfalls eine wichtige Rolle zu. Eine Demokratie wird dann besonders stark, wenn politische Entscheidungen in freier und offener Diskussion erörtert werden. Die Medien sollen die Menschen über verschiedene Einstellungen zu einem Thema ohne Einschränkungen informieren. Dann kann sich jeder seine eigene Meinung selbst bilden.

INTERNET

Suchbegriffe:
→ Planet Wissen politische Skandale
→ Stefan Fries: Skandal aufgedeckt – und nun? Deutschlandfunk, 12.12.2020
Einen Auszug aus diesem Artikel findet ihr in M4.

M1 Funktionen der Medien für die Gesellschaft

Information
- zu aktuellen Ereignissen und Veranstaltungen (z. B. aus Politik, Kultur, Sport)
- über Inhalte (z. B. von Gesetzestexten oder politischen Programmen)
- zu aktuellen Entwicklungen

Bildungsfunktion
- Beiträge zur schulischen Bildung
- populärwissenschaftliche Beiträge
- Beiträge zur allgemeinen Lebensführung (z. B. für Haushalt, Garten, Kindererziehung)

Unterhaltungsfunktion
- Beiträge, die der Freude, Entspannung oder Erholung dienen

Meinungsbildung
- pluralistische Meinungsbildung durch Beiträge mit unterschiedlichen Perspektiven zu einem Sachverhalt
- freie und offene Argumentation
- politische Willensbildung durch freie Berichterstattung und Unabhängigkeit der Medien vom Staat

Kontrollfunktion
- genaue und umfassende Recherche zu Misständen in Politik, Wirtschaft und Gesellschaft und deren Veröffentlichung
- dadurch Kontrolle und Kritik

Kulturvermittlung
- Verbreitung von Kunst und Kultur (z. B. Übertragung von Konzerten, Theater- und Ballettaufführungen, Ausstellungseröffnungen)
- Beiträge über Museen, Literatur und Kunst und dabei kulturelle oder künstlerische Aspekte erklären, erläutern und kommentieren
- Beiträge zu anderen Regionen und deren Kultur

M3 **Demonstration für Pressefreiheit in Krakau (Polen)**

Kritik und Kontrolle

In der Demokratie soll das Volk bestimmen, was in einem Land geschehen soll. Dazu brauchen die Menschen genaue und verlässliche Informationen, besonders über die Arbeit ihrer Politiker. Damit bekommen die Medien eine politische Aufgabe: Sie sollen ein Wächteramt gegenüber der Regierung ausüben. Da die Medien diese besondere Aufgabe haben, sind sie in Deutschland durch das **Presserecht** besonders geschützt. In einer Demokratie herrscht **Pressefreiheit**.

Ohne Medien, die Fehler der Politik aufspüren und durch ihre Berichte die Regierung zum Handeln drängen, gerät eine Demokratie in Gefahr. Dann würde niemand davon erfahren, wenn Politiker ihre Macht missbrauchen oder sich mit Geld bestechen lassen.

M4 **Skandale aufdecken**

Journalisten haben es nicht immer leicht, mit ihren investigativen Geschichten durchzukommen. Oft investieren sie Monate in eine Recherche – und dann verpufft sie. So ging es etwa anfangs der Tageszeitung „taz" mit ihrer Recherche über rechtsextreme Netzwerke von Polizisten und Soldaten – Stichwort: Hannibal. Ihre ersten Veröffentlichungen fanden keine große Beachtung. Erst als auch das ZDF-Magazin „Frontal 21" einstieg, bekamen sie eine größere mediale Öffentlichkeit.

Stefan Fries: Investigative Recherchen: Skandal aufgedeckt – und nun? Deutschlandfunk, Köln: Deutschlandradio 29.05.2019

M5 **Auszug aus dem Grundgesetz (Meinungsfreiheit)**

Artikel 5

(1) Jeder hat das Recht, seine Meinung in Wort, Schrift und Bild frei zu äußern und zu verbreiten und sich aus allgemein zugänglichen Quellen ungehindert zu unterrichten. Die Pressefreiheit und die Freiheit der Berichterstattung durch Rundfunk und Film werden gewährleistet. Eine Zensur findet nicht statt.

(2) Diese Rechte finden ihre Schranken in den Vorschriften der allgemeinen Gesetze, den gesetzlichen Bestimmungen zum Schutz der Jugend und in dem Recht der persönlichen Ehre.

Aufgaben

1. Beschreibe die Rolle der Medien (M1, Texte).
2. Ⓦ Wähle aus:
   - A Begründe, warum Herrscher in Diktaturen Berichterstattungen zensieren (Text).
   - B Im Umgang mit der Presse zeigt sich, wie demokratisch ein Staat sein will. Nimm Stellung zu dieser These.
3. Das Recht auf Meinungsfreiheit hat aber auch Grenzen. Erläutere (M5, S. 108).
4. a) Erörtere, inwiefern die Verbreitung von Themen in Medien Chancen und Risiken für die Gesellschaft beinhaltet.
   b) Beurteile, welche Bedeutung verschiedene Medien bei fachlichen und politischen Entscheidungen haben.
5. Bildet Gruppen:
   Erschließt den vollständigen Artikel durch reziprokes Lesen (M4, Internet, vgl. S. 133).
6. Nenne und deute die Symbole in der Zeichnung in M2.
7. Erarbeitet das Thema „Pressefreiheit in Deutschland und anderen Ländern" gemeinsam. Überlegt, wie ihr vorgehen und wie ihr eure Ergebnisse präsentieren wollt.
8. Ⓩ Recherchiere, welche großen politischen Skandale von den Medien aufgedeckt wurden (Internet: Planet Wissen politische Skandale).

Wenn du diese Aufgaben erfolgreich bearbeitet hast, kannst du ...
... die Bedeutung der Medien für die Meinungsbildung beschreiben.
... Chancen und Risiken digitaler Medien für die Meinungsbildung erörtern.
... die Fachbegriffe **Zensur, Presserecht** und **Pressefreiheit** erklären.

Gewusst? – Gekonnt!

Bewerte dich selbst mit dem Ampelsystem, das du bereits kennengelernt hast.

M1 Mediennutzung der Deutschen 2020 (2019) – Langzeitstudie von ARD und ZDF

Nutzungsdauer in Minuten pro Tag

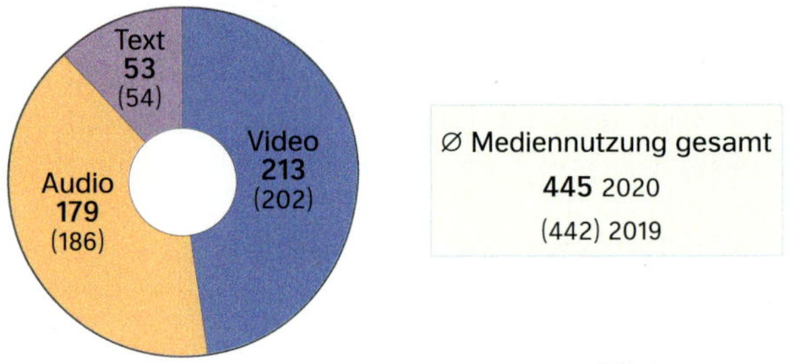

Quelle: ARD/ZDF-Massenkommunikation Langzeitstudie 2020

Menschen in Deutschland nutzen mehr als sieben Stunden pro Tag Medien, Video und Audio dominieren. Die Nutzungszeit verschiebt sich zu Bewegtbild.

1 a) Beschreibe die Mediennutzung der Deutschen 2020 (M1).
b) Beschreibe die Veränderungen im Vergleich zu 2019 (M1).
c) Vergleiche mit deiner Mediennutzung.
Schülerbuch, Seiten 144 – 145

2 a) Beschreibe die Mediennutzung der 14- bis 29-Jährigen (M2).
b) Vergleiche die Mediennutzung nach Altersgruppen (M2).
c) Vergleiche mit deiner Mediennutzung.
d) Erkläre die unterschiedliche Mediennutzung der Altersgruppen.
e) Beurteile die Bedeutung digitaler Medien für die Identitätsbildung von Jugendlichen.
Schülerbuch, Seiten 144 – 147

M3 Fake News oder nicht?

Abraham Lincoln, US-Präsident 1861 – 1865:
„Das Problem mit Zitaten im Internet ist, dass man nicht weiß, ob sie echt sind oder nicht.“

Im Internet gefunden:
„Dürren sollen ein Problem sein? Das stimmt nicht. Es kommt immer wieder bei extrem hohen Temperaturen zu heftigen Niederschlägen. Also ist doch reichlich Wasser vorhanden.“

Peter Carstens in GEOplus:
„Die These von der menschengemachten Klimaerwärmung ist, solange sie nicht widerlegt wird, ein wissenschaftliches Faktum.“

3 Analysiere die drei Meldungen (M3). Handelt es sich um Fake New oder nicht? Begründe.
Schülerbuch, Seiten 150 – 151

4 a) Erkläre den Begriff „digitales Zeitalter“.
b) Beschreibe die Veränderungen im digitalen Zeitalter.
Schülerbuch, Seiten 144 – 145

M2 Mediennutzung der Deutschen nach Altersgruppen 2020

Bewegtbildnutzung: mindestens 1x pro Woche (nach Alter) in Prozent, 2020

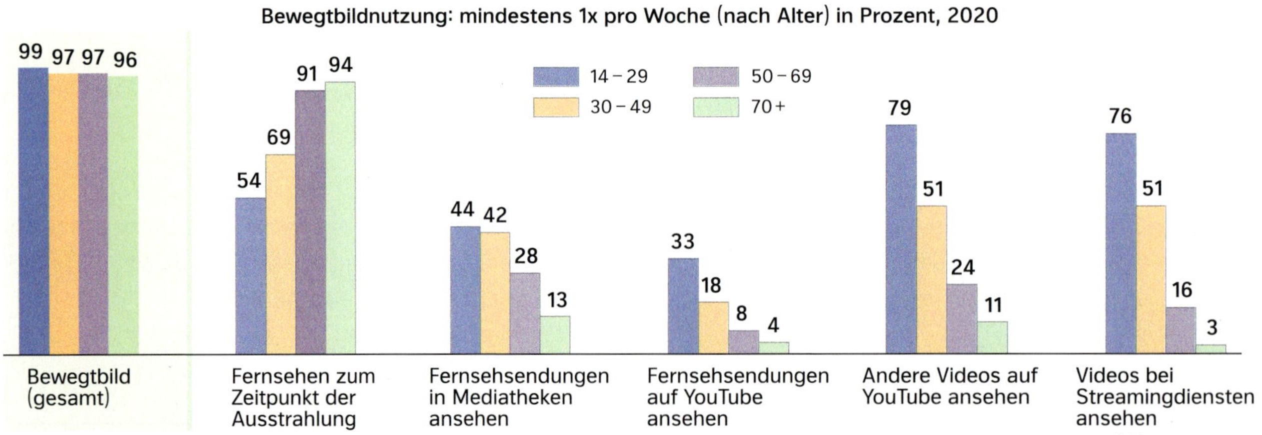

Quelle: ARD/ZDF-Massenkommunikation Langzeitstudie 2020

M4 Karikatur 1

»Eh mann, wo hat das Ding denn seinen Kopfhöreranschluss?«

M5 Karikatur 2

5 a) Werte eine der beiden Karikaturen aus (M4, M5).
b) Begründe, warum du dich für diese Karikatur entschieden hast.
Schülerbuch, Seiten 146 – 147 und 139

6 a) Beschreibe die Funktion der Medien in der Gesellschaft.
b) Erkläre, wie soziale Medien für die Meinungsbildung in der Politik genutzt werden können.
Schülerbuch, Seiten 158 – 159

7 Erläutere, wie sich die Bürgerinnen und Bürger und die Politikerinnen und Politiker gegenseitig mithilfe von digitalen Medien beeinflussen können (M7).
Schülerbuch, Seiten 158 – 159

M6 Ein Magazin macht die Probe aufs Exempel

Vom Tiger entblößt
Wie eine ganze Nation alles aus dem Leben von Marc L. erfuhr

Das Magazin Le Tigre wollte herausfinden, wie einfach es ist, Daten über Personen herauszufinden und diese ins Internet zu stellen. Zufällig fiel die Wahl auf Marc L., der soziale Netzwerke wie Facebook nutzt und private Fotos veröffentlicht. Die Leser erfuhren sein Alter, Geburtstag und seine Adresse, allerdings ohne Hausnummer, und seine Mobilfunknummer, sein Name war allerdings anonymisiert. Sein Aussehen wurde beschrieben, sein Beruf genannt, seine Freizeitbeschäftigungen, seine Frauenbekanntschaften. Alles das hatte er im Internet veröffentlicht.

8 Kritiker warnen, dass viele Menschen zu viele Datenspuren im Netz hinterlassen. Andere sagen, dass das Panikmache sei. Nimm Stellung, auch unter Berücksichtigung von M6.
Schülerbuch, Seiten 152 – 153

9 Beurteile die Chancen und Risiken im Online-Handel für Verbraucherinnen und Verbraucher.
Schülerbuch, Seiten 154 – 155

10 Nenne Chancen und Risiken im digitalen Zahlungsverkehr.
Schülerbuch, Seiten 156 – 157

M7 Schaubild zum Einsatz digitaler Medien in der Politik

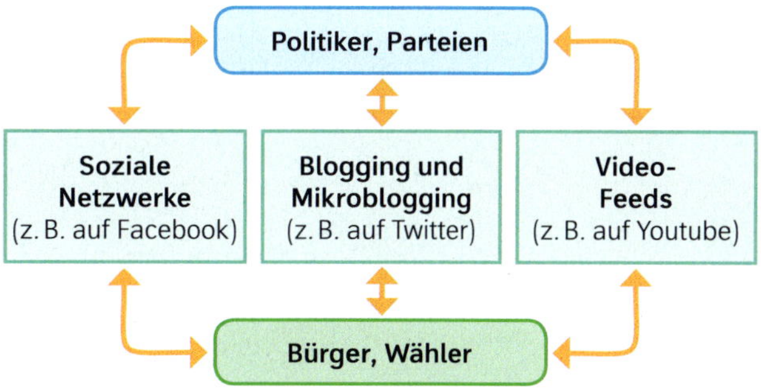

Fachbegriffe

der Algorithmus
die Automatisierung
die Cookies
die digitale Technologie
der digitale Fußabdruck
der digitale Zahlungsverkehr
das digitale Zeitalter
die Digitalisierung
die Fake News
die Fremdbestimmung
die Identität
die Künstliche Intelligenz (KI)
das Online-Banking
die Pressefreiheit
das Presserecht
die Selbstbestimmung
das Vorbild
die Zensur

WES-105342-161
westermann.de/webcode

Freiheit, Gleichheit, Einheit

„Ich geh gleich auf die Barrikaden“ ist eine Redewendung, die wir heute noch benutzen, wenn wir besonders wütend sind.
In der Abbildung seht ihr eine Barrikade.
Wer hat sie errichtet und warum?
Welche Informationen könnt ihr aus der Abbildung entnehmen?
Welche Fragen stellt ihr euch?
Notiert eure Fragen und versucht, Antworten zu finden, während ihr das Kapitel bearbeitet.

rechts: Straßenkämpfe in Berlin im März 1848.
Kreidelithographie, koloriert, zeitgenössisch von P. C. Geissler.

Ideen der Aufklärung – ein neues Denken?

Ein „aufgeklärter" Mensch kennt sich in vielen Dingen aus. Er richtet sein Handeln, wann immer möglich, nach Vernunft und Verstand aus. Wir sagen, er oder sie handelt rational, also vernünftig. Wie kam es dazu, die Vernunft als Maßstab des Denkens und des Handelns einzusetzen?

INFO

Bildliche, gegenständliche, schriftliche und auditive Quellen lassen sich in **Quellengattungen** einteilen. Zur epochenspezifischen Quellengattung gehören zum Beispiel Briefe, Flugblätter, Zeitungen und Zeitschriften (vgl. S. 296).

Die Ideen der Aufklärung

Im 17. und 18. Jahrhundert stellten Gelehrte und Philosophen neue Fragen über die Herrschaft in einem Staat. Gebildete Männer und Frauen interessierten sich für Kunst, Wissenschaft und Technik. Sie gaben sich mit den alten, traditionellen Erklärungen der Herrschenden und vor allem der Kirche nicht mehr zufrieden. Sie vertrauten allein ihrer Vernunft. Diese sollte „Licht in das Dunkel bringen" und alle Vorurteile und Halbwahrheiten beseitigen. Das Ziel der Aufklärer war es, die menschliche Gesellschaft moralisch und politisch zu verbessern. Dabei entwickelten sie revolutionäre Ideen.

Neue Medien und Kommunikation

Die Aufklärer nutzten die neuen Medien ihrer Zeit: Zeitschriften, Bücher, Briefe, Flugschriften und Zeitungen (epochenspezifische **Quellengattungen**), um die Ideen der **Aufklärung** zu verbreiten. Lesegesellschaften wurden gegründet. Dort kamen aufgeklärte Männer und Frauen zusammen, um gemeinsam zu lesen, über Bücher zu sprechen und neue Ideen zu diskutieren. Standesunterschiede spielten in diesen neuen Gesellschaften und Clubs keine Rolle mehr. Die Menschen sollten eigenständig denken lernen. Und sie hinterfragten die althergebrachte Ordnung der Ständegesellschaft.

M1 Aufklärer und Staatsphilosophen und ihre Ideen

John Locke
(1632 – 1704)

Natürliche Rechte: Alle Menschen sind von Natur aus gleich: Alle haben das Recht auf Leben, körperliche Unversehrtheit, Freiheit und Eigentum.
Aufgabe des Staates: Umsetzung der natürlichen Rechte in konkrete Gesetze.
Schutz der Bürger: Staat und Regierung sorgen für die Einhaltung der Gesetze. Die Bürger müssen vor Machtmissbrauch geschützt werden und zahlen keine Steuern ohne Zustimmung. Bei Zuwiderhandlung kann die Regierung abgesetzt werden.

Charles de Montesquieu
(1689 – 1755)

Politische Freiheit: Jeder Bürger kann in Sicherheit vor dem anderen leben.
Schutz vor Machtmissbrauch: Die Macht im Staat wird auf drei voneinander unabhängige Gewalten verteilt.
Gewaltenteilung: Die legislative Gewalt beschließt die Gesetze (Parlament), die exekutive Gewalt führt die Gesetze aus (Regierung) und die judikative Gewalt spricht Recht (Gerichte).

Jean Jacques Rousseau
(1712 – 1778)

„Der Mensch ist frei geboren, und überall liegt er in Ketten."
„Solange ein Volk zu gehorchen gezwungen ist und gehorcht, tut es gut daran; sobald es das Joch abschütteln kann und es abschüttelt, tut es noch besser."
Das Volk ist berechtigt, sich seine Freiheit zurückzuholen. Es schließt sich mithilfe eines Gesellschaftsvertrages zu einer direkten Demokratie zusammen.

M2 Eine Dichterlesung (Gemälde, 1755)

In einem Salon findet eine Dichterlesung statt. Es waren häufig gebildete Frauen aus dem Adel oder dem Bürgertum in den Großstädten Europas, die regelmäßig zu diesen Treffen in ihren Häusern einluden.

M3 Quelle: Immanuel Kant: Was ist Aufklärung? (1784)

Der Philosoph Immanuel Kant (1724–1804) beantwortet in einem Artikel in der viel gelesenen „Berlinischen Monatsschrift“ diese Frage.

Aufklärung ist der Ausgang des Menschen aus seiner selbstverschuldeten Unmündigkeit. Unmündigkeit ist das Unvermögen [= mangelnde Fähigkeit], sich seines Verstandes ohne Leitung eines anderen zu bedienen. *Selbstverschuldet* ist diese Unmündigkeit, wenn die Ursache derselben [= also der Unmündigkeit] nicht am Mangel des Verstandes, sondern der Entschließung und des Mutes liegt, sich seiner ohne Leitung eines anderen zu bedienen. Sapere aude! [= Habe Mut, zu wissen] Habe Mut, dich deines *eigenen* Verstandes zu bedienen! ist also der Wahlspruch der Aufklärung.

Kants Werke. Akademie-Ausgabe, Band VIII. Abhandlungen nach 1781. Berlin: Walter de Gruyter & Co. 1968, S. 35

M4 Quelle: Rudolf Zacharias Becker (1788): Volksaufklärung: Schutz vor Gewitter

Der Journalist und Lehrer R. Z. Becker (1752–1822) schrieb 1788 ein „Not- und Hilfsbüchlein für Bauersleute“. Mit einer Auflage von über einer halben Million Exemplaren gehörte es zu jener Zeit zu den am meisten verbreiteten Büchern in Deutschland.

Man ist dahintergekommen, wie die Gewitter entstehen und beschaffen sind. Das elektrische Feuer sammelt sich nämlich gern in den Wolken: weil die Wolken feuchte Dünste sind, die für sich wenig davon haben. Ist nun eine Wolke damit angefüllt, [...] zieht sie andere kleine und leichtere Wolken an sich. Wenn ihr nun solche nahe kommen, so fährt das Feuer schnell in sie hinein und gibt eine Flamme und einen Knall, welches wir Blitz und Donner nennen. [...] Wer hingegen meint, der Vater im Himmel zürne mit den Menschen und wolle sie in Furcht jagen oder gar strafen durch die schönen Blitze und den prächtigen Donner: der kennt den Vater im Himmel nicht. [...] Um die Gebäude zu beschützen, dass der Blitz keinen Schaden daran tue, hat Benjamin Franklin die Blitz-Ableiter erfunden. Diese bestehen aus einer eisernen Stange mit scharfen vergoldeten oder kupfernen Spitzen, welche auf dem First des Daches oder auf der Turm-Spitze aufgerichtet wird. Ans Ende dieser Stange wird ein kupferner Draht angenietet, der außen am Gebäude herunter geht, bis in die Erde. Wenn nun eine Gewitter-Wolke eben über dem Hause ihr elektrisches Wesen ausgießt: so fließt es gleichsam an dem Metall sacht herunter bis in die Erde und tut dem Gebäude keinen Schaden. [...] Diese Erfindung ist ein gar schönes Beispiel dafür, dass es auf der Erde immer besser mit den Menschen wird und werden muss, wenn sie ihren Verstand immer mehr gebrauchen.

Noth- und Hülfsbüchlein für Bauersleute. Gotha/Leipzig: Göschen 1788, Kap. 52, S. 375-380

Aufgaben

1. Beschreibe, was die Aufklärer erreichen wollten und wie ihre Ideen verbreitet wurden (M1, M2, Text).
2. Ⓦ Wähle aus:
   - **A** Erläutere die Ideen der Aufklärer. Suche dir eine Position heraus (M1).
   - **B** Erstelle ein Interview mit allen drei Philosophen über den Zweck und die Aufgaben des Staates (M1).
3. Erläutere in eigenen Worten, was der Philosoph Immanuel Kant unter Aufklärung versteht (M3).
4. Recherchiere (Internet) und vergleiche mit M4: Wie entstehen Gewitter und wie funktionieren Blitzableiter?
5. Diskutiert, in welchen Bereichen unserer heutigen Lebenswelt Aufklärung wichtig ist.
6. a) Recherchiere und liste auf, welche Quellengattungen es gibt (S. 296, Internet: Quellengattung App in die Geschichte).
   b) Ordne die Quellen einer Quellengattung zu.
7. Ⓩ Erstelle einen Bericht über das Leben und Werk von Benjamin Franklin (Internet, vgl. S. 310, 109).

Wenn du diese Aufgaben erfolgreich bearbeitet hast, kannst du ...
... das Anliegen der Aufklärung erklären.
... beschreiben, wie sich die neuen Ideen verbreitet haben.
... die Fachbegriffe **Quellengattung** und **Aufklärung** erklären.

Die Vorgeschichte der Französischen Revolution

Die Französische Revolution von 1789 bis 1799 gilt als eine der wichtigsten Ereignisse der Neuzeit, nicht nur für Frankreich. Eine Revolution bedeutet die radikale Veränderung der bestehenden politischen und gesellschaftlichen Verhältnisse. Wie waren diese Verhältnisse in Frankreich im 18. Jahrhundert? Welche Ursachen führten zur Revolution?

INFO

Absolutismus bezeichnet eine Königsherrschaft, die nicht durch Gesetze oder Institutionen, wie zum Beispiel ein gewähltes Parlament, begrenzt ist. Der Begriff Absolutismus stammt von der lateinischen Bezeichnung „rex legibus absolutus" („Ein König, der von den Gesetzen losgelöst ist"). Die herausragende Stellung des absoluten Königs im 17. und 18. Jahrhundert wurde mit dem Gottesgnadentum begründet: Der König sei von Gott eingesetzt worden und herrsche als dessen Stellvertreter auf Erden.
Die Französische Revolution von 1789 beendete den absoluten Machtanspruch der französischen Könige.

Die Ständegesellschaft in Frankreich

Frankreich war im 18. Jahrhundert eine Ständegesellschaft. An der Spitze stand der **absolutistische** König. Jeder Mensch hatte durch seine Geburt einen festen Platz in dieser Gesellschaft. Der erste Stand war der Klerus. Zu ihm gehörten etwa 0,5 Prozent der Bevölkerung. Der hohe Klerus stammte aus dem Adel und besetzte die höchsten Ämter in der katholischen Kirche. Der niedere Klerus bestand aus einfachen Landpfarrern. Diese waren nichtadelig und lebten oft ein ähnlich ärmliches Leben wie die Menschen in ihren Gemeinden.
Der Adel bildete den zweiten Stand. Dazu gehörten ungefähr 1,5 Prozent der Bevölkerung. Auch bei den Adeligen gab es Unterschiede. Einige führten ein prunkvolles Leben auf ihren Landgütern und Schlössern. Der Hochadel lebte als Hofadel von den Vergünstigungen am königlichen Schloss in Versailles. Ein größerer Teil des Adels jedoch war hoch verschuldet. Er lebte von den Abgaben und den Diensten der eigenen Bauern.
Die restliche Bevölkerung machte den dritten Stand aus. Dazu gehörten ganz unterschiedliche Menschen, zum Beispiel Bauern, Bürgerfamilien, Beamte, Ärzte, Handwerker, Dienstboten, Marktfrauen, Landarbeiter. Außerdem gab es noch die sogenannte Unterschicht, vor allem in Paris. Hierzu zählten unter anderem Tagelöhner und Bettler.

M1 Ein Bauer zahlt Abgaben. (Zeitgenössischer Stich, 18. Jahrhundert)

Adel und Klerus zahlten keine direkten Steuern und leisteten kaum Abgaben. Sie besetzten aber die höchsten Ämter in Staat, Kirche und Armee.

Die Hauptlast der Abgaben und Steuern brachte der dritte Stand auf.

Die Kosten für die französische Armee, die Kriege im Ausland und die königliche Hofhaltung in Versailles stiegen rasant. Missernten trieben die Brot- und Getreidepreise zusätzlich in die Höhe und führten zu Hungersnöten. Die Unzufriedenheit bei den Bauern und den Bürgern des Dritten Standes stieg. Das Ansehen des beliebten Königs Ludwig XVI. und seiner Königin Marie Antoinette ging zurück.

M2 Quelle: Beschwerdebrief der Gemeinde Aubeterre, 17. März 1789

Es sind rund 60 000 Beschwerdebriefe aus allen Provinzen Frankreichs überliefert.

Wir, die Unterzeichneten, haben die Ehre, Ihrer Majestät alleruntertänigst vorzustellen, dass die Steuern und Abgaben erdrückend sind und jene Ihrer Untertanen, die sich keiner einzigen [Befreiung von den Zahlungen] erfreuen, in Ohnmacht und Verzweiflung stürzen, da sie ja […] mehr als zwei Drittel ihres Einkommens [an Steuern und Abgaben] zahlen.
Artikel 1: Wir bitten deshalb, dass jedes Privileg [= Vorrecht] für finanzielle Befreiung aufgehoben werde. […]
Artikel 6: Dass die Steuern gleichmäßig und anteilmäßig von allen Angehörigen der drei Stände getragen werden. […]
Artikel 20: Die Hasen, die es in großer Menge gibt und die das Land verwüsten, sollen vernichtet werden. […] Die Tauben sollen vernichtet oder zumindest während dreier Monate eingesperrt werden, nämlich: Juni, Juli und August, in Anbetracht dessen, dass sie die reife Saat vernichten. […]
Artikel 23: Die Zehnten sollen den [Land-]Pfarrern zurückgegeben werden für ihren Unterhalt und den der Armen und die bauliche Unterhaltung der Kirchen und ihres Pfarrhauses.

Gerhard Schneider (Hrsg.): Die Französische Revolution 1789–1799. Schwalbach/Ts.: Wochenschau-Verlag 2012, S. 42f.

METHODE Eine historische Karikatur auswerten

M3 Karikatur (anonymer Karikaturist, 1789)

„Man muss hoffen, dass dieses Spiel bald vorbei ist."

Karikaturen waren im 18. Jahrhundert sehr weit verbreitet. Es gab sie in Zeitungen, aber auch auf Flugblättern. Da viele Menschen nicht lesen und schreiben konnten, waren Karikaturen ein Mittel, um sie anzusprechen und zu beeinflussen. Zeitgenössische Karikaturen gehören zur Quellengattung Flugblätter.

M4 Anmerkungen zur Karikatur

Auf der Hacke steht „von Tränen benetzt". Auf dem Säbel steht „gerötet von Blut". Auf den Zetteln in der Tasche des Geistlichen stehen „Bischof, Abt, Herzog, Graf", „Pension" [= Rente] und „Prunksucht". Die Zettel in der Tasche des Bauern verweisen auf indirekte Steuern und Abgaben, die der dritte Stand zu leisten hatte. Die Hasen und Rebhühner auf dem Ackerboden fressen die Feldfrüchte und die Aussaat des Bauern. Die Tiere durften vom Bauern nicht vertrieben oder gejagt werden, da die Jagd ein Vorrecht des Adels war.

Drei Schritte zur Auswertung einer historischen Karikatur

1. Schritt: **Beschreibung**
- Formuliere zunächst einen einleitenden Satz, in dem du Thema, Ort und Zeit der Veröffentlichung und den Namen des Zeichners nennst.
- Beschreibe danach die Karikatur, zum Beispiel alle Personen, Tiere, Gegenstände, Ort und Zeit, Vorder- und Hintergrund.
- Nenne die Bildunterschrift, falls eine vorhanden ist.

2. Schritt: **Erklärung der Aussage**
- Erkläre, wen oder was genau die Personen, Tiere und Gegenstände darstellen sollen.
- Formuliere danach das Problem, das in der Karikatur angesprochen und kritisiert wird.
- Beziehe die Bildunterschrift mit ein.
- Nenne die Adressaten, an die sich die Karikatur richtet.

3. Schritt: **Stellungnahme**
- Beurteile, ob die Gesamtaussage der Karikatur überzeugend dargestellt wird.
- Gibt es gegebenenfalls Kritik an der Karikatur? Begründe deine Beurteilung.

Aufgaben

1. (W) Wähle aus:
   A Beschreibe den Aufbau der französischen Gesellschaft (Text).
   B Benenne die Probleme in Frankreich vor der Revolution (Text, M1, M3, M4).
2. Werte die Karikatur in M3 aus.
3. Vergleiche die Karikatur mit den Beschwerden der Bauern aus Aubeterre (M2).
4. Beurteile die Verteilung der Privilegien und Vorrechte der drei Stände (M1, Text).

Formulierungshilfen zu Aufgabe 2:
Die Karikatur behandelt das Thema ...
Sie stammt aus dem Jahr ...
In der Karikatur sieht man ...
Die Figur ... stellt ... dar.
... ist/sind überzeichnet dargestellt, um ...
Die Karikatur stellt das Problem und die damalige Kritik an ... dar.
Gelungen/weniger gelungen ist die Zeichnung im Hinblick auf ..., weil sie ...

Wenn du diese Aufgaben erfolgreich bearbeitet hast, kannst du ...
.... die politischen und gesellschaftlichen Verhältnisse in Frankreich im 18. Jahrhundert beschreiben.
... historische Karikaturen auswerten.
... den Fachbegriff **Absolutismus** erklären.

Die Französische Revolution – ...

M1 **Der Ballhausschwur (nachträglich hergestelltes Gemälde von 1823/24 nach einer Zeichnung von Jacques Louis David, 1791)**

Die Vertreter des dritten Standes sowie einige Sympathisanten aus den beiden ersten Ständen schworen am 20. Juni 1789 im Ballhaus (= Turnhalle) von Versailles, eine Verfassung für ganz Frankreich zu erarbeiten. Wie kam es dazu?

Der König zieht die Notbremse

König Ludwig XVI. wollte die Steuern erhöhen, um die Finanzkrise zu bewältigen. Doch der französische Staat war zunehmend reformunfähig. Um den Staatsbankrott abzuwenden, berief der König die Vertreter der drei Stände aus allen Provinzen des Landes nach Versailles ein. Diese Form der Ständeversammlung, die **Generalstände**, hatte es seit 175 Jahren nicht mehr gegeben. Besonders groß waren die Erwartungen auf Seiten des dritten Standes. Vorgesehen waren 300 Vertreter für den ersten Stand, 300 für den zweiten Stand und 600 für den Dritten Stand. Offen blieb aber die Frage, wie abgestimmt werden sollte, entweder nach der Anzahl der Vertreter oder nach den Ständen. Hierüber kam es in Versailles zum Streit, mit weitreichenden Folgen.

INFO

Der Begriff Souveränität bedeutet oberste Staatsgewalt. Er leitet sich vom lateinischen Wort „superanus" (= überlegen) ab. **Volkssouveränität** bedeutet, dass die oberste Gewalt in einem Staat beim Volk liegt. Das Volk ist der Souverän. Die Machtbefugnisse der Regierung, der Gesetzgebung und der Rechtsprechung leiten sich vom Volk ab. In unserem deutschen Grundgesetz heißt es in Artikel 20: „Alle Staatsgewalt geht vom Volke aus."

Die Revolution des dritten Standes in Versailles

Die Vertreter des dritten Standes wollten nicht länger warten. Sie erklärten sich am 17. Juni 1789 zur **Nationalversammlung**, gegen den Willen Ludwigs XVI. Drei Tage später legten sie im Ballhaus von Versailles das feierliche Versprechen ab, eine Verfassung für Frankreich zu erarbeiten (**Ballhausschwur**).

Das war eine **Revolution**. Die Abgeordneten des dritten Standes erklärten sich zu Vertretern aller Franzosen. Sie zeigten damit öffentlich, dass sie für sich das Recht in Anspruch nahmen, den Willen der französischen Nation zu repräsentieren. Der geschwächte König musste die neue Nationalversammlung widerwillig akzeptieren.

So wie es die Staatsphilosophen der Aufklärung Jahrzehnte zuvor beschrieben und gefordert hatten, ging die Herrschaftsgewalt vom König auf das Volk über, vom Gottesgnadentum zur **Volkssouveränität**.

INFO

Eine **Revolution** bedeutet, dass die staatlichen Machtverhältnisse plötzlich umgewälzt werden, und zwar „von unten", also von Menschen, die bis dahin nicht oder nur sehr wenig an der Macht teilhaben und die mit einem politischen Programm auftreten. Eine plötzliche Umwälzung „von unten" ohne politisches Programm nennt man **Revolte**.

INTERNET

Im Internet findest du zahlreiche Hilfen für die Interpretation des Gemäldes „Der Ballhausschwur".
Suchbegriff: → Ballhausschwur Bildinterpretation

... Aufbruch zu Freiheit und Gleichheit?

M2 Am 26. August 1789 verfasst die Nationalversammlung die „Erklärung der Menschen- und Bürgerechte (Gemälde von Jean-Jacques-François Le Barbier, 1790).

Die Revolution in den Städten und auf dem Land

In Paris nahmen die Unruhen zu. Bewaffnete Bürger stürmten das verhasste Stadtgefängnis von Paris, die Bastille. Es galt als Symbol der Unterdrückung durch den König. Auch auf dem Land brachen Unruhen aus. Bauern lehnten sich gegen ihre adeligen Grundherren auf. Unter dem Eindruck der massiven Unruhen im Land beschloss die Nationalversammlung, die alte Ständeordnung mit allen **Privilegien** für die Adeligen und die Kirche abzuschaffen. In einem nächsten Schritt erklärte sie am 26. August 1789 die Menschen- und Bürgerrechte. Zum ersten Mal in Europa wurden die Freiheitsrechte des Individuums und die Prinzipien der Rechtsstaatlichkeit für ein ganzes Volk formuliert. Das wirkte sich auf die politisch-demokratische Kultur in Europa aus. Die Nationalversammlung erarbeitete auch eine neue Verfassung, die 1791 in Kraft trat. Die absolutistische Monarchie wurde eine **konstitutionelle Monarchie**. Die Verfassung (Konstitution) schränkte den König in seiner Macht ein. Ein gewähltes Parlament sollte den König und dessen Regierung kontrollieren und die Gesetze beschließen.
So brach im Sommer 1789 die alte politische und gesellschaftliche Ordnung in Frankreich zusammen.

Aufgaben

1. Ⓦ Einer erfundenen Geschichte zufolge soll König Ludwig XVI. auf die Nachricht vom Sturm auf die Bastille am 14. Juli 1789 ausgerufen haben: „Das ist ja eine Revolte!" Einer seiner Herzöge widersprach ihm: „Nein, Sire, das ist eine Revolution!"
   Wähle aus:
   A Erkläre die Begriffe Revolution und Revolte in eigenen Worten (Info).
   B Beurteile die Einschätzung des Herzogs (Text und Info).
2. Nenne Ursachen und Anlass der Französischen Revolution (Text. S. 166/167).
3. Beurteile das Handeln der Revolutionäre in Bezug auf Freiheit und Gleichheit (M1, M2, Text).
4. Nimm Stellung zur Bedeutung der Französischen Revolution und der Erklärung der Menschen- und Bürgerrechte für die politische Kultur in Europa.
5. Ⓩ Entwickelt Fragestellungen zur Bedeutung von Gebäuden, die bei Demonstrationen und Aufständen gestürmt werden.

Wenn du diese Aufgaben erfolgreich bearbeitet hast, kannst du ...
... Anlass und Ursachen der Französischen Revolution beschreiben.
... das Handeln des Königs und der Revolutionäre beurteilen.
... die Bedeutung der Französischen Revolution für die politisch-demokratische Kultur in Europa beurteilen.
... die Fachbegriffe **Generalstände**, **Nationalversammlung**, **Ballhausschwur**, **Revolution**, **Volkssouveränität**, **Revolte**, **Privilegien** und **konstitutionelle Monarchie** erklären.

Der Wiener Kongress – eine Neuordnung Europas?

Die Französische Revolution hatte eine Welle der Gewalt zur Folge. Adelige wehrten sich gegen die Aufhebung der Ständegesellschaft und die Revolutionäre bekämpften sich gegenseitig, um die Macht zu erlangen. Der König war hingerichtet worden und viele Menschen fanden ebenfalls den Tod durch die Guillotine, das Fallbeil. Napoleon Bonaparte übernahm 1799 die Macht. Er krönte sich zum Kaiser. Dadurch war Frankreich wieder eine Monarchie. Welche Auswirkungen hatte das für Europa? Wie veränderte sich Europa?

Napoleon und die Folgen für Europa

Napoleon war ein erfolgreicher Feldherr und geschickter Politiker. Mit seiner Armee eroberte er viele europäische Staaten. Auch in Deutschland besetzten die Franzosen viele deutsche Kleinstaaten, veränderten deren Grenzen und brachten die Gebiete unter ihre Kontrolle. Napoleon führte dort die Errungenschaften der Französischen Revolution ein: eine moderne Verwaltung, die Einführung des metrischen Systems aus Litern, Metern und Kilogramm, die Abschaffung der Leibeigenschaft für die Bauern und ein fortschrittliches Gesetzbuch, den **Code Civil**. Dieses Gesetzbuch garantierte jedem männlichen Bürger persönliche Freiheit, Gleichheit vor dem Gesetz, Schutz des Eigentums und Gewerbe- und Handelsfreiheit. Frauen waren davon noch ausgenommen.

Eine Neuordnung Europas nach dem Sieg über Napoleon?

Nachdem Napoleons Feldzug gegen Russland im Winter 1812 gescheitert war, wuchs der Widerstand in der Bevölkerung gegen die französische Besatzung. In den folgenden **Befreiungskriegen** gegen Napoleon von 1813 bis 1815 konnten die Fürsten der europäischen Großmächte Napoleon gemeinsam besiegen. In Deutschland entstanden in dieser Zeit ein stärkeres nationales Zusammengehörigkeitsgefühl und der Wunsch nach einer politischen Einheit und nach Freiheit.

Die Fürsten der europäischen Großmächte sowie die Vertreter vieler anderer europäischer Staaten und Städte trafen sich auf dem **Wiener Kongress**. Sie verfolgten zwei Ziele: Der Frieden sollte gesichert und weitere Revolutionen sollten verhindert werden. Die meisten Fürsten fürchteten die Forderungen nach Gleichheit, Freiheit und politischer Mitsprache der Bürger. Deshalb stellten sie auf dem Wiener Kongress das alte Prinzip des Gottesgnadentums wieder her, um ihre politische Macht zu rechtfertigen. Nach den Vorstellungen des österreichischen Außenministers Fürst Metternich wurden die 39 souveränen Einzelstaaten und Städte zu einem lockeren „**Deutschen Bund**“ mit Preußen und Österreich an der Spitze zusammengefasst. Sie waren in der Bundesversammlung in Frankfurt am Main vertreten. Diese war die einzige gemeinsame Einrichtung des Deutschen Bundes. Die Hoffnung der Menschen auf eine politische Einheit Deutschlands wurde nicht erfüllt.

M1 Nach dem Wiener Kongress 1815: Karte des Deutschen Bundes

M2 Delegierte des Wiener Kongresses (Jean-Baptiste Isabey, Mitglied der französischen Delegation, um 1880)

Jean-Baptiste Isabey fertigte Porträt-Zeichnungen der wichtigsten Kongressteilnehmer an. Ein Ölgemälde malte er später. ① von Hardenberg (Preußen), ② von Metternich (Österreich), ③ von Nesselrode (Russland), ④ Robert Stewart, Viscount Castlereagh (England), ⑤ de Talleyrand (Frankreich). Sie repräsentierten die fünf wichtigsten Großmächte Europas.

M3 Quelle: Friedrich Gentz (1764–1832), österreichischer Kongressteilnehmer, über den Kongress

Die hochtönenden Redensarten von „Wiederaufrichtung der gesellschaftlichen Ordnung", von „Neugestaltung des politischen Systems Europa", von „dauerhaftem, auf eine gerechte Verteilung der Kräfte begründetem Frieden" wurden zum Besten gegeben, um die Völker zu beruhigen und dieser feierlichen Versammlung ein würdevolles und großartiges Ansehen zu verleihen. Der wahre Zweck des Kongresses bestand jedoch in der Verteilung der dem Besiegten [= Napoleon] abgenommenen Beute unter die Sieger.

Winfried Baumgart: Geschichte in Wissenschaft und Unterricht 29, Heft 12, 1978, S. 793. Seelze: Friedrich Verlag

M4 Die Heilige Allianz (Ausschnitt aus einem Gemälde von Heinrich Olivier, 1815)

In einer mittelalterlichen Kirche vereinigen drei Monarchen ihre Hände und schwören gegenseitige Treue: ① Zar Alexander I. von Russland, ② Kaiser Franz I. von Österreich und ③ König Friedrich Wilhelm III. von Preußen.

M5 Die Heilige Allianz

Der russische Zar, der österreichische Kaiser und der König von Preußen schlossen 1815 einen Vertrag. Es war ein Bündnis auf der Grundlage der christlichen Religion. Die Heilige Allianz sollte die Solidarität der Fürsten untereinander festigen. Später traten fast alle europäischen Herrscher der Heiligen Allianz bei, außer der Sultan des Osmanischen Reiches, der sich durch das christliche Prinzip ausgeschlossen sah, und der Papst, der ein überkonfessionelles, nicht-katholisches Christentum ablehnte.

Aufgaben

1. a) Fasse zusammen, wie Napoleon über Europa herrschte (Text).
   b) Beurteile die Auswirkungen seiner Herrschaft (Text, Internet: Planet Wissen Napoleons Erbe).
2. Beschreibe das Gemälde in M2.
3. a) Notiere die Ziele und Ergebnisse des Wiener Kongresses (Text).
   b) Beurteile die Ergebnisse des Wiener Kongresses in Bezug auf eine Neuordnung Europas und Deutschlands.
4. a) Beschreibe das Gemälde in M4.
   b) Erläutere die politische Botschaft, die der Künstler den Zeitgenossen vermitteln wollte (M5).
5. a) Fasse den Bericht über den Wiener Kongress von Friedrich Gentz in eigenen Worten zusammen (M3).
   b) Vergleiche die Darstellung der Heiligen Allianz in M4 mit der zeitgenössischen Bewertung von Gentz in M3.
6. Zu welchen Staaten/Teilreichen gehörte unser heutiges Bundesland Nordrhein-Westfalen (M1)?
7. Ⓩ Recherchiere die Herkunft der deutschen Farben Schwarz, Rot, Gold (Internet, vgl. S. 310).

Wenn du diese Aufgaben erfolgreich bearbeitet hast, kannst du ...
... beschreiben, welche Ziele der Kongress verfolgte.
... welche Folgen der Wiener Kongress für Deutschland hatte.
... die Fachbegriffe **Code Civil, Befreiungskriege, Wiener Kongress** und **Deutscher Bund** erklären.

WAHLTHEMA 1

Die Revolution von 1848 – …

Die freiheitliche Oppositionszeitung „Deutsche Tribüne“ prophezeite 1832, dass es bis zum Jahr 1850 zum Kampf zwischen den alten und den neuen revolutionären Kräften kommen werde. 1848 war es soweit. Was waren Ursache und Anlass der Revolution? Wie verlief die Revolution? Erreichten die Revolutionäre ihre Ziele?

M1 Straßenschild in Berlin

Bearbeitet die Fragestellungen. Analysiert dazu die Materialien, recherchiert aber auch im Internet. Präsentiert eure Ergebnisse mithilfe einer Wandzeitung. Belegt eure Aussagen durch angemessene und korrekte Materialverweise und Quellenangaben (vgl. S. 109).

Frankreich macht den Anfang

Missernten führten nach 1840 in ganz Europa zu Preiserhöhungen und Hungersnöten. Das führte zu Unruhen. Im Februar 1848 brach in Paris erneut eine Revolution aus. Pariser Kleinbürger, Arbeiter und Bauern forderten das allgemeine Wahlrecht. Sie stürmten das Schloss. Der König floh nach England. In Frankreich wurde die Republik ausgerufen. Diese Nachricht verbreitete sich schnell in ganz Europa.

Die Märzevolution in Deutschland

Auch in Deutschland kam es zu Aufständen. Die Menschen forderten Freiheitsrechte und politische Mitwirkung. In vielen deutschen Klein- und Mittelstaaten zogen ganze Dorfgemeinschaften zu den Schlössern der adeligen Standesherren und forderten unter Androhung von Gewalt die Abschaffung der alten Feudallasten und Abgaben. Angesichts dieser Demonstrationen reagierten die Fürsten hilflos und gaben nach. Die sogenannten Märzforderungen der Aufständischen wurden akzeptiert, wie beispielsweise die Gewährung von Pressefreiheit, die Einführung des allgemeinen Wahlrechts, die Einrichtung einer Volksvertretung und das Versprechen auf eine Verfassung. Viele Menschen forderten zusätzlich die Einberufung einer deutschen Nationalversammlung. Sie wollten einen **Nationalstaat**.

INFO

Der **Nationalstaat** ist ein Staat, in dem die Angehörigen eines Volkes in einem Gebiet leben. Die Bürgerinnen und Bürger bilden eine Nation.

Anlass der Revolution von 1848

Zunächst kam es am 13. März 1848 in Wien zu blutigen Aufständen. Die Wiener Regierung unter Staatskanzler Metternich erklärte ihren Rücktritt. Fürst Metternich floh nach England. Der österreichische Kaiser verkündete die Abschaffung der Pressezensur und der Erbuntertänigkeit der Bauern. Und er versprach eine Verfassung.

Unter dem Eindruck dieser Ereignisse versprach der preußische König Friedrich Wilhelm IV. die Aufhebung der Pressezensur, die Einberufung eines Parlaments sowie eine Verfassung. Daraufhin zog eine große Menschenmenge zum königlichen Schloss in Berlin, um dem König zu danken. Doch aus den Reihen der königlichen Soldaten lösten sich zwei Schüsse. Der Sturm brach los. In der Nacht folgten heftige Straßenkämpfe mit der Errichtung von Barrikaden. Über 300 Menschen starben. Der König musste sich vor ihnen verneigen. Tage später erklärte er, dass er nun auch Deutschlands „Einheit mit Freiheit“ wolle.

M2 Aufstand in Berlin am 19. März 1848 (Neuruppiner Bilderbogen, 1848)

... Einheit und Freiheit auch in Deutschland?

M3 Quelle: Augenzeugenbericht der Barrikadenkämpfe am 18. März 1848 in Berlin

Es wird drei Viertel auf 3 Uhr [am Nachmittag]. Da tönt wüstes Geschrei von der Kurfürstenbrücke herab. Haufen flüchten durch die Königstraße; Bürger kommen, aufgeregt bis zur rasenden Wut, knirschend, bleich, atemlos. Sie rufen: man hat auf dem Schlossplatze soeben auf uns geschossen. Wut- und Rachegeschrei erhebt sich durch die Königstraße, durch die ganze Stadt. Das Straßenpflaster wird aufgerissen, die Waffenläden werden geplündert, die Häuser sind erstürmt, Beile, Äxte werden herbeigeholt. 12 Barrikaden erheben sich im Nu in der Königstraße, aus Droschken, aus Omnibuswagen, aus Wollsäcken, aus Balken, aus umgestürzten Brunnengehäusen bestehend. [...] Kanonendonner folgt Schlag auf Schlag, die Barrikade erschüttert; zerrissene Leichen liegen an den Straßenecken. Zwischen 5 und 6 Uhr kommen Infanterie-Einheiten. Man schießt auf sie aus den Fenstern, man schleudert Steine auf sie von den Dächern. Ein furchtbares Gemetzel beginnt; die Soldaten nehmen die Häuser, aus welchen geschossen und geworfen wird, einzeln ein, viele Opfer fallen, von den Soldaten im Ganzen wenige. Aus den Gaststuben namentlich wird geschossen, und eine schwere Gegenwehr trifft sie. Die Soldaten dringen in die Zimmer und töten die Schießenden; sie postieren sich an die Fenster in den Stuben und richten das Gewehr auf die Dächer, von welchen geworfen wurde; ja, sie gehen auf die Dächer und holen sich die Leute herunter. Gegen 7 Uhr ist die Königstraße eingenommen unter großem Blutvergießen.

Wolfgang Hardtwig, Helmut Hinze (Hrsg.): Deutsche Geschichte in Quellen und Darstellungen, Band 7. Vom Deutschen Bund zum Kaiserreich 1815–1871. Stuttgart: Reclam 2007, S. 264f.

M4 Verkündung der Einheit der deutschen Nation am 21. März 1848 durch den preußischen König (Neuruppiner Bilderbogen, 1848)

M5 Die Arbeit der Nationalversammlung

Am 18. Mai 1848 traten zum ersten Mal in Deutschland über 600 frei gewählte Vertreter des deutschen Volkes zu einem Parlament in der Frankfurter Paulskirche zusammen. Sie hatten zwei Aufgaben: eine Verfassung mit Grundrechten zu erarbeiten und über die künftige Gestalt Deutschlands zu entscheiden. Nach langen und intensiven Beratungen wurde eine Verfassung mit Grundrechten verabschiedet. Die Nationalversammlung bot dem preußischen König die deutsche Kaiserkrone an. Doch Friedrich Wilhelm IV. lehnte sie ab, weil er sich weigerte, eine Kaiserkrone ausgerechnet aus den Händen von bürgerlichen Revolutionären aus dem Volk anzunehmen. Nach der Absage löste sich die Nationalversammlung auf. Die Fürsten konnten mithilfe des Militärs ihre Macht zurückerobern. Der Nationalversammlung fehlte es an einer guten Organisation und an Soldaten.
Im Sommer 1849 war die Revolution in Deutschland mit ihrem Kampf für Einheit und Freiheit vorerst gescheitert.

Tipps für die Erarbeitung

1. Stellt Ursachen und Anlass der Revolution von 1848 dar (Texte). Ihr könnt zum Beispiel auch einen Zeitstrahl erstellen.
2. a) Beschreibt mithilfe der Bilder aus dem Neuruppiner Bilderbogen (M2, M4) und der Quelle M3 die Ereignisse in Berlin.
   b) Analysiert, ob die Quelle M3 eine subjektive Sichtweise auf die Ereignisse liefert.
3. a) Erklärt, warum die Revolution scheiterte (M5).
   b) Beurteilt die Entscheidung von Friedrich Wilhelm IV. und bewertet die Folgen (M5).
4. Gestaltet ein Interview mit einem Abgeordneten der Nationalversammlung über die Revolution, deren Ziele und das Scheitern der Revolution (Text, M3, M4).
5. Bewertet die Situation von 1848/1849, indem ihr eure Wertmaßstäbe verdeutlicht.
6. Erstellt die Wandzeitung (vgl. S. 312).

Wenn du diese Aufgaben erfolgreich bearbeitet hast, kannst du ...
... Ursachen und Anlass der Revolution von 1848 nennen.
... beschreiben, wie die Revolution verlief und endete.
... den Fachbegriff **Nationalstaat** erklären.

WAHLTHEMA 2 Die deutsche Reichsgründung 1871 – ...

M1 Am 18. Januar 1871 wurde das Deutsche Kaiserreich ausgerufen (Gemälde von 1885).

Das Gemälde, angefertigt von Anton von Werner, war ein Geschenk Kaiser Wilhelms I. an Bismarck zu dessen 70. Geburtstag (in der Mitte des Gemäldes). Die weiße Uniform hat Bismarck in Wirklichkeit an diesem Tag nicht getragen.

Die nationale Einheit wurde Wirklichkeit. Im Januar 1871 wurde im Schloss des französischen Königs in Versailles das Deutsche Kaiserreich ausgerufen. Wie kam es dazu und warum gerade in Versailles?

INFO

Der **Nationalstaat** ist ein Staat, in dem die Angehörigen eines Volkes in einem Gebiet leben. Die Bürgerinnen und Bürger bilden eine Nation.

Bearbeitet die Fragestellungen. Analysiert dazu die Materialien, recherchiert aber auch im Internet. Präsentiert eure Ergebnisse mithilfe einer Wandzeitung. Belegt eure Aussagen durch angemessene und korrekte Materialverweise und Quellenangaben (vgl. S. 109).

Die Rivalität zwischen Preußen und Österreich

Die Mehrheit der deutschen Bevölkerung wollte einen **Nationalstaat**. Die Frage war, ob Österreich dazugehören sollte. Dieses wäre eine „großdeutsche Lösung". Oder sollte eine „kleindeutsche Lösung" ohne Österreich angestrebt werden? In diesem Fall hätte Preußen die Vormachtstellung in Deutschland. Die Rivalität zwischen Preußen und Österreich spitzte sich in den 1860er Jahren zu. Der preußische Ministerpräsident Otto von Bismarck strebte die kleindeutsche Lösung an. Im Jahr 1866 kam es zum Krieg zwischen Preußen und Österreich. Österreich wurde besiegt. Der Deutsche Bund wurde aufgelöst. Preußen gründete mit den anderen deutschen Staaten den **Norddeutschen Bund**. Dieser war die Vorform des späteren Deutschen Reiches.

Die Gründung des Deutschen Reiches

Frankreich versuchte, die preußischen Einigungspläne zu verhindern. Bismarck nutzte Frankreichs ablehnende Haltung, indem er einen Krieg gegen Frankreich provozierte. Die deutschen Staaten verbündeten sich mit Preußen und kämpften im deutsch-französischen Krieg von 1870/71 gemeinsam gegen Frankreich. Der französische Kaiser Napoleon III. wurde am 2. September 1870 in Sedan gefangengenommen. Der Sieg der deutschen Staaten gegen den westlichen Nachbarn verband die deutschen Staaten. Bismarck holte sich von den deutschen Fürsten das Einverständnis, den preußischen König zum deutschen Kaiser zu erheben. Am 18. Januar 1871 versammelten sich die deutschen Generäle und einige Fürsten im Spiegelsaal des Versailler Schlosses. Dort riefen sie den preußischen König zum deutschen Kaiser Wilhelm I. aus.

schueler.diercke.de | 100870-065-02, 100870-066-02

M2 Der Weg zum Deutschen Kaiserreich 1866–1871

Deutschland war unter der Vorherrschaft Preußens vereinigt worden. Mit der Gründung des Deutschen Kaiserreiches war in der Mitte Europas ein neues Machtzentrum entstanden.

M5 Quelle: Otto von Bismarck verliest die Kaiserproklamation (18. Januar 1871).

Wir, Wilhelm, von Gottes Gnaden König von Preußen, nachdem die Deutschen Fürsten und freien Städte den einmütigen Ruf an Uns gerichtet haben, [...] bekunden hiermit, dass Wir es als eine Pflicht [...] betrachtet haben, diesem Rufe der verbündeten Fürsten und Städte Folge zu leisten und die deutsche Kaiserwürde anzunehmen.

Deutsche Geschichte in Quellen und Darstellungen. Vom Deutschen Bund zum Kaiserreich 1815–1871

M3 Quelle: Der Philosoph Rudolf Eucken urteilt 1922 über die deutsche Einigung 1871.

Hatten wir bis dahin die Einigung Deutschlands vom gemeinsamen Willen des ganzen Volkes erwartet, so wurde uns nun jene Leistung von oben her entgegengebracht. Die Einzelnen hatten kaum etwas Eigenes zu tun, sondern nur sich willfährig [= gehorsam] der gebotenen Gestaltung einzufügen. [...] Ich habe in jenen Zeiten wohl an das bekannte Wort Gladstones [englischer Ministerpräsident] gedacht, Bismarck habe Deutschland größer, die Deutschen aber kleiner gemacht.

Lebenserinnerungen: Ein Stück deutschen Lebens. Leipzig: K. F. Koehler 1922

M4 Quelle: Der ehemalige Bundespräsident Gustav Heinemann (1971)

Um den Kaiser standen in Versailles allein die Fürsten, die Generäle, die Hofbeamten, aber keine Volksvertreter. Die Reichsgründung hatte die Verbindung von demokratischem und nationalem Wollen zerrissen. Sie hat das deutsche Nationalbewusstsein einseitig an die monarchisch-konservativen Kräfte gebunden, die in den Jahrzehnten vorher dem demokratischen Einheitswillen hartnäckig im Wege gestanden hatten [...] Was 1871 erreicht wurde, war eine äußere Einheit ohne volle innere Freiheit der Bürger.

Joachim Braun: Der unbequeme Präsident. Karlsruhe: 1972

Tipps für die Erarbeitung

1. Nennt die wichtigsten Stationen auf dem Weg zur Gründung des Deutschen Reiches (Texte, M2).
2. Beschreibt, wie die Ernennung des preußischen Königs Wilhelm I. zum Kaiser des Deutschen Reiches auf dem Gemälde dargestellt ist (M1). Geht dabei auf die beabsichtigte Wirkung ein.
3. Beschreibt das Staatsgebiet des Deutschen Reiches (M2) und vergleicht es mit dem Gebiet des Deutschen Bundes (vgl. S. 170). Erstellt Skizzen.
4. a) Erläutert die Sichtweise von Eucken und Heinemann (M3, M4).
   b) Recherchiert weitere Meinungen (Internet).
5. Erörtert, ob das Deutsche Kaiserreich ein Fortschritt war (M1, M3, M4).
6. Die Reichsgründung gilt als eine „Revolution von oben". Überprüft diese Aussage anhand von M3, M4, S. 168 Info.
7. Diskutiert, warum die Ausrufung des Deutschen Kaiserreiches in Versailles vorgenommen wurde. Fällt ein Sach- und Werturteil (M1, vgl. S. 312).
8. Erstellt die Wandzeitung zur Reichsgründung (vgl. S. 312).

Wenn du diese Aufgaben erfolgreich bearbeitet hast, kannst du ...
... darlegen, wie es zur Gründung des Deutschen Reiches kam.
... die Fachbegriffe **Nationalstaat** und **Norddeutscher Bund** erklären.

Gewusst? – Gekonnt!

M1 Historische Persönlichkeiten

Bewerte dich selbst mit dem Ampelsystem, das du bereits kennengelernt hast.

❶ a) Notiere die Namen der beiden dargestellten Personen.
b) Ordne ihnen die unten genannten Begriffe zu.
Schülerbuch, Seiten 164 und 174

Preußen | neue Ideen | Aufklärung | Außenminister | Reichsgründung

❺ Ergänze die folgenden Sätze:

Nach den Vorstellungen der Aufklärer sollten die Menschen ...
Die Aufklärer hinterfragten ...
Die Ideen der Aufklärer verbreiteten sich durch ...
In Clubs und bei Dichterlesungen ...
Rudolf Zacharias Becker erklärte in seinem „Not- und Hilfsbüchlein für Bauersleute", ...
Montesquieu meinte, dass die drei Staatsgewalten ...

Schülerbuch, Seiten 164 – 165

❻ Napoleon brachte Gutes und Schlechtes für Europa. Erörtere, inwieweit du der Aussage zustimmen kannst.
Schülerbuch, Seite 170

M2 Anteil der Stände an den (a) Steuerzahlungen und (b) am Grundbesitz

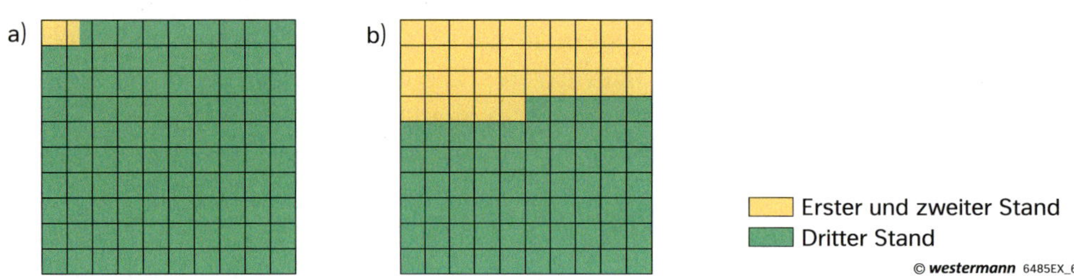

❷ a) Beschreibe die Ständegesellschaft in Frankreich.
b) Begründe, warum es zur Revolution kam (M2).
Schülerbuch, Seiten 166 – 167

❸ a) Beschreibe den Anlass und den Verlauf der Französischen Revolution 1789.
b) Berichte über die „Erklärung der Menschen- und Bürgerrechte" von 1789.
Schülerbuch, Seiten 168 – 169

❹ a) Beschreibe, wie es zum Wiener Kongress kam.
b) Beurteile die Auswirkungen der Beschlüsse des Wiener Kongresses für Europa.
Schülerbuch, Seiten 170 – 171

❼ Nimm kritisch Stellung zu folgender Fragestellung: Stoppte die Gründung des Deutschen Kaiserreichs die demokratische Entwicklung in Deutschland? Unterscheide nach Sach- und Werturteil.
Schülerbuch, Seiten 174 – 175 und 168

❽ a) Die Ziele der Revolutionäre von 1848 waren Freiheit, Gleichheit und Einheit. Ordne diese Ziele den Paragraphen der „Grundrechte für das deutsche Volk" zu (M4).
b) Begründe, ob die Ziele der Revolutionäre durch die Reichsgründung 1871 erreicht wurden.
Schülerbuch, Seiten 172 – 175

M3 Karikatur von Amédée C. H. de Noé, 1867, zur Erstarkung Preußens nach dem Krieg gegen Österreich

„Nun ist's genug. Größer darfst du nicht werden. Ich sage dir das im Interesse deiner Gesundheit."

M5 Karikatur zur Reichsgründung aus dem österreichischen Satiremagazin Kikeriki, 22. August 1870

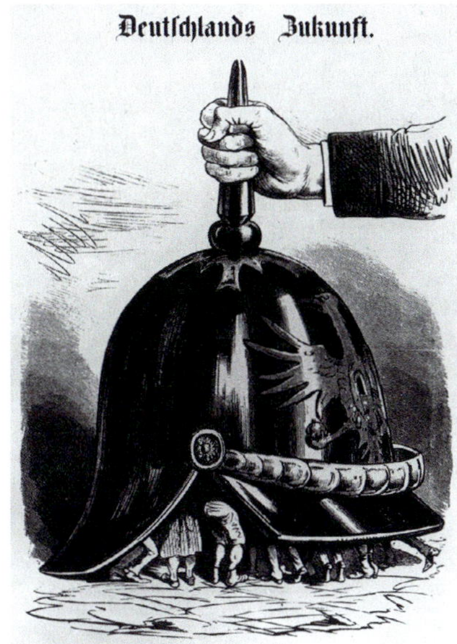

„Kommt es unter einen Hut? Ich glaube, 's kommt eher unter eine Pickelhaube!"

9 a) Werte die Karikatur M3 in Schritten aus.
b) Erläutere die subjektive Sichtweise des Karikaturisten.
Schülerbuch, Seite 167

10 a) Werte die Karikatur M5 in Schritten aus.
b) Erläutere die subjektive Sichtweise des Karikaturisten.
Schülerbuch, Seite 167

M4 Quelle: Die Nationalversammlung in Frankfurt am Main erarbeitete die „Grundrechte für das deutsche Volk" (27.12.1848), Auszug

§ 3 Jeder Deutsche hat das Recht, an jedem Orte des Reichsgebietes seinen Aufenthalt und Wohnsitz zu nehmen […]

§ 7 Vor dem Gesetze gilt kein Unterschied der Stände. Der Adel als Stand ist aufgehoben. Alle Standesvorrechte sind abgeschafft. Die Deutschen sind vor dem Gesetze gleich. […] Die öffentlichen Ämter sind für alle Befähigten gleich zugänglich.

§ 8 Die Freiheit der Person ist unverletzlich.

§ 10 Die Wohnung ist unverletzlich.

§ 13 Jeder Deutsche hat das Recht, durch Wort, Schrift, Druck und bildliche Darstellung seine Meinung frei zu äußern.

§ 14 Jeder Deutsche hat volle Glaubens- und Gewissensfreiheit. Niemand ist verpflichtet, seine religiöse Überzeugung zu offenbaren.

§ 22 Die Wissenschaft und ihre Lehre sind frei.

§ 25 Für die Bildung der deutschen Jugend soll durch öffentliche Schulen überall genügend gesorgt werden.

§ 29 Die Deutschen haben das Recht, sich friedlich und ohne Waffen zu versammeln; einer besonderen Erlaubnis dazu bedarf es nicht.

§ 32 Das Eigentum ist unverletzlich.

Reichsgesetz, betreffend die Grundrechte des deutschen Volkes vom 27. Dezember 1848. Mainz: Institut für Geschichtliche Landeskunde an der Universität Mainz e. V. 11.5.2007

Fachbegriffe

der Absolutismus
die Aufklärung
der Ballhausschwur
die Befreiungskriege
der Code Civil
der Deutsche Bund
die Generalstände
die konstitutionelle Monarchie
der Nationalstaat
die Nationalversammlung
der Norddeutsche Bund
das Privileg
die Quellengattung
die Revolte
die Revolution
die Volkssouveränität
der Wiener Kongress

WES-105342-177
westermann.de/webcode

Freiheit und Gleichheit in der BRD

Der Plenarsaal befindet sich im Reichstagsgebäude in Berlin. Dieses Gebäude war der Sitz des Reichstags im deutschen Kaiserreich, später in der Weimarer Republik. Heute ist es der Sitz des Deutschen Bundestags. Am 27.2.1933 wurde im Plenarsaal Feuer gelegt. Das Reichstagsgebäude brannte völlig aus. Nach dem Krieg wurde das Gebäude wieder aufgebaut. Das erste gesamtdeutsche Parlament tagte am 4. Oktober 1990 zum ersten Mal im Reichstag.
Halbkreisförmig sind die Sitze der Abgeordneten um das Rednerpult angeordnet. Die Zuschauertribünen befinden sich oberhalb der Sitze der Abgeordneten. Vor dem Rednerpult sitzen die Stenografen. Hinter dem Rednerpult sitzen der Bundestagspräsident und die Schriftführer. Links im Bild, also rechts vom Bundestagspräsidenten, sitzen die Mitglieder der Regierung. Links vom Bundestagspräsidenten sitzen die Mitglieder des Bundesrats. An der Wand hinten im Bild sieht man den Bundesadler.
Hast du dir schon einmal eine Sitzung des Deutschen Bundestags im Fernsehen angesehen? Oder hast du sogar schon an einer Sitzung als Zuschauer teilgenommen? Welche Bedeutung hat der Deutsche Bundestag für Deutschland?

rechts: Sitzungssaal des Deutschen Bundestags.
Dr. Angela Merkel, CDU/CSU, Bundeskanzlerin, MdB, gibt während der 20. Sitzung des Deutschen Bundestags (18. Wahlperiode) eine Regierungserklärung im Plenum ab.

Die BRD – ein demokratischer Staat

Am Reichstagsgebäude in Berlin weht die Flagge der Bundesrepublik Deutschland. Schwarz-Rot-Gold sind nach Artikel 22 Absatz 2 des deutschen Grundgesetzes die Farben der Flagge. Die Revolutionäre von 1848 wählten diese Farben und während der Zeit des Deutschen Bundes (1815–1866) setzten sich diese Farben als deutsche Nationalfarben durch. Im Reichstagsgebäude tagt der Deutsche Bundestag. Was kennzeichnet die Bundesrepublik Deutschland als demokratischen Rechts- und Verfassungsstaat?

Alle Staatsgewalt geht vom Volke aus

Im Grundgesetz der Bundesrepublik Deutschland ist die **Demokratie** als Staatsform festgelegt. Die Staatsform ist eine republikanische Demokratie. Das „Volk" entscheidet nicht direkt. Es werden Vertreterinnen und Vertreter (Repräsentanten) gewählt. Das Volk fällt Entscheidungen nicht direkt, sondern durch ihre gewählten Repräsentanten. Deutschland ist also eine repräsentative Demokratie. Die Repräsentanten werden in regelmäßigen zeitlichen Abständen von den Wahlberechtigten in das **Parlament**, den Deutschen **Bundestag**, gewählt. Die Abgeordneten im Bundestag sind also Volksvertreter. Sie beschließen stellvertretend Gesetze. Der Bundestag wählt auch den Bundeskanzler oder die Bundeskanzlerin und kontrolliert die Arbeit der Bundesregierung. Das Staatsoberhaupt ist der **Bundespräsident** oder die **Bundespräsidentin**. Zur Bundesrepublik Deutschland gehören 16 Bundesländer. Sie sind ebenfalls an der Gesetzgebung beteiligt, und zwar durch den **Bundesrat**.

M1 Das Grundgesetz – die Verfassung der Bundesrepublik Deutschland

In der Verfassung eines Landes stehen die grundlegenden Rechte der Menschen sowie der politische Aufbau des Staates. Das Grundgesetz ist die Verfassung der Bundesrepublik Deutschland. Im Artikel 1 ist der oberste Wert unserer Demokratie festgeschrieben: „Die Würde des Menschen ist unantastbar. Sie zu achten und zu schützen ist Verpflichtung aller staatlichen Gewalt." Das bedeutet, dass Freiheit und Gleichheit für jeden Menschen gegeben sind. Die Grundrechte garantieren also die Meinungs- und Religionsfreiheit, die Gleichheit aller Menschen vor dem Gesetz und die Gleichberechtigung von Mann und Frau.

M2 Das Reichstagsgebäude mit der Flagge der Bundesrepublik Deutschland

Die Gewaltenteilung ist die Basis der Demokratie

Die **Gewaltenteilung** gehört zu den Prinzipien unserer Demokratie. Sie ist im Grundgesetz verankert. Gewaltenteilung bedeutet, dass die staatliche Gewalt in mehrere Gewalten aufgeteilt ist. Die **Legislative** ist die gesetzgebende Gewalt, die **Exekutive** ist die vollziehende Gewalt und die **Judikative** ist die Recht sprechende Gewalt. Alle drei Gewalten sollen sich gegenseitig kontrollieren, damit die staatliche Macht nicht missbraucht werden kann. Die Legislative ist in der Bundesrepublik Deutschland der Bundestag. Sie beschließt Rechtsvorschriften, zum Beispiel Gesetze. Die Exekutive umfasst die Regierung und die Verwaltung. Sie sorgt für die Umsetzung der Gesetze. Zur Judikative gehören das Bundesverfassungsgericht und der Bundesgerichtshof. Sie urteilt darüber, ob Gesetze eingehalten wurden oder nicht.

INFO

Der Begriff **Demokratie** leitet sich von zwei Wörtern aus der griechischen Sprache ab. „Demos" bedeutet Volk und „kratia" bedeutet Herrschaft. Demokratie ist also die Herrschaft des Volkes.
Du hast bereits gelernt, dass es verschiedene Formen der Demokratie gibt: die direkte Demokratie, bei der die Bürgerinnen und Bürger direkt abstimmen, und die repräsentative Demokratie, bei der gewählte Vertreterinnen und Vertreter abstimmen.

INTERNET

Das Grundgesetz findest du im Internet.
Suchbegriff:
→ Bundestag Grundgesetz Bundesrepublik Deutschland
Informationen zur Gewaltenteilung hat die Bundeszentrale für politische Bildung zusammengestellt.
Suchbegriff:
→ bpb Gewaltenteilung

METHODE Ein Verfassungsschaubild erschließen

M3 **Die Verfassung der Bundesrepublik Deutschland – Verfassungsschaubild**

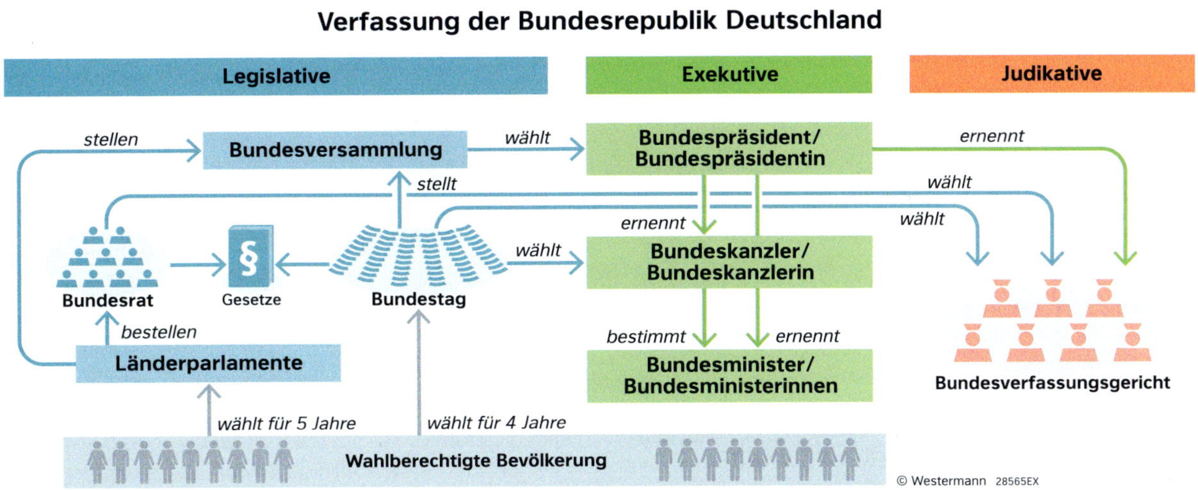

Ein Schaubild hilft, Zusammenhänge zu verstehen. In einem Verfassungsschaubild werden die Verfassungsorgane und ihre Beziehungen zueinander dargestellt. Es gibt Textkästen, Pfeile, Bezeichnungen und Symbole in einem Verfassungsschaubild. Wie kann man ein Verfassungsschaubild erschließen?

Vier Schritte zur Erschließung eines Verfassungsschaubilds

1. Schritt Gesamtaufbau betrachten
- Gehe von den Oberbegriffen im Verfassungsschaubild aus.
- Stelle fest, wer das Staatsoberhaupt ist.
- Stelle fest, inwiefern eine Gewaltenteilung erkennbar ist.

2. Schritt Elemente und ihre Beziehungen zueinander analysieren
- Analysiere, wer an der Gesetzgebung beteiligt ist.
- Notiere, wer zur Exekutive gehört.
- Notiere, wer an der Rechtsprechung beteiligt ist.
- Beschreibe jeweils, wer wen wählt.
- Analysiere, welche Rolle das Staatsoberhaupt spielt und wie es gewählt wird.
- Analysiere die Rolle des Volkes.

3. Schritt Beziehungen zwischen den Staatsorganen erklären
- Erkläre die Prinzipien, die aus den Beziehungen zwischen den Staatsorganen geschlussfolgert werden können.

4. Schritt Die Verfassung beurteilen
- Beurteile den demokratischen Charakter der Verfassung.
- Beurteile die Machtverhältnisse zwischen den Gewalten und dem Staatsoberhaupt.
- Beurteile die Verfassung in Bezug auf möglichen Machtmissbrauch.

Aufgaben

1. Liste Merkmale auf, die belegen, dass die Bundesrepublik Deutschland ein demokratischer Staat ist (M3, Text).
2. Erkläre, wie Freiheit und Gleichheit garantiert werden (M1).
3. Erschließe das Verfassungsschaubild (M3).
4. (Z) Recherchiere, wer zur Bundesversammlung gehört (Internet, vgl. S. 310).

Wenn du diese Aufgaben erfolgreich bearbeitet hast, kannst du …
… Deutschland als demokratischen Rechts- und Verfassungsstaat charakterisieren.
… die Verfassung der Bundesrepublik Deutschland erläutern.
… die Fachbegriffe **Demokratie, Parlament, Bundestag, Bundespräsident/Bundespräsidentin**, **Bundesrat, Gewaltenteilung, Legislative, Exekutive** und **Judikative** erklären.

Nordrhein-Westfalen – ein Bundesland

Nico ist mit seinen Eltern von Berlin nach Bonn gezogen. In Berlin ging er in eine Integrierte Sekundarschule. Seine Eltern haben ihn in Bonn an einer Gesamtschule angemeldet. Nico wundert sich, dass nun andere Fächer in seinem Stundenplan stehen. Das Fach Ethik steht zum Beispiel gar nicht im Stundenplan. Für seine Schwester Mareike ist der Schulwechsel noch schwieriger. Sie ging in Berlin in die 6. Klasse der Grundschule. In Bonn wechseln die Kinder aber schon nach vier Jahren in eine weitergehende Schule. Warum ist das so?

M2 Landtagsgebäude in Düsseldorf. Der Landtag ist das Parlament von Nordrhein-Westfalen.

Deutschland – ein Bundesstaat

Die Bundesrepublik Deutschland ist in 16 verschiedene Länder aufgeteilt. Die Länder sind unterschiedlich groß. Es gibt kleine Länder wie Bremen oder das Saarland, in denen wenige Menschen leben. Und es gibt große Länder wie zum Beispiel Bayern oder Nordrhein-Westfalen, in denen viele Menschen leben.
Jedes Bundesland hat eine eigene Verfassung und eine eigene Regierung. Die Parlamente der Bundesländer nennt man **Landtage**, in den Stadtstaaten Hamburg und Bremen heißen sie Bürgerschaften. Die Regierungschefs heißen **Ministerpräsidenten** und **Ministerpräsidentinnen**.
Die Länder haben die Möglichkeit, auf die Gesetzgebung des Bundes Einfluss zu nehmen, und zwar durch den **Bundesrat**. Jedes Bundesland entsendet Vertreterinnen und Vertreter in den Bundesrat. Bei manchen Gesetzen, die im Deutschen Bundestag beschlossen werden, muss der Bundesrat zustimmen, bei anderen kann er Einspruch einlegen.
Die staatlichen Aufgaben sind zwischen Bund und Ländern aufgeteilt. Das nennt man **Föderalismus**. Die Schulpolitik zum Beispiel ist Länderangelegenheit. Der Bundestag kann also nicht die Lehrpläne und Schulabschlüsse der Länder festlegen. Die Folge ist, dass die Stundentafeln und Lehrpläne von Bundesland zu Bundesland unterschiedlich sind. Auch die Abschlussprüfungen sind nicht einheitlich.

INFO

Der Begriff **Föderalismus** ist vom lateinischen Wort „foedus“ abgeleitet, das „Bund“ oder „Bündnis“ bedeutet. Föderalismus bezeichnet heute ein Organisationsprinzip. In einem föderalistischen Staat verfügen die einzelnen Gliedstaaten über eine begrenzte Eigenständigkeit und Staatlichkeit.

M3 Aufgaben des Bundes (Auswahl)

Auslandsbeziehungen, Verteidigung, Regelungen zur Staatsangehörigkeit, Grundsatzfragen im Bereich des Währungs-, Geld- und Münzwesens, Zoll- und Grenzschutz, Überwachung des Luftverkehrs und des Verkehrs von Eisenbahnen, Aufsicht über das Post- und Telekommunikationswesen, Straßenverkehrsordnung

M1 Die Gewaltenteilung auf Bundes- und Landesebene

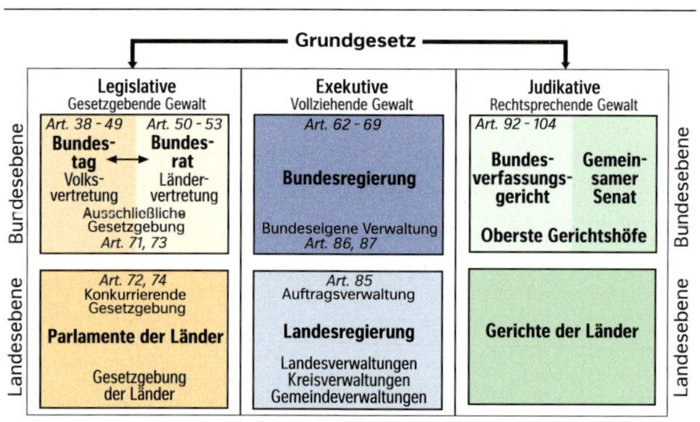

 11203EX_10

M4 Die Verfassung des Landes Nordrhein-Westfalen

* dazu gegebenenfalls Mehrsitze (Überhang- und Ausgleichsmandate)
28569EX

M5 Bundesländer: Fläche, Einwohner und Stimmen im Bundesrat

- ■ Hauptstadt
- ● Hauptstadt eines Bundeslandes
- 18 300 / 4,6: Fläche in km², Einwohner in Mio.
- 0 – 100 – 200 km

Jedes Land hat mindestens 3 Stimmen.
Länder mit mehr als 2 Mio. Einwohnern haben 4 Stimmen.
Länder mit mehr als 6 Mio. Einwohnern haben 5 Stimmen.
Länder mit mehr als 7 Mio. Einwohnern haben 6 Stimmen.

M6 Aufgaben der Länder (Auswahl)

Strafvollzug, Ladenschluss- und Gaststättenrecht, Demonstrationsrecht, Regelungen zur Besoldung, Versorgung und Laufbahn der Beamten, Schaffung von Schul- und Hochschulgesetzen, öffentliche Gesundheits- und Pflegeinfrastruktur, kulturelle Förderung, Polizeirecht, Ausweisung von Naturschutzgebieten

M7 Föderalismus in der Corona-Krise

Mit dem Ausbruch [des Corona-Virus] in Deutschland Anfang 2020 ist auch der deutsche Föderalismus wieder einmal verstärkt in die öffentliche Kritik geraten. Besonders augenfällig erschien die Hinderlichkeit der föderalen Staatsorganisation im Krisenalltag im Nebeneinander von 16 Corona-Verordnungen der Länder. [...] Durfte man im baden-württembergischen Teil des Allgäus auch zu Hochzeiten des Lockdowns legal mit den eigenen Familienmitgliedern wandern und picknicken, riskierte man, beim unsichtbaren Grenzübertritt ins benachbarte Bayern, mit dem gleichen Freizeitverhalten eine bußgeldpflichtige Ordnungswidrigkeit zu begehen. Für Fernbusse galten, als sie wieder fahren durften, in den Ländern jeweils unterschiedliche Hygieneregeln, sodass gegebenenfalls Passagiere an der Ländergrenze hätten ausgeladen werden müssen. Diese und andere Kuriositäten wurden von den Medien dankbar aufgegriffen und vielfältig bei der Frage nach der Krisentauglichkeit des Föderalismus thematisiert.

Nathalie Behnke: Föderalismus in der (Corona-)Krise? Föderale Funktionen, Kompetenzen und Entscheidungsprozesse. Bonn: Bundeszentrale für politische Bildung 21.8.2020

Aufgaben

1. Notiere die Namen der Bundesländer mit den Landeshauptstädten (M5).
2. Ⓦ Wähle aus: Erstelle ein Diagramm zu
   - **A** den Bundesländern nach Flächengröße (M5).
   - **B** den Bundesländern nach Einwohnerzahl und Stimmen im Bundesrat (M5).
3. Erschließe das Verfassungsschaubild (M4, vgl. S. 181).
4. Vergleiche die Gewaltenteilung auf Bundes- und Landesebene (M1).
5. a) Begründe die Aufteilung der Aufgaben zwischen Bund und Ländern (M3, M6).
   b) Der Föderalismus – ein Vorteil oder ein Hindernis? Nimm Stellung (Info, M3, M6, M7).
6. Ⓩ Die Ferienregelung ist Ländersache. Erläutere anhand von Beispielen (Internet).

Formulierungshilfen zu Aufgabe 5b:
Einerseits bietet der Föderalismus Vorteile: ...
Dadurch dass ..., ist es möglich, ...
Andererseits ...
Die Nachteile sind darin zu sehen, dass ...
Meine Meinung ist, dass ...

Wenn du diese Aufgaben erfolgreich bearbeitet hast, kannst du ...
... die Verfassung des Landes NRW erläutern.
... die Gewaltenteilung auf Landesebene erklären.
... den Föderalismus erörtern.
... die Fachbegriffe **Landtag**, **Ministerpräsidentin/Ministerpräsident**, **Bundesrat** und **Föderalismus** erklären.

Warum sind Wahlen wichtig?

Ihr da oben, wir da unten. So könnte der Titel der Karikatur sein. Sieht der Zeichner den Bürger und die Parteien so? Ist das der Grund, warum die Wahlbeteiligung bei Wahlen fast immer niedrig ist? Das Wahlrecht ist ein wichtiges Bürgerrecht. Für das Wahlrecht haben Menschen gekämpft und viele sind dabei gestorben. Warum sind Wahlen in unserer Demokratie wichtig und warum sollte jeder Wahlberechtigte wählen gehen?

INFO

Als **Parlamentarismus** bezeichnet man ein Regierungssystem, in dem gewählte Vertreter des Volkes in einer Versammlung über die Gesetzgebung bestimmen. Die Abgeordneten werden durch ein demokratisches Wahlverfahren bestimmt.

M1 Rechtsgrundsätze demokratischer Wahlen – Artikel 38 Absatz 1

(1) Die Abgeordneten des Deutschen Bundestages werden in allgemeiner, unmittelbarer, freier, gleicher und geheimer Wahl gewählt.

allgemein: Bei der Bundestagswahl dürfen alle wählen, die mindestens 18 Jahre alt, mündig und deutsche Staatsbürgerinnen und Staatsbürger sind. Bei Kommunal- und Landtagswahlen können in einigen Bundesländern Jugendliche mit 16 Jahren wählen.
unmittelbar: Die Wählerstimmen werden direkt für die Zuteilung des Abgeordnetensitzes verwendet. Es werden keine Wahlfrauen und Wahlmänner zwischengeschaltet, wie es zum Beispiel in den USA der Fall ist.
frei: Die Wählerinnen und Wähler haben die freie Auswahl zwischen mehreren Kandidaten und Parteien. „Frei" bedeutet auch, die Freiheit zu haben, an der Wahl nicht teilzunehmen.
gleich: Jede abgegebene Stimme hat das gleiche Gewicht. Das bedeutet, dass der Wert der Stimme nicht von Besitz, Einkommen, Steuerleistung, Bildung, Religion, Geschlecht u. a. abhängig ist.
geheim: Die Wahlberechtigten geben ihre Stimme ohne Namensnennung in einer Wahlkabine ab. Anschließend werfen sie den Stimmzettel im Briefumschlag in eine Wahlurne. Niemand darf den Zettel kontrollieren.

M2 Karikatur

Wahlen in einer Demokratie – Wahlen in Deutschland

Freie Wahlen sind ein Merkmal der Demokratie. Das Recht, wählen zu können, ist unverzichtbar in einer Demokratie. Um wirklich wählen zu können, sind aber mindestens zwei oder mehrere Möglichkeiten notwendig. Es müssen verschiedene konkurrierende Personen oder Parteien wählbar sein, zwischen denen sich der Wähler oder die Wählerin entscheiden kann. Nur wer gewählt ist, darf politische Macht ausüben. Er hat durch die Wahl den Auftrag dazu bekommen. Dieser Auftrag muss allerdings in einer Demokratie zeitlich begrenzt sein. Wahlen finden also in regelmäßigen Abständen statt.
Im föderalen System der Bundesrepublik Deutschland finden Wahlen auf verschiedenen Ebenen statt: Kommunalwahlen, Landtagswahlen und Bundestagswahlen. Durch die Landtagswahlen nehmen die Wahlberechtigten nicht nur Einfluss auf das Parlament in ihrem Bundesland, sondern auch auf die Bundespolitik. Die gewählten Parteien entsenden Vertreterinnen und Vertreter in den Bundesrat.

M3 Meinungen zu Parteien

„Wer sich nicht mit Politik befasst, hat die politische Parteinahme, die er sich ersparen möchte, bereits vollzogen: Er dient der herrschenden Partei."

(Max Frisch, Schriftsteller)

„Jede Partei ist für das Volk da und nicht für sich selbst."

(Konrad Adenauer, Bundeskanzler der Bundesrepublik von 1949 – 1963)

M4 Aufgaben der Parteien

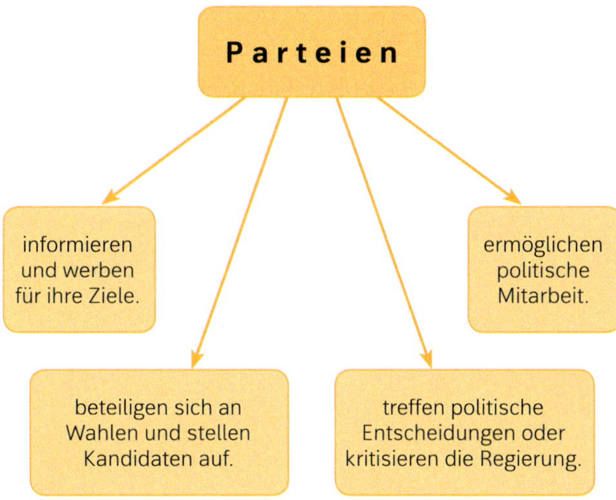

Nach der Wahl – Wer hat die Macht?

Erreicht eine Partei bei der Wahl die absolute Mehrheit, dann kann sie die Mitglieder der Regierung aus ihren Reihen bilden.

Das ist allerdings selten der Fall. Häufiger kommt es vor, dass keine Partei die nötigen Wählerstimmen für eine absolute Mehrheit auf sich vereinigen kann. Dann beginnen sogenannte Koalitionsverhandlungen zwischen den Parteien. Das Ziel ist, durch eine **Koalition** die absolute Mehrheit zu erreichen. Koalition bedeutet, dass sich zwei oder mehrere Parteien zusammenschließen, um gemeinsam die Regierung zu bilden. Bei den Koalitionsverhandlungen müssen sich die beteiligten Parteien auf gemeinsame Ziele einigen.

Die Parteien, die nicht an der Regierungsbildung beteiligt sind, bilden dann die **Opposition**. Die Aufgabe der Opposition ist es, die Regierung zu kritisieren und zu kontrollieren und Alternativen in Entscheidungsprozessen aufzuzeigen.

M5 Funktionen der Parteien

ⓐ Parteien bringen die Interessen ihrer Mitglieder und/oder ihrer Wähler in die politische Diskussion ein.

ⓑ Parteien können Interessen direkt in politische Entscheidungsprozesse einbringen.

ⓒ Parteien ermöglichen den Bürgerinnen und Bürgern eine politische Teilhabe (Mitwirkung).

ⓓ Parteien können gesellschaftliche Gruppen in das politische System einbinden.

ⓔ Parteien vermitteln Informationen über politische Entscheidungen direkt oder mithilfe von Medien.

ⓕ Parteien versuchen, die Bürgerinnen und Bürger parteipolitisch zu mobilisieren, insbesondere vor Wahlen.

ⓖ Parteien formulieren politische Programme, um einen politischen Orientierungsrahmen zu bieten.

ⓗ Parteien tragen dazu bei, demokratische Werte zu vermitteln und das politische System als rechtmäßig zu stützen.

ⓘ Parteien rekrutieren Personen für öffentliche Ämter und Mandate.

ⓙ Parteien üben politische Herrschaft aus.

ⓚ Parteien nehmen eine direkte politische Kontrollfunktion wahr.

M6 Aus dem Grundgesetz für die Bundesrepublik Deutschland

Artikel 21 (Parteien)

(1) Die Parteien wirken bei der politischen Willensbildung des Volkes mit ...

Aufgaben

1 Erkläre die Rechtsgrundsätze demokratischer Wahlen in eigenen Worten (M1).

2 a) Ordne die in M5 genannten Funktionen der Parteien ihren Aufgaben zu (M4).
b) Begründe die Notwendigkeit von Parteien.
c) Als Direktkandidaten dürfen bei der Bundestagswahl auch Personen antreten, die nicht von Parteien unterstützt werden. Sie benötigen dazu jedoch die Unterstützung von 200 Wahlberechtigten des Wahlkreises, in dem sie kandidieren wollen. Erörtere diese Bestimmung.

3 Nimm Stellung zu den Meinungen zu Parteien (M3).

4 Ⓦ Wähle aus:
Begründe, warum jeder Wahlberechtigte auch wählen gehen sollte, indem du
A einen Text schreibst.
B ein Informationsblatt für Wahlberechtigte erstellst.

5 a) Fasse die Kernaussage der Karikatur zusammen (M2).
b) Zeichne selbst eine Karikatur zum Wahlverhalten von Wahlberechtigten.

Wenn du diese Aufgaben erfolgreich bearbeitet hast, kannst du ...
... die Aufgaben und Funktionen von Parteien erklären.
... die Bedeutung von Wahlen in der Demokratie erklären.
... die Fachbegriffe **Parlamentarismus, Koalition** und **Opposition** erklären.

Wählen mit 16?

M1 Ergebnis einer Umfrage

Frage: Sollte das Wahlalter bei Bundestagswahlen Ihrer Meinung nach von 18 auf 16 Jahre herabgesetzt werden?

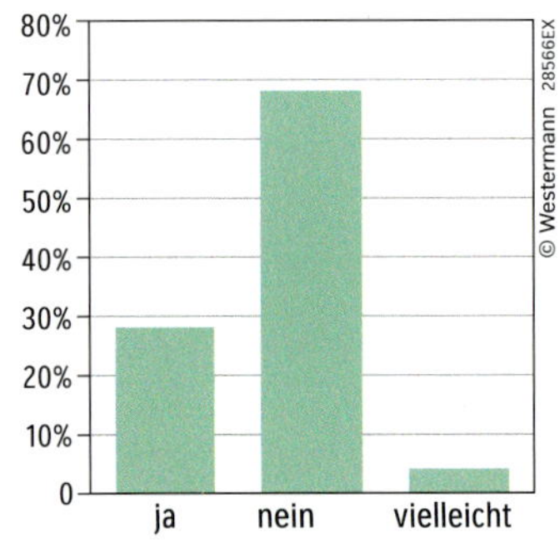

Quelle: Civey-Umfrage für den SPIEGEL vom 15. bis 18. Oktober 2021; 10005 Befragte ab 16 Jahre

In Deutschland darf man mit 18 Jahren an der Wahl zum Deutschen Bundestag teilnehmen. Das Wahlrecht ab 16 gibt es inzwischen bei Kommunalwahlen in einigen Bundesländern, zum Beispiel in Nordrhein-Westfalen. Inzwischen fordern Politiker, auch bei Landtagswahlen und der Wahl zum Deutschen Bundestag das Wahlrecht ab 16. Was spricht dafür, was dagegen?

M3 Wählen ab 16 in Deutschland

M2 PULS-Autorin Ilka Knigge äußert sich zum Wahlrecht ab 16.

[…] **2. Älter heißt nicht unbedingt schlauer!**
Wenn die Gegner*innen gegen das Wahlrecht mit 16 wettern, geht es meistens um Reife, um Verstand oder Verantwortung. Die Argumente funktionieren nach dem Muster: Jung = Unreif = Überlass das Wählen mal den Profis!
Was die Christian Lindners dieser Welt nicht bedenken: In jedem Alter gibt es Menschen, die Entscheidungen treffen, die wir gut und sinnvoll finden, und Menschen, die das nicht tun. Niemand wird mit 18 plötzlich wach und ist schlauer als am Tag zuvor. Und wahrscheinlich kommt auch niemand mit 60 auf die Idee, sich für Politik zu interessieren, wenn er*sie das vorher nie getan hat. Aber auch die Ignoranten, die Trolle und Ahnungslosen dieser Welt dürfen wählen. Das steht so in Artikel 20 unseres Grundgesetzes: „Alle Staatsgewalt geht vom Volke aus“. Und diese Staatsgewalt wird „vom Volke in Wahlen und Abstimmungen“ ausgeübt. Was nicht dort steht, ist dass das „Volk“ nur ü18, schlau und verantwortungsvoll sein darf. Mit der Argumentation müsste man nämlich nicht nur 16-Jährige von der Wahl ausschließen.
3. Die „magische 18“ ist auch nur eine Entscheidung
1972 hat der deutsche Bundestag entschieden: Ab jetzt dürfen 18-Jährige in Deutschland den Bundestag wählen – das war vorher nicht so. Nur 21-Jährigen wurde das zugetraut. Warum sollte sich diese magische Grenze also heute nicht noch einmal verschieben? Gegner des Wahlrechts ab 16 argumentieren oft damit, dass man mit 16 nicht einmal voll strafmündig ist. Wer nicht für seine Taten geradestehen kann, der*die soll auch nicht wählen dürfen. Aber was ist mit den Entscheidungen, die wir mit 16 Jahren in Deutschland längst treffen dürfen? Jede*r 16-Jährige darf sich frei für seine*ihre Religion entscheiden. Mit 16 beginnen viele eine Ausbildung. Sie müssen also nicht nur entscheiden, welcher Job gut zu ihnen passt, sondern ab einem bestimmten Gehalt auch Steuern zahlen. Aber mitentscheiden in der Steuerpolitik? Nö. Mit 16 darf ich in Deutschland vor Gericht einen Eid ablegen, ich darf mein Testament machen, heiraten und sogar in Parteien als Mitglied eintreten. Aber mir dann bei der Wahl überlegen, welche Partei meine Interessen gut vertritt? Unmöglich. Es mag ja Sinn machen, für einige Dinge im Leben ein Mindestalter zu haben. Aber diesem dann ewig hinterherzurennen mit der Argumentation „das haben wir immer schon so gemacht“ ist nicht sinnvoll. […]

Ilka Eliana Knigge: Jung heißt nicht dumm: Lasst 16-Jährige wählen! München: Bayerischer Rundfunk (puls) 23.5.2019

METHODE Eine Debatte durchführen

Eine Debatte ist eine Aussprache. Es gibt feste Regeln und eine Entscheidungsfrage (ja – nein). In kurzen Reden und Gegenreden versuchen die Teilnehmerinnen und Teilnehmer, die Debattanten, ihre Zuhörerinnen und Zuhörer von ihren Argumenten zu überzeugen. Am Ende steht im Unterschied zum Streitgespräch eine Entscheidung, meistens eine Abstimmung. Im Bundestag wird kein Gesetz ohne Debatte verabschiedet. Wie führt man eine Debatte?

M4 Sitzordnung bei einer Debatte

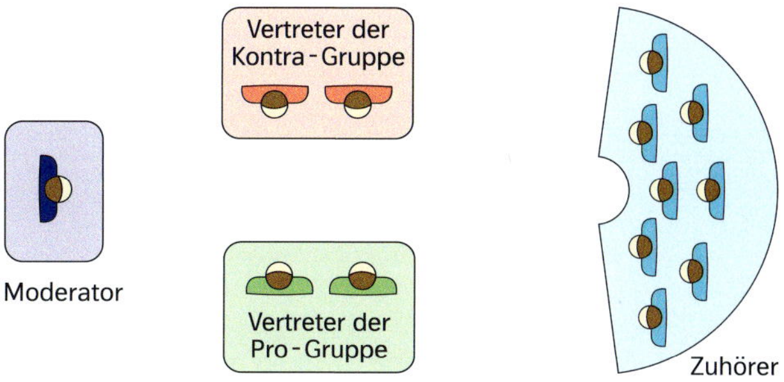

Fünf Schritte zur Durchführung einer Debatte

1. Schritt Vorbereitung
- Formuliert eine Frage für die Debatte.
- Recherchiert Pro- und Kontra-Argumente zur gewählten Entscheidungsfrage (Internet).
- Stellt die Pro- und Kontra-Argumente zusammen. Sie müssen sich auf die Entscheidungsfrage beziehen und sachlich sein.
- Legt fest, wer debattieren soll und welche Position er oder sie vertritt.
- Bestimmt einen Moderator oder eine Moderatorin. Seine oder ihre Aufgabe ist es, die Reden zeitlich zu begrenzen.
- Erstellt einen Bewertungsbogen und verteilt ihn an die Zuhörerinnen und Zuhörer. Vor und nach der Debatte wird abgestimmt.

2. Schritt Eröffnungsrunde
- Der Moderator/die Moderatorin eröffnet die Debatte.
- Er/sie führt eine erste Abstimmung zur Entscheidungsfrage unter den Zuhörern durch.
- Die Sprecher/Sprecherinnen der Gruppen halten ihre Plädoyers pro und kontra (maximal drei Minuten).

3. Schritt Freie Aussprache zur Klärung
- Pro- und Kontra-Debattanten argumentieren im freien Wechsel für ihre Position (ca. 5 Minuten pro Redner).
- Die Zuhörer/Zuhörerinnen stellen Fragen.

4. Schritt Schlussrunde und Entscheidung/Abstimmung
- Die Sprecher/Sprecherinnen der Gruppen halten ihre Schlussplädoyers pro und kontra (eine Minute).
- Die Zuhörer/Zuhörerinnen stimmen ein zweites Mal ab.

5. Schritt Auswertung der Debatte

Reflexion: Wie viele haben ihre Meinung geändert und warum? Welche Argumente waren überzeugend?

M5 Zeitlicher Ablauf einer Debatte

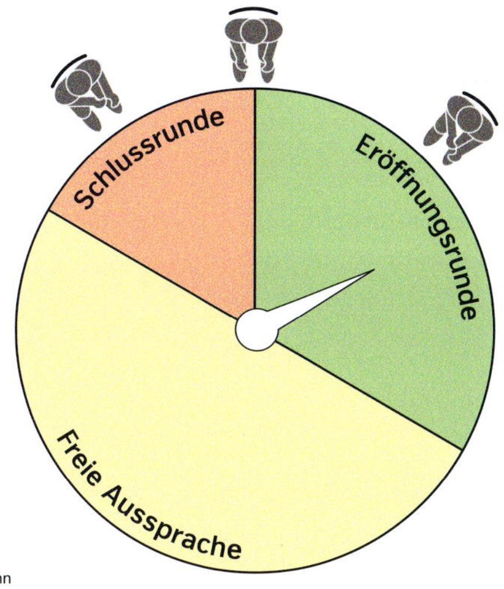

 22920EX_1

Aufgaben

1. a) Notiere die Bundesländer, in denen bei Kommunalwahlen 16-Jährige wahlberechtigt sind (M3).
   b) Notiere die Bundesländer, in denen bei Landtagswahlen 16-Jährige wahlberechtigt sind (M3).
2. a) Beschreibe das Ergebnis zur Umfrage „Wahlrecht mit 16" (M1).
   b) Nimm Stellung zum Ergebnis dieser Umfrage.
3. Ordne die von Ilka Knigge genannten Argumente in Pro- und Kontra-Argumente zum Wahlrecht ab 16 (M2).
4. Führt eine Debatte durch. Geht dabei nach den beschriebenen Schritten vor.

Wenn du diese Aufgaben erfolgreich bearbeitet hast, kannst du ...
... eine Debatte durchführen,
... zum Wahlrecht ab 16 Stellung nehmen.

WAHLTHEMA 1 Wahlrecht für Frauen

In den letzten 120 Jahren haben sich Frauen viele Rechte erkämpft. Sie durften zum ersten Mal 1919 wählen, und zwar bei der Wahl der verfassungsgebenden Deutschen Nationalversammlung. Das war ein Meilenstein in der Geschichte des Parlamentarismus in Deutschland und ein wichtiger Schritt auf dem Weg zur Gleichberechtigung der Frauen. Wie kam es dazu? Wie nutzen Frauen ihr Wahlrecht? Wie ist die politische Beteiligung von Frauen heute zu bewerten?

M2 Die weiblichen Abgeordneten der Mehrheitssozialisten (1919)

Bearbeitet die Fragestellungen.
Überlegt, wie ihr eure Ergebnisse präsentieren und ein Feedback einholen wollt (vgl. S. 153, 311).

Das Frauenwahlrecht – hart erkämpft

In Deutschland kämpften Anfang des 20. Jahrhunderts Frauen aus allen Gesellschaftsschichten für politische Gleichberechtigung und ihr Wahlrecht. Viele von ihnen organisierten sich in Vereinen, einige schlossen sich einer Partei an, zum Beispiel der SPD. Nach dem Ende des Ersten Weltkriegs und dem Ende des Kaiserreichs verkündete die Übergangsregierung in Berlin eine neue demokratische Ordnung. In ihr wurden die Meinungs- und Religionsfreiheit sowie ein neues Wahlrecht festgeschrieben. Wahlen sollten im Deutschen Reich frei, gleich, geheim, direkt und allgemein durchgeführt werden. Wahlberechtigt waren alle Männer und Frauen ab 20 Jahre. Das neue Wahlrecht beinhaltete das **aktive** und **passive Wahlrecht** für Frauen und trat am 30. November 1918 in Kraft.
Am 19. Januar 1919 konnten Frauen in Deutschland zum ersten Mal wählen und gewählt werden. 300 Frauen kandidierten, 37 wurden gewählt. Insgesamt waren es damals 423 Abgeordnete. Die Wahlbeteiligung der Frauen lag bei über 80 Prozent.

INFO

Das **aktive Wahlrecht** ist das Recht eines Menschen, sich an einer Wahl durch Stimmabgabe zu beteiligen. Wer das aktive Wahlrecht besitzt, ist wahlberechtigt. Das **passive Wahlrecht** ist das Recht eines Menschen, sich bei einer Wahl als Kandidat aufstellen zu lassen. Er kann gewählt werden. Wer das passive Wahlrecht besitzt, ist wählbar

M1 Olympe de Gouges, eine Vorkämpferin für die Gleichberechtigung der Frauen

Olympe de Gouges kämpfte für die Rechte der Frauen. Sie forderte freie Wahlen, eine Verfassung und die Gleichberechtigung der Frauen. Als 1792 die französische Verfassung verabschiedet wurde, schrieb sie eine „Frauenrechtsdeklaration". Sie wurde verhaftet und am 3.11.1793 hingerichtet.

M3 Wahlbeteiligung und Wahlverhalten 1919

Die Wahlbeteiligung am 19. Januar 1919 war besonders hoch – die Wählenden mussten teils stundenlang vor den Wahllokalen warten: 82,3 Prozent der wahlberechtigten Frauen und 82,4 Prozent der Männer hatten abgestimmt. […] Frauen richteten ihr Stimmverhalten wohl nicht danach aus, ob Parteien für Fraueninteressen eintraten, wie es z. B. die SPD als einzige Partei getan hatte, die seit 1891 für das Frauenwahlrecht eintrat. Im Verlauf der Republik sank die Wahlbeteiligung insbesondere der Frauen leicht, um dann zum Ende wieder anzusteigen.
In die Nationalversammlung wurden schließlich knapp 10 Prozent Parlamentarierinnen gewählt: 37 Frauen wurden zu Beginn gewählt (8,7 Prozent), vier Frauen rückten nach (9,7 Prozent) – mit Abstand der höchste Frauenanteil bis dahin weltweit, der im Bundestag erst 1983 wieder erreicht wurde.

Barbara von Hindenburg: Die Auswirkungen des Frauenwahlrechts in der Weimarer Republik. Bonn: Bundeszentrale für politische Bildung 12.11.2018

M4 Quelle: Louise Otto – Auszug aus ihrer Frauenzeitschrift vom 21.4.1849

Wohl auf denn meine Schwestern, vereinigt Euch mit mir, damit wir nicht zurückbleiben, wo Alle und Alles um uns neben uns vorwärts drängt und kämpft. [...] Wir wollen unseren Theil fordern: das Recht, das Rein-Menschliche in uns in freier Entwicklung aller unserer Kräfte auszubilden, und das Recht der Mündigkeit und Selbständigkeit im Staat.

Kerstin Wolff: Der Kampf der Frauenbewegung um das Frauenwahlrecht. Bonn: Bundeszentrale für politische Bildung 12.11.2018

M5 Quelle: Hedwig Dohm: Der Frauen Natur und Recht, 1876

Die Frauen fordern das Stimmrecht als ihr Recht. Warum soll ich erst beweisen, dass ich ein Recht dazu habe? [...] Die Gesellschaft hat keine Befugnis, mich meines natürlichen politischen Rechts zu berauben, es sei denn, dass dieses Recht sich als unvereinbar erwiese mit der Wohlfahrt des Staatslebens.

Kerstin Wolff: Der Kampf der Frauenbewegung um das Frauenwahlrecht. Bonn: Bundeszentrale für politische Bildung 12.11.2018

M6 Die Frauenbewegung organisiert sich

- 1891 nimmt die SPD als einzige Partei das Frauenstimmrecht in ihr Wahlprogramm auf.
- Der Bund deutscher Frauenvereine (BDF) wird 1895 gegründet.
- Anita Augspurg gründet 1902 den ersten Frauen-Stimmrechtsverband in Deutschland.
- 1908 wird den Frauen ein politisches Engagement erlaubt.

M7 Wahlbeteiligung von Frauen und Männern bei Bundestagswahlen seit 1953

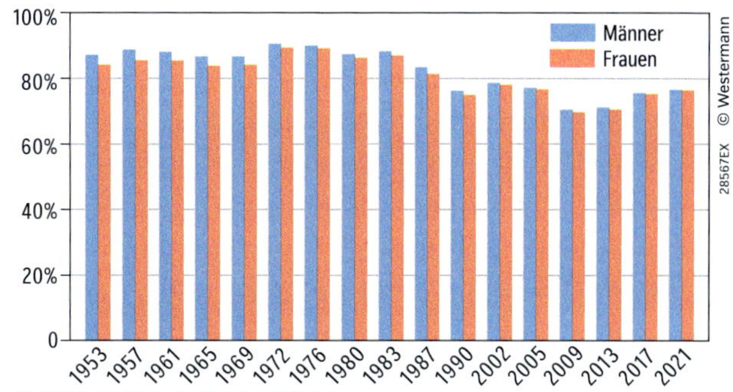

Quelle: Informationen des Bundeswahlleiters
(Keine Angaben für 1994 und 1998 wegen Aussetzung der amtlichen Wahlstatistik)

M8 Frauenanteil im Bundestag seit 1949

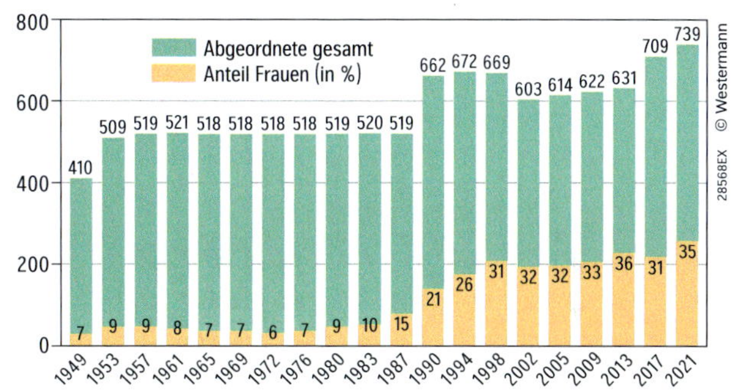

Die Grafik zeigt den Frauenanteil im Deutschen Bundestag von 1949 bis 2021 jeweils zu Beginn der Wahlperiode. Quelle: Der Bundeswahlleiter

M9 Frauen in der Politik – heute gleichberechtigt?

Ob der Gesetzgeber den Verfassungsgrundsatz der Gleichberechtigung („Männer und Frauen sind gleichberechtigt", Artikel 3 Absatz 2 des Grundgesetzes) noch um eine rechtlich bindende **Quote**nregelung [= festgelegter Anteil an Mandaten für Frauen] ergänzen sollte, darüber wird heutzutage heftig gestritten.

Der lange Weg zum Frauenwahlrecht. Berlin: Deutscher Bundestag (Hrsg.) 19.11.2019

Tipps für die Erarbeitung

1. Berichtet über den Kampf der Frauen um ihr Wahlrecht (M1 – M6, Text). Legt zum Beispiel einen Zahlenstrahl an.
2. a) Analysiert die Wahlbeteiligung von Frauen 1919 und seit 1953 (M3, M7).
   b) Beurteilt die Entwicklung der Wahlbeteiligung von Frauen.
3. a) Stellt fest, wie viele weibliche Abgeordnete es 1919 gab (M3).
   b) Vergleicht mit den Anteilen weiblicher Abgeordneter seit 1953 (M8).
4. a) Begründet die Forderung nach einer Quotenregelung (M9).
   b) Stellt Argumente pro und kontra eine Quotenregelung zusammen.
   c) Formuliert eine eigene Meinung dazu.
5. Stellt eure Ergebnisse zu einer von euch gewählten Präsentation zusammen.

Wenn du diese Aufgaben erfolgreich bearbeitet hast, kannst du ...
... den Kampf um das Frauenwahlrecht beschreiben.
... die politische Beteiligung von Frauen bewerten.
... die Fachbegriffe **aktives Wahlrecht, passives Wahlrecht** und **Quote** erklären.

WAHLTHEMA 2 Freiheitsrechte für alle

Die Lungenkrankheit Corona (COVID-19) trat im Dezember 2019 zuerst in China auf. Von dort breitete sich die Krankheit auch in Europa aus. Tausende von Menschen sind daran bereits gestorben. In Deutschland bekämpfen die Bundesregierung zusammen mit den Ministerpräsidentinnen und Ministerpräsidenten der Bundesländer die Krankheit und deren Verbreitung. Regeln (Gebote und Verbote) haben das Alltagsleben der Menschen stark verändert. Sind die damit verbundenen Einschränkungen mit dem Grundgesetz vereinbar?

M2 Saskia durfte ihre Oma nicht besuchen

In Nordrhein-Westfalen und anderen Bundesländern galt im Frühjahr 2020 ein strenges Besuchsverbot in Altenheimen. Ziel war es, das Einschleppen von Coronaviren in die Heime zu erschweren und die Heimbewohnerinnen und Heimbewohner sowie das Personal vor einer Corona-Erkrankung zu schützen.

Bearbeitet die Fragestellungen.
Überlegt, wie ihr eure Ergebnisse präsentieren und ein Feedback einholen wollt (vgl. S. 153, 311).

Corona und die Grundrechte

Coronaviren sind sehr ansteckend und breiten sich rasch aus. Sie können von Mensch zu Mensch übertragen werden. Durch die bisher bekannten Mutationen des Virus steigt zusätzlich die Gefahr, dass noch mehr Menschen erkranken und sterben. Die Bundesregierung und die Ministerpräsidentinnen und Ministerpräsidenten der Bundesländer beschlossen deshalb 2020 und 2021 gemeinsam Regeln zur Eindämmung der Corona-**Pandemie**. Da die Bundesländer für die Gesundheitspolitik zuständig sind, mussten sie die Beschlüsse umsetzen und darauf achten, dass die Gebote und Verbote eingehalten wurden. Grundlage für die Entscheidungen der Bundesländer ist das Infektionsschutzgesetz (Gesetz zur Verhütung und Bekämpfung von Infektionskrankheiten beim Menschen). Es erlaubt verschiedene Maßnahmen, die die Freiheits-Grundrechte einschränken. Diese müssen aber verhältnismäßig sein.

M1 Corona-Demonstration in Berlin

Rund 20 000 Menschen protestierten am 1. August 2020 gegen die Corona-Maßnahmen – ohne Maske und ohne Abstand. Die Polizei löste deshalb die Demonstration auf.

INFO

Von einer **Pandemie** spricht man , wenn eine Infektionskrankheit wie Corona weltweit auftritt und sehr viele Menschen davon betroffen sind.

M3 Nach einem Jahr der Pandemie (2020)

Abgeordnete des Deutschen Bundestages sehen die Demokratie in Deutschland in Gefahr. Ihrer Meinung nach schränkte die Exekutive seit Beginn der Corona-Pandemie die Freiheitsrechte der Bürgerinnen und Bürger ein, die im Grundgesetz stehen. Kritisiert wurde, dass darüber im Parlament, dem Deutschen Bundestag, nicht ausführlich debattiert wurde.
Allerdings billigte der Deutsche Bundestag im Nachhinein einen Großteil der Freiheitsbeschränkungen. Er stimmte der Ergänzung des Infektionsschutzgesetzes durch Paragraph 28a (Besondere Schutzbestimmungen) im November 2020 mehrheitlich zu.

M4 Umfrageergebnisse zur Corona-Krise

Staatliche Maßnahmen, die das Leben im Alltag stark einschränken ...

	26.3.2020	27.3.2021
... sind übertrieben	4 %	26 %
... sind gerade richtig	75 %	31 %
... müssen härten ausfallen	20 %	36 %
weiß nicht/ohne Angabe	1 %	7 %

Quelle: Forschungsgruppe Wahlen Politbarometer

M5 Welche Freiheits-Grundrechte wurden hier eingeschränkt?

Stadtpark Lünen, Horstmarer See. Im Stadtpark der Stadt Lünen (Kreis Arnsberg/NRW) halten sich bei gutem Wetter an einem Wochenende bis zu 15 000 Erholungsuchende auf. Es wurde festgestellt, dass die AHA-Regeln nicht eingehalten wurden. Die Stadt Lünen verbot deshalb am 8. April 2020 das Sitzen und Liegen auf den Grünflächen am See und ab 3. Juli das Baden im See. Die Verbote wurden ab 1. Oktober wieder aufgehoben. Begründung: Die Gefahr großer Menschenansammlungen besteht wegen des herbstlichen Wetters nicht mehr.

Angelina C., 24 Jahre: „Vor drei Jahren erst haben mein Mann und ich ein kleines Café in Köln eröffnet. Damals haben wir unsere gesamten Ersparnisse investiert, um das Café schön einzurichten. Wir haben keinen großen Gewinn gemacht. Aber von dem was wir verdienten, konnten wir leben.
Während des Lockdowns von Ende März bis Mitte April 2021 mussten wir das Café erneut schließen. Das hat die Regierung von Nordrhein-Westfalen beschlossen. Jetzt haben wir keine finanziellen Reserven mehr und müssen das Café aufgeben."

M6 Die Einschränkung von Freiheits-Grundrechten und ihre Verhältnismäßigkeit

- Die Einschränkungen müssen ***geeignet*** sein.

[Sie müssen] also dabei helfen, dass sich das Virus nicht so stark ausbreitet. Die Pressefreiheit zum Beispiel darf nicht [...] eingeschränkt werden, denn [sie] trägt nicht dazu bei, dass sich viele Menschen anstecken.

- Die Einschränkungen müssen ***erforderlich*** sein.

[...] Wenn Menschen im Wald spazieren gehen, [ist jedoch] genug Platz vorhanden, um den nötigen Abstand einzuhalten. Eine Pflicht im Wald eine Maske zu tragen, ist also nicht erforderlich.

- Die Einschränkungen müssen ***angemessen*** sein.

Im April 2020 bestand die große Gefahr, dass viele Menschen sich mit COVID-19 anstecken. Es galt deshalb die Regel, dass nur die Geschäfte öffnen durften, die Medikamente oder Lebensmittel verkaufen. [Zwei Monate später war] die Gefahr sehr viel geringer, sich anzustecken. Es [war] deshalb nicht mehr angemessen, dass nur bestimmte Geschäfte öffnen. Es muss daran gedacht werden, welche [möglichen] Auswirkungen Verbote [...] haben. Wenn zum Beispiel Menschen nicht arbeiten können und zu Hause bleiben müssen, kann es zu Gewalt in den Familien kommen. Oder Menschen können an Depressionen erkranken. [...]
Je mehr die Grundrechte beschränkt werden, desto überzeugender muss auch der Grund für die Beschränkung sein. Die Grundrechte dürfen nur für eine bestimmte Zeit eingeschränkt werden. [Das nennt man **Verhältnismäßigkeitsprinzip**.]

Leon Spickschen: Das Coronavirus und die Grundrechte. Bonn: Bundeszentrale für politische Bildung 11.5.2020

Tipps für die Erarbeitung

1. Informiert euch über die Entwicklung der Corona-Pandemie in Deutschland. Listet Regeln (Gebote, Verbote) auf, durch die die Verbreitung von Coronaviren erschwert werden sollte (Internet, vgl. S. 310).
2. Stellt die Freiheitsrechte der Bürgerinnen und Bürger in Deutschland zusammen (Grundgesetz Artikel 2, 6, 8, 11 und 12) (Internet).
3. a) Analysiert die Umfrageergebnisse und ermittelt die Erkrankungen und Todesfälle (M4, Internet).
   b) Erörtert das Recht auf körperliche Unversehrbarkeit des Lebens (Artikel 2 Grundgesetz) und die Einschränkung von Freiheits-Grundrechten (M1–M3, M5, M6). Wie hättet ihr bei der Umfrage geantwortet (M4)?
   c) Notiert Pro- und Kontra-Argumente zur Einschränkung der Freiheitsrechte während einer Pandemie (M6, Aufgabe 2).
4. Stellt eure Arbeitsergebnisse zu eurer Präsentation zusammen.
5. ⓩ Führt zu folgender Entscheidungsfrage eine Debatte durch (vgl. S. 187): Waren die Einschränkungen der Freiheitsrechte verhältnismäßig?

Wenn du diese Aufgaben erfolgreich bearbeitet hast, kannst du ...
... das Problem der Einschränkung von Freiheitsrechten erörtern.
... die Fachbegriffe **Pandemie** und **Verhältnismäßigkeitsprinzip** erklären.

Jeder kann sich engagieren

Zu einer Demokratie gehört, dass sich möglichst viele Menschen für Politik interessieren. Dazu gehört, dass man bereit ist, sich zu informieren, mitzureden, mitzumachen und sich ein eigenes Urteil zu bilden. Jeder hat allerdings auch das Recht, sich nicht für Politik zu interessieren. Wie kann man sich aber politisch engagieren?

Politische Mitarbeit ist in vielen Bereichen möglich

Es gibt viele Möglichkeiten, politische Prozesse und damit die Demokratie mitzugestalten. Die Teilnahme an Wahlen oder die Mitarbeit in einer Partei oder einer Gewerkschaft sind nur einige Formen der **Partizipation**. Die Unterstützung von Bürgerinitiativen oder die Teilnahme an genehmigten Demonstrationen sind weitere Möglichkeiten. Es gibt aber auch die sogenannte Scheckbuchpartizipation. Damit ist gemeint, dass Menschen zum Beispiel **Nichtregierungsorganisationen** durch Geldspenden unterstützen oder ihren Konsum bewusst in Bezug auf den Umweltschutz, Tierschutz oder die Menschenrechte ausrichten. Dadurch, dass sie nur bestimmte Produkte kaufen, beeinflussen sie einerseits die Nachfrage am Markt, andererseits üben sie aber auch einen gesellschaftlichen Druck auf die Politik aus.

Das Internet hat zu neuen Formen der Partizipation geführt, der E-Partizipation. Damit sind digitale Verfahren gemeint, mit denen die Bürgerinnen und Bürger an politischen Entscheidungen teilnehmen können. Eine Online-**Petition** ist zum Beispiel eine E-Partizipation, aber auch politische Beiträge, die online gestellt werden, gehören dazu.

INFO

Nichtregierungsorganisationen (NGOs) sind Zusammenschlüsse von Menschen, die gemeinsame Interessen verfolgen. Sie sind nicht staatlich.

INFO

Partizipation bedeutet Beteiligung, Teilhabe, Teilnahme, Mitwirkung, Mitbestimmung, Mitsprache. Eine politische Partizipation bezieht sich auf die Möglichkeit, Planungs- und Entscheidungsprozesse zu beeinflussen.

M1 Eine warme Mahlzeit für Bedürftige

In vielen Städten gibt es „Tafeln", die Bedürftige mit Nahrungsmitteln versorgen.

M2 Politische Teilhabe

Politische Teilhabe beschränkt sich nicht auf den Wahlgang oder die Parteimitgliedschaft. Sie hat viele Gesichter – von der Unterschriftenaktion bis zur Demonstration, von punktuellen themenspezifischen Aktivitäten bis zur langjährigen Gewerkschaftsarbeit. Auch freiwilliges Engagement in Vereinen, Verbänden oder bei kirchlichen und sozialen Trägern gehört dazu und zählt zu den immer wichtiger werdenden Stützpfeilern eines demokratischen Gemeinwesens.

Petra Böhnke: Ungleiche Verteilung politischer und zivilgesellschaftlicher Partizipation. Aus Politik und Zeitgeschichte (APuZ 1-2/2011) Bonn: Bundeszentrale für politische Bildung 28.12.2010

M3 Möglichkeiten der Bürgerinnen und Bürger, sich zu beteiligen

M4 **Ein Arzt untersucht einen Massai-Jungen in Kenia.**

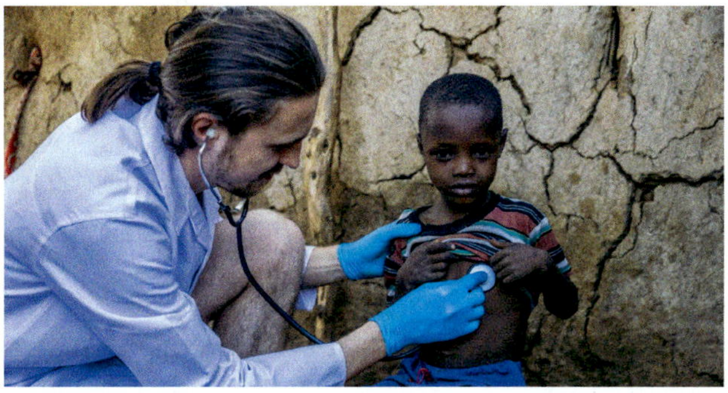

Die Organisation „Ärzte ohne Grenzen" ist eine Nichtregierungsorganisation (NGO)

M6 **Greenpeace setzt sich gegen den Walfang ein.**

„Greenpeace" ist eine Nichtregierungsorganisation (NGO) von Umweltschützern.

M5 **Partizipation durch Lobbyismus**

Nichtregierungsorganisationen (NGOs), Gewerkschaften, Kirchen, Verbände, aber auch Unternehmen und Industriebranchen versuchen, politische Entscheidungen zu beeinflussen. Sie setzen dabei auf **Lobbyisten**, die auf die Gesetzgebung Einfluss nehmen sollen. Lobbyisten vertreten die Interessen der jeweiligen Gruppe, sie leisten Lobbyarbeit. Sie schreiben Briefe, laden zu Veranstaltungen ein, treffen sich mit Abgeordneten und geben Informationen ihrer Interessengruppe weiter.
Kritiker sehen allerdings im Lobbyismus eine Gefahr für die Demokratie, wenn sich die Interessen mächtiger Gruppen durchsetzen.

INFO

Eine **Petition** (lat. petitio = Bittschrift) ist ein Schreiben, das an eine zuständige Stelle oder Behörde geschickt wird, um ein bestimmtes Anliegen vorzubringen.

M7 **Problematik der Partizipation**

Werden Vorschläge von Bürgerinnen und Bürgern nicht sofort umgesetzt, führt dies oft zu Frustration und dem Eindruck, übergangen zu werden, obwohl Vorgaben der repräsentativen Demokratie oder die Gesetzeslage eine solche nicht umstandslose Umsetzung nicht selten begründen. […]
Häufig sind es tatsächlich auch nicht Mehrheiten, sondern vielmehr lautstarke Minderheiten, die nach „mehr Partizipation" rufen. Ihnen umstandslos Partizipationsformate anzubieten, ist mit der Gefahr verbunden, die Legitimität von Entscheidungen sogar zu senken, eine Art Macht der lautesten Stimmen zu etablieren. […]
Auch in Verfahren, die sich durch einen hohen Grad an Transparenz und Beteiligung auszeichnen, kann es unterlegene Minderheiten geben, die ihrem Unmut Ausdruck verleihen.

Christian P. Hoffmann, Uwe Hitschfeld, Astrid Lorenz: Chancen und Grenzen der Ausweitung von Angeboten politischer Partizipation in Deutschland. Stiftung Energie und Klimaschutz, Karlsruhe 11.11.2019

Aufgaben

1. Benenne die Form der Partizipation in M1, M4 und M6 (M3, Text).
2. Erkläre, welche Chancen die Partizipation der Bürgerinnen und Bürger für die Weiterentwicklung der Demokratie bietet.
3. Stelle dar, inwiefern Partizipation auch problematisch sein kann (M5, M7).
4. Ⓦ Wähle aus:
   Entscheide dich für eine Möglichkeit der politischen Beteiligung (M3).
   A Begründe, warum du dich für diese Möglichkeit entschieden hast.
   B Entwirf ein Interview, in dem du mögliche Fragen zu deiner Entscheidung notierst und beantwortest.
5. Ⓩ a) Erkläre die Tätigkeit von Lobbyisten.
   b) Lobbyisten werden als „heimliche Herrscher" bezeichnet. Nimm Stellung dazu.

Formulierungshilfen zu Aufgabe 2:
Demokratie bedeutet …
Die Partizipation der … trägt dazu bei, dass …
… beeinflusst …
… werden berücksichtigt

Wenn du diese Aufgaben erfolgreich bearbeitet hast, kannst du …
… Formen, Chancen und Grenzen der Partizipation benennen.
… die aktive Mitgestaltung der Demokratie durch Partizipation beurteilen.
… die Fachbegriffe **Partizipation, Nichtregierungsorganisation (NGO), Petition** und **Lobbyist** erklären.

Ist die Demokratie in Gefahr?

CDU-Politiker auf der Terrasse seines Wohnhauses erschossen, Polizisten mit Steinen beworfen, Grabsteine auf einem jüdischen Friedhof mit Hakenkreuzen beschmiert, Vermummte greifen Flüchtlinge mit Baseballschläger an – das sind Beispiele für zahlreiche Straftaten, die in den letzten Jahren begangen wurden. Welche Menschen machen so etwas und warum? Gefährden solche Straftaten die Demokratie in Deutschland, die jede Form von Gewalt verbietet? Wie kann und inwieweit sollte sich der deutsche Staat wehren?

Hass und Gewalt – Angriffe auf die Demokratie

Morde, Körperverletzungen, Sachbeschädigungen ... In Deutschland werden Menschen immer wieder zu Opfern von politisch motivierten Gewalttaten. Die Zahl extremistischer, judenfeindlicher (antisemitischer) Straftaten auf Mitbürgerinnen und Mitbürger sowie andere Formen von unbegründetem Hass (z. B. Fremdenfeindlichkeit) nimmt zu.
Extremistische Taten gefährden das Leben von Menschen. Sie sind mit dem Grundgesetz nicht vereinbar (Art. 2 Recht auf Leben und körperliche Unversehrtheit). Deshalb sind nicht nur Politiker davon überzeugt, dass durch die Taten die innere Sicherheit und damit die freiheitlich demokratische Grundordnung gefährdet sind.
Populistische Äußerungen und Fake News werden vor allem in den sozialen Medien verbreitet. Der **Populismus** greift Vorurteile auf (z. B. Ausländer nehmen den Deutschen Arbeitsplätze weg.). Er vereinfacht schwierige Zusammenhänge viel zu stark. Dadurch können möglicherweise die Bereitschaft und auch der Wille zu extremistischen Straftaten verstärkt werden.

M1 Anschlag auf ein jüdisches Gebetshaus

Oktober 2019: Stephan B. will in eine Synagoge in Halle an der Saale (Stadt im Bundesland Sachsen-Anhalt) eindringen. Er ist schwer bewaffnet und fest dazu entschlossen, alle Menschen, die sich in dem jüdischen Gebetshaus aufhalten, zu töten. Der Versuch scheitert. Dann erschießt er eine Frau, die zufällig an der Synagoge vorbeikommt, und einen Mann in einem nahegelegenen Dönerimbiss. Die Polizei nimmt Stephan B. fest. Vor Gericht gesteht er die Tat. Er gibt unter anderem antisemitische Motive für seine Tat an.

M2 Attentat in Hanau

Februar 2020: Tobias R. erschießt in und vor einer Shisha-Bar in Hanau (Stadt im Bundesland Hessen) neun Menschen. Der Täter tötet danach seine Mutter und sich selbst. Tausende von Menschen demonstrieren drei Tage nach der Tat in Hanau.

Bundeskanzlerin Dr. Angela Merkel gedenkt ein Jahr nach der Tat in einer Videobotschaft den Ermordeten:
„Der Mörder kannte sie nicht, er hasste sie nur wegen ihres Aussehens, der Herkunft ihrer Familien, weil sie Einwanderer oder die Kinder von Einwanderern waren."
Angela Merkel: Transkript Podcast „Hanau". Berlin: Presse- und Informationsamt der Bundesregierung 13.02.2021

M3 Rede des Abgeordneten Dr. Volker Ullrich im Deutschen Bundestag am 10.9.2020 (Auszug)

... wer versucht, mit Gewalt seine Meinung durchzusetzen, der stellt sich außerhalb der möglichen Diskursformen* in unserer Demokratie, [...]. Wir müssen jeden **Extremismus** bekämpfen, gleich welcher Art und gleich welcher Herkunft.

Deutscher Bundestag. Plenarprotokoll 19/173 Stenografischer Bericht, 173. Sitzung. Berlin, 10.9.2020, S. 21702
(*z. B. Debatte im Bundestag, Leserbrief in der Zeitung)

M4 Gewalttätige Demonstration in Leipzig

Januar 2020: 1600 Menschen, darunter gewaltbereite Linksextremisten, demonstrieren in Leipzig (Stadt im Bundesland Sachsen). Hintergrund ist das umstrittene Verbot der linksextremistisch eingestuften Internetplattform Indymedia durch den Bundesinnenminister. Die Demonstration beginnt friedlich. Dann fliegen Steine und Flaschen auf Polizisten, 13 werden verletzt. Eine „verbrecherische Gruppe" habe das Recht auf freie Meinungsäußerung und friedliche Demonstration ausgenutzt, so der Oberbürgermeister von Leipzig.

M5 Kleines Lexikon zum Extremismus und seinen Erscheinungsformen in Deutschland

Extremismus: Grundsätzliche, unversöhnliche Ablehnung eines demokratischen Staates wie Deutschland.

Rechtsextremismus: Begriff für politische Einstellungen, Aktivitäten und Handlungen sowie Parteien (z. B. Nationalsozialistische Partei Deutschlands, NPD), die die Demokratie ablehnen und teilweise mit Gewalt bekämpfen. Rechtsextremisten sind davon überzeugt, dass nicht alle Menschen gleich sind (Artikel 3 Grundgesetz). Gesellschaftliche Vielfalt wird abgelehnt und der Nationalismus überhöht. Dies äußert sich zum Beispiel in der Fremdenfeindlichkeit, die sich gegen Ausländer und Juden richtet.
Geschätzte Zahl der Rechtsextremisten 2020: rund 33 300

Linksextremismus: Begriff für Personen, Gruppierungen und Parteien (z. B. Deutsche Kommunistische Partei, DKP), die die freiheitlich demokratische Grundordnung der Bundesrepublik Deutschland strikt ablehnen. Auch das sogenannte kapitalistische Wirtschaftssystem in Deutschland, das heißt die soziale Marktwirtschaft, soll beseitigt werden. Linksextremisten wollen stattdessen einen sozialistischen beziehungsweise kommunistischen oder „herrschaftsfreien" Staat.
Geschätzte Zahl der Linksextremisten 2020: rund 34 300

Islamismus: Begriff für eine Form des politischen Extremismus, der die freiheitlich demokratische Grundordnung der Bundesrepublik Deutschland abschaffen möchte. Ziel ist es, dass der Islam das gesellschaftliche Leben und die politische Ordnung bestimmt.
Geschätzte Zahl der Islamisten 2020: rund 28 700

Eine bestimmte Wahrnehmung von Juden und Judentum, die sich in Form von Hass und Straftaten auf alles Jüdische ausdrückt, nennt man **Antisemitismus**. Die Mehrheit der antisemitischen Straftaten hat einen rechtsextremistischen Hintergrund. Jedoch gibt es auch eine Vielzahl antisemitischer Vorfälle mit islamistischem Hintergrund.

INTERNET

Der Begriff „Populismus" wird in einem Video erklärt.
→ ARD Mediathek Populismus

M6 Initiative „Meet a Jew"

Kippa, Menora oder Schabatt sind Begriffe aus dem jüdischen Alltag. Ihr habt sie vielleicht schon einmal gehört. Was diese Begriffe bedeuten, ist euch aber wahrscheinlich nicht bekannt. Damit Schülerinnen und Schüler das Alltagsleben von Menschen jüdischen Glaubens besser kennenlernen, bietet der Zentralrat der Juden in ganz Deutschland im Rahmen des Projektes „Meet a Jew" Gespräche mit jungen Juden in der Schule an. Ziel der Initiative ist es, mögliche Vorurteile gegenüber Juden abzubauen.

M7 Streitbare Demokratie und Extremismus

Die „streitbare Demokratie" (auch „wehrhafte Demokratie" genannt) ist ein vom Bundesverfassungsgericht mehrfach bekräftigtes Verfassungsgebot.
Es bedeutet, dass sich der Staat gegenüber allen Feinden der freiheitlich demokratischen Grundordnung (z. B. Extremisten) zur Wehr setzen kann. Er kann zum Beispiel Demonstrationen verbieten, bei einem konkreten Tatverdacht Telefone abhören, E-Mails mitlesen und Vereinigungen, ja sogar Parteien verbieten.
Das Verfassungsgebot wird problematisch gesehen. Einerseits schränken zu viele Verbote und Vorkehrungen die individuellen, im Grundgesetz verankerten Freiheitsrechte ein. Andererseits eröffnet zu viel Freiheit den demokratiefeindlichen Kräften vielleicht zu viel Spielraum, sodass die innere Sicherheit in Deutschland ernsthaft gefährdet ist.

Aufgaben

1. Erstelle eine Tabelle zu den Erscheinungsformen des Extremismus (M1, M2, M4, M5).
2. Ⓦ Wähle aus: Beschreibe Merkmale und mögliche Ursachen von Extremismus (M1, M2, M4, M5)
   A mit Fotos und kurzen Bildunterschriften.
   B in einem Text.
3. „Miteinander statt übereinander reden." lautet das Motto von „Meet a Jew" (M6). Diskutiert darüber, ob diese Maßnahme geeignet ist, damit es nicht zu Judenhass und Straftaten gegen Juden kommt.
4. „Those who would give up essential Liberty, to purchase a little temporary Safety, deserve neither Liberty nor Safety." (Benjamin Franklin, amerikanischer Staatsmann)
   Nimm Stellung zu dieser Aussage (M4, M7).
5. Ⓩ Informiert euch über Handlungsmöglichkeiten, wie ihr euch selbst gegen „Feinde der Demokratie" schützen und wehren könnt (Internet, vgl. S. 310).

Wenn du diese Aufgaben erfolgreich bearbeitet hast, kannst du ...
... Erscheinungsformen, Ursachen und Merkmale von Extremismus beschreiben.
... wirksame Maßnahmen gegen den Antisemitismus begründen.
... das Spannungsfeld zwischen Freiheitsrechten und innerer Sicherheit beurteilen.
... die Fachbegriffe **Populismus, Extremismus, Rechtsextremismus, Linksextremismus, Islamismus** und **Antisemitismus** erklären.

Gewusst? – Gekonnt!

Bewerte dich selbst mit dem Ampelsystem, das du bereits kennengelernt hast.

M1 Wählen gehen?

1. a) Notiere, welche fünf Merkmale eine demokratische Wahl erfüllen muss.
   b) Erkläre diese fünf Rechtsgrundsätze.
   c) Ergänze die Antwort in der Sprechblase (M1).
   Schülerbuch, Seite 184

M2 Karikatur

2. Werte die Karikatur aus (M2).
   Schülerbuch, Seiten 180 und 139

3. Beschreibe die Aufgaben der Parteien.
   Schülerbuch, Seite 185

M3 Gewaltenteilung

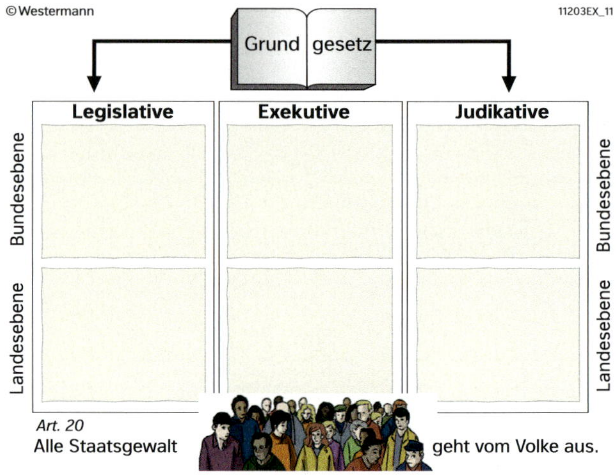

4. Übertrage M3 in dein Heft oder deine Mappe und setze ein, wer die drei Gewalten vertritt.
   Schülerbuch, Seiten 180 – 182

M4 Gewaltenteilung

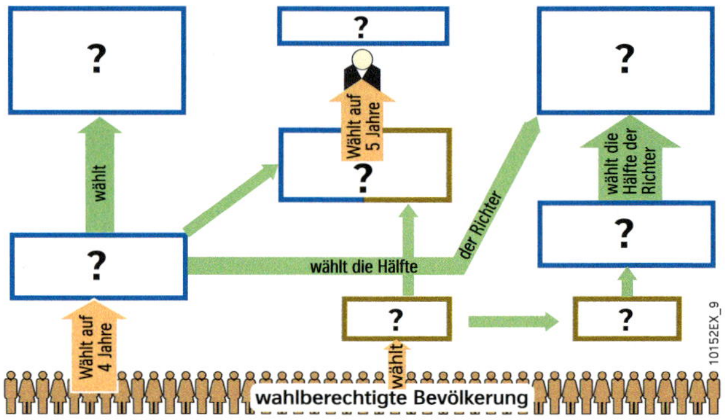

5. a) Übertrage M4 in deine Mappe oder dein Heft und beschrifte die Verfassungsorgane.
   b) Beschreibe das Zusammenwirken der Verfassungsorgane.
   Schülerbuch, Seiten 180 – 181

6. Stelle die direkte und repräsentative Demokratie in einem Schaubild dar.
   Schülerbuch, Seite 180

M5 Die Verfassung des Deutschen Reiches 1871

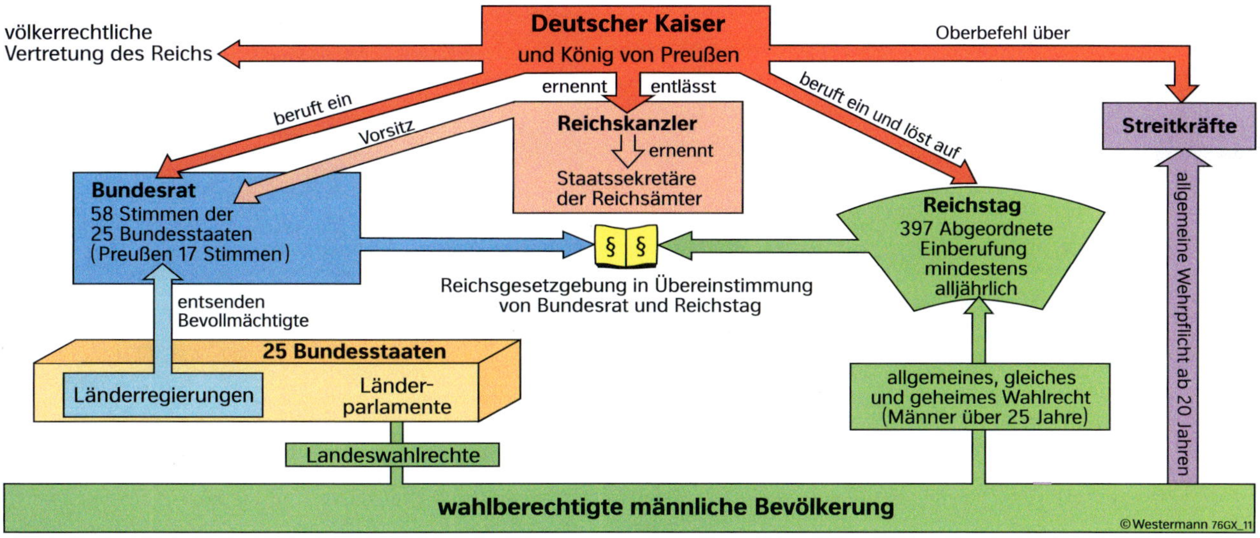

7 a) Erschließe das Verfassungsschaubild (M5).
b) Vergleiche die Verfassung des Deutschen Reiches (1871) mit der Verfassung der Bundesrepublik Deutschland (S. 181 M3). Notiere die Gemeinsamkeiten und Unterschiede.
Schülerbuch, Seite 181

M4 Karikatur: Föderalismus

8 Beurteile, wie demokratisch die Verfassung von 1871 war. Begründe dein Urteil.
Schülerbuch, Seite 180

9 Innere Sicherheit und Freiheitsrechte im Sinne des Grundgesetzes: Diskutiere
a) in Bezug auf die Situation bei Pandemien.
b) in Bezug auf Extremismus.
Schülerbuch, Seiten 194 – 195

10 a) Beschreibe, was in der Karikatur dargestellt ist (M4).
b) Erläutere die Kritik, die durch diese Zeichnung deutlich wird.
c) Nimm Stellung zur Kritik.
Schülerbuch, Seiten 182 – 183

Fachbegriffe

das aktive Wahlrecht
der Antisemitismus
der Bundespräsident
die Bundespräsidentin
der Bundesrat
der Bundestag
die Demokratie
die Exekutive
der Extremismus
der Föderalismus
die Gewaltenteilung
die Judikative
die Koalition
der Landtag
die Legislative
der Linksextremismus
der Lobbyist
der Ministerpräsident
die Ministerpräsidentin
die Nichtregierungs-organisation (NGO)
die Opposition
die Pandemie
das Parlament
der Parlamentarismus
die Partizipation
das passive Wahlrecht
die Petition
der Populismus
die Quote
der Rechtsextremismus
das Verhältnismäßigkeits-prinzip

WES-105342-197
westermann.de/webcode

Entdeckt, erobert, ausgebeutet?

Der Maler dieses Bildes war bei dem Ereignis, das er hier darstellt, nicht dabei. Er malte das Bild erst 400 Jahre später. So stellte er sich also die Landung von Christoph Kolumbus in Amerika vor. Welche Vorstellungen hatte er von dem indigenen Volk, auf das Kolumbus traf? Wie sah er Kolumbus und seine Mannschaft? Welche Fragen an das Bild hast du? Notiere deine Eindrücke und Fragen und versuche, sie bei der Bearbeitung dieses Kapitels zu klären.

rechts: Erster Gruß an Christoph Kolumbus auf der Insel Guanahani im Jahre 1492.
Ölgemälde von Jose Garnelo y Alda, 1892.

Auftakt in eine neue Zeit

Ende des 15. Jahrhunderts gab es zahlreiche neue wissenschaftliche Erkenntnisse und Erfindungen. Sie führten dazu, dass wir diese Zeit heute als das Ende des Mittelalters und als Beginn der Neuzeit bezeichnen. Was änderte sich damals?

M1 Das Weltbild änderte sich

Das Weltbild des Thales von Milet (600 v. Chr.)

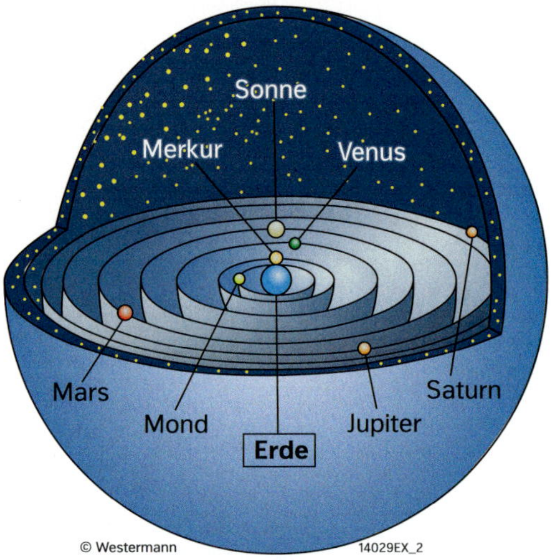

Das Weltbild des Ptolemäus (150 n. Chr.)

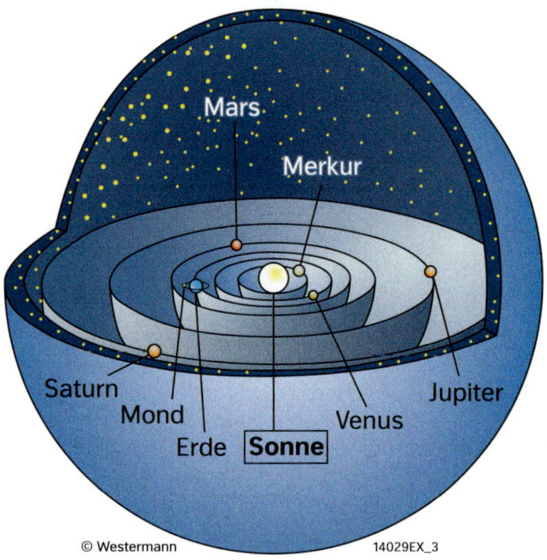

Das Weltbild des Kopernikus (1543 n. Chr.)

M2 Die Kirche spaltet sich

Es entstand eine neue Glaubenslehre, die man ab etwa 1520 als evangelischen Glauben bezeichnet.

Nichts gilt mehr – was soll man glauben?

Nikolaus Kopernikus erschütterte mit seiner Erkenntnis das Weltbild der Menschen und der katholischen Kirche. Er meinte: Nicht die Erde, sondern die Sonne ist der Mittelpunkt des Weltalls. Galileo Galilei bestätigte seine Erkenntnis. Die katholische Kirche zwang ihn jedoch, seine Auffassung zu widerrufen.

Der Körper des Menschen galt als „Gottes Werk". Es war verboten, ihn aufzuschneiden, um Erkenntnisse über Krankheiten zu gewinnen. Nun begannen Ärzte, den menschlichen Körper zu erforschen.

1455 erfand Johannes Gutenberg den Buchdruck. Neue Erkenntnisse und Erfindungen, aber auch neue Ideen konnten nun schnell verbreitet werden. Auch Martin Luthers Übersetzung der Bibel wurde gedruckt. Martin Luthers Proteste gegen die katholische Kirche führten zur Spaltung der Kirche. Die Macht der katholischen Kirche wurde auch in Bezug auf die Gesellschaft geschwächt. Wissenschaft und Forschung führten zu einer kritischen Haltung gegenüber der Kirche. Zahlreiche Handwerksfamilien und Kaufleute waren reich geworden. Viele neue Ämter passten nicht mehr in die Ständeordnung. Dennoch hielt man an dem ständischen System fest.

Die Kultur verändert sich

Von Italien aus breitete sich eine neuer Kunststil in der Malerei, Architektur und Dichtung aus. Auch Musik, Tanz und Kleidung veränderten sich. Die neue Stilrichtung bezeichnet man als **Renaissance**. Landschaften und der einzelne Mensch in seiner Umgebung rückten nun in den Mittelpunkt der Kunst. Die Baukunst orientierte sich an den Formen der Antike mit ihren strengen geometrischen Mustern. Reiche Patrizierfamilien erstellten prachtvolle Bauten in den Städten.

M3 **Weltkarte des Francesco Rosselli (um 1508)**

Die Welt wird entdeckt

Die Erfindung des Sextanten war für die Seefahrt entscheidend. Mithilfe des Sextanten konnte man nun den Längengrad und den Breitengrad bestimmen. So konnten die Seeleute viel sicherer navigieren.

Ab etwa 1500 begannen die Europäer, mit ihren Schiffen die Welt zu erkunden. Seekarten wurden immer wichtiger. Aus den Aufzeichnungen der Seefahrer entstand ein immer genaueres Kartenbild von der Erde.

INFO

Als **Renaissance** (französisch: Wiedergeburt) bezeichnet man die Entwicklung der Kultur im Übergang vom Mittelalter zur Neuzeit. Kunst, Wissenschaft und Staatswesen der Antike sollten „wiedergeboren“ werden.

M4 **Renaissance-Malerei**

Die Madonna mit dem Jesuskind auf dem Schoß sowie die anderen Personen sind wirklichkeitsgetreu dargestellt. Dies verdeutlicht das neue Menschenbild.

Aufgaben

1. a) Beschreibe die Veränderung des Weltbilds (M1).
   b) Beschreibe die Veränderungen der Gesellschaft.
   c) Erkläre, warum die katholische Kirche diese Veränderungen nicht akzeptieren wollte.
2. a) Vergleiche die Genauigkeit der Weltkarte von Rosselli mit einer heutigen Weltkarte (M3, Atlas).
   b) Erkläre, wo es Abweichungen gibt.
3. Entwickelt ein Rollenspiel zum Streit zwischen der katholischen Kirche und Galilei (vgl. S. 311).
4. Ⓦ Wähle aus:
   Beurteile die Veränderungen aus der Sicht
   A eines Wissenschaftlers.
   B eines Vertreters der Kirche.
5. Ⓩ Ergänze M1 um das heutige Weltbild. Welche Stellung hat die Erde im Weltall? Fertige eine Zeichnung an.

Wenn du diese Aufgaben erfolgreich bearbeitet hast, kannst du ...
... die wissenschaftlichen und kulturellen Veränderungen im Übergang zur Neuzeit darstellen.
... die Folgen dieser Veränderungen beschreiben.
... den Fachbegriff **Renaissance** erklären.

Dorthin, wo der Pfeffer wächst

M1 **Seefahrer und Entdecker finden Wege zu unbekannten Kontinenten**

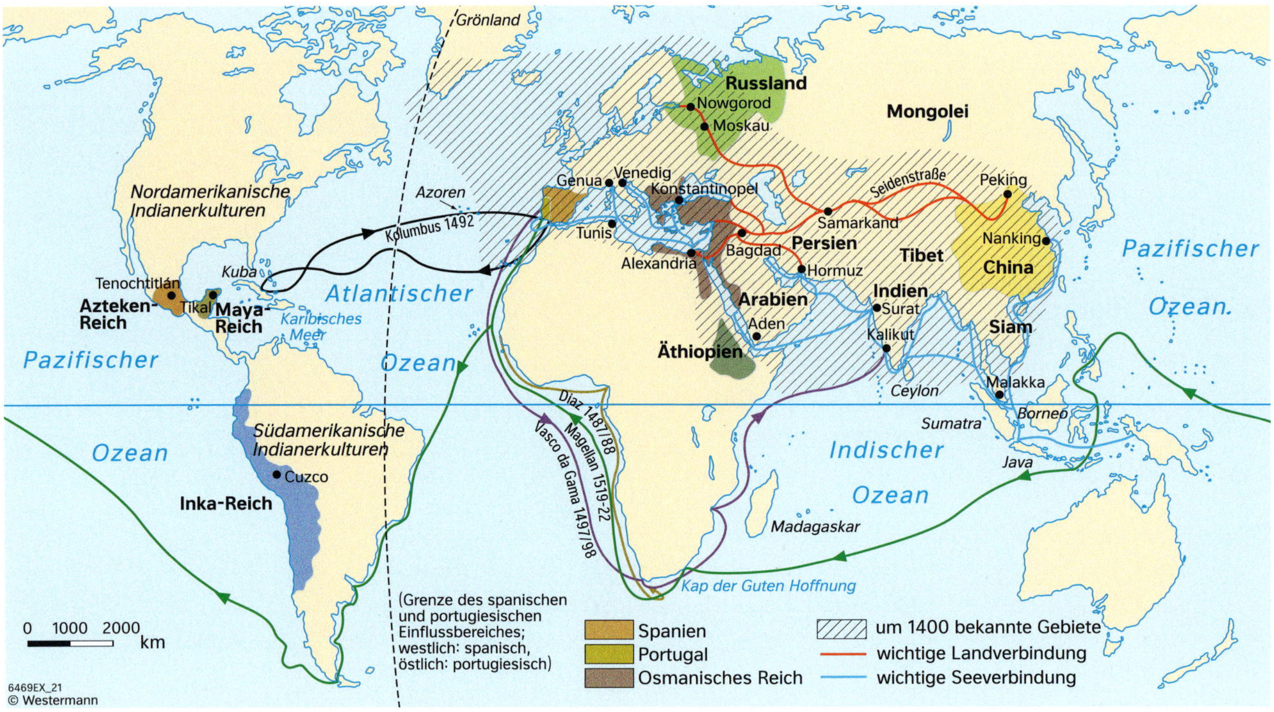

„Geh doch dorthin, wo der Pfeffer wächst!" Hat das auch schon einmal jemand, der wütend auf dich war, zu dir gesagt? Wohin hättest du denn gehen sollen? Pfeffer wächst in Indien und auf den Molukken. Indien und die Molukken waren früher für die Menschen sehr weit weg. Wer wütend war, wünschte sich denjenigen also möglichst weit weg. Gewürze wie Pfeffer kamen auf der Seidenstraße nach Europa. Seit dem Ende des 14. Jahrhunderts kontrollierten die Osmanen (benannt nach dem türkischen Fürsten Osman) diesen wichtigen Handelsweg. Wie konnte man auf dem Seeweg nach Indien gelangen?

Der Irrtum des Kolumbus

Christoph Kolumbus war ein Seefahrer. Er glaubte an die Kugelgestalt der Erde. Also dachte er sich, dass er nach Indien gelangen könnte, wenn er immer nach Westen segelte. Am 3. August 1492 begann er seine Seereise mit drei Schiffen (**Karavellen**). Der spanische König hatte ihm den Auftrag gegeben, den Seeweg nach Indien zu finden. Am 12. Oktober landeten seine Schiffe auf einer Insel der Bahamas, die er San Salvador nannte. Da er glaubte, in Indien angekommen zu sein, bezeichnete er die Einwohner als „Indianer". Kolumbus starb 1506 und erfuhr nie, dass er einen neuen Kontinent entdeckt hatte.

Magellans Reise – mehr als eine Reise zu den Gewürzinseln

Der portugiesische Seefahren Ferdinand Magellan machte sich vor 500 Jahren auf den Weg zu den Gewürzinseln (Molukken). Er umschiffte die Südspitze von Südamerika und entdeckte eine Durchfahrt, die nach ihm benannt wurde: die Magellanstraße. Bis zur Einweihung des Panamakanals war dies der wichtigste Seeweg zwischen dem Atlantischen und Pazifischen Ozean. Magellan segelte weiter nach Westen und erreichte die Philippinen. Dort wurde er im Kampf mit Einheimischen getötet. Von seinen fünf Schiffen kam nur ein Schiff im September 1522 wieder nach Spanien zurück. Es hatte die Erde umsegelt. Damit war bewiesen, dass die Erde eine Kugel ist. Magellan entdeckte einen Seeweg, der Europa, Südamerika und Asien verband. Dieser Seeweg machte es möglich, die Pazifikküste Südamerikas zu besiedeln. Verbindungen zu neuen Kulturen und Regionen in Asien entstanden. Magellan war sozusagen ein Vorreiter der Globalisierung.

M2 **Tauschbeziehungen**

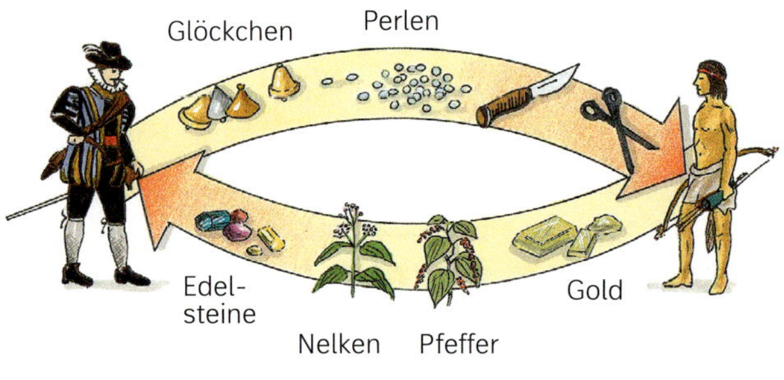

M3 Die Folge der Entdeckungen: die Europäisierung der Welt

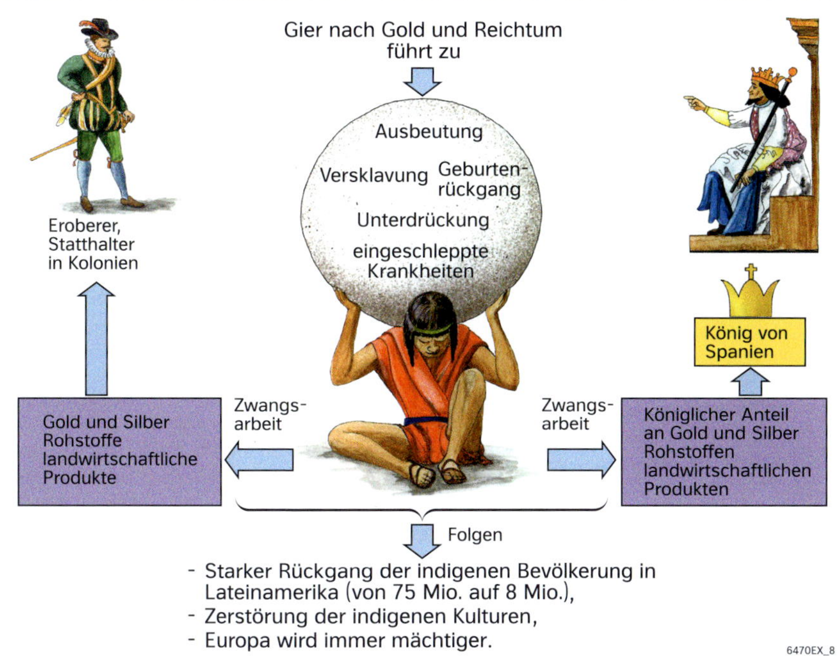

M6 Voraussetzungen für eine lange Seereise

- Erfindung des Jakobsstabs zum Navigieren auf See
- Verbesserungen der Karten
- Verbesserungen im Schiffsbau: die Karavelle

INFO

Die **Karavelle** war ein kleines, wendiges und schnelles Segelschiff mit geringem Tiefgang und großem Laderaum für Proviant. Für die Karavelle war ein Segeln hoch am Wind möglich, sie konnte also auch gegen den Wind kreuzen.

M4 Warum waren Gewürze so wichtig?

Die Ernährung der Menschen im Mittelalter war sehr eintönig. Man aß Getreide, Brot und Fleisch. Das Fleisch wurde in Salz eingelegt, um es haltbar zu machen. Deshalb war Salz ein wichtiges Handelsgut. Das Fleisch schmeckte aber fad. Man brauchte also Gewürze, um es schmackhaft zu machen. Gewürze wie Pfeffer, Gewürznelken und Muskatnuss waren sehr begehrt.

M5 Aufteilung der Machtbereiche

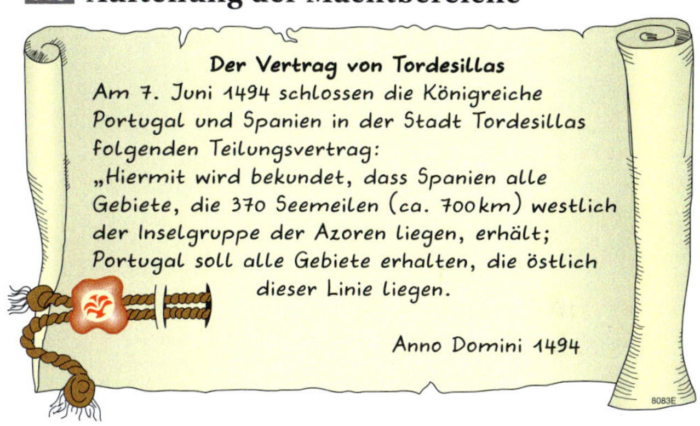

Aufgaben

1. a) Beschreibe die Route der Schiffe Magellans (M1).
   b) Ermittle die Lage der Molukken und die Lage der Pfefferküste in Indien (Atlas).
   c) Stelle fest, welcher Seefahrer als erster die Pfefferküste in Indien auf dem Seeweg erreichte (M1).
   d) Beschreibe die Route, die Kolumbus nahm (M1).
2. a) Erläutere die Gründe für die Entdeckungsreisen (M4, Text).
   b) Erläutere die Voraussetzungen für die Entdeckungsreisen (M6).
3. Beurteile das Tauschgeschäft zwischen den Europäern und den Bewohnern der „entdeckten" Gebiete (M2).
4. a) Ⓦ Wähle aus:
   Erarbeite die Folgen der Entdeckungsreisen aus der Sicht
   A des Königs von Spanien (M3).
   B eines Eroberers (M3).
   C eines Einheimischen (M3).
   b) Diskutiert die Folgen in der Klasse. Nehmt dabei eure Perspektive ein.
5. Auch Nicht-Europäer unternahmen Entdeckungsreisen. Recherchiere, welche Region der Chinese Zheng He erforschte (Internet, vgl. S. 310).
6. Ⓩ In Brasilien spricht man Portugiesisch, in Chile und anderen Ländern Südamerikas Spanisch. Woran liegt das (M5, S. 209 M3, Atlas)?

Formulierungshilfen zu Aufgabe 1 a):
Die Reise begann in ...
Die Schiffe segelten zunächst ...
Dann überquerten sie ...
Die Route verlief entlang ...
Von ... ging es zu/nach ...
Schließlich ...

Wenn du diese Aufgaben erfolgreich bearbeitet hast, kannst du ...
... die Voraussetzungen, Gründe und Folgen der Entdeckungsreisen erläutern.
... den Fachbegriff **Karavelle** erklären.

METHODE Ein historisches Bild auswerten

M1 Die Landung des Kolumbus auf der Insel Guanahani 12.10.1492 (Kupferstich von Theodor de Bry, 1594)

Sechs Schritte zur Auswertung eines historischen Bildes

1. Schritt **Erste Eindrücke**
- Betrachte das Bild in Ruhe.
- Wie wirkt das Bild auf dich?

2. Schritt **Informationen zum Künstler und zum Bild**
- Benenne den Künstler.
- Ermittle, wann der Künstler gelebt hat (Internet).
- Notiere, ob es sich um einen Kupferstich oder ein Gemälde handelt.

3. Schritt **Informationen zum dargestellten Ereignis**
- Notiere den Titel des Bildes.
- Überprüfe und notiere, ob und wann das Ereignis stattgefunden hat.
- Handelt es sich um ein zeitgenössisches oder um ein später entstandenes Bild?

4. Schritt **Beschreibung des Dargestellten**

Beschreibe das Bild:
- Welche Personen oder Personengruppen sind zu erkennen?
- Welche Handlungen sind dargestellt?
- Welche Farben werden verwendet?
- Was ist im Vordergrund, was im Hintergrund zu sehen?
- Welche Personen, Gegenstände und Handlungen stehen im Mittelpunkt?

5. Schritt **Wirkung des Bildes**
- Welche Wirkung übt das Bild auf den Betrachter aus?
- Wie wirkmächtig ist das Bild, das heißt, wie groß ist die Wirkung?
- Ist eine Meinung des Künstlers zum Ereignis zu erkennen?
- Wie beurteilst du die Darstellung des Künstlers?

6. Schritt **Zusammenfassung**
- Verfasse einen zusammenhängenden Text, gliedere ihn nach den Schritten.

M2 **Die Landung des Kolumbus auf der Insel Guanahani am 12.10.1492 (Gemälde von Frederick Kemmelmeyer, ca. 1800 – 1805)**

Außer Textquellen berichten auch Bilder über Ereignisse aus geschichtlichen Epochen. Zeugen der Vergangenheit sind oft Kupferstiche und Gemälde bekannter Künstler. Sie überliefern uns Darstellungen von Geschehenem. Forscherinnen und Forscher ermitteln anhand dieser bildlichen Darstellungen, wie sich Ereignisse in der Vergangenheit zugetragen haben könnten. Wie wertet man ein historisches Bild aus?

M3 **Beginn der Auswertung des Bildes M1**

2. Das Bild ist ein Kupferstich von Theodor de Bry. Der Künstler lebte von 1528 – 1598.
3. Das Bild trägt den Titel ... Dieses Ereignis hat tatsächlich stattgefunden. 1492 landete Christoph Kolumbus auf der Insel Guanahani (heute San Salvador). Allerdings entstand das Bild erst etwa 100 Jahre später.
4. In der Bildmitte ist Christoph Kolumbus zu sehen. Er ist prächtig gekleidet und hält in der linken Hand eine Lanze. Außerdem ist er mit einem Schwert bewaffnet. Seine Körperhaltung und die Begleitung von zwei bewaffneten Soldaten verdeutlichen, dass das Land in Besitz genommen werden soll.
   Auf der rechten Bildseite erkennt man ...
   Am linken Bildrand ist dargestellt, wie ...
   Im Hintergrund sind ... zu sehen.
5. ... und **6.** ...

Aufgaben

❶ Vervollständige die Bildauswertung (M3).

❷ Werte das Bild in M2 in Schritten aus.

❸ a) Vergleiche die beiden Bilder. Notiere Gemeinsamkeiten und Unterschiede (M1, M2).
b) Notiere Vermutungen, warum es Unterschiede gibt.

Formulierungshilfen zu den Aufgaben:
... weist/weisen darauf hin, dass ...
Die Art der Darstellung verdeutlicht, dass ...
Durch die Betonung der/des ... wird deutlich ...
... lässt/lassen den Schluss zu, dass ...

Wenn du diese Aufgaben erfolgreich bearbeitet hast, kannst du ...
... historische Bilder auswerten.

WAHLTHEMA 1

Eroberungen in Lateinamerika

Als die europäischen Seefahrer nach Amerika kamen, wussten sie nicht, dass dieser Kontinent von Völkern besiedelt war, die im Laufe der Jahrhunderte Hochkulturen entwickelt hatten. Ein großes Reich war das Reich der Azteken im heutigen Mexiko. Welche Folgen hatte die Ankunft der Europäer für die Azteken? Welche Bedeutung hatte die Entdeckung dieses Reiches für die Europäer?

M2 Tenochtitlán (Zeichnung von Luis Covarrubias, 1963)

So könnte die Stadt ausgesehen haben.

Bearbeitet die Fragen. Wählt für die Präsentation eurer Ergebnisse selbst eine Form. Präsentiert dann eure Ergebnisse und fordert ein Feedback ein (vgl. S. 153, 311).

Die Azteken

Die Azteken hatten in Mittelamerika ein großes Reich gegründet. Sie hatten andere Völker unterworfen und waren sehr mächtig geworden. Die Azteken verehrten viele Götter, bauten Pyramiden und hatten wie andere Hochkulturen in Mittel- und Südamerika einen eigenen Kalender. Hauptnahrungsmittel waren Mais, Bohnen, Kürbis und Paprika. Kakaobohnen hatten auch die Funktion von Geld. Bildung war wichtig – die Kinder gingen in die Schule.

Die Hauptstadt des Azteken-Reiches war Tenochtitlán. Die Stadt lag mitten im Texcocosee. An der Spitze der Azteken stand der König. Er stellte die Gebote, Regeln und religiösen Grundsätze auf und regierte zusammen mit dem Hohepriester das Volk. Als die Spanier unter Hernán Cortés 1519 nach Mexiko gelangten, war Moctezuma II an der Macht.

M1 Aztekische Goldmaske

Der spanische Eroberer Hernán Cortés

Hernán Cortés kam 1517 im Auftrag des spanischen Königshauses nach Mittelamerika. Die Gier nach Gold, Silber und anderen Schätzen trieb ihn an. Er ging erbarmungslos gegen die einheimische Bevölkerung vor. Wer Widerstand leistete, wurde getötet. Cortés machte reiche Beute und schickte mehrere Schiffsladungen mit Gold- und Silbergegenständen nach Spanien.

M3 Cortés und Moctezuma II (Zeichnung von Gallo Gallina, um 1820)

M4 Die Eroberung Tenochtitláns (Gemälde, 17. Jahrhundert, unbekannter Künstler)

Die Azteken und Hernán Cortés

Als Cortés 1519 in Tenochtitlán ankam, begrüßte ihn der Azteken-Herrscher Moctezuma und überreichte ihm prächtige Geschenke. Er hielt Cortés für den erwarteten Gottkönig Quetzalcoatl. Seine Kennzeichen waren eine weiße Haut, helle Haare und ein Bart. Moctezuma erkannte zu spät, dass Cortés kein Gott war. Bereits einige Tage nach dem Eintreffen in Tenochtitlán wurde er von Cortés als Geisel genommen. Die Soldaten zerstörten die Götterbilder und richten unter den Einwohnern ein Massaker an. Als die spanischen **Konquistadoren** (spanisch: Eroberer) aztekische Priester töteten, löste das einen Aufstand aus. Bei den Kämpfen wurde Moctezuma getötet. Cortés konnte fliehen, kam jedoch ein Jahr später mit verstärkten Truppen zurück. Er hatte bemerkt, dass die Azteken zahlreiche Feinde hatten. So fanden die Spanier viele Verbündete, die ihnen bei der Belagerung von Tenochtitlán halfen. Nach erbitterten Kämpfen und von den eingeschleppten Krankheiten der Spanier geschwächt, fiel am 13. August 1521 Tenochtitlán in die Hände der Spanier. Die Stadt wurde vollständig zerstört.

M5 Quelle: Bericht eines Begleiters von Hernán Cortés über die Zerstörung von Tenochtitlán

In den Häusern im See und auf dem Land, in den Kanälen und auf vielen Plätzen lagen überall Leichen und Totenköpfe. Durch manche Straßen und durch die Hallen und Höfe um den Hauptplatz [...] konnte man kaum mehr gehen. Ich habe die Beschreibung der Zerstörung von Jerusalem gelesen. Ich weiß aber nicht, ob es dort so viele Tote gegeben hat. [...] Drei Tage und drei Nächte waren die Ausfallstraßen und die Dämme mit langen Zügen von erbärmlichen Gestalten bedeckt. Männer, Weiber und Kinder schleppten ihre entkräfteten Körper aus der Stadt, [...].

Georg A. Narciss (Hrsg./Bearbeiter): Geschichte der Eroberung von Mexiko. Frankfurt/M.: Insel Verlag, 1982; 2017, S. 431f

M6 Die spanische Herrschaft in Mittelamerika

1535 erklärten die Spanier das eroberte Gebiet zum Vizekönigreich Neuspanien. Auf den Trümmern von Tenochtitlán wurde die Hauptstadt Mexiko-Stadt erbaut. Für die Erweiterung der Stadt legten die Spanier den Texcocosee trocken. Die Spanier zerstörten systematisch die alte Kultur der Azteken. Sie erbauten dort ihre Kirchen, wo vorher die großen Tempel gestanden hatten.
Der Feldzug des Spaniers Hernán Cortés gegen die Azteken war nur der Anfang weiterer spanischer Eroberungen. Weite Teile Mittel- und Südamerikas gerieten unter spanische Herrschaft. Die einheimische Bevölkerung musste den katholischen Glauben annehmen.

INTERNET

Suchbegriff:
→ Freie Universität Berlin Eroberung Mexikos

Tipps zur Bearbeitung

1. Beschreibt die Besonderheiten der Stadt Tenochtitlán (M2, Text).
2. Beschreibt die Ereignisse von 1519 bis 1521 (M4, M5, Text).
3. Recherchiert weitere Informationen zur Eroberung des Aztekenreiches (Internet, vgl. S. 310).
4. Beschreibt Cortés und Moctezuma (M3).
5. Erläutert die Folgen der Ereignisse für die einheimische Bevölkerung (M4 – M6, Text).
6. Bewertet die Eroberungen der Spanier in Mittelamerika aus der Sicht der Spanier.
7. Fällt ein begründetes Sachurteil über die Eroberungen der Spanier.
8. Erstellt eure Präsentation.

Wenn du diese Aufgaben erfolgreich bearbeitet hast, kannst du ...
... die Eroberung und Zerstörung des Aztekenreiches beschreiben.
... die Folgen der Eroberung für die einheimische Bevölkerung beschreiben.
... die Eroberungen der Spanier beurteilen.
... den Fachbegriff **Konquistador** (Mehrzahl: Konquistadoren) erklären.

WAHLTHEMA 2 Große Reiche werden Kolonien

In Mittel- und Südamerika gab es bereits vor dem 15. Jahrhundert Hochkulturen wie die Maya, die Inka und die Azteken. Ab Anfang des 16. Jahrhunderts eroberten die Spanier weite Gebiete in Mittel- und Südamerika und zerstörten die Hochkulturen. Woran waren die Spanier interessiert? Wie veränderten sie den Kontinent?

INTERNET

Suchbegriffe:
→ Planet Wissen Sklaven für Amerika
→ Planet Wissen Inka

M2 Machu Picchu – Ruinenstadt der Inka in den Anden, rund 150 km von Cuzco entfernt

Machu Picchu wurde um 1440 vom Herrscher Pachacútec Yupanqui auf einem Bergrücken in 2430 Meter Höhe errichtet. Die Ruinenstadt ist heute ein beliebtes Touristenziel.

Bearbeitet die Fragen. Wählt für die Präsentation eurer Ergebnisse selbst eine Form. Präsentiert dann eure Ergebnisse und fordert ein Feedback ein (vgl. S. 153, 311).

M1 Der Dreieckshandel

Fertigwaren wurden von Europa nach Afrika transportiert. Dort wurden sie gegen Sklaven eingetauscht. Die Sklaven wurden nach Amerika verschifft. Hier tauschten die Europäer die Sklaven gegen Rohstoffe ein, die wiederum nach Europa gebracht wurden. Der Dreieckshandel endete erst mit der Abschaffung der Sklaverei.

INFO

Ein Sklave ist ein Mensch, der das „Eigentum" eines anderen Menschen ist. Den Handel mit Menschen bezeichnet man als **Sklaverei**. Die Sklaverei existierte bereits seit der Antike. Im 17. und 18. Jahrhundert erreichte sie ihren Höhepunkt. Als erste Kolonialmacht verbot Großbritannien 1807 den Sklavenhandel. Andere europäische Mächte folgten. In den USA wurde das Halten von Sklaven 1865 unter Präsident Lincoln verboten. Die Vereinten Nationen (UNO) gehen allerdings davon aus, dass es heute noch etwa eine Million Menschen gibt, die Sklaven sind.

Die Zerstörung der Hochkulturen

Hernán Cortés, ein spanischer Eroberer, zerstörte zwischen 1519 und 1521 das Reich der Azteken im heutigen Mexiko. Der Spanier Francisco Pizarro zerstörte zwischen 1532 und 1533 das Reich der Inka im heutigen Peru. Die Maya in Mittelamerika wurden von den Spaniern 1542 besiegt. Im Rahmen der **Europäisierung** gerieten weite Teile Mittel- und Südamerikas als **Kolonien** unter spanische Herrschaft. Die Bevölkerung musste den katholischen Glauben annehmen.

Die Eroberer waren an den Schätzen der indigenen Völker interessiert, an Gegenständen aus Gold und Silber sowie an den Gold- und Silberminen.

Bald schon erkannten die Spanier, dass sich auch mit einheimischen Nutzpflanzen Geld verdienen ließ. Sie führten in den Kolonien die **Plantagenwirtschaft** ein. Auf großen Flächen wurde der tropische Regenwald abgeholzt und in Anbauflächen umgewandelt. Man baute zum Beispiel Zuckerrohr, Kaffee oder Kakao auf den Plantagen an. Die Arbeitsbedingungen waren unmenschlich und Zehntausende starben auf den Plantagen und in den Bergwerken. Sie wurden durch Afrikaner ersetzt, die als Sklaven mit Schiffen nach Amerika verschleppt wurden. Die **Sklaverei** war ein lohnendes Geschäft.

Zwischen 1500 und 1800 entwickelte sich ein **Dreieckshandel**. Dabei machten die Kaufleute aus Europa riesige Gewinne.

M3 Hochkulturen und ethnische Gruppen in Mittel- und Südamerika im 16. Jahrhundert

M4 Quelle: Über die Unterwerfung der indigenen Bevölkerung (Juan Ginés de Sepúlveda, spanischer Theologe und Jurist, 1544/1545)

Da, so lautet das erste Argument, die Indianer ihrer Natur nach Sklaven, Barbaren, rohe und grausame Gestalten sind, lehnen sie die Herrschaft der Klugen, Mächtigen und Vortrefflichen ab, anstatt sie zu ihrem eigenen Besten zuzulassen, wie es einer natürlichen Gerechtigkeit entspringt, wonach [...] das Unvollkommene dem Vollkommenen, das Schlechtere dem Besseren unterworfen sein müssen. Denn das ist die natürliche Ordnung, die das göttliche und ewige Gesetz befiehlt, in jedem Augenblick zu bewahren, wie es der Heilige Augustinus schreibt, [...].

Richard Konetzke: Lateinamerika seit 1492. Stuttgart: Ernst Klett-Verlag 1971, S. 8-9

M5 Quelle: Über das Vorgehen der Spanier (Bartolomé de Las Casas, spanischer Theologe, Dominikaner und Schriftsteller, 1550)

[...] dass der Vorwand, unter welchem die Spanier alle die unschuldigen Menschen ermordeten, und Länder entvölkerten [...] darin bestand, dass man von ihnen verlangte, sie sollten kommen, sich unterwerfen und dem Könige von Spanien huldigen; wo nicht, so werde man sie ermorden und zu Sklaven machen. Diejenigen, welche nun nicht gleich herbeieilten, diese unvernünftige und närrische Forderung zu erfüllen und sich den Händen so ruchloser, grausamer und viehischer Menschen anzuvertrauen, die nannten sie Rebellen und Aufrührer, welche sich dem Dienste Seiner Majestät entziehen wollten.

Hans Magnus Enzensberger (Hrsg.): Kurzgefasster Bericht von der Verwüstung der Westindischen Länder. Übersetzung: Dietrich Wilhelm Andreä. insel taschenbuch, 1. Auflage 1981. © Frankfurt/M.: Insel Verlag 1966, S. 47

Aufgaben

1. Beschreibt die Situation in Mittel- und Südamerika, bevor die Eroberer kamen (M3).
2. a) Beschreibt das Vorgehen der Eroberer (Text).
   b) Beschreibt die Folgen der Eroberung für die indigene Bevölkerung in Amerika (Text).
   c) Erklärt den Dreieckshandel und die Folgen für die indigene Bevölkerung in Afrika (M1).
3. Recherchiert weitere Informationen zu den spanischen Eroberungen (Internet, vgl. S. 310).
4. a) Fasst die Meinung von Sepúlveda und Las Casas zusammen (M4, M5).
   b) Überlegt, wie ein Spanier und ein Nachfahre der indigenen Völker heute zu den beiden Quellen Stellung nehmen würden. Ihr könnt zum Beispiel einen Dialog verfassen.
5. a) Erklärt, wie die Neue Welt aufgeteilt wurde (M3, S. 203 M5).
   b) Nehmt Stellung zu dieser Aufteilung.
   c) Welche Schlussfolgerungen könnt ihr aus dieser Aufteilung ziehen?
6. Erstellt eure Präsentation.

Wenn du diese Aufgaben erfolgreich bearbeitet hast, kannst du ...
... die Eroberung und Zerstörung der Hochkulturen in Amerika beschreiben.
... die Folgen der Eroberung für die einheimische Bevölkerung beurteilen.
... die Fachbegriffe **Sklaverei**, **Europäisierung**, **Kolonie**, **Plantagenwirtschaft** und **Dreieckshandel** erklären.

„Wettlauf um Afrika"

Seit dem Ende des 15. Jahrhunderts festigten die Europäer ihre Macht in Amerika, an der afrikanischen Küste, in Asien und in Ozeanien. Kolonien und Handelsstützpunkte wurden gegründet. Warum waren die neugewonnenen Gebiete so wichtig für die europäischen Staaten? Warum waren die Europäer insbesondere an Afrika interessiert? Welche Folgen hatte das Vorgehen der Europäer für die einheimische Bevölkerung in Afrika?

Vom Kolonialismus zum Imperialismus

Die Hauptzeit der europäischen Ausdehnung auf andere Kontinente zwischen 1880 und 1914 nennt man das „Zeitalter des **Imperialismus**" (lateinisch „imperium": „Herrschaft"). Ziel der europäischen Mächte war es, möglichst große Gebiete wirtschaftlich und kulturell von sich abhängig zu machen. Frankreich und Großbritannien machten den Anfang: Frankreich erklärte 1881 Tunesien zu seinem „Schutzgebiet", Großbritannien besetzte 1882 Ägypten. Der Wettlauf um Afrika war eröffnet. Die europäischen Mächte verfolgten neben wirtschaftlichen vor allem politische Interessen: Sie wollten mit den Gebieten in „Übersee" Ansehen und Weltgeltung erlangen.

M1 Englische Karikatur, 1892

Diese Karikatur zeigt den britischen Kolonialpolitiker Cecil Rhodes. In der Hand hält er ein Telegrafenkabel.

M2 Europäer in Afrika im 19. Jahrhundert

Reisen im „Koloniastil" – aufgenommen 1885 in Togo

Die Industrialisierung in Europa führte zu einem wirtschaftlichen, technischen und militärischen Vorsprung gegenüber dem Rest der Welt. Diese Überlegenheit wurde gegen die einheimische Bevölkerung in den Kolonien eingesetzt. Die Menschen dort konnten sich gegen die wirtschaftliche Ausbeutung und die rechtliche Entmündigung nicht wehren.
Die Kolonien waren außerdem als Rohstoffquelle für die Industrieproduktion in Europa wichtig und als Absatzgebiete für die Fertigwaren. In den Kolonien wurden Eisenbahnstrecken, Häfen und Straßen gebaut. Am Bau verdienten Banken, Aktiengesellschaften und Privatleute.

M3 Die Aufteilung Afrikas

Bis Mitte des 19. Jahrhunderts beschränkte sich die europäische Fremdherrschaft über afrikanische Landstriche in der Regel auf einige Handelsniederlassungen und befestigte Stützpunkte an der Küste sowie deren unmittelbares Hinterland. Ausnahmen von dieser Regel waren die Versuche der Portugiesen, sich bereits im 16. Jahrhundert entlang des Sambesi tiefer im heutigen Moçambique zu etablieren. Hinzu kamen die Vorstöße der Siedler der Kapkolonie, die Mitte des 18. Jahrhunderts in einem großen Treck die Siedlungsgrenze etwa 800 Kilometer nach Nordosten verlegten. Bereits lange vor den Europäern hatten arabische Händler ausgehend von Sansibar schon weit innerhalb Ostafrikas Handelsniederlassungen errichtet, die vor allem dem Sklaven- und Elfenbeinhandel dienten.

Stefan Mair: Ausbreitung des Kolonialismus. Informationen zur politischen Bildung (Heft 264), Bonn: Bundeszentrale für politische Bildung, 21.5.2005

M4 Amerikanische Karikatur (1885)

Auf der Berliner Konferenz (1884 – 1885) teilten die europäischen Mächte Afrika unter sich auf. Russland war an Besitzungen in Nord- und Zentralasien interessiert.

M5 Folgen des Kolonialismus

Die wirtschaftlichen und politischen Auswirkungen der Kolonialherrschaft auf Afrika waren tiefgreifend. Traditionelle politische Systeme wurden zerschlagen. […] Gleichzeitig führte die […] Herrschaft häufig zur Verschärfung von Konflikten zwischen Volksgruppen. […]

Die Ausrichtung der Infrastrukturnetze auf [die] Interessen der Kolonialmächte […], landwirtschaftliche sowie mineralische Kerngebiete mit Häfen und Verwaltungszentren zu verbinden, […] begünstigt bis heute internationale Wirtschaftsstrukturen, bei der die ehemaligen Kolonialgebiete überwiegend die Rolle des Lieferanten mineralischer und landwirtschaftlicher Rohstoffe spielen.

Stefan Mair: Ausbreitung des Kolonialismus. Informationen zur politischen Bildung (Heft 264), Bonn, 21.5.2005

M6 Besitzungen europäischer Staaten in Afrika 1914

belgisch	französisch	spanisch
britisch	italienisch	portugiesisch
deutsch		

0 1000 2000 km

M7 Quelle: Cecil Rhodes über die Gründe, Kolonien zu erwerben (1877)

Ich behaupte, dass wir die erste Rasse in der Welt sind und dass es für die Menschheit umso besser ist, je größere Teile der Welt wir bewohnen. Wenn es einen Gott gibt, denke ich, so will er daher eines gern von mir getan haben: nämlich so viel von der Karte Afrikas britisch rot zu malen wie möglich, um die Einheit der englisch sprechenden Rasse zu fördern und ihren Einflussbereich auszudehnen.

Cecil Rhodes: Draft of Ideas in: Wolfgang J. Mommsen (Hrsg.): Imperialismus – Seine geistigen, politischen und wirtschaftlichen Grundlagen. Hamburg: Hoffmann und Campe 1977, S. 48f.

Aufgaben

1. a) Beschreibe das Bild (M2).
   b) Welche Schlussfolgerungen kannst du auf das Verhalten der Europäer in Afrika ziehen?
   c) Begründe das Verhalten der Europäer (Text).
2. a) Beschreibe, wie die Europäer Afrika in Besitz nahmen (M3, M5, M6, M7, Text, Atlas).
   b) Erkläre ihre Motive (M1, M7, Text).
3. Erläutere die Folgen des Imperialismus europäischer Staaten in Afrika (M5, M6, Text).
4. (W) Wähle aus: Interpretiere die Karikatur
   A in M1.
   B in M4.
5. Nimm Stellung zur Bedeutung der Entdeckungen und den Folgen für die einheimische Bevölkerung.

Wenn du diese Aufgaben erfolgreich bearbeitet hast, kannst du …
… die Motive, Formen und die Folgen des Imperialismus europäischer Staaten in Afrika erklären.
… die Folgen des Imperialismus für die einheimische Bevölkerung beurteilen.
… den Fachbegriff **Imperialismus** erklären.

Das Deutsche Reich wird Kolonialmacht

M1 Bodenschätze und Landaufteilung in der Kolonie Deutsch-Südwestafrika

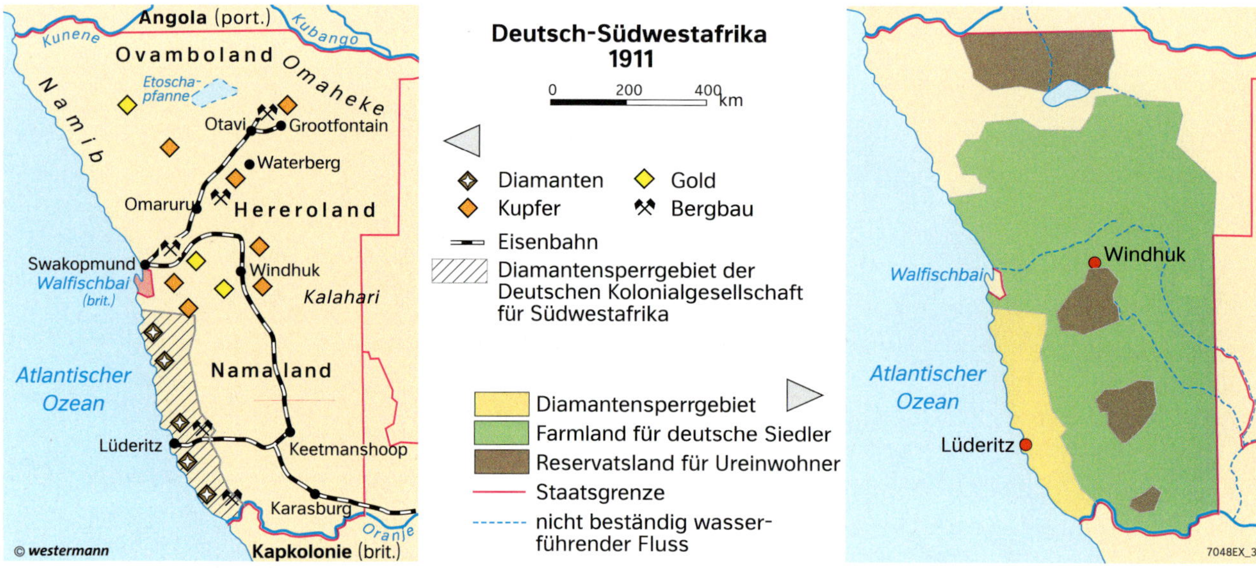

Deutschland wurde erst im Jahr 1871 ein Nationalstaat. Damit trat es in den Kreis der anderen europäischen Großmächte ein: Großbritannien, Russland, Frankreich und Österreich-Ungarn. Wie setzte das Deutsche Reich seine Interessen in Afrika durch?

M2 Otto von Bismarck

Otto von Bismarck war von 1871 bis 1890 Reichskanzler des Deutschen Reiches. Er wurde vom Kaiser eingesetzt, um die Regierungsgeschäfte zu regeln. Er war zunächst gegen eine deutsche Kolonialpolitik, weil er darin eine Gefahr für den europäischen Frieden sah.

M3 Quelle: Aufruf zur Kolonisation (1882)

Hermann Fürst zu Hohenlohe-Langenburg (1832–1913) gründete den Deutschen Kolonialverein.

„Die Frage der deutschen Kolonisation wird von Tag zu Tag dringender. Die Notwendigkeit der Erweiterung unseres Absatzgebietes, die steigende Bedeutung des überseeischen Handels auf unser soziales und wirtschaftliches Leben hat in immer größerem Umfange die alleinige Aufmerksamkeit auf diese Frage gelenkt. Durch den restlosen Eifer anderer Nationen und die fortschreitende Ausdehnung ihres Machtgebietes wird es in jedem Jahre, ja mit jedem Tage schwieriger, den geeigneten Boden für deutsche Kolonisation zu finden."

Auszug aus der Eröffnungsrede anlässlich der Gründung des Deutschen Kolonialvereins in Frankfurt am Main am 6.12.1882

Die Kolonialpolitik des Deutschen Reiches in Afrika

1884 und 1885 erwarben deutsche Kaufleute und Handelsgesellschaften Besitzungen in Afrika. Der damalige deutsche Reichskanzler Otto von Bismarck ließ diese Besitzungen unter den „Schutz" des Deutschen Reiches stellen: Südwestafrika, Togo, Kamerun und Ostafrika. Mit diesen „Schutzgebieten" wurde das Deutsche Reich zur Kolonialmacht. Industrielle, Politiker und Kolonialvereine forderten nun eine aktive deutsche Kolonialpolitik. Kaiser Wilhelm II. entließ Bismarck 1890 und setzte seine eigene Kolonialpolitik um: Das Deutsche Reich sollte von nun an „Weltpolitik" betreiben. Allerdings erfüllten sich die Erwartungen der Deutschen nicht. Die deutschen Kolonien wurden keine großen Absatzmärkte für deutsche Produkte. Die Kolonien waren für das Deutsche Reich ein Verlustgeschäft. Private Kolonialunternehmer machten dagegen große Gewinne.

M4 Kolonialwaren

Als **Kolonialwaren** wurden früher, besonders zur Kolonialzeit, überseeische Lebens- und Genussmittel bezeichnet, wie zum Beispiel Zucker, Kaffee, Tabak, Reis, Kakao, Gewürze und Tee. Für die deutsche Bevölkerung ging von diesen exotischen Waren ein besonderer Reiz des Fremden und Neuen aus. Diese Waren wurden in sogenannten Kolonialwarenläden verkauft. Die Abkürzung „Edeka" bedeutet zum Beispiel „Einkaufsgenossenschaft der Kolonialwarenhändler".

M5 Quelle: Über die deutsche Kolonialpolitik (1899)

Rosa Luxemburg war eine Vertreterin der europäischen Arbeiterbewegung, des Marxismus und Antimilitarismus.

„Es werden Länder in fremden Weltteilen erworben, die nicht nur nichts einbringen, sondern viele Millionen aus der Tasche der Steuerzahler verschlingen, nur um der nackten Aufrechterhaltung der Herrschaft willen! […] Die Arbeiterklasse […] sieht [in der Kolonialpolitik] die kräftigste Stütze […] des Militarismus, der reaktionären inneren Politik, ferner der Völkerfeindschaft, der internationalen Reibungen und Kriege, sie verurteilt endlich in der Kolonialpolitik prinzipiell die gewaltsame Beherrschung fremder Länder und fremder Völker.

Rosa Luxemburg: Gesammelte Werke, Bd. I, 1893–1905, Berlin: Dietz Verlag 1974, S. 326f.

M6 In Deutschland entstanden viele Kolonialwarenläden

Die Anfänge: Deutsch-Südwestafrika

1883 erwarb Adolf Lüderitz, ein Kaufmann aus Bremen, ein Küstengebiet in Südwestafrika, dem heutigen Namibia. Das Landstück war ein unfruchtbares Stück Sandwüste. Lüderitz hoffte, dort Bodenschätze zu finden, vor allem Diamanten und Gold.
Anfangs handelte Lüderitz auf eigene Faust. Um aber gegen andere Kolonialmächte Sicherheit zu bekommen, wollte er Schutz aus Deutschland. Reichskanzler Bismarck gewährte dem Gebiet militärischen Schutz. Das Deutsche Reich schickte 1884 drei seiner Kriegsschiffe nach Südwestafrika. Damit folgte Bismarck dem Grundsatz: „Die Flagge folgt dem Handel." Das heißt, dass sich private Unternehmer ein Gebiet aneigneten, das dann von der deutschen Regierung anerkannt und gesichert wurde.

Der Aufstand der Herero 1904–1907

Die deutschen Kolonialherren nahmen bei der Durchsetzung ihrer Interessen wenig Rücksicht auf die Belange der einheimischen Bevölkerung.
Daher erhob sich im Januar 1904 das Volk der Herero in Südwestafrika gegen die deutschen Kolonialherren. Die Herero hatten durch Dürre und Rinderpest große Teile ihrer Viehbestände verloren. Es kam außerdem zu Konflikten, weil die Siedler verhinderten, dass die Herero ihr Vieh über ihre Gebiete trieben. Viele Herero wurden auch misshandelt. So kam es zu Überfällen der Herero, bei denen 123 Deutsche getötet wurden. Lothar von Trotha, ein Generalleutnant, ging militärisch gegen die Herero vor, konnte sie aber nicht besiegen. Deshalb jagte er sie in die Wüste und ließ sie dort verdursten.

Aufgaben

1. a) Erkläre, warum Deutschland zur Kolonialmacht wurde (M3, Text).
   b) Beschreibe die deutsche Kolonialpolitik in Deutsch-Südwestafrika.
2. Vergleiche die Gebiete der Herero und Nama mit dem Gebiet der deutschen Siedler um 1911 (M1). Beurteile die möglichen Folgen für die einheimische Bevölkerung.
3. (W) Arbeitet in Gruppen und wählt aus:
   A Wertet die Quelle M3 aus.
   B Wertet die Quelle M5 aus.
   Führt ein Streitgespräch in der Klasse, in dem ihr die jeweilige Position vertretet.
4. a) Berichte über den Aufstand der Herero und das Vorgehen von Lothar von Trotha (Text).
   b) In mehreren deutschen Städten wurden Straßen umbenannt, die vorher „von-Trotha-Straße" hießen. Nimm Stellung dazu.
5. (Z) Ermittelt, welche Produkte aus Kolonialwarenläden heute noch unter gleichem Namen gehandelt werden (Internet, vgl. S. 310).

Wenn du diese Aufgaben erfolgreich bearbeitet hast, kannst du …
… beschreiben, wie Deutschland Kolonialmacht wurde.
… die deutsche Kolonialpolitik in Deutsch-Südwestafrika erläutern.
… das Vorgehen der deutschen Siedler und des Militärs in Deutsch-Südwestafrika beurteilen.
… den Begriff **Kolonialwaren** erklären.

Deutschland und Namibia – heute

M1 Einweihungsfeier des Reiterdenkmals in Windhoek am 27. Januar 1912

Das Reiterdenkmal sollte an den Kolonialkrieg des Deutschen Kaiserreichs gegen die Herero und Nama (1904–1908) erinnern. Die Bronzetafel auf dem Sockel erinnert nur an die etwa 1750 Toten auf deutscher Seite. Das Denkmal sollte ein Zeichen des Sieges sein.

M2 Das Reiterdenkmal heute, ohne Sockel und provisorisch befestigt

Das Reiterdenkmal steht heute im Innenhof der Alten Festung. Der Sockel wurde abgerissen. Auf dem Foto sieht man links hinter dem Reiter an der Wand die Bronzetafel.

Deutschland hat seit über hundert Jahren keine Kolonien mehr. Deutsch-Südwestafrika ist heute der unabhängige Staat Namibia. Und doch gibt es in Namibia und in Deutschland noch Orte, Straßennamen und Denkmäler, die aus der Kolonialzeit stammen und an diese erinnern. Wie soll man heutzutage mit ihnen umgehen?

Völkermord an den Herero und Nama?

Seit 2015 gilt für die deutsche Bundesregierung der Krieg der damaligen deutschen Kolonialtruppen gegen die Herero und Nama in der ehemaligen Kolonie Deutsch-Südwest-Afrika als Völkermord. In einer offiziellen Stellungnahme heißt es: „Der Vernichtungskrieg in Namibia von 1904 bis 1908 war ein Kriegsverbrechen und Völkermord.“ Es wird geschätzt, dass bis zu 80 Prozent der Herero und etwa 50 Prozent der Nama ums Leben kamen, insgesamt wohl mehr als 85 000 Menschen. Eine finanzielle Entschädigung der Nachfahren der Herero und Nama sowie eine offizielle Bitte um Entschuldigung des Bundespräsidenten sind vorgesehen.
Fast sechs Jahre dauerten aber die Verhandlungen zwischen Namibia und Deutschland, um die Kolonialgeschichte aufzuarbeiten und eine Versöhnung herbeizuführen. Es ging in den Verhandlungen vor allem um die Höhe der Summe, mit der eine Wiedergutmachung erreicht werden soll.

M3 Das Reiterdenkmal – Welche Bedeutung hat es?

Wichtig für das Verständnis eines Denkmals ist das Wissen, wer es in Auftrag gab, wann und wo genau es aufgestellt wurde und welche Absicht dahintersteckte. Da ein Denkmal oft viele Jahrzehnte überdauert, stellt sich die Frage, wie man in unserer Gegenwart mit diesen Denkmälern umgehen soll.

Das Reiterdenkmal – ein geschichtskulturelles Zeugnis deutscher Kolonialgeschichte

Das Reiterdenkmal in Windhoek ist ein Beispiel dafür, wie Zeugnisse der deutschen Kolonialgeschichte diskutiert und beurteilt werden. Es wurde 1912 gut sichtbar auf einer Anhöhe zwischen der Alten Festung und der Christuskirche errichtet. Danach versetzte man es zweimal: zunächst 2009, weil an dessen Stelle das neue namibische Unabhängigkeitsmuseum gebaut wurde. Der Reiter stand dann etwas weiter entfernt direkt vor der Alten Festung. Danach wurde es 2013 ein weiteres Mal abgebaut. Das Denkmal verlor zugleich auch seinen Rang als nationales Denkmal Namibias. Was nun damit geschehen soll, ist noch nicht geklärt. Man plant, den Reiter als Ausstellungsstück in einem Museum zu platzieren, das in der Alten Festung eingerichtet werden soll. Das Reiterdenkmal veranschaulicht die Frage, wie man heute mit den Denkmälern aus der Zeit des Kolonialismus umgehen soll.

METHODE Historische Fragestellungen beurteilen

M4 Der Reiter von Südwest, Wandgemälde von Klaus Klinger und Natasha Beukes (2001)

Einige deutschsprachige Namibier hielten das Wandgemälde für respektlos.

M5 Was versteht man unter Völkermord?

Man spricht von **Völkermord**, wenn eine nationale, ethnische, rassische oder religiöse Gruppe ganz oder teilweise zerstört werden soll.
Dies kann auf verschiedene Arten geschehen, zum Beispiel:

- Tötung von Mitgliedern der Gruppe,
- Verursachung von schweren körperlichen oder seelischen Schäden an Mitgliedern der Gruppe,
- Zerstörung der Lebensbedingungen der Gruppe,
- gewaltsame Überführung von Kindern der Gruppe in eine andere Gruppe,
- die Anordnung von Maßnahmen zur Verhinderung von Geburten.

Der Umgang mit dem Reiterdenkmal und das Vorgehen der deutschen Schutztruppe beim Aufstand der Herero und Nama können Beispiele für die Formulierung einer historischen Fragestellung sein. Wie kann dann diese historische Fragestellung beurteilt werden?

Fünf Schritte zur Beurteilung einer historischen Fragestellung

1. Schritt: Klärung des Sachverhalts
- Informiere dich über das historische Ereignis und die Frage, die du beurteilen und bewerten möchtest.
- Lege fest, welche Perspektiven du berücksichtigen willst.

2. Schritt: Kriterien festlegen
- Notiere Kriterien, die du als Grundlage für die Beurteilung und Bewertung nehmen möchtest (z. B. Gesetze, Definitionen, Werte und Normen).

3. Schritt: Anwendung und Überprüfung
- Überprüfe die Fragestellung mithilfe der Kriterien (Was spricht dafür, was dagegen?)
- Reichen die Informationen zur Beantwortung der Urteilsfrage? Sind die Kriterien anwendbar? Recherchiere ggf. im Internet weitere Kriterien.

4. Schritt: Betrachtung anderer Perspektiven
- Prüfe, ob es noch andere Perspektiven gibt (Wie könnte der Sachverhalt auch anders bewertet werden?)

5. Schritt: Formulierung des eigenen Urteils
- Entwickle aus deinen Ergebnissen eine Argumentation für dein Urteil.
- Formuliere ein Fazit.

Aufgaben

1 a) Beschreibe das Wandgemälde (M4) und vergleiche es mit dem Reiterstandbild (M1).
b) Nimm Stellung zur Aussageabsicht des Künstlers Klaus Klinger und der Künstlerin Natasha Beukes (M4).
c) Diskutiert, inwiefern das Gemälde (M4) eine mögliche Form des Umgangs mit dem kolonialen Erbe ist.

2 (W) Wähle aus:
A Beurteile, ob es sich beim Vorgehen der deutschen Schutztruppe in Deutsch-Südwestafrika um Völkermord handelte. Gehe in Schritten vor (M5).
B Beurteile am Beispiel des Reiterstandbilds den Umgang mit geschichtskulturellen Zeugnissen deutscher Kolonialgeschichte (M1, M2, M4, Text). Gehe in Schritten vor.

3 Kann man Völkermord wiedergutmachen? Nimm Stellung.

4 (Z) Recherchiere den Stand der deutsch-namibischen Verhandlungen zu den Entschädigungszahlungen und zur deutschen Bitte um Entschuldigung (Internet, vgl. S. 310).

Wenn du diese Aufgaben erfolgreich bearbeitet hast, kannst du ...
... an einem Beispiel die historische Frage nach dem Umgang mit dem kolonialen Erbe beurteilen.
... den Begriff **Völkermord** erklären.

Was kennzeichnet Entwicklung?

„Industrieländer“, „Entwicklungsländer“ – das sind für uns gängige Bezeichnungen für „entwickelte“ und „weniger entwickelte“ Länder. Doch was heißt überhaupt „Entwicklung“? Wie kann man den Entwicklungsstand eines Landes angeben?

Die Lebensbedingungen der Menschen – ein Maß für Entwicklung

Die Befriedigung der Grundbedürfnisse ist der entscheidende Indikator, um den Entwicklungsstand eines Landes zu kennzeichnen. Dabei werden als Grundbedürfnisse nicht nur Ernährung, Arbeit, Bildung gesehen, sondern zunehmend auch der Zugang zu Kommunikationsmitteln, die Möglichkeit politischer Mitbestimmung und die Gleichberechtigung von Mann und Frau. Unter dem Oberbegriff **Entwicklungsländer** (engl. „developing countries“) werden sehr unterschiedliche Staaten gefasst, auch solche, die uns als entwickelt erscheinen. Sie sind zwar in vieler Hinsicht sehr modern und scheinen wohlhabend zu sein, dennoch sind die Grundbedürfnisse vieler Menschen dort nicht befriedigt. Auch in den sogenannten **Industrieländern** gibt es Elend und Armut. Dennoch sind hier die Grundbedürfnisse der meisten Menschen erfüllt.

INTERNET

Suchbegriffe:
→ Deutsche Stiftung Weltbevölkerung
→ YouTube Deutsche Stiftung Weltbevölkerung

M2 Leben in zwei Welten

Eden (Äthiopien)

Eltern: Bauern; sechs Geschwister

mit 8: Schulabbruch, Mitarbeit im Haushalt, Betreuung der Geschwister

mit 11: Vater stirbt an AIDS

mit 16: Verheiratung mit einem von der Mutter ausgesuchten Mann, 1. Kind

mit 19: 2. Kind

mit 29: fünfte Schwangerschaft, schwere Komplikationen, Kind stirbt bei der Geburt

mit 35: Aufklärung und Zugang zu Verhütungsmitteln

mit 38: Geburt des vierten Enkels

mit 50: Tod

Julia (Deutschland)

Vater: Angestellter, **Mutter:** Beamtin; ein Bruder

mit 8: Schülerin der 3. Klasse, Ballett- und Reitunterricht

mit 11: Sexualaufklärung in der Schule

mit 16: Mittlere Reife, erster fester Freund

mit 19: Abitur, Work and Travel in Australien, dann Studium

mit 26: Nach Studienabschluss Arbeit als Biologin

mit 29: Heirat

mit 31: 1. Kind, Elternzeit

mit 34: 2. Kind, Elternzeit

mit 35: Teilzeitarbeit

mit 37: Vollzeitarbeit

mit 62: Geburt des ersten Enkels

mit 83: Tod*

*aus didaktischen Gründen verändert, Quelle: Zwei Mädchen, zwei Welten. Poster „Eden und Julia“. Hannover: Deutsche Stiftung Weltbevölkerung (DSW): 25.10.2016

M1 Reiche und arme Länder (amorphe Karte)

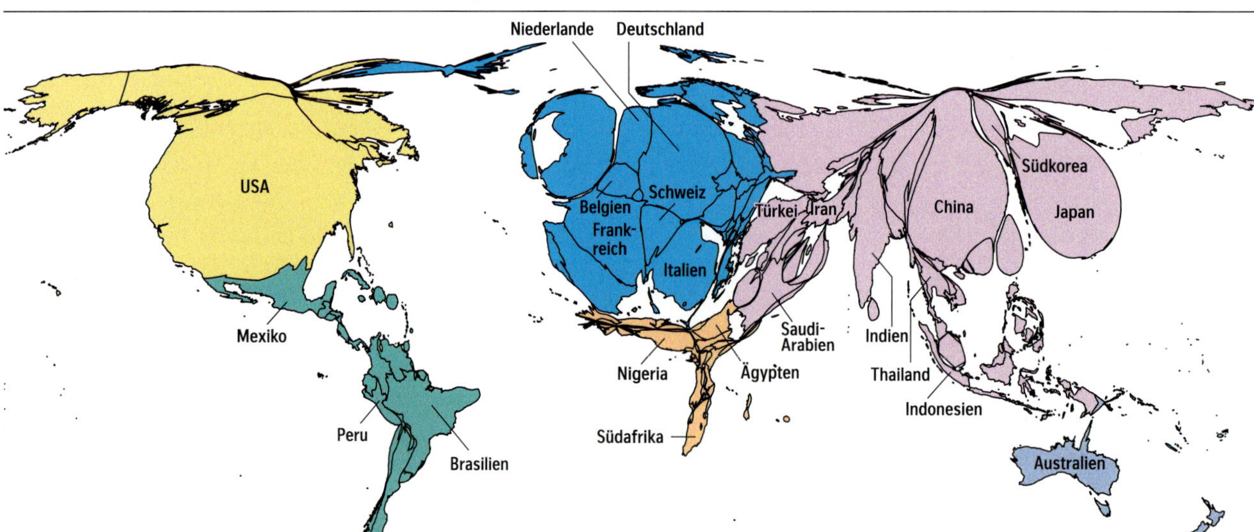

Quelle: World Bank 2018

Die Größe der Fläche entspricht dem BNE des jeweiligen Landes.

Was sagt das Bruttonationaleinkommen aus?

Das **Bruttonationaleinkommen (BNE)** galt lange Zeit als eine der wichtigsten Größen, um den Wohlstand eines Landes zu messen. Das BNE wird errechnet, indem man die Werte der erzeugten Güter in der Landwirtschaft und der Industrie addiert und den Wert aller Dienstleistungen hinzurechnet. Es werden jedoch nur die Betriebe und Beschäftigten erfasst, die offiziell angemeldet sind. Dies ist jedoch bei Hunderten von Millionen Menschen in den Entwicklungsländern nicht der Fall. Sie arbeiten im **informellen Sektor** – ohne Arbeitsvertrag, ohne Versicherung, ohne Steuern zu zahlen.

Das BNE eines Landes wird durch seine Bevölkerungszahl dividiert, wenn man das **Pro-Kopf-Einkommen** in dem Land errechnen möchte. Doch dieser Wert täuscht. Es ist nur ein Durchschnittswert. Er sagt nichts darüber aus, wie das Einkommen innerhalb eines Landes verteilt ist. Gerade in Entwicklungsländern gibt es sehr große Unterschiede zwischen Arm und Reich. Betrachtet man nur das Pro-Kopf-Einkommen, ergibt sich ein falsches Bild der Lebensqualität der Bevölkerung der Länder.

M3 Ländervergleich Äthiopien – Deutschland

	Äthiopien	Deutschland
Bevölkerung 2020	114,9 Mio.	83,3 Mio.
natürliche Wachstumsrate	2,6 %	– 0,2 %
durchschnittliche Kinderzahl pro Frau	4,15	1,6
durchschnittliche Lebenserwartung bei Geburt (m/w)	65/70	78/83
Geburten pro 1000 Einwohner	32	10
Säuglingssterblichkeitsrate	33,1 %	3,2 %
durchschnittliche Haushaltsgröße	5,3 Personen	2,0 Personen
BNE pro Kopf	2410 US-$	55980 US-$
Bevölkerung < 15 Jahre	40 %	14 %
Bevölkerung > 64 Jahre	3 %	22 %

Quelle: Deutsche Stiftung Weltbevölkerung, Länderdatenbank

M4 Dorf in Äthiopien

Die meisten Hütten im Dorf sind Rundhütten. Das Dorf liegt in der Trockensavanne.

M5 Wasser wird in Kanistern vom Fluss geholt.

Frauen und Kinder müssen oft lange Wege zurücklegen, um am Fluss Wasser zu holen.

M6 Dorfschule in Äthiopien

Das Baumaterial für das Klassenzimmer sind Stroh und Steine aus Lehm. Es gibt keinen Strom.

Aufgaben

1. Beschreibe das Leben in einem Dorf in Äthiopien mithilfe der Bilder (M4 – M6).
2. Ⓦ Wähle aus:
   Beschreibe das Leben von Eden und Julia (M2)
   A in einem Text.
   B als Bericht von Eden und Julia über ihr Leben.
3. Vergleiche die Länder Äthiopien und Deutschland mithilfe der Daten und Karten im Atlas (M3, Karten: Erde – Menschenrechte, Bildung, Ernährung und Gesundheit).
4. Beurteile die Darstellung der Länder in der amorphen Karte in Bezug auf die Kernaussage (M1).
5. Ⓩ Begründe, inwiefern die Heimatländer der Mädchen eher den Entwicklungs- oder den Industrieländern zuzuordnen sind (Text).

Wenn du diese Aufgaben erfolgreich bearbeitet hast, kannst du ...
... Länder bezüglich ihres Entwicklungstands vergleichen.
... die Fachbegriffe **Entwicklungsland**, **Industrieland**, **Bruttonationaleinkommen** (**BNE**), **informeller Sektor** und **Pro-Kopf-Einkommen** erklären.

ORIENTIERUNG Eine Erde – verschiedene Welten

Pro-Kopf-Einkommen, Bruttonationaleinkommen, Alphabetisierungsgrad, Wachstumsrate – ein einzelner Indikator sagt nur wenig über den Entwicklungsstand eines Landes aus. Daher sind die Vereinten Nationen (UNO) dazu übergegangen, verschiedene verfügbare Indikatoren in einem sogenannten Entwicklungsindex zusammenzufassen. Welche Indikatoren sind das und wie ist ihre Aussagekraft zu beurteilen?

Der Human Development Index (HDI)

Jährlich berechnen die Vereinten Nationen (UNO) den **Human Development Index (HDI)**. In die Berechnung des HDI fließen das Pro-Kopf-Einkommen, die Lebenserwartung und der Grad der Schulbildung (absolvierte Schuljahre bei 25-Jährigen und voraussichtliche Dauer bei Kindern bei der Einschulung) ein. Daraus ergibt sich ein Wert, mit dem man die Länder der Erde nach dem „Grad der menschlichen Entwicklung" ordnen kann, das heißt nach dem Grad der Befriedigung der Grundbedürfnisse. Nach dieser Einteilung lag Deutschland 2019 auf Platz 6 und Äthiopien auf Platz 173.

Für die Vergabe von Entwicklungshilfe gilt allerdings immer noch, ob ein Land bei der UNO als **Least Developed Country (LDC)**, das heißt als besonders wenig entwickeltes Land, anerkannt ist. Für diese Einteilung spielt vor allem die Wirtschaftskraft (BNE, Industrialisierung) eine entscheidende Rolle). Äthiopien gehört zu dieser Ländergruppe.

M2 Entwicklungsstand der Länder der Erde nach dem HDI

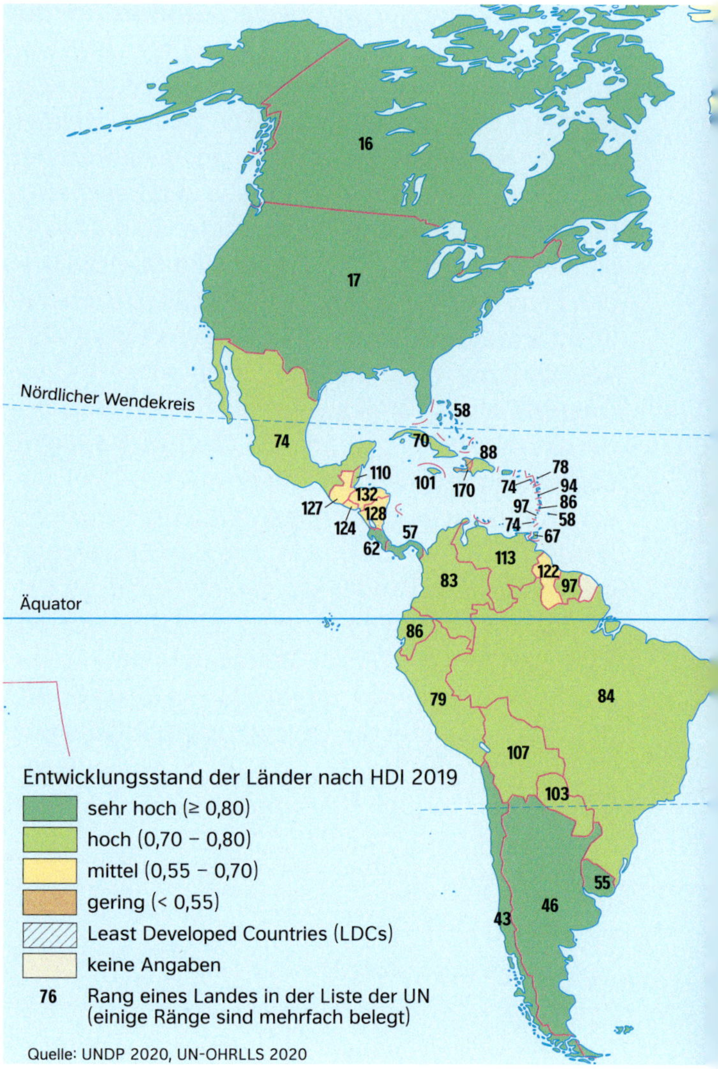

M1 Viele Begriffe – Was ist gemeint?

Beim Thema „Entwicklungsländer" existieren viele Bezeichnungen nebeneinander:

Entwicklungsland: armes Land mit geringer Industrialisierung und mit schlechten Lebensbedingungen für die meisten Menschen.

Industrieland: reiches Land mit hoher Industrialisierung (obwohl eigentlich heute der tertiäre Sektor dominiert) und guten Lebensbedingungen.

Schwellenland: ein „auf der Schwelle zum Industrieland" stehendes Land.

Dritte Welt: die Entwicklungsländer.

Vierte Welt: sehr arme Entwicklungsländer (LDCs).

Erste Welt: die Industrieländer; früher die westlichen Industrieländer.

Zweite Welt: früher die Länder des Ostblocks. Der Begriff wird heute nicht mehr benutzt.

Eine Welt: Der Gebrauch dieses Begriffs soll daran erinnern, dass wir in enger Verknüpfung und Abhängigkeit mit den anderen Ländern leben und wir die „Dritte Welt" nicht losgelöst von der „Ersten Welt" betrachten dürfen.

Länder des Südens, globaler Süden: Sammelbezeichnung für Entwicklungs- und Schwellenländer.

Länder des Nordens, globaler Norden: Bezeichnung für die Industrieländer.

schueler.diercke.de | 100870-040-01

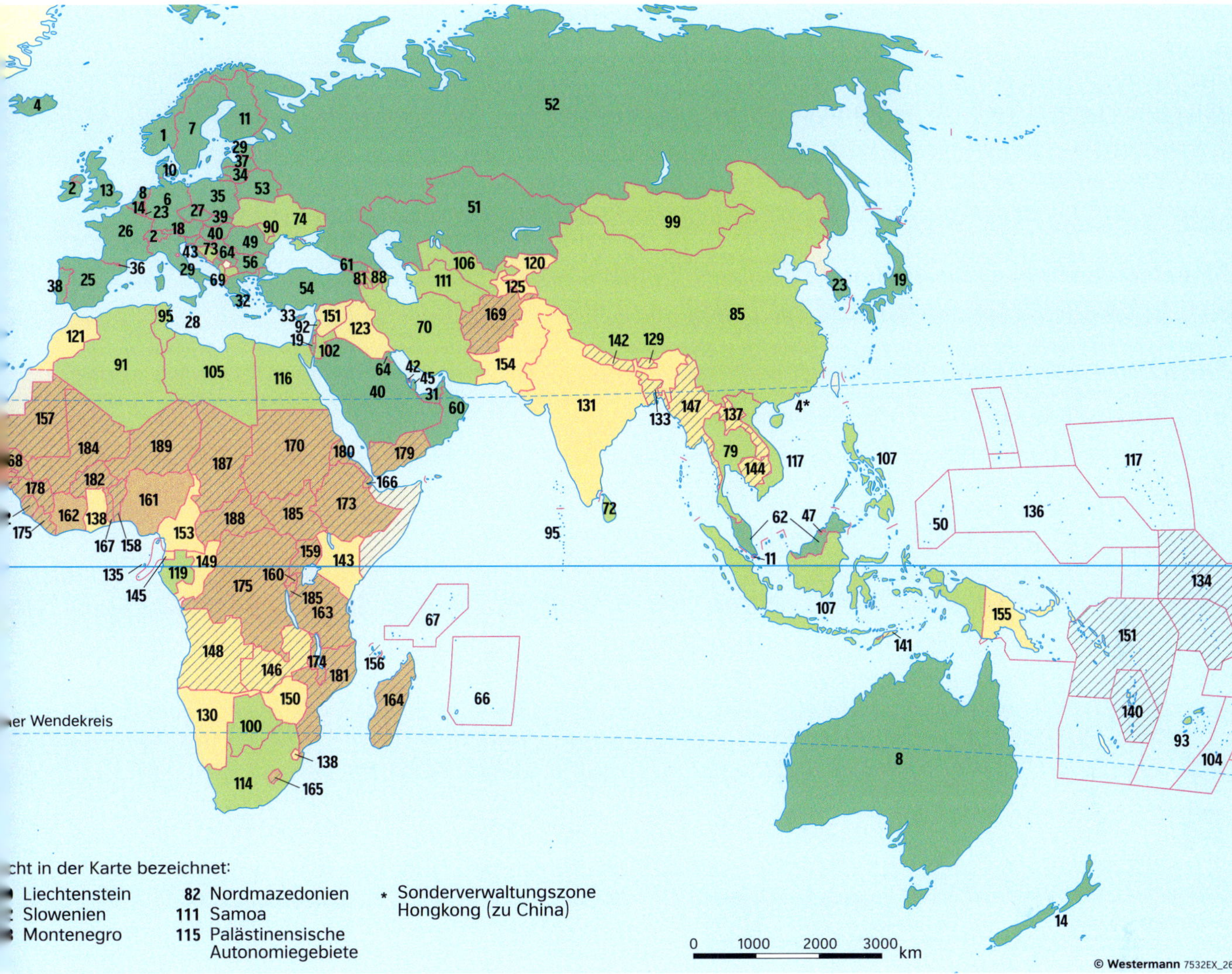

M3 Multidimensional Poverty Index (MPI)

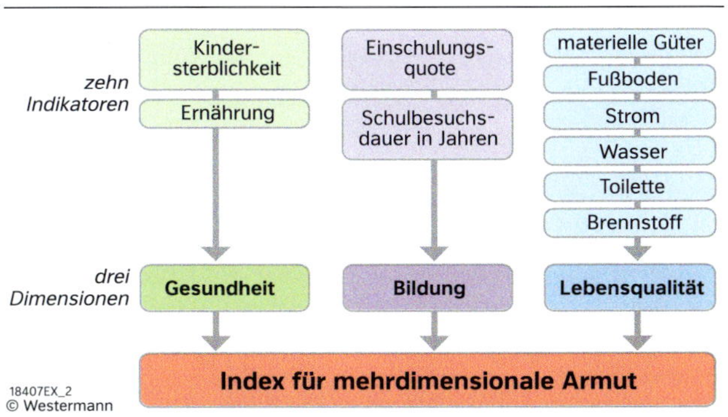

▷ In den letzten Jahren wird von der UNO auch der Multidimensional Poverty Index (MPI) berechnet. Er erfasst noch einige Faktoren mehr als der HDI.

INTERNET

Das Diercke WebGIS liefert dir Daten und Karten zum Thema (vgl. S. 220/221).
→ www.diercke.de/diercke-webgis

Aufgaben

1. Notiere aus jeder der in Karte M2 dargestellten Gruppen möglichst zwei Länder je Kontinent.
2. Beschreibe die Lage der Länder mit geringem und mit sehr hohem Entwicklungsstand (M2).
3. Recherchiere und schreibe eine Definition zum Gender Development Index (GDI) (Internet, vgl. S. 310).
4. (W) Wähle aus: Beurteile die Aussagekraft
   - **A** des HDI im Vergleich zu der des BNE (Text, S. 217).
   - **B** des MPI im Vergleich zu der des HDI (M3, Text).

Wenn du diese Aufgaben erfolgreich bearbeitet hast, kannst du …
… unterschiedliche Einteilungen des Entwicklungsstands der Länder der Erde beschreiben.
… die Fachbegriffe **Human Development Index (HDI)**, **Least Developed Countries (LDC)** und **Schwellenland** erklären.

METHODE
Mit einem WebGIS arbeiten

Atlaskarten enthalten sehr viele und detaillierte Informationen. Bei der Auswertung einer Karte kann es hilfreich sein, einzelne Informationen auszublenden. Das kannst du mit einer digitalen Karte in einem WebGIS. Wie arbeite ich mit einem WebGIS und wie kann ich gezielt einzelne Informationen anzeigen lassen?

M1 Beispiel: Ebenen klassifizieren

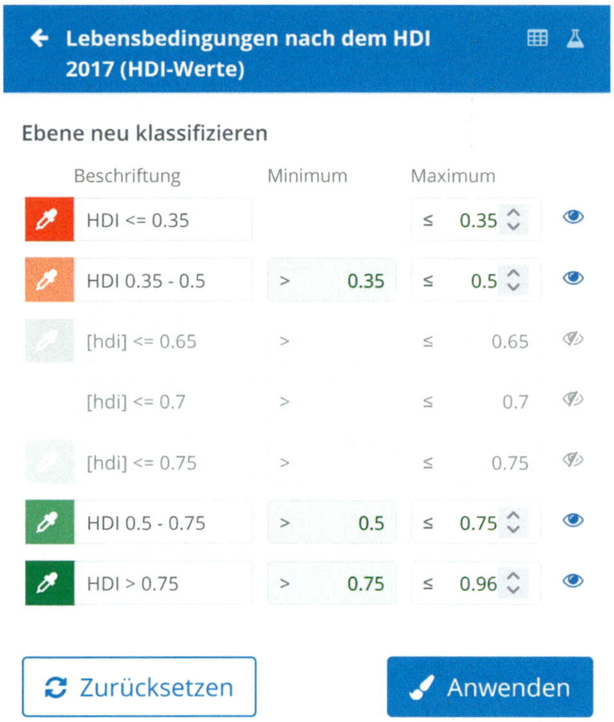

Wie nutze ich ein WebGIS?

Ein hilfreiches **WebGIS** ist das Diercke WebGIS. Es liefert Daten zu allen Staaten der Erde, passend zum Buch und zum Atlas. Die hinterlegten Daten werden mit Zahlen der Statistischen Ämter immer auf dem aktuellen Stand gehalten. Im Gegensatz zu einer GIS-Software im Computer kann man jedoch nicht selbst Daten hinzufügen.

Grundsätzlich bietet das Diercke WebGIS drei Funktionen:
- die Darstellung von Informationen in Karten,
- die Erstellung von Karten nach eigenen Vorgaben,
- den gezielten Abruf von Informationen in Form von Tabellen und Diagrammen.

INFO

Ein **Geographisches Informationssystem (GIS)** ist eine Software, in der Gebietsdaten (zum Beispiel Staaten und ihre Grenzen) mit Sachdaten (zum Beispiel Entwicklungsstand) kombiniert werden. Dabei kann man das Ergebnis in unterschiedlichen Formen abrufen: als Karte, als Diagramm oder als Tabelle. Im Internet gibt es zahlreiche Informationssysteme (WebGIS), aus denen sich raumbezogene Daten erfassen lassen.

M2 Diercke WebGIS: Erde – Entwicklungsstand der Staaten

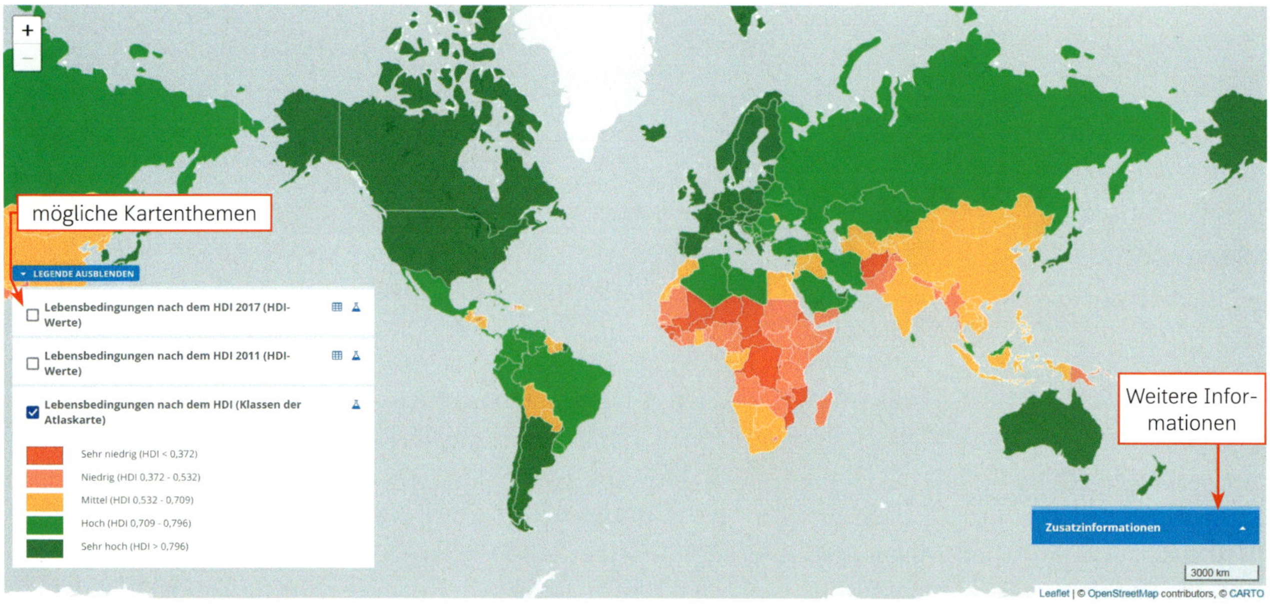

+ / −: Mithilfe der Zoomfunktionen kann man den Kartenausschnitt verändern: Mit Klick auf das Plus vergrößerst du die Karte, zum Verkleinern klicke auf das Minus.

Die Checkbox vor dem Namen eines Themas steuert, ob es sichtbar geschaltet ist.

Über dieses Symbol öffnet man die Tabellenansicht eines Themas. Das zweite Symbol ermöglicht eine Änderung der Klassifikation in der Karte.

schueler.diercke.de | 100870-040-01

M3 Ein Geographisches Informationssystem (GIS) besteht aus einzelnen Schichten.

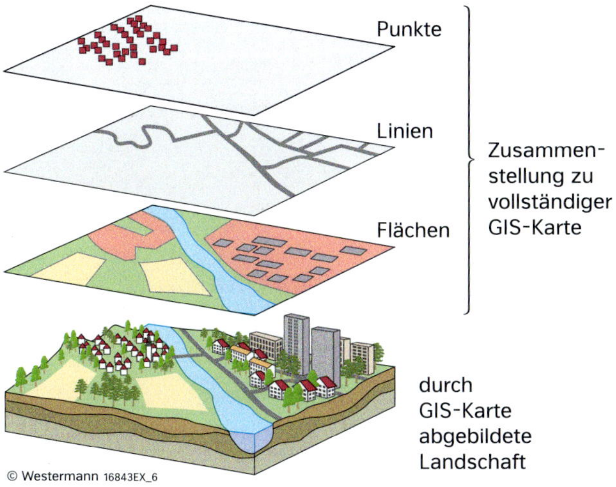

Daten zur späteren Kartenerstellung werden am Computer eingegeben.

⇩

Mithilfe einer GIS-Software werden einzelne Folien mit Themen erstellt, sogenannte Layer.

⇩

Alle Folien übereinander ergeben eine Karte.

⇩

In Diagrammen und Tabellen können zusätzliche Informationen zum Kartenthema verknüpft und angezeigt werden.

Drei Schritte zur Arbeit mit dem Diercke WebGIS (Lebensbedingungen nach dem HDI)

1. Schritt Aufrufen der Karte
- Gehe im Webbrowser auf die Seite www.diercke.de/diercke-webgis.
- Finde den Abschnitt Erde – Entwicklungsstand der Staaten und öffne den Kartendienst per Mausklick.
- Links siehst du die Themennamen. Du kannst sie an- und ausschalten.

2. Schritt Informationen aus der Datenbank abrufen
- Stelle zunächst sicher, dass nur das gewünschte Kartenthema sichtbar ist.
- Klicke in der Legende auf das Symbol **Tabellenansicht öffnen** neben dem Namen des Kartenthemas. Es öffnet sich die Tabellenansicht, in der die Informationen zu einem Staat in einer Zeile dargestellt sind.
- Scrolle durch die Tabellenansicht, wenn du einen bestimmten Staat suchst.
- Schließe die Tabellenansicht über das X.

3. Schritt Eine Karte verändern
Die Karten im Diercke WebGIS haben alle eine Grundeinstellung. Diese legt fest, welche Farben benutzt werden, wie viele Farbstufen es gibt und welche Farbe welchen Wert darstellen soll. Man kann aber auch andere Einteilungen wählen. Auch die Grundeinstellung kann man ändern und eigene Karten herstellen.
Beispiel:
- Stelle die Sichtbarkeit so ein, dass nur das Kartenthema Lebensbedingungen nach dem HDI zu sehen ist.
- Klicke auf das Symbol **Ebene filtern und neu klassifizieren**.
- Reduziere die Sichtbarkeit auf vier Klassen, indem du bei den drei mittleren Klassen auf das Augensymbol klickst.
- Verändere die Klassengrenzen so, dass die vier Klassen entstehen (wie in M1). Achte darauf, dass zur Abtrennung der Dezimalen ein Punkt verwendet wird (US-amerikanische Schreibweise).
- Ändere die Beschriftung der Klassen, sodass sie mit der Klassendefinition übereinstimmen.
- Wenn du zufrieden bist, klicke auf **Anwenden**. Nun erhältst du eine neue Karte mit den gewünschten Abstufungen und Farben.

Aufgaben

1. Erstelle eine tabellarische Übersicht mit mindestens fünf Ländern, die einen HDI < 0,4 besitzen und fünf Länder, die einen HDI > 0,9 aufweisen.
2. Erstelle je eine Karte zum Entwicklungsstand der Staaten mit
   a) 6 Einteilungen.
   b) 3 Einteilungen.
   c) 2 Einteilungen.
   d) Entscheide jeweils, welche Karte dir am aussagekräftigsten erscheint. Begründe.

Wenn du diese Aufgaben erfolgreich bearbeitet hast, kannst du ...
... mit einem WebGIS arbeiten.
... die Fachbegriffe **WebGIS** und **Geographisches Informationssystem (GIS)** erklären.

Peru – Ursachen der Disparitäten

Warum sind in vielen Ländern der Erde die Lebensbedingungen so schlecht? Wir wollen diese Frage am Beispiel von Peru untersuchen. In Peru werden die Faktoren für Entwicklung in ihrem Zusammenhang besonders deutlich. Welche Faktoren beeinflussen die Entwicklung von Peru?

M1 Peru: Soziale Unterschiede (Disparitäten)

Die Wirtschaftskraft Perus ballt sich an der Küste. Die ländlichen Gebiete in der Sierra und in der Selva sind vom modernen wirtschaftlichen Leben weitgehend abgeschnitten. Arbeitsplätze gibt es fast nur in der Landwirtschaft und im Bergbau. Der Tourismus konzentriert sich auf die kulturell bedeutenden Stätten Machu Picchu und Cuzco. Viele Menschen wandern aus den ländlichen Gebieten ab in die Städte an der Küste. Dort entstehen ärmliche Hüttensiedlungen am Rand der Städte. Die wohlhabende Oberschicht konzentriert sich in bestimmten Stadtteilen.

M2 Sozialräumliche Unterschiede (Disparitäten) in Peru

M3 Peru – der Naturraum

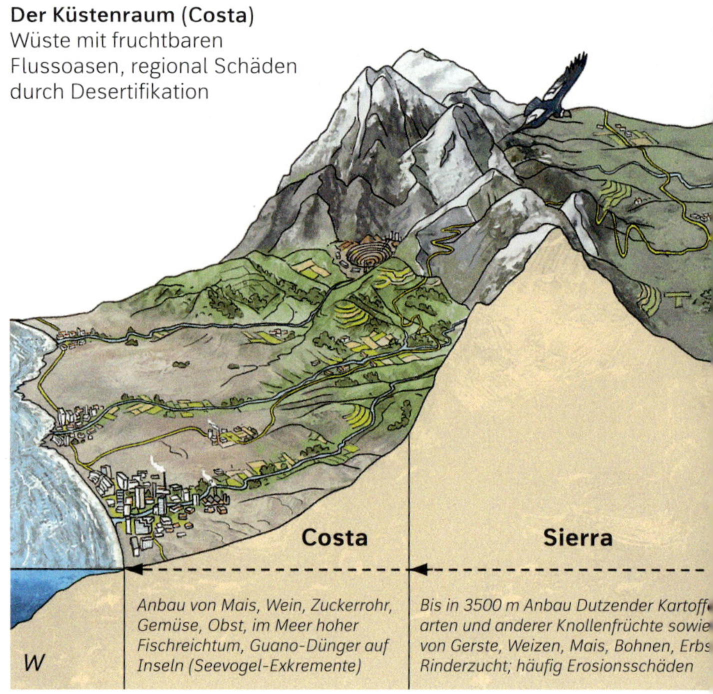

Perus koloniale Vergangenheit

Die spanischen Eroberer vermuteten in Peru das sagenumwobene „Eldorado", das Goldland. Sie gründeten 1542 das Vizekönigreich Peru und errichteten Bergwerke, um die reichen Bodenschätze auszubeuten, vor allem Gold und Silber. Um die bergbaulichen und landwirtschaftlichen Rohstoffe schnell nach Europa verschiffen zu können, wurde an der Küste die Stadt Lima gegründet und zur Hauptstadt erklärt. Das gesamte Verkehrsnetz wurde auf Lima ausgerichtet.

Die Küstenstädte und Wirtschaftszentren der Costa werden überwiegend von Mestizen und Peruanern europäischer Abstammung bewohnt. Bei ihnen konzentriert sich auch die politische und wirtschaftliche Macht. Der größte Teil der **indigenen Bevölkerung** lebt in der Sierra.

M4 Voraussetzungen für die wirtschaftliche Entwicklung eines Landes

Landwirtschaft	fruchtbarer Boden, günstiges Klima, genügend ebene, bebaubare Flächen, Möglichkeiten für Viehwirtschaft
Fischerei	fischreiche Gewässer
Bergbau/ Industrie	Bodenschätze, Möglichkeiten für den Ausbau der Infrastruktur, z. B. schiffbare Flüsse, keine Hindernisse durch Gebirge, Zugang zum Meer
Tourismus	angenehmes Klima, Seen und Küsten mit Stränden, attraktive Landschaften, Sehenswürdigkeiten

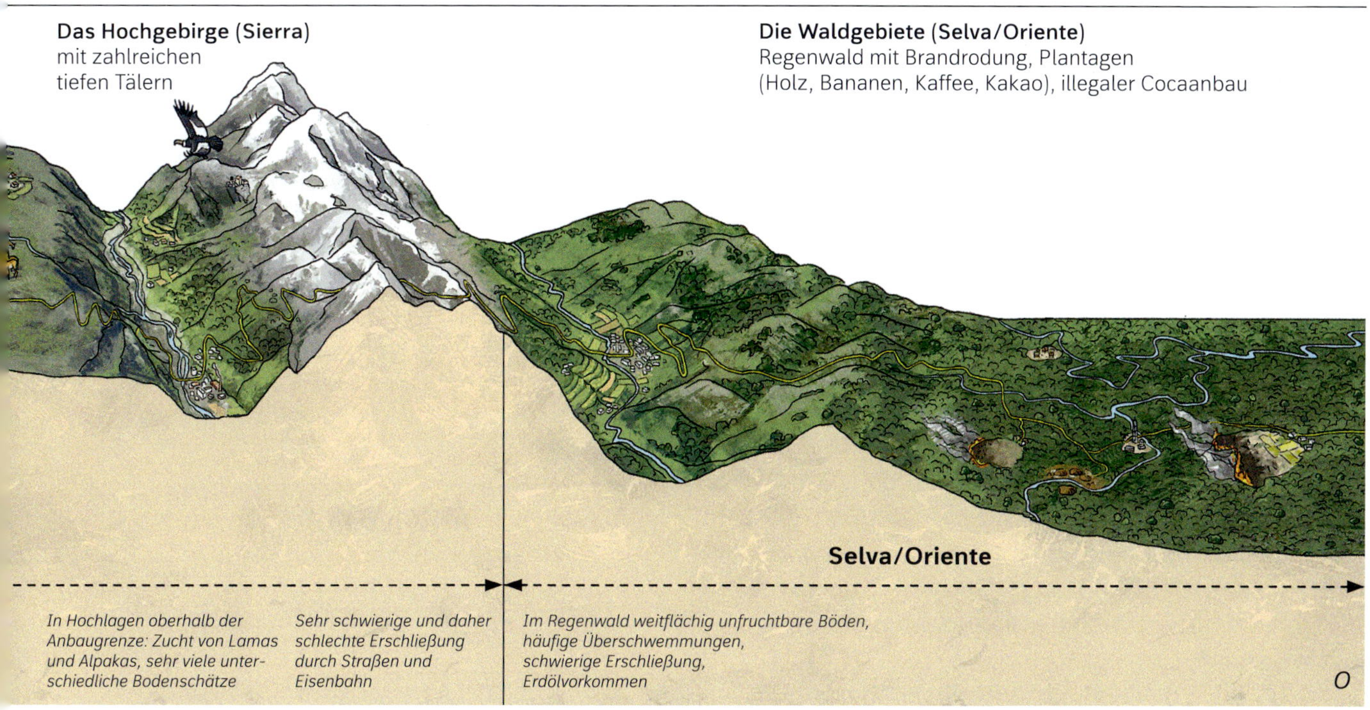

Peru im Welthandel

Bis heute exportiert Peru vor allem Rohstoffe und importiert Fertigwaren. Die Preise für Rohstoffe auf dem Weltmarkt schwanken jedoch sehr stark und sinken bei einem Überangebot. Im Gegensatz dazu sind die Preise für hochwertige Fertigwaren, zum Beispiel Maschinen, stetig gestiegen. Peru muss also, wie viele andere Entwicklungsländer auch, für die importierten Fertigwaren stetig mehr zahlen, während die Erlöse für den Export nicht in demselben Maße steigen. Das heißt: Die **Terms of Trade**, das Verhältnis zwischen Exportpreisen und Importpreisen, werden schlechter. Peru hat dadurch Schulden bei den reichen Ländern.

M5 Die Veränderung der Terms of Trade am Beispiel Lkw und Kaffee

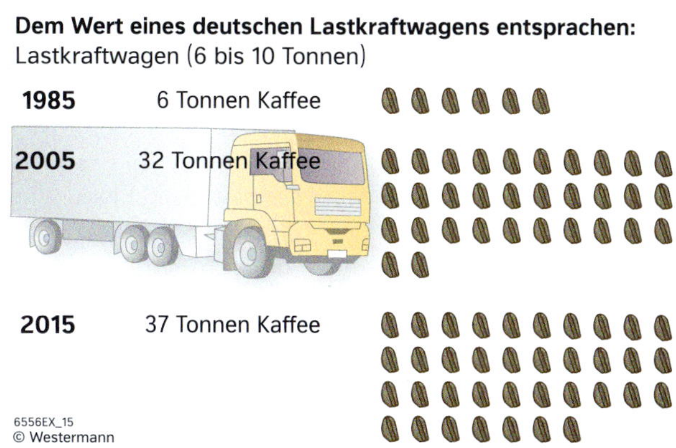

Aufgaben

1. Beschreibe den Naturraum von Peru (M3).
2. Recherchiere die Klimadiagramme von Lima, Cuzco und Iquitos (Internet) und werte sie aus.
3. (W) Wähle aus:
   Überprüfe, über welche Ressourcen Peru verfügt (M3, M4, Atlas), indem du
   A eine Tabelle anlegst.
   B einen Länder-Steckbrief gestaltest.
4. Beschreibe die sozialräumlichen Unterschiede in Peru (M2).
5. Erkläre, welche Faktoren die Entwicklung von Peru behindern (M1, M3, M4, M5, Text).
6. a) Analysiere Spuren der Vergangenheit und entwickle Fragestellungen (M5, Text).
   b) Überlegt gemeinsam Antworten auf eure Fragen.
7. (Z) Recherchiere Informationen zur vor-kolonialen Geschichte von Peru und halte einen Vortrag darüber (vgl. S. 310, S. 311).

Formulierungshilfen zu Aufgabe 1:
Peru kann in ... Teilräume gegliedert werden.
Die ... liegt ...
Hier gibt es ...
... ist gekennzeichnet durch ...

Wenn du diese Aufgaben erfolgreich bearbeitet hast, kannst du ...
... den Naturraum von Peru beschreiben.
... die sozial- und wirtschaftsräumlichen Unterschiede in Peru beschreiben und begründen.
... den Außenhandel Perus beurteilen.
... die Fachbegriffe **indigene Bevölkerung** und **Terms of Trade** erklären.

Strategien zur Entwicklung

Dass alle Menschen auf der Erde menschenwürdig leben können, das wünscht sich wohl jeder. Doch welche Strategien gibt es? Wo müssen Maßnahmen ansetzen? Wie können Entwicklungsländer und Industrieländer zusammenarbeiten?

Entwicklungszusammenarbeit für eine nachhaltige Entwicklung

Entwicklungsunterschiede können nur abgebaut werden, wenn alle zusammenarbeiten – Industrieländer und Entwicklungsländer. Der Begriff **Entwicklungszusammenarbeit** hat deshalb den Begriff Entwicklungshilfe abgelöst. In der Entwicklungszusammenarbeit sind Entwicklungs- und Industrieländer gleichberechtigt. Sie haben dasselbe Ziel, nämlich die Lebensbedingungen nachhaltig zu verbessern.

Ein Grundsatz der Entwicklungszusammenarbeit ist die Hilfe zur Selbsthilfe. Vor allem die Nichtregierungsorganisationen (NGOs) unterstützen kleine Projekte, die die Menschen in die Lage versetzen, sich nachhaltig selbst zu helfen.

INTERNET

Alle großen Nichtregierungsorganisationen stellen ihre Maßnahmen und Ziele im Internet dar: Misereor, Brot für die Welt, Welthungerhilfe, Kindernothilfe, Ärzte ohne Grenzen, Terre des hommes, Menschen für Menschen

M1 Entwicklungsziele der Agenda 2030

Am 25. September 2015 wurde auf dem UN-Gipfel in New York die „**Agenda 2030**" für „nachhaltige Entwicklung" verabschiedet. Sie ist eine Art „Weltzukunftsvertrag", der 17 Entwicklungsziele (Sustainable Development Goals) für das Jahr 2030 festschreibt. Zum ersten Mal wurden Armutsbekämpfung und Nachhaltigkeit in einer Agenda zusammengeführt.

M2 Strategien

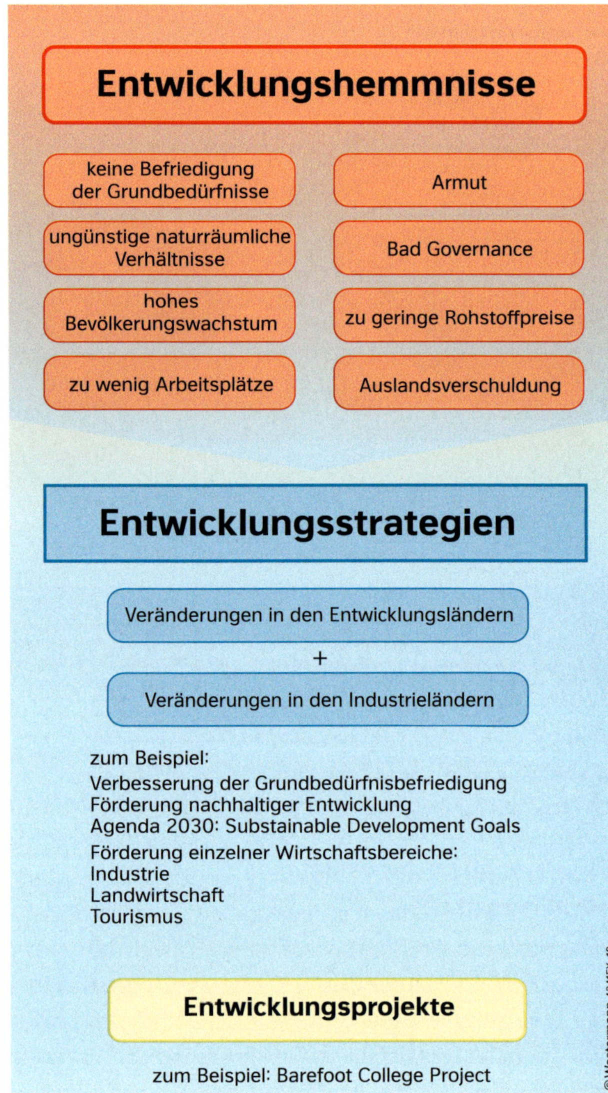

INFO

Die Welthandelsorganisation **WTO** (World Trade Organization) ist eine internationale Organisation mit 164 Mitgliedsstaaten, die seit 1994 den Welthandel regelt, koordiniert und bei Streitigkeiten eingreift.

M3 Ziel und Prinzipien der Welthandelsorganisation (WTO)

Ziel: Gewährleistung eines freien Welthandels
Prinzipien:
- Gegenseitigkeit: Bei Verhandlungen zum Handel müssen die ausgehandelten Bedingungen gleichgewichtig und ausgewogen sein.
- Liberalisierung: Zölle und Handelshemmnisse sollen abgebaut werden.
- Keine Diskriminierung: gleiche Behandlung aller Staaten, keine Begünstigung von Staaten.

M4 Leitbild der nachhaltigen Entwicklung

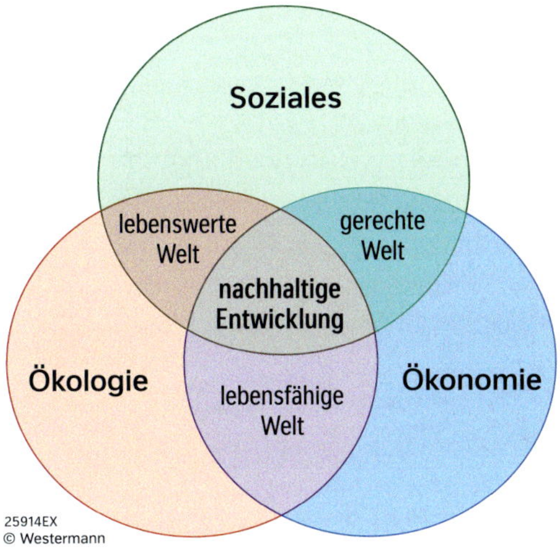

Wenn du überprüfen sollst, ob ein Projekt eine nachhaltige Entwicklung bewirkt, musst du die drei „Dimensionen" der Nachhaltigkeit analysieren: Ökonomie, Ökologie und Soziales.

M5 Bewertungsmaßstäbe, die das BMZ (Bundesministerium für wirtschaftliche Zusammenarbeit) nutzt

Relevanz: Inwieweit zielt die Entwicklungsmaßnahme auf die Lösung wichtiger Kernprobleme für das Land?
Effektivität: Welche Faktoren hemmen oder fördern das Verfehlen oder Erreichen eines Entwicklungsziels? Wie ist die Entwicklungsmaßnahme diesbezüglich einzuordnen?
Effizienz: Inwiefern ist der Aufwand gerechtfertigt, gemessen an der zu erzielenden Wirkung?
Entwicklungspolitische Wirkung: Inwiefern ist die Entwicklungsmaßnahme modellhaft und kann als Vorbild dienen?
Nachhaltigkeit: Sind die erzielten Wirkungen der Maßnahme nachhaltig und dauerhaft positiv?

M6 Deutsche Entwicklungszusammenarbeit mit Peru

Die deutsche Entwicklungszusammenarbeit unterstützt die peruanische Regierung dabei, den außergewöhnlichen Ressourcenreichtum Perus (viertgrößte Tropenwaldfläche weltweit, hohe Vielfalt an Flora und Fauna) zu schützen und besser in Wert zu setzen. [...]
Gestützt durch das Wirtschaftswachstum konnte die peruanische Regierung in den vergangenen Jahren signifikante Erfolge bei der Armutsbekämpfung erzielen.
Das hohe Wirtschaftswachstum ließ die Einnahmen des peruanischen Staates steigen, der daraufhin deutlich mehr Mittel für Sozialprogramme einsetzte.

Deutsche Botschaft Lima sowie Bundesministerium für wirtschaftliche Zusammenarbeit und Entwicklung

M7 Handelsabkommen: EU und Peru

Das Handelsabkommen zwischen der EU und Kolumbien/Ecuador/Peru sieht vor:

- stabilere und berechenbarere Rahmenbedingungen für Unternehmen,
- bessere Bedingungen für den Handel durch neue Vorschriften zu [...] Handelshemmnissen, Wettbewerb, [...]
- Zollsenkungen oder Zollfreiheit für fast alle Waren.
- Die laufenden Zahlungen und der Kapitalverkehr werden ebenfalls liberalisiert. Dies erleichtert den freien Verkehr von Dienstleistungen, Investitionen und Niederlassungen.

Die Vertragsparteien [verpflichten sich], die Menschenrechte zu achten, die Arbeitnehmerrechte zu garantieren und ein angemessenes Umweltschutzniveau zu gewährleisten.

Europäischen Kommission „DG TRADE", Brüssel

Aufgaben

1. Gib ein Beispiel für ein Entwicklungshemmnis, eine daraus folgende Strategie, ein mögliches Entwicklungsprojekt und seine Wirkung (M2).
2. Erkläre, was nachhaltige Entwicklung bedeutet (M4).
3. Welche der 17 Ziele der Agenda 2030 sind deiner Meinung nach die drei wichtigsten? Begründe (M1).
4. Bewerte das Handelsabkommen zwischen der EU und Peru, indem du die Prinzipien der WTO anwendest (M7, M3).
5. a) Überprüfe, ob die deutsche Entwicklungsarbeit mit Peru dem Leitbild der nachhaltigen Entwicklung entspricht (M6, M4).
   b) Diskutiert mögliche Zielkonflikte.
6. Ⓩ a) Informiere dich über das Barefoot College Projekt (Internet: Barefoot College Solarlösungen für die Ärmsten).
   b) Wende die Bewertungsmaßstäbe des BMZ auf dieses Projekt an (M5).

Wenn du diese Aufgaben erfolgreich bearbeitet hast, kannst du ...
... Strategien zur Entwicklung beschreiben.
... Entwicklungsmaßnahmen bewerten.
... die Fachbegriffe **Entwicklungszusammenarbeit**, **Agenda 2030** und **WTO** erklären.

Raumentwicklung bei uns

Nicht nur in den sogenannten Entwicklungsländern, sondern auch in Industrieländern wie Deutschland gibt es regionale Disparitäten. Es gibt zum Beispiel wirtschaftlich starke und schwache Gebiete. Wie können wirtschaftlich schwache Regionen zukunftsfähig und nachhaltig gestaltet werden? Und welche Voraussetzungen müssen dafür geschaffen werden?

Entwicklungschancen des ländlichen Raumes

Ländliche Gebiete, wie der Kreis Birkenfeld in Rheinland-Pfalz, sind häufig **strukturschwache Räume**. Damit diese Räume auf Dauer nicht wirtschaftlich „abgehängt" werden, müssen dort im Vergleich zu den wirtschaftlich starken Gebieten gleichwertige Lebensbedingungen geschaffen werden. Dazu gehört zum Beispiel, dass es genügend Arbeitsplätze gibt. Ansonsten ziehen vor allem junge, gut ausgebildete Arbeitskräfte aus ihrer Heimat fort.
Entwicklungschancen in strukturschwachen Räumen bietet zum Beispiel die Ansiedlung von Gewerbe- und Industriebetrieben, der Tourismus (z. B. der „sanfte Tourismus" durch die Einrichtung von Großschutzgebieten wie Nationalparks) oder die Erzeugung regenerativer Energien (z. B. Biomasse, Windkraft). Welche Ziele zur wirtschaftlichen Entwicklung hat die Gemeinde Hoppstädten-Weiersbach im Kreis Birkenfeld verfolgt?

M2 Der ehemalige Bürgermeister von Hoppstädten-Weiersbach, Arnold Meiborg, erinnert sich.

Als ich 1969 zum Bürgermeister gewählt wurde, gab es in unserem Dorf noch ungefähr 15 Bauern, ein paar Handwerker, aber keinen einzigen Industriebetrieb. Der Mangel an Arbeitsplätzen war ein großes Problem. Viele Arbeiterinnen und Arbeiter, die in Hoppstädten-Weiersbach wohnten, mussten auspendeln. Das änderte sich, nachdem es der Gemeinde gelang, die Firma Fissler in unserem Ort anzusiedeln. Dies war nur möglich, weil die Gemeinde die **Infrastruktur** ausgebaut hat. Sie hat Industriegebiete erschlossen, zum Beispiel Strom- und Wasserleitungen verlegt sowie Straßen gebaut. Außerdem hat die Gemeinde Grundstücke, die ihr gehörten, in den Industrie- und **Gewerbegebieten** zu einem günstigen Preis verkauft. Ein großer Vorteil für die Industrie ist die Nähe zur Autobahn. Hoppstädten-Weiersbach hat eine eigene Autobahnauffahrt und -ausfahrt. Hinzu kommt die gute Eisenbahnverbindung in das wirtschaftlich starke Rhein-Main-Gebiet. Auch der Umwelt-Campus, die Hochschule, ist für unseren Ort ein großer Gewinn.

INFO

Ein **strukturschwacher Raum** ist ein Gebiet, das mehrere der folgenden Merkmale aufweist: Randlage innerhalb Deutschlands, niedrige Bevölkerungsdichte (Einwohner pro Quadratkilometer), Wegzug vor allem junger Menschen, zu wenig Arbeitsplätze, schlechte Verkehrsverbindungen.

M1 Die Hochschule arbeitet mit Industriebetrieben zusammen.

In Hoppstädten-Weiersbach wurde auf dem Gelände eines ehemaligen Militär-Lazaretts (Krankenhaus) im Jahr 1996 eine neue Hochschule eröffnet, der Umwelt-Campus Birkenfeld. Dadurch wurden neue Arbeitsplätze geschaffen (1996: 14 Beschäftigte; 2020: 280 Beschäftigte).
Die Hochschule arbeitet mit einheimischen Industriebetrieben zusammen. Die Studierenden (2020: 2122) werden praxisnah ausgebildet und lernen dabei verschiedene berufliche Perspektiven kennen. Dadurch konnte ein Teil der hoch qualifizierten Absolventen der Hochschule in der Region gehalten werden. Die Industriebetriebe sind auf Fachkräfte angewiesen, damit sie wettbewerbsfähig bleiben.

M3 Blick auf Hoppstädten-Weiersbach

M4 Hoppstädten-Weiersbach: Einwohner und Berufspendler

	Einwohner	Einpendler	Auspendler	Pendler innerhalb der Gemeinde
1970	2329	156	540	362
2021	3703	1228	846	345

M5 Die beiden größten Arbeitgeber in der Gemeinde Hoppstädten-Weiersbach

Fissler

gegründet: 1845, seit 1973 in Hoppstädten-Weiersbach
Mitarbeiter: 535 Mitarbeiter weltweit, davon rund 336 in Hoppstädten-Weiersbach
Umsatz: 174 Mio. Euro (2020)
Bedeutung: einer der weltweit führenden Hersteller von qualitativ hochwertigem Kochgeschirr (z. B. Töpfe, Pfannen), Exportanteil rund 70 Prozent
wichtigstes Absatzland: China

ROFU Spielwaren und mehr!

gegründet: 1962, seit 1992 in Hoppstädten-Weiersbach
Mitarbeiter: rund 2100 Mitarbeiter, davon 400 in Hoppstädten-Weiersbach
Umsatz: 153 Mio. Euro (2020)
Bedeutung: einer der in Deutschland führenden Spielwarenhändler
96 Spielwarengeschäfte in sechs Bundesländern: Rheinland-Pfalz, Hessen, Baden-Württemberg, Bayern, Saarland und Nordrhein-Westfalen

Aufgaben

1. Beschreibe den Ort Hoppstädten-Weiersbach um das Jahr 1970 (M2, M4).
2. Arbeite Standortfaktoren heraus, warum Unternehmen wie Fissler und Rofu Hoppstädten-Weiersbach als Standort gewählt haben (M2, M3).
3. Ⓦ Wähle aus: Stellt die wirtschaftliche Entwicklung von Hoppstädten-Weiersbach dar (M1 – M5)
   A in einem Text.
   B auf einer Wandzeitung (vgl. S. 312).
4. „Hoppstädten-Weiersbach war eine Auspendlergemeinde, heute ist der Ort eine Einpendlergemeinde." Nimm Stellung zu dieser Aussage (M4).
5. Beurteile, ob Hoppstädten-Weiersbach ein gutes Beispiel zur nachhaltigen Entwicklung strukturschwacher Räume ist (Info).
6. Ⓩ Erstelle eine Liste mit zehn Gewerbe- und Industriebetrieben, die es heute in Hoppstädten-Weiersbach gibt (Internet, vgl. S. 310).

Wenn du diese Aufgaben erfolgreich bearbeitet hast, kannst du ...
... beschreiben, welche Probleme es in einem wirtschaftlich schwachen Gebiet gibt.
... erklären, wie sich ein Dorf in einem strukturschwachen Raum zu einer Gewerbe- und Industriegemeinde entwickeln kann.
... die Fachbegriffe **strukturschwacher Raum**, **Infrastruktur** und **Gewerbegebiet** erklären.

Gewusst? – Gekonnt!

M1 Die Reisen der „Entdecker“

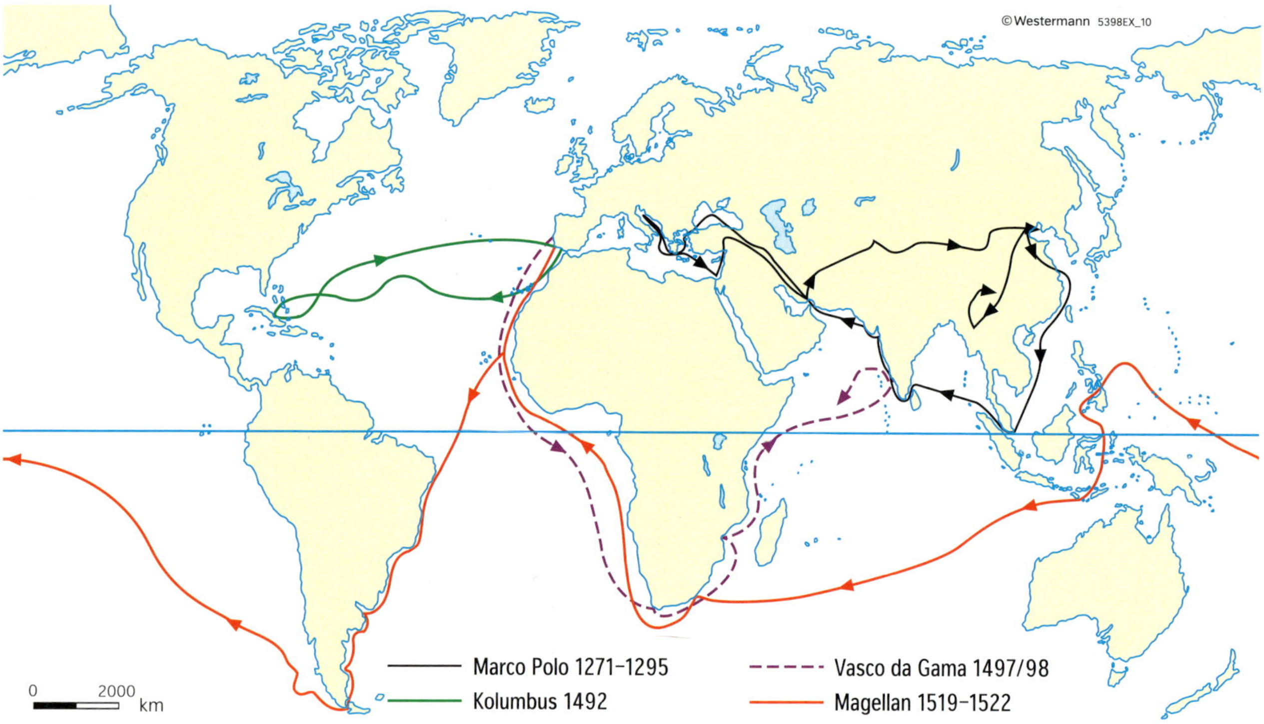

❶ a) Verfolge die Reisen der vier „Entdecker“ und notiere zu jeder Route die entdeckten Kontinente.
b) Wähle einen der „Entdecker“ und erläutere die Bedeutung seiner Entdeckung für die Veränderung des Weltbilds.
Schülerbuch, Seiten 202 – 203

M2 Zwei Männer bestimmen das Schicksal von Tenochtitlán

❷ a) Berichte über Tenochtitlán.
b) Notiere die Namen der Männer in M2.
c) Erkläre, inwiefern sie das Schicksal von Tenochtitlán bestimmten.
Schülerbuch, Seiten 200 – 201

M3 Der Dreieckshandel

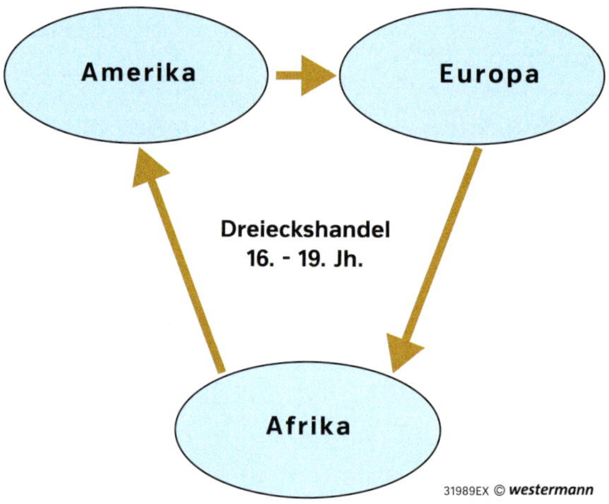

❸ Zeichne die Grafik in M3 ab. Schreibe an die Pfeile die Waren, die beim Dreieckshandel wichtig waren.
Schülerbuch, Seiten 208 – 209

❹ Am 9. November 2007 wurde in München die „Von-Trotha-Straße“ in „Hererostraße“ umbenannt. Das alte Schild wurde bewusst nur überklebt und nicht abgehängt.
a) Erläutere, warum die Straße in München umbenannt wurde.
b) „Man sollte die Dinge, die in der Vergangenheit schlecht waren, einfach vergessen.“ Nimm Stellung zu dieser Aussage.
Schülerbuch, Seiten 214 – 216

M4 Karikatur

Bewerte dich selbst mit dem Ampelsystem, das du bereits kennengelernt hast.

❻ Werte die Karikatur M4 in Schritten aus.
Schülerbuch, Seiten 216 – 219 und 139

❼ Begründe, warum man statt des Begriffs Entwicklungshilfe heute den Begriff Entwicklungszusammenarbeit verwendet.
Schülerbuch, Seiten 224 – 225

❽ Schreibe einen Bericht über Peru. Gehe insbesondere auf die Probleme des Landes ein.
Schülerbuch, Seiten 222 – 223

M5 Entwicklungszusammenarbeit – viele Wege?

❺ a) Beschreibe die Abbildung in M5.
b) Notiere eine passende Frage des Mannes mit dem Koffer (M5) und eine passende Antwort.
Schülerbuch, Seiten 224 – 225

M6 Bau von Schulen und Kochen mit Sonnenenergie

❾ a) Beschreibe die Maßnahmen der Entwicklungszusammenarbeit, die in M6 zu sehen sind.
b) Beurteile diese Maßnahmen im Hinblick auf die gewählte Entwicklungsstrategie.
Schülerbuch, Seiten 224 – 225

❿ Notiere Indikatoren, die man beim Vergleich des Entwicklungsstands von Ländern berücksichtigen kann.
Schülerbuch, Seiten 216 – 219

Fachbegriffe

die Agenda 2030
das Bruttonationaleinkommen (BNE)
der Dreieckshandel
das Entwicklungsland
die Entwicklungszusammenarbeit
die Europäisierung
das Geographische Informationssystem (GIS)
das Gewerbegebiet
der Human Development Index (HDI)
der Imperialismus
die indigene Bevölkerung
das Industrieland
der informeller Sektor
die Infrastruktur
die Karavelle
die Kolonialwaren
die Kolonie
der Konquistador (die Konquistadoren)
die Least Developed Countries (LDC)
die Plantagenwirtschaft
das Pro-Kopf-Einkommen
die Renaissance
das Schwellenland
die Sklaverei
der strukturschwache Raum
die Terms of Trade
der Völkermord
das WebGis
die WTO

WES-105342-229
westermann.de/webcode

Erster Weltkrieg und Weimarer Republik

Das Gemälde entstand 1919, also kurz nach dem Ende des Ersten Weltkriegs (1914 – 1918). Der Maler nannte sein Gemälde „Die Ernte der Schlacht".
Was meinte er damit?
Die Ernte ist für den Bauern die wichtigste Zeit im Jahr, weil sie ihn für die Mühe seiner Arbeit während des Jahres entschädigt.
Wie sieht der Maler die Ernte der Schlacht?
Was haben vier Kriegsjahre gebracht?
Tauscht euch über eure Eindrücke aus.
Betrachtet dann Einzelheiten: Wer ist wie dargestellt? Wie sieht die Landschaft aus?
Was sieht man im Hintergrund?
In diesem Kapitel erfahrt ihr, wie es zum Ausbruch des Ersten Weltkriegs kam und was die Folgen waren.

rechts: The Harvest of Battle (Die Ernte der Schlacht), Gemälde von C. R. W. Nevinson, 1919, Imperial War Museum, London

Europas langer Weg in den Ersten Weltkrieg

Am 11. November 1918 beendete der Waffenstillstand von Compiègne den Ersten Weltkrieg. Nach vier verheerenden Kriegsjahren mit insgesamt ungefähr 20 Millionen Toten und ebenso vielen Verletzten hatte sich die Welt grundlegend verändert. Was waren Ursachen und Anlass für den Ersten Weltkrieg?

M1 Rüstungsausgaben

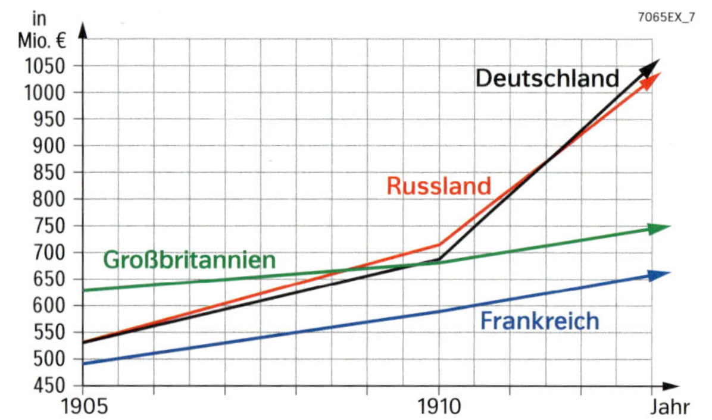

Die langfristigen Kriegsursachen

Mit der Gründung des Deutschen Kaiserreiches entstand am 18. Januar 1871 der erste deutsche Nationalstaat. Deutschland war nun die politisch, wirtschaftlich und militärisch stärkste Kraft in Mitteleuropa. Rückblickend ist diese Epoche durch viele Widersprüche geprägt.

Einerseits entwickelte sich durch die Industrialisierung eine zunehmend globale Wirtschaft. Fortschritte in Wissenschaft und Technik förderten diese Entwicklung. Das Kaiserreich hatte eine Verfassung und ein Parlament sowie eine vielfältige Presselandschaft.

Andererseits war die Gesellschaft durch ein autoritäres Verständnis von Staat und Gesellschaft geprägt. Demokratische Bestrebungen wurden unterdrückt, das Parlament hatte nur begrenzte Macht, das Militär und die Monarchie wurden verherrlicht.

Mit der Thronbesteigung Kaiser Wilhelms II. 1888 veränderte sich die Außenpolitik: Das Deutsche Reich wollte nun als Weltmacht anerkannt werden. Diese Neuausrichtung führte zu Spannungen mit den anderen europäischen Großmächten. Ein Wettrüsten begann. Es wurden Bündnisse gebildet: auf der einen Seite die sogenannte **„Entente“** (Frankreich, Großbritannien, Russland) und auf der anderen Seite die sogenannten **„Mittelmächte“** (Deutschland, Österreich-Ungarn).

M2 Das Attentat von Sarajevo, von einem Zeitzeugen gemalt

Ein Ereignis mit verheerenden Folgen

Der 28. Juni 1914 veränderte die Situation in Europa schlagartig. Der österreichische Thronfolger Franz Ferdinand und seine Frau wurden in Sarajevo Opfer eines Attentats. Jetzt traten die europäischen Bündnisse in Kraft. Nur vier Wochen später hatte ganz Europa zu den Waffen gegriffen und der Erste Weltkrieg begann. In Berlin richtete sich der deutsche Kaiser Wilhelm II. mit den Worten „Mitten im Frieden überfällt uns der Feind. Darum auf! zu den Waffen!“ an sein Volk. Viele junge Männer meldeten sich freiwillig zum Kriegsdienst und zogen mit großer Begeisterung in den Krieg.

M3 Quelle: Thomas Hardy (Dichter und Soldat, 1914)

Men Who March Away

In our heart of hearts believing
  Victory crowns the just,
  And that braggarts must
  Surely bite the dust,
Press we to the field ungrieving,
In our heart of hearts believing
  Victory crowns the just.

Brian Gardner (Hrsg.): Up the line to death. The War Poets 1914–1918. London: Eyre Methuen 1964, S. 7

victory = Sieg; *the just* = die Gerechten; *braggart* = Angeber
bite the dust = ins Gras beißen; *field* = hier: Schlachtfeld
ungrieving = nicht trauernd

M4 Deutsche Soldaten 1914 auf dem Weg nach Frankreich

M5 Quelle: Kaiser Franz Joseph von Österreich über das Attentat von Sarajewo

Das gegen meinen armen Neffen verübte Attentat ist die direkte Folge der von den russischen und serbischen Panslawisten betriebenen Agitation, deren einziges Ziel die Schwächung des Dreibundes und die Zertrümmerung meines Reiches ist. Nach allen bisherigen Erhebungen hat es sich in Sarajewo nicht um die Bluttat eines einzelnen, sondern um ein wohlorganisiertes Komplott gehandelt, dessen Fäden nach Belgrad reichen, und wenn es auch vermutlich unmöglich sein wird, die Komplizität der serbischen Regierung nachzuweisen, so kann man wohl nicht im Zweifel darüber sein, daß ihre auf die Vereinigung aller Südslawen unter serbischer Flagge gerichtete Politik solche Verbrechen fördert, und daß die Andauer dieses Zustandes eine dauernde Gefahr für mein Haus und für meine Länder bildet ...

Kaiser Franz Joseph über das Attentat von Sarajewo. Aus dem Handschreiben an Kaiser Wilhelm II. vom 2. VII. 1914.

M6 Österreich-Ungarn und die Nachbarländer auf dem Balkan 1914

M7 Quelle: Kaiser Wilhelm der II., Rede am 4.8.1914, Auszug

Die Kaiserlich Russische Regierung hat sich, dem Drängen eines unersättlichen Nationalismus nachgebend, für einen Staat eingesetzt, der durch Begünstigung verbrecherischer Anschläge das Unheil dieses Krieges veranlasste. Dass auch Frankreich sich auf die Seite unserer Gegner gestellt hat, konnte uns nicht überraschen. […]

An die Völker und Stämme des Deutschen Reiches ergeht mein Ruf, mit gesamter Kraft, in brüderlichem Zusammenstehen mit unseren Bundesgenossen, zu verteidigen, was wir in friedlicher Absicht geschaffen haben. Nach dem Beispiel unserer Väter, fest und getreu, ernst und ritterlich, demütig vor Gott und kampfesfroh vor dem Feind, so vertrauen wir der ewigen Allmacht, die unsere Abwehr stärken und zu gutem Ende lenken wolle!

Verhandlungen des Reichstags. Eröffnungssitzung im Weißen Saale des Königlichen Schlosses zu Berlin am 4. August 1914.

Aufgaben

1. a) Beschreibe die politische und gesellschaftliche Situation im Deutschen Kaiserreich (Text).
   b) Beurteile das Deutsche Kaiserreich in Bezug auf Rückständigkeit und Fortschritt (Text).
2. Nenne die Gründe für den Ausbruch des Ersten Weltkriegs. Unterscheide nach Ursachen und Anlass (M1, M2, Text).
3. Nimm Stellung zur Aussage „Mitten im Frieden überfällt uns der Feind" von Kaiser Wilhelm II. (Text).
4. (W) Wähle aus: Werte die Quellen aus (M3, M5, M7).

A Vergleiche die Quellen in Bezug auf die Frage der Kriegsschuld.

B Vergleiche die Quellen in Bezug auf die Rechtfertigung des Eintritts in den Krieg.

5. Analysiere die Abbildung M2 in Bezug auf das Geschichtsbild, das durch die mediale Darstellung vermittelt wird.
6. (Z) Vergleiche die Begeisterung für den Krieg auf deutscher und britischer Seite (M3, M4).

Wenn du diese Aufgaben erfolgreich bearbeitet hast, kannst du ...
... die politische und gesellschaftliche Situation im Deutschen Kaiserreich vor dem Ersten Weltkrieg beschreiben.
... die Ursachen und den Anlass des Ersten Weltkriegs erläutern.
... die Fachbegriffe **Entente** und **Mittelmächte** erklären.

METHODE

Ein historisches Planspiel durchführen

Im Juli 1914, nach der Ermordung des österreichischen Thronfolgers Franz Ferdinand in Sarajevo, eskalierten die Spannungen zwischen den europäischen Mächten. In der sogenannte Julikrise wurden die Entscheidungen getroffen, die für die Zukunft Europas Krieg oder Frieden bedeuteten. Wäre dieser Krieg vermeidbar gewesen? Welche Motive beeinflussten das Handeln der Politiker?
In einem historischen Planspiel könnt ihr die verschiedenen Sichtweisen der Politiker nachstellen.

M1 Spielplan: Der Spielplan kann entsprechend dem Spielverlauf ergänzt werden.

Spielrunde	Ö	R	GB	D	F
1					
2					
3					
4					
5					
...					

M2 Karikatur zur Situation auf dem Balkan, englisches Satiremagazin „Punch“, 1912

Die Akteure des Planspiels sind in dieser Karikatur dargestellt.

Drei Schritte zur Durchführung eines historischen Planspiels

1. Schritt Vorbereitung

- Bildet Gruppen, in diesem Fall fünf. Jede Gruppe vertritt „ein Staatsoberhaupt“ oder „einen Staat“ im Planspiel.
- Kopiert den Spielplan (M1).
- Notiert mögliche Aktionen für das Planspiel an der Tafel.
- Lest euch die Rollenkarten sorgfältig durch.
- Notiert Stichworte zu euren Rollen. Folgende Fragen können euch bei diesem Planspiel helfen:
  Was sind unsere Ziele?
  Was sind unsere Sorgen?
  Was ist unsere Strategie?
  Mit wem sind wir verbündet?
  Wie können wir einen Krieg vermeiden?
- Bereitet euch in eurer Gruppe gemeinsam auf das Planspiel vor und wählt ein „Staatsoberhaupt“.
- Die Spielleitung übernimmt eure Lehrkraft oder eine gewählte Person.

2. Schritt Durchführung

- Zeigt durch ein Namensschild oder eine Requisite, welche Interessen ihr vertretet.
- Führt die erste Spielrunde durch:
  Jeder Staat (also jede Gruppe) entscheidet, welche Aktion durchgeführt werden soll. Das Staatsoberhaupt hat im Zweifelsfall das letzte Wort.
  Die gewählte Aktion wird auf einen Zettel geschrieben.
- Die Spielleitung sammelt alle Zettel ein. Erst dann werden die einzelnen Aktionen aller Staaten vorgetragen und im Spielplan notiert (M2).
- Die nächste Spielrunde beginnt:
  Jeder Staat reagiert mit einer weiteren Aktion auf die bisherigen Reaktionen der anderen Staaten.
  Die Zettel werden wieder eingesammelt, die Aktionen werden im Spielplan notiert.
- Die Spielrunden werden fortgesetzt. In jeder Spielrunde muss sich jeder Staat für eine Aktion entscheiden.
- Das Spiel ist beendet, wenn die Krise abgewendet oder der Krieg ausgebrochen ist.

3. Schritt Auswertung

- Tauscht euch über eure Erfahrungen und Eindrücke aus.
- Diskutiert, ob der Ausbruch des Ersten Weltkrieges in der Julikrise vermeidbar gewesen wäre.

schueler.diercke.de | 100870-106-01

M3 Rollenkarte Kaiser Franz Joseph I.

Nach der Gründung des Deutschen Kaiserreiches 1871 hatte Österreich das Ziel, seinen Status als Großmacht zu erhalten. Das war allerdings keine leichte Aufgabe. Die Wirtschaft stagnierte, militärisch verlor Österreich zunehmend an Bedeutung und auch der politische und gesellschaftliche Zusammenhalt im Vielvölkerstaat bröckelte.
Der Balkan war für Österreich eine wichtige Einflusssphäre. Russland unterstützte die Unabhängigkeitsbewegungen auf dem Balkan, denen sich Österreich entschieden entgegenstellte.
Das Attentat bot Österreich nun den Anlass, zwei entscheidende Fragen zu klären: Würde es die Vormachtstellung auf dem Balkan halten? Und würde man sich gegen eine andere Großmacht – Russland – behaupten können?
Das militärische Risiko wurde als eher gering eingeschätzt, da die Unterstützung des mächtigen Deutschland als gewiss galt.

M4 Rollenkarte Zar Nikolaus II.

Russland hatte seit den 1870er Jahren das Ziel, seinen Einfluss auf dem Balkan auszudehnen. Seine Forderung nach einem großserbischen Balkanreich unter russischer Führung konnte es nicht durchsetzen und machte Deutschland dafür verantwortlich. Das Verhältnis zu Deutschland kühlte sich spürbar ab. Russland trat 1907 der Entente von Großbritannien und Frankreich bei.
Im Vergleich zu den anderen europäischen Staaten war die russische Industrialisierung rückständig. Hinzu kamen eine herbe Niederlage im Krieg gegen Japan 1905 sowie innenpolitische Konflikte durch revolutionäre Umtriebe.
Seit 1908 wurde die Einflussnahme auf dem Balkan systematisch erhöht, wodurch die Spannungen mit Österreich zunahmen. Russland weigerte sich, dem Druck nachzugeben. Auch das russische Militär wollte sich nach 1905 beweisen und einem Waffengang nicht aus dem Weg gehen.

M5 Rollenkarte King George V.

Großbritannien hatte mehrfach versucht, ein Bündnis mit Deutschland zu schließen. Die Forderungen Deutschlands waren jedoch umfassend: Anerkennung als gleichwertige Großmacht und Ausbau der deutschen Kolonien. Die deutsche Flottenpolitik wurde als Bedrohung der britischen Seeherrschaft aufgefasst. Durch enormes wirtschaftliches Wachstum drohte Deutschland Großbritannien als führende Wirtschaftsmacht zu überholen.
Großbritannien zog es daher vor, sich mit Frankreich in Kolonialfragen zu einigen und ein Bündnis einzugehen. 1907 schloss sich auch Russland dieser Entente an. Großbritannien hatte kein Interesse daran, dass der europäische Kontinent von Deutschland dominiert wurde. Traditionell hatte Großbritannien immer eine Politik des Ausgleiches der Mächte in Kontinentaleuropa verfolgt.

M6 Rollenkarte Kaiser Wilhelm II.

Unter Kaiser Wilhelm II. machte das Deutsche Kaiserreich ab 1888 seinen Anspruch als europäische Führungsnation geltend. Die Wirtschaft des Kaiserreichs boomte und die Stimmung wurde zunehmend nationalistisch. Deutschland betrieb eine aggressive Kolonialpolitik und baute eine große Flotte. Bei den anderen europäischen Nationen weckte dies großes Misstrauen.
Österreich war der einzig zuverlässige Bündnispartner, den Deutschland 1914 noch hatte. Deutschland sah den Zeitpunkt gekommen, den Bündnispartner dabei zu unterstützen, seinen Status als Großmacht zurückzugewinnen. Die russischen Expansionspläne mussten verhindert werden, bevor Russlands Militär durch Aufrüstungspolitik zu stark wurde.
In der Julikrise stellte sich Deutschland mit einer „Blankovollmacht" entschieden an die Seite Österreichs in der Hoffnung, dass Russland sich davon einschüchtern ließe.

M7 Rollenkarte Präsident Raymond Poincaré

Nach dem verlorenen Krieg 1870/71 verfiel Frankreich in eine allgemeine Depression. Die Niederlage und der Gebietsverlust von Elsass-Lothringen wurden als große Demütigung empfunden. Das nun größere und geeinte Deutschland war sowohl wirtschaftlich als auch militärisch stärker.
Durch Bismarcks Bündnispolitik war Frankreich in eine Außenseiterposition geraten. Trotz eines riesigen Kolonialreiches stagnierte die französische Wirtschaft. Um sich aus der Isolation zu befreien, benötigte Frankreich Bündnispartner. 1904 schloss Frankreich mit Großbritannien die Entente, der Russland 1907 beitrat.
Innenpolitische Spannungen wurden auf das einende Ziel, die an Deutschland verlorenen Gebiete zurückzugewinnen umgeleitet. Direkt vor dem Krieg verhielt sich Frankreich militärisch zunächst bewusst passiv, um Deutschland als Kriegsauslöser dastehen zu lassen.

M8 Mögliche Aktionen für das Planspiel „Julikrise"

Nach dem Attentat treten die Staaten nun in Aktion. Dafür stehen ihnen folgende Aktionen zur Verfügung:

1. Keine Aktion/Abwarten
2. Diplomatische Note (Stellungnahme)
3. Protestschreiben
4. Abbruch der diplomatischen Beziehungen
5. Ultimatum (Forderung mit einer Frist)
6. Mobilmachung der Armee
7. Kriegserklärung

Aufgaben

❶ Führt das historische Planspiel durch.

❷ a) Fasst die Motive der Politiker in der Julikrise zusammen.
b) Beurteilt das Handeln der Politiker in der Julikrise.

❸ Werte die Karikatur aus (M2, vgl. 167).

Wenn du diese Aufgaben erfolgreich bearbeitet hast, kannst du ...
... in einem historischen Planspiel eine vorgegebene Position übernehmen und aus dieser Rolle heraus Entscheidungen treffen und vertreten.
... kannst du die Motive und das Handeln der Politiker in der Julikrise beurteilen.

Der erste industrialisierte Krieg

Noch im Spätsommer 1914 hatten viele Soldaten gehofft, der Krieg sei Weihnachten schon wieder beendet. Es sollten aber noch vier Jahre vergehen. Die Bilanz dieses ersten „modernen" Krieges der Industriegesellschaft ist verheerend: ungefähr 20 Millionen Tote und ungefähr 21 Millionen Verletzte. Historiker sprechen von der „Urkatastrophe des 20. Jahrhunderts". Wie verlief der Erste Weltkrieg? Warum war er anders als die bisherigen Kriege?

M2 Im Kampf im Ersten Weltkrieg

Vom Bewegungskrieg zum Stellungkrieg

Anfang August 1914 marschierten deutsche Truppen durch das neutrale Belgien Richtung Frankreich. Deutschland wollte einen Krieg an zwei Fronten vermeiden. Frankreich sollte innerhalb von wenigen Wochen besiegt werden, noch bevor britische Truppen zur Unterstützung eintreffen konnten. Nach dem Sieg an der Westfront sollten dann alle deutschen Truppen gegen Russland eingesetzt werden. Anfangs verlief der Krieg für Deutschland nach Plan, jedoch kam der Angriff bereits nach vier Wochen zum Stehen. Die Westfront erstarrte von der Nordsee bis zur Schweizer Grenze und beide Seiten verschanzten sich in Schützengräben. Der Bewegungskrieg war zum **Stellungskrieg** geworden.
An der Ostfront konnte die deutsche Armee zwar durchaus Erfolge erzielen, aber keine kriegsentscheidenden. Auch dort ging der Bewegungskrieg ab Mai 1915 in einen Stellungskrieg über.

M1 Quelle: Paul Knoch, Offiziersanwärter, in einem Brief an seine Eltern (7.4.1918)

Habe eben gegessen und mich seit einigen Tagen mal wieder gründlich gewaschen. Großartiges Gefühl. […] Sieht alles furchtbar verwüstet aus. Trichter neben Trichter, manche Dörfer […] bis auf 1 m hohe Steinmauern von der Bildfläche verschwunden, von Bäumen stehen nur noch zersplitterte Stümpfe. An den Straßen liegen überall tote Pferde, Leichen von Deutschen, Engländern und Franzosen, Ausrüstungsstücke, Gewehre, Munition. Hier und da mal eine zerschossene oder zurückgelassene englische Kanone. Man hat sich schon vollkommen an dieses Bild gewöhnt. Weiter darüber nachdenken darf man nicht.

Gerhard Hirschfeld/Gerd Krumeich: Deutschland im Ersten Weltkrieg. Frankfurt/M.: S. Fischer Verlag 2013, S. 248

Der industrialisierte Krieg

Mit Beginn des Stellungskrieges zeigte der Krieg sein grausames Gesicht. Den Alltag der Frontsoldaten prägte nun der Kampf aus befestigten, weit verzweigten Schützengräben mit modernen Waffen. In immer größeren Materialschlachten wurden mit industriell gefertigten Maschinengewehren, Minen und Granaten große Landstriche verwüstet. Erstmals wurden auch Giftgas und Flammenwerfer eingesetzt. Tagelanges Trommelfeuer, verlustreiche Angriffe mit minimalem Geländegewinn, Hunger und Erschöpfung zermürbten die Soldaten.
Die Schlacht um das nordfranzösische Verdun 1916 gilt als Symbol für diese Art der Kriegsführung. In 300 Tagen und 300 Nächten ohne Waffenruhe waren insgesamt etwa 300 000 Tote und Vermisste und etwa 400 00 Verletzte auf beiden Seiten zu beklagen. Auch an der Ostfront kam es zu Materialschlachten.

M3 Britische Soldaten in einem Schützengraben in der Schlacht an der Somme 1916

M4 Europa im Ersten Weltkrieg (1914–1918)

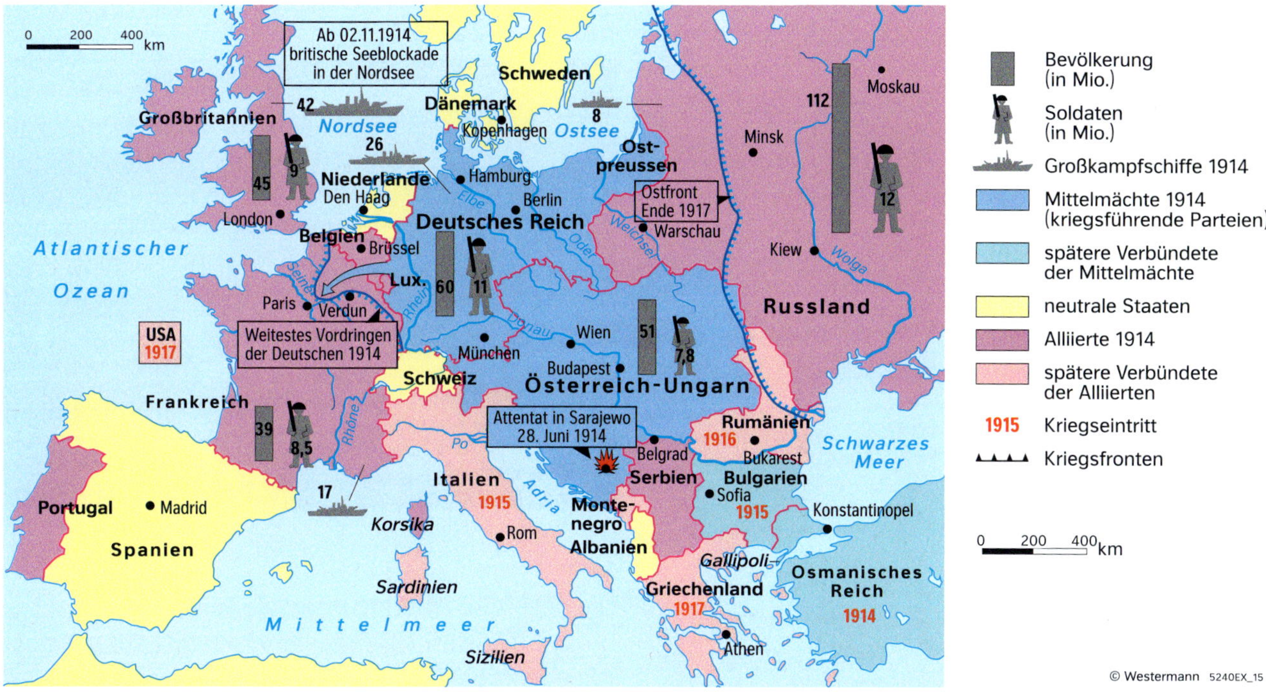

M5 Frauen an der „Heimatfront"

Nicht nur die Soldaten, sondern auch die sogenannte Heimatfront galt im Ersten Weltkrieg als entscheidend für Sieg oder Niederlage. Der Krieg wurde so zu einer gesamtgesellschaftlichen Erfahrung.
In allen Ländern wurde die Wirtschaft auf Krieg umgestellt. Die Industrie stellte vorrangig Rüstungsgüter her, also Waffen, Munition, Uniformen, Fahrzeuge und Treibstoffe.
Zur Arbeit in den Fabriken wurden vermehrt Frauen herangezogen. Frauen waren dadurch in Wirtschaft und Gesellschaft so sichtbar wie nie zuvor. Nahrungsmittel und Rohstoffe wurden rationiert. Um die Soldaten und die Zivilbevölkerung zum Durchhalten zu motivieren, setzten alle kriegführenden Staaten Propaganda in einem bis dahin nicht gekannten Ausmaß ein.

INTERNET

https://ersterweltkrieg.bundesarchiv.de/
digitalisierte Bilder, Filme und Tonaufnahmen

Aufgaben

1. Lege eine Tabelle an und trage die Länder ein, die zu den Mittelmächten und zu den Alliierten gehörten sowie ihre späteren Verbündeten (M4).
2. Vergleiche die Zahl der Soldaten der Mittelmächte mit der Zahl der Soldaten der Alliierten (M4).
3. a) Beschreibe den Bewegungskrieg zu Beginn des Ersten Weltkriegs (Text).
   b) Stelle dar, wie sich der Krieg veränderte (M1, M2, M3, Text).
   c) Der Erste Weltkrieg war der erste industrialisierte Krieg. Nimm Stellung (Text).
4. Beschreibe die Kriegserfahrungen von Paul Knoch (M1).
5. Ⓦ Wähle aus:
   Schildere die Situation in Deutschland (M5), indem du
   A einen Antwortbrief an Paul Knoch von seinen Eltern schreibst.
   B den Alltag aus der Sicht einer Fabrikarbeiterin beschreibst.
6. Ⓩ Recherchiere im Bundesarchiv über den Ersten Weltkrieg. Stelle einen Bericht zusammen, verwende korrekte Quellenangaben (Internet, vgl. S. 109, 310).

Wenn du diese Aufgaben erfolgreich bearbeitet hast, kannst du ...
... die Erscheinungsformen des Ersten Weltkriegs erläutern.
... den Fachbegriff **Stellungskrieg** erklären.

Die USA und die UdSSR im Epochenjahr 1917

Materialschlachten, Massensterben, Stellungskrieg, zunehmende Kriegsmüdigkeit und kein Ende in Sicht. Das war die Situation Anfang des Kriegsjahres 1917. Was brachte die Wende? Welche Auswirkungen hatte der erste „moderne" Krieg in Europa und weltweit?

M1 Präsident Wilsons „14 Punkte"

Während Deutschland und Russland über einen Frieden verhandelten, verkündete Präsident Wilson am 8. Januar 1918 sein amerikanisches Friedensprogramm:

1. *Öffentlichkeit der Friedensverträge, keine geheimen internationalen Vereinbarungen;*
2. *Freiheit der Meere;*
3. *Gleichheit der Handelsbeziehungen unter den Nationen;*
4. *Abrüstung aller auf ein Mindestmaß;*
5. *unparteiische Neuregelung der Kolonialfragen;*
6. *Räumung Russlands;*
7. *Räumung und Wiederherstellung Belgiens;*
8. *Räumung Frankreichs, Wiederherstellung der besetzten Gebiete, Abtretung Elsass-Lothringens;*
9. *Berichtigung der Grenzen Italiens „nach klar erkennbaren nationalen Linien";*
10. *für die Völker Österreich-Ungarns autonome Entwicklung;*
11. *Räumung und Wiederherstellung Rumäniens, Serbiens, Montenegros; für Serbien freier Zugang zum Meer;*
12. *Autonome Entwicklung für die nichttürkischen Völker des osmanischen Reiches;*
13. *unabhängiger polnischer Staat, „der die von zweifellos polnischer Bevölkerung bewohnten Gebiete einschließen musste", mit freiem Zugang zum Meer;*
14. *Errichtung eines Völkerbundes.*

aus didaktischen Gründen verändert
U.S. Diplomatic Mission to Germany, Public Affairs, Information Resource Centers (aktualisiert August 2001)

M2 Die Lusitania, der damals größte Passagierdampfer der Welt, wurde am 7.5.1915 von einem deutschen U-Boot versenkt.

Die Lusitania war ein britisches Schiff. Bei dieser Schiffskatastrophe kamen 1198 Menschen ums Leben, darunter 128 Amerikaner.

M3 Der Congress stimmt Präsident Woodrow Wilsons Kriegserklärung an das Deutsche Reich zu (2.4.1917).

1917 – die Kriegswende

Die deutsche Oberste Heeresleitung begann im Februar 1917 den uneingeschränkten U-Boot-Krieg. Als Reaktion darauf traten die USA in den Krieg ein. Das Kräfteverhältnis verschob sich zugunsten der Alliierten. In Russland verschärfte der Krieg die politischen und sozialen Probleme. Proteste und Unruhen nahmen zu. In der Februarrevolution 1917 wurde der Zar zur Abdankung gezwungen. In der Oktoberrevolution 1917 rief Wladimir Lenin die „Sozialistische Räterepublik" aus. Diese beiden Revolutionen führten zu einem mehrjährigen Bürgerkrieg. Durch den Friedensvertrag von Brest-Litowsk vom 3. März 1918 war der Erste Weltkrieg für Russland beendet.

Die Situation in Russland entlastete die Mittelmächte und führte zum Kriegsende an der Ostfront. Im Sommer 1918 begann der Gegenangriff der Alliierten im Westen. Die deutsche Oberste Heeresleitung lehnte die Verantwortung für die Niederlage des deutschen Heeres ab. Stattdessen musste die deutsche Regierung den Waffenstillstand am 11.11.1918 unterzeichnen.

Die politischen, wirtschaftlichen und sozialen Umwälzungen konzentrieren sich im Jahr 1917 in so besonderer Weise, dass es auch als **Epochenjahr** bezeichnet wird. Am Ende des Ersten Weltkrieges gingen große europäische Monarchien unter und weltpolitisch begann das Spannungsverhältnis zwischen den USA und der Sowjetunion. Es wurde prägend für das 20. Jahrhundert.

INFO

Die **Bolschewisten** waren eine radikale Gruppe innerhalb der Sozialdemokratischen Arbeiterpartei Russlands, die von Lenin angeführt wurde.

schueler.diercke.de | 100870-029-03

M4 Lenin, der Begründer der Sowjetunion

„Proletarier aller Länder und unterdrückte Völker vereinigt euch!"

M5 Der Historiker Jörn Leonhard über 1917

Die beiden Revolutionen in Russland und der programmatisch begründete Kriegseintritt der USA bilden den welthistorischen Spannungsbogen des Jahres 1917: Es entstand eine neue ideologische Konkurrenz zwischen Weltrevolution und Weltdemokratie. Lenin und Wilson boten unterschiedliche und doch entfernt verwandte Konzepte für die Zeit nach dem Krieg an. Schon im Januar 1917 hatte der amerikanische Präsident die Vision einer neuen Weltordnung entwickelt, die auf dem Ideal nationaler Selbstbestimmung gründete. Die kleinen Völker sollten gleichrangig neben den etablierten Mächten stehen. [...] Diese Forderung korrespondierte mit Wilsons Sicht auf die Ursache dieses Weltkriegs, die er vor allem in der Unterdrückung zahlreicher Nationalitäten in Kontinentaleuropa erkannte.
Der Appell an die Selbstbestimmung lief auf eine weltpolitische Neuordnung hinaus, die mit den imperialistischen Zielen der europäischen Kriegsmächte zwangsläufig kollidierte.

Jörn Leonhard: Der globale Moment. ZEIT Geschichte Nr. 2/2017, 21. Mai 2017, Zeit online 21.5.2017

M6 Russische Karikatur, 1920

„Genosse Lenin reinigt die Erde von Unrat"

M7 Der Historiker Sönke Neitzel über 1917

Der **Kommunismus** brauchte als Strömung das Stahlgewitter des Ersten Weltkrieges, um gedeihen zu können. Wenn man sich 1916 mit Russland geeinigt hätte, wäre es nie zur Revolution gekommen. Aber mit den erfolgreichen Bolschewiki (**Bolschewisten**) entsteht ein neuer Feind. Und diese bolschewistische Gefahr sitzt auch mit am Tisch, als in Versailles und bei den anderen Pariser Vorortverträgen verhandelt wird. Die Siegermächte fragen sich, wie sie Deutschland eigentlich zurechtschneiden sollen – es darf nicht zu schwach werden, es muss ein Bollwerk bleiben gegen den Osten. Alle Mächte sind sich einig: Wenn sich der Kommunismus weiter ausbreitet, hängen wir bald am nächsten Laternenpfahl. Und diese Angst setzt sich fort bis weit in die zwanziger, dreißiger Jahre hinein.

Andreas Kilb, Tobias Rüther, Sönke Neitzel: Europäer marschieren nicht aufrecht. FAZ 17.07.2017

Aufgaben

1. Erstelle eine Zeitleiste mit den Ereignissen der Jahre 1917 – 1918 (M2, M3, M4, Text).
2. a) Beschreibe, wie Lenin dargestellt wird (M4).
   b) Erkläre, was durch dieses Bild von Lenin ausgedrückt werden soll. (M4, Text)
3. Werte die Karikatur in Schritten aus (M6, vgl. S. 167).
4. Erläutere, warum 1917 als Epochenjahr bezeichnet wird (M4, M5, M7, Text).
5. Ⓦ Wähle aus:
   A Erkläre, warum Deutschland Wilsons 14 Punkte Anfang 1918 noch ablehnte (M1, Text).
   B Erkläre, wie sich das neue Selbstverständnis der USA in Wilsons 14 Punkten zeigt (M1, M3, Text).
6. Ⓩ Recherchiere den Begriff Kommunismus und erstelle einen Lexikoneintrag (Internet, vgl. S. 310).

Wenn du diese Aufgaben erfolgreich bearbeitet hast, kannst du ...
... erklären, warum man das Jahr 1917 als Epochenjahr bezeichnet.
... die Fachbegriffe **Epochenjahr**, **Kommunismus** und **Bolschewist** erklären.

Pariser Friedensregelungen – ein neues Europa?

Fast klingt es wie das Skript einer spannenden Serie. Am 11.11. 1918 beendete der Waffenstillstand die Kampfhandlungen, aber nicht den Krieg. Die genauen Bedingungen für einen Frieden mussten noch ausgehandelt werden. Für Millionen von Europäerinnen und Europäern stand nach vier entbehrungsreichen Kriegsjahren alles auf dem Spiel. Wer war an den Friedensverhandlungen beteiligt? Was war das Ergebnis der Verhandlungen?

Große Aufgaben

Die Friedensverhandlungen fanden 1919 in Versailles statt. Die Erwartungen waren hoch: Eine Nachkriegsordnung, die den Frieden in Europa dauerhaft sichern sollte, musste mit den Interessen der Siegermächte in Einklang gebracht werden.
Am Verhandlungstisch saßen jedoch nur die Siegermächte. Die Besiegten durften nicht teilnehmen und hofften auf milde Friedensbedingungen. Der **Versailler Vertrag** legte fest, dass Deutschland die alleinige Kriegsschuld anerkennen, Gebiete abtreten, abrüsten und hohe Reparationen bezahlen musste. Die Empörung in Deutschland war groß. Die Unterzeichnung des Vertrags war aber nicht zu umgehen, denn die Siegermächte drohten mit der Besetzung Deutschlands. Am 28. Juni 1919 unterzeichnete Deutschland den Vertrag.

M1 Titelseite der englischen Tageszeitung Daily Mail zum 100. Gedenktag des Waffenstillstands

M2 Unterzeichnung des Friedensvertrages am 28.06.1919 im Spiegelsaal

Die Friedensverhandlungen begannen am 18. Januar 1919 im Schloss Versailles

M3 Aus einem Protokoll der Verhandlungen auf der Pariser Friedenskonferenz 1919

Wilson: Es [ist] notwendig, sich Deutschland gegenüber maßvoll zu verhalten. Wir wollen es nicht vernichten, und wir könnten es auch nicht. Es wäre ein großer Fehler, ihm triftige Gründe zu geben, eines Tages Rache nehmen zu wollen. […] Wir müssen es vermeiden, unseren Feinden auch nur den Anschein der Ungerechtigkeit zu geben. […]
Clemenceau: […] Wir dürfen unseren Sieg nicht missbrauchen. Man muss die Völker rücksichtsvoll behandeln. […] Ich glaube, wir können es fertigbringen, die Welt vor einem deutschen Angriff für lange Zeit zu schützen. […] Beachten Sie, dass in Deutschland niemand zwischen gerechten und ungerechten Forderungen der Alliierten einen Unterschied macht. […] Glauben Sie ja nicht, dass die Grundsätze der Gerechtigkeit, die uns zufrieden stellen, auch die Deutschen zufrieden stellen werden! […] Sie [Wilson und Lloyd George] sind alle beide geschützt [vor direkten Angriffen Deutschlands]: Wir sind es nicht!

George Soldan: Zeitgeschichte in Wort und Bild. Bd. 1. München: National-Archiv 1931, S. 312ff.

M4 Inhalte des Versailler Vertrages

Deutschland…
… erhält die alleinige Schuld am Krieg.
… muss Reparationszahlungen als Entschädigung an die Siegermächte leisten.
… muss Rohstoffe, Maschinen, Fahrzeuge usw. als Wiedergutmachung abliefern.
… muss Land an Frankreich und Polen abtreten.
… muss die französische Besetzung des Saarlandes und des Rheinlandes hinnehmen.
… verliert alle Kolonien.
… muss sein Heer verkleinern.
… muss seine Handelsschiffe abgeben.

schueler.diercke.de | 100870-106-02

M5 Quelle: „Einen neuen Krieg können wir nicht verantworten“

Gustav Bauer (SPD) formulierte seine Kritik am Versailler Vertrag am 23. Juni 1919 vor der deutschen Nationalversammlung:

[Die Entente] will uns das Schuldbekenntnis auf die Zunge zwingen […]; es soll uns nichts, gar nicht erspart bleiben […]. Jetzt […] kann und muss die ganze Welt sehen: hier wird ein besiegtes Volk an Leib und Seele vergewaltigt wie kein Volk je zuvor. […] Unterschreiben wir! Das ist der Vorschlag, den ich Ihnen im Namen des gesamten Kabinetts machen muss. […] Die Gründe, die uns zu diesem Vorschlag zwingen, sind dieselben wie gestern. Nur trennt uns jetzt eine Frist von knappen vier Stunden vor der Wiederaufnahme der Feindseligkeiten. Einen neuen Krieg können wir nicht verantworten, selbst wenn wir Waffen hätten. Wir sind wehrlos. Wehrlos ist aber nicht ehrlos!

Verhandlungen der deutschen verfassungsgebenden Nationalversammlung. Stenografische Berichte, Berlin 1919/20

M6 Gebietsveränderungen als Folge des Versailler Vertrages

Aufgaben

1. Versetze dich in die Rolle eines Berichterstatters. Gib zum Beginn der Friedensverhandlungen eine kurze Zusammenfassung wie zum Beginn einer Serienfolge. Beginne mit „Was bisher geschah…“ (M2, Text, S. 174 M1)
2. Erläutere die Interessen der Siegermächte und die Position der deutschen Regierung (M3, M5)
3. Ⓦ Wähle aus:
   - **A** Notiere mithilfe der Karte Auswirkungen des Versailler Vertrags für Deutschland (M6, Text).
   - **B** Erläutere die Bestimmungen des Versailler Vertrags für Deutschland (M5, M6).
4. Bewerte die Pariser Friedensordnung auf der Grundlage von Präsident Wilsons Idee eines „Friedens ohne Sieger und Besiegte“.
5. a) Formuliere selbst eine Urteilsfrage und notiere Kriterien zur Beurteilung dieser Frage (vgl. S. 215).
   b) Überprüfe, ob die Informationen zur Beantwortung deiner Urteilsfrage ausreichend sind (vgl. S. 215).
   c) Recherchiere weitere Informationen zu deiner Urteilsfrage (Internet, vgl. S. 310).

Wenn du diese Aufgaben erfolgreich bearbeitet hast, kannst du …
… die Inhalte der Pariser Friedensregelungen erläutern.
… die Pariser Friedensordnung aus unterschiedlichen Perspektiven beurteilen.
… den Fachbegriff **Versailler Vertrag** erklären.

PRAXIS Wir besuchen einen Erinnerungsort

Während des Ersten Weltkrieges verloren Millionen Familien ihre Väter und Söhne. Am 11. November 1918 endeten die Kriegshandlungen und die Geschichte des Erinnerns an diese Katastrophe begann. Wie wurde und wird in Deutschland – aber auch in anderen Nationen – an den Ersten Weltkrieg erinnert? Was müssen wir bei der Planung, Durchführung und Auswertung des Besuchs eines Erinnerungsortes beachten?

M1 Denkmal im Friedenspark in Köln

Dieses 15 Meter hohe Denkmal mit einem Adler, aus Kanonen des Ersten Weltkriegs gefertigt, wurde am 3. Juli 1927 eingeweiht und „Den Helden von 1914–1918" gewidmet. Das Denkmal befindet sich in einer Parkanlage in der Nähe der Kölner Südbrücke. Im heutigen Friedenspark befindet sich unter anderem ein Jugendzentrum.

Gedenken an die Opfer von Krieg und Gewaltherrschaft

Eine Kriegsgräberstätte ist ein Ort, an dem Opfer von Krieg und Gewaltherrschaft beerdigt sind. Der Volksbund Deutsche Kriegsgräberfürsorge e. V. ist dafür zuständig, die deutschen Kriegsgräberstätten zu erfassen, zu pflegen und zu erhalten.
Ein Kriegerdenkmal erinnert an gefallene Soldaten. Schätzungen zufolge gibt es über 100 000 Kriegerdenkmäler allein in Deutschland.
Kriegsgräberstätten und Kriegerdenkmäler sind **Erinnerungsorte** und verraten uns, wie zu einer bestimmten Zeit an Kriegsopfer erinnert wurde. Während noch vor wenigen Jahrzehnten das „Heldengedenken" im Vordergrund stand, gelten Kriegsgräberstätten und Kriegerdenkmäler heute als Orte der Mahnung gegen Krieg und Gewalt. Sie gehören zu unserer Erinnerungskultur.

M2 Mögliche Fragen zum Erinnerungsort

- Wo genau befindet sich der Erinnerungsort?
- Wie sieht der Erinnerungsort aus?
- Welche Materialien wurden verwendet?
- Welche (religiösen oder nationalen) Symbole wurden verwendet?
- Gibt es Inschriften, sind Namen zu erkennen?
- Aus welcher Zeit stammt der Erinnerungsort?
- In welchem Zustand befindet sich der Erinnerungsort? Ist er gut erhalten, verunstaltet, beschädigt, verwittert?

Drei Schritte zum Besuch eines Erinnerungsorts

1. Schritt Vorbereitung
- Informiert euch, wo es in eurer Nähe einen Erinnerungsort gibt, zum Beispiel eine Kriegsgräberstätte, ein Kriegerdenkmal oder ein anderer Erinnerungsort. Wählt einen Erinnerungsort für euren Besuch aus.
- Sammelt Informationsmaterial zu diesem Erinnerungsort und wertet es aus.
- Plant gemeinsam den Ablauf eures Besuchs. Bereitet in Gruppen die einzelnen Schritte vor (konkrete Fragen und Beobachtungsaufträge, Referate zu speziellen Aspekten usw.).
- Legt fest, wie ihr euren Besuch für die Auswertung dokumentieren möchtet (Mitschriften, Skizzen, Fotos, Videos u. a.) und besorgt die notwendigen Materialien.

2. Schritt Besuch des Erinnerungsorts
- Bearbeitet eure Fragen und Beobachtungsaufträge.
- Dokumentiert den Erinnerungsort für die Auswertung mit den festgelegten Mitteln (Mitschriften, Skizzen, Fotos, Videos u. a.).

3. Schritt Auswertung
- Berichtet in der Klasse über eure Empfindungen bei diesem Besuch und stellt eure Ergebnisse vor.
- Welche Wirkung war ursprünglich mit dem Erinnerungsort beabsichtigt?
- Welche Wirkung übt der Erinnerungsort auf den heutigen Betrachter aus?
- Nehmt Stellung: Ermöglicht der Erinnerungsort eine angemessene Form der Erinnerung?
- Präsentiert eure Dokumente, Fotos, Videos in der Schule.

M3 Skulpturengruppe „Trauernde Eltern" von Käthe Kollwitz (1867–1945)

Käthe Kollwitz verarbeitete den Tod ihres 18-jährigen Sohnes im Oktober 1914 an der Westfront in diesem Kunstwerk. Das Original steht heute auf der deutschen Kriegsgräberstätte in Vladslo (Belgien) und je ein Abguss auf der deutschen Kriegsgräberstätte in Rshew (Russland) und in der Gedenkstätte Alt St. Alban in Köln.

M4 Kunstinstallation in London 2014

Im Herbst 2014 wurden im Gedenken an die Opfer des Ersten Weltkrieges rund um den Tower of London künstliche Mohnblumen gepflanzt. Jede der Mohnblumen steht für einen der schätzungsweise 888 246 im Ersten Weltkrieg gefallenen britischen Soldaten. Die Mohnblume (Remembrance Poppy) ist im englischsprachigen Raum das Symbol des Gedenkens an die zahl- und namenlosen Opfer von Krieg. Nach dem 11. November wurden diese künstlichen Mohnblumen verkauft und der Erlös ging an die Veteranenorganisation Royal British Legion.

M5 Das Beinhaus von Douaumont in Frankreich

In Douaumont befindet sich die zentrale nationale Grabstätte für die Gefallenen der Schlacht von Verdun. Hinter den Gräbern mit weißen Kreuzen befindet sich das Beinhaus mit den Gebeinen von ungefähr 130 000 nicht identifizierten Soldaten, die in der Schlacht von Verdun starben. Das 1932 fertiggestellte Gebäude, bestehend aus einer 137 Meter langen Halle, aus deren Mitte ein 46 Meter hoher Turm herausragt, symbolisiert den Griff eines Schwertes, das in den Boden gerammt ist.

M6 Gedenkveranstaltung im Deutschen Bundestag

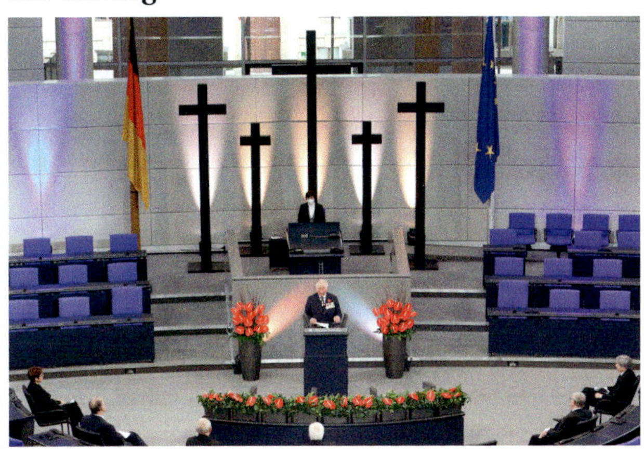

Jedes Jahr findet im Plenarsaal des Deutschen Bundestages die zentrale Gedenkstunde zum Volkstrauertag statt. Neben dem Bundespräsidenten hält ein geladener Gast eine Gedenkrede. Am 15.11.2020 hielt der britische Thronfolger Prinz Charles seine Rede teils auf Englisch und teils auf Deutsch. Er betonte: „Wir sind in die Zukunft des jeweils anderen Landes eingebunden, sodass unsere Interessen immer miteinander verflochten sein werden".

INTERNET

Suchbegriffe:
→ Volksbund Deutsche Kriegsgräberfürsorge Kriegsgräberstätten
→ Erinnerungsorte Erster Weltkrieg

Aufgaben

1. Recherchiert, welche Symbole und Rituale des Gedenkens an die Opfer des Ersten Weltkriegs es gibt (M1, Internet).
2. Plant den Besuch eines Erinnerungsorts.

Wenn du diese Aufgaben erfolgreich bearbeitet hast, kannst du …
… die Bedeutung von Erinnerungsorten bewerten.
… den Besuch eines Erinnerungsorts planen, durchführen und auswerten.
… den Fachbegriff **Erinnerungsort** erklären.

Weimarer Republik – demokratischer Neuanfang?

Die Hohenzollernbrücke gehört zu den Wahrzeichen Kölns. Vielleicht bis du schon einmal mit dem Zug über sie gefahren, vorbei an den abertausenden Liebesschlössern. Vielleicht sind dir aber auch die Reiterstatuen an den Brückenköpfen aufgefallen. Eine davon zeigt Wilhelm II., den letzten deutschen Kaiser. Wie kam es dazu, dass die Monarchie in Deutschland endete?

Das Ende der Monarchie

Das Ende des Ersten Weltkrieges zeichnete sich bereits im Sommer 1918 ab. Als die deutsche Kriegsmarine im November in einen Endkampf gegen die britische Flotte geführt werden sollte, meuterten die Matrosen. Sie wollten ihr Leben nicht sinnlos für einen bereits verlorenen Krieg opfern. Diese Unruhen verbreiteten sich von Wilhelmshaven und Kiel bald in ganz Deutschland. Kriegsmüde Arbeiter stellten sich auf die Seite der Soldaten.

Die **Novemberrevolution** erreichte auch Berlin und viele forderten die Absetzung des Kaisers. Am Mittag des 9.11.1918 verkündete Reichskanzler Max von Baden eigenmächtig die Abdankung von Wilhelm II., übertrug Friedrich Ebert und Philipp Scheidemann von der SPD die politische Macht und trat selbst zurück.

Daraufhin verkündete Scheidemann von einem Fenster des Reichstages das Ende der Monarchie und rief die „deutsche Republik" aus. Nur wenig später rief der Kommunist Karl Liebknecht vom Berliner Stadtschloss die „Freie Sozialistische Republik Deutschland" aus. Schließlich einigten sich die beiden Parteien am 10.11.1918 darauf, gemeinsam eine Übergangsregierung zu bilden.

M1 **Postkarte zur Nationalversammlung (1919)**

M2 **Reiterstatue Kaiser Wilhelms II. und Hohenzollernbrücke in Köln**

Die Nationalversammlung 1919

Nach unruhigen Wochen wurde am 19.01.1919 die **Nationalversammlung** gewählt. Zum ersten Mal durften in Deutschland auch Frauen wählen und gewählt werden. In dieser ersten wirklich demokratischen Wahl erhielt keine Partei die absolute Mehrheit. SPD, DDP und Zentrum bildeten eine Koalition. Diese Parteien wollten eine Republik und eine Verfassung mit einer parlamentarischen Demokratie für Deutschland. Da die politische Stimmung in Berlin immer noch aufgeheizt war, nahm die Nationalversammlung ab dem 6.02.1919 ihre Arbeit im ruhigeren Weimar – der Stadt Goethes und Schillers – auf. Friedrich Ebert wurde zum Reichspräsidenten und Philipp Scheidemann zum Reichskanzler gewählt. Am 31.07.1919 verabschiedete die Nationalversammlung die **Weimarer Verfassung** mit großer Mehrheit. Für Deutschland begann die Zeit der **Weimarer Republik**.

M3 **Ergebnisse der Wahl zur Nationalversammlung 1919**

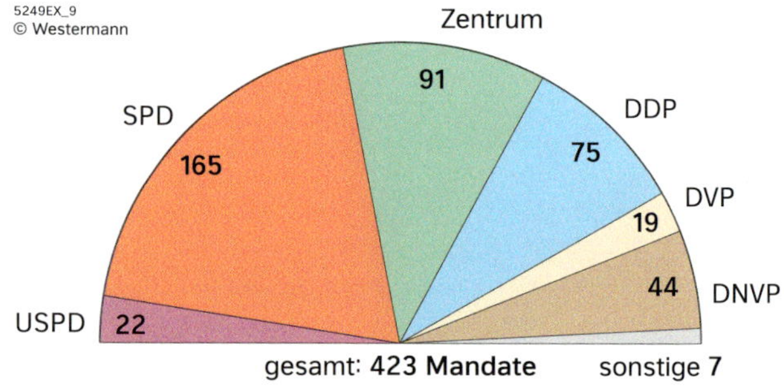

Die Parteien vertraten ...

SPD	*Arbeiter*
DDP	*Handwerker und Händler*
Zentrum	*Mittelstand, vor allem Katholiken*
USPD	*Revolutionäre*
DVP/DNVP	*Industrielle, Großgrundbesitzer, Kaisertreue*

M4 Die Verfassung der Weimarer Republik von 1919

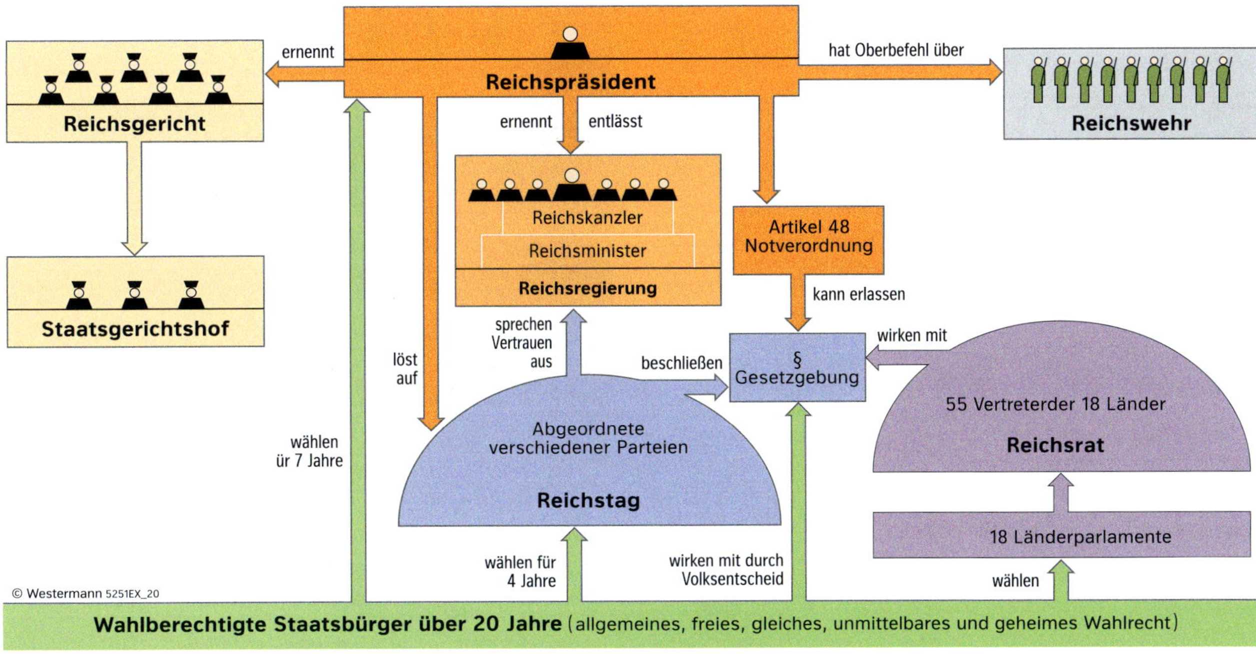

M5 Auszüge aus der Weimarer Verfassung von 1919

§ 1: Das Deutsche Reich ist eine Republik. Die Staatsgewalt geht vom Volke aus.
§25: Der Reichspräsident kann den Reichstag auflösen, jedoch nur einmal aus dem gleichen Anlass. Die Neuwahl findet spätestens am sechzigsten Tage nach der Auflösung statt.
§ 114: Die Freiheit der Person ist unverletzlich.
§ 115: Die Wohnung jedes Deutschen ist für ihn eine Freistätte und unverletzlich.
§ 117: Das Briefgeheimnis sowie das Post-, Telegraphen- und Fernsprechgeheimnis sind unverletzlich.
§ 118: Jeder Deutsche hat das Recht, [...] seine Meinung durch Wort, Schrift, Druck, Bild oder in sonstiger Weise frei zu äußern.
§ 123: Alle Deutschen haben das Recht, sich ohne Anmeldung oder besondere Erlaubnis friedlich und unbewaffnet zu versammeln.
§ 124: Alle Deutschen haben das Recht, [...] Vereine oder Gesellschaften zu bilden.
§ 153: Das Eigentum wird von der Verfassung gewährleistet.

Sonderfall der Weimarer Verfassung: Artikel 48

§ 48: Der Reichspräsident kann, wenn im Deutschen Reiche die öffentliche Sicherheit und Ordnung erheblich gestört oder gefährdet wird, die zur Wiederherstellung der öffentlichen Sicherheit und Ordnung nötigen Maßnahmen treffen, erforderlichenfalls mit Hilfe der bewaffneten Macht einschreiten. Zu diesem Zwecke darf er vorübergehend die in den Artikeln 114, 115, 117, 118, 123, 124 und 153 festgesetzten Grundrechte ganz oder zum Teil außer Kraft setzen.

Die Verfassung des Deutschen Reichs [„Weimarer Reichsverfassung"] vom 11. August 1919 [Auszüge]

Aufgaben

1. Erstelle eine Zeitleiste zur Gründung der Weimarer Republik (Text).
2. Der 9. November 1918 ist das Ende der Monarchie in Deutschland. Erkläre (Text).
3. (W) Wähle aus:
   - A Werte das Verfassungsschaubild aus (M4, S. 181).
   - B Erläutere den demokratischen Charakter der Weimarer Verfassung (M4, M5).
4. Beurteile: Der Reichspräsident konnte als eine Art „Ersatzkaiser" angesehen werden (M4, M5).
5. (Z) Vergleiche die Weimarer Verfassung mit dem Grundgesetz der Bundesrepublik Deutschland. Was ist gleich, was hat sich gewandelt (M5, S. 180 M3)?

Wenn du diese Aufgaben erfolgreich bearbeitet hast, kannst du ...
... das Ende der Monarchie in Deutschland erläutern.
... die Verfassung der Weimarer Republik erläutern.
... die Fachbegriffe **Novemberrevolution, Nationalversammlung, Weimarer Verfassung** und **Weimarer Republik** erklären.

WAHLTHEMA 1 Weimar – eine überforderte Republik?

Die junge Weimarer Republik trat nach dem Ende des Ersten Weltkrieges und der Monarchie ein schweres Erbe an. Führende Politiker sahen 1919 trotzdem auch die Chance für einen Neuanfang „in der demokratischsten Demokratie der Welt“.
Die Geschichte der ersten Demokratie in Deutschland endete bereits nach 14 Jahren durch die Machtübernahme der Nationalsozialisten. Warum scheiterte die Weimarer Republik? Waren die Herausforderungen zu groß? Waren die politischen Akteure überfordert?

M2 Viele Straßen und Plätze sind nach Friedrich Ebert benannt, dem ersten Reichspräsidenten der Weimarer Republik

Bearbeitet die Fragen. Wählt aus: Präsentiert eure Ergebnisse als Wandzeitung oder als digitale Präsentation (vgl. S. 311 und 312).

Erfolge der Weimarer Republik

Die kurze Geschichte der Weimarer Republik verstellt leicht den Blick auf die großen Leistungen: Am Ende der Revolution verabschiedete die demokratisch gewählte Nationalversammlung im Sommer 1919 eine demokratische Verfassung. Die Republik hatte damit die Chance auf eine freiheitliche und demokratische Entwicklung.
Frauen erhielten erstmals das allgemeine und gleiche Wahlrecht. Erstmals waren soziale Grundrechte in der Verfassung verankert und sozialpolitische Reformen wurden durchgeführt. Für Kinder wurde eine achtjährige Schulpflicht eingeführt und die Jugendfürsorge wurde zur staatlichen Aufgabe.
Auch in der Außenpolitik konnten Erfolge verbucht werden. Das zentrale Ziel war, die Bedingungen des Versailler Vertrages mit den Siegermächten des Ersten Weltkriegs nachzuverhandeln und Deutschland international wieder zum gleichberechtigten Partner zu machen. Zu den Ergebnissen dieser Außenpolitik gehörte die Aussöhnung mit Russland und Frankreich, die Aufnahme in den Völkerbund und eine Verringerung der Reparationsforderungen.

M1 Wahlplakat der DNVP (Deutschnationale Volkspartei)

M3 Karikatur von Thomas T. Heine (1927)

„Sie tragen die Buchstaben der Firma – wer aber trägt den Geist?!“

schueler.diercke.de | 100870-067-04

M4 Friedrich Ebert (links) und Paul von Hindenburg (rechts)

Belastungen der Weimarer Republik

Der Versailler Vertrag gilt als einer der wesentlichen Belastungsfaktoren der Weimarer Republik. Nicht nur aus wirtschaftlicher und außenpolitischer Sicht waren die Gebietsverluste, die Reparationszahlungen und die alleinige Kriegsschuld eine Herausforderung.

Viele Deutsche wollten die Niederlage nicht akzeptieren und glaubten der sogenannten „**Dolchstoßlegende**". Die demokratiefeindliche DNVP (deutschnationale Volkspartei) verbreitete die Legende, dass die „Heimat" dem „im Felde unbesiegten Heer" in den Rücken gefallen sei. Für diesen Dolchstoß und damit die Niederlage wurden die Politiker der Regierung verantwortlich gemacht. Für die Unterzeichnung des Vertrages wurde die Regierung in Hetzkampagnen durch die Gegner der Republik als „Vaterlandsverräter" beschimpft.

Die Republik hatte sowohl von rechts als auch von links radikale Gegner, die auch zu Gewalt bereit waren. Große Teile der Bevölkerung waren nicht von der Weimarer Republik überzeugt. Man spricht auch von der „Demokratie ohne Demokraten".

M5 Wichtige Akteure in der Weimarer Republik

Friedrich Ebert (1871–1925)

Friedrich Ebert war Vorsitzender der SPD. Er wurde am 9.11.1918 Reichskanzler und dann erster Reichspräsident der Weimarer Republik. Statt eines Adligen stand nun ein Arbeiter an der Spitze des Staates. Ebert bemühte sich um einen Ausgleich der Interessen. Sein früher Tod hatte für die Stabilität der Weimarer Republik schwere Auswirkungen.

Gustav Stresemann (1878–1929)

Gustav Stresemann kam aus einer Bierhändler-Familie. Er studierte Nationalökonomie und erlangte einen Doktortitel. Er war als Mitglied der Nationalliberalen Partei von 1907 bis 1918 Abgeordneter des Reichstages. 1919 gründete er die Deutsche Volkspartei (DVP). 1923 wurde er Reichskanzler und dann Außenminister. Stresemann setzte sich erfolgreich für die Aussöhnung mit Frankreich und für eine Reduzierung der Reparationszahlungen ein. Für seine Arbeit erhielt Stresemann gemeinsam mit seinem französischen Amtskollegen Aristide Briand 1926 den Friedensnobelpreis.

Paul von Hindenburg (1847–1934)

Paul von Hindenburg entstammte einer ostpreußischen Adelsfamilie und wählte eine militärische Laufbahn. 1916 übernahm Hindenburg gemeinsam mit General Ludendorff die Oberste Heeresleitung. Er verbreitete nach dem Krieg die „Dolchstoßlegende" und schob die Verantwortung für die Niederlage den Demokraten in die Schuhe. 1925 wurde Hindenburg zum zweiten Reichspräsidenten gewählt, obwohl er ein Gegner der Weimarer Republik war. 1933 ernannte er Hitler zum Reichskanzler.

Tipps für die Bearbeitung

1. Erstellt eine Tabelle mit „Belastungsfaktoren" und „Leistungen" der Weimarer Republik (M3, Text)
2. a) Beschreibt, was auf dem Wahlplakat dargestellt wird (M1).
   b) Erläutert, welche politische Botschaft mit diesem Plakat verdeutlicht wird (M1, Text).
3. a) Erstellt Steckbriefe zu den Akteuren (M5, Internet).
   b) Beschreibt die jeweilige Rolle der Akteure (M5).
   c) Erläutert, ob die Akteure eine Gefahr oder eine Stütze für die Demokratie waren.
4. Beurteilt, wie groß die Verantwortung der Akteure in Bezug auf die Weimarer Demokratie war. Stellt auch ihre Möglichkeiten zu handeln heraus.
5. Erstellt eure Präsentation.

Formulierungshilfen zu Aufgabe 4:
Einerseits... andererseits
... hat die Demokratie ... gestützt/gefährdet, indem er ...
... konnte (nicht) ..., weil ...
Die Verantwortung für ... lag bei...

Wenn du diese Aufgaben erfolgreich bearbeitet hast, kannst du ...
... die politische Situation in der Weimarer Republik beschreiben.
... die politischen Akteure benennen und ihr Handeln in Bezug auf die Weimarer Demokratie beurteilen.
... den Fachbegriff **Dolchstoßlegende** erklären.

WAHLTHEMA 2 Weimar – die Krisenrepublik?

Der Begriff „Krise“ ist uns aus der Gegenwart vertraut: Finanzkrise 2008, Flüchtlingskrise 2015, Corona-Krise 2020/21. Unter „Krise“ verstehen wir eine schwierige Lage, eine kritische Situation oder eine Zeit der Gefährdung.
Auch die Geschichte der Weimarer Republik wird oft mit dem Begriff der Krise verbunden. Mit welchen Krisen hatte die Weimarer Republik zu kämpfen? Wie prägten diese Krisen die erste Demokratie in Deutschland?

M2 Geldschein 1923: wertlos

Bearbeitet die Fragen. Wählt aus: Präsentiert eure Ergebnisse als Wandzeitung oder als digitale Präsentation (vgl. S. 311 und 312).

Das Krisenjahr 1923

Die ersten Jahre der Weimarer Republik werden häufig als die „Krisenjahre“ bezeichnet, die im sogenannten „Krisenjahr 1923“ gipfelten.
Nach dem Ersten Weltkrieg hatte der deutsche Staat große wirtschaftliche Probleme. Viele Menschen waren arbeitslos. Kriegsversehrte und Hinterbliebene erhielten eine Unterstützung vom Staat. Die Reparationszahlungen an die Siegermächte waren hoch. Da die Regierung kein Geld mehr hatte, ließ sie immer mehr Geld drucken. Dadurch verlor das Geld an Wert und es kam zu einer **Inflation**.
Da Deutschland mit der Zahlung der Reparationen im Rückstand war, besetzten Anfang 1923 französische und belgische Truppen das Ruhrgebiet. Die deutsche Regierung rief zum Widerstand auf und unterstützte die Streikenden auch finanziell. Dadurch verschärfte sich die Inflation.

Als der finanzielle Zusammenbruch im Herbst drohte, führte die Regierung ab November 1923 eine **Währungsreform** durch: Für eine Billion Mark erhielt man eine „Rentenmark“.
Hinzu kamen politische Unruhen. Der rechtsradikale **Putsch**versuch von Adolf Hitler am 9.11.1923 scheiterte. Er hatte versucht, mit Gewalt an die Macht zu kommen.
Das Krisenjahr 1923 hatte die junge Republik auf eine harte Bewährungsprobe gestellt.

M1 Kinder spielen mit dem wertlos gewordenen Papiergeld

M3 Quelle: Aussagen einer Frau (1923)

Wenn wir Brot kaufen wollten, brauchten wir für das Geld einen kleinen Koffer, Die Firma zahlte zweimal pro Woche den Lohn, weil das Geld zu schnell an Wert verlor. Es musste in Waschkörben transportiert werden. Schwer hatten es auch die Rentner. Meine Großmutter stapelte ihr Geld im Wäscheschrank. Dieses Geld war wenige Tage später bereits völlig wertlos. Das begriff sie nicht. Sie war empört, als meine Mutter ihr riet, das Geld sofort auszugeben.

Interview mit Maria Uhlenbruck, Hildesheim 1965

schueler.diercke.de | 100870-067-04

M4 **Internationaler Finanzkreislauf nach dem Ersten Weltkrieg**

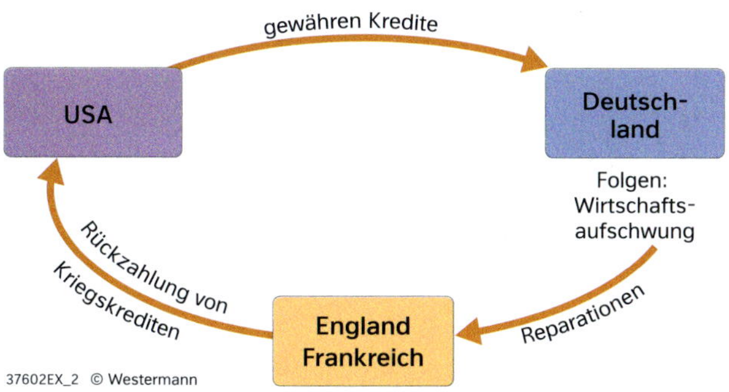

Die Weltwirtschaftskrise 1929

Auf die Krisenjahre folgte nach der Währungsreform eine Zeit des wirtschaftlichen Aufschwungs. Die Siegermächte erließen Schulden und die USA gewährten Deutschland Kredite.
Im Herbst 1929 begann in den USA jedoch eine schwere Wirtschaftskrise. Am 25.10.1929 brach die Börse in New York zusammen. Die Aktienkurse stürzten schlagartig ins Bodenlose. Nach diesem „Schwarzen Freitag" forderten die US-Banken ihre Kredite aus Deutschland zurück. Die Krise wurde zu einer weltweiten Wirtschaftskrise.
Auch in Deutschland mussten zahlreiche Betriebe schließen. Banken wurden zahlungsunfähig. Die Nachfrage nach Konsumgütern nahm ab. Fast jeder dritte Arbeiter war arbeitslos. Da die staatliche Unterstützung sehr gering war, sank das Vertrauen in die Republik. Immer mehr Menschen wandten sich enttäuscht von den demokratischen Parteien ab und den radikalen Parteien zu: der KPD (Kommunistische Partei Deutschlands) und der NSDAP (Nationalsozialistische Deutsche Arbeiterpartei). Die Weltwirtschaftskrise läutete den Anfang vom Ende der Weimarer Republik ein.

M5 **Wirtschaftliche Abwärtsspirale**

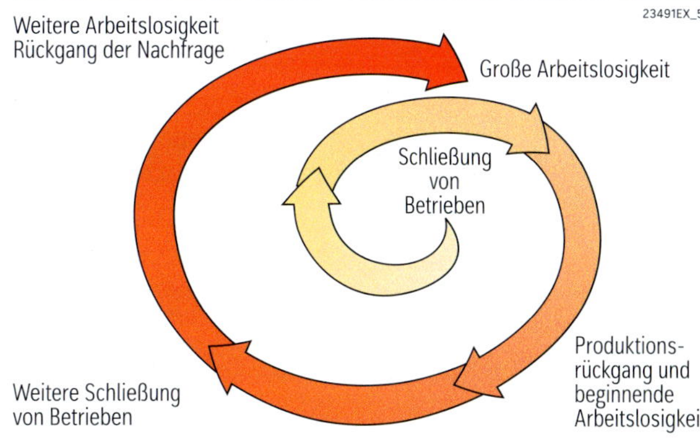

M6 **Das Ende der Weimarer Republik**

Adolf Hitler, der Führer der NSDAP, wurde am 30.1.1933 vom Reichspräsidenten Paul von Hindenburg zum Reichskanzler ernannt. Am 23. März 1933 verabschiedeten die Abgeordneten des Reichstages mit großer Mehrheit das sogenannte **Ermächtigungsgesetz**. Die Regierung konnte nun ohne Zustimmung der Verfassungsorgane regieren. Deutschland wurde eine Diktatur.

INFO

Unter **Inflation** versteht man die Erhöhung der Preise für Güter und Dienstleistungen. Wenn zum Beispiel Geld gedruckt wird, ohne einen wirklichen Gegenwert zu haben, wird es wertlos und man muss immer mehr für eine Ware bezahlen.
Eine Inflation kann durch eine **Währungsreform** beendet werden. Darunter versteht man die Umstellung auf eine andere Währung, in der Weimarer Republik von Mark auf die Rentenmark (später Reichsmark).

Tipps für die Erarbeitung

1. a) Beschreibt, was bei der Inflation 1923 passierte (M1, M2, M3, Text).
   b) Nennt Gründe für die Inflation 1923 (Text).
2. Beschreibt den internationalen Finanzkreislauf und die Auswirkungen der Weltwirtschaftskrise von 1929 (M4, Text).
3. Erläutert die Auswirkungen der Weltwirtschaftskrise von 1929 in Deutschland. (M5, Text).
4. a) Erklärt, welche Rolle die deutsche Regierung im Krisenjahr 1923 spielte (Text).
   b) Stellt die unterschiedlichen politischen Interessen dar. Berücksichtigt die Folgen für das Handeln der Menschen (Text).
5. Stellt das Ende der Weimarer Republik dar (M6).
6. Erstellt einen Zeitstrahl mit den wichtigsten Ereignissen (Text).
7. a) „Weimarer Republik = Krise?!" Nehmt Stellung.
   b) Erörtert, ob die historischen Erkenntnisse auf aktuelle Probleme übertragbar sind.
8. Erstellt eure Präsentation.

Wenn du diese Aufgaben erfolgreich bearbeitet hast, kannst du ...
... die wirtschaftliche und politische Situation 1923 beschreiben.
... die globalen Zusammenhänge der Weltwirtschaftskrise von 1929 erklären.
... die Fachbegriffe **Inflation, Währungsreform, Putsch** und **Ermächtigungsgesetz** erklären.

Gewusst? – Gekonnt!

M1 Bündnisblöcke in der Zeit des Imperialismus

Bewerte dich selbst mit dem Ampelsystem, das du bereits kennengelernt hast.

1. Übertrage die Grafiken in M1 in deine Mappe oder dein Heft und ergänze die Namen der Länder, die m jeweiligen Bündnis beteiligt waren.
Schülerbuch, Seite 232

2. a) Notiere die Ursachen, die zum Ersten Weltkrieg führten.
b) Erläutere das Ereignis, das den Krieg auslöste.
Schülerbuch, Seiten 232 – 235

3. Nimm Stellung zu den Aussagen in M2.
Schülerbuch, Seiten 232 – 235

M2 Zwei Aussagen und Meinungen zur Schuld am Ersten Weltkrieg

„Keiner der führenden Männer jener Zeit hat den Krieg tatsächlich gewollt. Sie glitten gewissermaßen hinein, oder besser, sie taumelten oder stolperten hinein, vielleicht aus Torheit.“ *(David Lloyd George, engl. Premierminister)*

„Der größte Teil der Verantwortung liegt bei der Macht, die zumindest den lokalen Krieg wollte. Diese Macht war eindeutig das Deutsche Reich. Es mag gewiss keinen Weltkrieg unter allen Umständen gewollt haben, aber es drängte ein zögerndes Österreich zum Krieg gegen Serbien. Deutschland war außerdem die Macht, die einem Kontinentalkrieg kühl entgegensah, den es glaubte gewinnen zu können, solange England neutral blieb.“ *(Imanuel Geiss, Historiker, 1967)*

4. Der Erste Weltkrieg war die „Ur-Katastrophe des 20. Jahrhunderts“. Erkläre diese Aussage des amerikanischen Historikers und Diplomaten George F. Kennan, indem du die Folgen dieses Krieges für Deutschland, Europa und die Welt bedenkst.
Schülerbuch, Seiten 238 – 239

M3 Beamten tragen Körbe mit Banknoten weg

5. a) Beschreibe das Foto (M3).
b) Erläutere die Hintergründe.
Schülerbuch, Seiten 248 – 249

6. Ordne die Wahlkampfplakate einem politischen Spektrum zu (links, demokratisch, radikal, rechts) (M5).

7. a) Erläutere, welche politische Absicht hinter der Dolchstoßlegende stand.
b) Welche Partei und welcher Akteur nutzten die Dolchstoßlegende für ihre Propaganda und als Erklärung für den verlorenen Krieg?
Schülerbuch, Seiten 246 – 247

M4 **Waffenstillstandsverhandlungen im Wald von Compiègne am 11. 11.1918**

⑪ a) Werte das historische Gemälde aus (M4).
b) Erläutere die dargestellte Situation.
Schülerbuch, Seiten 240 – 241 ,204

⑧ a) Erläutere den Vertrag, der den Ersten Weltkrieg beendete.
b) Begründe, warum viele Deutsche diesem Vertrag ablehnend gegenüberstanden.
Schülerbuch, Seiten 240 – 241

⑨ Beurteile, ob die Weimarer Republik zwangsläufig scheitern musste.
Schülerbuch, Seiten 244 – 249

⑩ Nimm Stellung, ob bzw. wie Menschen heutzutage den Opfern des Ersten Weltkrieges gedenken sollen.
Schülerbuch, Seiten 242 – 243

M5 **Parteien und Wahlplakate in der Weimarer Republik**

Fachbegriffe

der Bolschewist
die Dolchstoßlegende
die Entente
das Epochenjahr
der Erinnerungsort
das Ermächtigungsgesetz
die Inflation
der Kommunismus
die Mittelmächte
die Nationalversammlung
die Novemberrevolution
der Putsch
der Stellungskrieg
der Versailler Vertrag
die Währungsreform
die Weimarer Republik
die Weimarer Verfassung

WES-105342-251
westermann.de/webcode

Europa – Was geht mich das an?

Der Blick vom Satelliten auf Europa bei Nacht gibt dir viele Informationen über Europa.
Notiere deine Vermutungen zu den hell erleuchteten „Flecken“ und den dunklen Gebieten.
Überprüfe deine Vermutungen, indem du eine Atlaskarte neben das Satellitenbild legst und vergleichst.
Tauscht euch über eure Ergebnisse aus und notiert Fragen, die sich für euch noch ergeben.
Findet Antworten auf diese Fragen in den nächsten Unterrichtsstunden.

rechts: Europa bei Nacht im Jahr 2012.

Europa – der Naturraum

M1 Abgrenzung des Kontinents Europa sowie markante Grenzpunkte

Kap Roca

Nordkap

Ural

Tarifa

Der Kontinent Europa ist der zweitkleinste Kontinent. In seiner Form und Lage sieht er wie ein „Anhängsel" Asiens aus. Inwieweit ist Europa ein einheitlicher und abgrenzbarer Naturraum? Was macht die Vielfalt dieses Naturraums aus?

Europa – Abgrenzung

Europa lässt sich im Norden, Westen und Süden gut abgrenzen, weil Meere und Meerengen eine klare Trennung von anderen Kontinenten ermöglichen. Die Grenzen im Osten sind weniger eindeutig. Nach der Definition eines schwedischen Kartographen bilden das Uralgebirge, der Fluss Ural und die Manytschniederung die Grenze zu Asien.

M2 Die Vegetation in Europa

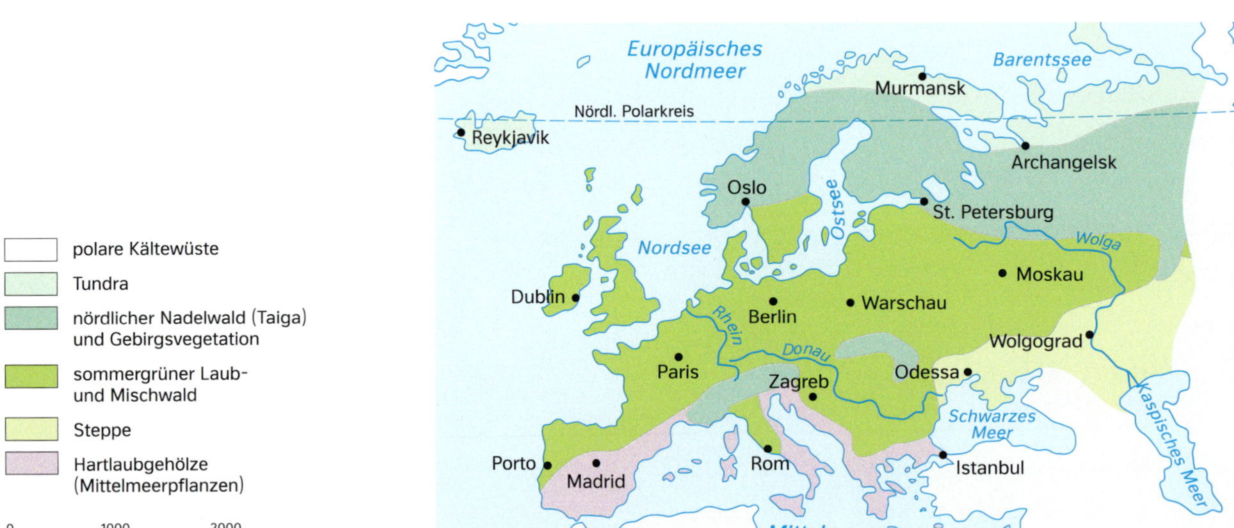

M3 Die Großräume Europas

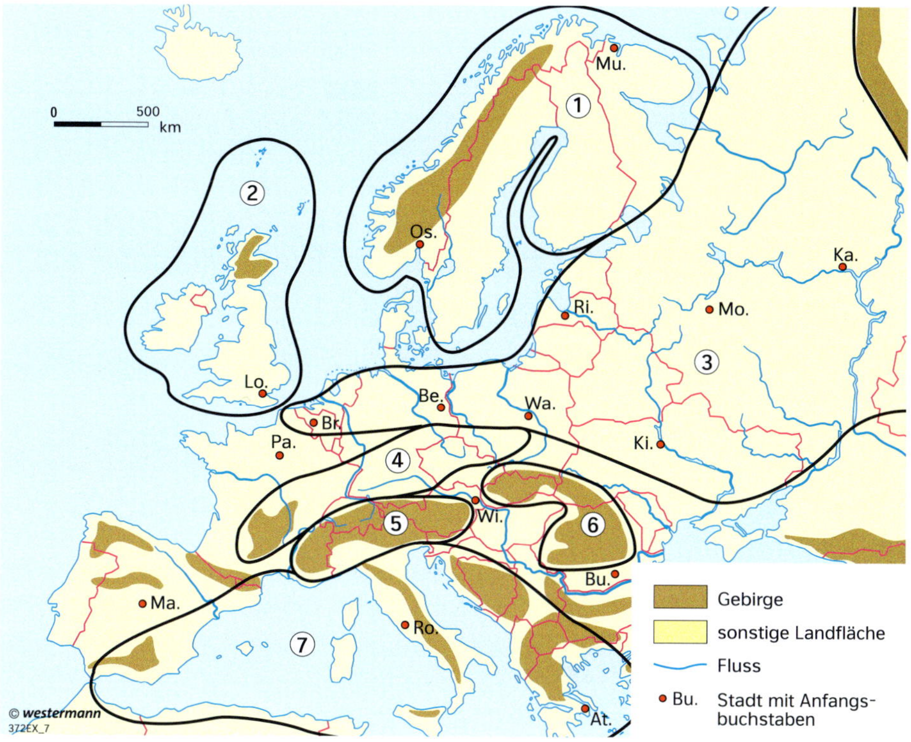

Namen der Großräume

A Alpenraum
B Mittelmeerraum
C Skandinavien
D mittel- und osteuropäisches Tiefland
E Britische Inseln
F Karpatenraum
G europäische Mittelgebirge

ERSTAUNLICH

Die Küstenlänge der Küsten Europas beträgt ungefähr 40 000 km – das entspricht in etwa dem Erdumfang.

Europa – naturräumlich betrachtet

Europa ist ein sehr stark gegliederter Kontinent. Ein Drittel der Landfläche entfällt auf Inseln und Halbinseln. Die Oberflächenformen Europas sind sehr abwechslungsreich. Es gibt Tiefland, Mittelgebirge und Hochgebirge. Man kann sieben Großräume unterscheiden (M3). Auch das Klima und die Vegetation sind vielfältig. Es gibt Unterschiede zwischen dem Norden und Süden und dem Osten und Westen.

M4 Der Name Europa

Der Name Europa soll vom asiatischen Wort für „dunkel", „ereb" abgeleitet sein. Europa liegt von Asien aus betrachtet dort, wo die Sonne untergeht. Nach einer griechischen Sage geht der Name aber auf die Königstochter Europa zurück, die vom Göttervater Zeus in Gestalt eines Stiers nach Kreta entführt wurde.

Aufgaben

1. Beschreibe die Lage und Abgrenzung Europas (M1).
2. Ordne die Großräume A – G den Ziffern in M3 zu (Atlas).
3. a) Notiere die Klimazonen Europas (Atlas, Karte: Europa – Klimazonen).
   b) Notiere die Vegetationszonen Europas (M2).
4. Vergleiche die Lebensbedingungen in Murmansk mit den Lebensbedingungen in Madrid (M2, Atlas: Karte – Klimazonen).
5. Erstelle einen Steckbrief zu einem Teilraum Europas (M3).
6. Ⓦ Wähle aus:
   Bestimme
   A den Längengrad, an dem das Uralgebirge die festgelegte Ostbegrenzung des Kontinents bildet (M1, Atlas).
   B die geographischen Koordinaten des westlichsten, südlichsten und nördlichsten Punkts des europäischen Festlands (M1, Atlas).
7. Ⓩ Ermittle die Namen der Städte in M3 (Atlas).

Wenn du diese Aufgaben erfolgreich bearbeitet hast, kannst du ...
... Europa als räumlich einheitlichen und gleichzeitig vielfältigen Kontinent beschreiben.

Europa – Einheit und Vielfalt

47 Staaten liegen ganz oder teilweise in Europa, darunter Zwergstaaten wie Monaco, San Marino, Liechtenstein und Vatikanstadt. Europa war nie ein großes Reich. Geschichtlich und politisch gab es immer ein Nebeneinander oder sogar Gegeneinander. Welche Gemeinsamkeiten und Unterschiede gibt es in Europa?

M2 Sprachenvielfalt der Europäischen Union

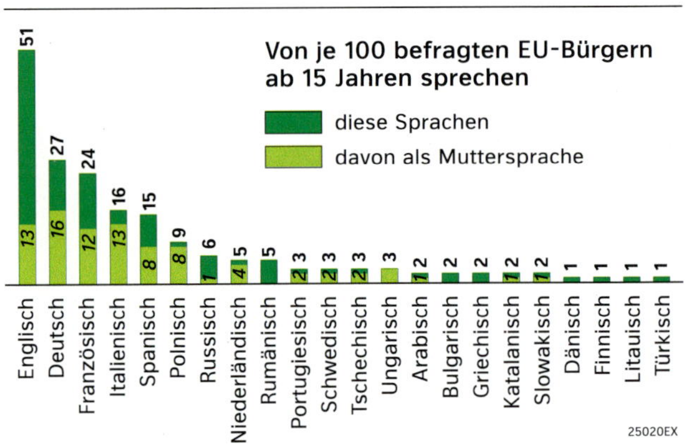

Die kulturellen Grundlagen Europas

In Europa werden mehr als 70 verschiedene Sprachen gesprochen. Bei vielen Sprachen ist aber eine Verwandtschaft zu erkennen. Die meisten Sprachen haben Wurzeln in der indoeuropäischen Sprachfamilie.

Die Ursprünge der Religionen in Europa liegen im Christentum. Von Rom aus breitete sich das Christentum über den Kontinent aus. Heute erhält der Islam zunehmende Bedeutung, aber auch Buddhismus und Hinduismus.

Die Geschichte Europas ist auch mit Hochkulturen der Antike verbunden. Das Erbe der Antike sind die Demokratie, Philosophie und Mathematik der Griechen und das Rechtswesen und der Städtebau der Römer. Kulturepochen wie die Romanik, die Gotik und der Barock prägten die europäische Kultur und ihre Baustile sind heute noch in vielen Städten zu sehen.

Die Staatsform der Demokratie und gemeinsame Wertvorstellungen, nämlich die Achtung der Freiheit und der Menschenwürde, verbinden die Menschen in den meisten Ländern Europas.

M1 Staaten Europas und Großräume

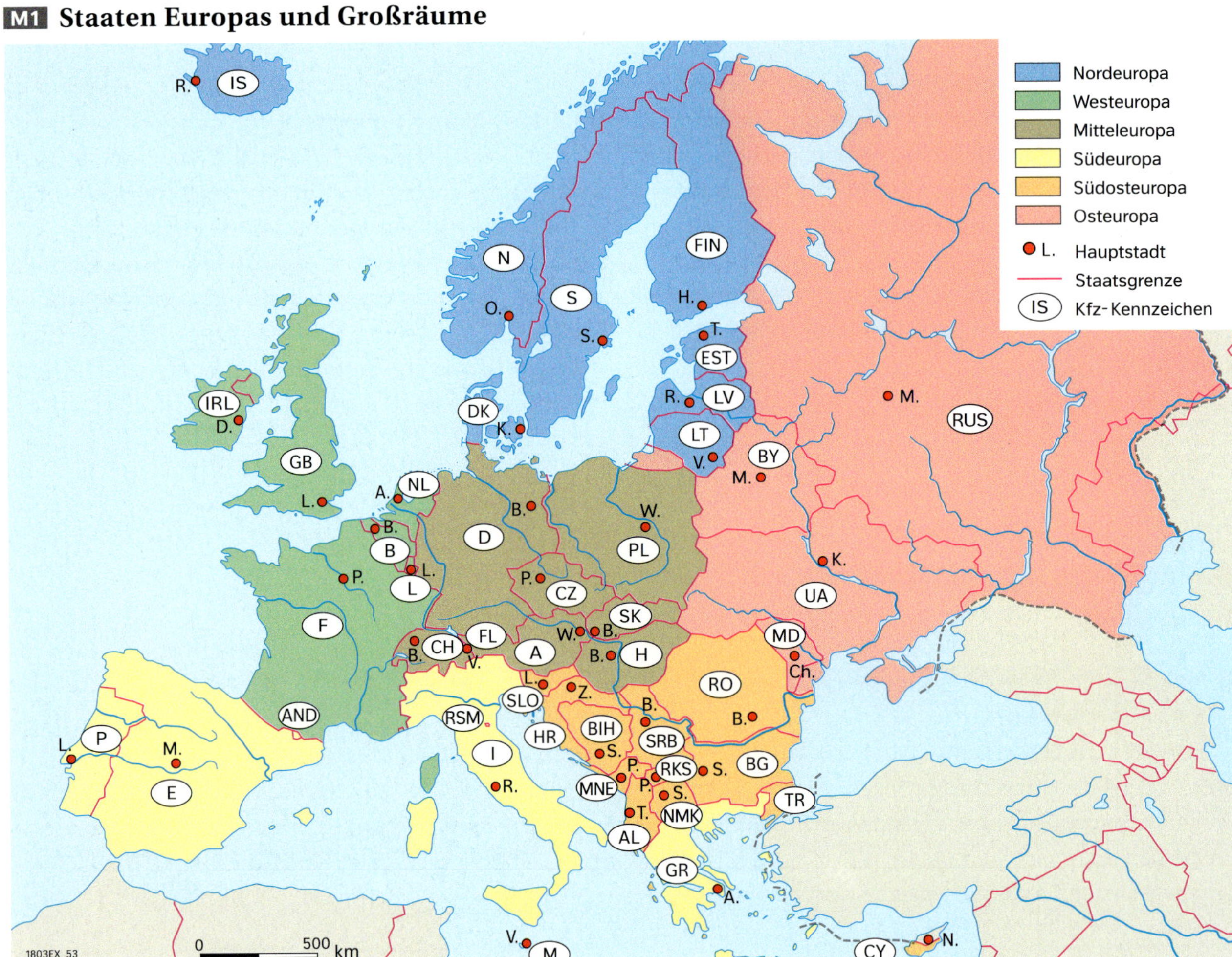

PRAXIS

Spurensuche – Europa bei dir im Wohnort

Die Vielfalt der Kulturen in Europa kann man im Kleinen schon in seinem Wohnort sehen. Geht mit offenen Augen auf Spurensuche in eurem Wohnort oder eurem Schulort!

Vier Schritte zur Durchführung einer Spurensuche

1. Schritt: Vorbereitung
- Legt fest, wo und wie ihr Spuren anderer Kulturen recherchieren wollt, zum Beispiel Bauwerke (Baustile), Namen von Straßen (bekannte europäische Musiker, Maler, Erfinder und Dichter), Namen von Geschäften und Restaurants (Sprachen, Kultur), Namensschilder an Häusern.
- Notiert, worauf ihr besonders achten wollt, und schreibt Fragestellungen auf.
- Setzt zweckmäßige Arbeitsmittel ein (Fotoapparat, Schreibblock, Stadtplan).
- Einigt euch auf einen Zeitplan sowie die Art der Präsentation.

2. Schritt: Durchführung
- Geht nun auf Spurensuche: Beobachtet, fotografiert, dokumentiert, zeichnet.
- Tragt die gefundenen Spuren in eine Kartenskizze ein.

3. Schritt: Auswertung und Präsentation
- Wertet eure Arbeitsergebnisse aus: Was hat euch überrascht?
- Ordnet eure „Spuren“ und erstellt eure Präsentation.

4. Schritt: Kritische Bewertung
- Diskutiert selbstkritisch: Was ist gut gelungen? Hat uns unsere Vorgehensweise geholfen? Was hätten wir besser machen können? Was nehmen wir uns für das nächste Projekt vor?

M3 Gotischer Baustil (Spitzbögen)

M4 Barocker Baustil (viele Verzierungen)

M5 Romanischer Baustil (Rundbögen)

Aufgaben

1. a) Notiere die Namen der Staaten, die in M1 mit dem Autokennzeichen eingetragen sind (Atlas).
   b) Notiere die Namen der Hauptstädte dieser Staaten.
2. Ermittelt die Sprachenvielfalt in eurer Klasse und vergleicht mit dem Ergebnis der Befragung (M2).
3. Ermittle, zu welcher Sprachfamilie deine Muttersprache gehört (Atlas, Karte: Europa – Staatssprachen).
4. Sucht nach Spuren der europäischen Vielfalt und Einheit, indem ihr eine Spurensuche in eurem Wohnort oder Schulort durchführt.
5. Ⓩ Fertige eine Collage zum Thema „Mein Leben in einem Europa der Vielfalt der Kulturen“.

Wenn du diese Aufgaben erfolgreich bearbeitet hast, kannst du ...
... die kulturelle Einheit und Vielfalt in Europa beschreiben.

Europa – Agglomerationsräume

M1 Agglomerationsräume in Europa

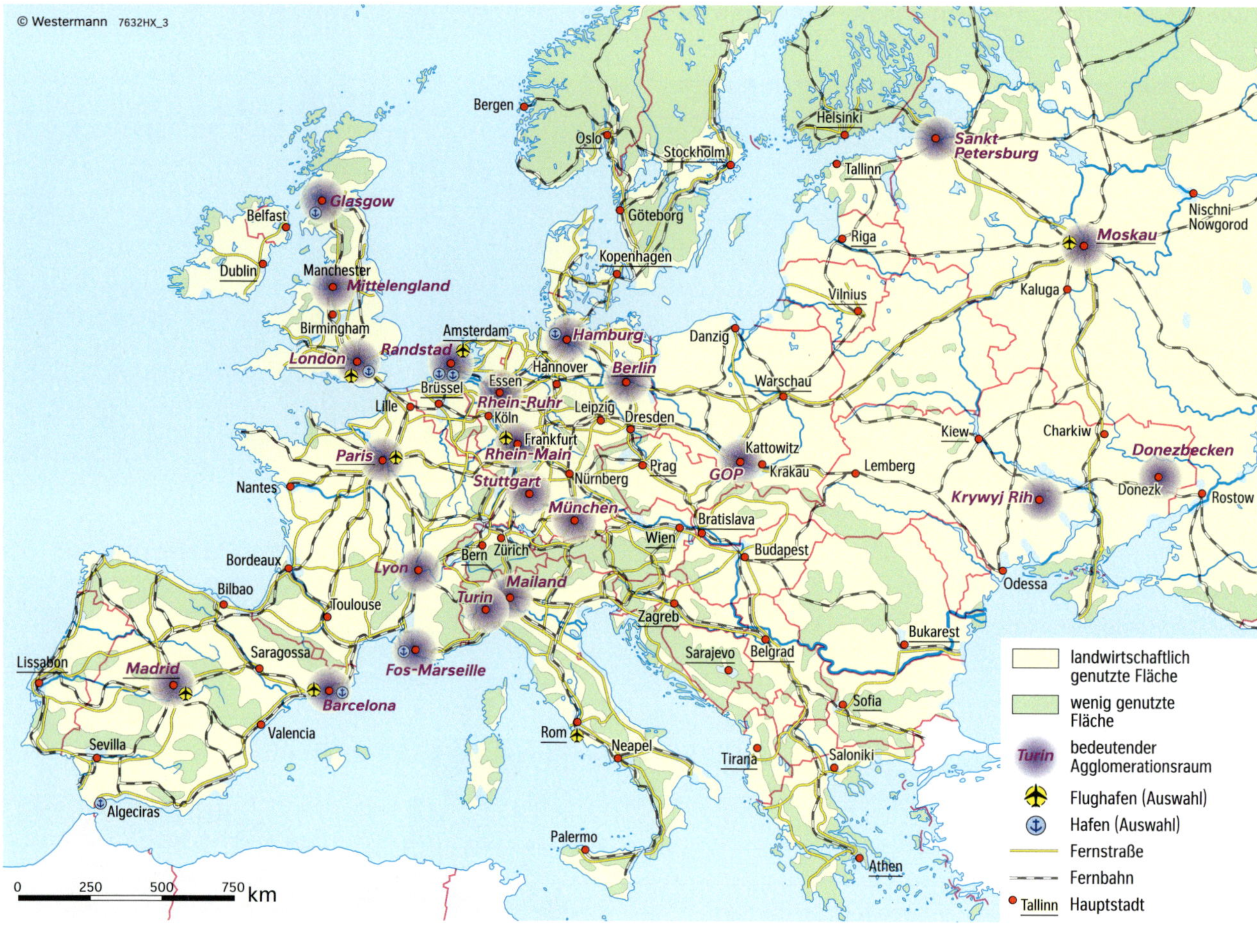

In Europa gibt es große Unterschiede zwischen den Regionen. Es gibt dicht besiedelte städtische Gebiete und dünn besiedelte ländliche Regionen. Wo haben sich dicht besiedelte Gebiete entwickelt?

INFO

Agglomerationsräume sind große, verstädterte Gebiete. Hier wohnen besonders viele Menschen, hier ist die Bebauung dicht und es gibt viele Unternehmen auf engem Raum, also dicht beieinander.

M2 London – Zentrum eines Agglomerationsraums

Wie Agglomerationsräume entstehen

Die **Agglomerationsräume** in Europa entstanden oft nach ähnlichen Mustern. Manche entwickelten sich aus mittelalterlichen Handels- und Handwerksstädten wie Mailand in Italien, andere aus der Hauptstadt heraus wie Madrid in Spanien oder aber auf der Basis von Rohstoffen wie Manchester in Großbritannien.

Mit der Industrialisierung im 19. Jahrhundert zog es viele Arbeitskräfte vom Land in die neuen Fabriken der Städte. Sie brauchten Wohnungen. So wurden immer mehr Flächen bebaut. Arbeitersiedlungen, Verkehrswege und Versorgungseinrichtungen entstanden.

Die bebauten Flächen dehnten sich über die Grenzen der Kernstädte ins Umland aus. Dörfer und Kleinstädte des Umlands wurden bald Teile der Kernstadt. Es entstanden Stadtlandschaften mit einem dichten Verkehrsnetz.

Und manchmal wuchsen sogar benachbarte Städte zu einem Verdichtungsraum zusammen wie im Ruhrgebiet. Hier leben über fünf Millionen Menschen auf einer Fläche von 4435 Quadratkilometern, also durchschnittlich 1152 Menschen auf einem Quadratkilometer.

ORIENTIERUNG Strukturunterschiede in Europa

In Europa gibt es große Entwicklungsunterschiede. Es gibt wirtschaftlich starke Regionen und wirtschaftlich schwache Regionen. Wo liegen diese Regionen und warum haben sie sich unterschiedlich entwickelt?

INTERNET

Suchbegriff:
→ Euregios Karte

M3 Strukturstarke und strukturschwache Räume in der Europäischen Union (EU) (vgl. S. 260/261)

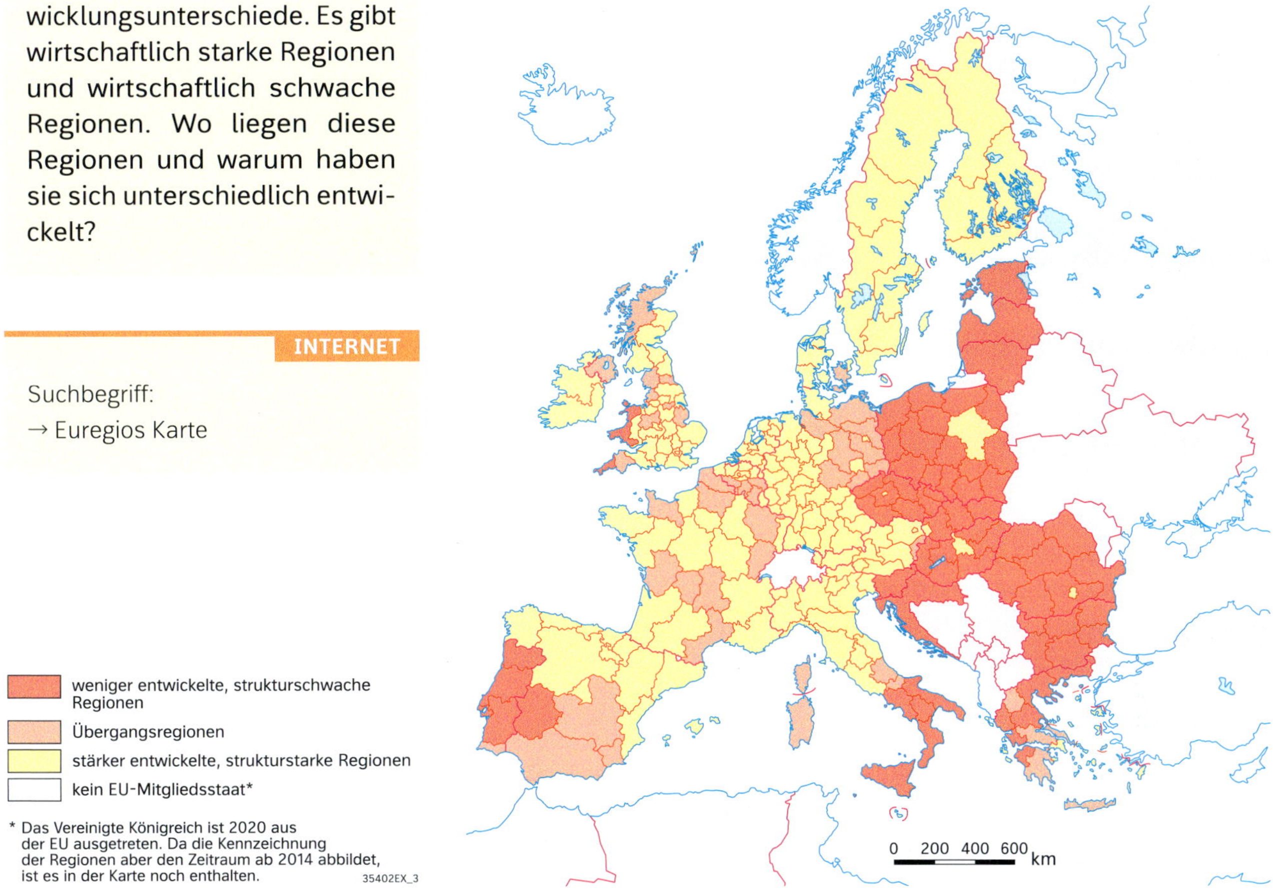

Aktivräume und Passivräume in Europa

In Europa gibt es strukturstarke Räume (**Aktivräume**) mit wichtigen Industriebetrieben, einem hohen Anteil an der gesamten Bevölkerung, einer guten Infrastruktur, einem breiten Bildungsangebot und einer guten Versorgung der Arbeitsmärkte mit Fachkräften. Es gibt aber auch strukturschwache Räume (**Passivräume**). Diese sind häufig ländlich geprägte Regionen. Auffällig ist, dass besonders viele Passivräume im Randbereich der EU liegen.

Die Entwicklungsunterschiede führen einerseits dazu, dass die Regionen in Konkurrenz zueinander stehen. Jede Region möchte, dass sich Unternehmen ansiedeln und neue Arbeitsplätze entstehen. Andererseits sind in der Europäischen Union sogenannte Kooperationsräume über Ländergrenzen hinweg gebildet worden. Spezielle Projekte der EU unterstützen die Zusammenarbeit der Regionen in diesen **Euregios**.

Aufgaben

1. a) Beschreibe die Lage der Verdichtungsräume in Europa (M1).
   b) Erkläre, wie Verdichtungsräume entstanden sind.
2. Beschreibe die Lage von strukturstarken und strukturschwachen Regionen in der Europäischen Union (M3).
3. Notiere mindestens fünf Euregios an den Grenzen Deutschlands (Karte Internet, Suchbegriff: → Westermann Euregios).
4. Erörtere, ob die Entwicklungsunterschiede in Europa eher zu einer Wettbewerbssituation führen oder zu einer Kooperation.
5. ⓩ Roger Brunet stellte den wirtschaftlichen Kernraum Europas in seinem Modell als Blaue Banane dar. Informiere dich über dieses Modell und erstelle einen Kurzvortrag (Internet, vgl. S. 310, 311).

Wenn du diese Aufgaben erfolgreich bearbeitet hast, kannst du ...
... die Lage der Verdichtungsräume in Europa beschreiben.
... erklären, wie die Verdichtungsräume entstanden sind.
... die Entwicklungsunterschiede zwischen den Regionen und die Folgen erörtern.
... die Fachbegriffe **Agglomerationsraum, Aktivraum, Passivraum** und **Euregio** erklären.

Europa – Idee und Wertegemeinschaft

Wir leben in der Europäischen Union und können uns ein Leben ohne diese kaum noch vorstellen. Doch wie entstand sie? Und welche Idee steckte ursprünglich dahinter?

Friedenssicherung als Fundament für die EU

Die Idee der europäischen Einigung existiert schon lange. Und doch führte erst die Katastrophe des Zweiten Weltkrieges zu einem Umdenken und zu politischen Entscheidungen. Durch den Krieg, den Nationalismus und Feindschaften zwischen den einzelnen Ländern war die Gefahr von Aufrüstung und neuen Kriegen groß. Der damalige britische Politiker Winston Churchill schlug im Jahr 1946 in seiner Rede ein völlig neu gedachtes und gemeinsam gestaltetes Europa vor, um den Frieden zwischen den Ländern dauerhaft zu sichern. 1949 wurde dann unter Churchills Einfluss zunächst der **Europarat** gegründet. Die Sieger und Verlierer des Krieges wurden zu gleichgestellten Partnern mit einer gemeinsamen Vision: ein gemeinsam aufgebautes Europa mit zahlreichen Vorteilen für alle Beteiligten. Weitere Konflikte oder Kriege sollten verhindert werden, der Grundstein für eine wirtschaftliche und politische Einigung Europas war gelegt.

Neben der Friedenssicherung war ein weiteres Ziel, die wirtschaftliche Lage in Europa zu verbessern und zu mehr Wohlstand zu gelangen. Aber auch gemeinsame Werte standen im Mittelpunkt der Einigung: Freiheit, Demokratie, die Achtung der Menschenrechte sowie die Rechtstaatlichkeit.

Heute ist die **EU** der weltweit größte Wirtschaftsraum, denn durch die Aufnahme neuer Staaten im Laufe der Jahre, hat sich das Gebiet der EU räumlich wie auch wirtschaftlich stark erweitert.

M1 Die Europa-Flagge vor dem Europäischen Parlament in Brüssel

M2 Ablauf der europäischen Einigung

1952: Gründung der **EGKS** (**E**uropäische **G**emeinschaft für **K**ohle und **S**tahl) – Vertrag von Paris

1957: Gründung der **EWG** (**E**uropäische **W**irtschafts**g**emeinschaft) durch die Bundesrepublik Deutschland, die Niederlande, Luxemburg, Italien, Frankreich und Belgien sowie der **EURATOM** (**Eur**opäischen **Atom**gemeinschaft)

1967: Aus der EGKS, EWG und EURATOM wird die EG (Europäische Gemeinschaft).

1973: Beitritt zur EG: Dänemark, Vereinigtes Königreich und Irland

1979: Das Europaparlament wird erstmalig gewählt (Sitz in Straßburg).

1981: Griechenland tritt der EG bei.

1986: Spanien und Portugal treten der EG bei

1993: Mit dem Vertrag von Maastricht wird die **EU (Europäische Union)** gegründet.

1995: Österreich, Schweden und Finnland treten der EU bei und das Schengener Abkommen (freier Grenzverkehr innerhalb der EU) tritt in Kraft.

1998: Die **EZB** (**E**uropäische **Z**entral**b**ank) wird gegründet.

2002: Einführung des Euros in 12 EU-Ländern

2004: Estland, Lettland, Litauen, Malta, Polen, Slowakei, Slowenien, Tschechien, Ungarn und Zypern treten der EU bei.

2007: Bulgarien und Rumänien treten der EU bei.

2009: Der Vertrag von Lissabon tritt in Kraft.

2013: Kroatien wird Mitglied der EU.

2020: Das Vereinigte Königreich verlässt die EU (Brexit).

M3 Symbole der Europäischen Union – wichtig für eine europäische Identität?

- **Die Europaflagge:** Die Flagge der EU wurde 1955 zum ersten Mal gehisst. Die zwölf Sterne symbolisieren die Vollkommenheit und Einheit. Die Zahl hat nichts mit der Zahl der Mitgliedsstaaten zu tun. Der blaue Hintergrund symbolisiert den Himmel.
- **Die Europa-Hymne:** Die Europa-Hymne stammt aus dem letzten Satz der neunten Sinfonie von Ludwig van Beethoven. Sie ist das Hauptthema „Ode an die Freude". Ludwig van Beethoven vertonte ein Gedicht von Friedrich Schiller aus dem Jahr 1785.

M4 Die Mitgliedsstaaten der Europäischen Union

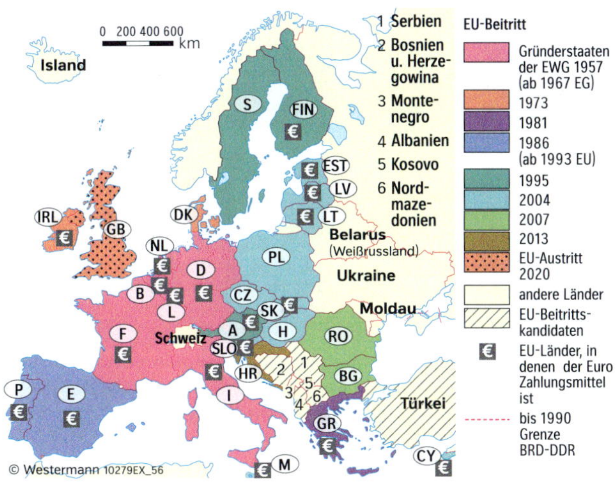

M6 Der EU-Vertrag von Maastricht: ein „Drei-Säulen-Modell"

Die Europäische Union

Europäische Gemeinschaft	Gemeinsame Außen- & Sicherheitspolitik	Zusammenarbeit Innen- & Justizpolitik
Binnenmarkt und Zollunion Handels- und Agrarpolitik Wirtschafts- und Währungsunion Unionsbürgerschaft Verbraucherschutz Gesundheitswesen Bildung und Kultur Forschung und Umwelt Sozialpolitik	**Außenpolitik** gemeinsame Standpunkte und Aktionen Demokratie Friedenserhaltung Menschenrechte Hilfe für Drittstaaten **Sicherheitspolitik** Sicherheit der Union Abrüstung Wirtschaftliche Aspekte der Rüstung	Asylpolitik Außengrenzen Einwanderungspolitik Bekämpfung des organisierten Verbrechens Kampf gegen Drogenabhängigkeit Zusammenarbeit der Gerichte in Zivil- und Strafsachen Polizeiliche Zusammenarbeit

M5 Krisen und unterschiedliche Interessen der Mitgliedsstaaten

- **Alte und neue, kleine und große Mitgliedsstaaten**

Die sechs Gründungsstaaten legten die Ziele und Werte der europäischen Gemeinschaft fest. Wer der EU beitreten wollte, musste diese akzeptieren. Es gibt kleine und große Mitgliedsländer. Das kann bei Abstimmungen mit entscheidend sein.

- **Die Migrationskrise**

Ein Konflikt- und Streitpunkt in der EU wurde die Migration in die EU. Die Zuwanderung von Geflüchteten im Sommer 2015 belastete die gemeinsame Asylpolitik. Die EU-Mitgliedsstaaten konnten sich nicht auf eine gemeinsame Position einigen.

- **Die Rechtsstaatlichkeitskrise**

In mehreren Mitgliedstaaten haben politische Entwicklungen stattgefunden, die Grundprinzipien wie die Unabhängigkeit der Justiz und die Gewaltenteilung gefährden.

- **Der Brexit**

Am 23. Juni 2016 stimmten die Wahlberechtigten im Vereinigten Königreich für den Austritt aus der EU. Dies stürzte die EU in eine tiefe Krise. Zum ersten Mal verließ ein Mitgliedsland die Gemeinschaft. Die zukünftigen Beziehungen mussten verhandelt werden.

- **Die Corona-Pandemie**

Die Corona-Pandemie 2020/2021 löste eine Krise aus, die zu unterschiedlichen nationalen Entscheidungen führte. Das geplante gemeinsame Vorgehen bei der Beschaffung des Impfstoffs erwies sich als problematisch. Das Vertrauen in die EU schwand.

Aufgaben

1. Beschreibe, welche Ziele und Motive mit dem europäischen Einigungsprozess verbunden waren (Text).
2. Ⓦ Wähle aus:
   Stelle die Entwicklung der europäischen Zusammenarbeit dar (M2, M4), indem du
   - **A** eine übersichtliche Zeitleiste erstellst.
   - **B** einen Erklärfilm erstellst (vgl. S. 89).
3. Analysiere das „Drei-Säulen-Modell". Notiere für jede Säule mindestens drei konkrete Beispiele (M6, Internet, vgl. S. 310).
4. Erörtere, welche Vor- und Nachteile die EU für die Mitgliedsstaaten bringt (M5, Text).
5. Beurteilt die Bedeutung einer europäischen Identität für die Entwicklung der Europäischen Union.
6. Beurteile die Möglichkeiten der weiteren Entwicklung der EU, auch unter Berücksichtigung des Ukraine-Kriegs (M5).

Formulierungshilfen zu Aufgabe 4:
Ein Vorteil ist ...
Weiterhin kann als Vorteil angesehen werden, dass ...
Nachteilig ist hingegen ...
... kann ebenfalls als Nachteil gewertet werden.

Wenn du diese Aufgaben erfolgreich bearbeitet hast, kannst du ...
... beschreiben, wie der Prozess der Europäischen Einigung ablief.
... die Ziele und Motive für ein gemeinsames Europa benennen.
... erklären, in welchen Bereichen die Mitgliedsstaaten der EU zusammenarbeiten.
... die Fachbegriffe **Europarat** und **Europäische Union (EU)** erklären.

Der EU-Binnenmarkt

Welche Länder in der EU hast du schon bereist? Hast du dir dabei je Gedanken gemacht, warum wir auf so einfache Art und Weise andere Länder besuchen können?

INFO

Der **Schengen-Raum** umfasst aktuell 26 europäische Länder. Man kann zwischen diesen uneingeschränkt reisen. Die offenen Grenzen innerhalb der EU wurden als Folge der Flüchtlingskrise 2015, nach Terroranschlägen und während der Corona-Pandemie zeitweise wieder geschlossen.

M2 Der Schengen-Raum

Im Schengen-Raum gibt es einheitliche Regeln sowie eine enge Zusammenarbeit der Behörden, was die Kontrolle der Außengrenzen der EU betrifft. Seinen Namen erhielt der Schengen-Raum nach dem Dorf Schengen in Luxemburg. Hier wurde im Juni 1985 der Vertrag unterzeichnet.

Der Binnenmarkt der Europäischen Union

Wir können uns innerhalb der EU frei bewegen und ohne Grenzkontrollen verreisen, weil uns der europäische **Binnenmarkt** diese Freiheiten gibt. Darüber hinaus macht er möglich, dass wir Waren und Dienstleistungen innerhalb der EU kaufen, verkaufen und in Anspruch nehmen können. Wenn wir beispielsweise Kleidung in Italien bestellen möchten oder die Oma, die in Paris lebt, uns etwas zum Geburtstag schicken möchte, geht das problemlos. Es müssen auf diese Waren keine **Zölle** oder Zusatzgebühren bezahlt werden. Auch das **Kapital**, also unser Geld, können wir auf einer beliebigen Bank innerhalb der EU anlegen oder es in anderen Ländern investieren. Es gibt die Möglichkeit, in einem anderen Land zu leben, zu arbeiten oder ein Unternehmen im Ausland zu führen. Die vier grundlegenden Freiheiten des europäischen Binnenmarktes machen dies möglich.

M3 Austausch und freiwilliges Engagement stärken

Das EU-Programm Erasmus+ für allgemeine und berufliche Bildung, Jugend und Sport richtet sich an junge Leute im Alter zwischen 13 und 30 Jahren. Es fördert im Bereich „Jugend" Projekte, die jenseits von Schule, Ausbildung oder Studium stattfinden, sowie das aktive freiwillige Engagement junger Menschen für Europa. Mit dem Programm können junge Menschen Kompetenzen für ihre persönliche und berufliche Zukunft entwickeln. Sie werden eingeladen, sich aktiv an der zukünftigen Gestaltung der Europäischen Union zu beteiligen.
Das EU-Programm „Europäisches Solidaritätskorps" [...] will Solidarität über Grenzen hinweg vermitteln und junge Menschen anregen, als europäische Bürgerinnen und Bürger aktiv zu werden.

Jugend und Europa. Berlin: Bundesministerium für Familie, Senioren, Frauen und Jugend, 15.4.2021

M1 Die vier Freiheiten

Die vier Freiheiten

Freier Personenverkehr

- keine Grenzkontrollen
- Niederlassungs- und Beschäftigungsfreiheit für Arbeitnehmerinnen und Arbeitnehmer
- Niederlassungsrecht für Unternehmen

Freier Warenverkehr

- keine Grenzkontrollen
- keine Zölle oder Begrenzungen
- einheitliche Normen und Regeln für den Handel mit Waren

Freier Dienstleistungsverkehr

- einheitliche Bankenaufsicht
- offene Grenzen für Warentransport
- Dienstleistungen auch über Grenzen hinweg möglich

Freier Kapitalverkehr

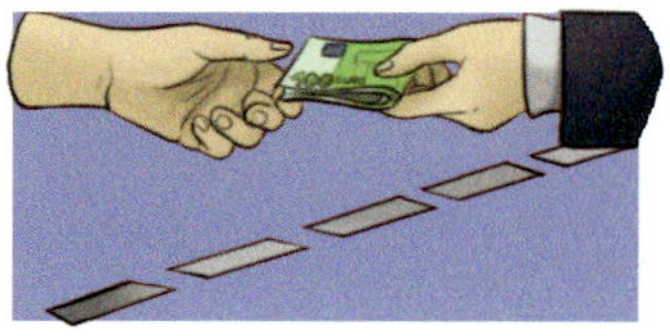

- Investitionen, Geldanlagen und Kredite innerhalb der EU möglich
- ein gemeinsamer Markt für Finanzdienstleistungen wird angestrebt

M4 Auswirkungen des EU-Binnenmarktes

Maria ist 29 Jahre alt und stammt aus einem kleinen Dorf in der Nähe von Barcelona. Sie ist Informatikerin und arbeitet und lebt seit einem Jahr in Düsseldorf. Tom leitet die Firma, in der Maria arbeitet. Er ist sehr froh, dass Maria für ihn arbeitet, denn er hat lange nach einer geeigneten Arbeitskraft gesucht.

M6 Vorteile des EU-Binnenmarktes für Jugendliche

Luca ist 22 Jahre alt und stammt aus Venedig. Mithilfe des Erasmus-Programms kann Luca zurzeit ein Semester kostenfrei in Köln studieren. Er ist sehr froh darüber, auch in einem anderen EU-Land Erfahrungen sammeln zu können. Vor dem Studium reiste er mit dem Zug durch Europa.

M5 Auswirkungen des EU-Binnenmarktes für Unternehmen und für Verbraucherinnen und Verbraucher

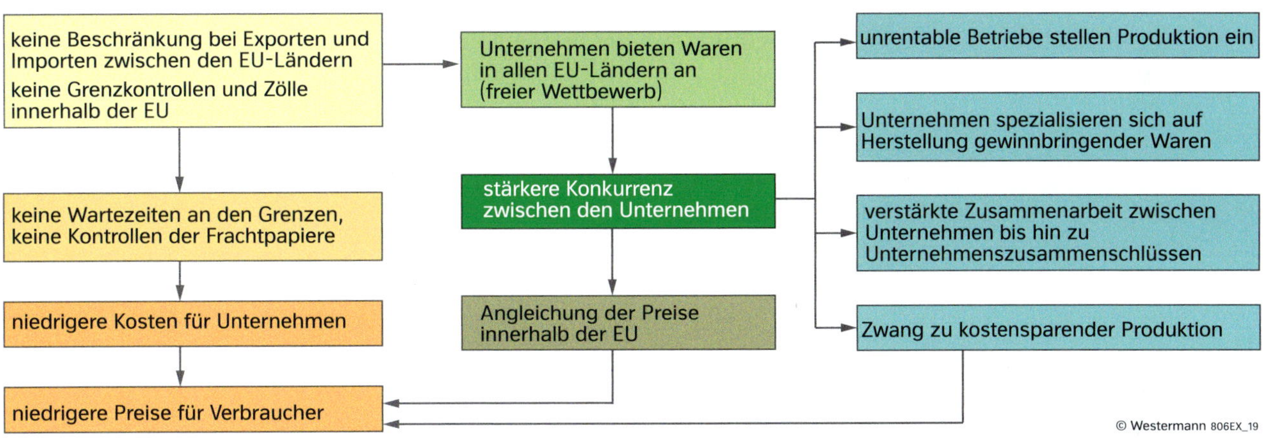

Aufgaben

1. a) Beschreibe in eigenen Worten, was der Europäische Binnenmarkt ist (M1, Text).
   b) Erstelle eine Tabelle und trage ein: die Vorteile und Nachteile für die Unternehmen, für die Verbraucherinnen und Verbraucher und für die Arbeitnehmerinnen und Arbeitnehmer (M5).
2. Finde für die vier Freiheiten des Binnenmarktes je ein eigenes konkretes Beispiel und erläutere es.
3. Das wirtschaftliche Wachstum in Europa wurde durch den EU-Binnenmarkt begünstigt. Nimm Stellung zu dieser Aussage.
4. (W) Arbeitet zu zweit. Welche Länder gehören zum Schengen-Raum (Internet)? Wählt aus:
   A Fertigt eine Europa-Skizze an und markiert die Schengen-Länder farbig.
   B Listet alle Länder des Schengen-Raums mit Hauptstädten auf.
5. Nimm Stellung zur zukünftigen Entwicklung der EU im Hinblick auf wirtschaftliches Wachstum und die Sicherung des Friedens.
6. (Z) Werte die Fallbeispiele aus (M4, M6).
   a) Welche Chancen bietet der EU-Binnenmarkt den genannten Personen?
   b) Welche Nachteile könnte es für die einzelnen EU-Länder geben?

Formulierungshilfen zu Aufgabe 5:
Die zukünftige Entwicklung der EU ist von … abhängig.
Es wird darauf ankommen, ob …
Positiv zu bewerten ist, dass …
Berücksichtigt man …, so ist zu vermuten, dass …

Wenn du diese Aufgaben erfolgreich bearbeitet hast, kannst du …
… die Chancen, Freiheiten und Herausforderungen des EU-Binnenmarktes erläutern.
… zur zukünftigen Entwicklung der EU Stellung nehmen.
… die Fachbegriffe **Schengen-Raum**, **Binnenmarkt**, **Zoll** und **Kapital** erklären.

Eine Währung – eine Einheit?

Wenn du einkaufen oder ins Kino gehst, bezahlst du selbstverständlich mit Geld, bei uns ist das der Euro. Auch im Urlaub in vielen anderen Ländern der EU ist das so. Du kannst zum Beispiel in den Niederlanden, in Spanien oder auch in Portugal dein Eis mit dem Euro bezahlen. Doch warum zahlen wir heute mit dem Euro? Wie kam es dazu? In welchen Ländern kannst du mit dem Euro bezahlen?

Die europäische Währungsunion

Wir bezahlen auf vielfältige Art und Weise: mit Bargeld, mit der EC-Karte, mit Kreditkarten oder per Banküberweisung. Eines ist jedoch gemeinsam: dieselbe Währung – der Euro. Seit dem 1. Januar 2002 ist der Euro bei uns in Deutschland im Umlauf und mittlerweile ist er in insgesamt 19 EU-Ländern die feste Währung. Diese EU-Staaten bilden gemeinsam die sogenannte Europäische Währungsunion. Sie wurde am 1. Januar 1999 gegründet. Wie kam es dazu?

Bei einem gemeinsamen Binnenmarkt hat eine einheitliche Währung viele Vorteile, denn die Länder treiben über ihre Grenzen hinweg Handel miteinander. Für die Verbraucher, also die Menschen, die im In- und Ausland einkaufen, ist es einfacher, Preise zu vergleichen. Gebühren und Steuern können in einer Währung berechnet werden und allgemein sind die Preise deutlich stabiler.

Um der europäischen Währungsunion beitreten zu können, müssen die EU-Staaten vier Kriterien erfüllen, die sogenannten **Konvergenzkriterien**. Die Preise und der Wechselkurs im Staat müssen stabil sein, das Land darf nicht zu hoch verschuldet sein und die Zinsen müssen niedrig sein. Länder, die diese Kriterien erfüllen, können der Europäischen Währungsunion beitreten. Die Europäische Zentralbank (EZB) überwacht die Arbeit und Funktionsweise der Währungsunion. Sie stellt sicher, dass der Euro als gemeinsame Währung wertstabil bleibt. Da der Euro offiziell die gemeinsame Währung der Europäischen Union ist, können alle Mitgliedsstaaten den Euro einführen, sobald sie die Voraussetzungen dazu erfüllen. Neun Mitgliedsstaaten haben den Euro bislang noch nicht eingeführt. Polen und Tschechien zum Beispiel wollen ihre stabilen Währungen beibehalten. Bulgarien und Rumänien erfüllen nicht die Bedingungen.

M1 Euro-Banknoten

Die Euro-Banknoten sehen für alle Mitgliedstaaten der Währungsunion gleich aus. Als Motive auf der Vorderseite der Banknoten wurden Fenster und Tore gewählt. Sie symbolisieren die Offenheit und Zusammenarbeit in Europa.
Man kann jedoch an der Seriennummer auf den Euro-Banknoten erkennen, wo sie gedruckt wurden. Die Buchstaben vor der Seriennummer geben an, in welchem Land eine Euro-Banknote gedruckt wurde. Für Deutschland steht zum Beispiel der Buchstabe X.

M2 Euro-Münzen (Vorderseite)

Alle Euro-Münzen haben die gleichen Vorderseiten. Die Rückseiten variieren jedoch nach Ländern. Jedes Euro-Land durfte die Rückseite selbst gestalten. Auf den deutschen Münzen sind auf der Rückseite Eichenlaub, das Brandenburger Tor oder der Bundesadler zu sehen.

ERSTAUNLICH

Es gibt Euro-Münzen, die viel mehr Wert sind, als ihre Prägung angibt. Die 2-Euro-Münze mit Grace Kelly zum Beispiel gibt es seit 2007 und es existieren nur 20000 Exemplare. Deshalb zahlten Sammler bisher schon bis zu 1000 Euro für das Stück.

INTERNET

Im Internet kannst du weitere Informationen über den Euro ermitteln.
Suchbegriffe:
→ Euro-Banknoten
→ Euro-Münzen

METHODE Einen Sachtext fragegeleitet auswerten

Im Internet, in Schulbüchern und auch in Zeitungen begegnen uns Texte mit vielen wichtigen Informationen, sogenannte Sach- oder Informationstexte. Hier ist es wichtig, genau zu lesen, um wichtige Informationen herauszufinden und diese von weniger wichtigen Inhalten zu unterscheiden. Um dies zu erleichtern, kannst du die folgende Methode anwenden.

M3 Wie informiere ich mich über unbekannte Wörter?

- Du kannst ein Lexikon, den Duden oder ein anderes Wörterbuch benutzen und nachschlagen.
- Internetsuche: Du kannst das Wort zunächst bei einer Suchmaschine eingeben. Verlasse dich aber nicht nur auf eine Definition beziehungsweise Quelle, sondern vergleiche mehrere Ergebnisse.

M4 Was sind Schlüsselwörter und wie findet man sie?

- Schlüsselwörter helfen dir, die Antwort auf die Frage oder Fragen zu finden.
- Schlüsselwörter sind wichtige Begriffe, die du zur Beantwortung der Frage benötigst.
- Schlüsselwörter findest du in der Frage selbst und dann im Text.
- Die Sätze, in denen du diese Schlüsselwörter findest, helfen dir bei der Beantwortung der Frage.

Fünf Schritte zur fragegeleiteten Auswertung eines Sachtextes

1. Schritt: **Was soll ich herausfinden?**
- Wie lautet die konkrete Fragestellung? Welche Frage oder Fragen soll mir der Text beantworten?
- Welche Informationen könnte der Text enthalten?

2. Schritt: **Erstes Lesen und Begriffe klären**
- Lies den Text ein erstes Mal durch.
- Markiere unbekannte Wörter und informiere dich über ihre Bedeutung (M3).

3. Schritt: **Wichtiges für die Frage beziehungsweise Fragen notieren**
- Lies die Frage/Fragen nochmals genau durch. Beachte die Fragewörter.
- Schreibe die Wörter auf, die dir wichtig erscheinen, die sogenannten Schlüsselwörter.

4. Schritt: **Zweites Lesen und Schlüsselwörter und Wichtiges unterstreichen**
- Unterstreiche die Schlüsselwörter, die du notiert hast.
- Unterstreiche die Sätze im Text, die sich auf die Fragewörter beziehen.

5. Schritt: **Die Kernaussagen zu den Fragen formulieren**
- Fasse mithilfe der Schlüsselwörter die wichtigsten Informationen zusammen.
- Beantworte die Frage beziehungsweise Fragen schriftlich in ganzen Sätzen.

Aufgaben

1. Werte den Sachtext auf Seite 264 fragegeleitet aus. Berücksichtige dabei die folgenden Fragen: Warum gibt es in der EU eine einheitliche Währung? Welche Voraussetzungen muss ein Staat erfüllen, um den Euro als Währung einzuführen?
2. Liste die Namen der Länder auf, die zur Europäischen Währungsunion gehören (Atlas, Internet).
3. Lege eine Tabelle mit zwei Spalten an.
   a) Trage die Vorteile der Europäischen Währungsunion in die Tabelle ein (Text).
   b) Ergänze in der zweiten Spalte die Nachteile (Text).
4. Erkläre, warum Länder wie Polen und Tschechien der Währungsunion nicht beitreten möchten (Text).
5. (W) Wähle aus:
   Nimm Stellung zum Zitat von
   A Theo Waigel, früherer Bundesfinanzminister, Januar 2009: Der Euro ist ein riesiger Erfolg. Wenn wir ihn nicht hätten, stünden wir um vieles schlechter da.
   B Ralf Dahrendorf, Soziologe, Dezember 1995: Die Währungsunion ist ein großer Irrtum, ein abenteuerliches, waghalsiges und verfehltes Ziel, das Europa nicht eint, sondern spaltet.

Wenn du diese Aufgaben erfolgreich bearbeitet hast, kannst du ...
... die Europäische Währungsunion erläutern und beurteilen.
... einen Sachtext fragegeleitet auswerten.
... den Fachbegriff **Konvergenzkriterium (Konvergenzkriterien)** erklären.

Die Institutionen der Europäischen Union

Ich finde es toll, dass ich im Ausland telefonieren, surfen und SMS schreiben kann, ohne extra bezahlen zu müssen.
Wer entscheidet so etwas in der EU? Und wer macht eigentlich was in der EU?

INFO

Gesetze in der EU heißen nicht „Gesetze", sondern es gibt „**Verordnungen**" und „**Richtlinien**". Eine Verordnung ist verbindlich und gilt in jedem Mitgliedsstaat. Eine Richtlinie verpflichtet die Mitgliedsstaaten nur hinsichtlich des Ziels. Wie das Ziel in der nationalen Gesetzgebung konkret umgesetzt wird, entscheiden die einzelnen Staaten.

M1 Beispiel für den Weg einer EU-Richtlinie

1 Die EU-Kommission schlägt eine neue Richtlinie vor. Sie will erreichen, dass die Prüfungen, die man in einem EU-Mitgliedsstaat ablegen muss, um dort Arzt werden zu können, in allen anderen EU-Staaten anerkannt werden. Ärzte sollen in allen EU-Staaten eine Praxis eröffnen können.

⇩

2 Das Europäische Parlament und der Ministerrat beraten über den Entwurf. Sie stimmen dem Vorschlag der Kommission zu.

⇩

3 Der Ministerrat verabschiedet den Entwurf als Richtlinie, an die sich alle EU-Staaten halten müssen.

⇩

4 Die Richtlinie tritt in allen EU-Mitgliedsstaaten in Kraft.

⇩

5 Jeder Mitgliedsstaat muss nun ein eigenes Gesetz zur Ausführung der Richtlinie erlassen.

⇩

6 Berlin: Sobald Deutschland ein Gesetz zu dieser Richtlinie erlassen hat, können Ärzte aus anderen EU-Mitgliedsstaaten hier eine Praxis eröffnen. Deutsche Ärzte können sich in anderen EU-Staaten niederlassen.

Die zentralen Institutionen der Europäischen Union

Der **Europäische Rat** ist das oberste EU-Organ. Er besteht aus den Staats- und Regierungschefs der Mitgliedsländer sowie dem Präsidenten oder der Präsidentin der Europäischen Kommission.
Der Europäische Rat legt die Leitlinien der EU-Politik fest. Er kann auch Sanktionen aussprechen, wie 2020 gegen die Türkei, weil diese Gasbohrungen im östlichen Mittelmeer vor Zypern durchführte.

Die **Europäische Kommission** ist die Regierung der EU. Jedes Mitgliedsland entsendet eine Politikerin oder einen Politiker. Es gibt einen Präsidenten oder eine Präsidentin und Kommissare. Der Präsident oder die Präsidentin wird von den Staats- und Regierungschefs der Mitgliedsstaaten für fünf Jahre bestimmt.
Die Europäische Kommission ist zuständig für die Erarbeitung von Vorschlägen für neue europäische Rechtsvorschriften und setzt die Beschlüsse des Europäischen Parlaments und des Rates der EU um. Die Europäische Kommission führte zum Beispiel auch die Brexit-Verhandlungen mit Großbritannien.

Im **Ministerrat** (auch „Rat der Europäischen Union" genannt) treffen sich die Minister der Mitgliedsländer. Welche Politikerinnen und Politiker sich treffen, hängt davon ab, welches Thema besprochen wird. Wenn es zum Beispiel um Umweltpolitik geht, treffen sich die Umweltminister.
Der Ministerrat ist zusammen mit dem Europäischen Parlament an der Gesetzgebung beteiligt. Er muss Gesetzen zustimmen. Der Ministerrat entscheidet außerdem auch über die Aufnahme neuer Mitgliedsstaaten.
Diskutiert wird zum Beispiel auch, ob Strafermittler und Geheimdienste Zugriff auf eigentlich verschlüsselte Nachrichten in Messengerdiensten wie WhatsApp bekommen sollen.

Das **Europäische Parlament** vertritt die Bürgerinnen und Bürger der Mitgliedsstaaten. Alle fünf Jahre finden in allen Mitgliedsstaaten die Europawahlen statt. Die gewählten Politikerinnen und Politiker sind dann Abgeordnete im EU-Parlament. Die Zahl der Abgeordneten hängt von der Einwohnerzahl des jeweiligen Landes ab.
Das Europäische Parlament billigte 2020 zusätzliche EU-Hilfen in Höhe von 47,5 Milliarden Euro, um die unmittelbaren Auswirkungen der Coronakrise in Europas Regionen zu lindern.

Wahlen zum Europäischen Parlament

Zum neunten Mal wurde 2019 das Europäische Parlament von den Bürgerinnen und Bürgern der EU direkt gewählt. In Deutschland werden 96 der Abgeordneten des Europäischen Parlaments gewählt. Die Parteien oder sonstige Vereinigungen, zum Beispiel Wählervereinigungen, stellen Listen mit Kandidatinnen und Kandidaten auf. In Deutschland hat jeder Wähler eine Stimme für eine der aufgestellten Listen.

Wahlberechtigt sind alle Deutschen, die am Wahltag das achtzehnte Lebensjahr vollendet haben und seit mindestens drei Monaten in Deutschland oder einem der übrigen Mitgliedsstaaten wohnen.

Deutsche und Unionsbürger, die am Wahltag 18 Jahre alt sind, können gewählt werden.

Staatsangehörige anderer Mitgliedsstaaten, die in der Bundesrepublik Deutschland wohnen, sind unter den gleichen Bedingungen wahlberechtigt wie deutsche Staatsangehörige.

Die Wahlbeteiligung bei den Europawahlen ist in der Regel niedrig. 2019 beteiligten sich 61 Prozent der Wahlberechtigten an der Wahl. Das waren zumindest mehr als bei vorangegangenen Wahlen.

M3 Die Europäische Bürgerinitiative

Bürgerinnen und Bürger der Europäischen Union haben die Möglichkeit, Europa mitzugestalten. Sie können bewirken, dass die Europäische Kommission eine Richtlinie oder eine Änderung einer Rechtsvorschrift vorschlägt. Eine Million Unterschriften sind nötig, damit die Europäische Kommission tätig werden muss. Die Europäische Bürgerinitiative ist ein Instrument der partizipativen Demokratie.

M2 Politikgestaltung in der EU

Je nach Politikfeld ändert sich die Zuständigkeit und damit die Form der Zusammenarbeit. In einigen Bereichen sind die Organe der EU weitgehend allein zuständig, zum Beispiel in der Agrarpolitik und dem Außenhandel. In anderen Bereichen ist die Zuständigkeit geteilt zwischen der EU und den Mitgliedsstaaten. Das ist zum Beispiel bei der Umweltpolitik, dem Verbraucherschutz und der Entwicklungspolitik der Fall. In der Wirtschaftspolitik und der Beschäftigungspolitik sind in der Regel die Mitgliedsstaaten selbst zuständig. Sie stimmen sich aber ab. In der Außenpolitik hat die EU weniger Einfluss.

M4 Die zentralen Institutionen der EU und ihre Aufgaben

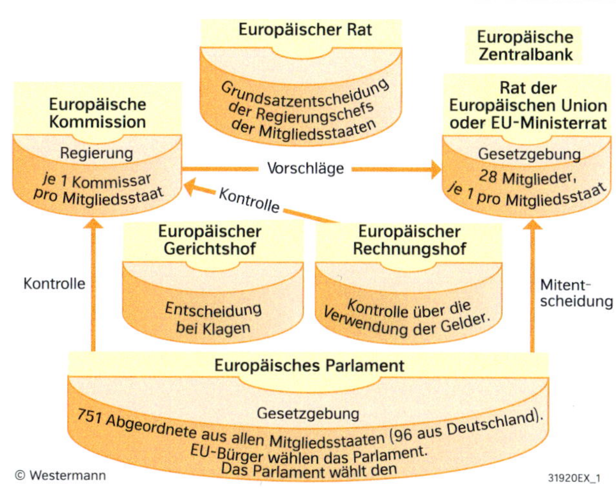

Aufgaben

1. Beschreibe die Aufgaben der zentralen Institutionen der EU (M4, Text).
2. Recherchiere und liste auf: Wo haben die Institutionen der EU ihren Sitz (M2, M4, Internet, vgl. S. 310)?
3. Die erhöhten Telefongebühren im Ausland wurden für die Mitgliedsländer der EU durch eine Verordnung abgeschafft.
   Skizziere den Weg der Verordnung (M1, Info).
4. Beantworte die Fragen des Mädchens.
5. Beurteile Chancen und Herausforderungen einer gemeinsamen Gestaltung der politischen Zukunft der EU.

Wenn du diese Aufgaben erfolgreich bearbeitet hast, kannst du ...
... die zentralen Institutionen der EU benennen.
... die Aufgaben der zentralen Institutionen der EU beschreiben.
... beschreiben, wie Bürgerinnen und Bürger in der EU mitbestimmen können.
... die Fachbegriffe **Verordnung, Richtlinie, Europäischer Rat, Europäische Kommission, Ministerrat** und **Europäisches Parlament** erklären.

Die EU – eine Gemeinschaft mit Zukunft?

M1 Was bin ich?

Was bin ich?
Eine Europäerin?
Dann müsste ich doch einen europäischen Personalausweis oder Pass bekommen können. Was meint ihr?

M2 Teste dich selbst!

In Umfragen wird die gefühlte europäische Identität mit folgender Frage ermittelt:

„In der nahen Zukunft, sehen Sie sich da …
1. nur als Deutsche/Deutscher,
2. als Deutsche/Deutscher und Europäer/in,
3. als Europäer/in und Deutsche/Deutscher,
4. nur als Europäer/in,
5. weiß nicht."

M3 Ergebnis einer Umfrage 2018

Frage: Wie stark identifizieren Sie sich mit …?

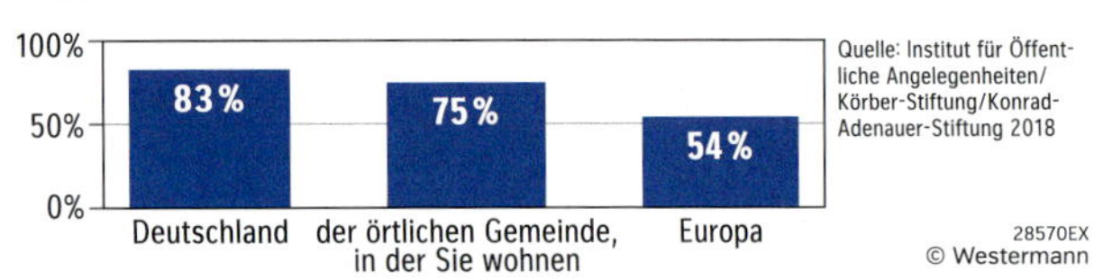

Die Befragten konnten anhand einer Skala von 1 bis 5 antworten. 1 = „identifiziere mich voll und ganz", 3 = „identifiziere mich weder noch", 5 = „identifiziere mich gar nicht". Im Diagramm sind die Werte 1 und 2 addiert.

Eine europäische Identität – gibt es die?

Großbritannien hat die EU verlassen. Der Brexit hat die anderen Mitgliedsstaaten hart getroffen. Wer in Großbritannien für den Brexit stimmte, fühlte sich nicht als Europäer, sondern wollte mehr nationale Selbstbestimmung.
Wie sieht es mit den anderen Mitgliedsstaaten aus? Nationales Denken hat sich in den letzten Jahren in einigen Mitgliedsstaaten verstärkt gezeigt. Ist damit die europäische Idee am Ende?
Die EU sicherte viele Jahrzehnte lang den Frieden in Europa. In einer globalisierten Welt konnte sie sich gut behaupten. Es gibt keine Institution, die die Macht und den Einfluss hat, die Vielfalt in Europa „unter einen Hut zu bringen".
Mit dem Aufruf „Europa darf nicht scheitern" hat eine kleine Gruppe von Bürgerinnen und Bürgern in Frankfurt eine Bewegung ins Leben gerufen und sie „Pulse of Europe" (den Puls von Europa) genannt. Mittlerweile gibt es Veranstaltungen der Bewegung auch in anderen Städten.

M4 Der Europatag

Der Europatag ist der 9. Mai und der jährliche Feiertag der Europäischen Union.
An diesem Tag im Jahr 1950 hielt der damalige französische Außenminister Robert Schuman in Paris eine Rede, in der er seine Vision eines zukünftigen Europas vorstellte: ein Europa der politischen Zusammenarbeit ohne Kriege zwischen den europäischen Nationen. Sein Vorschlag gilt als Grundstein der heutigen Europäischen Union.
Seit 1985 werden jedes Jahr am 9. Mai in ganz Europa Veranstaltungen und Tage der offenen Tür organisiert, zum Beispiel in Schulen, Städten und Gemeinden.
Zusammen mit der Europafahne und der Europahymne gehört der Europatag zu den Symbolen der EU.

M5 Einen europäischen Personalausweis und Reisepass für alle EU-Bürgerinnen und Bürger?

© Westermann 28574EX

M8 Karikatur

Die blonde Frau in der Karikatur stellt Angela Merkel dar, die 16 Jahr lang Bundeskanzlerin der Bundesrepublik Deutschland war. Sie legte ihr Amt 2021 nieder. Auf dem Reformgipfel 2017 in Tallinn wurden Vorschläge zur Erneuerung Europas vorgestellt. Der damalige EU-Ratspräsident Donald Tusk sollte daraufhin einen Arbeitsplan zur Umsetzung ausarbeiten.

M6 Was ist eine europäische Identität?

Eine starke Identifikation als Europäer [ein Wir-Gefühl] ist nicht gleichbedeutend damit, die EU, ihre Institutionen, eine Vertiefung der politischen Integration oder bestimmte europäische Politiken wie etwa die EU-Regionalpolitik, die Agrarpolitik oder die gemeinsame Währung zu unterstützen. Identifikation mit Europa kann mit sehr kritischen Haltungen zur EU oder zum Euro sowie sehr unterschiedlichen Auffassungen darüber einhergehen, welche Politiken die EU verfolgt und wie sie in Zukunft weiterentwickelt werden sollten. „Unterstützung für die EU“ ist also von der Variable „europäische Identität“ klar abzugrenzen […].

S. Ciaglia, C. Fuest, F. Heinemann: Europäische Identität: Begriff, Determinanten und Politikansätze. Wirtschaftsdienst. Zeitschrift für Wirtschaftspolitik. Hamburg: ZBW 98. 2018

M9 Wie wichtig ist eine europäische Identität für Europa?

Aus der Perspektive politischer Akteure stellt sich nun die Frage, ob eine europäische Identität für die Fortentwicklung der europäischen Integration erforderlich ist. Wenn sie als Quelle politischer Unterstützung verstanden wird und wenn diese Unterstützung der Öffentlichkeit in demokratischen Willensbildungsprozessen auf EU-Ebene als Legitimationsgrundlage politischen Handelns gebraucht wird, dann ist europäische Identität für die zukünftige Entwicklung unverzichtbar.

Sylke Nissen: Europäische Identität und die Zukunft Europas. APuZ, Bonn: Bundeszentrale für politische Bildung 10.9.2004

M7 Pulse of Europe: Auszug aus den zehn Grundaussagen

1. Europa darf nicht scheitern.
2. Der Frieden steht auf dem Spiel.
3. Wir sind verantwortlich.

8. Europäische Identität stärken.
9. Aufstehen, aktiv werden, wählen gehen!

Worum geht es? Frankfurt/M.: Pulse of Europe e. V.

Aufgaben

1. Beschreibe, was mit einer europäischen Identität gemeint ist (M6).
2. a) Werte die Ergebnisse der Umfrage zur europäischen Identität aus (M3).
   b) Teste dich selbst: Wie stark identifizierst du dich mit Europa (M2)?
   c) Würdest du einen europäischen Pass oder Personalausweis beantragen (M5)?
   d) Diskutiert eure Testergebnisse in der Klasse.
3. Beurteile die Bedeutung einer europäischen Identität für die Entwicklung der Europäischen Union (M9).
4. a) Werte die Karikatur aus (M8, vgl. S. 139).
   b) Welche Zukunft würdest du wahrsagen?
5. Ⓩ Nimm Stellung zu den Grundaussagen von „Pulse of Europe“ (M7, Internet, vgl. S. 310).

Wenn du diese Aufgaben erfolgreich bearbeitet hast, kannst du …
… die Bedeutung einer europäischen Identität für die Entwicklung der Europäischen Union beurteilen.

Die Euregio CENTROPE – ...

M1 Bratislava

Der erste Bauboom setzte Ende der 1990er-Jahre ein. Aus der Zeit stammt zum Beispiel der Wolkenkratzer der Slowakischen Nationalbank.

Zwischen Wien und Bratislava verlief bis 1989 der „Eiserne Vorhang“. Seit dem Fall der Grenze sind viele wirtschaftliche und gesellschaftliche Beziehungen entstanden. Der Beitritt von Tschechien, der Slowakei und Ungarn zur EU 2014 brachte einen erneuten Schub in der wirtschaftlichen Entwicklung der Region. Wie hat sich diese Region verändert? Wie arbeitet man heute länderübergreifend zusammen?

M2 Arbeitskosten je Stunde (2019, Auswahl)

Deutschland	35,60 €	Slowakei	12,70 €
Österreich	34,70 €	Ungarn	9,90 €
Tschechien	13,50 €	Bulgarien	6,00 €

M3 Beispiele von grenzüberschreitender Zusammenarbeit

- Veranstaltung für Schülerinnen und Schüler aus Wien in der Partnerschule in Győr zum Thema Berufsorientierung im Bereich Tourismus
- Projekt „EdTWIN“ (Education Twinning): Vielzahl an Möglichkeiten zur Begegnung und Kooperation, Erlernen der Nachbarsprachen
- Einrichtung einer Kultur- und Museumsroute durch das Architekturerbe des frühen 20. Jahrhunderts in Südmähren und im Nordosten Österreichs

INTERNET

Suchbegriffe für eine Recherche:
→ ORF Doku Centrope
→ Wien in Zahlen
→ Centrope in Zahlen

M4 Die Euregio CENTROPE

CENTROPE: zusammengesetzt aus **cent**ral eu**rope**

Die Euregio CENTROPE – ein Wirtschaftsraum im Zentrum Europas

In der Euregio CENTROPE arbeiten vier Länder grenzüberschreitend zusammen: Österreich, Tschechien, Ungarn und die Slowakei. Hier wohnen sieben Millionen Menschen. Bis 1989 lebten sie getrennt voneinander, denn eine geschlossene Grenze zwischen den Staaten des Ostblocks und den westlichen Staaten, der **Eiserne Vorhang**, trennte sie voneinander.

Nach der Öffnung der Grenze setzte in den meisten Staaten des ehemaligen Ostblocks eine **Transformation** ein. Es vollzog sich ein Wandel von der Zentralverwaltungswirtschaft zur Marktwirtschaft. 2004 wurden Tschechien und die Slowakei (bis 1993 noch ein gemeinsames Land Tschechoslowakei) sowie Ungarn Mitglieder der Europäischen Union.

2003 wurde die Euregio CENTROPE gegründet. Ziel ist die grenzüberschreitende Zusammenarbeit in Wirtschaft, Infrastruktur, Bildung und Kultur. Die einzelnen Regionen haben die Aufgaben aufgeteilt: Die tschechischen Partner kümmern sich um Austauschprogramme für Schülerinnen und Schüler, die slowakischen Partner koordinieren die touristische Werbung, die ungarischen Partner sind für Ausbildungsprogramme zuständig und die österreichischen Partner kümmern sich um Verkehr und Infrastruktur.

Die bedeutendsten Wirtschaftsstandorte in der Euregio sind Wien und Bratislava. Trotz der Zusammenarbeit stehen beide Wirtschaftsstandorte auch in Konkurrenz zueinander.

Mit dem Twin City-Liner, einem Schiff, gelangt man auf der Donau in 75 Minuten von einem Zentrum zum anderen.

... Wandel im Grenzraum

M5 Wien und Bratislava in der Euregio CENTROPE – zwei Wirtschaftsstandorte

M6 Interview mit Dirk Heintzsch, der 2009 von Nürnberg nach Bratislava zog

Wie schätzen Sie die Bedeutung Bratislavas als Wirtschaftsstandort ein?
Bratislava als Standort an sich ist schon seit 20 Jahren von hohem Interesse vor allem für internationale Unternehmen, zum Beispiel JCI, Dell, Lenovo, Amazon, Swiss Re, Henkel, um nur einige zu nennen. Basis dafür ist zum einen das sehr hohe Ausbildungsniveau der Slowaken, die zumeist zwei bis drei Sprachen sprechen, und zum anderen das noch sehr moderate Lohnniveau in einem europäischen Land. Die Slowakei ist auch zu einem bedeutenden Standort der Autoindustrie geworden, zu nennen sind hier VW, Kia, Jaguar plus viele weitere Zulieferer, die vor Ort Standorte haben.

Welchen Wandel konnten Sie in Bratislava feststellen, seit Sie dort wohnen?
Die Stadt wurde im Laufe der Zeit moderner, internationaler und der Lebensstandard ist enorm gestiegen. Allerdings steigen auch die Lebenshaltungskosten und ebenso die Grundstücks- und Mietpreise. Der Durchschnittsverdienst ist hier wesentlich höher als in anderen Regionen der Slowakei, jedoch sind die Mieten sehr hoch.

Zu Ihrer Familie: Sie sind „international"?
Ja, allerdings. Da ich mit meiner Frau Englisch spreche, wächst unser Sohn fast dreisprachig auf. Er spricht Slowakisch mit meiner Frau, Deutsch mit mir und er versteht auch sehr gut Englisch.

Aufgaben

1. Beschreibe die Lage der Euregio CENTROPE (M4, Atlas).
2. Stelle die politische Entwicklung im Grenzgebiet der heutigen Euregio dar (Text).
3. Ⓦ Erläutere den wirtschaftlichen Wandel in der Region Wien – Bratislava seit 1989 (M1, M4, M5, M6),
   A mithilfe eines Erklärvideos (vgl. S. 89).
   B in einem Text.
4. In der Euregio gibt es Wettbewerb und Kooperation. Nimm Stellung (M2, M3, M5, M6, Text).
5. Bewerte den europäischen Einigungsprozess im Hinblick auf das Leben in der Euregio CENTROPE.
6. Ⓩ Informiere dich mithilfe einer Internetrecherche über eine Euregio in Nordrhein-Westfalen und erstelle einen computergestützten Vortrag zu einer selbst gewählten Fragestellung (Internet, vgl. S. 310).

Wenn du diese Aufgaben erfolgreich bearbeitet hast, kannst du ...
... den politischen und wirtschaftlichen Wandel in der Euregio CENTROPE erläutern.
... die Zusammenarbeit in der Euregio CENTROPE beschreiben.
... die Fachbegriffe **Eiserner Vorhang** und **Transformation** erklären.

Dresden – Globalisierung und Digitalisierung

Die Digitalisierung verändert die Anforderungen an den Raum, seine Nutzung und damit auch die Landschaft. Am Beispiel von Dresden kann dies gezeigt werden. Wie wirkt sich die Digitalisierung auf die Region Dresden aus? Welche Rahmenbedingungen und Infrastrukturen waren entscheidend, um Dresden zu einem Wirtschaftsstandort von globaler Bedeutung werden zu lassen?

M3 Dresden: Clusterbildung

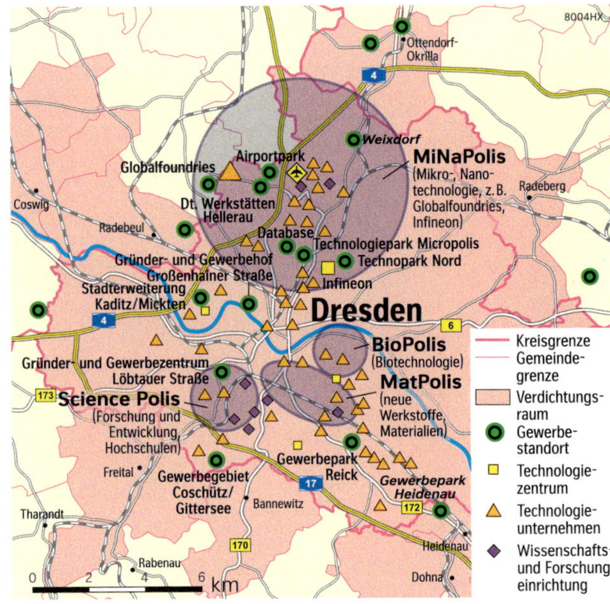

INFO

Ein **Cluster** ist ein Netzwerk von Unternehmen und Verwaltungs- und Forschungseinrichtungen, die sich in räumlicher Nähe zueinander befinden und bei Forschung, Entwicklung, Produktion und Vertrieb zusammenarbeiten.

M1 Unternehmen in Dresden nach der Beschäftigtenzahl 2020 (Auswahl)

Firmenname	Branche	Beschäftigte
Globalfoundries	Chip-Hersteller	3 500
Infineon	Chip-Hersteller	2 000
T-Systems Multimedia Solutions	digitale Produkte und Dienste	1 940
Elbe Flugzeugwerke	Teilefertigung für Airbus	1 380
SAP	Software für Buchführung	750

M2 Ziele der Wirtschaftsförderung in Dresden

»Global orientieren – lokal handeln« – nach diesem Motto arbeitet das Amt für Wirtschaftsförderung der Landeshauptstadt Dresden.

Im Fokus [der Wirtschaftsförderung in Dresden] steht die nachhaltige Weiterentwicklung der Standortbedingungen für das Stadtgebiet Dresden, um neuen Technologien und Trends den Weg zu ebnen, die Branchenvielfalt sowie die globale Wettbewerbsfähigkeit der Dresdner Unternehmen und Forschung zu stärken und damit den Standort attraktiv für Investoren, Unternehmer und Arbeitnehmer zu gestalten.

Landeshauptstadt Dresden, Amt f. Wirtschaftsförderung

Dresden – Entwicklung zum Hightech-Cluster

Forscher und Tüftler gab es schon immer in Dresden. Hier wurden zum Beispiel die Reiseschreibmaschine und die Kleinbild-Spiegelreflexkamera erfunden, aber auch viele Dinge des täglichen Lebens. Durch die Globalisierung und **Digitalisierung** hat sich Dresden zu einem Standort der Hightech-Industrie entwickelt. Viele Unternehmen und Forschungseinrichtungen haben sich hier angesiedelt. Es ist ein Hightech-**Cluster** entstanden. Für die Hightech-Unternehmen ist es von Vorteil, dass es in Dresden viele Hochschulen und dadurch viele Arbeitskräfte mit Hochschulabschluss gibt. Die Digitalisierung wirkt sich auf eine Vielzahl von Arbeits- und Lebensbereichen aus. In Dresden hat man darauf reagiert und das Netzwerk DRESDEN-concept gegründet, eine Kooperation von Forschungs- und Kultureinrichtungen.

M4 Chipfabrik in Dresden (ehemals AMD, heute Globalfoundries

M5 Hightech aus Dresden – Beispiele

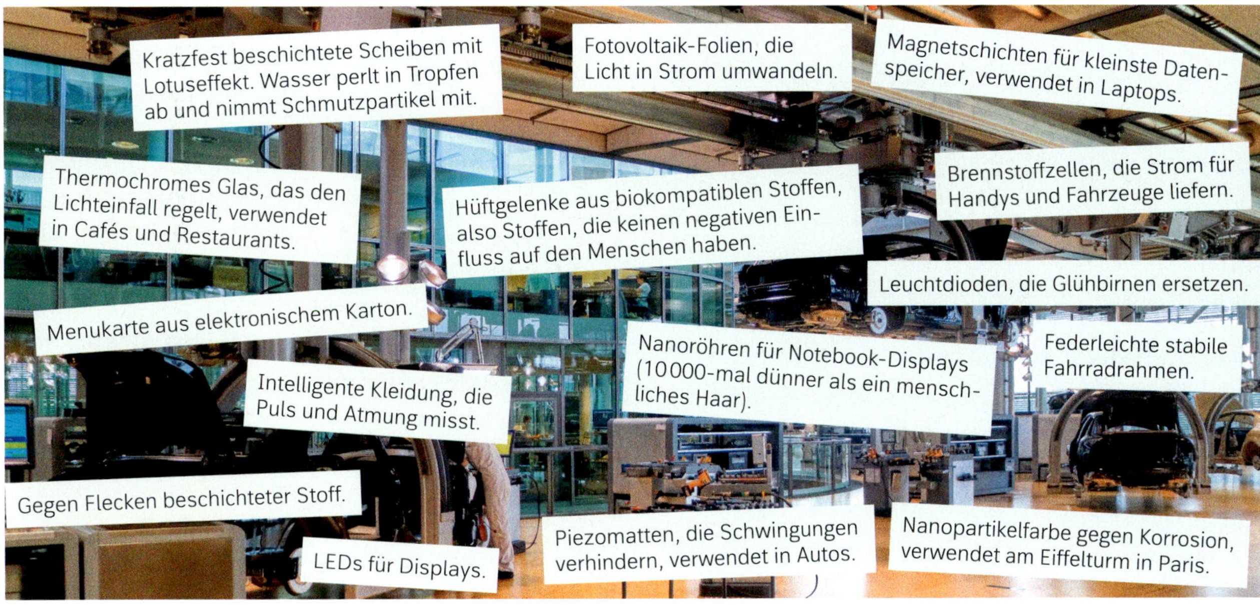

M6 Einrichtungen im Hightech-Cluster Dresden

- Gründerzentren für Start-ups
- Universitäten und Forschungseinrichtungen
- DRESDEN-concept (Vernetzung von 24 Dresdner Institutionen)
- Standort aller sechs Hightech-Branchen (M3), europaweit sind nur in Dresden alle diese Schlüsseltechnologien vertreten.

INTERNET

Suchbegriff: → Film Dresden Stadt der Erfindungen

M7 Daten zu Dresden

	Einwohner	Beschäftigte	Arbeitslosenquote
2010	523 058	224 364	12,0 %
2015	543 825	246 809	7,6 %
2019	556 780	273 544	5,3 %
2020	561 942	270 858	6,2 %

INFO

Die zunehmende weltweite, vor allem wirtschaftliche Verflechtung der Staaten nennt man **Globalisierung**. Sie wird durch moderne Kommunikationsmittel und Transportsysteme gefördert.

Aufgaben

1. Beschreibe den Wirtschaftsstandort Dresden (M1, M3–M6, Text).
2. Liste Standortfaktoren auf, die für internationale Unternehmen der Hightech-Industrie in Dresden gegeben sind (M1–M6).
3. Werte die Tabelle aus (M7) (vgl. S. 312).
4. Ⓦ Wähle aus:
   Beurteile, ob die Entscheidungen und Maßnahmen der Wirtschaftsförderung eine nachhaltige Entwicklung bewirken (M2).

A Erstelle einen Vortrag in der Rolle eines Mitarbeiters des Amts für Wirtschaftsförderung.

B Schreibe einen Bericht für die Schülerzeitung.

5. Überprüfe, ob sich die wirtschaftliche Entwicklung auf eine nachhaltige Stadtentwicklung auswirkt (M3, M7).
6. Ⓩ Schau dir den Film „Dresden – Stadt der Erfindungen" an (Internet). Beschreibe und bewerte die Darstellung der Stadt im Film.

Formulierungshilfen zu Aufgabe 1:
Der Wirtschaftsstandort Dresden ist gekennzeichnet durch ...
Hier haben sich ... angesiedelt.
Es ist ein ... entstanden.
Die größten Arbeitgeber sind ...

Wenn du diese Aufgaben erfolgreich bearbeitet hast, kannst du ...
... den Wirtschaftsstandort Dresden beschreiben.
... die Auswirkungen von Globalisierung und Digitalisierung auf den Wirtschaftsstandort Dresden erläutern.
... die Fachbegriffe **Digitalisierung**, **Cluster** und **Globalisierung** erklären.

METHODE Fragengeleitete Raumanalyse

M1 Viele Merkmale prägen einen Raum

In diesem Kapitel hast du verschiedene Themen zu Europa bearbeitet. Das jeweilige Thema wurde beispielhaft an einem Raumbeispiel dargestellt.
Eine Raumanalyse hat einen anderen Schwerpunkt. Hier werden die Merkmale eines Raumes herausgearbeitet. Es gibt viele Merkmale, die einen Raum prägen. Diese Merkmale sind in ihrem Zusammenwirken in jedem Raum anders. Bei einer Raumanalyse untersuchst du also einen einzigartigen Raum.

Eine fragengeleitete Raumanalyse

Um eine **Raumanalyse** sinnvoll zu bewältigen, formuliert man eine Leitfrage oder Forschungsfrage. Man führt eine fragengeleitete Raumanalyse durch. Dabei geht es darum, aus den Merkmalen die auszuwählen, die für die gewählte Leitfrage relevant sind. Geht es zum Beispiel um Tourismus, dann gehören der Naturraum, die Wirtschaft, der Verkehr und die Kultur dazu. Diese Merkmale sind gleichzeitig wichtige Teilthemen der Raumanalyse. Danach beginnt die Recherche nach Informationen und Daten zu diesen Teilthemen. Am besten arbeitet ihr in Gruppen. Dann könnt ihr die Teilthemen auf euch aufteilen.

M2 Wie finde ich Forschungsfragen?

Nur wer sich selbst die richtigen Fragen stellt, kann auch interessante Antworten finden. Bei einer Raumanalyse verschafft man sich am besten zunächst einen ersten Eindruck von dem Raum, den man untersuchen möchte. Dafür eignen sich Fotos.
Beim Formulieren der Frage ist wichtig:
- Die Frage sollte aus einem Satz bestehen.
- Die Frage sollte einen klaren und fachlich lohnenden Schwerpunkt haben.
- Die Frage am besten mit einem Fragewort beginnen (Was? Wie? Warum? Welche? Inwiefern?).

Beispiele für Forschungsfragen:
Wie nutzen die Menschen auf den Lofoten den Naturraum?
Welche Bedeutung kann der Tourismus für die zukünftige Entwicklung der Lofoten haben?

M3 **Arbeit in Gruppen**

M4 **Auf den Lofoten: ein einzigartiger Natur- und Kulturraum**

Sechs Schritte zur Durchführung einer Raumanalyse

1. Schritt Festlegung des Raums, der Themen und der Vorgehensweise
- Einigt euch auf einen Raum.
- Formuliert Forschungsfragen und entscheidet euch dann für eine.
- Entscheidet, welche Merkmale (Teilthemen) für eure Forschungsfrage relevant sind.
- Überlegt, woher ihr Informationen zu eurer Frage bekommen könnt.
- Überlegt, wie ihr euer Ergebnis präsentieren wollt.
- Teilt die Teilthemen unter euch auf.

2. Schritt Planungsgespräch
- Plant, was ihr alles zu euren Teilthemen recherchieren wollt. Ein gemeinsames Brainstorming spart viel Arbeit.
- Stellt einen Arbeitsplan auf: Notiert die Termine für die weiteren Teamsitzungen.
  1. Teamsitzung: Alle stellen zur Diskussion, was sie vorhaben. Die anderen geben Tipps.
  2. Teamsitzung: Alle stellen ihre Arbeitsergebnisse zur Diskussion.
  3. Teamsitzung: Alle liefern ihre „Endprodukte“ ab.

3. Schritt Arbeitsphase
Jeder Einzelne eures Teams erarbeitet seinen Teilbereich eigenverantwortlich. Er oder sie recherchiert und notiert Fragen, die noch zu klären sind.

4. Schritt Zusammenstellung der Arbeitsergebnisse in der Gruppe
- Stellt die Einzelergebnisse in der Gruppe vor.
- Fasst eure Ergebnisse zu eurer Präsentation zusammen.

5. Schritt Präsentation in der Klasse
- Präsentiert eure Raumanalyse.
- Lasst euch ein Feedback geben.

6. Schritt Nachbereitung
- Besprecht euer Vorgehen bei der Raumanalyse.
- Stellt heraus, was gut gelungen ist.
- Macht Verbesserungsvorschläge, wenn etwas nicht so gut gelungen ist.
- Besprecht das Feedback zu eurem Arbeitsergebnis und zu eurer Präsentation.
- Überlegt, was ihr beim nächsten Mal besser machen könnt.

Aufgaben

1. Erkläre den Unterschied zwischen einer Raumanalyse und einer fragengeleiteten Raumanalyse.
2. Erkläre, wie man Forschungsfragen für eine fragengeleitete Raumanalyse finden kann (M2).
3. Begründe, warum fragengeleitete Raumanalysen am besten in Gruppenarbeit durchgeführt werden.

Wenn du diese Aufgaben erfolgreich bearbeitet hast, kannst du ...
... Forschungsfragen entwickeln.
... erklären, wie man eine fragengeleitete Raumanalyse durchführt.
... den Fachbegriff **Raumanalyse** erklären.

Fragengeleitete Raumanalyse Norwegen

Der Landesname „Norge“ ist abgeleitet von „nordvegr“ und bedeutet „Weg nach Norden“. Zu Norwegen gehören auch Spitzbergen und Svalbard in der Arktis.

M1 Der Eisenerz-Hafen in Narvik

M2 Ölplattform in einem Fjord

M3 Oslo, die Landeshauptstadt

Atlaskarten

Europa – Physische Übersicht, S. 98/99
Europa – Politische Übersicht, S. 107
Europäischer Wirtschaftsraum – Wirtschaftskraft der Regionen, S. 109
Europäischer Wirtschaftsraum – Arbeitslosigkeit nach Regionen, S. 109
Europa – Bevölkerungsdichte, S. 112
Europa – Verkehr, S. 113
Europa – Klima, S. 114/115
Europa – Landwirtschaft, S. 116/117
Europa – Wirtschaft, S. 118/119
Europa – Tourismus, S. 120/121
Nordeuropa – Physische Karte, S. 122/123
Höhenprofil durch Skandinavien, S. 123
Nordsee- und Ostseeraum – Wirtschaft und Ressourcen, S. 124/125

M4 Sunnylvsfjorden (Fjord) mit Kreuzfahrtschiff und den berühmten Seven Sisters Wasserfällen

M5 Übersichtskarte (ohne Spitzbergen und Svalbard)

M6 Boyabreen, Dorf am Boyabreen Gletscher

schueler.diercke.de | 100870-122-02

M7 Die Atlantic Ocean Road

M8 Wasserkraftwerk

M9 Lachsfischerei (Aquakultur)

INTERNET

Suchbegriffe:
→ Norwegen destatis
→ Norwegen Länderprofil
→ Norwegen statistisches Bundesamt country profile
→ Norwegen Klima
→ Norwegen Länder-Lexikon
→ Norwegen Fjorde
→ Norwegen Gletscher
→ Norwegen Landwirtschaft
→ Norwegen Aquakultur
→ Norwegen Tourismus
→ Norwegen Kreuzfahrtschiffe
→ Norwegen Erdöl
→ Norwegen Erzhafen Narvik
→ Norwegen grüne Energie
→ Norwegen Wasserkraft
→ Norwegen Verkehrsinfrastruktur
→ Norwegen Städte
→ Norwegen Samen
→ Lappland

ERSTAUNLICH

- Pro Jahr ereignen sich 4000 Verkehrsunfälle mit Elchen.
- 239057 Inseln liegen an der norwegischen Küste.
- Brekke gehört mit 3000 – 5000 mm Niederschlag im Jahr zu den nassesten Orten in Europa.
- Der tiefste See Europas ist der Hornindalsvatn (500 m tief).
- Der größte Nationalpark Europas liegt in Norwegen: 13286 km².
- Der stärkste Gezeitenstrom der Welt ist Saltstraumen: Fast 400 Millionen Kubikmeter Wasser fließen bei Flut und Ebbe mit einer Geschwindigkeit von bis zu 40 Kilometer pro Stunde in einen bzw. aus einem Fjord bei Bodø. Dabei entstehen Strudel, die bis auf den Grund reichen.
- Der Berg Humpen ist 2,9 Milliarden Jahre alt und damit wahrscheinlich das älteste Gebirge Europas.
- Die drei höchsten und wasserreichsten Wasserfälle Europas liegen in Norwegen.

Aufgaben

1. Führt eine fragengeleitete Raumanalyse zu Norwegen in sechs Schritten durch (vgl. S. 275).
2. (Z) Wählt einen anderen europäischen Raum für eine Raumanalyse aus und führt eine fragengeleitete Raumanalyse durch.

Wenn du diese Aufgaben erfolgreich bearbeitet hast, kannst du ...
... eine fragengeleitete Raumanalyse durchführen.

Gewusst? – Gekonnt!

M1 Die vier Freiheiten

1. Erkläre mithilfe von M1 die vier Freiheiten der EU.
Schülerbuch, Seiten 262 – 263

M2 Die Organe der EU

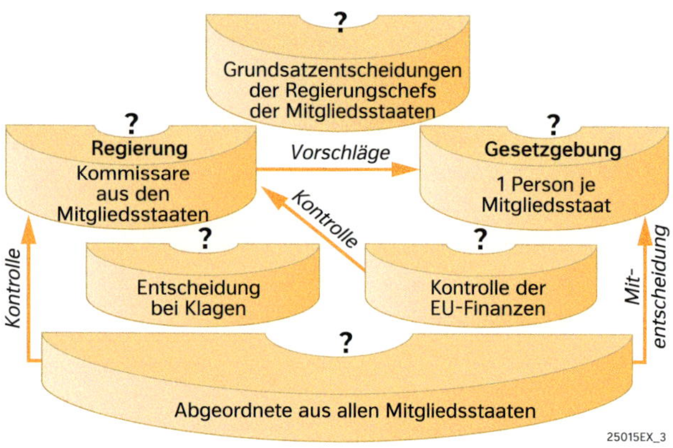

2. Übertrage die Abbildung M2 in dein Heft. Notiere für die Fragezeichen die Bezeichnungen der EU-Organe.
Schülerbuch, Seiten 266 – 267

3. Zeichne mithilfe von M3 eine Zeitleiste zur Entwicklung der EU.
Schülerbuch, Seiten 260 – 262

M4 Die drei Säulen der EU

4. Erläutere die drei Säulen der EU (M4).
Schülerbuch, Seiten 260 – 261

5. a) Erkläre, was Euregios sind.
b) Beschreibe ein Beispiel.
Schülerbuch, Seiten 270 – 271

M5 Der EU-Binnenmarkt

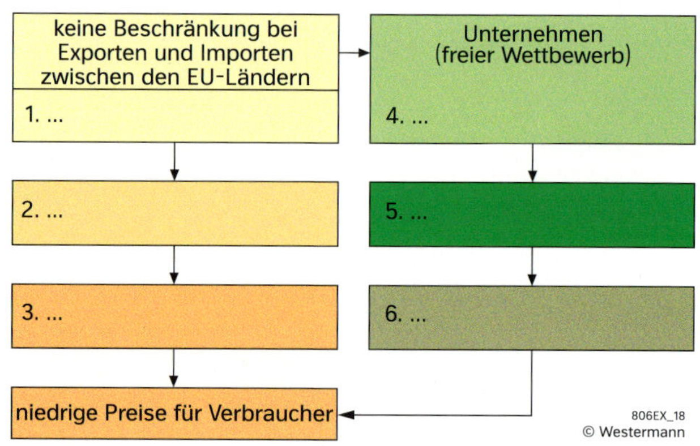

6. Übertrage das Schema in M5 in dein Heft und ergänze die Beschriftung.
Schülerbuch, Seite 263

M3 Stationen der Entwicklung der EU

Vertrag von Lissabon: Ausweitung der Zusammenarbeit z. B. in der Sicherheits- und in der Außenpolitik

Erste direkte Wahl des Europaparlaments durch die Bürgerinnen und Bürger der Mitgliedsstaaten

Gründung der Europäischen Zentralbank

Gründung der Europäischen Gemeinschaft für Kohle und Stahl (EGKS), um nach dem Zweiten Weltkrieg den Handel mit diesen wichtigen Gütern zu erleichtern

Gründung der Europäischen Union (EU). Die Zusammenarbeit wird von der Wirtschaftspolitik auf andere Felder der Politik ausgeweitet (z. B. Umweltpolitik, Sozialpolitik).

Regelung des freien Grenzverkehrs in der EU durch das Schengener Abkommen

Verschmelzung des EGKS, der EWG und EURATOM zur Europäischen Gemeinschaft (EG) mit eigenem Gerichtshof und eigenem Parlament

Gründung der Europäischen Wirtschaftsgemeinschaft (EWG)

Bewerte dich selbst mit dem Ampelsystem, das du bereits kennengelernt hast.

7 a) Beschreibe den Wirtschaftsraum Dresden.
b) Beurteile, ob Dresden ein Beispiel für eine nachhaltige Entwicklung von Räumen sein kann.
Schülerbuch, Seiten 272 – 273

8 a) Beschreibe die geographische Lage und Abgrenzung Europas.
b) Europa wird als vielfältiger Kontinent bezeichnet. Begründe mithilfe von Beispielen.
Schülerbuch, Seiten 254 – 257

9 Notiere die Namen der Mitgliedsstaaten der EU (M7).

M7 Europa: Mitgliedsstaaten der EU

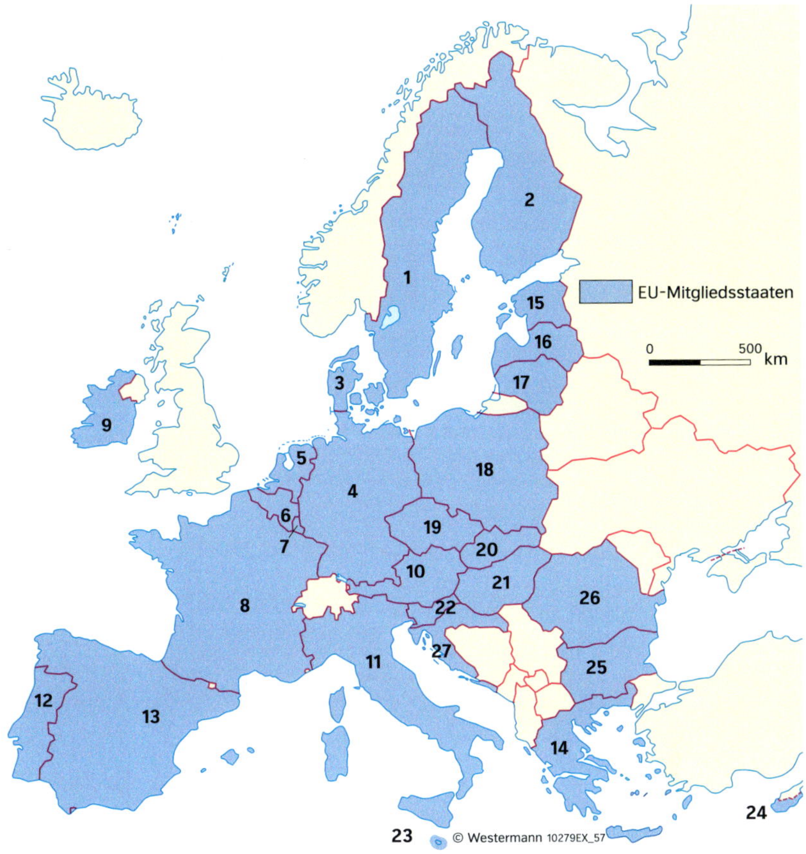

M6 Karikatur

10 a) Werte die Karikatur aus (M6, Seite 139).
b) Notiere Vorschläge, wie „Europa" für Jugendliche interessanter werden könnte.
Schülerbuch, Seiten 260 – 261

11 Seit 2010 gilt der 9. Mai als EU-Schulprojekttag. Mit Veranstaltungen und Aktionen an Schulen soll das Interesse für Europa gestärkt werden. An diesem Tag stehen auch den Schulen Politikerinnen und Politiker für Diskussionen zur Verfügung.
a) Erkläre, warum der 9. Mai als Europatag festgelegt wurde.
b) Gestalte ein Logo für den Europatag.
c) Plant ein EU-Schulprojekt (Seite 97).

Fachbegriffe

der Agglomerationsraum
der Aktivraum
der Binnenmarkt
das Cluster
die Digitalisierung
der Eiserne Vorhang
die Euregio
die Europäische Kommission
die Europäische Union (EU)
der Europäische Rat
das Europäische Parlament
der Europarat
die Globalisierung
das Kapital
das Konvergenzkriterium (die Konvergenzkriterien)
der Ministerrat
der Passivraum
die Raumanalyse
die Richtlinie
die Transformation
die Verordnung
der Zoll

WES-105342-279
westermann.de/webcode

Individuum und Gesellschaft

Jeder Mensch hat eine ihm eigene Persönlichkeit. Er ist ein Individuum, er ist einzigartig.
Wir leben zusammen in einer Gesellschaft.
Die Gesellschaft besteht also aus vielen Individuen. Das Zusammenleben war und ist nicht unproblematisch.
Welche Probleme gibt es beim Zusammenleben in einer Gesellschaft?
Schau dir das Foto an.
Was sagt das Foto aus?
Inwiefern passt es zum Thema?
Was würdest du fotografieren?

rechts: Zu einer Gesellschaft gehören alle, alle zusammen bilden eine Gesellschaft.

Glauben im Mittelalter – ...

Am Ende des 11. Jahrhunderts zogen Ritter und einfache Menschen in das Heilige Land. Sie eroberten Jerusalem sowie die umliegenden Länder und errichteten dort Fürstentümer. Ihre Herrschaft dauerte nur 200 Jahre. Bis heute sind die mittelalterlichen Kreuzzüge in den drei Religionen Christentum, Judentum und Islam in Erinnerung. Bis heute spielen sie in Konflikten eine Rolle. Was waren die Kreuzzüge? Wie beeinflussten sie die Beziehungen zwischen den Religionen?

M1 Quelle: Papst Urban II. spricht 1095 zu adeligen Rittern und dem Volk.

Ein Mönch, der Augenzeuge war, schrieb später Teile dieser Rede auf:

„Ihr Volk der Franken, [...], ihr seid [...] Gottes geliebtes und auserwähltes Volk. [...] Aus dem Land von Jerusalem [...] kam schlimme Nachricht [...]: Das Volk im Perserreich, ein fremdes Volk, ein ganz gottfernes Volk [...] hat die Länder der dortigen Christen besetzt, durch Mord, Raub und Brand entvölkert und die Gefangenen teils in sein Land abgeführt, teils elend umgebracht. Es hat die Kirchen Gottes entweder von Grund auf zerstört oder für seinen Kult beschlagnahmt. Sie beflecken die Altäre mit ihren Abscheulichkeiten und stürzen sie um. [...] Wem anders obliegt nun die Aufgabe, diese Schmach zu rächen, dieses Land zu befreien, als euch? Euch verlieh Gott mehr als den übrigen Völkern ausgezeichneten Waffenruhm, hohen Mut [...] und die Kraft. [...] Tretet den Weg zum Heiligen Grab in Jerusalem an, nehmt das Land dort dem gottlosen Volk, macht es euch untertan! [...] Schlagt also diesen Weg ein zur Vergebung eurer Sünden, nie verwelkender Ruhm ist euch im Himmelreich gewiss. [...] Gott will es!“

Arno Borst: Lebensformen im Mittelalter. Frankfurt/M.: Ullstein: 14. Aufl., 1995, S. 318–320.

INFO

Zwischen 1095 und 1291 fanden insgesamt sieben Kreuzzüge statt. Der Begriff **Kreuzzug** kam erst später auf. Für die Menschen im Mittelalter war der Kreuzzug eine bewaffnete Pilgerfahrt.

Menschen unterschiedlichen Glaubens leben zusammen

In Spanien lebten fast acht Jahrhunderte lang Muslime, Christen und Juden nebeneinander und miteinander. Während dieser Zeit bekamen die Christen Zugang zu den philosophischen und wissenschaftlichen Erkenntnissen der Araber und ihrer Kultur. Noch heute sind diese Einflüsse an der arabischen Vorsilbe „al“ zu erkennen: Algebra, Alchemie, Alkohol. Die Araber gründeten Bibliotheken und Schulen. Ungefähr zwanzig Prozent des spanischen Wortschatzes sind arabischen Ursprungs. Allerdings sollte diese Zeit nicht verklärt werden. Eine gleichberechtigte Anerkennung Andersgläubiger gab es nicht, nur eine Duldung.

„Gott will es!“

Im Jahr 1095 bat der oströmische Kaiser in Konstantinopel (heute Istanbul) den Papst um Hilfe, weil das oströmische Reich von muslimischen Seldschuken (türkischer Volksstamm) bedroht wurde. Auch würden christliche Pilger am Besuch der Heiligen Stätten in Jerusalem gehindert. Papst Urban II. rief zum **Kreuzzug** auf.

In verschiedenen Gruppen machten sich die Kreuzfahrer auf den Weg ins Heilige Land. Die Menschen glaubten, dass sie mit dem Kreuzzug den Willen Gottes erfüllten.

Auf ihrem Weg ins Heilige Land zogen die Volksgruppen im Sommer 1096 auch durch Städte mit wohlhabenden jüdischen Gemeinden, vor allem im Rheinland. Fanatisierte Kreuzfahrer griffen die jüdischen Gemeinden an. Sie töteten viele Juden oder zwangen sie zur Taufe und raubten deren Besitz. Sie rechtfertigten ihre Taten damit, dass sie sich für die Kreuzigung Jesu an den Juden rächen müssten. Diese Pogrome fanden zum Beispiel in Mainz, Speyer, Worms und Köln statt.

Die Eroberung Jerusalems

Nach drei Jahren Wanderschaft mit schweren Anstrengungen und Kämpfen erreichten die Kreuzfahrer im Sommer 1099 ihr Ziel: Jerusalem. Mehr als fünf Wochen lang belagerten sie die Stadt, bis sie am 15. Juli 1099 die Stadtmauern überwinden konnten.

Die Kreuzfahrer richteten ein Blutbad in der Stadt an. Man schätzt die Opferzahl auf etwa 3000 Menschen, darunter hauptsächlich Muslime, aber auch Juden und orientalische Christen. Dieses Massaker galt schon im Mittelalter als berüchtigt und ist bis heute in Erinnerung.

In den folgenden Jahren fanden weitere Kreuzzüge statt.

schueler.diercke.de | 100870-176-01

... miteinander, nebeneinander, gegeneinander

M2 **Kreuzfahrerstaaten im „Heiligen Land“**

M3 **Die Kreuzfahrerstaaten**

Mit dem ersten Kreuzzug wurden vier **Kreuzfahrerstaaten** gegründet. Geistliche Ritterorden, wie zum Beispiel die Templer und die Johanniter, übernahmen als Mönchskrieger Aufgaben im Bereich der Verwaltung, des Pilgerschutzes und der Krankenpflege. Einige Orden gibt es noch heute. In diesen Kreuzfahrerstaaten lebten die Christen Seite an Seite mit den Muslimen. Dort lernten sie die Medizin und die Wissenschaft der Muslime kennen. Diese Kreuzfahrerstaaten wurden nach und nach bis 1291 von den Muslimen zurückerobert.

M4 **Quelle: Der arabische Schriftsteller Usama ibn Munqid (1095–1188) berichtet über die Franken in den Kreuzfahrerstaaten.**

Es gibt unter den Franken einige, die sich im Lande angesiedelt und begonnen haben, auf vertrautem Fuße mit den Muslimen zu leben. […] Einmal schickte ich einen Gefährten nach Antiochia, dessen Oberhaupt Todros ibn as-Safi war […]. Er sagte eines Tages zu meinem Gefährten: „Ein fränkischer Freund hat mich eingeladen. Komm doch mit, dann siehst du ihre Gebräuche.“ „Ich ging mit“, erzählte mein Freund, „und wir kamen zum Hause eines der alten Ritter, die mit dem ersten Zug der Franken gekommen waren. […] Er ließ einen schönen Tisch bringen mit ganz reinlichen und vorzüglichen Speisen. Als er sah, dass ich nicht zulangte, sagte er: ‚Iss getrost, denn ich esse nie von den Speisen der [christlichen] Franken, sondern habe ägyptische Köchinnen und esse nur, was sie zubereiten; Schweinefleisch kommt mir nicht ins Haus!‘ Ich aß also, […].
Später überquerte ich den Markt, als eine fränkische Frau mich belästigte […]. Eine Menge Franken sammelte sich um mich, und ich war schon meines Todes sicher: Da erschien der Ritter, erkannte mich, kam herbei und sagte zu der Frau: ‚Was hast du mit diesem Muslim?‘ ‚Er hat meinen Bruder Urso getötet!‘, erwiderte sie. Dieser Urso war ein Ritter aus Apamea, der von einem Soldaten aus Hama getötet worden war. Er fuhr sie an: ‚Das hier ist ein Bürger, ein Kaufmann, der nicht in den Krieg zieht und sich nicht aufhält, wo man kämpft.‘ [Die Menge] zerstreute sich, und er nahm mich bei der Hand. So hatte die Tatsache, dass ich bei ihm gespeist hatte, zur Folge, dass mir das Leben gerettet wurde.“

Usama ibn Munqidh (1095–1188)

Aufgaben

1 a) Liste die Gründe und Argumente auf, mit denen Urban zum Kreuzzug aufruft (M1).
b) Beurteile die Folgen und die Überzeugungskraft der Argumente aus zeitgenössischer und aus heutiger Sicht (M1, M2, Texte).

2 Beschreibe, wie auch ein friedliches Zusammenleben von Menschen unterschiedlicher Religionen möglich war (M3, M4, Text).

3 (W) Wähle aus: Arbeite mit der Quelle M4.

A Erzähle die Geschichte mit eigenen Worten nach.

B Erläutere mögliche Formen der Toleranz, des gegenseitigen Verständnisses und der kulturellen Beeinflussung, die deutlich werden.

C Stell dir vor, der alte fränkische Ritter kehrt nach Frankreich zurück und soll nun jüngeren Rittern Ratschläge für das Leben in den Kreuzfahrerstaaten geben. Verfasse diese Ratschläge.

4 a) Überprüfe anhand von M4, inwieweit man hier von religiöser Toleranz sprechen kann.
b) Erörtert die Frage, ob das Handeln des Ritters Lösungsmöglichkeiten für Probleme zwischen Menschen unterschiedlichen Glaubens bereitstellt (M4).

Wenn du diese Aufgaben erfolgreich bearbeitet hast, kannst du …
… erklären, warum Menschen auf Kreuzzüge gingen.
… das Handeln von Menschen während der Kreuzzüge beurteilen.
… die Fachbegriffe **Kreuzzug**, **Pogrom** und **Kreuzfahrerstaat** erklären.

Humanismus und Renaissance – ...

Ein Mann namens Johannes Gutenberg machte um 1450 eine Erfindung, die die Welt veränderte. Was machte diese Erfindung so bedeutend? Und warum gab es damals noch viele weitere bedeutende Innovationen?

Der Buchdruck – eine Medienrevolution?

Schon vor Johannes Gutenberg konnte man Bücher drucken. Dazu schnitzte man ganze Buchseiten in einen Holzblock und druckte mit diesem dann auf Papier. Gutenberg machte aber eine bedeutende Erfindung: Er erfand den Buchdruck mit beweglichen Lettern. Dazu goss man einzelne Buchstaben aus Blei und setzte aus diesen Texte zusammen, trug Druckerschwärze auf und bedruckte Papier in einer Druckerpresse. Mit den einmal gegossenen Buchstaben ließen sich immer wieder neue Texte zusammensetzen.

Das Buch begann, die Wahrnehmung der Welt zu verändern. Immer mehr Menschen erlangten Zugang zu Wissen. Außerdem wurde es so viel leichter, Wissen zu speichern und weiterzugeben, auch über Jahrhunderte hinweg.

Eines der ersten Bücher, die in großem Stil gedruckt und verbreitet wurden, war Martin Luthers Übersetzung der Bibel. Dadurch verbreitete sich seine Lehre und sorgte auch dafür, dass sich eine deutsche Standardsprache durchsetzte. Immer mehr Schriften wurden gedruckt und verbreitet. Dadurch konnten immer mehr Menschen über politische und religiöse Meinungen informiert, aber auch von ihnen beeinflusst werden. Gutenbergs Erfindung prägt unsere Welt bis heute.

M1 Die Renaissance – Das Weltbild ändert sich

Im 15. Jahrhundert begann sich das Weltbild der Menschen zu verändern. Die Künstler und Gelehrten dieser Zeit wollten sich vom Mittelalter abgrenzen, das sie als finster und rückschrittlich wahrnahmen. Sie bewunderten das Wissen, die Kunst und die Literatur der Griechen und Römer und strebten eine Wiedergeburt (französisch: Renaissance) der Antike an. Von Italien breitete sich die **Renaissance** in Europa aus.

M2 Quelle: Martin Luther über den Buchdruck:

Die hohen Wohltaten der Buchdruckerei sind mit Worten nicht auszusprechen. Durch sie wird die Heilige Schrift in allen Zungen und Sprachen eröffnet und ausgebreitet, durch sie werden alle Künste und Wissenschaften erhalten, gemehrt und auf unsere Nachkommen fortgepflanzt.

Martin Luther: Tischreden. 1548.
Helmut Presser: Johannes Gutenberg in Zeugnissen und Bilddokumenten. Hamburg: Rowohlt 1967, S. 127

M3 Buchdruckerwerkstatt (Kupferstich von Jan Stradanus, 1588)

M4 Der Humanismus – Der Mensch im Mittelpunkt

Die Menschen wurden selbstbewusster, inspiriert durch antikes Gedankengut. Sie konzentrierten sich nicht mehr nur auf den Glauben und die Erlösung im Jenseits. Die Ideen des Humanismus stellten den Menschen in den Mittelpunkt. Die Humanisten gingen davon aus, dass der Mensch eine Würde und einen eigenen Willen und Verstand besaß. Seinen Verstand sollte er dazu benutzen, um sich bestmöglich zu entwickeln und Neues zu lernen. Man begann damit, die Natur zu erforschen, Fragen zu stellen und die Welt zu erkunden. An diesen Ideen nahm zwar vor allem die Oberschicht in den Städten teil. Dennoch legte dieses Welt- und Menschenbild die Grundlage für das moderne Verständnis vom Menschen.

INFO

Humanismus (lateinisch „humanitas" = Menschlichkeit) ist eine Weltanschauung, die die Würde des Menschen in den Mittelpunkt stellt.

... – Innovationen verändern die Welt

M5 Auswirkungen von Innovation und Technik ...

Auswirkungen von Innovation und Technik

... auf die Politik

Es entstand eine neue Idee davon, wie ein Herrscher sein sollte. Im Mittelalter sollte der Herrscher von Gott eingesetzt sein und aus einer Königsfamilie stammen. Niccolò Machiavelli schrieb dagegen 1513, dass der beste Herrscher der ist, der dem Staat am meisten nützt. In vielen Städten Italiens herrschten nun Patrizierfamilien, die durch Handel reich und mächtig geworden waren. Der Humanist Thomas Morus beschrieb in seinem Buch Utopia eine perfekte Welt, die von den Bürgern selbst regiert wird. In den meisten Ländern änderte sich die Staatsform aber nicht.

... auf die Wirtschaft

Besonders Handel und Geldwesen wurden von neuen Erfindungen beeinflusst. In Italien und später in ganz Europa entstanden die ersten Banken. Durch sogenannte Wechsel und Schecks wurde es möglich, große Geldsummen zu bewegen und zu verleihen, ohne dass jemand Münzen in der Tasche haben musste. Eine weitere Erfindung war die doppelte Buchführung. So wussten die Kaufleute jederzeit genau über Einnahmen und Ausgaben Bescheid. Bürgerliche Familien von Kaufleuten wie die Medici oder die Fugger wurden so sehr reich und mächtig.

... auf die Gesellschaft

Das Verhältnis des Menschen zu sich selbst und zur Welt änderte sich. Das Leben war nicht mehr vor allem auf das Jenseits ausgerichtet. Man begann damit, die Natur zu erforschen, Fragen zu stellen und die Welt zu erkunden. An diesen Ideen hatte jedoch vor allem die Oberschicht in den Städten teil. Der Astronom Nikolaus Kopernikus erkannte, dass nicht die Erde im Zentrum des Universums stand, sondern die Sonne. Dies widersprach der Bibel und die Kirche verfolgte viele Menschen, die an dieses Weltbild glaubten. Trotzdem war dies der Beginn der modernen Naturwissenschaften.

... auf die räumlichen Strukturen

In der Renaissance wollte man die Kunst der Antike wiederbeleben. In der Architektur galt besonders der Baustil der Römer als Vorbild. Viele römische Bauwerke hatten sich erhalten und konnten von den Architekten studiert werden. Filippo Brunelleschi erkannte, dass diese Bauweise auf mathematischen Berechnungen beruhten und deshalb besonders symmetrisch und harmonisch war. Man übernahm dies für neue Bauwerke, die man mit Säulen, Bögen, Gewölben und Kuppeln versah. Die Architektur der Renaissance breitete sich in ganz Europa aus.

Aufgaben

1. Liste auf, welche Auswirkungen der Buchdruck hatte (M2, M5, Text).
2. Ⓦ Wähle aus:
   Erkläre, wie sich das Menschenbild durch Renaissance und Humanismus veränderte (M1, M4, M5, Info).
   A Formuliere einen Text.
   B Erstelle eine Mindmap. Füge auch die Folgen dieses neuen Weltbildes hinzu.
3. Analysiere: Wie wirkten sich die Ideen von Renaissance und Humanismus auf die Erfindungen dieser Zeit aus (M2, Text, Info)?
4. Beurteile, welche Auswirkungen Innovation und Technik auf die politischen und gesellschaftlichen Entwicklungen in dieser Zeit hatte (M5).
5. Vergleiche unser heutiges Welt- und Menschenbild mit dem von Renaissance und Humanismus.
6. Ⓩ Beschreibe, wie der Buchdruck mit beweglichen Lettern funktionierte (M3, Internet: Deutsches Museum Buchdruckwerkstatt)

Formulierungshilfen zu Aufgabe 4:
... weil/da ...
aufgrund von...
Dadurch/deswegen/deshalb...
Eine Folge davon war...
... wurden beeinflusst durch
... wirkte sich auf ... aus
Wenn man bedenkt, dass ...

Wenn du diese Aufgaben erfolgreich bearbeitet hast, kannst du ...
... erklären, wie sich das Menschbild durch Renaissance und Humanismus veränderte.
... die Bedeutung des Buchdrucks beurteilen.
... die Auswirkungen der Ideen von Renaissance und Humanismus beschreiben.
... die Fachbegriffe **Renaissance** und **Humanismus** erklären.

Die Reformation – Spaltung oder Neubeginn?

Die meisten Christen in Deutschland gehören heute der katholischen und der evangelischen Glaubensgemeinschaft an. Die Menschen können ihre Religion frei wählen und ausüben. Um 1500 gab es in unserem Raum nur eine christliche Kirche, die katholische Kirche. Doch vielen Gläubigen passten die Zustände in der Kirche nicht. Was kritisierten sie? Welche Auswirkungen hatte die Kritik an der katholischen Kirche?

Der Einfluss der katholischen Kirche

Der Papst war das Oberhaupt der katholischen Kirche. Was er lehrte, galt als unumstößlich richtig. Eine wichtige Aufgabe der Kirche war es, den Gläubigen die Gnade Gottes auszusprechen und ihnen so ihr Seelenheil zu sichern. Die Menschen glaubten, dass nach ihrem Tod der Himmel oder die Hölle auf sie warten würde. Sie hatten Todesfurcht und Angst vor der Hölle. Dies nutzten Vertreter der Kirche aus, um Ablassbriefe zu verkaufen. Der **Ablass** war ein Gnadenakt. Ein Mensch, der gesündigt hatte, sollte durch den Ablass die Höllenstrafen gekürzt oder gemildert bekommen. Wer einen Ablassbrief kaufte, konnte sich von der Buße für Sünden freikaufen. Der Hauptteil des Ablassgeldes wurde nach Rom geschickt und dort für den Bau des neuen Petersdoms verwendet.

M1 Johann Tetzel, ein Dominikanermönch, ist ein Meister im Verkauf von Ablassbriefen.

Wie ein Marktschreier lockt Tetzel die Menschen an. Er ruft aus: „Sobald das Geld im Kasten klingt, die Seele aus dem Feuer in den Himmel springt."

M2 Die Wartburg bei Eisenach

Kritik an der Kirche

Um 1500 wurde die Kritik an der Kirche lauter: Die Päpste in Rom lebten in den Augen vieler Gläubiger nicht mehr nach der Lehre von Jesus Christus. Sie lebten in prunkvollen Bauten. Macht, Reichtum und ein Leben im Luxus standen im Mittelpunkt vieler Kirchenführer. Mönche und Nonnen führten oft ein ausschweifendes Leben. Die Kirche wurde immer unglaubwürdiger.

Martin Luther, ein Mönch in Wittenberg, war ein Kritiker der Kirche. Er konnte den unehrlichen Ablasshandel nicht mehr ertragen. So schrieb er am 31. Oktober 1517 „95 Thesen" (Streitsätze) auf. Dann veröffentlichte er seine Thesen in Wittenberg. Dies war der Anfang der **Reformation**, der Erneuerung der Kirche.

Luthers Thesen verbreiteten sich wie ein Lauffeuer. Immer mehr Menschen folgten Martin Luther und seiner Glaubenslehre. Sie nannten sich evangelisch, nach dem **Evangelium**, das allein den Glauben bestimmen sollte.

Die Kirche spaltet sich

Die Anhänger des Papstes behielten die Bezeichnung „katholisch" bei und verstanden sich nach wie vor als die allein gültige Kirche. Für sie war Luther ein Verräter. Der Papst erklärte Luther als „vogelfrei". Doch einige mächtige Fürsten in Deutschland stellten sich auf die Seite Luthers. Der Kurfürst Friedrich von Sachsen versteckte Luther auf der Wartburg. Dort lebte Luther unerkannt und übersetzte das Neue Testament in die deutsche Sprache.

Durch Luthers Kritik kam es zur Spaltung der christlichen Kirche in zwei **Konfessionen**: die katholische und die evangelische Kirche. Die von Martin Luther ausgelöste Reformation verbreitete sich über die Grenzen Deutschlands hinaus.

M3 Flugblätter und Flugschriften in der Reformationszeit

Eine Besonderheit der Reformationszeit ist die massenhafte Produktion und Verbreitung von Flugblättern und Flugschriften. Zwischen 1520 und 1525 wurden geschätzt knapp 7 400 mehrseitige Flugschriften veröffentlicht. Geht man von einer durchschnittlichen Auflage von jeweils 1000 Stück aus, so gelangten 7 400 000 Exemplare in Umlauf. Das ist für damalige Verhältnisse eine unvorstellbar große Zahl und war nur durch den Buchdruck möglich. In den Flugblättern und Flugschriften wurde die katholische Kirche kritisiert und für die Reformation geworben. Verschwindend gering waren Schriften, die sich gegen Luther richteten. Der Buchdruck trug also wesentlich dazu bei, dass die Reformation eine große Wirkung hatte.

M5 Ein Propaganda-Flugblatt (1521)

Ein Mönch wird von drei Frauengestalten am „Gängelband" gehalten. Die Frauen symbolisieren Hochmut (lat. Superbia), Ausschweifung (Luxuria) und Habgier (Avaritia). Ein Bauer stopft dem Mönch die Bibel in den Mund. Die Armut (Paupertas) droht mit der Faust.

M4 Die neue und die alte Lehre

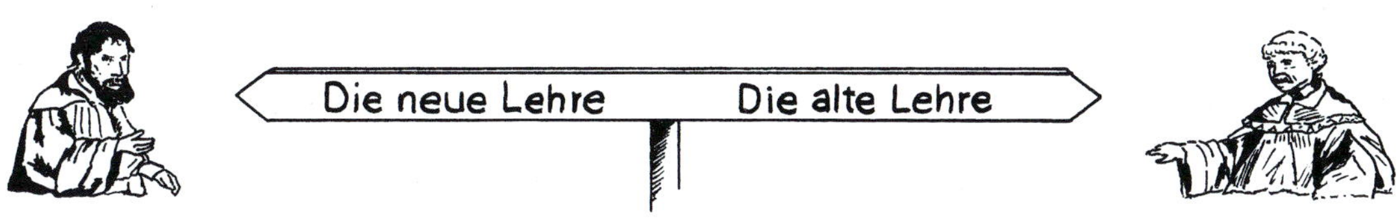

Luther sagt:

- Nur der Glaube und Gottes Gnade sind für das Seelenheil wichtig. Gute Taten (Fasten, Beten, Arme unterstützen) nutzen ohne Glauben nichts.
- Kein Christ kann gezwungen werden, etwas zu glauben, was nicht in der Bibel steht: Nur das Evangelium ist entscheidend.
- Auch der Papst kann, weil er ein Mensch ist, irren.
- Es gibt keinen Unterschied von Priestern und Laien (Nichtgeistliche): Wir alle haben eine Taufe, ein Evangelium und ein Glaubensbekenntnis.
- Die Sprache im Gottesdienst soll Deutsch sein.

Der Papst sagt:

- Mit guten Taten (Fasten, Beten, Arme unterstützen) kann man sich für die Ewigkeit den Himmel verdienen.
- Der Papst und die Kirche bestimmen, was der richtige Glaube ist. Nur der Papst kann die Bibel richtig auslegen (die Bedeutung erschließen).
- Der Papst kann nicht irren, weil er Stellvertreter Gottes auf Erden ist.
- Es gibt einen großen Unterschied zwischen Priestern und Laien. Nur ein Priester darf die Bibel auslegen.
- Die Sprache im Gottesdienst ist Latein.

Aufgaben

1 a) Beschreibe den Ablasshandel (M1, Text).
b) Erkläre, warum die Menschen Ablassbriefe kauften. Berücksichtige die Wertmaßstäbe und Normen der damaligen Zeit (Text, vgl. S. 300 und 312).
c) Erkläre, warum der Papst den Ablasshandel zuließ (Text).

2 Du begegnest Luther 1517:
a) Schildere einem Freund, welche Auffassungen Luther vertritt (M4, Text).
b) Kannst du ihm zustimmen? Begründe. Nenne auch die Wertmaßstäbe und Normen, die du bei deiner Beurteilung zugrunde legst (vgl. S. 300).

3 (W) Wähle aus: Analysiere das Flugblatt (M5).

A Verfasse eine Rede, mit der du in Worte fasst, was der Zeichner von M5 mit seinem Bild ausdrückt.

B Werte die Karikatur auf dem Flugblatt in Schritten aus (M5, vgl. S. 167).

4 a) Beurteile die Bedeutung der Flugblätter und Flugschriften sowie der Übersetzung der Bibel für die Reformation (M3, M4).
b) Vergleiche die Möglichkeiten der Propaganda damals mit den heutigen Möglichkeiten.

5 (Z) a) Schreibe in deinen Worten die Thesen 20 – 25 auf (Internet: Reformation Luther Thesen).
b) Recherchiere zu Martin Luther. Erstelle einen Steckbrief (Internet, vgl. S. 310).

Wenn du diese Aufgaben erfolgreich bearbeitet hast, kannst du ...
... erklären, wie es zur Spaltung der Kirche kam.
... das Handeln von Martin Luther aus der damaligen und heutigen Perspektive beurteilen.
... die Fachbegriffe **Ablass**, **Reformation**, **Evangelium** und **Konfession** erklären.

Bauern fordern Rechte – der Bauernkrieg

M1 Ein aufständischer Bauer trägt die Freiheitsfahne (Holzschnitt, 1522)

Die von Luther angeblich gestohlenen Fahnen Evangelium, Wahrheit und Freiheit: hier Blatt 3: „Freiheit". Aus: Thomas Murner, Von dem großen Lutherischen Narren, Straßburg 1522.

M2 Der Bauernkrieg weitet sich aus (1524/1525).

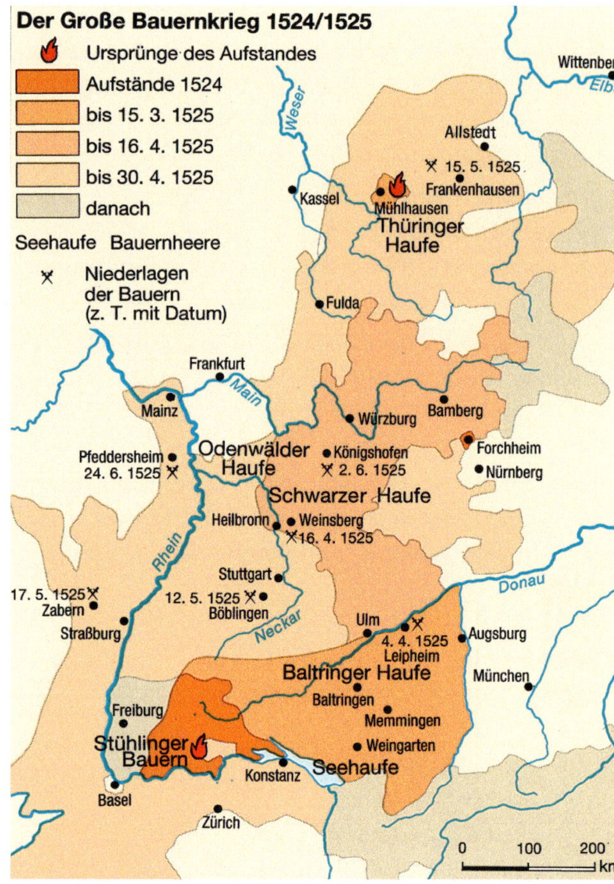

Die meisten Menschen in Deutschland lebten um 1500 als Bäuerinnen und Bauern in Dörfern. Ihr Leben war mühsam. Das Ackerland gehörte den Grundherren. Die Bauern waren von ihren Grundherren abhängig. Sie waren Hörige und mussten hohe Abgaben an den Grundherrn leisten. Wie wehrten sich die Bauern gegen diesen Zustand? Waren sie erfolgreich?

M3 Abgaben und Dienste der Bauern

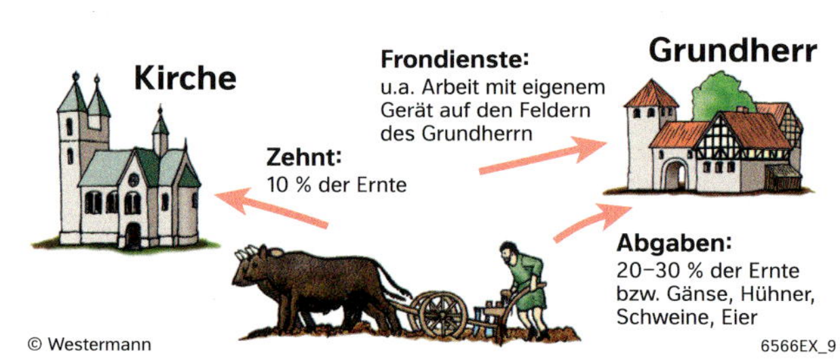

Bauern lehnen sich auf

Die Grundherren schränkten die bäuerlichen Rechte immer mehr ein. Man nahm ihnen das Recht, Holz im Gemeindewald zu schlagen. Ihr Vieh durfte nicht mehr auf dem Gemeindegrünland weiden. Die Kirche verlangte zusätzlich einen Viehzehnt. Die Bauern wurden immer unzufriedener und stellten Forderungen auf.

Um ihren Forderungen Nachdruck zu verleihen, bewaffneten sich die Bauern in Süddeutschland. Bereits 1450 kam es am Oberrhein zu einem Aufstand. Im Jahr 1514 gab es einen Bauernaufstand in ganz Württemberg. Die Unzufriedenheit der Bauern erhielt neuen Auftrieb durch die Reformation Martin Luthers. Seine Schrift von der „Freiheit eines Christenmenschen" wurde von den Bauern wörtlich genommen und stachelte ihren Zorn gegenüber den Grundherren an.

Die Aufstände weiteten sich 1524/25 zum großen **Bauernkrieg** aus. Vielerorts schlossen sich die Bauern zu Bauernheeren zusammen. Anführer der Bauern in Thüringen war Pastor Thomas Müntzer. Er war ein Anhänger Martin Luthers und der Reformation. Er vertrat aber radikalere Ansichten. Sein Ziel war ein Umsturz der Gesellschaftsordnung.

Die Bauern waren im Kampf unerfahren und schlecht bewaffnet. Sie waren den Fürstenheeren hoffnungslos unterlegen. Die Niederlage der Bauern war vernichtend. Zehntausende wurden niedergemetzelt. Thomas Müntzer wurde verhaftet, gefoltert und hingerichtet.

schueler.diercke.de | 100870-064-01

M4 Zwölf Artikel mit Forderungen der Memminger Bauern (1525)

1. Art. Jede Gemeinde soll ihren Pfarrer selbst wählen können; er soll das Evangelium klar und unverfälscht predigen.
2. Art. Der Zehnt soll dem Unterhalt des Pfarrers und der Armen dienen.
3. Art. Die Bauern wollen der Obrigkeit zwar gehorchen, aber die Leibeigenschaft soll abgeschafft werden.
4. Art. Das Recht auf Jagd und Fischerei soll an den „armen Mann" zurückgegeben werden.
5. Art. Das Recht auf Nutzung der Wälder für Brenn- und Bauholz soll den Bauern zurückgegeben werden.
6. Art. Die Frondienste sollen auf das ehemalige Maß zurückgenommen werden.
7. Art. Zusätzliche Dienste sollen den Bauern bezahlt werden.
8. Art. Überhöhte Pachtzinsen sollen heruntergesetzt werden.
9. Art. Das überlieferte alte Strafrecht soll wieder in Kraft gesetzt werden.
10. Art. Die von den Herren unrechtmäßig angeeignete Allmende soll zurückgegeben werden.
11. Art. Die Abgaben der Witwe beim Tod eines Bauern sollen abgeschafft werden.
12. Art. Wenn einer oder mehrere Artikel hier aufgestellt sein sollten, die dem Wort Gottes nicht entsprechen, dann wollen wir davon Abstand nehmen, wenn man uns das in der Bibel nachweist.

Der deutsche Bauernkrieg in zeitgenössischen Quellenzeugnissen, Teil 1, S. 138 – 146. Übertragen und hg. von Hermann Barge. Leipzig: Voigtländer Verlag o. J.

M5 Hinrichtung aufständischer Bauern (Federzeichnung, 1524)

M6 Die Waffen der Bauern und der Fürsten

Aufgaben

1. a) Beschreibe die Abbildung (M1).
   b) Erkläre, was mit der Abbildung ausgesagt wird (Text).
2. Ⓦ Wähle aus:
   A Notiere, warum die Bauern seit dem Mittelalter immer unzufriedener wurden (M3, M4, Text).
   B Entwirf ein Flugblatt. Stelle darauf die Missstände und die Forderungen der Bauern dar. (M4).
3. a) Beschreibe den Ablauf des Bauernkriegs (M2, Text).
   b) Begründe, warum die Bauern im Krieg unterlegen waren (M6, Text).
   c) Begründe, warum den aufständischen Bauern furchtbare Strafen drohten (M5, Text).
4. a) Erörtere, inwiefern man den Aufstand der Bauern auf aktuelle Probleme übertragen kann.
   b) Zeige Möglichkeiten für die Zukunft auf, wie man Konflikte vermeiden kann.
5. Ⓩ Recherchiere über Thomas Müntzer (Internet, vgl. S. 310). Erstelle einen Steckbrief.

Formulierungshilfen zu Aufgabe 4:
Die Bauern damals lehnten sich auf gegen ...
Sie wollten erreichen, dass ...
Die Probleme der Bauern heute sind ...
Bauern drücken heutzutage ihren Protest aus, indem sie ...

Wenn du diese Aufgaben erfolgreich bearbeitet hast, kannst du ...
... Ursache und Verlauf der Bauernaufstände und des Bauernkriegs erläutern.
... die Übertragbarkeit historischer Erkenntnisse auf aktuelle Probleme erläutern und Handlungsoptionen aufzeigen.
... den Fachbegriff **Bauernkrieg** erklären.

Der Dreißigjährige Krieg – ...

Im Jahr 1618 begann einer der grausamsten Kriege der deutschen Geschichte. Er dauerte drei Jahrzehnte und kostete vielen Menschen das Leben. Worum ging es in diesem Krieg, und warum dauerte er so lange?

M1 Phasen des Krieges (Zeitleiste)

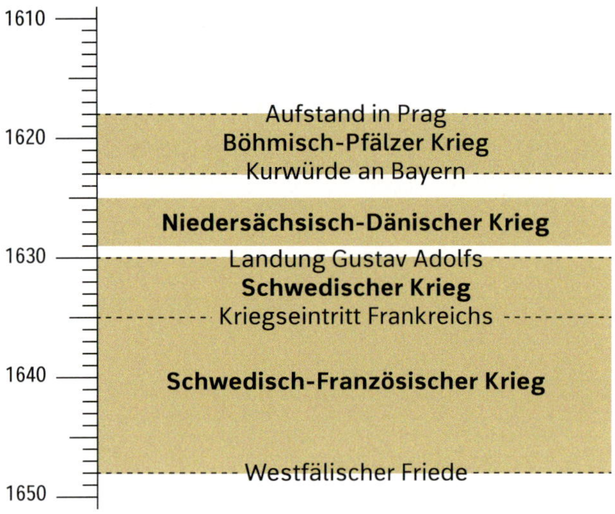

M3 Der Prager Fenstersturz am 23. Mai 1618

Zwei kaiserliche Statthalter werden aus den Fenstern des Hradschin geworfen. Holzschnitt, nach einem Kupferstich von Matthäus Merian d. Ä. (1593 – 1650).

Warum brach der Krieg aus?

Der Augsburger Religionsfriede von 1555 hatte eigentlich für Frieden zwischen den Konfessionen gesorgt. Trotzdem gab es noch immer viele Punkte, in denen man sich nicht einig war. 1618 kam es schließlich zum Konflikt. Die protestantischen Adeligen in Böhmen lehnten sich gegen den katholischen König auf. Sie warfen ihm vor, ihre Religionsfreiheit eingeschränkt zu haben. Aus Wut darüber stürmten sie in die Prager Burg und warfen die kaiserlichen Statthalter einfach aus dem Fenster. Mit dem **Prager Fenstersturz** begann ein Krieg, der große Teile Europas betreffen sollte.

Die böhmischen Adeligen wollten nicht nur mehr religiöse Freiheit. Sie wollten auch wählen können, wer ihr König sein durfte. Das gefiel dem Kaiser nicht, und er besiegte die Aufständischen 1620 in der Schlacht am Weißen Berg. Danach verschlimmerte sich die Situation der Protestanten und viele von ihnen wurden so zum Auswandern gezwungen.

M2 Wer kämpfte gegen wen?

Viele europäische Länder nahmen am Krieg teil. Katholische und protestantische Länder verbündeten sich und kämpften miteinander, aber auch gegeneinander. So schloss zum Beispiel das katholische Frankreich ein Bündnis mit dem protestantischen Schweden. Es ging immer weniger um die Religion, aber immer mehr um Macht und die Vorherrschaft in Europa. Allerdings gelang es den Kriegsparteien nicht, eine Entscheidung in der Feldschlacht herbeizuführen. Und auch die Zeitgenossen konnten nicht immer auseinanderhalten, wer gerade gegen wen kämpfte.

M4 Der Krieg und die Menschen

Für die Menschen hatte der Krieg schlimme Folgen. Da die Heere nicht versorgt wurden, plünderten und raubten die Soldaten die Bewohner der Städte und Dörfer aus. Es galt das Motto „Der Krieg ernährt den Krieg“. Viele der Kämpfer waren **Söldner**. Sie kämpften für Geld und wechselten oft die Seiten. Einige schlossen sich den Heeren nur deshalb an, weil ihre Heimat zerstört war und sie keinen anderen Ausweg sahen. Ungefähr ein Drittel der Bevölkerung fiel dem Krieg zum Opfer. Viele Bauernhöfe und Felder wurden zerstört, die Menschen hungerten. Es gab weniger Lebensmittel und Waren. Alles wurde teurer.

... nur ein Streit der Konfessionen?

Der Westfälische Friede

Die Menschen sehnten sich nach Frieden. Schon 1635 wollten der Kaiser und viele deutsche Fürsten Frieden schließen, doch es dauerte bis 1643, bis alle dazu bereit waren.
Schließlich fanden sich die Kriegsparteien in Münster und Osnabrück zu Friedensverhandlungen zusammen. Diese waren sehr schwierig und dauerten fünf Jahre. Dann aber gelang es, den Krieg nicht mit Gewalt, sondern durch einen Vertrag zu beenden. Der **Westfälische Friede** von 1648 sorgte für eine neue Ordnung, die Europa für die nächsten 150 Jahre prägte. Der Friede zwischen den Konfessionen wurde wiederhergestellt und die Rechte religiöser Minderheiten wurden geschützt.
Das Heilige Römische Reich brauchte lange, um sich von den Kriegsfolgen zu erholen. Es verlor einige wichtige Gebiete an andere Länder, zum Beispiel wichtige Flussmündungen mit Häfen. Das machte den Wiederaufbau schwieriger. Schweden und Frankreich wurden durch Gebietsgewinne mächtiger. Die Menschen waren erleichtert, dass der Krieg endlich vorbei war.

M6 „Der Freud- und Friedenbringende Postreiter vom 25. des Weinmonats im Jahr 1648“

Ausschnitt eines zeitgenössischen Flugblatts mit Holzschnitt, koloriert, Westfälischer Friede, 24. Oktober 1648.

M7 Die Folgen des Westfälischen Friedens

- Reformierte Christen wurden mit Katholiken und Protestanten gleichgestellt.
- Kriege durften nicht mehr wegen der Religion geführt werden.
- Jeder Untertan durfte seinen Glauben behalten.

M5 Der Krieg und die Medien

Im Dreißigjährigen Krieg spielten Medien eine wichtige Rolle. Man sammelte Nachrichten über das Kriegsgeschehen und druckte sie in den ersten Zeitungen. Auch Flugschriften informierten über die Ereignisse. Die Kriegsparteien versuchten darin zum Beispiel zu zeigen, dass sie im Recht waren, oder sie stellten den jeweiligen Gegner schlecht dar. Flugschriften bestanden meistens aus Text und Bild, denn viele Menschen konnten nicht lesen.

M8 Der Söldner Peter Hagendorf schrieb seine persönlichen Kriegserlebnisse auf.

1634 – Sind gezogen nach Freising, über die Isar, nach Landshut. Das haben wir beschossen und mit stürmender Hand eingenommen. Hier sind wir 8 Tage stillgelegen, haben die Stadt ausgeplündert. Hier habe ich als meine Beute ein hübsches Mägdelein bekommen und 12 Taler an Geld, Kleider und Weißzeug genug. […]

Peter Hagendorf. Tagebuch eines Söldners aus dem Dreißigjährigen Krieg. Jan Peters (Hrsg. + Bearbeiter), Göttingen: V&R unipress 2012, S. 113

Aufgaben

1. Erstelle eine Tabelle und trage die religiösen und politischen Ursachen des Dreißigjährigen Krieges ein (Text).
2. (W) Wähle aus:
   Erkläre, welche Folgen der Krieg hatte (M4, M8), indem du
   A aus der Sicht eines Bauern erzählst.
   B einen Zeitungsbericht schreibst.
3. Begründe, ob es sich bei dem Krieg um einen Glaubenskrieg handelte (M1, M2, Text).
4. a) Beschreibe, wie die Verkündung des Westfälischen Friedens dargestellt wird (M6).
   b) Erläutere den Westfälischen Frieden (M7, Text).
5. (Z) Nimm Stellung: Können religiöse Motive beim Ausbruch von Kriegen auch heute noch eine Rolle spielen?

Wenn du diese Aufgaben erfolgreich bearbeitet hast, kannst du ...
... erklären, warum der Dreißigjährige Krieg ausbrach.
... die Folgen des Dreißigjährigen Krieges und des Westfälischen Friedens erläutern.
... die Fachbegriffe **Prager Fenstersturz, Söldner** und **Westfälischer Friede** erklären.

Menschen jüdischen Glaubens im 19. Jahrhundert

M1 Die Alte Synagoge in Dortmund (um 1930)

Die Alte Synagoge in Dortmund. Sie wurde im Jahr 1900 fertiggestellt und eingeweiht. Der Baustil ist typisch neugotisch und unüblich für Synagogen. Neugotisch baute man in der Kaiserzeit. Synagogen baute man eigentlich in einem orientalisch aussehenden maurischen Stil. Im Jahr 1938 zwangen die Nationalsozialisten die jüdische Gemeinde, das Grundstück zu verkaufen. Kurz darauf wurde die Synagoge abgerissen. Heute befindet sich dort das Theater Dortmund. Der Theatervorplatz heißt „Platz an der Alten Synagoge".

M2 Die Alte Synagoge in Essen

Die Alte Synagoge in Essen. Sie wurde 1913 fertiggestellt und eingeweiht. Damals schon waren die Menschen von diesem großen Monumentalbau beeindruckt. Der Bau wurde als ein Denkmal der modernen Kunst für alle Zeiten empfunden. Das Gebäude überstand die Angriffe der Nationalsozialisten im November 1938 und den Zweiten Weltkrieg. Nach einer Renovierung dient das Gebäude heute der Vermittlung jüdischer Kultur. Die Essener Synagoge gilt als die größte freistehende Synagoge nördlich der Alpen.

Menschen jüdischen Glaubens leben seit mehr als 1700 Jahren in Deutschland. Erst am Ende des 18. Jahrhunderts begann man im Zuge der Aufklärung, über religiöse Toleranz, rechtliche Gleichstellung und bürgerliche Gleichberechtigung von jüdischen Menschen ernsthaft nachzudenken. Im 19. Jahrhundert wurde die rechtliche Gleichstellung der jüdischen Bevölkerung in Deutschland erreicht. Wie wirkte sich diese auf die politische, wirtschaftliche und gesellschaftliche Stellung der Menschen jüdischen Glaubens aus?

Rechtlich unsichere Verhältnisse

Bis in das 18. Jahrhundert lebte die jüdische Bevölkerung in recht geschlossenen Gruppen in Städten und auf dem Land. Es gab in den deutschen Fürstentümern keine einheitlichen Gesetze, die die Rechtsstellung der jüdischen Bevölkerung garantiert hätten. In Preußen lebten die meisten Juden in Städten. In Bayern, Franken, Hessen und Westfalen lebten sie meistens auf dem Land. Oftmals war es ihnen verboten, sich in Städten niederzulassen. Der Anteil der jüdischen Bevölkerung betrug etwa ein Prozent der Gesamtbevölkerung.

INFO

Der Weg zur staatsbürgerlichen Gleichstellung einer Bevölkerungsgruppe wird als **Emanzipation** bezeichnet.

Das Zeitalter der Emanzipation

Der erste Schritt zur **Emanzipation** der jüdischen Bevölkerung fand im Zuge der Französischen Revolution statt. 1791 verlieh die französische Nationalversammlung den französischen Juden die vollen Bürgerrechte. Mit den napoleonischen Eroberungen verbreiteten sich diese Freiheitsrechte in Europa.
Im Großherzogtum Baden wurden 1808 die jüdischen Bewohner zu Staatsbürgern erklärt. In Preußen machte ein Gesetz von 1812 die jüdische Bevölkerung zu preußischen Staatsbürgern. Sie durfte sich in allen preußischen Städten und Gebieten niederlassen, dort Grundstücke erwerben und alle gewerblichen Berufe ergreifen. Sie durfte auch kommunale Ämter in den Gemeinden ausüben. Der Zugang zu hohen Staatsämtern und Militärpositionen blieb der jüdischen Bevölkerung jedoch versperrt.
Mit der Gründung des Deutschen Reiches 1871 wurde die staatsbürgerliche Gleichstellung dann für alle jüdischen Menschen in Deutschland vollzogen. Allerdings bedeutete das nicht, dass die jüdische Bevölkerung nun auch gesellschaftlich gleichberechtigt war. Der Weg über die Bildung eröffnete den bürgerlichen Juden Chancen, als Rechtsanwälte, Ärzte, Kaufleute und Unternehmer gesellschaftlich aufzusteigen. Mit dem gesellschaftlichen und wirtschaftlichen Aufstieg jüdischer Familien wurde im Deutschen Kaiserreich aber auch der **Antisemitismus** stärker und lauter.

M3 Antisemitische Postkarte mit dem Borkum-Lied (1901)

Rechts im Bild sieht man eine Familie, die den jüdischen Stereotypen entsprechen soll. Ihr wird der Einlass in das Hotel verwehrt. Im Borkum-Lied heißt es: „An Borkums Strand nur Deutschtum gilt, nur Deutsch ist das Panier [= Fahne, Losung]. Wir halten rein den Ehrenschild, Germania für und für. Doch wer dir naht mit platten Füßen, mit Nasen krumm und Haaren kraus, der soll nicht deinen Strand genießen. Der muss hinaus!"

M4 Quelle: Der Politiker Gabriel Riesser über die Zugehörigkeit von Menschen jüdischen Glaubens zu Deutschland (1831)

Uns vorzuhalten, dass unsere Väter vor Jahrhunderten oder vor Jahrtausenden eingewandert sind, ist so unmenschlich, als es unsinnig ist. Wir sind nicht eingewandert, wir sind eingeboren, und, weil wir es sind, haben wir keinen Anspruch anderswo auf eine Heimat; wir sind entweder Deutsche oder wir sind heimatlos. Oder will man im Ernste die ursprüngliche fremde Abkunft gegen uns geltend machen? […]

Quellenbuch zur jüdischen Geschichte und Literatur, Teil V. Frankfurt/M.: J. Kaufmann 1927/1932, S. 29f.

INFO

Als **Antisemitismus** bezeichnet man eine bestimmte Wahrnehmung bis hin zu Hass und rassistischer Feindseligkeit gegenüber Jüdinnen und Juden.

M5 Themen für die Gruppenarbeit

Rahel Varnhagen von Ense (1771 – 1833)
- Schriftstellerin
- versammelte in ihrem Salon viele Intellektuelle und Gelehrte zum Dialog

Gabriel Riesser (1806 – 1863)
- Rechtsanwalt und Notar
- erster jüdischer Richter in Deutschland
- als Politiker Mitglied der Deutschen Nationalversammlung 1848 in Frankfurt am Main

Leonhard Tietz (1849 – 1914)
- Unternehmer
- Gründer von Warenhäusern in Wuppertal, Aachen, Köln, Düsseldorf
- eröffnete 1894 Kölns größtes Verkaufshaus als Sehenswürdigkeit der Stadt mit über 200 Angestellten, heute ist Galeria Kaufhof in dem Gebäude

Rahel Hirsch (1870 – 1953)
- Medizinerin an der Berliner Universitätsklinik
- erste Professorin für Medizin in Preußen

Aufgaben

1. a) Beschreibe den Weg der jüdischen Emanzipation (Text, M4).
   b) Erörtere, ob der Bau neuer Synagogen die Emanzipation und das Selbstbewusstsein der jüdischen Gemeinden widerspiegelt (M1, M2).
2. Arbeitet in Gruppen:
   Wählt eine Person aus (M5). Recherchiert und erstellt in eurer Expertengruppe eine Wandzeitung zu dieser Person (Internet, vgl. S. 312). Stellt diese der Klasse vor.
3. Erläutere die Form des Antisemitismus in M3. Nimm Stellung dazu.
4. Beschreibe die Stellung und das Selbstverständnis von Menschen jüdischen Glaubens. Unterscheide dabei politische, wirtschaftliche und allgemein-gesellschaftliche Bereiche.
5. ⓩ Recherchiere, ob es in eurer Umgebung eine Synagoge gibt und stelle deren Geschichte der Klasse vor.

Wenn du diese Aufgaben erfolgreich bearbeitet hast, kannst du …
… die Schritte der jüdischen Emanzipation im 19. Jahrhundert erläutern.
… die Fachbegriffe **Emanzipation** und **Antisemitismus** erklären.

Die „Goldenen Zwanziger“ – ...

„Der große Gatsby“, „Downton Abbey“, „Peaky Blinders“ und nicht zuletzt „Babylon Berlin“ – die 1920er, also die Jahre von 1920 bis 1930, liegen in den letzten Jahren im Trend.
Beim Stichwort „Goldene Zwanziger“ denken wir an wirtschaftlichen Aufschwung, neue Wege in Kunst und Literatur, ein neues Frauenbild, neue Medien. Dieses Jahrzehnt erscheint uns rückblickend als Aufbruch in die Moderne und als eine Party ohne Ende. Aber waren die 1920er wirklich so „golden“?

M1 Quelle: Artikel in der Zeitschrift UHU, 1929

Fünfunddreißig Frauen sitzen im Deutschen Reichstag. […] Sonderbar aber und wohl einer Erinnerung wert ist die Stellung, die trotz dieser fünfunddreißig weiblichen Abgeordneten die Frau noch immer als Staatsbürgerin neben dem Manne in dem überalterten BGB (seit 1900 in Kraft) einnimmt! Die Frau ist in diesem Buch völlig in der Gewalt des Mannes, mit Pflichten überhäuft, mit Rechten nur sehr kärglich ausgestattet. […] Die mittelalterliche Maschinerie der Gesetzesparagraphen weiß nichts von den Problemen der heutigen Zeit. Der Kampf der Frau um Gleichberechtigung scheint vor dem Bürgerlichen Gesetzbuch haltgemacht zu haben.

Justus: Was nach dem Bürgerlichen Gesetzbuch der Mann darf und die Frau nicht darf. In: Uhu 5 (1928/29/9), S. 59 – 64

M2 Quelle: Kritik am Massenmedium „Magazin“

Das Stigma unserer Tage ist Hast, Eile, Nervosität. Man hat „keine Zeit“, man findet keine Ruhe, ja man flieht die Besinnlichkeit, man taumelt durch die Gassen ohne Halt und Absicht, sich zu verankern. Der Rhythmus des Lebens schlägt kurz und hart: weiter – weiter! Die Folge davon ist, in vieler Beziehung: Oberflächlichkeit. […]
Fast alle der heutigen Magazins bringen in reichster Fülle Bildmaterial. […] hier wird lediglich banalste Unterhaltung unter Aufbietung gröbster Mittel kultiviert.

Edlef Köppen: „Das Magazin als Zeichen der Zeit“. Der Hellweg 5 (17. Juni 1925) Nr. 24, S. 457

M3 Mode für Frauen in den 1920ern

Frauen in Abendkleidern aus Crêpe Georgette, Crêpesatin und bedrucktem Crêpe (Crêpe imprimé), 1923

Gleichberechtigung in der Weimarer Republik

„Männer und Frauen sind gleichberechtigt.“ Dieser Satz aus dem Grundgesetz ist für uns heute selbstverständlich. Gleichberechtigung stellt im Alltag trotzdem noch eine Herausforderung dar.
In der Weimarer Republik war mit dem Frauenwahlrecht ein wichtiges Ziel auf dem Weg zur rechtlichen und gesellschaftlichen Gleichstellung (**Emanzipation**) erreicht. Die Weimarer Verfassung legte fest: „Männer und Frauen haben grundsätzlich dieselben staatsbürgerlichen Rechte und Pflichten“.
In den Massenmedien der Weimarer Republik verbreitete sich das Bild der „neuen Frau“ mit sportlich kurzen Haaren und kurzem Kleid. Statt „Kinder, Küche und Kirche“ sollten „Konsum, Kino und Kultur“ das Leben dieser jungen Frauen bestimmen. Sie sollten unabhängig und selbstbewusst sein.
Frauen hatten nach dem Ersten Weltkrieg durchaus mehr Möglichkeiten in Ausbildung, Beruf und Freizeit. Diese Möglichkeiten standen aber in erster Linie nur jungen Frauen in den größeren Städten offen. Gleichzeitig blieb die Ehefrau und Mutter das Idealbild der meisten Männer und auch Frauen. Frauen waren auch in den 1920er-Jahren nur „grundsätzlich“ und nicht tatsächlich gleichberechtigt.

... neue Freiheiten, eine bessere Gesellschaft?

Neue Medien für die Massen

In der Weimarer Republik entstand durch die Verbreitung moderner **Massenmedien** eine Mediengesellschaft. Zeitungen, Zeitschriften, Kinos und das Radio spielten eine wichtige Rolle und prägten das Alltagsleben.
1928 erschienen in Deutschland mehr als 3300 Tageszeitungen, 150 allein in Berlin. Durch das Radio kamen Nachrichten und Informationen direkt ins Haus. 1932 hatte bereits jeder vierte Haushalt ein Radio. In den 1920er-Jahren konnte sich das Kino als erfolgreiches Massenmedium durchsetzen. In Deutschland wuchs die Anzahl der Kinos zwischen 1918 und 1930 von 2300 auf 5000. Jeden Tag gingen etwa zwei Millionen Menschen ins Kino. In der Weimarer Republik entwickelte sich die Universum-Film AG (UFA) in Babelsberg zum zweitgrößten Filmimperium nach Hollywood. Gegen Ende des Jahrzehnts löste der Tonfilm den Stummfilm ab.

M4 Quelle: Filmkritik in „Die Weltbühne" (29.04.1930)

Der „Blaue Engel" ist nicht nur ein Geschäft, sondern auch ein christlich-germanischer Triumph über den Dichter Heinrich Mann. [...] Nicht ohne Bedauern nimmt man dies triste Ergebnis zur Kenntnis. [...] Das Ereignis bleibt nur Marlene Dietrich. Weiß Gott, ob dieser Frau ein zweites Mal so etwas gelingen wird, aber dies hier macht ihr in den Filmateliers einiger Kontinente niemand nach.

Der Film gegen Heinrich Mann. Die Weltbühne (29.04.1930)

M5 Eine Telefonistin – das „Fräulein vom Amt"

Der Job der Telefonistin war in der Weimarer Republik ein begehrter Beruf. Das „Fräulein vom Amt" war der Inbegriff einer neuen Zeit. Frauen verdienten ihr eigenes Geld. Ihre Aufgabe war es, die Gesprächsteilnehmer zu verbinden. Sie stöpselten die Leitungen und zogen am Ende des Gesprächs die Verbindungsleitung wieder heraus.

M6 Marlene Dietrich in „Der Blaue Engel" (1930)

Aufgaben

1. Beschreibe das Ideal der „Neuen Frau" in den 1920er-Jahren (M3, M5, M6, Text).
2. Erkläre, welche gesellschaftlichen Veränderungen durch moderne Massenmedien in den 1920er-Jahren beeinflusst wurden (M1, M2, Text).
3. Stelle dar, welche Auswirkungen die Emanzipation der Frau in Alltag, Politik und Medien hatte (M1, M2, M5, Text).
4. (W) Wähle aus:
   - A Beschreibe die Mode für die „Neue Frau" (M3): Welche Eigenschaften sollte sie haben?
   - B Informiere dich im Internet über die Mode der 1920er-Jahre: War die Mode Ausdruck der Gleichberechtigung von Mann und Frau?
5. Ermittle, warum der Film „Der blaue Engel" zum Publikumsmagnet wurde. (M4, M6)
6. Nimm Stellung: Waren Männer und Frauen in der Weimarer Republik gleichberechtigt? (M1, Text)
7. (Z) Untersuche, ob das Ziel der Gleichberechtigung von Männern und Frauen heute erreicht ist.

Wenn du diese Aufgaben erfolgreich bearbeitet hast, kannst du ...
... Auswirkungen und gesellschaftliche Folgen der neuen Massenmedien und der Emanzipation der Frau darstellen,
... die Gleichberechtigung von Frauen und Männern zwischen Anspruch und Wirklichkeit bewerten,
... die Fachbegriffe **Emanzipation** und **Massenmedien** erklären.

METHODE Mit unterschiedlichen historischen ...

Geschichte begegnet dir fast überall. Willst du etwas zu einem geschichtlichen Thema herausfinden, greifst du wahrscheinlich zum Smartphone. Das Internet liefert dir die unterschiedlichsten Informationen und Medien: von Erklärvideos, Podcasts und Dokumentationen über Lexika und Artikeln bis zu Informations- und Lernportalen. Wie du dir bei dieser Fülle an historischen Informationen und Medien den nötigen Durchblick verschaffst, erfährst du auf dieser Doppelseite.

Historische Medien

Solange Zeitreisen noch nicht möglich sind, können wir uns der Geschichte nur annähern und sie wie ein Puzzle rekonstruieren. Quellen und Darstellungen liefern uns einzelne Puzzlestücke, die wir zusammensetzen müssen. **Historische Medien** sind immer durch eine Perspektive geprägt. Die Perspektive wird zum Beispiel durch den sozialen Stand, Alter und Geschlecht des Autoren oder der Autorin und viele andere Faktoren beeinflusst. Um ein möglichst umfassendes Bild zu erhalten, müssen wir die unterschiedlichen Informationen und Erkenntnisse zusammenpuzzeln.

Vier Schritte zur Arbeit mit historischen Medien

1. Schritt Das Thema oder die historische Frage formulieren
Überlege dir, zu welchem geschichtlichen Thema du etwas erfahren möchtest. Welche Fragen hast du?

2. Schritt Historische Medien finden
Beschaffe dir online und offline gezielt Informationen. Nutze das Schulbuch oder Fachbücher, Suchmaschinen und Schlagwörter oder spezielle Geschichtsseiten wie „LeMO“ („Lebendiges Museum Online“) oder Themenportale.

3. Schritt Historische Medien untersuchen
Historische Medien, also Quellen und Darstellungen, werden in einem dreistufigen Verfahren ausgewertet:

1. Beschreiben:
Beantworte die W-Fragen für jedes Medium (Was? Wer? Wie? Wo? Wann?)
Handelt es sich um eine Quelle oder eine Darstellung?

2. Untersuchen:
Fasse den Inhalt zusammen.
Finde zentrale Begriffe/ Symbole/ Personen/ Institutionen.
Untersuche, ob das Medium eine bestimmte Perspektive einnimmt.

3. Beurteilen:
Was ist die Absicht, das Ziel des Mediums?
Wie glaubwürdig, zuverlässig ist das Medium?
Welche Informationen liefert das Medium?
Welche Fragen bleiben offen?

4. Schritt Ergebnisse zusammenführen
Wähle die Informationen aus, die für das gewählte geschichtliche Thema und deine Fragen wichtig und glaubwürdig sind.
Betrachte und beurteile die Informationen, Ereignisse und Prozesse im Zusammenhang. Berücksichtige Ursachen, Ziele, Interessen, Mittel und Wirkungen.

INFO

Alles, was uns aus der Vergangenheit hinterlassen ist, kann uns als historische **Quelle** Auskunft über ihre Entstehungszeit geben. Dazu zählen:
- schriftliche Quellen,
- bildliche Quellen,
- Sachquellen,
- Tonaufnahmen und Filme.

Sie ermöglichen uns einen direkten Zugang zur Geschichte.

Darstellungen sind Beschreibungen und Deutungen einer vergangenen Zeit, die mit (großem) zeitlichen Abstand zum geschichtlichen Ereignis entstanden sind. Dazu zählen:
- Texte in Schulbüchern und Fachbüchern oder im Internet,
- Ausstellungen,
- Dokumentationen,
- Erklärvideos und Spielfilme.

Sie ermöglichen uns einen indirekten Zugang zur Geschichte.

… Medien arbeiten

M1 Eine Mindmap zu Quellen

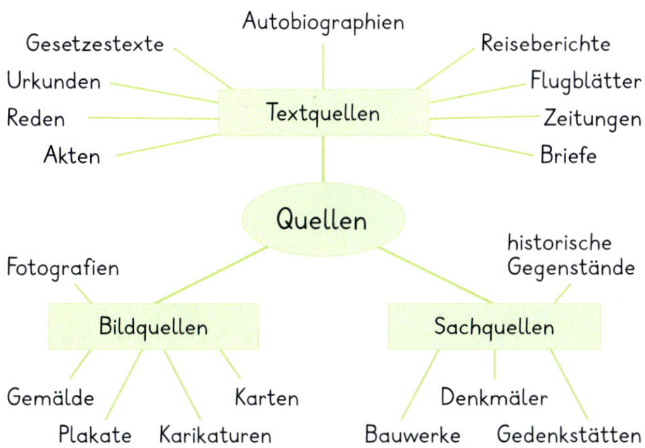

INTERNET

Der Verein „Weimarer Republik e. V." setzt sich für die Erforschung und Aufarbeitung der Weimarer Republik ein. Ziel ist, die Ergebnisse für unsere heutige Demokratie nutzbar zu machen. Auf der Internetseite sind verschiedene historische Medien zusammengestellt.
→ https://www.weimarer-republik.net
Weitere Suchbegriffe:
→ LeMO Weimarer Republik
→ bpb deutsche Geschichte Weimarer Republik
→ segu goldene Zwanziger

M2 Themenseite des Vereins „Weimarer Republik e.V.": Beispielauswertung

(→ www.weimarer-republik.net → Themenportal → die goldenen Zwanziger → Gesellschaft & Soziales → die neue Frau)

1. Schritt
Die „Goldenen Zwanziger" – Aufbruch in eine neue Gesellschaft oder nur ein Mythos?

2. Schritt
Internetseite des Vereins „Weimarer Republik e. V."

3. Schritt:
1. Beschreiben:
Was? Medienstation mit einem Interview und Bildern mit Erklärungen zum Thema „Die Neue Frau".
Wer? Weimarer Republik e. V. und Dr. Kerstin Wolff vom Archiv der deutschen Frauenbewegung.
Wie? Medienstation, digitale Ausstellung
Wo? Themenportal „Weimarer Republik"
Wann? Nicht bekannt.
Historisches Medium: Quellen (Bilder) und Darstellungen (Interview und Erklärungen zu den Bildern).

2. Untersuchen:
Inhaltlich geht es um die Situation von Frauen nach dem Ersten Weltkrieg, Frauen und Politik in der Weimarer Republik, Frauenrechte, Frauen in Beruf und Freizeit, Familie und Rollenbilder, Mode.

Perspektive? Der Verein, der die Internetseite betreibt, setzt sich für Demokratie ein. Die Interviewpartnerin arbeitet für das Archiv der deutschen Frauenbewegung.

3. Beurteilen:
Die Informationen, die in den historischen Medien dieser Station zur „Neuen Frau" zusammengestellt werden, können als zuverlässig eingestuft werden.

Aufgaben

1. Erstelle eine Mindmap wie in M1 zu Darstellungen. Ordne dabei die folgenden Begriffe ein:
Karten, Statistiken, TV-Dokumentationen, Spielfilme, Erklärvideos, Sachtexte, Internetseiten, Podcasts, Ausstellungen.
2. Ⓦ Wähle aus:
Werte die historischen Medien auf der Themenseite zur Weimarer Republik aus (M2, Internet: Weimarer Republik e.V.):
A Massenmedien (→ Themenportal → die goldenen Zwanziger → Massenmedien)
B Arbeitswelten (→ Themenportal → die goldenen Zwanziger → Gesellschaft & Soziales → moderne Arbeitswelten)
3. Vergleiche die historischen Quellen und Darstellungen auf den Seiten 294 und 295. Welchen Beitrag können sie zur Lösung des „historischen Puzzles" jeweils leisten (Text)?

Wenn du diese Aufgaben erfolgreich bearbeitet hast, kannst du …
… analoge und digitale historische Medien benennen.
… mit historischen Medien arbeiten.
… die Fachbegriffe **historisches Medium** (**Medien**), **Quelle** und **Darstellung** erklären.

WAHLTHEMA 1 Ich – du – wir: …

Joanne K. Rowling beschreibt in ihren Büchern die Schuljahre des Zauberlehrlings Harry Potter an der Hogwarts-Schule für Hexerei und Zauberei. Am Anfang des Schuljahres werden die Erstklässler den vier Häusern des Internats zugeteilt. Die Einteilung übernimmt der Sprechende Hut. Er kennt die Talente und Charaktereigenschaften aller Schülerinnen und Schüler. Im Haus Griffindor sind Kinder, die tapfer und mutig sind. Gerechte und treue Kinder kommen ins Haus Hufflepuff. Wer gelehrsam und weise ist, gehört ins Haus Ravenclaw. Im Haus Slytherin sind Kinder, die listig und tückisch sind. Welchem Haus würdest du zugeteilt? Wie schätzt du dich ein? Welche Erwartungen hat die Gesellschaft an dich? Wie beeinflussen diese Erwartungen dein Leben? Wie kannst du soziale Verantwortung für die Gesellschaft übernehmen?

M1 Jugendliche arbeiten ehrenamtlich.

Bearbeitet die Fragestellungen. Erstellt mit euren Ergebnissen ein Erklärvideo (vgl. S. 89).

Soziale Erwartungen und soziale Verantwortung

Das Erwachsenwerden ist mit großen Herausforderungen verbunden. Jugendliche streben nach Anerkennung, aber es ist schwierig, die vielen Erwartungen zu erfüllen, die an sie gestellt werden. Fühlen sie sich nicht akzeptiert, kann das dazu führen, dass sie an sich selbst zweifeln und ihre **Identität** hinterfragen. Gehöre ich dazu? Was kann ich tun, um dazuzugehören? Dies sind Fragen, die sich eigentlich alle Menschen einer Gesellschaft stellen. Die eigene Rolle und Position in der Gesellschaft zu entwickeln und zu festigen, ist wichtig, um sich zugehörig zur Gesellschaft zu fühlen.
Die Entwicklung der eigenen Identität gehört zum Erwachsenwerden dazu. Gleichzeitig bestimmen die Erwartungen der Gesellschaft das Leben der Jugendlichen. Jugendliche sind zum einen ein Teil der Gesellschaft, sie prägen aber zum anderen in besonderem Maße die zukünftige Gesellschaft. Wer sich für die Gesellschaft engagiert, trägt dazu bei, diese Gesellschaft mitzugestalten.
Es gibt viele Möglichkeiten, sich zu engagieren. Auch Jugendliche können zum Beispiel ein **Ehrenamt** ausüben. Sie bekommen zwar kein Geld für ihre Tätigkeit, sie gewinnen aber an Lebenserfahrung und Orientierung. Jugendliche können sich auch politisch engagieren. Es gibt viele Themen, die aktuell diskutiert werden, zum Beispiel der Klimaschutz. Ein politisches Engagement trägt dazu bei, seinen Platz in der Gesellschaft zu finden.

INFO

Unter **Identität** versteht man die Gesamtheit aller Merkmale, die ein Individuum von anderen unterscheidet. Die Identität wird unter anderem vom sozialen Umfeld und durch Erfahrungen geprägt. Bei der Entwicklung seiner Identität gewinnt man ein Gefühl für die eigene Person.

M2 Mindmap

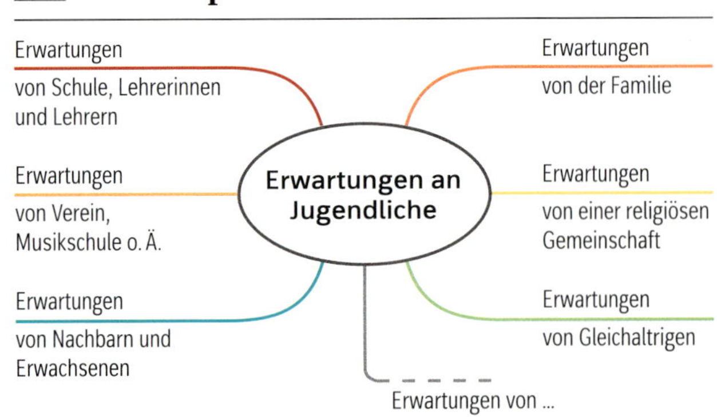

… vielfältigen Gesellschaft

M4 Werte und Normen, Beispiele

Im Bus verliert ein älterer Herr sein Portemonnaie, ohne es zu bemerken. Tom hebt es auf und bringt es ihm. Der Herr ist sehr dankbar.

Frau Schröder ist 83 Jahre alt und gehbehindert. Marie geht zweimal in der Woche für sie einkaufen.

Noah und Lina haben Klassendienst. Sie gießen die Blumen in der Klasse regelmäßig.

Tim sitzt im Rollstuhl. Er kann daher nicht mit den anderen Jungen und Mädchen seiner Klasse in der Pause spielen. Lara verbringt oft die Pausenzeit mit ihm, damit er nicht allein ist.

M5 Ungleiche Chancen in einer vielfältigen Gesellschaft

In Deutschland leben knapp 13 Millionen Jugendliche und junge Erwachsene zwischen 12 und 27 Jahren. Ihre Chancen, die Herausforderungen des Jugendalters zu meistern, fallen je nach Lebenslage sehr unterschiedlich aus. Ob es den Jugendlichen und jungen Erwachsenen gelingt, einen Platz in der Gesellschaft zu finden, unabhängig zu werden und Bildungsabschlüsse zu erlangen, hängt häufig davon ab, wo sie herkommen, wie viel Geld sie besitzen und welches Geschlecht sie haben. Die eigenen Möglichkeiten sind also eng an äußere Umstände geknüpft, die darüber entscheiden, ob eine Tür sich öffnet oder schließt.

[…]

Für junge Menschen mit Behinderungen oder Beeinträchtigungen bestehen im Alltag viele Barrieren. Sie werden häufig nicht in erster Linie als Jugendliche oder junge Erwachsene gesehen, sondern darauf reduziert, dass sie teilweise mehr Schutz und Unterstützung benötigen. Damit kommt es zu einer sogenannten Etikettierung: Die Jugendlichen werden in einer bestimmten Weise benannt, ohne dass sie individuell gefördert oder einbezogen werden.

Karin Böllert: Gesellschaftlicher Wandel und jugendgerechte ganztägige Bildung. Berlin: Arbeitsgemeinschaft für Kinder- und Jugendhilfe e. V. 16.3.2018. S. 9, 12

M6 „Was mir im Leben wichtig ist" – Jason (15 Jahre alt)

Ich besuche zurzeit die 8. Klasse einer Gesamtschule in Köln und lebe mit meiner Familie in einer Wohnung am Rande der Stadt. Es hat Vorteile so nah an der Stadt zu leben. Ich kann jederzeit mit meinen Freunden ins Kino gehen, mich im Park mit meiner Clique treffen oder zum Shoppen gehen, wenn ich neue Klamotten brauche. Mir ist es wichtig gepflegt auszusehen, weshalb ich sehr auf mein Äußeres achte. Ich denke, auch für meinen späteren Beruf ist das extrem wichtig. Ich möchte nach dem Abschluss einen Ausbildung zum Automobilkaufmann absolvieren und mache schon jetzt alles dafür, um später einen passenden Ausbildungsplatz zu bekommen. Das ist leider heute gar nicht mehr so einfach. Wenn ich nicht gerade für die Schule lerne, passe ich auf meine kleinen Geschwister auf, während meine Mutter arbeitet, und gehe dreimal wöchentlich mit Gina und Alex ins Fitnessstudio, denn auch körperlich fit muss man natürlich bleiben. Da mein Taschengeld eigentlich nie ausreicht, helfe ich Karin, einer älteren Nachbarin, beim Hochtragen der Einkäufe und Herrn Müller beim Rasenmähen. Das bringt mir dann etwas mehr Geld in die Kasse. Manchmal hat mein Tag aber einfach zu wenig Stunden.

Tipps für die Erarbeitung

1. Beschreibt die Vielfalt der Gesellschaft (Text).
2. Erläutert Chancen und Herausforderungen einer vielfältigen Gesellschaft an Beispielen (M2, M5).
3. a) Ordnet den Situationen Werte zu (M4).
   b) Notiert zu den Werten die entsprechende Norm (Text).
4. a) Recherchiert weitere Werte und stellt die für euch wichtigsten zusammen (Internet).
   b) Welche Wertvorstellungen hat Jason (M6)?
5. a) Führt eine Befragung in der Klasse durch und wertet sie aus (vgl. S. 310).
   b) Welche Werte sind für dich die wichtigsten?
6. Diskutiert am Beispiel von Charlotte die unterschiedliche Werteorientierung in der Fußballmannschaft (M3).
7. Stellt eure Ergebnisse zu einem Erklärvideo zusammen.

Wenn du diese Aufgaben erfolgreich bearbeitet hast, kannst du …

… die Vielfalt unserer Gesellschaft beschreiben.
… Chancen und Herausforderungen einer vielfältigen Gesellschaft beurteilen.
… Werte und Normen an Beispielen erläutern.
… die Fachbegriffe **Diversität, Wert (Werte)** und **Norm (Normen)** erklären.

Gewusst? – Gekonnt!

Bewerte dich selbst mit dem Ampelsystem, das du bereits kennengelernt hast.

M2 Das Weltgericht, Gemälde von Stefan Lochner (um 1435)

M1 Bildüberschrift gesucht

M3 Quelle: Der Humanist Gianozzo Manetti über seine Weltanschauung (1452)

Die Welt ist wohl von Gott erschaffen, aber der Mensch hat sie verwandelt und verbessert. Denn alles, was uns umgibt, ist unser eigenes Werk, das Werk des Menschen, alle Wohnstätten, alle Schlösser, alle Gebäude auf der ganzen Welt. […] Von uns sind die Gemälde, die Skulpturen, von uns kommen der Handel, die Wissenschaften. […] Von uns kommen alle Erfindungen und alle Arten von Sprachen und Literatur.

John R. Hale: Fürsten, Künstler, Humanisten. Reinbek: Rowohlt 1973, S. 26 Übersetzung: Maria Poelchau

1. a) Formuliere eine Bildüberschrift zu M1.
   b) Erkläre, was in der Zeichnung dargestellt ist.
   Schülerbuch, Seiten 286 – 287

2. a) Erkläre die religiösen und politischen Ursachen des Dreißigjährigen Krieges.
   b) Beschreibe die gesellschaftlichen und ökonomischen Folgen des Dreißigjährigen Krieges und des Westfälischen Friedens.
   Schülerbuch, Seiten 290 – 291

3. a) Beschreibe das Gemälde (M2).
   b) Erkläre mithilfe des Gemäldes die Ängste und Hoffnung der Menschen im Mittelalter und in der frühen Neuzeit.
   Schülerbuch, Seiten 284 – 285

4. a) Erläutere, welche Gedanken des Humanismus Manetti zum Ausdruck bringt (M3).
   b) Nimm Stellung zu Manettis Aussagen über das Werk des Menschen.
   Schülerbuch, Seiten 284 – 285

5. Unternimm einen virtuellen Rundgang durch das Panorama Museum in Bad Frankenhausen.
   a) Schau dir den Bildsaal an (Internet: panorama-museum Bildsaaltour).
   b) Löse das Bilderquiz (Internet: panorama-museum Bilderquiz).

M4 Martin Luther auf einer Briefmarke

❻ a) Beschreibe Martin Luthers Einstellung zur Kirche.
b) Erkläre, warum Martin Luther so bedeutend ist, dass er auf einer Briefmarke abgebildet wird.
c) Wittenberg nennt sich seit 1938 amtlich „Lutherstadt Wittenberg“. Erkläre, warum die Stadt diesen Namen gewählt hat.
Schülerbuch, Seiten 286 – 287

❼ a) Berichte über Ursache und Anlass der Kreuzzüge.
b) Nenne ein Beispiel dafür, dass ein Leben miteinander und nebeneinander von verschiedenen Religionen im Mittelalter möglich war.
Schülerbuch, Seiten 282 – 283

❽ Recherchiere ein historisches Medium zum Thema „Kreuzzüge“ und werte es aus.
Schülerbuch, Seiten 282 – 283 und 296 – 297

M5 Die Synagoge am Rathenauplatz in Köln

M6 Die „Goldenen Zwanziger“

❾ a) Stelle die Auswirkungen und gesellschaftlichen Folgen der neuen Massenmedien dar (M6).
b) Beurteile die Gleichberechtigung von Frauen und Männern in den 1920er-Jahren in Bezug auf die politischen, rechtlichen und sozialen Möglichkeiten.
Schülerbuch, Seiten 294 – 295

❿ a) Notiere, welche Erwartungen an dich gestellt werden.
b) Erkläre, welche Erwartungen du durch ein Ehrenamt erfüllten kannst.
c) Erstelle eine Collage zum Thema „Sich engagieren in einer vielfältigen Gesellschaft“.
Schülerbuch, Seiten 298 – 299

⓫ Verfasse einen kurzen Bericht über die Emanzipation der jüdischen Bevölkerung im 19. Jahrhundert (M5).
Schülerbuch, Seiten 292 – 293

Fachbegriffe

der Ablass
der Antisemitismus
der Bauernkrieg
die Darstellung
die Diversität
das Ehrenamt
die Emanzipation
das Evangelium
das historische Medium (die Medien)
der Humanismus
die Identität
die Konfession
der Kreuzfahrerstaat
der Kreuzzug
das Massenmedium (die Massenmedien)
die Norm (die Normen)
der Prager Fenstersturz
der (oder das) Pogrom
die Quelle
die Reformation
die Renaissance
der Söldner
der Wert (die Werte)
der Westfälische Friede

WES-105342-303
westermann.de/webcode

Schule aus!
Und was dann?

Karriere machen, das möchte jeder, oder?
Aber wie kann der Weg zu einem erfolgreichen Berufsleben aussehen?
Gibt das Smartphone eine Antwort?
Oder sind die Informationen nur verwirrend?
Wie kannst du deinen Weg ins Berufsleben finden?

rechts: Wie geht es weiter?
Career = Karriere

CAREER

Mein Weg in eine vielfältige Berufswelt

M1 Die Berufswelt – Was möchte ich werden?

Die Berufswelt ist vielfältig. Was könnte die junge Frau denken (M1)? Wie könnte sie sich fühlen? Hast du schon eine klare Antwort auf die Frage, was du einmal werden möchtest? Was erwartest du von deinem Beruf? Wie kannst du deinen Berufsweg planen? Welche Möglichkeiten hast du?

Früh genug an später denken

Damit du nach der Schule gut vorbereitet in die Berufswelt starten kannst, ist es wichtig, sich früh genug darüber Gedanken zu machen, was man später einmal machen möchte. Was sind deine persönlichen Stärken? Was kannst du besonders gut oder machst du sehr gerne? Woran bist du besonders interessiert? Hast du dich schon über mögliche Berufe informiert?

Bei diesen Fragen helfen dir auch die Berufsfelderkundungstage in der 8. Klasse, in denen du dich ein erstes Mal praktisch in der Berufswelt ausprobieren kannst. Diese sind eine gute Vorbereitung auf dein Schülerpraktikum und helfen dir, dich in der Berufswelt zu orientieren.
Zurzeit gibt es mehr als 300 verschiedene, anerkannte Ausbildungsberufe in Deutschland. Informationen darüber gibt es im Internet. Vielleicht sind auch Berufe dabei, von denen du noch nie etwas gehört hast, die dich aber interessieren könnten.
Sich frühzeitig Gedanken über seine Zukunft und die Wahl seines Berufes zu machen, ist wichtig.

M3 Schulabschlüsse

Solltest du direkt nach deiner Schulzeit nicht deinen Wunschabschluss erreichen, gibt es auch später noch die Möglichkeit dazu. Über eine **duale Ausbildung** im Betrieb und an der Berufsschule kannst du in Verbindung mit deinem bisherigen Schulabschluss im Nachhinein eine höherwertige Ausbildung erhalten. Somit gibt es verschiedene Möglichkeiten, deinen Abschluss auch später noch zu verbessern.

M4 Mit der dualen Ausbildung zum Schulabschluss

Erfolgreicher Abschluss in einem dualen Ausbildungsberuf **ohne** vorherigen **Schulabschluss**	→	Hauptschulabschluss
Erfolgreicher Abschluss in einem dualen Ausbildungsberuf **mit Hauptschulabschluss** und bestimmten Voraussetzungen (z. B. geforderter Notendurchschnitt)	→	mittlerer Bildungsabschluss
Erfolgreicher Abschluss in einem dualen Ausbildungsberuf **mit** vorherigem **Schulabschluss** und Zusatzunterricht	→	Fachhochschulreife
Erfolgreicher Abschluss einer schulischen Ausbildung **mit mittlerem Bildungsabschluss** und Zusatzprüfung	→	Fachhochschulreife oder allgemeine Hochschulreife

M5 Checkliste Berufswahl

Hier findest du wichtige Punkte, die du in deine Überlegungen zur Berufswahl einbeziehen solltest.
Am besten legst du dir eine Mappe an oder verfasst ein Dokument am Computer, das dich durch deine Berufswahlzeit begleitet.

Diese Kategorien können dir helfen:
- Was kann ich gut?
  (Stärken und Fähigkeiten)
- Wo möchte ich hin?
  (Ziele, Wünsche)
- Welche Berufe kommen für mich in Frage?
  (eine Liste anlegen)
- Erfahrungen und Praktika
  (Was habe ich bisher gemacht? Praktikumsberichte?)
- Wo möchte ich noch Erfahrungen sammeln
  (ein Praktikum machen / mich erkundigen)
- Weiteres Material und nützliche Ideen
  (Interessantes, Downloads, Tipps)

M7 Startseite Berufswahlpass NRW

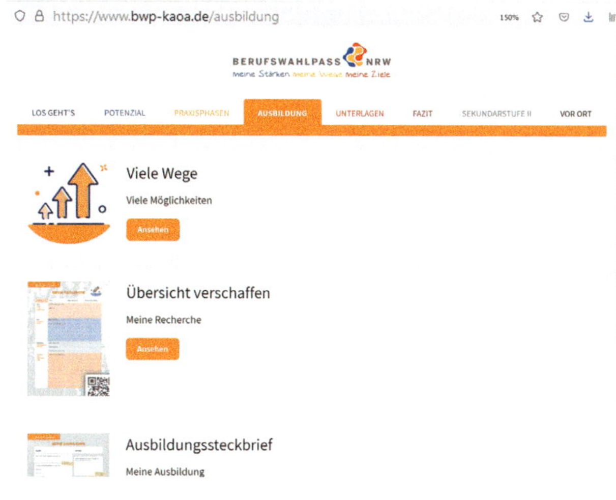

INTERNET

Suchbegriffe:
→ Planet-beruf Entscheidungscheckliste
→ Berufswahlpass NRW
→ Bundesagentur für Arbeit Check-U
→ azubiTV Arbeitsalltag
→ Berufsorientierung NRW

M6 Wie finde ich einen passenden Ausbildungsplatz?

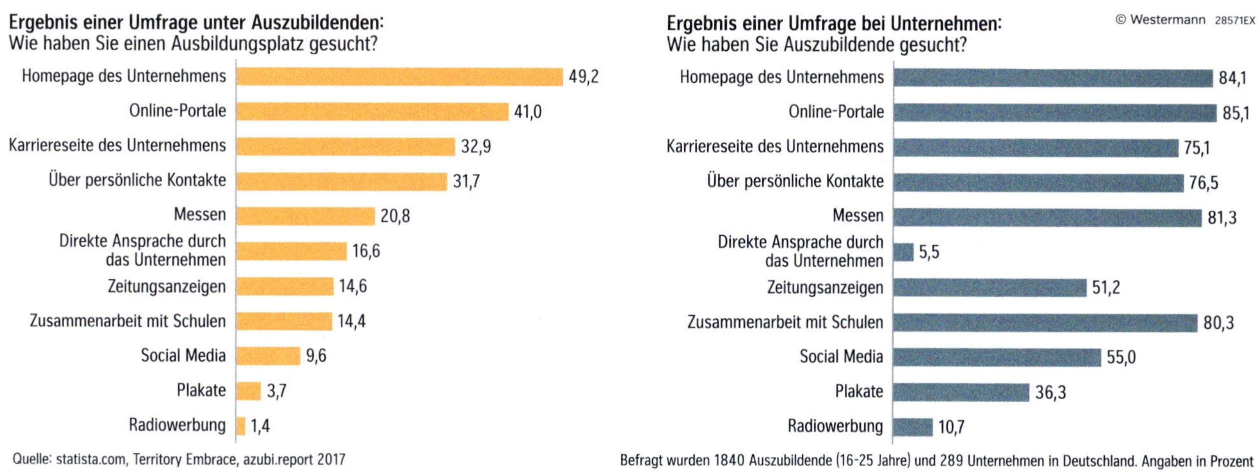

Aufgaben

1. a) Welche anerkannten Ausbildungsberufe kennst du? Liste mindestens 5 verschiedene auf.
   b) Beschreibe, welche verschiedenen Möglichkeiten es gibt, einen bestimmten Schulabschluss zu erreichen (M3, M4).
2. Arbeite mit der Checkliste in M5.
   a) Lege eine Berufswahlmappe an.
   b) Beantworte die Fragen für dich.
3. Auf welchem Wege finden die meisten Befragten ihren Ausbildungsplatz (M6)?
4. Lade dir die „Entscheidungs-Checkliste" herunter und fülle sie für dich aus (Internet).
5. Informiere dich über den Berufswahlpass und notiere, worum es sich dabei genau handelt (Internet, vgl. S. 310).
6. Schau dir das Video zum Portal „CHECK-U" an (Internet).

Wenn du diese Aufgaben erfolgreich bearbeitet hast, kannst du ...
... deine Stärken, Interessen und Fähigkeiten abschätzen.
... Möglichkeiten nennen, wie du dich auf die Berufswelt vorbereiten kannst.
... den Fachbegriff **duale Ausbildung** erklären.

METHODE Ein Projekt durchführen

Die Berufswelt ist vielfältig und sie ändert sich immer wieder. Einige Berufe sterben aus, andere Berufe entstehen neu. Männerberufe werden auch für Frauen attraktiv und Frauenberufe werden auch für Männer interessant. Es gibt mittlerweile auch eine Vielzahl an Berufen, die man trotz einer Behinderung ergreifen kann. Wie kannst du dich über die vielfältige Berufswelt informieren? Wie kannst du deinen Weg in die vielfältige Berufswelt finden? Am besten arbeitet ihr arbeitsteilig in einem Projekt.

M1 Frauenberufe? Männerberufe?

Sieben Schritte zur Durchführung eines Projekts

1. Schritt Projektvorplanung
- Um welches Thema geht es? Das Thema ist in diesem Fall: Mein Weg in eine vielfältige Berufswelt.
- Notiert in Stichworten, was ihr zu diesem Thema bereits wisst. Denkt zum Beispiel an mögliche Ausbildungsberufe, Schulabschlüsse, Ausbildungsplätze.
- Notiert, welcher Teilbereich des Themas euch am meisten interessiert.
- Bildet Gruppen. Achtet dabei darauf, dass in den Gruppen unterschiedliche Interessen vertreten sind.

2. Schritt Ideensammlung und Organisation
- Tauscht euch in der Gruppe über eure Notizen aus dem 1. Schritt aus.
- Überlegt, welche Fragen ihr bearbeiten wollt.
- Überlegt, wo ihr euch informieren könnt.
- Legt fest, wie ihr vorgehen wollt: Aufteilung der Arbeitsaufträge, Zeitabsprachen, Absprache der Arbeitstechniken.
- Notiert, welche Arbeitsmittel ihr benötigt und wer sie besorgt.
- Legt fest, wie euer Lernprodukt (eure Präsentation) aussehen soll.

3. Schritt Erste Arbeitsphase
- Verschafft euch einen Überblick über die Materialien auf der folgenden Seiten.
- Ordnet die Materialien eurem Arbeitsauftrag zu.
- Beschafft euch weitere Informationen.
- Stellt eure Ergebnisse grob zusammen für die Besprechung in der Gruppe zusammen.

4. Schritt Besprechung der Zwischenergebnisse
- Stellt euch gegenseitig eure bisherigen Ergebnisse vor.
- Gebt euch ein Feedback.
- Klärt noch offene Fragen.
- Besprecht das weitere Vorgehen

5. Schritt Zweite Arbeitsphase
- Arbeitet weiter an eurem Arbeitsauftrag, berücksichtig dabei das Feedback der Gruppenmitglieder.
- Stellt eure Ergebnisse ordentlich zusammen.

6. Schritt Vorbereitung der Präsentation und Präsentation
- Stellt eure Ergebnisse zusammen.
- Sprecht ab, wie ihr bei der Präsentation vorgehen wollt.
- Präsentiert eure Ergebnisse.

7. Schritt Nachbesprechung
- Seid ihr mit dem Ergebnis zufrieden?
- Welche Schwierigkeiten gab es, wie habt ihr sie gelöst? Was ist euch gut gelungen?
- Wie beurteilt ihr das Feedback der anderen Gruppen?
- Was könnt ihr bei der nächsten Projektarbeit besser machen?

INTERNET

Suchbegriffe:
→ Film Frau in Männerberufen
→ Film Männer in Frauenberufen
→ planet-berufe → Ausbildungsberufe für Menschen mit Behinderungen

INFO

Berufe mit einem Frauenanteil von mindestens 70 % werden als Frauenberufe bezeichnet. 90 % der Frauen sind Arzthelferinnen oder Erzieherinnen. In der Berufsgruppe Maschinen- und Fahrzeugtechnik beträgt der Männeranteil 89 %.

PROJEKT Mein Weg in die Berufswelt

Tipps für die Projektarbeit

Auf dieser Seite findet ihr viele Anregungen für eure Projektarbeit.

INTERNET

→ planet-berufe Berufsfelder
→ alpha ARD Bildungskanal (Mediathek, Filme, in denen Berufe vorgestellt werden)
→ Berufe-city

Informiere dich auch über die Einkommensmöglichkeiten: → Ausbildungsstellen Einkommensmöglichkeit Azubis

M2 Berufsfelder

1. Bau, Architektur, Vermessung
2. Dienstleistung
3. Elektro
4. Gastronomie
5. Gesundheit
6. IT, Computer
7. Kunst, Kultur, Gestaltung
8. Landwirtschaft, Natur, Umwelt
9. Medien
10. Metall, Maschinenbau
11. Naturwissenschaften
12. Produktion, Fertigung
13. Soziales, Pädagogik
14. Technik, Technologiefelder
15. Verkehr, Logistik
16. Wirtschaft, Verwaltung

Ordnet die Berufe eurer Eltern, Verwandten und Bekannten den 16 Berufsfeldern zu.
Notiert zu den Berufsfeldern, die euch am meisten interessieren, jeweils drei Berufe.
Überlegt, welcher Beruf für euch geeignet wäre.
Tauscht euch aus und begründet eure Einschätzung.
Ihr könnt zum Beispiel auch Karteikarten zu den Berufen anlegen.

M3 Berufe-City, Screenshot

Informiert euch mithilfe der „Berufe-City“ über Berufe. Insgesamt 330 Berufe werden vorgestellt.

M4 Frauen erobern „Männerberufe“ und Männer interessieren sich für „Frauenberufe“?

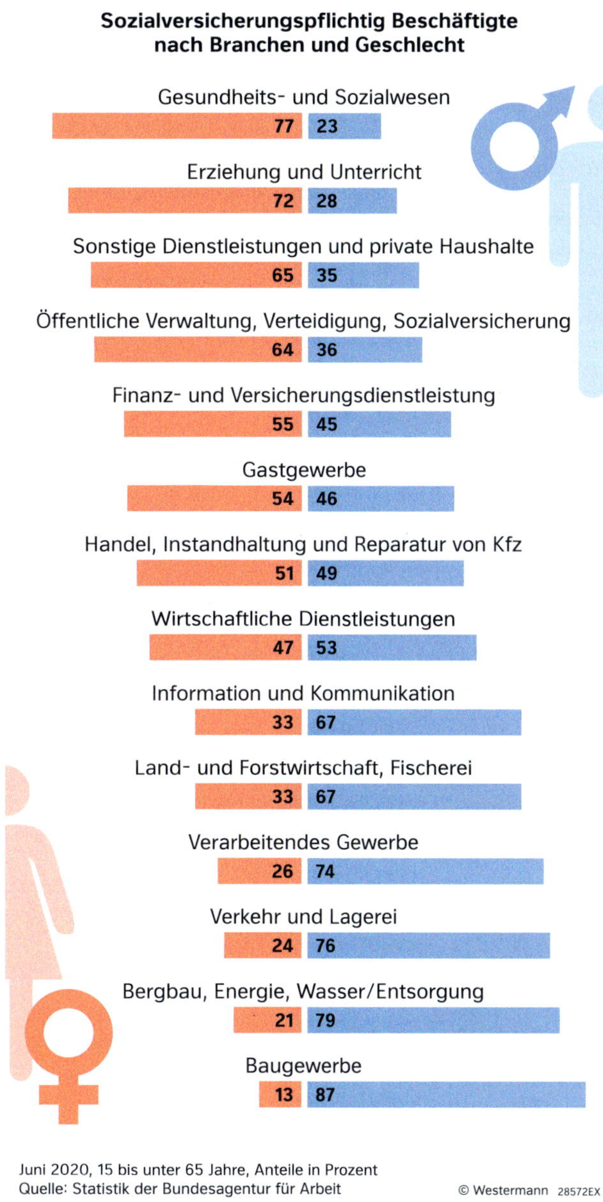

Diskutiert, warum man immer noch von Frauen- und Männerberufen spricht. Was ist eure Meinung zu den hier aufgeführten Berufen?

M5 Gleiche Chancen für Menschen mit Behinderung

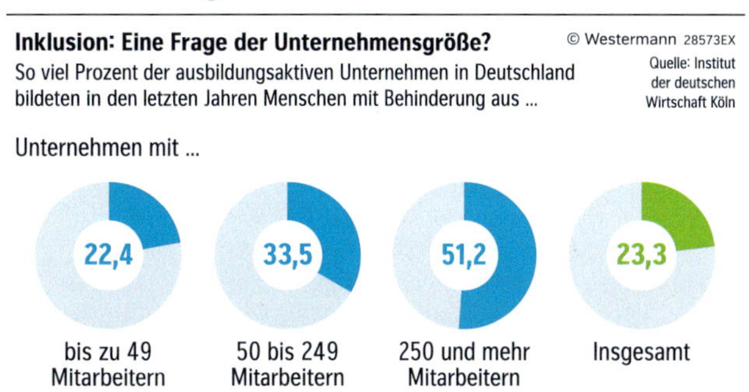

Analysiert, wie sich die Berufswelt für Menschen mit Behinderung verändert hat.

Methoden aus 5/6

Arbeiten mit dem Atlas
1. Suche den Namen im Register. Notiere die dort angegebene Seitenzahl, Kartennummer und das Planquadrat.
2. Schlage die Seite im Atlas auf.
3. Suche das richtige Planquadrat. Hast du es gefunden, kannst du dort nach Bremerhaven suchen.

Befragungen durchführen und auswerten
1. Ziele und Zielgruppe bestimmen: Notiert, was ihr mit der Befragung herausfinden wollt, und schreibt es auf ein Plakat. Legt fest, wen ihr befragen wollt. Für eine Befragung in eurer Schule müsst ihr die Schulleitung um Erlaubnis bitten.
2. Fragebogen erstellen: Schreibt einen kurzen Einführungstext, in dem ihr euer Vorhaben erläutert. Danach folgen Angaben zur Person der Befragten. Dann kommen die Fragen. Formuliert sie so einfach und eindeutig wie möglich. Verwendet verschiedene Arten von Fragen. Legt eine sinnvolle Reihenfolge fest. Testet vorher bei Geschwistern oder Freunden, ob der Fragebogen verständlich ist.
3. Durchführung der Befragung: Legt vorher fest, wann und wie ihr die Befragung durchführen wollt, ob ihr einzeln, zu zweit oder mit mehreren vorgeht. Ihr könnt auch die Fragebögen verteilen und am nächsten Tag einsammeln.
4. Auswertung der Befragung: Entscheidet über die Art der Auswertung und wertet die Befragung aus.
5. Präsentation der Ergebnisse: Präsentiert eure Ergebnisse.
6. Rückschau auf die Befragung: Diskutiert, was gut und weniger gut geklappt hat. Was würdet ihr nächstes Mal anders machen?

Diagramme zeichnen
1. Berechne, wie lang du die beiden Achsen zeichnen musst, damit du auch alle Werte einzeichnen kannst. Ermittle dazu: Welches ist der höchste Wert auf der Waagerechten? Welches ist der höchste Wert auf der Senkrechten? Wie viele Teilstriche musst du je Achse einzeichnen (zum Beispiel Jahre, Millionen Einwohner)? Zeichne eine waagerechte Linie und eine senkrechte. Zeichne nun die Teilstriche.
2. Beschrifte die Achsen: Beschrifte die Achsen mit den Zahlenwerten und den Themen der Achsen. Aufgepasst! Die Abstände zwischen den Teilstrichen müssen gleich sein (zum Beispiel pro Jahr zwei Zentimeter).
3. Zeichne die Säulen oder Linien: Zeichne nun die Säulen, färbe sie ein und beschrifte sie. Oder: Trage für jeden Zahlenwert (zum Beispiel Millionen Bevölkerung) ein Kreuz in der richtigen Höhe über der waagerechten Achse ein. Verbinde diese Kreuze anschließend mit einer Linie.
4. Gib dem Diagramm einen passenden Titel.

Diagramme lesen
1. Das Thema des Diagramms: Lies den Titel / die Unterschrift und die Beschriftung der Achsen. Hier findest du Hinweise.
2. Was sind die genauen Inhalte? Lies die Beschriftung der waagerechten und der senkrechten Achse. Achte genau darauf, welche Maßeinheiten verwendet werden (z. B. Personen oder Gewichtsangaben). Welches sind die höchsten, welches sind die niedrigsten Werte? Wird eine zeitliche Entwicklung dargestellt? Wie entwickeln sich die Werte? Steigen/sinken sie schnell oder langsam? Gibt es Sprünge? Kann man verschiedene Werte miteinander vergleichen?
3. Was ist die Kernaussage des Diagramms? Fasse die Aussage des Diagramms in ein oder zwei Sätzen zusammen.
   ... und über die Beschreibung hinausgehend:
   Wie lässt sich die Aussage des Diagramms erklären? Mit deinem Wissen kannst du vielleicht die Aussage des Diagramms erklären.

Eine Erkundung durchführen
1. Fragestellung: Am Anfang steht die Frage. Was möchtest du herausfinden?
2. Auswahl des Ortes für die Erkundung: Nun wird nach einem Ort gesucht, an dem man möglichst viel zur Frage erfahren kann.
3. Planung der Erkundung: Zu welcher Zeit führt man die Erkundung am besten durch?
   Wie kommt man zum Ort der Erkundung?
   Wen kannst du „vor Ort" vielleicht befragen?
   Was musst du mitnehmen (z. B. Block, Stift)?
4. Durchführung: Führe die Erkundung durch. Mache dir vor Ort Notizen.
5. Auswertung: Werte deine Informationen aus. Erstelle zum Beispiel Diagramme und Tabellen, stelle Fotos und Texte zusammen.
6. Präsentation: Stelle das Ergebnis deiner Erkundung vor.

Geschichtskarten auswerten
1. Wo? Wann? Was? – das Thema der Karte: Bei einer Karte ist der abgebildete Raum wichtig, seine Lage und seine Größe. Lies den Titel. Er gibt Auskunft über das Thema und ordnet die Karte zeitlich ein. Die Maßstabsleiste gibt dir Hinweise auf die Größe des Raumes.
2. Was sind die genauen Inhalte? Lies die Legende. Sie gibt dir Auskunft über die Bedeutung der Farben und Kartenzeichen. Die Flächenfarben in der Karte in M1 zeigen unter anderem die Ausdehnung des Frankenreiches zwischen 768 und 814. Lies die Beschriftung. Sie enthält wichtige Namen. Auf der Karte in M1 sind unter anderem die Namen von Ländern und Volksgruppen eingetragen.
3. Was ist die Kernaussage der Karte? Fasse die Aussage der Karte in wenigen Sätzen zusammen. Beispiel für diese Karte: Das Frankenreich hat sich unter Karl dem Großen von 768 bis 814 von seinem Kernraum im heutigen Frankreich und Teilen Deutschlands bis nach Italien, Bayern und Sachsen ausgeweitet. Das Einflussgebiet Karls des Großen ging weit darüber hinaus. Von Norden und Westen drangen die Wikinger (Normannen) in Karls Reich ein.

Im Internet recherchieren
1. Was will ich wissen? Überlege, welche Fragen du dir stellst. Nach welchen Informationen möchtest du suchen?
2. Schlüsselwörter finden: Notiere die Fragen und unterstreiche darin die wichtigsten Wörter, die Schlüsselwörter.
3. Die Suchmaschinen füttern: Tippe die Schlüsselwörter in die Suchmaske der Suchmaschine ein. Schau dir nun die ersten zehn Suchergebnisse, die ersten zehn Treffer, an und werte sie aus. Findest du hier schon die gewünschten Informationen, die Antworten auf deine Fragen?
4. Die Suche verändern: Wenn die Antworten nicht ausreichen, dann gibt es zwei Möglichkeiten: Verwende eine andere Suchmaschine. Oder: Gib andere Schlüsselwörter oder die Schlüsselwörter in anderer Reihenfolge in die Suchmaske ein.

Informationen aus dem Internet bearbeiten
1. Wie kann ich die Informationen bewerten? Ermittle die Quelle. Handelt es sich um eine seriöse Zeitungsmeldung eines Journalisten oder einer Journalistin? Ist die Quelle vertrauenswürdig?
   Bei einer Internet-Recherche erscheint in der Regel als erster Eintrag Wikipedia. Du solltest wissen, dass jeder einen Artikel bei Wikipedia einstellen kann. Schau also immer nach, wer hinter dem Eintrag steht. Lies auch die Fußnoten mit den entsprechenden Angaben!

2. Wie kann ich die Informationen übernehmen? Kopieren und einfügen (copy and paste) darf man nicht so ohne Weiteres. Übernimmt jemand einen Text, ohne darauf hinzuweisen, dass er ihn nicht selbst geschrieben hat, nennt man das Plagiat.
   Wenn man einen Text übernehmen möchte, muss man zitieren, das heißt, man muss den Text in Anführungszeichen setzen und die Quelle angeben.
3. Wie kann ich die Ergebnisse speichern? Am besten legst du auf deinem Rechner einen Ordner „Schule" an. Dann kannst du deine Arbeiten in diesem Ordner speichern und später schnell wiederfinden.

Mindmaps erstellen
1. Das Thema notieren: Schreibe das Thema in die Mitte des Blattes in dicker Schrift und zeichne einen Kreis oder ein Oval darum herum. Tipp: Verwende am besten ein unliniertes Blatt und lege es quer.
2. Die Hauptäste zeichnen und beschriften: Überlege nun Schlüsselbegriffe zum Thema. Zeichne zu allen gefundenen Schlüsselbegriffen Hauptäste an den Kreis oder das Oval. Du kannst die Hauptäste mit verschiedenen Farben zeichnen. Schreibe die Schlüsselbegriffe an oder in die Hauptäste.
3. Die Nebenäste einzeichnen und beschriften: Überlege zu jedem Schlüsselbegriff untergeordnete Begriffe. Zeichne an die Hauptäste Abzweigungen für diese gefundenen Begriffe, die Nebenäste. Schreibe die Begriffe an die Nebenäste.
4. Weitere untergeordnete Nebenäste einzeichnen und beschriften: Wenn dir noch weitere Unterpunkte einfallen, kannst du an die Nebenäste zusätzlich noch untergeordnete Nebenäste zeichnen. Beschrifte die untergeordneten Nebenäste mit den Unterpunkten.
5. Ergänze die Mindmap – wenn möglich – mit aussagekräftigen Bildern oder Symbolen.

Online-Kartendienste verwenden
1. Lade die Software (http://earth.google.de) auf deinen Computer oder arbeite an einem Computer in der Schule.
2. Öffne Google Earth.
3. Gib in das Suchfeld den Ort ein, den du dir ansehen möchtest.
4. Durch einen Klick auf das Symbol „Suche" wird der eingegebene Ort auf der Karte herangezoomt.
5. Du kannst vom Satellitenmodus in den 3D-Modus oder in den Kartenmodus wechseln (rechts in der Menüleiste).

Präsentationen am Computer erstellen
1. Neue Folie wählen: Eine Folie ist eine Bildschirmseite deiner Präsentation. Hier kannst du das Grundlayout für deine Folie auswählen. Wähle aus, ob du Bild, Text oder Diagramm darstellen willst. Natürlich kannst du das bestehende Layout noch verändern.
2. Einfügen von Bildern/Grafiken/Texten: Hast du bei deiner Materialsuche gute Bilder oder Grafiken gefunden, kannst du diese in PowerPoint einfügen. Bei „Einfügen" – „Grafik" kannst du auf den Computerspeicher zugreifen. Die eingefügten Objekte kannst du auf der Folie verschieben, in der Größe verändern usw. Unter diesem Button kannst du auch eigene Diagramme erstellen.
3. Benutzerdefinierte Animation: Hier kannst du entscheiden, was wann wie auf der Folie erscheinen soll. So kannst du die Folien besser auf deinen Vortrag abstimmen. Aber Vorsicht: Zu viel Animation lenkt ab und ist auf Dauer langweilig.
4. Autoformen: Über die Autoformen kannst du zum Beispiel Wichtiges durch Pfeile hervorheben oder Beziehungen zwischen einzelnen Aspekten darstellen.

Präsentieren von Ergebnissen: Vortrag
1. Vorbereitung: Notiere auf einen Stichwortzettel oder auf Karteikarten, was du mündlich vortragen willst. Aber Achtung: Keine ganzen Sätze (die liest man häufig nur ab), sondern nur Stichworte (vor allem Fachbegriffe) notieren. Bereite die Hilfsmittel vor, mit denen du deinen Vortrag anschaulich und einprägsam gestalten willst (Plakate, Folien, Fotos, Tafelbilder usw.).
2. Durchführung: Nenne das Thema deines Vortrags. Gib eine kurze Übersicht über den Inhalt. Halte dich an die Regeln der 5-A-Technik (M4). Nutze Hilfsmittel, um die Zuhörerinnen und Zuhörer zu fesseln. Plane am Ende Zeit ein, damit die Zuhörerinnen und Zuhörer Fragen stellen können.
3. Feedback einholen: Frag deine Mitschülerinnen und Mitschüler, wie ihnen der Vortrag gefallen hat. Was hat gut geklappt? Was kann noch verbessert werden? So kannst du deine Vorträge immer besser gestalten.

Quellen und Darstellungen erschließen
1. Wer ist der Autor / die Autorin? Welche Informationen finden sich dazu im Text / in der Überschrift / in der Quellenangabe unter dem Text?
2. Wann wurde der Text geschrieben und für wen?
3. Was ist das Hauptthema? In welche inhaltlichen Schwerpunkte ist der Text unterteilt?
4. Welche Absicht verfolgt der Autor oder die Autorin mit dem Text?

Rekonstruktionszeichnungen auswerten
1. Thema benennen: Worum geht es in der abgebildeten Situation? Wann und wo soll sie stattgefunden haben?
2. Beschreiben: Was ist dargestellt? Beschreibe möglichst genau, welche Personen zu erkennen sind, welche Tätigkeiten sie ausüben, welche Gegenstände und Gebäude abgebildet sind.
3. Untersuchen: Was sagt die Rekonstruktionszeichnung über das Thema aus? Welche Einzelheiten sind besonders deutlich gezeichnet? Welche Gründe kann es dafür geben? Welcher Eindruck soll beim Betrachter entstehen? Woran erkennst du das?
4. Deuten: Wie nah an der Realität ist die Rekonstruktionszeichnung? Können dargestellte Einzelheiten belegt werden?

Rollenspiele durchführen
1. Vorbereitung: Legt die Rollen für das Rollenspiel fest. Bildet für jede Rolle eine Gruppe. Besprecht den Verlauf der Geschichte. Überlegt mögliche Lösungen. Verfasst zu eurer Rolle eine Rollenkarte. Legt fest, wie sich die Person verhalten muss, damit sie ihr gewünschtes Ergebnis erreichen kann. Entsendet ein Mitglied in das Rollenspiel. Die Schülerinnen und Schüler, die nicht mitspielen, bilden Beobachtungsgruppen. Jede Beobachtungsgruppe legt fest, worauf sie während des Rollenspiels besonders achten will.
   Beispiele: Welche Lösung wird vorgestellt? Ist diese Lösung glaubwürdig? Wer hat am besten argumentiert? Bestimmt einen Diskussionsleiter oder eine Diskussionsleiterin.
2. Durchführung: Das Rollenspiel wird in drei Durchgängen gespielt. Achte auf Folgendes: Sprich die Person, mit der du dich unterhältst, direkt an (Vorname, Mama ...). Benutze selbst die Ich-Form. Sprich in einfachen, klaren Sätzen. Vermeide umgangssprachliche Ausdrücke wie „echt" oder „cool", wenn du einen Erwachsenen spielst. Greife die Argumente deines Vorredners auf und gehe auf sie ein. Die Beobachtungsgruppen machen sich Notizen.

3. Auswertung: Die Beobachtungsgruppen teilen den Spielerinnen und Spielern ihre Meinung zu den vorgetragenen Inhalten und zum Verlauf des Rollenspiels mit, zum Beispiel: Wurden die Rollen glaubwürdig vertreten? Wurde sachlich diskutiert? Sind die Spielerinnen und Spieler aufeinander eingegangen? Wurden Argumente kritisch bedacht? Wurde eine Lösung gefunden, die für alle nachvollziehbar ist?

Sach- und Werturteile unterscheiden

Sachurteil: Mithilfe von geschichtlichen Quellen aus der Vergangenheit können wir die Lebensverhältnisse von Menschen in der Vergangenheit rekonstruieren und beschreiben. Wir versuchen also, das Handeln und das Denken der damaligen Menschen aus ihrer eigenen Zeit heraus zu verstehen. Wir sind dann in der Lage zu beurteilen, aus welchen Gründen und mit welchen Absichten die Menschen in der Vergangenheit vermutlich so gehandelt haben, wie sie gehandelt haben. In diesem Fall sprechen wir von einem Sachurteil.

Werturteil: Manchmal bewerten wir auch noch die vergangenen Handlungen der Menschen vom heutigen Standpunkt aus. Dann legen wir unsere heutigen Werte und Normen als Wertmaßstäbe an diese vergangenen Handlungen an: zum Beispiel, ob eine Handlung demokratisch war oder ob sie unseren heutigen Wertvorstellungen von Freiheit, Gleichheit, Gleichberechtigung oder Menschenwürde entspricht. In diesem Fall sprechen wir von einem Werturteil.

Schaubilder auswerten

1. Nenne das Thema des Schaubildes (Über- oder Unterschrift).
2. Prüfe, ob eine Entwicklung oder ein Zustand dargestellt wird.
3. Ist das Schaubild in einer besonderen Form gestaltet? Falls ja, suche Gründe dafür.
4. Untersuche die Einzelheiten des Schaubildes. Vergleiche zum Beispiel die Größen der dargestellten Einzelheiten miteinander. Erkläre die Bedeutung von Pfeilen.
5. Fasse die Aussagen des Schaubildes in wenigen Sätzen zusammen.

Standbilder bauen

1. Vorbereitung: Es wird ein Stuhlkreis gebildet. Es wird genau festgelegt, welche Situation dargestellt werden soll. Ihr wählt außerdem eine Regisseurin oder einen Regisseur. Weiterhin bestimmt ihr die Darstellerinnen und Darsteller.
2. Durchführung: In der Mitte des Stuhlkreises entsteht das Bild. Jetzt darf kein einziges Wort gesprochen werden, auch nicht von der Regisseurin oder dem Regisseur. Die Darstellerinnen und Darsteller dürfen nur wortlos in die richtige Position gebracht werden. Der jeweilige Gesichtsausdruck muss vorgespielt werden. Wenn die Regisseurin bzw. der Regisseur fertig ist, wird das Bild „eingefroren". Alle Darstellerinnen und Darsteller sowie Zuschauerinnen und Zuschauer müssen sich in das Bild „einfühlen". Nach einer festgelegten Zeit gibt die Regisseurin bzw. der Regisseur das Zeichen zum Auflösen des Bildes.
3. Auswertung: Zuerst wird das Bild durch die Zuschauerinnen und Zuschauer, dann durch die Darstellerinnen und Darsteller beschrieben und gedeutet. Zum Schluss sagt die Regisseurin bzw. der Regisseur, warum sie bzw. er das Bild so und nicht anders gebaut hat.

Tabellen lesen

1. Was ist das Thema? Lies dir den Titel/die Unterschrift, die Vorspalte und den Tabellenkopf durch. Hier findest du Hinweise.
2. Was sind die genauen Inhalte? Lies den Tabellenkopf. Lies die Vorspalte. Achte genau darauf, welche Maßeinheiten verwendet werden (z. B. Jahre oder Meter). Schau in den Zeilen und in den Spalten nach: Welches sind die höchsten, welches sind die niedrigsten Werte? Wird eine zeitliche Entwicklung dargestellt? Dies ist meistens dann der Fall, wenn verschiedene Jahre oder Monate angegeben sind (z. B. die Entwicklung der Bevölkerung innerhalb von 10 Jahren).
   Wie entwickeln sich die Werte? Steigen/sinken sie schnell oder langsam? Gibt es Sprünge? Kann man verschiedene Werte miteinander vergleichen?
3. Was ist die Kernaussage der Tabelle? Fasse die Aussage der Tabelle in ein oder zwei Sätzen zusammen.
   ... und über die Beschreibung hinausgehend:
   Wie lässt sich die Aussage der Tabelle erklären? Mit deinem Wissen kannst du vielleicht die Aussage der Tabelle erklären.

Tabellen und Diagramme digital erstellen

1. Mit welchem Programm kann ich arbeiten? Nutze Textverarbeitungsprogramme wie Word, Writer oder Pages. Mit ihnen kannst du einfache Tabellen und Diagramme erstellen. Aufgepasst! Sobald du digital arbeitest, solltest du nicht vergessen, deine Datei abzuspeichern.
2. Wie kann ich eine Tabelle oder ein Diagramm erstellen? Klicke oben im Textverarbeitungsprogramm auf „Einfügen". Wähle aus, was du erstellen möchtest.
3. Trage deine Daten in Tabelle oder Diagramm ein.
4. Überarbeite die Optik deiner Tabelle oder deines Diagramms.

Wahlplakate untersuchen

1. Gesamteindruck: Wähle spontan eines der abgebildeten Wahlplakate (M2) aus und schließe für einen Moment deine Augen: Woran erinnerst du dich? Warum hast du dieses Plakat ausgewählt? Findet es deine Zustimmung oder deine Ablehnung?
2. Die Gestaltung des Wahlplakates: Betrachte das Wahlplakat genauer: Welches Thema oder welche Themen werden auf dem Plakat herausgestellt? Hat das Plakat einen wirkungsvollen, einprägsamen Spruch? Fallen Personen, Bilder oder die Schrift als Erstes ins Auge? Welche Farbgestaltung wird gewählt? Welche Botschaft hat das Plakat?
3. Die Zielgruppe: Untersuche das Plakat: Richtet es sich an eine bestimmte Zielgruppe?

Wandzeitung erstellen

1. Vorarbeit: Notiert das Thema für eure Wandzeitung. Überlegt in eurer Gruppe, welche Materialien auf eurer Wandzeitung gezeigt werden sollen. Fertigt nun die einzelnen Abschnitte der Wandzeitung an. Teilt euch dazu die Arbeit auf. Wählt interessante Fotos aus. Fehlt ein Bild, könnt ihr eins zeichnen. Arbeitet Informationen aus Texten heraus. Schreibt selbst kurze Texte. Fertigt Tabellen an. Schreibt überall Unterschriften dazu. Schreibt das Thema ganz oben auf das Tonpapier. Die Überschrift muss auffallen (große Schrift).
2. Beiträge ordnen und die Wandzeitung erstellen: Besorgt euch einen großen Bogen Karton oder ein größeres Stück von einer Tapetenrolle. Legt die einzelnen Darstellungen probeweise darauf. Klebt die Materialien anschließend auf. Weitere Hinweise oder Verbindungslinien zwischen Texten und Bildern könnt ihr direkt einzeichnen. Kontrolliert anhand der Checkliste (M2), ob ihr alle wichtigen Punkte berücksichtigt habt.
3. Die Wandzeitung präsentieren: Schreibt eure Namen auf die Wandzeitung und hängt sie an einer freien Stelle im Klassenraum oder an einer Stellwand auf. Präsentiert sie anderen Schülerinnen und Schülern.

Minilexikon

Ablass (der) → S. 286

Absolutismus (der)
→ INFO S. 166

Agenda 2030 (die) → S. 224
2015 verabschiedeten die Mitgliedsstaaten der Vereinten Nationen die Agenda 2030. Sie enthält 17 Ziele für eine nachhaltige Entwicklung.

Agglomerationsraum (der)
→ INFO S. 258

Agroforstwirtschaft (die)
→ S. 17

Aktiengesellschaft (die)
→ INFO S. 94

Aktives Wahlrecht (das)
→ INFO S. 188

Aktivraum (der) → S. 259

Algorithmus (Algorithmen) (der) → INFO S. 150

Allgemeine Geschäftsbedingungen (AGB) (die)
→ S. 66
Vorformulierte Vertragsbedingungen, die eine Vertragspartei der anderen Vertragspartei bei Abschluss eines Vertrages stellt.

Anthropogener Treibhauseffekt (der) → S. 132

Antisemitismus (der)
→ S. 195, S. 292

Aufklärung (die) → S. 164
Geistige Bewegung in Europa im 17./18. Jahrhundert. Die Aufklärer hielten alle Menschen von Natur aus für vernunftbegabt. Die Vernunft und ihr richtiger Gebrauch sollten alles Handeln des Menschen bestimmen.

Aussperrung (die)
→ INFO S. 87

Ballhausschwur (der)
→ S. 168

Bauernkrieg (der) → S. 288
Unter dem Begriff Deutscher Bauernkrieg fasst man alle Aufstände von Bauern, Städtern und Bergleuten zusammen, die 1524 aus ökonomischen und religiösen Gründen in weiten Teilen Thüringens, Sachsens und im süddeutschen Raum ausbrachen.

Befreiungskrieg (der)
→ S. 170
Kriege der europäischen Großmächte von 1813 bis 1815, um sich von der Vorherrschaft Frankreichs unter Napoleon zu befreien.

Betriebsrat (der)
→ INFO S. 95

Bewährung (die)
→ INFO S. 103

Binnenmarkt (der) → S. 262
Der Binnenmarkt der Europäischen Union (EU) ist ein einheitlicher Markt, in dem der freie Verkehr von Waren, Dienstleistungen, Kapital und Personen gewährleistet ist.

Bodenerosion (die) → S. 17
Bezeichnung für die Abtragung von Boden, die hauptsächlich durch fließendes Wasser, aber auch durch Eis und Wind verursacht wird.

Bodenversalzung (die)
→ S. 27
Durch hohe Verdunstung und aufsteigendes Bodenwasser werden Salze aus dem Boden gelöst. Das Salz sammelt sich im oberen Teil des Bodens und macht diesen unfruchtbar.

Bolschewist (der)
→ INFO S. 238

Brandrodung (die) → S. 14

Bruttonationaleinkommen (BNE) (das) → S. 217

Bürgerrecht (das)
→ INFO S. 110

Bundesrat (der) → S. 182

Bundestag (der) → S. 180

Cluster (das) → INFO S. 272

Code Civil (der) → S. 170
Gesetzeswerk, das zur Zeit Napoleons Ende des 18./Anfang des 19. Jahrhunderts in Frankreich und seinen besetzten Gebieten gültig war.

Cookies (die) → S. 154
Cookies sind Textinformationen, die im Browser des Nutzers gespeichert werden können. Sie geben Auskunft darüber, welche Webseiten der Nutzer besucht hat und was er gesucht hat.

Darstellung (die)
→ INFO S. 296

Dauerfeldbau (der) → S. 16
Beim Dauerfeldbau wird ganzjährig und über mehrere Jahre auf demselben Boden angebaut.

Deliktsfähigkeit (die)
→ S. 102
Die Deliktsfähigkeit ist die Fähigkeit, eine unerlaubte Handlung zu begehen und in der Folge hierfür auch zur Verantwortung gezogen zu werden. Sie orientiert sich am Alter. Jugendliche können für schädigendes Verhalten nur dann zur Verantwortung gezogen werden, wenn sie die erforderliche Einsicht für ihr Handeln besitzen.

Demokratie (die)
→ INFO S. 180

Desertifikation (die) → S. 23

Deutscher Bund (der)
→ S. 170

Digitale Technologie (die)
→ INFO S. 144

Digitaler Fußabdruck (der)
→ S. 152
Als digitalen Fußabdruck bezeichnet man die Daten eines Nutzers, die durch die Internetnutzung entstehen und sich zurückverfolgen lassen.

Digitaler Zahlungsverkehr (der) → S. 156
Als digitalen Zahlungsverkehr bezeichnet man alle Formen des bargeldlosen Geldverkehrs, die über das Internet abgewickelt werden.

Digitales Zeitalter (das)
→ S. 144
Das digitale Zeitalter ist der Zeitraum im Verlauf der Menschheitsgeschichte, der durch digitale Informations- und Kommunikationstechnologien geprägt ist. Diese haben einen starken Einfluss auf das Leben der Menschen.

Digitalisierung (die)
→ INFO S. 144

Diversität (die)
→ INFO S. 300

Dolchstoßlegende (die)
→ S. 247

Dreieckshandel (der)
→ S. 208
Als Dreieckshandel bezeichnet man den Handel mit Sklaven, Rohstoffen und Fertigprodukten, der ab Anfang des 16. Jahrhunderts von Europäern zwischen Afrika, Amerika und Europa betriebenen wurde.

Dreifelderwirtschaft (die)
→ S. 16

Duale Ausbildung (die)
→ S. 306
Die duale Ausbildung ist ein System der Berufsausbildung. Die Ausbildung erfolgt an zwei Lernorten, dem Betrieb und der Berufsschule.

Ehrenamt (das) → S. 298
Ein Ehrenamt ausüben bedeutet, für eine Organisation freiwillig und ohne Vergütung Arbeit zu leisten.

Eiserner Vorhang (der)
→ S. 270
Als Eiserner Vorhang wird in der Politik die abgeriegelte Grenze bezeichnet, durch die Europa in der Zeit des Kalten Krieges geteilt war.

Emanzipation (die)
→ INFO S. 292, S. 294

Energieeffizienz (die)
→ INFO S. 59

Energiewende (die) → S. 138
Als Energiewende bezeichnet man den Übergang von der Nutzung von fossilen Energieträgern sowie der Kernenergie zu einer nachhaltigen Energieversorgung durch erneuerbarer Energien.

Entente (die) → S. 232

Minilexikon

Entwicklungsland (das) → S. 216
Ein Entwicklungsland ist ein Land, in dem der größte Teil der Bevölkerung seine Grundbedürfnisse dauerhaft nur unzureichend befriedigen kann.

Entwicklungszusammenarbeit (die) → S. 224

Epochenjahr (das) → S. 238

Erdachse (die) → INFO S. 121

Erdbeben (das) → S. 40
Erschütterung der Erdoberfläche, die durch Kräfte im Erdinneren verursacht wird.

Erdrevolution (die) → S. 122

Erdrotation (die) → S. 121
Die Drehung der Erde um ihre eigene Achse nennt man Erdrotation.

Erinnerungsort (der) → S. 242

Ermächtigungsgesetz (das) → S. 249
Am 23.3.1933 erlassenes „Gesetz zur Behebung der Not von Volk und Reich". Durch dieses Gesetz wurde der Regierung unter Hitler die gesetzgebende Gewalt übertragen.

Euregio (die) → S. 259
Euregios sind Regionen an den Binnen- und Außengrenzen der EU, in denen grenzüberschreitend zusammengearbeitet wird.

Europäische Kommission (die) → S. 266

Europäische Union (EU) (die) → S. 260

Europäischer Rat (der) → S. 266

Europäisches Parlament (das) → S. 266

Europäisierung (die) → S. 208
Prozess der Anpassung von Staaten an die Standards und Werte Europas. Die europäischen Eroberer veränderten die vorhandenen gesellschaftlichen Strukturen in den eroberten Gebieten Amerikas, indem sie der Bevölkerung die europäische Lebensweise und die katholische Religion aufzwangen.

Europarat (der) → S. 260

Evangelium (das) → S. 286
Evangelium (griechisch: frohe Botschaft). Die vier Evangelien sind die zentralen Texte des Neuen Testaments.

Exekutive (die) → S. 180

Extremismus (der) → S. 195

Fake News (die) → S. 150
Vorgetäuschte Nachrichten, die zur Manipulation verbreitet werden, nennt man Fake News.

Fairer Handel (Fairtrade) → INFO S. 18

Föderalismus (der) → INFO S. 182

Freie Marktwirtschaft (die) → S. 88
Wirtschaftsform, bei der sich privates Unternehmertum an Angebot und Nachfrage orientiert. Freier Wettbewerb und Konkurrenz regeln die Preise.

Fremdbestimmung (die) → S. 146

Generalstände (die) → S. 168
Im französischen Absolutismus die Versammlung der Vertreter des Adels, der Geistlichkeit und des dritten Standes aus allen Gebieten Frankreichs.

Genossenschaft (die) → S. 29
Einen Zusammenschluss von Personen, die gemeinschaftlich wirtschaften und als Mitglied wirtschaftlich und sozial gefördert werden, bezeichnet man als Genossenschaft.

Geofaktor (der) → S. 10

Geographische Koordinaten (die) → S. 121
Die geographische Breite und die geographische Länge eines Ortes sind die geographischen Koordinaten des Ortes.

Geographisches Informationssystem (GIS) (das) → INFO S. 220

Gesellschaft mit beschränkter Haftung (GmbH) (die) → INFO S. 94

Gesetz (das) → INFO S. 102

Gewaltenteilung (die) → S. 180

Gewerbegebiet (das) → S. 226
Als Gewerbegebiet bezeichnet man ein besonders ausgewiesenes Gebiet in einer Gemeinde, in dem vorwiegend Gewerbebetriebe zugelassen sind.

Gewerkschaft (die) → S. 86

Globalisierung (die) → INFO S. 273

Globalität (die) → S. 79
Die Gesellschaft des Mittelalters war eine örtliche, geschlossene Gesellschaft. In der frühen Neuzeit trat eine vernetzte überörtliche Weltgesellschaft in ihre Stelle. Mit Globalität gibt man den Grad an Vernetzung an.

Gradnetz (das) → S. 121
Das Gradnetz ist ein Netz aus gedachten Linien, das zur Ortsbestimmung auf der Erde dient. Zum Gradnetz gehören Längen- und Breitenkreise.

Grundwasseroase (die) → S. 25

Gütesiegel (das) → S. 60
Grafische oder schriftliche Kennzeichnungen von Produkten, die etwas über die Qualität oder Umwelteigenschaften eines Produktes aussagen sollen.

Handelsbilanz (die) → S. 93
Die Handelsbilanz gibt das Verhältnis von Importen und Exporten eines Landes an. Übersteigt der Wert der Importe den Wert der Exporte, spricht man von einer negativen (oder passiven) Handelsbilanz. Übersteigt der Wert der Exporte den Wert der Importe, spricht man von einer positiven (oder aktiven) Handelsbilanz.

Hanse (die) → S. 74

Historisches Medium (Medien) (das) → S. 296

Human Development Index (HDI) (der) → S. 218

Humanismus (der) → INFO S. 284

Identität (die) → INFO S. 146, S. 298

Imperialismus (der) → S. 210
Als Imperialismus bezeichnet man die Politik der industrialisierten europäischen Mächte, der USA und Japans von 1880–1914, durch Erwerbungen von Kolonien ihren Machtbereich weltweit auszudehnen.

Indigene Bevölkerung (die) → S. 222
Nachkommen der Bewohner eines bestimmten Gebietes, die bereits vor der Eroberung, Kolonisierung oder Staatsgründung durch Fremde dort lebten.

Industrialisierung (die) → S. 84
Aufkommen und Verbreitung der Industrie, insbesondere durch technische Neuerungen und Erfindungen.

Industrieland (das) → S. 216
Im Gegensatz zu einem Entwicklungsland ist ein Industrieland ein Land, in dem die Grundbedürfnisse der meisten Menschen erfüllt sind und das Einkommen pro Kopf vergleichsweise hoch ist.

Industrielle Revolution (die) → S. 84
Einschneidende wirtschaftliche und gesellschaftliche Umwälzung, die Mitte des 18. Jahrhunderts ausgelöst wurde durch die in England einsetzende Industrialisierung. Auslöser war die Erfindung der Dampfmaschine.

Inflation (die)
→ INFO S. 92, S. 248

Informeller Sektor (der)
→ S. 217
Für Entwicklungsländer typischer, offiziell nicht erfasster Bereich des Klein- und Dienstleistungsgewerbes (z. B. Straßenhandel, Schuhputzer).

Infrastruktur (die) → S. 226
Dazu zählen alle Einrichtungen, die zur Entwicklung eines Raumes notwendig sind, wie Verkehrswege, Wasser- und Stromleitungen, Entsorgungsanlagen, Bildungs- und Erholungseinrichtungen, Krankenhäuser, Telekommunikationsnetze.

Judikative (die) → S. 180

Jugendgericht (das)
→ INFO S. 103

Jugendkriminalität (die)
→ INFO S. 104

Jugendstrafrecht (das)
→ S. 102
Es gilt für Jugendliche zwischen 14 und 18 bzw. 21 Jahren und sieht Erziehungsmaßnahmen und Strafen vor, die im Strafrecht nicht vorgesehen sind.

Kapital (das) → S. 262
Als Kapital bezeichnet man alle Geld- und Sachwerte, die zu einer Produktion verwendet werden, die Gewinn abwirft.

Karavelle (die)
→ INFO S. 203

Karikatur (die)
→ INFO S. 139

Kaufkraft (die) → INFO S. 92

Kaufvertrag (der)
→ INFO S. 67

Klima (das) → INFO S. 124

Klimaschutz (der) → S. 138
Maßnahmen, die der globalen Erwärmung entgegenwirken und mögliche Folgen der globalen Erwärmung abmildern sollen, nennt man Klimaschutz.

Klimawandel (der) → S. 132
Weltweit auftretende Veränderung des Klimas auf der Erde über einen langen Zeitraum.

Klimazone (die) → S. 130

Koalition (die) → S. 185

Kolonialwaren (die)
→ S. 212

Kolonie (die) → S. 208
Gebiet, das sich im Besitz eines anderen Staates befindet.

Kommunismus (der)
→ S. 239
Die Idee des Kommunismus entstand im 19. Jahrhundert und beschreibt, wie eine ideale menschliche Gesellschaft aussehen sollte. Das Privateigentum sollte zugunsten der Gemeinschaft abgeschafft werden. Karl Marx (1818 – 1883) war der wichtigste Vertreter der kommunistischen Idee.

Kondensation (die) → S. 126
Übergang eines Stoffes vom gasförmigen in den flüssigen Zustand, zum Beispiel von Wasserdampf zu Wasser.

Konfession (die) → S. 286)
Als Konfession (lateinisch: Bekenntnis) wird eine Untergruppe innerhalb einer Religion bezeichnet, die sich in Lehre, Organisation oder Praxis von anderen Untergruppen unterscheidet. Es gibt zahlreiche christliche Konfessionen.

Konquistador (Konquistadoren) (der) → S. 207

Konstitutionelle Monarchie (die) → S. 169

Konvergenzkriterium (Konvergenzkriterien) (das)
→ S. 264
Kreislaufwirtschaft (die)
→ INFO S. 63

Kreuzfahrerstaat (der)
→ S. 283

Kreuzzug (der)
→ INFO S. 282

Landschaftszone (die)
→ S. 12

Landtag (der) → S. 182

Landwechselwirtschaft (die)
→ S. 16

Lava (die) → S. 46

Least Developed Country (LDC) (das) → S. 218
Land in der Gruppe von Entwicklungsländern, die als am wenigsten entwickelt gelten.

Legislative (die) → S. 180

Linksextremismus (der)
→ S. 195

Lobbyist (der) → S. 193

Magma (das) → S. 46
Gashaltiger, glutflüssiger Gesteinsbrei im Erdinneren. Sobald er an die Erdoberfläche tritt, nennt man ihn Lava.

Manufaktur (die)
→ INFO S. 83

Markt (der) → INFO S. 90

Marktorientierte Produktion (die) S. 18, S. 20
Produktion von zum Beispiel Nahrungsmitteln, um sie auf dem Markt zu verkaufen.

Marktrecht (das) → S. 112

Massenmedium (Massenmedien) (das) → S. 295
Ein Massenmedium ist ein Medium, das einem breiten Publikum Nachrichten und Unterhaltung in Schrift, Ton und Bild vermittelt, z. B. Presse, Rundfunk, Fernsehen.

Ministerpräsident (der)/ **Ministerpräsidentin** (die)
→ S. 182
Amtsbezeichnung für den Regierungschef/die Regierungschefin eines Bundeslandes der Bundesrepublik Deutschland.

Ministerrat (der) → S. 266

Mittelbreiten (gemäßigte Zone) (die) → S. 122
Klimazone, die auf beiden Erdhalbkugeln etwa zwischen dem 40. und dem 60. Breitengrad verläuft. Kennzeichnend für diese Zone sind die Jahreszeiten.

Mittelmächte (die)
→ S. 232

Monokultur (die)
→ S. 18, INFO S. 21

Monopol (das) → S. 92
Wenn es nur einen Anbieter für ein bestimmtes Produkt auf dem Markt gibt, nennt man das Monopol.

Nachhaltiges Produkt (das)
→ S. 92
Bei der Herstellung eines nachhaltigen Produkts werden ökonomische, ökologische und soziale Bedingungen berücksichtigt, also z. B. faire Arbeitsbedingungen, Ressourcenschonung, biologischer Anbau.

Nährstoffkreislauf (der)
→ S. 14

Nationalstaat (der)
→ INFO S. 172, S. 174

Nationalversammlung (die)
→ S. 168, S. 244
Eine gewählte Volksvertretung, die zu außergewöhnlichen Zwecken einberufen wird, z. B. zur Erstellung einer Verfassung.

Natürlicher Treibhauseffekt (der) → S. 132

Nichtregierungsorganisation (NGO) (die)
→ INFO S. 192

Niederschlag (der) → S. 126
Bezeichnung für das aus der Atmosphäre auf die Erdoberfläche gelangende Wasser in flüssigem oder festem Zustand. Man unterscheidet u. a. zwischen Regen, Schnee, Hagel, Graupel usw.

Norddeutscher Bund (der)
→ S. 174
Im Norddeutschen Bund waren alle deutschen Staaten

Minilexikon

nördlich der Mainlinie unter preußischer Führung vereint.

Norm (Normen) (die) → S. 300

Novemberrevolution (die) → S. 244
Die Novemberrevolution von 1918 führte zur Umwandlung des Deutschen Reiches von einer Monarchie in eine Republik. Am 9. November 1918 wurde der Deutsche Kaiser Wilhelm II. zur Abdankung gezwungen.

Ökologischer Fußabdruck (der) → INFO S. 57

Ökosystem (das) → S. 10

Online-Banking (das) → S. 156
Beim Online-Banking werden alle Geldgeschäfte, zum Beispiel Überweisungen, am Rechner bzw. mit Apps auf dem Smartphone erledigt.

Opposition (die) → S. 185

Ozeanischer Rücken (der) → S. 36
Langgestreckte untermeerische Erhebung, die in den Ozeanen an den Plattengrenzen vorkommt, und zwar wenn zwei Platten auseinanderdriften.

Pandemie (die) → INFO S. 190

Parlament (das) → S. 180
Ein Parlament ist eine Volksvertretung. Im Parlament sitzen die vom Volk gewählten Politiker (Abgeordnete). Sie treffen in einem demokratischen Staat wichtige Entscheidungen und beschließen Gesetze.

Parlamentarismus (der) → INFO S. 184

Partizipation (die) → INFO S. 192

Passives Wahlrecht (das) → INFO S. 188

Passivraum (der) → S. 259

Pazifischer Feuerring (der) → S. 46

Petition (die) → INFO S. 192

Planet (der) → INFO S. 120

Plantage (die) → S. 18

Plantagenwirtschaft (die) → S. 208
Wirtschaftsform, die vor allem in den Tropen vorkommt. Plantagen sind landwirtschaftliche Großbetriebe, auf denen überwiegend in Monokultur für den Weltmarkt angebaut wird.

Plattentektonik (die) → S. 36
Als Plattentektonik bezeichnet man die Theorie über den Krustenbau der Erde und die Entwicklung der Kontinente und Ozeane. Nach dieser Theorie ist die Erdkruste in verschiedene Platten gegliedert, die sich langsam bewegen.

Pogrom (das) → S. 282
Pogrom (russisch: Verwüstung) nennt man eine gewaltsame Ausschreitung, die sich gegen Minderheiten in einem Staat richten.

Polarnacht (die) → S. 122
Die Zeit in der polaren Zone, in der es Tag und Nacht dunkel ist. Die Sonner erscheint in dieser Zeit nicht über dem Horizont.

Polartag (der) → S. 122
Die Zeit in der polaren Zone, in der es Tag und Nacht hell ist. Die Sonne geht nicht unter.

Populismus (der) → S. 194
Populus (lateinisch: Volk). Populismus bedeutet, dass man mit Forderungen und Meinungen auf Stimmungen setzt, um zu manipulieren. Populisten und Populistinnen behaupten, dass nur sie wissen, was für die gesamte Gesellschaft am besten ist und was richtig und falsch ist.

Präventive Maßnahme (die) → S. 102
Vorbeugende Maßnahme, die ergriffen wird, um eine Straftat zu verhindern (z. B. durch Aufklärungsarbeit).

Prager Fenstersturz (der) → S. 290
Der Prager Fenstersturz war der Auslöser des Dreißigjährigen Kriegs. Wütende Protestanten drangen 1618 in die Prager Burg ein und warfen zwei kaiserliche Statthalter aus dem Fenster.

Pressefreiheit (die) → S. 159
Unter Pressefreiheit versteht man das Recht der Medien, ungehindert ihre Tätigkeit ausüben zu können. Die Veröffentlichung von Nachrichten und Meinungen wird nicht vom Staat zensiert.

Presserecht (das) → S. 159
Das Presserecht ist ein Teilbereich des Medienrechts. Es regelt die rechtlichen Rahmenbedingungen der Presse.

Privileg (Privilegien) (das) → S. 169
Vorrecht einer einzelnen Person oder einer Personengruppe.

Pro-Kopf-Einkommen (das) → S. 217

Proletariat (das) → S. 84

Putsch (der) → S. 248
Ein Putsch ist eine meistens gewaltsame und überraschende Aktion einer Gruppe von Politikern oder Angehörigen des Militärs, um die Regierung zu stürzen und die Macht im Staat zu übernehmen.

Quelle (die) → INFO S. 296

Quellengattung (die) → INFO S. 164, S. 296

Quote (die) → S. 189

Raumanalyse (die) → S. 274

Recht (das) → INFO S. 102

Rechtsextremismus (der) → S. 195

Rechtsordnung (die) → S. 102

Rechtssicherheit (die) → S. 110, S. 112
Sicherheit, die durch eine Rechtsordnung gewährleistet wird.

Reformation (die) → S. 286

Renaissance (die) → INFO S. 201, S. 284

Repressive Maßnahme (die) → S. 102
Maßnahmen, die ergriffen werden, um zum Beispiel einen Jugendlichen einzuengen oder auch zu strafen, um weitere Straftaten zu verhindern.

Ressourceneffizienz (die) → INFO S. 59

Revolte (die) → INFO S. 168

Revolution (die) → INFO S. 168

Richterskala (die) → INFO S. 40

Richtlinie (die) → INFO S. 266

Schengen-Raum (der) → INFO S. 262

Schulden (die) → INFO S. 67

Schuldenfalle (die) → S. 67
Schuldenfalle nennt man die Situation, in der jemand die Rückzahlung seiner Schulden aus eigener Kraft nicht mehr schafft, weil seine Einnahmen zu gering sind.

Schwellenland (das) → S. 218
Entwicklungsland, das sich in der Entwicklung zu einem Industrieland befindet.

Selbstbestimmung (die) → S. 146

Sklaverei (die) → INFO S. 208

Söldner (der) → S. 290

Sonne (die) → INFO S. 120

Sonnensystem (das) → INFO S. 120

Soziale Marktwirtschaft (die) → S. 88
Wirtschaftsform, bei der der Staat in den Wirtschaftsprozess eingreift, um für eine gerechtere Einkommensverteilung zu sorgen.

Stadtrecht (das) → S. 112
Das Stadtrecht war im Mittelalter ein Sonderrecht. Es wurde vom Landesherren verliehen und verschaffte der Siedlung besondere Rechte.

Stellungskrieg (der) → S. 236
Ein Stellungskrieg ist eine defensive Form der Kriegsführung. Der Verlauf der Front ändert sich nicht oder nur wenig, die Kämpfe werden von Schützengräben aus ausgetragen.

Stern (der) → INFO S. 120

Stockwerkanbau (der) → S. 25
Form des Anbaus in heißen Trockenräumen. Es werden unterschiedlich hohe Pflanzen angebaut. Die höheren Pflanzen schützen die niedrigeren vor der Sonnenstrahlung.

Stockwerkbau (der) → S. 14

Streik (der) → S. 86
Ein Streik ist ein Arbeitskampf, bei dem von den Arbeitnehmern vorübergehend die Arbeit niedergelegt wird, um zum Beispiel eine Verbesserung des Tarifvertrags zu erreichen.

Strukturschwacher Raum (der) → INFO S. 226

Subduktion (die) → S. 36

Subsistenzwirtschaft (die) → S. 14

Subvention (die) → INFO S. 91

Tarifautonomie (die) → S. 86

Tarifvertrag (der) → S. 86
Ein Tarifvertrag ist eine schriftliche Vereinbarung, die zwischen Vertretern der Gewerkschaften und Vertretern der Arbeitgeber in Tarifverhandlungen ausgehandelt wird.

Temperaturamplitude (die) → S. 130
Differenz zwischen dem höchsten und dem niedrigsten Monatsmittelwert.

Terms of Trade (die) → S. 223

Transformation (die) → S. 270

Treibhaus (das) → S. 30
Gewächshaus aus Glas oder Folie.

Treibhausgas (das) → S. 132
Treibhausgase sind Gase in der Erdatmosphäre, die die Wärmestrahlung der Erde aufnehmen und wieder zur Erde reflektieren, zum Beispiel Kohlenstoffdioxid (CO_2).

Tsunami (der) → S. 42
Tsunami (japanisch: Hafenwelle). Als Tsunami bezeichnet man eine Wasserwelle, die durch ein Seebeben entsteht und an der Küste zu einer hohen Flutwelle aufgestaucht wird.

Urheber (der) → S. 108

Urkundenfälschung (die) → INFO S. 105

Vegetationszone (die) → S. 10

Verbraucherinformationsgesetz (das) → S. 69
Gesetz, das die Verbraucherrechte stärken und verbessern soll.

Verbraucherzentrale (die) → S. 68

Verdichtungsraum (der) → INFO S. 258

Verhältnismäßigkeitsprinzip (das) → S. 191

Verlagssystem (das) → S. 82
Das Verlagssystem ist eine Organisationsform der Produktion. Händler oder Großunternehmer, die Verleger, geben Rohstoffe zu einem von ihnen festgelegten Preis an Handwerker zur Verarbeitung in Heimarbeit ab. Die Händler nehmen die fertigen Waren wiederum zu einem von ihnen festgelegten Preis ab.

Verordnung (die) → INFO S. 266

Versailler Vertrag (der) → S. 240

Völkermord (der) → S. 215

Volkssouveränität (die) → INFO S. 168

Vorbild (das) → INFO S. 148

Vulkan (der) → S. 46
Kegel- oder schildförmige Erhebung, die durch den Austritt von Magma aus dem Erdinneren entsteht.

Wadi (das) → S. 24
Bett eines Flusses in der Wüste, der nur zeitweise Wasser führt.

Währungsreform (die) → INFO S. 248

Wanderfeldbau (der) → S. 14
Verbreitete Form des Anbaus im tropischen Regenwald. Die Felder werden nach einigen Jahren des Anbaus verlegt, da der Boden erschöpft ist. Zum Teil werden auch die Siedlungen verlegt.

Web-GIS (das) → S. 220
Ein Informationssystem im Internet, aus dem man raumbezogene Daten erfassen kann, nennt man Web-GIS.

Weimarer Republik (die) → S. 244
Abschnitt der deutschen Geschichte von 1918–1933, in dem erstmals eine parlamentarische Demokratie in Deutschland bestand.

Weimarer Verfassung (die) → S. 244
Die Weimarer Verfassung war die erste demokratische Verfassung Deutschlands. Mit ihr wurde das Deutsche Reich zu einer Republik. Sie wurde am 31. Juli 1919 in Weimar beschlossen und am 14. August 1919 verkündet.

Weltmarkt (der) → S. 18, S. 20
Bezeichnung für einen räumlich nicht zu bestimmenden Markt, auf dem Waren und Leistungen weltweit von Unternehmen gehandelt werden.

Wert (Werte) (der) → S. 300
Ein Wert ist eine Richtlinie, die für alle in einer Gemeinschaft gilt. Jede Gemeinschaft hat einige gemeinsame Werte. Die Menschenrechte sind z. B. Werte in Ländern, die diese Menschenrechte anerkennen.

Westfälischer Friede (der) → S. 291

Wetter (das) → INFO S. 124

Wetterelement (das) → S. 124

Wiener Kongress (der) → S. 170
Auf dem Wiener Kongress (18.9.1814 – 9.6.1815), der nach der Niederlage Napoleons stattfand, wurde Europa neu geordnet.

Wirtschaftskreislauf (der) → S. 90
Der Wirtschaftskreislauf ist ein Modell, in dem die wesentlichen Tauschvorgänge als Geldströme und Güterströme dargestellt werden. Geldströme und Güterströme verlaufen in entgegengesetzter Richtung, sodass sich ein Kreislauf ergibt.

WTO (World Trade Organization) (die) → INFO S. 224

Zunft (die) → INFO S. 113

Zenit (der) → S. 122

Zensur (die) → S. 158

Zoll (der) → S. 262
Als Zoll bezeichnet man eine Gebühr im internationalen Handel. Dies Gebühr muss man bezahlen, wenn man eine Ware in ein anderes Land bringen will.

Bild- und Textquellenverzeichnis

Bildquellen: |123RF.com, Hong Kong: nito500 29.1. |akg-images GmbH, Berlin: 5.4, 6.2, 79.1, 79.2, 84.1, 84.2, 98.1, 112.1, 163.1, 164.1, 166.1, 168.1, 169.1, 171.2, 172.2, 174.1, 205.1, 213.1, 231.1, 232.1, 234.1, 235.1, 246.3, 246.4, 248.1, 248.3, 250.1, 251.3, 251.4, 282.1, 284.2, 288.1, 289.1, 291.1, 302.1; Album/Oronoz 6.3, 199.1; arkivi 293.2; Bildarchiv Pisarek 292.2; Bildarchiv Steffens 206.3; DHM 78.1; euroluftbild.de/Blossey, Hans 136.1; Hiegel, Jacqueline 171.1; Lessing, Erich 164.2, 165.1, 167.1, 176.2. |Alamy Stock Photo, Abingdon/Oxfordshire: agefotostock 207.1; Arcomano, Vito 201.2; Artepics 114.1; Boethling, Joerg 14.1; CBW 240.2; EyeEm 46.1; FALKENSTEINFOTO 82.1, 286.2; Florilegius 294.1; imageBROKER 113.1; Lebrecht Music & Arts 239.1; M.Sobreira 206.1; Nature Picture Library 15.1; nuvolanevicata 99.1; PA Images 243.4; public domain sourced / access rights from Historic Images 293.5; public domain sourced / access rights from PF-(bygone1) 293.9; public domain sourced / access rights from UtCon Collection 293.7; Pulsar Imagens 21.1; Renckhoff, Dirk 137.1; Sasek, Zdenek 150.2; Tetra Images, LLC 268.1; The Print Collector 238.2; Universal Images Group North America LLC 6.4, 236.1, 253.1; White, Paul 144.1; Wills, Tom 194.1; World History Archive 244.2, 295.2; YAY Media AS 61.1; Zoonar GmbH 191.1. |Alamy Stock Photo (RMB), Abingdon/Oxfordshire: AGF Srl 273.1; ART Collection 188.2; Boethling, Joerg 229.3; Foto: Rob Crandall, Illu: Matthias Berghahn 24.4; fStop 4.2, 55.1; Gerald, Eddie 251.2; GL Archive 235.2, 235.5; IanDagnall Computing 235.3; imageBROKER 92.1; Imaginechina Limited 80.1; Lebrecht Music & Arts 284.1; SOTK2011 235.4; TAO Images Limited 38.3; The Picture Art Collection 293.3; World History Archive 239.2. |APA-PictureDesk GmbH, Wien: Hochmuth, Georg 299.1. |Appenzeller, Holger, Stuttgart: 196.1. |Baaske Cartoons, Müllheim: Mester, Gerhard 139.2, 141.2, 197.1; Plaßmann, Thomas 161.2; Striepecke, Karl Gerd 229.1. |Berghahn, Matthias, Bielefeld: 223.1. |bpk-Bildagentur, Berlin: 82.2, 83.1, 173.1, 177.1, 177.2, 188.1, 204.1, 246.2, 251.1; Braun, Lutz 73.1; DeAgostini / New Picture Library 201.1; RMN - Grand Palais 164.3; Staatliche Kunstsammlungen Dresden 287.1; Städel Museum 4.3, 73.1. |Bridgeman Images, Berlin: Archives Charmet 228.1. |Bundesministerium für Bildung und Forschung, Berlin: 309.1. |Bundesministerium für Wirtschaft und Klimaschutz, Berlin: „Soziale Marktwirtschaft?“, unter: https://www.bmwi.de/Redaktion/DE/Videos/Einfach-erklaert/soziale-marktwirtschaft.html; abgerufen am 29.09.2021 88.1. |Deutscher Bundestag - Mediathek, Berlin: Deutscher Bundestag/Thomas Trutschel/photothek.de / Gies, Ludwig: Bundestagsadler (c) VG Bild-Kunst, Bonn 2021 6.1, 179.1. |Diercke Globus online: 50.1. |Diercke Web-GIS: 220.1, 220.2, 220.3, 220.4, 220.5, 220.6. |Fissler GmbH, Idar-Oberstein: 227.3. |Foto Hosser, Idar-Oberstein: 227.1. |fotolia.com, New York: Alexmar 13.4; baibaz 26.1; byrdyak 11.2; ExQuisine 33.4; eyewave 157.2, 157.3, 157.4; Frida&Diego 32.2; Grecaud, Paul 260.2; janvier 264.2, 264.3, 264.4; Jiménez, Luis Carlos 29.2; kanvag 103.1; luna 68.1; moonrun 268.2; salparadis 13.6, 32.4; Schlagboehmer, Robbie 254.1; siwaporn999 33.2; ThKatz 11.4; Toronto, Sergey 254.3; vulcanus 13.2; Withers-Clarke, Cathy 13.5; Znamenskiy, Oleg 13.3. |Gaffga, Peter, Vollmersbach: 32.3, 49.2. |Getty Images, München: AFP/Maina, Simon 229.2; Fleming 27.2; MJ Kim 5.3, 119.1. |GlobalFoundries Dresden, Dresden: 272.2. |Globe Cartoon, Geneva: © Chappatte, Le Temps, Switzerland, www.chappatte.com 279.1. |Google Inc., Hamburg: 155.1. |Greenpeace e.V., Hamburg: Grodotzki, Chris 135.2. |Güttler, Peter - Freier Redaktions-Dienst (GEO), Berlin: 272.1, 276.3. |Haitzinger, Horst, München: 20.2. |Haus der Geschichte der Bundesrepublik Deutschland, Bonn: Jupp Wolter (Künstler) 70.3. |Horsch, Wolfgang, Niedernhall: 139.1. |iStockphoto.com, Calgary: AG-ChapelHill 193.2; AlbertoLoyo 24.1; ALotOfPeople 306.1; aluxum 30.1; Ammentorp Lund, Jacob 64.1; AnnaStills 97.1; AntonioGuillem 70.2; Bezvershuk, Stepan 275.2; bloodua 258.1; Bojan89 298.1; cinoby 27.1; clu 111.1, 116.3, 298.4; cookelma 277.1, 277.3; Delany, Brendan 32.6; delihayat 190.1; DGLimages 298.3; Diaz, Antonio 154.1; DMEPhotography 298.2; Drazen_ 276.5; E+/alvarez 145.1; elxeneize 90.1, 90.2; fbxx 216.1; Frizi 76.1; FroggyFrogg 172.1; generacionx 19.2; goldenKB 195.1; golero 89.1; gorodenkoff 50.2; hadynyah 193.1, 217.2, 217.3; Halfpoint 191.2; Harder, Gerd 303.3; holgs 110.1; HomoCosmicos 217.1; IGphotography 65.3; ilbusca 176.1; industryview 96.1; Instants 192.1; JackF 216.2; Jetlinerimages 74.1; KKKvintage 135.1; Kseniya Ragozina 32.5; legna69 134.2; Lindstrom, Marcus 75.1; momcilog 308.1; monkeybusinessimages 275.1; Naypong 140.1; neil bowman 14.2; ollo 86.1; ONiONAstudio 254.2; Paternolli, Philippe 243.2; Phototreat 20.1; praetorianphoto 141.1; Rawpixel 4.1, 9.1; Ridofranz 157.1; Roberg, Laila 276.4; RonMasessa 36.1; rotofrank 123.1, 123.2, 123.3, 123.4; Saro17 28.1; sonatali 276.2; sorbetto 278.1; svehlik 48.1; tbradford 208.1; uchar 41.2, 52.1; uncle-rico 260.1; uniseller 277.2; urbazon 146.1; Wavebreakmedia 153.1; william87 270.1; Younes Kraske 156.1; zodebala 5.1, 101.1; ZU_09 134.1, 290.1. |Karto-Grafik Heidolph, Dachau: 17.1, 24.2, 42.2, 44.1, 203.1. |Kartographie Michael Hermes, Hardegsen Hevensen: 124.2. |Kesper, Ingrid, Salzkotten: 200.1, 289.2, 289.3, 302.2. |Kreuzberger, Norma, Lohmar: 117.1. |Latz, Wolfgang, Linz: 16.1. |Ministerium für Schule und Bildung NRW, Düsseldorf: 307.1, 307.2. |Mithoff, Stephanie, Ahorn: 45.1, 45.2, 62.1, 63.1, 63.2, 102.1, 106.1, 116.2, 138.1, 262.2, 262.3, 262.4, 262.5. |Nachlass Felix Mussil, Frankfurt am Main: 184.1. |NASA, Washington: 22.1, 22.2. |Picture-Alliance GmbH, Frankfurt a.M.: akg-images 233.1; akg-images/Sorges, Jürgen 215.1; allover/Thomas, Karl 262.1; AP/Morenatti, Emilio 53.2; dieKLEINERT.de/Koufogiorgos, Kostas 269.1; dpa/dpa-Zentralbild/Schmidt, Hendrik 194.3; dpa/dpa-Zentralbild/Willnow, Sebastian 194.2; dpa/epa Nordfoto 38.1; dpa/Gerten, Martin 53.1; dpa/Google GeoEye 43.1, 43.2; dpa/Soeder, Christoph 190.2; dpa/Taga, Morio 42.1, 52.2; imageBROKER/hwo 286.1; imageBROKER/our-planet.berlin 295.1; MP/Leemage 36.2; ZB/Pedersen, Britta 60.1. |ROFU Kinderland, Hoppstädten-Weiersbach: 227.2. |Sakurai, Heiko, Köln: 56.1. |Schönauer-Kornek, Sabine, Wolfenbüttel: 24.3, 136.2, 202.1, 287.2, 287.3, 287.4. |Schwarz, Thies, Hannover: 158.2. |Schwarzstein, Yaroslav, Hannover: 127.1, 127.2. |Shutterstock.com, New York: Africa Studio Titel; Akesin, Mongkolchon 148.1; arda savasciogullari 41.1; Arhelger, Tobias 69.1; ArtMediaFactory 75.2; aurielaki 150.1; brodin 47.2; Chattapat 128.1; cheapbooks 152.2; Collection, Everett 247.1, 247.2; Copyright (c) 2015 Rawpixel.com/Shutterstock. No use without permission. 281.1; Copyright (c) 2018 TierneyMJ/Shutterstock. No use without permission. 305.1; Daniel M Ernst 58.1; Epotok, Soru 33.3; Everett Collection 38.2, 77.1; Everett Historica 85.1; Ghitun, Dumitru Florin 31.1; Guate, Francisco Sandoval 18.1; ID stock photography 299.3; IngeBlessas 12.2; JasminkaM 147.2; Jurkovska, Anna 122.1; Khmelnytskyi, Bogdan 159.1; Kondrat, Ekaterina 11.3; luigi nifosi 51.1; MichaelJayBerlin 64.3, 64.4, 64.5, 64.6, 64.7, 64.8, 293.1, 293.4, 293.6, 293.8; Motortion Films 147.1; Nefedoff, Vadim 11.1; Nina B 130.2; PenWin 158.1; ProStockStudio 70.1; Rawpixel.com 3.1, 7.1; Red Stock 263.1; renewable 299.2; RopyLava 48.3; RZ Design 4.4, 35.1; Sergey-73 130.1; The World in HDR 300.1; TierneyMJ 7.3; Todorovic, Aleksander 12.1; Tremens Productions 77.2; Wichy 5.2, 143.1; Yulia_B 48.2; Zamfir, Cristian 65.1; Zastavkin, Serg 13.1. |Spangenberg, Frithjof, Konstanz: 98.2. |stock.adobe.com, Dublin: AnnaMoskvina 243.3; ClaraNila 140.2; contrastwerkstatt 58.3; Dietl, Jeanette 58.2; domoskanonos 64.2; Don Pixel 19.1; Dzyuba, Sergey 49.1; ehrenberg-bilder 71.1; Elisabeth 242.1; Fälchle, Jürgen 257.1; fotobeam.de 257.2; fotomek 264.1; Gernhoefer, U. 124.1; Gonzalez, Juanamari 254.4; Irina 246.1; janvier 182.1; Kirsch, Gunter 306.2; Kmit, Ivan 276.1; Kuster, Burkhard 292.1; lassedesignen 149.1, 152.1; Mainka, Markus 33.1; Mark 32.1; mojolo 257.3; nmann77 7.2; paulkarin 243.1; photofranz56 244.1; photowahn 180.1; pmac 276.6; Rido 263.2; Sanders, Gina 104.1; Schwier, Christian 266.1, 267.1; triyono 47.1; Wagner, Frank 65.2; zabanski 303.2. |Stuttmann, Klaus, Berlin: 116.1. |Tonn, Dieter, Bovenden-Lenglern: 250.2, 250.3. |ullstein bild, Berlin: 303.1; Archiv Gerstenberg 248.2; Granger Collection 210.1; Heritage Images/Stapleton Historical Collection 206.2; histopics 238.1, 240.1; KPA 212.1; mirrorpix 236.2; Süddeutsche Zeitung 214.1; The Granger Collection 211.1. |Umwelt-Campus Birkenfeld, Hochschule Trier, Birkenfeld: 226.1. |United Nations: https://www.un.org/sustainabledevelopment/ "The content of this publication has not been approved by the United Nations and does not reflect the views of the United Nations or its officials or Member States" 224.1. |Wiedenroth, Götz/www.wiedenroth-karikatur.de, Flensburg: 161.1. |Zeller, Joachim, Berlin: 214.2. |© SWR, Stuttgart: www.planet-schule.de 115.1, 115.2.

Textquellen: |S. 21 M6 Zusammenfassung des Greenpeace-Reports „Eating up the Amazon“, Hamburg: Greenpeace e. V. 2006. https://www.greenpeace.de/biodiversitaet/waelder/waelder-erde/essen-amazonien [Zugriff: 26.11.2021] |S. 62 M3 Altpapier/Grafische Papiere: Dessau-Roßlau: Umweltbundesamt 14.02.2021. https://www.umweltbundesamt.de/daten/ressourcen-abfall/verwertung-entsorgung-ausgewaehlter-abfallarten/altpapier#grafische-papiere [Zugriff: 27.11.2021] |S. 62 M4 Secondhand verliebt - Schulstart mit dem Blauen Engel. 100% Recyclingpapier für unsere Umwelt. Bonn: Blauer Engel, RAL gGmbH (Hrsg.) 14.02.2021. https://www.blauer-engel.de/de/aktionen/secondhand-verliebt-schulstart-mit-dem-blauen-engel-100-recyclingpapier-fuer-unsere-umwelt [Zugriff: 27.11.2021] |S. 68 M1 Was ist eine Verbraucherzentrale? Düsseldorf: Verbraucherzentrale Nordrhein-Westfalen e. V. Juni 2017, S. 2. https://www.verbraucherzentrale.de/sites/default/files/2017-09/Flyer_Was_ist_eine_Verbraucherzentrale.pdf [Zugriff: 26.11.2021] (verändert) |S. 68 M2 Was ist eine Verbraucherzentrale? Düsseldorf: Verbraucherzentrale Nordrhein-Westfalen e. V. Juni 2017, S. 2. https://www.verbraucherzentrale.de/sites/default/files/2017-09/Flyer_Was_ist_eine_Verbraucherzentrale.pdf [Zugriff: 26.11.2021] |S. 69 M5 Das Verbraucher-Informationsgesetz (VIG). Berlin: Bundesministerium der Justiz 2021. https://www.bmj.de/DE/Verbraucherportal/Verbraucherinformation/VIG/Verbraucherinformationsgesetz_node.html [Zugriff: 26.11.2011] |S. 77 M4 Heinrich Pleticha (Hrsg.): Reise nach Timbuktu. Übersetzer: Susanne Zanker, 1824-1828. Der erste Bericht über die sagenumwobene Stadt. Wiesbaden: Edition Erdmann, 2012, S. 223-229 |S. 80 M2 Axel Dorloff: Seidenstraße als Einbahnstraße. Tagesschau. Hamburg: NDR 16.01.2020. https://www.tagesschau.de/wirtschaft/china-seidenstrasse-kritik-101.html [Zugriff: 26.11.2021] |S. 80 M3 Axel Dorloff: Was ist eigentlich die „Neue Seidenstraße"? Tagesschau. Hamburg: NDR 27.04.2019. https://www.tagesschau.de/wirtschaft/china-seidenstrasse-kritik-101.html [Zugriff: 26.11.2021] |S. 82 M1 Bert-Oliver Manig: Verzweifelter Aufruhr gegen den Frühkapitalismus. Deutschlandfunk Kultur, Köln: Deutschlandradio, 04.06.2019. https://www.deutschlandfunkkultur.de/weberaufstand-vor-175-jahren-verzweifelter-aufruhr-gegen-102.html [Zugriff: 26.11.2021] |S. 85 M5 Wilhelm Treue, Herbert Pönicke, Karl-Heinz Manegold (Hrsg.): Quellen zur Geschichte der industriellen Revolution. Göttingen, Berlin, Frankfurt, Zürich: Musterschmidt 1966, S. 106 |S. 95 M7 Kevin Schroer: Mitbestimmung im Betrieb. Berlin: BWL-Lexikon.de. https://www.bwl-lexikon.de/wiki/mitbestimmung-im-betrieb [Zugriff: 25.11.2021] |S. 104 M3 Georg Gruber: Das Ende der Unschuld. Deutschlandfunk Kultur, Köln: Deutschlandradio 09.09.2021. https://www.deutschlandfunkkultur.de/jugendliche-straftaeter-das-ende-der-unschuld-100.html [Zugriff: 25.11.2021] |S. 105 M6 Georg Gruber: Jugendliche Straftäter. Das Ende der Unschuld. Deutschlandfunk Kultur, Köln: Deutschlandradio 09.09.2021. https://www.deutschlandfunkkultur.de/jugendliche-straftaeter-das-ende-der-unschuld-100.html [Zugriff: 25.11.2021] |S. 107 M3 Voraussetzungen und Eignung Karlsruhe: Deutsche Vereinigung der Schöffinnen und Schöffen (DVS-BW), Bund ehrenamtlicher Richterinnen und Richter Landesverband Baden-Württemberg e.V. 2021. https://schoeffen-bw.de/index.php/das-schoeffenamt/voraussetzungen-und-eignung Zugriff: 25.11.2021] (verändert) |S. 107 M5 Voraussetzungen und Eignung. Karlsruhe: Deutsche Vereinigung der Schöffinnen und Schöffen (DVS-BW), Bund ehrenamtlicher Richterinnen und Richter Landesverband Baden-Württemberg e.V. 2021. https://schoeffen-bw.de/index.php/das-schoeffenamt/voraussetzungen-und-eignung [Zugriff: 25.11.2021] |S. 108 M1 Philipp Otto, Valie Djordjevic, Jana Maire, Tom Hirche, Eike Gräf, Henry Steinhau: Persönlichkeitsrechte bei Facebook und anderen sozialen Netzwerken. Bonn: Bundeszentrale für politische Bildung 10.03.2017. https://www.bpb.de/themen/recht-justiz/persoenlichkeitsrechte/244858/persoenlichkeitsrechte-bei-facebook-und-anderen-sozialen-netzwerken/ [Zugriff: 25.11.2021] |S. 112 M2 Urkunden zur städtischen Verfassungsgeschichte. Berlin: Emil Felber 1899, S. 220 |S. 114 M2 Johannes Eberhorn: Leben im Mittelalter. planet wissen. Köln: WDR 26.04.2021. https://www.planet-wissen.de/geschichte/mittelalter/leben_im_mittelalter/index.html [Zugriff: 26.11.2021] |S. 135 M9 Interview mit Selina Leem, Klimaschutz-Aktivistin von den Marshallinseln: Hamburg: Greenpeace e.V. 29.09.2017. https://www.greenpeace.de/klimaschutz/klimakrise/rettet-heimat [Zugriff: 26.11.2021] |S. 138 M2 Energiewende. Berlin: Bundesministerium für Bildung und Forschung. https://www.bmbf.de/bmbf/de/forschung/energiewende-und-nachhaltiges-wirtschaften/energiewende/energiewende_node.html [Zugriff: 25.11.2021] |S. 138 M4 Thilo Schaefer: Den Ausbau der Erneuerbaren sollten alle Steuerzahler mitfinanzieren. Köln: Institut der deutschen Wirtschaft e.V. (iwd) 28.01.2020. https://www.iwd.de/artikel/den-ausbau-der-erneuerbaren-sollten-alle-steuerzahler-mitfinanzieren-458248/ [Zugriff: 25.11.2021] |S. 146 M4 Daniel Weiß: Warum Du fremdbestimmt bist und wie Du Dich davon lösen kannst. Leipzig: Be-Rocket.de 15.12.2018 (29.12.2018). https://be-rocket.de/warum-du-fremdbestimmt-bist-und-wie-du-dich-davon-losen-kannst/ [Zugriff: 25.11.2021] |S. 147 M6 Katharina Belwe: Körperkult und Schönheitswahn. Editorial. Aus Politik und Zeitgeschichte (APuZ 18/2007). Bonn: Bundeszentrale für politische Bildung, 30.04.2007. https://www.bpb.de/shop/zeitschriften/apuz/30500/koerperkult-und-schoenheitswahn/ [Zugriff: 25.11.2021] (verändert) |S. 147 M7 Anna Fastabend: Social Media: Die neuen Päpstinnen. Hamburg: Zeit online 21.07.2017. https://www.zeit.de/kultur/2017-07/social-media-instagram-youtube-stars-generation-10nach8/komplettansicht (Zugriff: 26.11.2021] |S. 147 M9 Beth Ditto: Keiner verliebt sich in dich, nur weil du dünn bist. Fan-Lexikon. Nierstein: Netpoint-Media 02.05.2012. https://www.fan-lexikon.de/musik/news/beth-ditto-keiner-verliebt-sich-in-dich-nur-weil-du-duenn-bist.130694.html [Zugriff: 21.04.2022] |S. 148 M1 Identitätsfindung. Bayreuth: Bayerischer Erziehungs Ratgeber. Zentrum Bayern Familie und Soziales (Hrsg.). https://www.baer.bayern.de/entwicklung-von-0-bis-18/pubertaet/identitaetsfindung/ [Zugriff: 26.11.2021] |S. 149 M6 Originalbeitrag |S. 151 M4 Alexandra Föderl-Schmid: Es braucht staatliche Auflagen für Facebook & Co. Wien: Der Standard 25.11.2016. https://www.derstandard.at/story/2000048228360/staatliche-auflagen-fuer-facebook [Zugriff: 26.11.2021] |S. 151 M6 Erik Meyer: Presseschau zur Europawahl 2019: Digitale Desinformation und Fake News. Bonn: Bundeszentrale für politische Bildung 30.5.2019. https://www.bpb.de/gesellschaft/digitales/digitale-desinformation/290780/presseschau-zur-europawahl-2019-digitale-desinformation-und-fake-news [Zugriff: 26.11.2021] |S. 152 M2 Johann Čas, Walter Peissl: Datenhandel – ein Geschäft wie jedes andere? Bonn: Bundeszentrale für politische Bildung 12.3.2010. https://www.bpb.de/gesellschaft/medien-und-sport/wissen-und-eigentum/73338/datenhandel [Zugriff: 26.11.2021] |S. 152 M3 Johann Čas, Walter Peissl: Datenhandel – ein Geschäft wie jedes andere? Bonn: Bundeszentrale für politische Bildung 12.3.2010. https://www.bpb.de/gesellschaft/medien-und-sport/wissen-und-eigentum/73338/datenhandel [Zugriff: 26.11.2021] |S. 156 M2 Kai Sommer: Kind verzockt 1 400 Euro am Smartphone – Müssen Eltern zahlen? Berlin: Team Verbraucherschutz.com, Markus Müller 02.08.2019. https://www.verbraucherschutz.com/news/kind-verzockt-1-400-ero-am-smartphone-muessen-eltern-zahlen/ [Zugriff: 26.11.2021] |S. 157 M5 Alena Hecker: Von App bis Sparschwein: So lernen Kinder den richtigen Umgang mit Geld. Hannover: RND RedaktionsNetzwerk Deutschland, 24.08.2020. https://www.rnd.de/wirtschaft/kinder-und-eltern-wie-lernen-kinder-den-richtigen-umgang-mit-geld-5GJTYJENORBPRJFKCFXVS36JDI.html [Zugriff: 26.11.2021] |S. 159 M4 Stefan Fries: Investigative Recherchen: Skandal aufgedeckt – und nun? Deutschlandfunk, Köln: Deutschlandradio 29.05.2019. https://www.deutschlandfunk.de/investigative-recherchen-skandal-aufgedeckt-und-nun-100.html [Zugriff: 26.11.2021] |S. 160 M3 Originalbeitrag |S. 160 M3 Originalbeitrag |S. 160 M3 Peter Carstens: Das mit dem Klimawandel ist gar nicht so sicher! Geo.de. Hamburg: G+J Medien. https://www.geo.de/natur/nachhaltigkeit/23125-rtkl-klimakrise-welche-klimakrise-das-mit-dem-klimawandel-ist-gar-nicht [Zugriff: 29.11.2021] |S. 165 M3 Kants Werke. Akademie-Ausgabe, Band VIII. Abhandlungen nach 1781. Berlin: Walter de Gruyter & Co. 1968, S. 35 |S. 165 M4 Noth- und Hülfsbüchlein für Bauersleute. Gotha/Leipzig: Göschen 1788, Kap. 52, S. 375-380 |S. 166 M2 Gerhard Schneider (Hrsg.): Die Französische Revolution 1789-1799. Schwalbach/Ts.: Wochenschau-Verlag 2012, S. 42f. |S. 171 M3 Winfried Baumgart: Geschichte in Wissenschaft und Unterricht 29, Heft 12, 1978, S. 793. Seelze: Friedrich Verlag |S. 173 M3 Wolfgang Hardtwig, Helmut Hinze (Hrsg.): Deutsche Geschichte in Quellen und Darstellungen, Band 7. Vom Deutschen Bund zum Kaiserreich 1815-1871. Stuttgart: Reclam 2007 S. 264f. |S. 175 M3 Lebenserinnerungen: Ein Stück deutschen Lebens. Leipzig: K. F. Koehler 1922 |S. 175 M4 Joachim Braun: Der unbequeme Präsident. Karlsruhe: C. F. Müller 1972, S. 266 ff. |S. 175 M5 Wolfgang Hardtwig, Helmut Hinze (Hrsg.): Deutsche Geschichte in Quellen und Darstellungen, Band 7. Vom Deutschen Bund zum Kaiserreich 1815-1871. Stuttgart: Reclam 2007 S. 466 |S. 177 M4 Reichsgesetz, betreffend die Grundrechte des deutschen Volkes vom 27. Dezember 1848. Mainz: Institut für Geschichtliche Landeskunde an der Universität Mainz e.V. 11.5.2007 |S. 183 M7 Nathalie Behnke: Föderalismus in der (Corona-)Krise? Föderale Funktionen, Kompetenzen und Entscheidungsprozesse. Aus Politik und Zeitgeschichte (APuZ 35-37/2020) Bonn: Bundeszentrale für politische Bildung 21.8.2020 |S. 186 M2 Ilka Eliana Knigge: Jung heißt nicht dumm: Lasst 16-Jährige wählen! München: Bayerischer Rundfunk (puls) 23.05.2019. https://www.br.de/puls/themen/welt/wahlberechtigung-ab-16-100.html [Zugriff: 26.11.2021] |S. 188 M3 Barbara von Hindenburg: Die Auswirkungen des Frauenwahlrechts in der Weimarer Republik. Bonn: Bundeszentrale für politische Bildung 12.11.2018. https://www.bpb.de/themen/zeit-kulturgeschichte/frauenwahlrecht/279340/die-auswirkungen-des-frauenwahlrechts-in-der-weimarer-republik/ [Zugriff: 26.11.2021] |S. 189 M4 Kerstin Wolff: Der Kampf der Frauenbewegung um das Frauenwahlrecht. Bonn: Bundeszentrale für politische Bildung 12.11.2018 https://www.bpb.de/geschichte/deutsche-geschichte/frauenwahlrecht/278701/der-kampf-der-frauenbewegung-um-das-frauenwahlrecht/ [Zugriff: 26.11.2021] |S. 189 M5 Kerstin Wolff: Der Kampf der Frauenbewegung um das Frauenwahlrecht. Bonn: Bundeszentrale für politische Bildung 12.11.2018.

Bild- und Textquellenverzeichnis

https://www.bpb.de/geschichte/deutsche-geschichte/frauenwahlrecht/278701/der-kampf-der-frauenbewegung-um-das-frauenwahlrecht/ [Zugriff: 26.11.2021] |S. 189 M9 Der lange Weg zum Frauenwahlrecht. Berlin: Deutscher Bundestag (Hrsg.) 19.11.2019. https://www.bundestag.de/dokumente/textarchiv/2019/kw47-frauenwahlrecht-669048 [Zugriff: 6.11.2021] |S. 191 M6 Leon Spickschen: Das Coronavirus und die Grundrechte. Bonn: Bundeszentrale für politische Bildung 11.05.2020. https://www.bpb.de/politik/grundfragen/politik-einfach-fuer-alle/309631/das-coronavirus-und-die-grundrechte [Zugriff: 20.05.2020] |S. 192 M2 Petra Böhnke: Ungleiche Verteilung politischer und zivilgesellschaftlicher Partizipation. Aus Politik und Zeitgeschichte (APuZ 1-2/2011) Bonn: Bundeszentrale für politische Bildung 28.12.2010. https://www.bpb.de/apuz/33571/ungleiche-verteilung-politischer-und-zivilgesellschaftlicher-partizipation [Zugriff: 26.11.2021] |S. 193 M7 Christian P. Hoffmann, Uwe Hitschfeld, Astrid Lorenz: Chancen und Grenzen der Ausweitung von Angeboten politischer Partizipation in Deutschland. Karlsruhe: Stiftung Energie & Klimaschutz 11.11.2019. https://www.energie-klimaschutz.de/chancen-und-grenzen-politischer-partizipation-in-deutschland/ [Zugriff: 26.11.2021] |S. 194 M2 Angela Merkel: Transkript Podcast „Hanau". Berlin: Presse- und Informationsamt der Bundesregierung 13.02.2021. https://www.bundesregierung.de/resource/blob/1982118/1853542/0fd45b813b2c7b1ec6403b556aa64b6b/2021-02-13-video-podcast-pdf-data.pdf?download=1 [Zugriff: 26.11.2021] |S. 194 M3 Deutscher Bundestag. Plenarprotokoll 19/173 Stenografischer Bericht, 173. Sitzung. Berlin, 10. September 2020, S. 21702 |S. 207 M5 Georg A. Narciss (Hrsg./Bearbeiter): Geschichte der Eroberung von Mexiko. Frankfurt/M.: Insel Verlag, 1982; 2017, S. 431f |S. 209 M4 Richard Konetzke: Lateinamerika seit 1492. Stuttgart: Ernst Klett-Verlag 1971, S. 8-9 |S. 209 M5 Hans Magnus Enzensberger (Hrsg.): Kurzgefasster Bericht von der Verwüstung der Westindischen Länder. Übersetzung: Dietrich Wilhelm Andreä. insel taschenbuch, 1. Auflage 1981. © Frankfurt/M.: Insel Verlag 1966, S. 47 |S. 210 M3 Stefan Mair: Ausbreitung des Kolonialismus. Informationen zur politischen Bildung (Heft 264), Bonn: Bundeszentrale für politische Bildung, 21.05.2005. https://www.bpb.de/internationales/afrika/afrika/58868/kolonialismus?p=1 [Zugriff: 26.11.2021] |S. 211 M5 Stefan Mair: Ausbreitung des Kolonialismus. Informationen zur politischen Bildung (Heft 264), Bonn: Bundeszentrale für politische Bildung, 21.05.2005. https://www.bpb.de/internationales/afrika/afrika/58868/kolonialismus?p=1 [Zugriff: 26.11.2021] |S. 211 M7 Cecil Rhodes: Draft of Ideas in: Wolfgang J. Mommsen (Hrsg.): Imperialismus – Seine geistigen, politischen und wirtschaftlichen Grundlagen. Hamburg: Hoffmann und Campe 1977, S. 48f. |S. 212 M3 Auszug aus der Eröffnungsrede von Hermann Fürst zu Hohenlohe-Langenburg anlässlich der Gründung des Deutschen Kolonialvereins in Frankfurt am Main am 6.12.1882 |S. 213 M5 Rosa Luxemburg: Gesammelte Werke, Bd. I, 1893-1905, Berlin: Dietz Verlag 1974, S. 326f. |S. 216 M2 Zwei Mädchen, zwei Welten. Poster „Eden und Julia". Hannover: Deutsche Stiftung Weltbevölkerung (DSW): 25.10.2016. https://www.dsw.org/fileadmin/user_upload/PDF/Julia_Eden_A4.pdf [Zugriff: 05.03.2018] (verändert) |S. 225 M6 Die Entwicklungszusammenarbeit. Deutsche Botschaft Lima © 1995-2022 Auswärtiges Amt. https://lima.diplo.de/pe-de/themen/07-Entwicklungszusammenarbeit [Zugriff: 26.11.2021] |S. 225 M6 Erfolge bei der Armutsreduzierung aber weiterhin Ungleichheit © Berlin: Bundesministerium für wirtschaftliche Zusammenarbeit und Entwicklung (BMZ) 2022. https://www.bmz.de/de/laender/peru/soziale-situation-13788 [Zugriff: 26.11.2021] |S. 225 M7 Handelsabkommen EU-Kolumbien-Peru-Ecuador. Brüssel: Europäischen Kommission „DG TRADE" https://trade.ec.europa.eu/access-to-markets/de/content/freihandelsabkommen-eu-kolumbien-peru-ecuador [Zugriff: 26.11.2021] |S. 232 M3 Brian Gardner (Hrsg.): Up the line to death. The War Poets 1914–1918. London: Eyre Methuen 1964, S. 7 |S. 233 M5 Wolfgang Lautemann und Manfred Schlenke (Hrsg.): Geschichte in Quellen, Bd. V, Weltkriege und Revolutionen 1914-1945, München: Bayerischer Schulbuch-Verlag 1961, S. 13 |S. 233 M7 Verhandlungen des Reichstags, Stenographische Berichte, 1914/16, Bd. 306, S. 1-2 |S. 236 M1 Gerhard Hirschfeld/Gerd Krumeich: Deutschland im Ersten Weltkrieg. Frankfurt/M.: S. Fischer Verlag 2013, S. 248 |S. 238 M1 14-Punkte-Programm von US-Präsident Woodrow Wilson 8. Januar 1918. U.S. Diplomatic Mission to Germany /Public Affairs/ Information Resource Centers 08.01.1918 (aktualisiert August 2001) |S. 239 M5 Jörn Leonhard: Der globale Moment. ZEIT Geschichte Nr. 2/2017, 21. Mai 2017, Zeit online 21.5.2017. https://www.zeit.de/zeitgeschichte/2017/02/1917-europa-19-jahrhundert-krieg-revolution-russland/komplettansicht [Zugriff: 26.11.2021] |S. 239 M7 Andreas Kilb, Tobias Rüther, Sönke Neitzel: Europäer marschieren nicht aufrecht. FAZ 17.07.2017. https://www.faz.net/aktuell/feuilleton/debatten/militaerhistoriker-soenke-neitzel-im-interview-zum-jahr-1917-15106637.html?printPagedArticle=true#pageIndex_2 [Zugriff: 26.11.2021] |S. 240 M3 George Soldan: Zeitgeschichte in Wort und Bild, Bd. 1. München: National-Archiv 1931, S. 312ff. |S. 241 M5 Verhandlungen der deutschen verfassungsgebenden Nationalversammlung. Stenografische Berichte, Berlin 1919/20, Bd. 327, S. 1140 |S. 245 M5 Die Verfassung des Deutschen Reichs [„Weimarer Reichsverfassung"] vom 11. August 1919 [Auszüge] |S. 248 M3 Interview mit Maria Uhlenbruck, Hildesheim 1965 |S. 250 M2 David Lloyd George: Geschichtssomnambulismus. Aus: junge Welt, Mittwoch, 9. Oktober 2013, Berlin: Verlag 8. Mai. http://www.ag-friedensforschung.de/themen/Kriegsgeschichte/1WK3.html [Zugriff: 21.04.2022] |S. 250 M2 Imanuel Geiss: Die Kriegsschuldfrage – Das Ende eines Tabus, in: Aus Politik und Zeitgeschichte, B 25/ 1967, S. 24. Bonn: Bundeszentrale für politische Bildung |S. 262 M3 Jugend und Europa. Berlin: Bundesministerium für Familie, Senioren, Frauen und Jugend, 15.04.2021. https://www.bmfsfj.de/bmfsfj/themen/kinder-und-jugend/jugendbildung/jugend-und-europa#:~:text=Das%20EU%2DProgramm%20Erasmus%2B%20f%C3%BCr,Engagement%20junger%20Menschen%20f%C3%BCr%20Europa [Zugriff: 27.11.2021] |S. 269 M6 Sarah Ciaglia, Clemens Fuest, Friedrich Heinemann: Europäische Identität: Begriff, Determinanten und Politikansätze. Wirtschaftsdienst. Zeitschrift für Wirtschaftspolitik, Hamburg: ZBW 98. Jahrgang, 2018, Heft 12, S. 869-876. https://www.wirtschaftsdienst.eu/inhalt/jahr/2018/heft/12/beitrag/europaeische-identitaet-begriff-determinanten-und-politikansaetze.html [Zugriff: 27.11.2021] |S. 269 M7 Worum geht es? Frankfurt/M.: Pulse of Europe e. V. https://pulseofeurope.eu/worum-geht-es/ [Zugriff: 27.11.2021] |S. 269 M9 Sylke Nissen: Europäische Identität und die Zukunft Europas. APuZ, Bonn: Bundeszentrale für politische Bildung 10.09.2004. https://www.bpb.de/shop/zeitschriften/apuz/28109/europaeische-identitaet-und-die-zukunft-europas/?p=all [Zugriff: 27.11.2021] |S. 272 M2 Landeshauptstadt Dresden, Amt f. Wirtschaftsförderung. https://www.dresden.de/de/rathaus/aemter-und-einrichtungen/oe/dborg/stadt_dresden_6800.php [Zugriff: 27.11.2021] S. 282 M1 Arno Borst: Lebensformen im Mittelalter. Frankfurt/M.: Ullstein: 14. Aufl., 1995, S. 318-320 |S. 283 M4 Francesco Gabrieli (Hrsg.): Die Kreuzzüge aus arabischer Sicht. Zürich/München: Artemis-Verlag 1973, S. 121 f., Übersetzung: Barbara von Kaltenborn-Stachau |S. 284 M2 Helmut Presser: Johannes Gutenberg in Zeugnissen und Bilddokumenten. Hamburg: Rowohlt 1967, S. 127 |S. 289 M4 Der deutsche Bauernkrieg in zeitgenössischen Quellenzeugnissen, Teil 1, S. 138-146. Übertragen und hg. von Hermann Barge. Leipzig: Voigtländer Verlag o.J. |S. 291 M8 Peter Hagendorf. Tagebuch eines Söldners aus dem Dreißigjährigen Krieg. Jan Peters (Hrsg. + Bearbeiter), Göttingen: V&R unipress 2012, S. 113 |S. 293 M4 Quellenbuch zur jüdischen Geschichte und Literatur, Teil V. Frankfurt/M.: J. Kaufmann 1927/1932, S. 29f. |S. 294 M1 Uhu 5 (1928/29/9), S. 59 – 64, Berlin: Ullstein Verlag |S. 294 M2 Der Hellweg 5 (17. Juni 1925) Nr. 24, S. 457; abgedruckt in Anton Kaes (Hrsg.): Weimarer Republik: Manifeste und Dokumente zur deutschen Literatur 1918-1933, Stuttgart: Metzler, 1983, S. 245-48. |S. 295 M4 Der Film gegen Heinrich Mann. Die Weltbühne (29.04.1930) |S. 299 M3 Jugendliche und Ehrenamt. Berlin: Die Verbraucher Initiative e.V. http://www.oeko-fair.de/index.php/cat/1575/title/Jugendliche_und_Ehrenamt [Zugriff: 30.11.2021] |S. 299 M4 Warm durch die Nacht. Freiburg: Deutscher Caritasverband e. V. https://www.youngcaritas.de/soziales-engagement/warm-durch-die-nacht [Zugriff: 30.11.2021] |S. 299 M6 Smartphone-Sprechstunde. Freiburg: Deutscher Caritasverband e. V. https://www.youngcaritas.de/soziales-engagement/alter/smartphonesprechstunde/smartphone-sprechstunde [Zugriff: 30.11.2021] |S. 301 M5 Karin Böllert: Gesellschaftlicher Wandel und jugendgerechte ganztägige Bildung. Berlin: Arbeitsgemeinschaft für Kinder- und Jugendhilfe e.V. 16.3.2018. S. 9, 12. https://www.bkj.de/fileadmin/BKJ/15_Tagungsberichte/20180316_Bundestagung_Perspektiven_wechseln/Praesentation_20180316_Karin_Boellert.pdf [Zugriff: 30.11.2021] |S. 302 M3 John R. Hale: Fürsten, Künstler, Humanisten. Reinbek: Rowohlt 1973, S. 26 Übersetzung: Maria Poelchau

Mit Beiträgen von: Georg Baumbach, Teresa von Bogen, Ulrich Brameier, Tobias Briegel, Raimund Ditter, Thomas Eck, Uwe Hofemeister, Guido Hoffmeister, Ute Janke, Peter Kirch, Philipp Kraft, Jutta Kuhn-Bittner, Klaus Langer, Wolfgang Latz, Jürgen Nebel, Friedrich Pauly, Jörg Pfeiffer, Jochen Rademacher, Rita Tekülve, Walter Weidner, Martina Weiser, Alexander Wiebel, Klaus Wohlt